afluentes

JAMES ELLROY
Seis de los grandes

EDICIONES B
GRUPO ZETA

Barcelona•Bogotá•Buenos Aires•Caracas•Madrid•México D.F.•Montevideo•Quito•Santiago de Chile

Título original: *The Cold Six Thousand*

Traducción: Montserrat Gurgui y Hernán Sabaté

1.ª edición: abril 2001
1.ª reimpresión: abril 2001

© 2001 by James Ellroy
© Ediciones B, S.A., 2001
    Bailén, 84 - 08009 Barcelona (España)
    www.edicionesb.com

Printed in Spain
ISBN: 84-406-9966-2
Depósito legal: B. 23.381-2001

Impreso por LIBERDÚPLEX, S.L.
Constitució, 19 - 08014 Barcelona

JAMES ELLROY
Seis de los grandes

Traducción de Montserrat Gurguí
y Hernán Sabaté

A Bill Stoner

PARTE I

Extradición

22-25 de noviembre de 1963

1

Wayne Tedrow Jr.
(Dallas, 22/11/63)

Lo mandaron a Dallas a matar a un macarra negro llamado Wendell Durfee. No estaba seguro de poder hacerlo.

El Consejo Gestor de Casinos le pagó el billete. En primera clase. Echaron mano de sus fondos reservados. Lo sobornaron. Le dieron seis de los grandes.

Nadie lo dijo:

Mata a ese negro. Haz un buen trabajo. Acepta nuestra tarifa.

El vuelo transcurría tranquilo. Una azafata sirvió bebidas. La mujer vio su pistola. Disimuló. Hizo preguntas idiotas. Él le dijo que trabajaba en el Departamento de Policía de Las Vegas. Dirigía la brigada de Inteligencia. Hacía expedientes y archivaba información.

A ella le encantó. Se puso lánguida.

—¿Y qué vas a hacer en Dallas, cariño?

Se lo contó.

Un negro había rajado a un crupier de veintiuno. El tipo había perdido un ojo. El negro se había largado a Dallas. A ella le encantó. Le sirvió un cóctel. Wayne omitió los detalles.

El crupier había provocado la agresión. El Consejo le ofreció el trabajo. Muerte por asalto con arma mortal en segundo grado.

El viaje lo animaba a hablar. El teniente Buddy Fritsch:

—No tengo que decirte lo que esperamos de ti, hijo. Ni tengo que añadir que tu padre también lo espera.

La azafata se hizo la geisha y le sirvió frutos secos. Se compuso el cursi casquete y preguntó:

—¿Cómo te llamas?

—Wayne Tedrow.

Ella soltó una exclamación.

—¡Entonces tú debes de ser Junior!

La miró inexpresivo. Masculló algo. Bostezó.

La azafata lo cubrió de adulaciones. Adoooraba a su padre. A Wayne le resbalaban sus lisonjas. La mujer sabía que era un pez gordo mormón. Le encantaría saber más.

Wayne describió a Wayne Senior.

Dirigía un sindicato de pinches de cocina. Arreglaba salarios bajos. Tenía dinero. Tenía influencia. Distribuía panfletos derechistas. Se codeaba con peces gordos. Conocía a J. Edgar Hoover.

El piloto habló por el intercomunicador. Dallas, a la hora prevista.

La azafata se arregló el cabello.

—Apuesto a que te alojarás en el Adolphus.

Wayne se abrochó el cinturón.

—¿Qué te hace pensar eso?

—Bueno, tu padre me dijo que siempre se aloja ahí.

—Sí, me alojaré en el Adolphus. Nadie me ha consultado, pero es ahí donde me han reservado habitación.

La azafata se acurrucó junto a él. Se le subió la falda y asomó el portaligas.

—Tu padre me dijo que en ese mismo hotel hay un restaurante pequeño y agradable y que, bueno...

El avión entró en una turbulencia. A Wayne lo pescó desprevenido. Soltó una maldición.

Cerró los ojos. Vio a Wendell Durfee.

La azafata lo tocó. Wayne abrió los ojos.

Vio sus espinillas. Vio sus dientes cariados. Olió su champú.

—Te has asustado un poco, Wayne Junior.

«Junior» surtió efecto.

—Déjame en paz. No soy lo que tú quieres ni engaño a mi esposa.

13.50 horas.

Aterrizaron. Wayne bajó el primero. Pisó con fuerza para desentumecer las piernas.

Llegó a la terminal. Unas colegialas bloqueaban la entrada. Una de ellas lloraba. Otra jugueteaba con las cuentas de un rosario.

Las sorteó. Siguió los letreros que llevaban a la zona de recogida de equipajes. La gente lo adelantaba. Todos tenían aire de estar muy jodidos.

Ojos enrojecidos. Buaaaa. Mujeres con Kleenex.

Wayne se detuvo ante la cinta de equipajes. Unos niños pasaron corriendo por su lado. Disparaban pistolas de juguete. Reían.

Se le acercó un hombre. Blanco y sureño. Alto y grueso. Llevaba un Stetson. Llevaba botas grandes. Llevaba un 45 de nácar.

—Si eres el sargento Tedrow, yo soy el oficial Maynard D. Moore, del Departamento de Policía de Dallas.

Se estrecharon la mano. Moore mascaba tabaco. Moore olía a colonia barata. Se acercó una mujer. Lloraba desconsolada. Su nariz era grande y estaba roja.

—¿Pasa algo? —preguntó Wayne.

Moore sonrió.

—Un majara se ha cargado al presidente.

Casi todas las tiendas cerraron temprano. Las banderas del estado ondeaban a media asta. Algunos tipos enarbolaban enseñas rebeldes.

Moore llevó a Wayne al centro. Moore tenía un plan. Pasa por el hotel. Instálate. Encuentra a ese negrata de mierda.

John F. Kennedy: muerto.

El cuelgue platónico de su mujer. La fijación de su madrastra. JFK ponía caliente a Janice. Janice se lo contó a Wayne Senior. Janice pagó por ello. Janice cojeó por un tiempo. Mostraba los cardenales de los muslos.

Muerto significaba muerto. No lo entendía. Se le escapaban las implicaciones.

Moore mascaba Red Man. Moore escupió jugo por la ventanilla. Disparos superpuestos. Alegría en el culo del mundo.

—Hay algunos que no están tan tristes —dijo Moore.

Wayne se encogió de hombros. Pasaron por delante de una valla publicitaria. JFK y las Naciones Unidas.

—No hablas mucho, ¿eh? Por lo que he visto hasta ahora, eres el compañero de extradición menos locuaz que nunca haya tenido.

Sonó un disparo. Cerca. Wayne se llevó la mano a la pistolera.

—¡Vaya tic tienes, chico!

—Lo único que quiero es terminar con esto. —Wayne jugueteó con su pajarita.

Moore se saltó un semáforo.

—A su debido tiempo. Estoy seguro de que, muy pronto, el señor Durfee se reunirá con nuestro héroe caído.

Wayne subió la ventanilla. Wayne percibió la colonia de Moore.

—He estado en Las Vegas unas cuantas veces. De hecho, en este preciso instante debo pasta en el casino del Dunes.

Wayne se encogió de hombros. Pasaron por delante de una parada de autobús. Una joven de color sollozaba en el banco.

—Yo también he oído hablar de tu padre. Dicen que es quien manda en Nevada.

Un camión se saltó un semáforo en rojo. El conductor sacaba por la ventanilla una lata de cerveza y un revólver.

—Mucha gente conoce a mi padre. Todos me dicen que lo conocen y el tema me harta enseguida.

Moore sonrió.

—Eh, me parece que ahí he captado alguna insinuación.

Confeti del desfile. Una pancarta en una ventana: «Dallas ama a Jack & Jackie.»

—Yo también he oído hablar de ti. Sé que tienes inclinaciones que a tu padre no le gustan demasiado.

—¿Como por ejemplo?

—Digamos que la del amante negro. Digamos que haces de chófer de Sonny Liston cuando va a Las Vegas porque la policía teme que beba más de la cuenta y se meta en líos con mujeres blancas, y que a ti te cae bien, pero te patean los amables italianos que mantienen limpia tu pequeña ciudad.

El coche pisó un bache. Wayne golpeó el salpicadero.

Moore miró a Wayne. Wayne lo miró. Se miraron fijamente. Moore se saltó un semáforo en rojo. Wayne parpadeó el primero.

Moore guiñó un ojo.

—Cómo vamos a divertirnos este fin de semana...

El vestíbulo era ostentoso. Las alfombras eran gruesas. Los hombres pisaban fuerte en ellas con los tacones de las botas.

La gente señalaba hacia fuera. Mirad, mirad, mirad. La comitiva había pasado por delante del hotel. JFK había desfilado. JFK había saludado. JFK había muerto allí al lado.

La gente hablaba. Desconocidos consolaban a desconocidos. Los hombres vestían como vaqueros. Las mujeres, como Jackies de imitación.

El mostrador de recepción estaba cubierto de registros recientes. Moore registró a Wayne. Luego lo llevó al bar.

Lleno hasta los topes. Gran afluencia junto a la barra.

Había un televisor en una mesa. Un camarero subió el volumen. Moore fue hacia una cabina telefónica. Wayne miró el televisor.

La gente parloteaba. Los hombres llevaban sombrero. Todos calzaban botas de tacones altos. Wayne se puso de puntillas. Asomó la cabeza por entre las alas de los sombreros.

La imagen saltó. La imagen se detuvo. Interferencias de sonido y confusión. Polis. Un majara delgado. Palabras: «Oswald» / «Arma» / «Simpatizante comunis...».

Un hombre blandía un rifle. Los reporteros se abrían paso. Una cámara ofreció una panorámica. Ahí está el majara. El majara muestra miedo y contusiones.

Había un ruido terrible. El humo era denso. Wayne se sintió incómodo.

Un hombre levantó el vaso para brindar.

—Oswald se merece un homena...

Wayne posó los tacones en el suelo. Una mujer lo empujó: mejillas mojadas y rímel corrido.

Wayne se acercó a la cabina de teléfono. Moore tenía la puerta abierta.

—Eh, chico, escucha esto —le dijo—. De niñera de un crío en una extradición de pega...

«De pega» surtió efecto.

Wayne le dio un toque. Moore se volvió sobre sí mismo. Saltó. Mierda, navajas metidas en las botas. Nudilleras en un calcetín.

—Wendell Durfee, ¿recuerdas? —dijo Wayne.

Moore se incorporó. Moore quedó hipnotizado. Wayne siguió su mirada.

Moore miraba el televisor. Una foto fija. Un comentario:

«J. D. Tippit, agente asesinado.»

Moore tenía la vista fija en la pantalla. Moore se estremeció. Moore tembló.

—Wendell Durf... —dijo Wayne.

Moore lo apartó de un empujón y salió a toda prisa.

El Consejo había reservado una graaan suite para él. Un botones le suministró información.

A JFK le encantaba la suite. Allí follaba con tías. Ava Gardner se la había chupado en la terraza.

Dos salas de estar. Dos dormitorios. Tres televisores. Fondos reservados. Seis mil pavos. Mata a ese negro asqueroso, chico.

Wayne recorrió la suite. Escenario de la historia. A JFK le encantaban las furcias de Dallas.

Wayne puso los televisores. Sintonizó tres canales. Vio el espectáculo de tres maneras. Caminó entre los aparatos. Se enteró de lo ocurrido.

El majara era Lee Harvey Oswald. Oswald había matado a JFK y a Tippit. Tippit trabajaba en el Departamento de Policía de Dallas. El DPD era una piña. Moore probablemente lo conocía.

Oswald era rojillo. Admiraba a Fidel Castro. Trabajaba en un almacén de textos escolares. Oswald se había cargado al presidente en su descanso para el almuerzo.

El DPD lo había arrestado. La comisaría central era un hervidero. Policías. Cámaras instaladas por todas partes.

Wayne se tumbó en un sofá. Wayne cerró los ojos. Vio a Wendell Durfee. Wayne abrió los ojos. Vio a Lee Oswald.

Quitó el sonido. Sacó fotos que llevaba en la cartera.

Su madre. Cuando estaba en Peru, Indiana.

Dejó a Wayne Senior a finales del 47. Wayne Senior le pegaba. Le había roto algún hueso.

Le preguntó a Wayne a quién quería más. Él respondió: «A papá.» Su madre le dio una bofetada, lloró, se disculpó.

La bofetada surtió efecto. Y él se fue con Wayne Senior.

Llamó a su madre en mayo del 54. La llamó antes de alistarse en el Ejército.

—No luches en guerras estúpidas —le dijo—. No odies como tu padre.

La borró de su vida. Obligatoria y permanentemente. Para siempre.

Y ésta, su madrastra.

Wayne Senior abandonó a la madre de Wayne. Wayne Senior conquistó a Janice. Wayne Senior llevó a Wayne a vivir con ellos. Wayne tenía trece años. Wayne iba salido. Le gustaba Janice.

Janice Lukens Tedrow hacía que todos se volvieran a mirarla. Jugaba a ser una esposa indolente. Jugaba al golf con principiantes y tomaba sus primeras lecciones de tenis.

Wayne Senior temía su brillo. Janice veía crecer a Wayne. Ella también iba salida. Dejaba las puertas abiertas. Atraía miradas. Wayne Senior lo sabía. No le importaba.

Y ésta, su mujer.

Lynette Sproul Tedrow. Sentada en su regazo. Noche de la graduación en la Brigham Young University.

Aparece traumatizado. Acaba de licenciarse en Químicas —B.Y.U. / 59— *summa cum laude*. Wayne quería acción. Ingresó en el DP de Las Vegas. A tomar por culo el *summa cum laude*.

Conoció a Lynette en Little Rock. En el otoño del 57. Integracionistas de Central High. Blancos incultos. Chicos de color. La 82 Aerotransportada.

Unos chicos blancos pasean. Unos chicos blancos le quitan el bocadillo a un chico de color. Lynette le da el suyo. Los chicos blancos atacan. El cabo Wayne Tedrow responde.

Los deja fuera de combate. Pega a uno de los cabroncetes. El cabroncete grita: «¡Mamá!»

Lynette enciende a Wayne. Tiene diecisiete años y él, veintitrés. Y ha ido a la universidad.

Follaron en un campo de golf. Los aspersores los mojaron. Wayne se lo contó todo a Janice.

—Tú y Lynette os habéis enrollado deprisa. Y seguramente te gustó tanto la pelea como el sexo.

Janice lo conocía. Janice tenía la ventaja de jugar en campo propio.

Wayne se asomó a una ventana. Aparecieron furgonetas de los medios de comunicación. Cruzó la suite. Apagó los televisores. Tres Oswalds desaparecieron.

Sacó el expediente. Copia: DPLV / Oficina del Sheriff del condado de Dallas.

Durfee, Wendell / varón negro / FDN 6-6-27/ condado de Clark, Nevada / 1, 90 m / 70 kilos.

Delitos por proxenetismo: 3/44 en adelante. «Jugador de dados habitual.» No hay detenciones fuera de Las Vegas y de Dallas.

«Conocido por conducir Cadillacs.»

«Conocido por vestir de forma extravagante.»

«Conocido por haber tenido trece hijos fuera del matrimonio.»

«Conocido por proxeneta de mujeres negras, mujeres blancas, homosexuales masculinos y travestidos mexicanos.»

Veintidós arrestos por proxenetismo. Catorce condenas. Nueve embargos preventivos por impago de pensión a los hijos. Cinco libertades condicionales.

Notas de la policía: Wendell es listo. Wendell es idiota. Wendell rajó a ese tipo del Binion's.

El tipo había intentado echar a Wendell. El tipo estaba compinchado con la mafia. El Consejo había dictado una norma. El DPLV la hacía cumplir.

«Asociados conocidos en Dallas»:

Marvin Duquesne Settle / varón negro / prisión Estatal de Texas.

Fenton *Duke* Price / varón negro / prisión Estatal de Texas.

Alfonzo John Jefferson / varón negro / 4219 Wilmington Road / Dallas, 8, TX, «compañero de apuestas de Wendell Durfee».

Libertad condicional (Est. 92.04 Cod. Est. TX.) 14/9/60-14/9/65. Empleo: empleado en la planta embotelladora Dr. Pepper. Nota: sujeto al pago de multas durante la libertad condicional cada tres viernes (día de cobro en Dr. Pepper), en la Oficina de Libertad Condicional del condado.

Donnell George Lundy / varón negro / prisión estatal de Texas. Manuel *Bobo* Herrara / varón mexicano / prisión estatal de Tex...

Sonó el teléfono. Wayne respondió.

—¿Sí?

—Soy yo, hijo. Tu nuevo mejor amigo.

Wayne agarró la pistolera.

—¿Dónde estás?

—Ahora mismo, en un sitio de mierda. Pero vamos a vernos a las ocho.

—¿Dónde?

—El club Carousel. Tú ve allí y encontraremos al negro del carajo.

Wayne colgó. Se le puso la carne de gallina.

Wendell, no quiero matarte.

2

Ward J. Littell
(Dallas, 22/11/63)

Aparece la limusina. Avanza por la pista. Último modelo, negro FBI.

La avioneta aterrizó. Pasó por delante del avión presidencial. Unos marines flanqueaban la puerta de cola. El piloto apagó el motor. La avioneta coleó. La escalerilla comenzó a bajar.

Littell descendió. Los oídos se le destaparon. Las piernas se le desentumecieron.

Habían trabajado deprisa. Habían preparado el plan de vuelo para él. Lo habían mandado en un biplaza convencional sin lujos.

El señor Hoover lo había llamado. Del D.C. a L.A. Había dicho:

—Han matado al presidente. A balazos. Quiero que vueles a Dallas y controles la investigación.

El atentado había sido a las 12.30. Ya eran las 16.10. El señor Hoover había llamado a las 12.40. El señor Hoover se había enterado rápido. Había llamado enseguida.

Littell se apresuró. El chófer de la limusina le abrió la puerta. El asiento trasero era mullido. Los cristales, ahumados. El folladero era monocromático.

Figuras rígidas. Maleteros. Vuelos chárter y periodistas.

El chófer arrancó. Littell vio una caja en el asiento. La abrió y sacó lo que contenía.

Una placa de agente especial. Una tarjeta de identificación del FBI, con foto. Una pistolera con un 38 expedida por el Buró.

Su vieja foto. Su vieja pistola.

Las había entregado en el 60. El señor Hoover lo había obligado a dejar el Buró. Tenía herramientas de tapadera. Nuevas y viejas. Era una reincorporación cosmética.

El señor Hoover había apalancado las herramientas. En Dallas. El señor Hoover había vaticinado el golpe.

El señor Hoover conocía a los locales. Había captado el marco espacio/tiempo. Era cómplice pasivo. El señor Hoover había intuido la implicación de Littell. Había intuido la necesidad que éste tenía de reprimir los rumores.

Littell miró por la ventanilla. El cristal ahumado distorsionaba las cosas. La nubes implosionaban. Los edificios se ondulaban. Las personas eran puntos de luz.

Llevaba una radio. La había escuchado durante el vuelo. Se había enterado de los datos básicos.

Un sospechoso arrestado. Un chaval. Un izquierdista pringado. Lo había pringado Guy Banister. El chico había matado a un policía. Dos policías habían sido asignados para matarlo a él. La Fase II salió mal. El segundo policía falló en su misión.

Littell se puso la pistolera. Estudió su tarjeta de identidad.

Antes policía / abogado. Ahora, abogado de la mafia. De enemigo de Hoover a aliado de Hoover. Un bufete de abogados al cargo de una sola persona y tres clientes:

Howard Hughes / Jimmy Hoffa / Carlos Marcello.

Llamó a Carlos. A las diez de la mañana, hora de L.A. Carlos estaba contento. Había escapado a la ley de deportación de Bobby K.

Bobby lo había juzgado en Nueva Orleans. Carlos era el dueño de Nueva Orleans. Allí era inmune a la ley.

La arrogancia Kennedy.

El jurado absuelve a Carlos. Bobby se cabrea. Jack muere una hora más tarde.

Las calles estaban muertas. Los escaparates pasaban. El brillo de diez mil televisores.

Era su espectáculo.

Él había desarrollado el plan. Pete Bondurant había ayudado. Carlos había dado el visto bueno y se había puesto de acuerdo con la gente de Guy Banister. Guy había embellecido el plan. Guy se lo había apropiado. Guy lo había revisado. Guy lo había estropeado.

Pete estaba en Dallas. Acababa de casarse. Se alojaba con su mujer en el Adolphus. Guy B. andaba por ahí. Guy B. estaba en algún lugar cercano.

Littell contó escaparates. Todos distorsionados por el cristal ahumado. Visiones confusas, indistintas. Sus pensamientos se dispararon. Sus pensamientos cobraron coherencia.

Hablar con Pete. Matar a Oswald. Asegurar el consenso de que sólo ha habido un francotirador.

La limusina llegó al centro de Dallas. Littell se puso la placa.

Estaba cerca de la plaza Dealey. El edificio del DP quedaba próximo. Buscar:

El almacén de textos escolares / un anuncio de la Hertz / columnas griegas.

Ahí...

Las columnas. El anuncio. Gente que llora en Houston con Elm. Un vendedor de perritos calientes. Monjas que sollozan.

Littell cerró los ojos. El chófer giró a la derecha y bajó por una rampa. El chófer se detuvo de forma repentina. Las ventanillas traseras descendieron.

Alguien tosió. Alguien dijo:

—¿Señor Littell?

Littell abrió los ojos. Vio un aparcamiento subterráneo. Había un federal de aspecto aniñado apoyado en el coche. Se le veía muy tenso.

—Soy el agente especial Burdick, señor y, bueno, el ayudante del jefe de agentes especiales dijo que usted vendría directamente y que vería a los testigos.

Littell cogió su portafolios. El arma le raspó la cadera. Se apeó. Se desperezó. Se limpió las gafas.

Burdick no se despegó de él. Burdick lo acompañó hasta un montacargas. Pulsó el 3.

—Tengo que decirle, señor, que esto es como un manicomio. Tenemos gente que dice que fueron dos francotiradores, tres, cuatro. Ni siquiera coinciden en la proceden...

—¿Los han aislado?

—Pues no.

—¿Quién los interroga?

El chico pareció turbado. Tragó saliva.

—¿Qué agencias, hijo?

—Pues estamos nosotros, el DPD, la Oficina del Sheriff y...

Se abrió la puerta. El ruido era atronador. La sala de la brigada estaba abarrotada.

Littell miró alrededor. Burdick se mostró ansioso. Littell no le prestó atención.

Los testigos estaban ansiosos. Cada uno llevaba una etiqueta con su nombre. Estaban sentados en un banco.

Treinta y pico personas. Que hablaban, que se irritaban, que contaminaban datos.

Cubículos al fondo de la sala. Policías y civiles. Amontonados en cuartuchos de interrogatorio. Policías aturdidos y civiles conmocionados.

Cuarenta escritorios. Cuarenta teléfonos. Cuarenta polis hablando muy alto. Placas distintas en los trajes. Papeleras volcadas. Desorden interagencias y...

—Señor, ¿podemos...?

Littell se acercó. Estudió el banco. Los testigos se movían. Los testigos fumaban. Los ceniceros llenos pasaban de mano en mano.

Yo vi esto / yo vi aquello / la cabeza le estalló. No paraban de hablar. Un mal trabajo. Pura palabrería disparatada entre testigos.

Littell buscó taciturnos. Testigos creíbles.

Se mantuvo a distancia. Observó el banco. Vio a una mujer. Cabello oscuro. Atractiva. Treinta y cinco años, como mínimo.

Estaba sentada muy quieta. Se la veía calmada. Miraba una puerta de salida. Vio a Littell y desvió los ojos sin parpadear.

Burdick se acercó con un teléfono. Con un gesto, susurró: «Es él.» Littell agarró el teléfono. El cable se tensó.

—Sea conciso —dijo el señor Hoover.

Littell se tapó la oreja con la mano.

El ruido de la sala casi se apagó.

—La fase preliminar de la investigación se ha desarrollado con ineptitud. De momento, es lo único de lo que estoy seguro.

—No me sorprende ni me decepciona, y estoy absolutamente convencido de que Oswald actuó sin ayuda. Su trabajo consiste en seleccionar los nombres de los testigos potencialmente molestos que pudieran contradecir esta tesis.

—Sí, señor —dijo Littell.

Burdick le tendió una tablilla. Estaba cubierta de notas sujetas con una pinza. Una lista de los testigos / declaraciones grapadas / permisos de conducir adjuntos.

El teléfono calló. Burdick lo agarró. Littell cogió la tablilla. Las notas abultaban tanto que la pinza se doblaba.

Echó un vistazo a las notas. Declaraciones de dos líneas. Permisos de conducir confiscados. Seguro de detención. Datos ambiguos: 3 / 4 / 5 / 6 disparos. 1 / 2 / 3 direcciones.

La valla del montículo herboso. El edificio del almacén de libros. El triple paso subterráneo. Disparos desde delante. Disparos fallados. Disparos desde atrás.

Littell miró las fotos de los permisos de conducir.

Testigo núm. 6: Disparos en Houston con Elm. Testigo núm. 9: Disparos desde el montículo herboso. La mujer tranquila: 2 disparos / 2 direcciones. Su nombre y señas: Arden Smith / West Mockingbird Lane.

El lugar estaba lleno de humo. Littell retrocedió. El humo lo hizo estornudar. Chocó contra un escritorio. Dejó las notas. Se dirigió a los cubículos.

Burdick lo siguió. El ruido se hizo más intenso. Littell examinó los cubículos.

De lo más cutre. Sin máquina de escribir ni taquígrafos.

Observó el cubículo núm. 1. Un poli delgado interrogaba a un chico delgado. El chico reía. Cuánta tontería. Mi padre votó a Nixon.

Littell observó el cubículo núm. 2. Un poli gordo interrogaba a un hombre gordo.

—No le discuto lo que me ha contado, señor Bowers —decía el policía.

El señor Bowers llevaba una gorra de ferroviario. El señor Bowers se crispó.

—Por décima vez, a ver si ya me puedo ir a casa... Yo estaba en lo alto de la torre, detrás de esa valla del montículo herboso. Vi dos coches patrullando por allí..., mierda..., una media hora antes del atentado, y a dos hombres de pie justo en el límite de la valla, y entonces, en el mismo instante en que oí los disparos, vi un destello de luz en ese mismo lugar.

El poli garabateó en el papel. El señor Bowers sacó un cigarrillo. Littell lo observó. Se le encogió el estómago.

No conocía el plan del francotirador. Distinguía a los testigos creíbles. Bowers se mostraba intratablemente firme. Bowers era bueeeno.

Burdick avisó a Littell con unos golpecitos en el brazo. Littell se volvió en redondo y le devolvió los golpecitos.

—¿Qué?

Burdick retrocedió.

—Nada, estaba pensando que una media hora después del atentado el DPD descubrió a unos tipos, indigentes o algo así, en una furgoneta de los ferrocarriles que estaba detrás de la valla. Los sacó de allí y los hemos metido en el depósito.

A Littell se le encogió más aún el estómago.

—Llévame —le ordenó.

Burdick abrió la marcha. Pasaron ante los cubículos. Pasaron por una sala de descanso. Allí los pasillos se cruzaban. Tomaron hacia la izquierda. Llegaron a un calabozo.

—Agente Burdick —chirrió un intercomunicador—. Preséntese en recepción, por favor.

—Tengo que irme —dijo Burdick.

Littell asintió. Burdick hizo gestos nerviosos. Burdick se largó. Littell agarró los barrotes. La luz era mala. Entornó los ojos.

Vio a dos vagabundos. Vio a Chuck Rogers:

Chuck era el hombre de Pete. Trabajos sucios / CIA. Chuck era uña y carne con Guy B.

Rogers vio a Littell. Los vagabundos no le prestaron atención. Rogers sonrió. Littell se tocó la placa. Rogers hizo como que disparaba con un rifle.

Movió los labios. «¡Pum!»

Littell retrocedió.

Enfiló el pasillo. Dobló a la derecha. Llegó a un vestíbulo. Entró en él. Vio una puerta lateral.

La abrió. Vio escaleras de incendios y peldaños que descendían. Al otro lado del vestíbulo: un retrete. Una puerta con el cartel «carcelero».

La puerta del retrete se abrió.

Salió el señor Bowers. Se desperezó. Se subió la bragueta. Se colocó bien los huevos.

Vio a Littell. Entornó los ojos. Miró su placa.

—Del FBI, ¿verdad?

—Exacto.

—Bueno, me alegro de encontrarlo, porque he olvidado contarle una cosa al otro agente.

Littell sonrió.

—Yo se lo diré.

Bowers se rascó el cuello.

—Bien, pues dígale que vi a unos policías sacar del coche a esos vagabundos y que uno de ellos se parecía al tipo que vi junto a la valla.

Littell sacó su bloc de notas.

Garabateó. Se manchó de tinta. Le tembló la mano. Le tembló el bloc.

—Lo siento de veras por Jackie —dijo Bowers.

Littell sonrió. Bowers sonrió. Bowers se tocó la gorra. Jugueteó con unas monedas que tenía en el bolsillo. Echó a andar. Se alejó despaaaaacio.

Littell lo observó.

Bowers dobló a la derecha. Bowers llegó al vestíbulo principal. Littell apretó los puños. Contuvo el aliento.

Se acercó a la puerta del retrete. Le dio al tirador. Lo forzó.

La puerta se abrió. Littell entró.

Un espacio de cuatro metros por cuatro. Absolutamente vacío. Un escritorio / una silla / un colgador de llaves.

Papeles clavados en un tablero de corcho.

Expedientes de los vagabundos. «Doyle» / «Paolino» / «Abrahams». Sin fotos policiales.

O sea:

Rogers constaba con identidad falsa. Era la que había dado cuando lo habían detenido.

Una llave en el colgador. Del tipo de las que se usan para las celdas. Latón grueso.

Littell cogió los expedientes. Se los metió en el bolsillo. Cogió la llave. Tragó saliva. Salió con todo el descaro. Se dirigió al calabozo.

Abrió la puerta. Rogers informó a los vagabundos. Rogers los hizo levantar. Les dijo que no hicieran ruido. Les dio ánimos.

—Tenemos un salvador. Haced lo que yo diga.

Los vagabundos se apretujaron. Salieron. Caminaron pegados a la pared.

Littell avanzó. Llegó al vestíbulo principal. Tenía delante la sala de la brigada. Se detuvo, tapando la visión desde ella. Hizo una señal a Rogers. Le indicó la salida de incendios. Largo...

Oyó pasos. Los vagabundos chillaron. Soltaron risillas sonoras. La puerta de incendios crujió. Un vagabundo gritó: «¡Aleluya!» La puerta de incendios se cerró de golpe.

Littell notó una corriente de aire. El sudor se le heló. El pulso se le descontroló.

Entró en la sala de la brigada. Las piernas le temblaban. Chocó contra escritorios. Chocó con las paredes. Chocó con policías.

El banco de los testigos estaba lleno de humo. Había veinte cigarrillos encendidos. Arden Smith ya no estaba.

Littell miró alrededor. Miró los escritorios. Vio la lista con los
nombres de los testigos.

La cogió. Cotejó declaraciones y permisos de conducir. Las pertenencias de Arden Smith ya no estaban.

Miró en los cubículos. Miró en los pasillos. Miró por la ventana.

Ahí está Arden Smith. En la calle. Camina deprisa. Se aleja.

Cruza Houston entre los coches. Llega a la plaza Dealey.

Littell parpadeó.

La había perdido. Se había esfumado entre la multitud que lloraba a Jack.

3

Pete Bondurant
(Dallas, 22/11/63)

La suite nupcial. El no va más en folladeros.

Empapelado dorado. Cupidos. Alfombras y sillas rosa. Una colcha de piel de imitación. De color rosa culito de bebé.

Pete miraba dormir a Barb.

Ésta deslizó las piernas. Las abrió. Empujó las sábanas.

Barbara Jane Lindscott Jahelka Bondurant.

La había traído al hotel temprano. Selló la suite. Dejó fuera las noticias. Ya despertaría. Ya sabría las noticias. Ya se enteraría.

Lo comprendería.

Jodí con Jack en el 62. Fue soso y breve. Tú pinchaste unas habitaciones. Grabaste su voz. En una cinta magnetofónica. El chantaje falló. Tus colegas se reagruparon. Y tú, ahora, has matado a Jack.

Pete movió su silla. Obtuvo visiones nuevas. Barb se revolvió. Se le arremolinó el cabello.

Barb no amaba a Jack. Le hacía servicios. Había sido coautora de la extorsión. No querría ser coautora de su muerte.

18.10 horas. Jack tenía que estar muerto. El chico de Guy lo había dicho. Chuck Rogers tenía un avión escondido. El equipo ya debía de haberse largado.

Barb se retorció. A Pete le dolía la cabeza. Tomó aspirina y whisky.

Sufría de unas jaquecas terribles. Crónicas. Empezaron con el chantaje a Jack. El chantaje falló. Robó cierta heroína de la mafia. Un hombre de la CIA colaboró.

Kemper Cathcart Boyd.

Estaban *très* unidos. Se compincharon. Charlaron con Sam G. Trabajaron para Carlos M. Trabajaron para Santo Trafficante. Todos odiaban a los comunistas. A todos les encantaba Cuba. Todos odiaban al Barbas.

Dinero y carreras de caballos. Agendas dobles. Vamos a desplumar al Barbas. Vamos a llenar de nuevo las arcas de nuestros casinos.

Santo y Sam jugaban con dos barajas. Le hacían la pelota a Castro. Compraban «H» a su hermano Raúl. Carlos se mantuvo puro. No traicionó a la Causa.

Pete y Boyd robaron la droga. Sam y Santo los pillaron. Pete se enteró. Hacían negocios con Castro.

Carlos se mantuvo neutral. Los negocios eran los negocios. Las leyes de la Banda de Chicago estaban por encima de las causas.

Todos odiaban a Bobby. Todos odiaban a Jack. Jack los jodió en Cochinos. Jack hizo batidas contra campos de exiliados cubanos. Jack presionó al Barbas.

Bobby deportó a Carlos. Bobby jodió a la Banda de Chicago. Los jodió muchísimo.

Carlos odiaba a Jack y a Bobby *molto bravissimo*.

Ward Littell los odiaba a ellos. Ward entró ilegalmente a Carlos en el país. Ward le hizo de chico de los recados. Ward llevó su caso de deportación.

Ward dijo: «Carguémonos a Jack.» A Carlos le gustó. Habló con Santo y con Sam.

A ellos les gustó.

Santo y Sam tenían planes. Dijeron: «Carguémonos a Pete y a Boyd. Queremos recuperar nuestra droga. Queremos venganza.»

Ward habló con Carlos y con Sam. Ward intercedió por Pete. El plan de cargárselos quedó aparcado.

El trato:

Os perdonamos la vida. Pero quedáis en deuda con nosotros. Ahora, cargaos a Jack el K.

Guy Banister planeó un atentado. Su plan se parecía al de Littell. Los planes de atentado se convirtieron en una epidemia. Jack cabreaba a fanáticos de todo tipo.

El mamón estaba condenado.

Guy tenía influencia. Guy conocía a Carlos. Guy conocía a exiliados cubanos cabreados. Guy conocía a peces gordos con dinero.

Guy metió en el ajo a un gilipollas. Guy se apropió del plan de Ward.

Se lo contó a Carlos. Carlos le dio el visto bueno. Carlos se cargó el plan de Ward.

Las cosas se embarullaron. Hubo cambio de personal. Gente de Pete y de Ward colaboró con el equipo de Guy.

Hubo fallos. De último minuto. Pete y Boyd los arreglaron.

Santo y Sam odiaban a Boyd. Levantaron la veda contra él. Kemper Boyd... *mort sans doute.*

Barb se movió. Pete contuvo el aliento. La aspirina surtió efecto. La jaqueca se desinfló.

Santo y Sam le habían perdonado la vida. Carlos lo apreciaba. Él amaba a la Causa. Los Chicos tenían planes. Tal vez encajara en ellos.

Había trabajado para Howard Hughes. Del 52 al 60. Hizo de macarra para él. Le consiguió droga. Le hizo de guardaespaldas.

Ward Littell defendió a Hughes ante la ley. Hughes quería comprar todo Las Vegas.

Hughes deseaba locamente el Strip de Las Vegas. Hughes ambicionaba todos los hoteles-casino.

Hughes tenía un plan. El plan llevaría años. Los Chicos también tenían un plan.

Vendamos Las Vegas. Estafaremos a Howard Hughes. Mantendremos nuestros equipos de trabajo. Desplumaremos a Hughes y seguiremos siendo los dueños de Las Vegas.

Carlos contrató a Ward. El trabajo de Ward sería:

Hacer de intermediario del trato y adaptarlo a nuestro estilo.

Los Chicos contrataron a Pete. Los Chicos le dieron a entender que:

Se desplazara a Las Vegas. Trabajara con Ward. Preparara el terreno para el asunto de Hughes. Conoces el trabajo de matón. Conoces la heroína. Podríamos saltarnos nuestra regla de «droga, no». Podríamos dejar que les vendieras a los negros.

Podríamos no matarte. Podríamos no matar a tu reina del twist.

Barb había dejado fuera su vestuario. Lentejuelas azules y verdes. Dos pases por noche. Su esposa y el trío de su ex maridito.

Una habitación triste. Una Barb triste. Eleva una plegaria por Jack.

Las noticias del golpe precedieron al golpe. Los tipos del equipo hablaron. Los tipos del equipo sabían. Hesh Ryskind se alojó en el Adolphus. Hesh tenía cáncer. Hesh venía a regocijarse y a morir.

Hesh contempló el desfile. Hesh murió. Hesh estiró la pata al mismo tiempo que Jack.

Pete tocó la cama. Cabellos rojos sobre sábanas rojas. Un fuerte contraste de colores.

Sonó el timbre de la puerta. *Eyes of Texas* en si bemol. Barb ni se enteró. Pete se acercó a la puerta. La abrió.

Mierda...

Allí estaba Guy Banister.

Guy sudaba a mares. Guy tenía más de sesenta años. Guy sufría ataques cardíacos.

Pete salió. Cerró la puerta. Guy le metió prisas. Agitó un vaso de cóctel.

—Ven. He alquilado una habitación al final del pasillo —dijo.

Pete lo siguió. La alfombra sacó chispas. Guy abrió la puerta de su habitación y la cerró con el pasador.

Guy cogió una botella de Old Crow. Pete se la arrebató al instante.

—Dime que los dos están muertos y que no la hemos cagado.

Guy revolvió el contenido del vaso.

—El rey John I ha muerto, pero mi chico mató a un pasma y lo han detenido.

Pete se quedó de piedra. El mundo se le vino abajo.

—¿El poli que se suponía que tenía que matarlo?

Guy miró la botella fijamente. Pete se la devolvió.

—Exacto. Tippit —respondió Guy—. Mi chico sacó una pipa y se lo cargó en Oak Cliff.

—¿Tu chico sabe cómo te llamas?

Guy descorchó la botella.

—No, lo contraté a través de un intermediario.

Pete golpeó la pared. Saltaron esquirlas de pintura. Guy derramó la bebida.

—Pero tu chico sabe el nombre del intermediario. El intermediario sabe tu nombre y tu chico, tarde o temprano, cantará. No dirás que no tengo razón, joder...

Guy se sirvió una copa. La mano le temblaba. Pete se sentó a horcajadas en una silla. La jaqueca lo atacó de nuevo. Encendió un cigarrillo. La mano le temblaba.

—Tenemos que matarlo.

Guy secó lo que había derramado.

—Tippit tenía un hombre de refuerzo, pero quiso actuar solo. Era un trabajo para dos hombres y ahora estamos pagando el error.

Pete apretó con fuerza el respaldo de la silla. Las varillas vibraron. Una se soltó y se astilló.

—No me digas lo que tendríamos que haber hecho. Dime cómo podemos llegar hasta tu chico.

Guy se sentó en la cama. Se desperezó cómodamente.

—Le he dado ese trabajo al refuerzo de Tippit.

—¿Y? —preguntó Pete.

—Y tiene acceso a la cárcel, es lo bastante hijo de puta para hacer el trabajo y debe pasta a algunos casinos, lo cual significa que está en deuda con la Banda.

—Y hay más —dijo Pete—. Intentas colarme una sarta de buenas noticias.

—Bueno...

—¿Bueno, qué, joder?

—Bueno, que es un tío duro, que no quiere hacerlo y que está pillado en un trabajo conjunto con un pasma de Las Vegas.

—Lo convenceremos. —Pete hizo sonar los nudillos.

—No lo sé. Es un tío duro.

Pete tiró el cigarrillo y dio de lleno a Guy. Éste gritó. Se lo sacudió de encima. Quemó la almohada.

Pete carraspeó.

—Si tu chico habla, serás el primero al que Carlos se cargue.

Se oyó un televisor. De la habitación contigua. Las paredes filtraban el sonido. «La nación está de luto... El valor de la primera dama...»

—Tengo miedo —dijo Guy.

—Es el primer comentario sensato que has hecho en toda la tarde.

—Pero de tomas formas nos lo hemos cargado. Hemos conmocionado al mundo.

Al jodido se le encendió el rostro. Sudores y sonrisas penosos.

—Cuéntame el resto.

—¿Por qué no brindamos por el caído?

—¿Y qué hay de Rogers y del tirador profesional?

—De acuerdo, pero vayamos por partes. —Guy carraspeó—. El señor Hoover ha mandado llamar a Littell tan pronto como se ha enterado y lo he visto en el DPD. La policía cogió a Rogers en una redada, pero Littell lo ha dejado escapar y ha traspapelado los documentos. Llevaba un carné de identidad falso, de modo que, por esta parte, estamos limpios, creo.

Fallos / arreglos.

—¿Y el profesional? ¿Se ha largado?

—Ningún problema. Ha bajado a McAllen y ha cruzado la frontera a pie. Ha dejado un mensaje en mi casa de Nueva Orleans. Lo he llamado y me ha dicho que todo va bien.

—¿Y que pasa con Rog...?

—Está en un motel de Forth Worth. Littell ha dicho que los testigos están confusos y que cuentan diferentes historias, y que el señor Hoover está removiendo cielo y tierra para demostrar que todo lo hizo mi chico. Littell ha dicho que sólo hay un tipo del que debamos preocuparnos.

—Sigue —exigió Pete—. No me hagas pensar tanto.

—Bien. Littell dijo que un ferroviario había identificado a Rogers, por lo que, en mi experta opinión, tendríamos que cargárnoslo.

Pete negó con un movimiento de la cabeza.

—Está demasiado relacionado con el atentado. Lo mejor sería que volviese al trabajo como si nada hubiera pasado.

—Entonces, metámosle un poco de miedo.

—No. Que lo haga el refuerzo. Que se monte un número entre policías.

El televisor vecino sonó con estruendo: «Una nación que llora / un único asesino.»

—Una cosa más. —Guy se cruzó de brazos.

—Te escucho.

—Bien. He hablado con el profesional. Piensa que existe la posibilidad de que Jack Ruby lo arregle todo.

Ruby: correo de dinero procedente de operaciones ilegales / macarra / antiguo chivato de Littell / empresario de un club de striptease.

—Yo tenía escondido al equipo en un piso franco de Oklahoma. Rogers llamó a Ruby para que preparase un poco de diversión. El profesional dijo que Ruby se presentó con dos chicas y un lacayo, y que vieron los rifles y que... espera..., no te pongas nervioso, le he dicho al refuerzo que interrogue a Ruby y que se entere de lo que sabe.

Pete sintió que el suelo se le abría bajo sus pies. Fue como caer en un pozo, pero se sobrepuso a la caída.

—Tal vez tengamos que cargárnoslos —dijo Guy.

—No —replicó Pete.

A Guy volvió a encendérsele el rostro. Guy previó el ataque cardíaco núm. 3.

—¿No? ¿El gran hombre dice «no»? ¿El gran hombre dice «no» como si no supiera que los chicos están hablando y que andan diciendo por ahí que ha perdido el gusto por la vida?

Pete se puso en pie. Se miró los pulgares. Apretó los puños. Agarró las varillas de la silla. Tiró de ellas. Dejó la silla destrozada.

Guy se descompuso. Guy se meó en los pantalones. La mancha se extendió. Tenía la entrepierna empapada. Mojó las sábanas.

Pete salió. El pasillo se hundió bajo sus pies. Las paredes lo sostuvieron. Regresó a su suite. Se detuvo antes de entrar. Oyó el televisor.

Oyó a Barb sollozar. La oyó arrojar sillas contra una pared.

4

(Dallas, 22/11/63)

Una cagada de perro en la pasarela. Una bailarina sorteó los trozos de mierda. Bienvenidos al Carousel Club.

Los policías aplaudían. Los policías jaleaban. Los policías eran los dueños de la sala. El club estaba cerrado al público. El propietario era un admirador de Jackie. El propietario era un admirador de JFK.

Apuntémonos al luto. Escondamos nuestra euforia. Mostremos cierto respeto.

Si tenías placa, entrabas. El propietario era un admirador de la pasma. El anfitrión: Jack Ruby.

Wayne entró. Wayne mencionó el nombre de Maynard Moore. Ruby lo hizo sentar. Los polis de Dallas eran altos. Botas con tacones y orgullo. Wayne medía 1,83. Los tipos del DPD hacían que se sintiera enano.

Junto a la pista se alzaba el estrado de la orquesta. Un saxo y un batería en acción. Dos bailarinas se desnudaban. La rubia se parecía a Lynette. La morena se parecía a Janice.

Moore se demoraba. En el club había mucho ruido. El combo tocaba *Night Train*. Wayne bebía 7-Up. La música le molestaba. Los redobles de batería dispararon una imagen.

Pop: se carga a Wendell Durfee. Pop: deja otra pistola en el lugar de los hechos para confundir a la policía.

Una bailarina se contoneó a su lado. Llevaba dos cubrepezones. Le asomaba el felpudo. Un poli tiró de la cuerda de su braguita. Ella se acercó con otro contoneo.

Ruby se ocupaba de la sala.

Recogía restos de comida. Vaciaba ceniceros y ahuyentaba al perro del escenario. Servía bebidas. Encendía cigarrillos. Demostraba cierta pena.

Un cabrón había matado a su presidente. El cabrón era un beatnik. La mujer que le llevaba la contabilidad se había largado. Había roto la cooperación. Había pasado de él. No pasaría de sus amigos.

Ruby debía pasta a Hacienda. Arden dijo que ayudaría. Arden era un chocho pestilente. Arden robaba y mentía. Tenía una dirección falsa. Un beatnik había matado a su héroe.

Entró Maynard Moore. Jaleó. Soltó un grito rebelde. Arrojó su sombrero. Una bailarina lo cogió.

Moore se acercó a Ruby. Ruby exclamó: «Oh, mierda.» El perro se entrometió. Moore lo cogió. Lo besó. Le retorció la cola.

Ruby arrugó la nariz. Chico, me matas.

Moore soltó el perro. Moore se pasó con Ruby. Le dio un empujón. Tiró de su medalla en forma de estrella de David. Le quitó el sombrero de un golpe.

Wayne observó. Moore estrujó a Ruby.

Le tiró de la pajarita. Lo agarró por los tirantes. Lo golpeó en el pecho. Ruby se retorció. Chocó contra una máquina de condones.

Moore le dio un meneo. Ruby sacó un pañuelo. Se secó la cabeza.

Wayne se acercó. Agarró a Moore.

—Pete está en la ciudad. A la gente no le gustará lo que puedas saber, de modo que tal vez te veas debiendo algunos favores.

Wayne carraspeó. Moore giró en redondo. Ruby cerró la mano en torno a su medalla en forma de estrella de David. Moore sonrió.

—Wayne, éste es Jack. Jack es un yanqui de pura cepa, pero aun así nos cae bien.

Moore tenía algo urgente que hacer en Plano. Wayne dijo que muy bien. A la mierda. Demos largas al asunto. Pospongamos lo de Wendell Durfee.

No había nada de tráfico. Soplaba una suave brisa. Moore conducía su coche particular. Un Chevrolet 409 —tubos de escape cromados y neumáticos anchos— por la autopista Stemmons depriiisa.

Wayne se agarró al salpicadero. Moore bebía Everclear. Los vapores picaban mucho.

La radio aullaba. Un predicador hacía proselitismo.

John K. (de kapullo) amaba al Papa Rojo. Había vendido el alma a las Naciones Judinidas. Dios bendiga a Lee H. (de héroe) Oswald.

Wayne bajó el volumen. Moore soltó una carcajada.

—Tienes muy poca capacidad para aceptar la verdad, a diferencia de tu padre —dijo Moore entre risas.

Wayne abrió la ventanilla.

—¿Todos los chicos del DPD son como tú o en tu caso pasaron de hacerte el test de inteligencia?

Moore hizo caso omiso del comentario y dijo:

—El DPD tiene tendencias derechistas. Hay algunos del Klan y algunos seguidores de John Birch. Es como los panfletos que distribuye tu padre: «¿Te apuntas al rojo o al rojo, blanco y azul?»

—Sus panfletos venden. —Wayne sintió la lluvia—. Y no lo verás pasear por Texas cubierto con una sábana.

—Seguro que no, para su eterna deshonra.

La lluvia llegó. La lluvia se marchó. Wayne escurrió el bulto.

Los humos irritaban. El coche zumbó. Wayne contó basura reciente.

Las Vegas Oeste. Asalto en primer grado / ocho cargos. Un blanco pega a unas putas de color.

Las cogió. Las llevó a casa. Les pegó. Les sacó fotografías. Al DPLV no le importó.

A él sí le importó. Se lo contó a Wayne Senior. Wayne Senior se burló del asunto.

Moore salió de la autopista. Moore rastreó calles laterales. Puso las luces cortas. Miró los rótulos de las calles. Tomó una de ellas, con casas adosadas a los lados.

Rozó varios bordillos. Leyó los nombres de los buzones de correo. Encontró el que buscaba. Frenó y apagó el motor.

Wayne entornó los ojos. Vio el nombre: «Bowers.»

Wayne se desperezó. Moore se desperezó. Moore cogió una bolsa de emparedados.

—No tardaré más de dos minutos.

Wayne bostezó. Moore se apeó. Wayne se apeó y se apoyó contra el coche.

La casa era ordinaria. Pintura desconchada y estuco agrietado. El césped estaba seco.

Moore se dirigió al porche. Llamó al timbre. Un hombre abrió la puerta. Moore le mostró la placa. Obligó a entrar al hombre de un empujón. Cerró la puerta de una patada.

Wayne estiró las piernas. Admiró el coche.

Dio una patada a los neumáticos. Tocó los tubos. Abrió el capó. Olió las válvulas del combustible. Reconoció el olor. Descompuso los óxidos que lo componían.

Ahora eres policía. Un buen policía. Sigues siendo un buen químico.

Alguien gritó. Wayne cerró el capó de un golpe. Amortiguó el grito núm. 2.

Unos perros ladraron. Las cortinas se agitaron. Los vecinos miraron hacia la casa de Bowers.

Moore salió.

Sonrió. Se tambaleó ligeramente. Se limpió una mancha de sangre de la camisa.

Regresaron a Dallas. Moore mascaba Red Man. Sintonizó una emisora. Escuchó música de Wolfman Jack. Imitó su aullido. Movió los labios en sincronía con el R&B.

Llegaron al barrio negro. Encontraron la chabola del tipo. Cuatro paredes. Contrachapado y cola blanca.

Moore aparcó en el jardín. Rozó una Lincoln de lujo. Las ventanillas estaban bajadas. El interior resplandecía.

Moore escupió jugo de Red Man. Manchó bien los asientos.

—Apuesto a que pronto habrá un coche llamado Kennedy. Y todos los negros en cautiverio robarán y violarán para tener uno.

Wayne se acercó a pie. Moore dio marcha atrás. La puerta estaba abierta. Wayne miró al interior. Vio a un tipo de color.

El tipo estaba agachado. El tipo estaba ocupado. Ajustando su televisor. Tocaba el sintonizador. Tiraba del cable. Las interferencias y la nieve aumentaron.

Wayne llamó. Moore entró. Moore vio una especie de altar.

Un JFK iluminado. Estampas de Bobby. Una imagen de Martin Luther King.

El tipo los vio. Se puso en pie. Tembló. Se apoyó en el televisor. Wayne entró.

—¿Es usted el señor Jefferson? —preguntó.

Moore escupió en una silla. Moore salpicó alrededor.

—Es el chico. Alias Jeff, alias Jeffy. ¿Crees que no hago los deberes?

—Sí, señor. Soy yo.

—No te preocupes, no tendrás ningún problema. —Wayne sonrió—. Estamos buscando a un amigo de...

—¿Cómo es que tenéis todos esos apellidos de presidente? La mitad de los tipos a quienes detengo tienen nombres más distinguidos que el mío.

—Sí, señor, es cierto, pero no sé qué responderle, así que...

—Detuve a un tipo llamado Roosevelt D. McKinley y ni siquiera sabía de dónde había robado su madre los apellidos, lo que es verdaderamente lamentable.

Jeff se encogió de hombros. Moore lo imitó. Se quedó flácido. Los ojos se le hincharon. Sacó una porra de cola de castor.

El televisor chisporroteó. Se fijó una imagen. Ahí está Lee Oswald.

Moore escupió en la pantalla.

—Ese tío... Tendrías que poner su nombre a tus hijos. Ha matado a mi amigo J. D. Tippit, que era un blanco cojonudo, y me ofende estar en la misma habitación que tú el día de su muerte.

Jeff se encogió de hombros. Jeff miró a Wayne. Moore volteó la porra.

La tele se apagó. Los tubos estallaron.

Jeff se crispó. Las rodillas le temblaron. Wayne le tocó el hombro. Moore lo imitó. Moore mariconeó.

—Vaya par de... En cualquier momento empezarán a hacer manitas.

Aquello surtió efecto...

Wayne empujó a Moore. Moore tropezó. Derribó una lámpara.

Wayne metió a Jeff en la cocina a empujones. Jeff tembló como un maricón.

A duras penas cabían los dos. El fregadero obstaculizaba sus movimientos. Wayne cerró la puerta de una patada.

—Wendell Durfee ha huido. Siempre viene a Dallas. ¿Por qué no me cuentas lo que sabes sobre eso?

—Yo no sé nada, agente.

—No me llames agente. Dime lo que sabes.

—No sé dónde está Wendell, agente, quiero decir, señor. Si miento, que me caiga muerto aquí mismo.

—Me estás mintiendo. Deja de hacerlo o te pondré en manos de ese experto.

—No estoy engañándolo, señor. No sé dónde está Wendell.

Las paredes temblaron. Se armó la de Dios en la habitación de al lado. El barullo lo montó Wayne.

Golpes de porra. El duro acero chocando contra astillas de madera y cola.

Jeff tragó saliva. Jeff tembló. Jeff se mordió un padrastro.

—A ver qué me cuentas de esto —dijo Wayne—. Trabajas en Dr. Pepper. Hoy has cobrado.

—Exacto, que me caiga muerto aquí mismo si estoy mintien...

—Y has pagado a la Oficina de la Libertad Condicional.

—Exacto, lo he hecho.

—Y te queda algo de dinero que te está quemando en el bolsillo.

Wendell es tu compañero de apuestas. Seguro que puedes decirme dónde hay hoy una timba.

Jeff se chupó el padrastro. Tragó saliva.

—Y entonces, ¿cómo es que no estoy jugando ahora mismo?

—Porque le has prestado casi todo tu dinero a Wendell.

Un cristal se rompió. El barullo que montó Wayne:

Un golpe de porra. Una pantalla de televisor jodida.

—Wendell Durfee. Dime dónde está o le explicaré a la policía de Texas que has estado haciendo guarradas con niños blancos.

Jeff encendió un cigarrillo. Se atragantó con el humo. Tosió.

—Liddy Baines. Salía con Wendell. Ella sabía que yo le debía dinero; pasó por aquí y dijo que Wendell intentaba largarse a México. Le di toda mi paga excepto cinco dólares.

La madera crujió. Las paredes se estremecieron. El suelo tembló.

—¿Dirección?

—La Setenta y uno con Dunkirk. La segunda casita blanca después de la esquina.

—¿Y el lugar de la timba?

—En la Ochenta y tres con Clifford. En el callejón que hay junto al almacén.

Wayne abrió la puerta. Jeff se quedó detrás de él. Se agachó. Moore vio a Wayne. Lo saludó con la cabeza. Le guiñó un ojo.

El televisor ya no funcionaba. El altar estaba hecho polvo. Las paredes trituradas y cubiertas de escupitajos.

Era verdad.

Moore tenía una pipa para confundir a la policía. Una pipa de aire comprimido. Un forense estaba en deuda con él. Le falsificaría el parte de daños.

Wayne tenía sed. Notó unos pinchazos. Los huevos se le contrajeron.

Subieron al coche. Se adentraron más en el barrio negro. Fueron a la casa de Liddy Baines.

No había nadie. ¿Dónde estás, Liddy?

Encontraron una cabina de teléfonos. Moore llamó a la central. Le dieron datos de Liddy Baines.

Ninguna orden de búsqueda / ningún cargo / no tenía coche.

Fueron a la Ochenta y tres con Clifford. Pasaron por delante de desguaces y basureros. Tiendas de licor. Bancos de sangre. La Mezquita de Mohamed núm. 12.

Recorrieron el callejón. Vieron a una puta. Farolas. Caras. Una manta extendida.

Un gordo tiraba los dados. Un tipo rechoncho se golpeaba la frente. Un tipo delgado recogía dinero.

Moore se detuvo en la Ochenta y dos. Cogió su pistola. Wayne sacó su pipa. Moore se puso tapones en los oídos.

—Si está ahí, lo detendremos. Luego lo llevaremos a las afueras y nos lo cargaremos.

Wayne intentó hablar. La garganta se le cerró. Le chirrió la voz. Moore guiñó un ojo y masculló un «jo, jo».

Se acercaron a pie. Se hendieron en las sombras. Se agacharon. El aire se secó. El terreno se hundió. Wayne tropezó.

Llegaron al callejón. Wayne oyó hablar en el argot de los jugadores de dados.

Wayne vio a Wendell Durfee.

Sus piernas se doblaron. Trastabilló. Pisó una lata de cerveza. Los hombres de los dados alzaron la cabeza.

¿Qué dices?

¿Quién?

¿Eres tú?

Moore apuntó. Disparó. Pilló desprevenidos a tres hombres. Les acribilló las piernas. Agujereó la manta. Destrozó el dinero. El cañón explosionó. Rugido de calibre 12. Altos decibelios muy cerca.

Alcanzaron a Wayne de lleno. Se quedó sordo. El humo de la pólvora lo cegó. Moore disparó contra un cubo de basura. El cabrón consiguió huir.

Wayne se frotó los ojos. Recuperó parcialmente la visión. Los jugadores de dados chillaron. Se dispersaron. Wendell Durfee echó a correr.

Moore apuntó alto. Dio en una pared. Las balas pasaron silbando. Algunas dieron en el sombrero de Durfee. Cortaron la banda. Destrozaron la pluma.

Durfee corrió. Wayne corrió.

Wayne apuntó con su pistola hacia delante y hacia arriba. Durfee apuntó con la suya hacia atrás.

Los dos abrieron fuego. El callejón se llenó de puntos de luz. Los disparos hicieron muescas en las paredes.

Wayne lo vio. Wayne lo sintió. No oyó un carajo.

Disparó. Falló. Durfee disparó. Falló. Cañones escupiendo fuego. Ondas sonoras. Ningún sonido real.

Corrieron. Se detuvieron. Dispararon. Corrieron a toda velocidad.

Wayne hizo seis disparos. Todo un tambor. Durfee hizo ocho. Un cargador completo.

Las llamas cesaron. Ninguna luz. Ningún rótulo con direcciones...

Wayne tropezó.

Resbaló. Cayó. Comió gravilla del callejón. Olió a pólvora. Chupó colillas y polvo.

Rodó por el suelo. Vio luces giratorias. Vio luces color cereza que daban vueltas. Dos coches patrulla. A sus espaldas. Fords del DPD.

Captó algunos sonidos. Se puso en pie. Recobró el aliento. Retrocedió. Caminó arrastrando los pies. Lo oyó.

Allí estaba Moore. Allí estaba la policía. Los jugadores de dados yacían boca abajo. Esposados / encadenados / pringados.

Pantalones desgarrados. Quemaduras de balas. Muescas. Heridas hasta el hueso.

Se debatían. Wayne oyó gritos a medias.

Moore se le acercó. Dijo algo. Gritó.

Wayne oyó «Bowers». Se le destaparon los oídos. Captó sonidos completos.

Moore tendió hacia él su bolsa de emparedados. Moore la abrió. Wayne vio sangre y cartílago. Wayne vio el pulgar de un hombre.

5

(Dallas, 23/11/63)

Coronas mortuorias en las ventanas / banderas / pancartas en los alféizares. Las ocho de la mañana. El día después, los apartamentos Glenwood quieren a Jack.

Dos plantas. Doce ventanas en la fachada. Flores y una patrullera 109 de juguete, como la de JFK en Corea.

Littell se apoyó en su coche. La fachada se expandió. El sol la iluminaba. Localizó el coche de Arden Smith. Localizó su garaje.

Littell había tomado prestado un coche del Buró. Había investigado los antecedentes de Arden Smith. Estaba limpia. Littell consiguió los papeles de su vehículo. Localizó su Chevrolet.

Ella se había sentido sucia. Había visto el atentado. Se había marchado corriendo del DPD. Ese coche olía a «fugitiva».

Arden vivía en el apartamento 2-D. Littell había inspeccionado el patio interior. Sus ventanas daban a él. Ninguna bandera. Ningún juguete. Ningún altar.

Había trabajado hasta medianoche. Se había hecho espacio para montarse un despacho. El tercer piso era un manicomio. La policía interrogaba a Oswald. Todo estaba lleno de equipos de las cadenas de televisión.

La maniobra de los vagabundos había funcionado. Rogers se había ido tan ancho. Los vagabundos habían escapado sin problemas. Littell había visto a Guy B. Le había dicho que buscara a Lee Bowers.

Leyó las declaraciones de los testigos. Leyó las notas del DPD. Todo era ambiguo. El señor Hoover presentaría un decreto. Los agentes lo respaldarían. Las pruebas que apuntaban a un único tirador tendrían coherencia.

Lee Oswald era un problema. Guy lo había dicho. Guy lo había llamado «chiflado».

No era Oswald quien había disparado. Lo había hecho el profesional. Lo había hecho desde la ventana de Lee. Rogers había disparado desde la valla.

Lee conocía al intermediario de Guy. Policías y federales lo interrogaron toda la noche. No dio nombres. Guy dijo saber por qué.

El chico quería que le prestasen atención. Estaba bien pringado. Quería la fama para él solo.

Littell consultó su reloj. Las 8.16. Sol y nubes bajas.

Contó banderas. Contó coronas de flores. En los Glenwood querían a Jack. Sabía por qué. Él también había querido a Jack. Él también había querido a Bobby.

Nunca conoció a Jack. Con Bobby se habían visto una vez.

Intentó unirse a ellos. Kemper Boyd lo apoyó. Bobby desdeñó sus referencias. Boyd desplegó su lealtad en varios frentes. Trabajó para Jack y para Bobby. Trabajó para la CIA.

Le consiguió un trabajo a Littell. Ward: contacta con Carlos Marcello.

Carlos odiaba a Jack y a Bobby.

Jack y Bobby rechazaron a Littell.

Littell construyó su propio odio. Lo matizó. Odiaba a Jack. Lo conocía bien. La observación socavaba la imagen. Jack tenía mucha labia. Jack tenía desparpajo. Jack no tenía rectitud.

Bobby era la rectitud personificada. Bobby amaba la rectitud. Bobby castigaba a los tipos malos. Ahora, Littell odiaba a Bobby. Bobby lo despreciaba. Bobby menospreciaba su respeto.

El señor Hoover pinchó locales de la mafia. Consiguió pistas. Se olió el atentado. Nunca se lo dijo a Jack. Nunca se lo dijo a Bobby.

El señor Hoover conocía a Littell. Disecó su odio. Lo instó a perjudicar a Bobby.

Littell tenía una prueba. Acusaba a Joe Kennedy de antigua connivencia con la mafia. Littell había tenido un encuentro de media hora con Bobby hacía sólo cinco días.

Había pasado por su oficina. Le había hecho escuchar una grabación. La cinta acusaba a Joe Kennedy. Bobby era listo. Tal vez relacionara la cinta con el atentado. Tal vez la considerara una amenaza.

No digas que ha sido un golpe de la mafia. No manches el apellido Kennedy. No manches el santo nombre de Jack. Siéntete cómplice. Siéntete culpable. Siéntete maaal.

Tu cruzada contra la mafia ha matado a tu hermano. Hemos matado a Jack para joderte.

Littell vio un noticiario en televisión. La noche anterior, a última hora, el avión presidencial llega a Washington D.C. Bobby baja. Bobby camina en calma. Bobby consuela a Jackie.

Littell había matado a Kemper Boyd. Por orden de Carlos. Se lo había cargado el jueves. Le había dolido. Estaba en deuda con la mafia y aquello arreglaba las cuentas.

Había visto a Bobby con Jackie. Le había dolido más que lo de Boyd.

Arden Smith salió.

Tiraba de una bolsa. Caminaba deprisa. Llevaba faldas y telas. Littell se acercó. Arden Smith alzó la vista. Littell le mostró la placa.

—¿Sí?

—En la plaza Dealey, ¿recuerda? Usted presenció el atentado.

Arden Smith se apoyó contra un coche. Dejó caer la bolsa. Inclinó las faldas.

—La observé en la sala de la brigada. Calculó usted sus posibilidades, tomó una decisión y debo admitir que estoy impresionado. Pero tendrá que explicar por qué...

—Mi información era redundante. Cinco o seis personas oyeron lo que dije, y sólo quería olvidarlo todo.

Littell se apoyó contra el coche.

—¿Y ahora se traslada?

—Sólo temporalmente.

—¿Se marcha de Dallas?

—Sí, pero no tiene nada que ver con...

—Estoy seguro de que no tiene nada que ver con lo que vio, y lo único que quiero saber es por qué robó su declaración preliminar y su carné de conducir de las pertenencias de los testigos y se marchó sin pedir permiso.

—Mire, señor... —La mujer se echó el cabello hacia atrás.

—Littell.

—Mire, señor Littell, yo intenté cumplir con mis deberes de ciudadana. Fui al Departamento de Policía y traté de hacer una declaración anónima, pero un agente me retuvo. Estaba muy conmocionada, de veras, y lo único que quería era irme a casa y empezar a hacer las maletas.

Su voz surtía efecto. Era firme y sureña. Era culta.

Littell sonrió.

—¿Podemos entrar? No me siento muy cómodo hablando aquí fuera.

—De acuerdo, pero tendrá que perdonar el estado de mi apartamento.

Littell sonrió. Ella sonrió. Arden Smith abrió el camino. Pasaron unos niños corriendo. Disparaban pistolas de juguete. Un niño gritó: «¡No me dispares, Lee!»

La puerta estaba abierta. La habitación delantera era un caos. Todo envuelto y a punto para el traslado.

Ella cerró la puerta. Dispuso unas sillas. Se sirvió una taza de café. Se sentaron. Ella encendió un cigarrillo. Sostuvo la taza entre las manos.

Littell echó la silla hacia atrás. El humo le molestaba. Sacó su bloc de notas. Dio unos golpecitos con el bolígrafo.

—¿Qué opina de John Kennedy?

—Qué pregunta más extraña...

—Es que soy curioso. Usted no parece una persona que se deje cautivar fácilmente, y no me la imagino contemplando a un hombre desfilar en un coche.

—Usted no me conoce, señor Littell. —Arden Smith cruzó las piernas—. Creo que su pregunta dice más de usted y del señor Kennedy de lo que está dispuesto a reconocer.

Littell sonrió.

—¿De dónde es usted?

—De Decatur, Georgia.

—Y ahora, ¿adónde va a mudarse?

—He pensado probar suerte en Atlanta.

—¿Cuántos años tiene?

—Ya lo sabe, porque me ha investigado antes de venir a verme.

Littell sonrió. Arden sonrió. Dejó caer ceniza en la taza.

—Pensaba que los hombres del FBI trabajaban en pareja —dijo.

—Andamos escasos de personal. No contábamos con que este fin de semana hubiese un magnicidio.

—¿Dónde está su pistola? Todos los hombres de esa agencia van armados.

—Ya ha visto mi identificación. —Littell apretó el bolígrafo.

—Sí, pero todo esto me suena a farsa. Aquí hay algo raro.

El bolígrafo se partió en dos. Goteó tinta. Littell se limpió las manos en la chaqueta.

—Usted es una profesional. Ayer lo supe. Ha llegado demasiado lejos y eso me lo confirmó. Tendrá que convencerme de que...

El teléfono sonó. Arden lo miró. Sonó tres veces. Arden se puso en pie. Fue al dormitorio. Cerró la puerta.

Littell se limpió las manos. Se manchó los pantalones y la chaqueta. Miró alrededor. Estudió la habitación. Examinó las paredes:

Allí...

Una cómoda lista para su traslado. Cuatro cajones.

Se puso en pie. Inspeccionó los cajones. Encontró calcetines y ropa interior. Encontró una superficie lisa. Plástico tamaño tarjeta postal. Lo sacó.

Allí...

Un carné de conducir de Misisipí.

A nombre de Arden Elaine Coates.

La dirección de un apartado de correos.

Fecha de nacimiento: 15/4/27. En su carné de conducir de Texas constaba: 15/4/26.

Volvió a dejarlo en su sitio. Cerró los cajones. Se sentó deprisa. Cruzó las piernas. Remoloneó. Fingió tomar notas.

Arden Smith salió. Arden Smith sonrió, fingiendo.

Littell tosió.

—¿Por qué vio pasar a la comitiva desde la plaza Dealey?

—Oí decir que ahí era desde donde se veía mejor.

—Eso no es del todo cierto.

—Sólo le digo lo que oí decir.

—¿Quién se lo dijo?

Ella parpadeó.

—No me lo dijo nadie. Lo leí en el periódico cuando anunciaron el recorrido.

—Y eso, ¿cuándo fue?

—No lo sé. Hará un mes o así.

—Eso no es cierto. —Littell sacudió la cabeza—. Anunciaron el recorrido hace sólo diez días.

—Soy muy mala para las fechas. —Se encogió de hombros.

—No, no lo es —replicó Littell—. Es buena para las fechas, como también lo es para todo lo que se propone.

—Eso usted no lo sabe. Usted no me conoce.

Littell la miró fijamente. A Smith se le puso la carne de gallina.

—Usted está asustada, huye.

—Es usted el que está asustado, y todo esto no tiene nada que ver con el FBI.

A Littell se le puso la carne de gallina.

—¿Dónde trabaja?

—Trabajo por mi cuenta, como tenedora de libros.

—No le he preguntado eso.

—Hago chanchullos para que los hombres de negocios no tengan problemas con Hacienda.

—Le he preguntado que dónde trabaja.

—Trabajo en un sitio llamado club Carousel. —A Arden Smith le temblaban las manos.

A Littell le temblaban las manos.

El Carousel / Jack Ruby / tipos de la mafia / policías corruptos.

Littell la miró. Ella lo miró.

Se produjo un contacto telepático entre ambos.

6

(Dallas, 23/11/63)

Una seguridad de mierda. Una chapuza. Pura negligencia. Debilidad.

Pete recorrió las dependencias del Departamento de Policía. Guy B. le había conseguido un pase. No lo necesitó. Un menda vendía falsificaciones. El mismo menda vendía hierba y fotos porno.

Las puertas delanteras estaban abiertas. Todo estaba lleno de gente. Los vigilantes posaban para unas fotos. En la acera serpenteaban cables de cámaras. La calle estaba hasta los topes de furgonetas de los medios.

Los periodistas deambulaban. Entrevistemos al fiscal del distrito. Entrevistemos a los pasmas. Muchos policías. Federales / DPD / agentes de la Oficina del Sheriff. Todos hablando por los codos.

Oswald es comunista. Oswald es rojo. Oswald admira a Fidel. Le gusta la música folk. Admira a Martin Lucifer Negro. Sabemos que ha sido él. Tenemos el arma. Lo hizo él solo. Creo que es maricón. No puede mear si hay hombres en la misma habitación.

Pete deambuló. Inspeccionó los pasillos. Esbozó planos de su trazado. Tenía jaqueca. Una laaaarga y jodida jaqueca.

Barb se había enterado.

Había dicho: «Lo has matado tú. Tú y Ward y esos tipos de la Banda para los que trabajas.»

Pete mintió. Pete se enfureció. Barb lo miró a los ojos.

«Marchémonos de Dallas», había dicho. Y él había dicho: «No.» Barb se largó a su espectáculo.

Él fue caminando hasta el club. El negocio iba mal. Barb cantaba para tres *drag queens*.

Barb lo miró como si no lo viera. Él regresó solo.

Pete durmió solo. Barb durmió en el baño.

Pete deambuló. Pasó ante Homicidios. Se detuvo en la sala 317. Había una multitud ante la puerta. Un poli la abrió.

Ahí está Oswald. Por lo que se ve le han atizado. Está esposado a una silla.

La multitud entró. El poli cerró la puerta. Se dispararon las voces...

Yo conocía a J. D. J. D. era del Klan. J. D. no lo era. Tendrán que trasladarlo rápido. Lo harán, seguro. A la prisión del condado.

Pete deambuló. Pete esquivó a unos mendas que empujaban unos carritos. Los mendas vendían bocadillos. Otros mendas los compraban, los engullían y sorbían ketchup.

Pete hizo planos de los pasillos. Pete tomó notas.

Una chapuza de calabozo. Un depósito contiguo. Celdas en el sótano. Una sala de prensa contigua. Comunicados / periodistas / cámaras de televisión.

Pete deambuló. Vio a Jack Ruby. Jack repartía bolígrafos en forma de polla.

Vio a Pete. Intentó encajarlo. Alucinó. Se le cayeron los bolígrafos en forma de polla. Se agachó muuuucho.

Se le rasgó el pantalón. Llevaba unos calzoncillos a cuadros escoceses marca BVD.

Maynard Moore lo irritaba.

Su mal aliento. Sus dientes cariados. Sus agudezas respecto al Klan.

Se encontraron en un aparcamiento. Se sentaron en el coche de Guy. Tenían delante una iglesia de negros y un banco de sangre. Moore llevó un *pack* de seis cervezas. Bebió una y tiró la lata.

—¿Has interrogado a Ruby? —preguntó Pete.

—Sí —respondió Moore—. Y creo que sabe.

Pete echó su asiento hacia atrás. Moore levantó las rodillas.

—Uf, y ahora ¿qué? Me estás agobiando.

Guy vació su cenicero.

—Hablemos de los detalles. Una vez que Jack empiece a hablar, no habrá manera de hacerlo callar.

Moore abrió la lata de cerveza núm. 2.

—Bueno, todo el mundo, el equipo, quiero decir, está en el motel de Jack Zanguetty en Altus, Oklahoma, donde los hombres son hombres y las vacas tienen miedo.

—Ahórrate los detalles turísticos. —Pete hizo sonar los nudillos.

Moore eructó.

—Schlitz, desayuno de campeones.

—Maldita sea, Maynard —dijo Guy.

—De acuerdo. —Moore soltó una risita—. Así pues, Jack R. recibe una llamada de su viejo amigo Jack Z. Al parecer, el piloto y el francés querían titis para divertirse y Jack R. dice que las conseguirá.

El piloto: Chuck Rogers. El francés: el profesional. Sigamos la política de no mencionar nombres.

—Continúa —dijo Pete.

—Bien —dijo Moore—. Pues que Ruby sube allí con su colega Hank Killiam y un par de chicas, Betty McDonald y Arden no-sé-qué. Betty accede a correrse la fiesta con ellos, pero Arden no, lo que cabrea al francés. Le pega, ella lo quema con un plato caliente y luego se larga. Ahora, Ruby no sabe dónde vive Arden y cree que usa un montón de alias. Y lo más grave es que todo el mundo vio los rifles y las dianas y que tal vez vieran un mapa de la plaza Dealey tirado por ahí.

Guy sonrió. Guy hizo el gesto de cortarse el cuello. Pete sacudió la cabeza. Evocó un recuerdo muy antiguo.

Una bomba explota. Grandes llamaradas. A una mujer se le quema el cabello.

Moore eructó.

—Schlitz, la mejor cerveza de Milwaukee.

—Vas a cargarte a Oswald —dijo Pete.

Moore se atragantó. Soltó una rociada de espuma de cerveza.

—Y un huevo. Yo, no. Eso es una misión de kamikaze, y no voy a hacerlo. Y menos ahora, que tengo un trabajo de extradición y un compañero flojo que no querrá colaborar.

Guy echó su asiento hacia atrás. Moore tenía cada vez menos espacio.

—Tú y Tippit la habéis cagado. Debes pasta al casino y tienes que pagar.

Moore abrió la cerveza núm. 3.

—Ni de coña. No voy a tirar mi vida por la borda porque deba unos cuantos dólares a unos italianos que nunca los necesitarán.

—Tienes razón, Maynard. —Pete sonrió—. Lo único que has de hacer es averiguar cuándo lo trasladarán. Nosotros nos encargaremos del resto.

—De acuerdo —dijo Moore tras eructar—. Es un trabajo que no va a interferir con los otros asuntos que tengo entre manos.

Pete extendió la mano hacia atrás. Abrió la puerta trasera. Moore se apeó. Se desperezó. Saludó con la mano.

—Que tío tan inútil —dijo Guy.

Moore montó en su 409. Quemó goma en cantidad.

—Lo mataré —dijo Pete.

Betty McDonald vivía en Oak Cliff, Dallas.

Pete llamó al DPD. Se hizo pasar por pasma. Consiguió sus antecedentes. Cuatro cargos por prostitución. Uno por falsificación de cheques. Uno por consumo de droga.

Investigó sobre «Arden». No había apellido.

Se pasó por el Egyptian Lounge. Carlos tenía garitos. Joe Campisi era el jefe de mesa.

Joe mandaba en el DPD. Los polis hacían apuestas. Los polis perdían. Los polis le debían pasta a Joe. Joe era un acreedor duro. La deuda más el 20 %.

Pete habló con Joe. Pete pidió prestados diez mil pavos. Pete lo calificó de operación de riesgo. Nadie dijo cargároslos. Nadie dijo metedles miedo. Nadie dijo un carajo. Guy no era de la Banda de Chicago. Sus deseos no significaban un carajo.

Joe le dio un *calzone*. Pete comió en la autopista. El queso se le metió entre los dientes.

Salió de la autopista. Dio una vuelta por Oak Cliff. Encontró la dirección: Una cabaña de rifles / cutre / tres habitaciones pequeñas.

Aparcó. Metió cinco mil en la caja del *calzone*. La llevó consigo. Pete llamó a la puerta. Esperó. Comprobó si había testigos presenciales.

No había nadie en casa. Ningún testigo presencial.

Sacó un peine. Dobló las púas. Forzó la cerradura. Pete entró y cerró la puerta despacio.

La habitación principal olía. Marihuana y col. La luz que entraba por la ventana lo cegó.

Habitación principal / cocina / dormitorio. Tres estancias seguidas.

Fue a la cocina. Abrió el frigorífico. Un gato se restregó contra sus piernas. Pete le tiró un poco de pescado. El gato se lo zampó. Él se zampó unos quesitos.

Recorrió el piso. El gato lo siguió. Paseó por la habitación principal. Corrió las cortinas. Movió una silla. Se sentó junto a la puerta.

El gato saltó a su regazo. El animal clavó las garras en la caja del *calzone*. La sala estaba fría. La silla era blanda. Las paredes lo llevaron al pasado.

Callejón de los recuerdos: L.A., 14/12/49.

Es policía. Reprime las huelgas del condado. Tiene buenos negocios paralelos. Hace chantajes. Extorsiona a maricones. Hace redadas en el Swish Alps.

Vigila timbas de cartas. Procura abortos. Es un francés *quebecois*. Ha hecho la guerra. Ha conseguido el permiso de residencia.

Finales del 48. Su hermano Frank llega a L.A.

Frank era médico. Frank tenía malas costumbres. Frank hizo malas amistades. Iba de putas, jugaba, perdía dinero.

Frank hacía abortos. Le hizo un raspado a Rita Hayworth. Era el «abortista de las estrellas». Frank jugaba a las cartas. Frank perdía dinero. Frank se apuntaba a las timbas de Mickey Cohen.

Frank salía de fiesta con abortistas. Conoció a Ruth Mildred Cressmeyer. Ruth hacía abortos. Ruth amaba a su hijo Huey. Huey daba palos.

Huey dio un palo en la timba de Mickey. A Huey se le cayó la máscara. Los jugadores lo identificaron. Pete tenía la gripe. Se había tomado la noche libre. Mickey le dijo a Pete que matara a Huey.

Huey se escondió. Pete encontró su piso. Un ex burdel en El Segundo.

Pete pegó fuego al piso. Se quedó en el patio. Contempló las llamas. Cuatro sombras salieron corriendo. Pete les disparó. Las dejó que gritaran y se quemaran.

Era de noche. Sus cabellos ardieron. El humo devastó sus caras. Los periódicos dieron la noticia. «Cuatro muertos en un incendio en la playa.» Los periódicos identificaron a las víctimas.

Huey. Ruth. La novia de Huey.

Y:

Un médico francocanadiense: François Bondurant.

Alguien llamó a su padre. Alguien se chivó de Pete. Su padre lo llamó. Le suplicó: Di que NO. Di que no fuiste TÚ.

Pete balbuceó. Lo intentó. Fracasó. Sus padres quedaron afligidos. Aspiraron humo del tubo de escape. Se descompusieron dentro del coche.

El gato se había dormido. Pete lo acarició. El tiempo se volvió esquizofrénico. Pete permaneció en la oscuridad.

Se adormiló. Se movió. Oyó algo. La puerta se abrió. Entró luz.

Pete se puso en pie de un salto. El gato brincó. La caja del *calzone* salió volando.

Ahí estaba Betty Mac.

Cabello rubio. Curvas. Sombras arlequinescas.

Betty vió a Pete. Gritó. Pete la agarró y cerró la puerta de una patada.

Ella se revolvió. Gritó. Le clavó las uñas en el cuello.

Él le tapó la boca. Ella apretó las mandíbulas, lo mordió.

Pete trastabilló. Dio una patada a la caja del *calzone*. Topó con un interruptor de pared. La luz se encendió. El dinero se desparramó.

Betty miró al suelo. Vio el dinero. Pete retiró la mano. Pete se frotó la mordedura.

—Cógelo, por Dios. Lárgate antes de que alguien te haga daño.

Ella se tranquilizó. Él se tranquilizó.

Ella se volvió y le vio la cara.

Pete apagó el interruptor. La luz de la sala se apagó. Estaban muy cerca. Se olían el aliento. Se apoyaron contra la puerta.

—¿Y Arden? —preguntó Pete.

Betty tosió. Tos de fumadora. Pete olió su último porro.

—No voy a hacerle daño. Venga, ¿sabes lo que tenemos...?

Ella le puso un dedo en los labios.

—No lo digas. No le pongas nombre.

—Entonces, dime dónde...

—Arden Burke. Me parece que está en los apartamentos Glenwood.

Pete pasó por su lado. El cabello de la mujer se le enredó en la cara. Su perfume se le pegó a la ropa. Salió del apartamento. La mano le dolía. El sol lo cegó.

El tráfico era un desastre. Pete sabía por qué.

La plaza Dealey estaba cerca. Llevemos allí a los niños. Disfrutemos de la historia y de unos perritos calientes.

Pete se largó de Oak Cliff. Encontró el bloque de Arden. Unos cuarenta apartamentos o más. Aparcó fuera. Inspeccionó las vías de acceso. El patio interior excluía robos con escalo.

Examinó los buzones. Ninguna Arden Burke. Arden Smith en el 2-D.

Pete recorrió el patio. Miró las placas de las puertas: 2-A/B/C...

Se detuvo de repente.

Reconoció el traje. Reconoció la corpulencia. Reconoció el cabello escaso.

Retrocedió. Se agachó. Observó.

Justo allí...

Ward Littell y una mujer alta. Hablaban muy juntos, abstraídos del mundo.

DOCUMENTO ANEXO: 23/11/63. Transcripción literal de una llamada telefónica del FBI. Encabezamiento: GRABADA A INSTANCIAS DEL DIRECTOR / CLASIFICADA CONFIDENCIAL 1-A: SÓLO PUEDE VERLA EL DIRECTOR. Hablan: el director Hoover y Ward J. Littell.

JEH: ¿Señor Littell?

WJL: Buenas tardes, señor. ¿Cómo está usted?

JEH: Déjese de cortesías y cuénteme qué pasa en Dallas. Las dimensiones metafísicas de la supuesta tragedia no me interesan. Vaya al grano.

WJL: Yo diría que las cosas son alentadoras, señor. Se ha hablado un mínimo de conspiración, y al parecer se ha establecido un consenso muy fuerte, pese a algunas declaraciones ambiguas de los testigos. He pasado mucho rato en el DP y me han dicho que el presidente Johnson ha hablado en persona con el jefe Curry y con el fiscal del distrito, y que ha expresado su deseo de que se confirme el consenso.

JEH: Lyndon Johnson es un hombre contundente y persuasivo, y habla una lengua que esos vaqueros comprenden. Y ahora, siga con los testigos.

WJL: Yo diría que se puede intimidar, desacreditar e interrogar a los contradictorios de manera absolutamente satisfactoria.

JEH: ¿Ha leído las declaraciones de los testigos, asistido a los interrogatorios y sufrido el inevitable alud de pistas lunáticas que habrán llegado por teléfono?

WJL: Exacto. Las pistas telefónicas eran especialmente imaginativas y vengativas. John Kennedy había generado mucho resentimiento aquí en Dallas.

JEH: Sí, y del todo justificado. Y siguiendo con los testigos, ¿ha entrevistado a alguno en persona?

WJL: No, señor.

JEH: ¿No tienen ningún testigo con una declaración especialmente provocativa?

WJL: No, señor. Lo que tenemos es un consenso alternativo en lo que se refiere al número de disparos y a las trayectorias de éstos. Es un texto confuso, señor. No creo que pueda hacer frente a la versión oficial.

JEH: ¿Cómo calificaría la investigación realizada hasta ahora?

WJL: De incompetente.

JEH: ¿Y cómo la definiría?

WJL: De caótica.

JEH: ¿Cómo valoraría las medidas que se toman para proteger al señor Oswald?

WJL: Diría que son de mala calidad.

JEH: ¿Y eso le preocupa?

WJL: No.

JEH: El fiscal general ha pedido que se le ponga al día periódicamente. ¿Qué me sugiere que le diga?

WJL: Que un joven psicópata y necio mató a su hermano y que ha actuado en solitario.

JEH: El Príncipe de las Tinieblas no es un cretino. Seguro que sospecha de las mismas facciones que la mayoría de gente metida en el ajo.

WJL: Sí, señor. Y no me cabe duda de que se siente cómplice.

JEH: Percibo en su voz un tono de compasión impropio de usted, señor Littell. No voy a hacer comentarios sobre su prolongada y compleja relación con Robert F. Kennedy.

WJL: Sí, señor.

JEH: No puedo hacer otra cosa que pensar en ese fanfarrón que tiene por cliente, James Riddle Hoffa. El Príncipe es su *bête noire*.

WJL: Sí, señor.

JEH: Estoy seguro de que al señor Hoffa le gustaría saber qué opina el Príncipe de ese vistoso homicidio.

WJL: A mí también me gustaría saberlo, señor.

JEH: No puedo hacer otra cosa que pensar en ese grosero que tiene por cliente, Carlos Marcello. Sospecho que le encantaría acceder a los turbados pensamientos de Bobby.

WJL: Sí, señor.

JEH: Estaría bien tener una fuente de información cercana al Príncipe.

WJL: Veré qué puedo hacer al respecto.

JEH: El señor Hoffa parece regocijarse de manera impropia. Ha dicho al *New York Times*, comillas, ahora Bobby Kennedy es sólo un abogado más, cierro comillas. Es un sentimiento feliz, pero creo que en la comunidad italiana hay algunos que apreciarían una mayor discreción por parte del señor Hoffa.

WJL: Le aconsejaré que no abra la boca, señor.

JEH: Y otra cuestión relacionada. ¿Sabía usted que el Buró tiene una ficha de Jefferson Davis Tippit?

WJL: No, señor.

JEH: Ese hombre pertenecía al Ku Klux Klan, al Partido por los Derechos de los Estados Nacionales, al Partido del Renacimiento Nacional y a una nueva y dudosa escisión, la Legión Relámpago. Estaba muy relacionado con un agente del Departamento de Policía de Dallas llamado Maynard Delbert Moore, un hombre de ideología similar y del que se dice que tiene una conducta pueril.

WJL: ¿Ha obtenido esa información a través de alguna fuente del DPD, señor?

JEH: No. Tengo un corresponsal en Nevada. Es una persona que distribuye panfletos, se dedica a la venta por correo y tiene contactos muy intensos y profundos en las derechas.

WJL: ¿Un mormón?

JEH: Sí. Todos los *führer-manqués* de Nevada son mormones y ese hombre es, indiscutiblemente, el que tiene más talento de todos.

WJL: Suena interesante, señor.

JEH: Usted me está tomando el pelo, señor Littell. Sé perfectamente bien que Howard Hughes pierde el culo por los mormones y que tiene sus codiciosos ojos puestos en Las Vegas. Siempre compartiré con usted una cantidad discreta de información, si usted me lo pide de una manera que no insulte mi inteligencia.

WJL: Lo siento, señor. Ha captado usted mi intención, y ese hombre no parece interesante.

JEH: Es muy útil y está muy diversificado. Por ejemplo, dirige en secreto un pasquín racista. Ha colocado a algunos de sus suscriptores como informadores en grupos del Klan que el Buró tiene controlados para acusarlos de fraude postal. Así contribuye a eliminar a la competencia de su negocio.

WJL: Y conocía al fallecido agente Tippit.

JEH: Lo conocía o sabía de él. Lo consideraba, o no, un insensato y un extravagante, ideológicamente hablando. Siempre me ha parecido sorprendente y divertido quién conoce a quién y en qué contextos generales. Por ejemplo, el jefe de Agentes Especiales de Dallas me dijo que un ex agente del Buró, un hombre llamado Guy Williams Banister, está en la ciudad este fin de semana. Otro agente, por su lado, me contó que Banister se ha visto con ese amigo de usted, Pierre Bondurant. Las personas imaginativas podrían advertir esa confluencia e intentar vincular a hombres como ésos con un compinche de todos ustedes, Carlos Marcello y su odio hacia la Familia Real, pero no estoy dispuesto a dejarme llevar por esos vuelos de la imaginación.

WJL: Sí, señor.

JEH: Su tono de voz me indica que le gustaría pedirme un favor. ¿Para el señor Hughes, tal vez?

WJL: Sí, señor. Me gustaría ver el expediente principal del Buró sobre los dueños de hoteles-casino de Las Vegas, junto con los expedientes sobre la Comisión de Juego de Nevada, la Junta de Control de Juego y la Junta de Bebidas Alcohólicas del condado de Clark.

JEH: La respuesta es sí. ¿Favor por favor?

WJL: Ciertamente, señor.

JEH: Me gustaría impedir los posibles rumores acerca del señor Tippit. Si la Oficina de Dallas tiene un expediente sobre él, me gustaría que desapareciera antes de que los colegas en los que menos confío sientan el deseo de hacer pública esa información.

WJL: Esta noche me encargaré de ello, señor.

JEH: ¿Cree que se mantendrá el consenso de un único tirador?

WJL: Haré todo lo que pueda para conseguirlo, señor.

JEH: Que tenga un buen día, señor Littell.

WJL: Lo mismo digo, señor.

7

(Dallas, 23/11/63)

Llenazo. Caos. Tonterías.

El hotel recibió quejas. Echó la culpa a Lee Oswald.

El lugar era un hervidero. Estaba hasta los topes. Los reporteros tenían que compartir habitación. Colapsaron las líneas de teléfono. Agotaron el agua caliente. Desbordaron al servicio de habitaciones.

El hotel recibió quejas. Echó la culpa a Lee Oswald.

Nuestros huéspedes están de luto. Nuestros huéspedes lloran y ven la tele. Están encerrados. Llaman por teléfono a sus lugares de origen. Discuten a fondo el espectáculo.

Wayne paseó por la suite. Wayne tenía dolor de oído. El ruido de la explosión persistía.

El servicio de habitaciones llamó. Lamentamos el retraso. Estamos desbordados. Maynard Moore no había llamado. Durfee había escapado. Moore había dejado que se largase.

No había pedido órdenes de búsqueda. No había efectuado detenciones. Había hecho un parte del caos que se había producido en la timba de dados. Un tipo había perdido una rótula. Otro, un litro de sangre. Otro, un dedo del pie.

El señor Bowers había perdido un pulgar. Wayne recreó la imagen.

Sesión continua, toda la noche. Vio la televisión. Hizo llamadas telefónicas. Llamó a la Patrulla de Fronteras. Ordenó detenciones. Cuatro unidades apresaron presuntos y lo llamaron.

Wendell Durfee tenía cicatrices de navaja. Una puta lástima. Los presuntos, no.

Llamó a Lynette. Llamó a Wayne Senior. Lynette lloraba por JFK. Dijo banalidades. Wayne Senior bromeó.

La última palabra de Jack había sido «chocho». JFK había metido mano a una enfermera y a una monja.

Se puso Janice. Janice alabó el estilo de Jack. Lloró por el cabello de JFK. Wayne se rió. Wayne Senior era calvo. Janice Tedrow... *touchée*.

Llamó el servicio de habitaciones. Lo sentimos. Sabemos que su cena se está retrasando.

Wayne vio la televisión. Subió el sonido. Era una rueda de prensa.

Los periodistas hacían preguntas. Un policía se puso furioso. Oswald era un «lunático letal». Wayne vio a Jack Ruby. Llevaba su perro. Distribuía bolígrafos en forma de polla y condones de fantasía.

El policía se calmó y dijo:

—Mañana trasladaremos a Oswald. Hacia el mediodía.

Sonó el teléfono. Wayne quitó el sonido del televisor.

—¿Quién es? —dijo al responder.

—Aquí, Buddy Fritsch, y en todo el día no he logrado contactar contigo.

—Lo siento, teniente. Esto es un descontrol.

—Lo supongo. Y también supongo que has tenido un encuentro con Wendell Durfee y que lo has dejado escapar.

—¿Quién se lo ha dicho? —Wayne apretó los puños.

—La Patrulla de Fronteras. Cumplían tu orden de búsqueda de un fugitivo.

—¿Quiere escuchar mi versión?

—No quiero oír excusas. No quiero saber por qué estás ahí, disfrutando de tu suite de lujo cuando deberías estar dando una batida por la zona.

Wayne pateó un reposapiés. Chocó contra el televisor.

—¿Sabe lo grande que es la frontera? ¿Sabe cuantos puestos fronterizos hay?

Fritsch tosió.

—Lo único que sé es que tú estás ahí sentado con los brazos cruzados, esperando llamadas que no tendrían que producirse si ese negro la hubiese palmado en Dallas. Y me parece que estás gastándote los seis mil dólares que te dieron los chicos del casino sin hacer el trabajo para el que te pagaron.

—Yo no pedí ese dinero. —Wayne dio una patada a una alfombra.

—No, desde luego que no. Y tampoco lo rechazaste, porque eres de la clase de tipos a los que tanto les gusta dar como tomar, así que no...

—Teniente...

—No me interrumpas hasta que tu rango sea superior al mío y escucha lo que tengo que decirte. Tú verás lo que haces: en el Departamento hay chicos que dicen que Wayne Junior es un tío legal y hay chicos que dicen que es un mariquita. Si te haces cargo de lo que tienes entre manos, le taparás la boca a estos últimos y conseguirás que todo el mundo esté orgulloso de ti.

—Teniente... —A Wayne se le llenaron los ojos de lágrimas.

—Así está mejor. Ése es el Wayne Junior que me gusta oír.

—Está en la frontera. —Wayne se secó los ojos—. Me lo dice mi instinto.

Fritsch se echó a reír.

—Creo que tu instinto te dice muchas cosas, pero yo sólo te diré una: ese expediente que te di es de la Oficina del Sheriff; o sea, mira si el DPD tiene uno. Ese negro debe de conocer a otros negros en Dallas, o yo no me llamo Byron B. Fritsch.

Wayne agarró su pistolera. Se le destapó el oído.

—Haré todo lo que pueda.

—No. Lo encontrarás y lo matarás.

Un vigilante lo dejó pasar. Los miembros de una logia masónica hacían cola.

Las escaleras estaban a tope. Los pasillos, atestados. Los ascensores parecían latas de sardinas.

La gente chocaba. La gente comía perritos calientes. La gente derramaba café y Coca-Cola. Los masones se abrieron paso. Llevaban sombreros curiosos. Blandían libretas de autógrafos y bolígrafos.

Wayne los siguió. Se abrieron paso entre equipos de televisión. Subieron por la escalera a empujones.

Llegaron al tercer piso. Llegaron a la sala de la brigada. Estaba a rebosar.

Pasmas. Periodistas. Pequeños delincuentes esposados a sillas. Identificaciones en las solapas: placas / estrellas / credenciales de prensa.

Wayne se prendió la placa. El ruido era doloroso. El oído bloqueado se destapó de nuevo. Wayne miró alrededor. Vio la sala de la brigada. Vio cubículos y puertas de despachos.

Asaltos / Fraudes / Homicidios / Robo de vehículos / Incendios intencionados / Robos.

Wayne se fue hacia allí. Tropezó con un borracho. Un reportero soltó una carcajada. El borracho tiraba de la cadena de las esposas. Hablaba solo.

Jackie necesita el gran *braciole*. Las viudas lo anhelan. Eso es lo que dice la revista *Playboy*.

Wayne llegó a un pasillo lateral. Leyó las placas de las puertas. Vio a Maynard Moore. Moore no lo vio a él. Estaba en una sala que servía de almacén. Hacía fotocopias.

Wayne se agachó. Pasó por una zona de descanso. Oyó el sonido de un televisor a todo volumen. Un poli miraba una conferencia de prensa. En directo, desde el piso de abajo.

Wayne miró los umbrales de las puertas. Jack Ruby pasó por su lado. Seguía a un hombre corpulento.

Lo incordiaba. Le lloraba. Gimoteaba.

—Pete, Pete, por favor...

Wayne dobló el pasillo junto a un calabozo. Los detenidos encerrados en él aullaban. Un pervertido sacaba la polla a través de los barrotes. Se la meneaba deprisa. Cantaba *Some Enchanted Evening*.

Wayne volvió sobre sus pasos. Encontró la sala de archivos. Un espacio sin sillas con doce cajones, dos con la etiqueta «Asociados Conocidos».

Cerró la puerta. Abrió el cajón «A-L». Encontró un expediente. Durfee, Wendell.

Lo hojeó. Se enteró de cosas que ya sabía y de que había una socia nueva.

Rochelle Marie Freelon, FDN: 3/10/39. Dos hijos con Desastre Wendell. 8819 Harvey Street / Dallas.

Dos notas de archivo:

8/12/56: Rochelle acoge a Wendell. Los de la Oficina del Sheriff lo buscan. Nueve citaciones judiciales pendientes. 5/7/62: Rochelle viola su libertad condicional.

Se marcha de Tejas. Va a Las Vegas. Visita a Desgraciado Wendell. Ningún dato sobre vehículos. Ningún contacto reciente. Dos cachorros de Wendell.

Wayne copió los datos. Guardó de nuevo el expediente. Devolvió las hojas sueltas a un cajón. Salió. Recorrió pasillos. Dejó atrás la sala de descanso.

Un televisor le llamó la atención. Había visto algo extraño. Se detuvo. Miró.

Hay un hombre gordo. Está ante un micrófono. Lleva una mano en cabestrillo. Una mano. Un vendaje apretado. Le falta el pulgar.

Un rótulo lo identificaba: «Testigo Lee Bowers.»

Bowers habló. Su voz se quebró.

—Yo estaba en la torre justo antes de que dispararan y... bueno... pues... yo no vi nada.

Bowers desapareció. Apareció un anuncio.

Un personaje de dibujos animados parloteaba. Vendía pasta de dientes Ipana.

Wayne se quedó frío. Como un carámbano. Helado hasta los huesos.

Un poli le dijo:

—¿Te encuentras bien, tío? Parece que estás a punto de vomitar.

Wayne tomó prestado un coche del DPD. Salió solo.

Le indicaron la dirección. Harvey Street estaba en el barrio negro. Los polis lo llamaban el Congo.

Bowers y Moore. Repite eso. Hazlo muy despaaaaacio.

Wayne lo intentó. Era fácil. Estaba chupado.

Moore era un chalado. Moore era un corrupto. Bebía alcohol. Tal vez vendía anfetaminas. Tal vez montaba timbas. Bowers tal vez estaba comprado. Habían discutido. Moore se había cabreado. Bowers había perdido un pulgar.

Wayne llegó al barrio negro. Encontró Harvey Street. Todo muy cutre. Chabolas y gallineros. Patios de tierra entre ellos.

El 8819: en silencio y a oscuras.

Aparcó delante. Puso las luces cortas. Examinó la única ventana. Sin postigos. Sin cortinas. Sin muebles.

Wayne se apeó. Cogió una linterna. Rodeó la chabola. Atajó por el patio trasero. Encontró muebles viejos.

A montones. Como para vender en un rastro. Sofás, sillas, todo material barato.

La emprendió a patadas con ellos. Su linterna despertó una gallina. La gallina batió las alas. Enseñó las uñas. Cacareó.

Wayne pateó un cojín. Lo alcanzó una luz. Un hombre rió.

—Esto ahora es propiedad mía. Tengo un recibo que lo dice.

—¿Te la ha vendido Wendell Durfee? —Wayne se había tapado los ojos.

—Exacto. Él y Rochelle.

—¿Dijeron adónde iban?

—Lejos de esta jurisdicción de blancos fachas. —El hombre tosió.

Wayne se acercó. El hombre era gordo. Estaba muy amarillo. Wayne movió la linterna circularmente. El haz de luz saltó.

—No soy del DPD —dijo Wayne.

—Usted es el tipo de Las Vegas que anda buscando a Wendell —dijo el hombre, dándole unos golpecitos en la placa.

Wayne sonrió. Se desabrochó el abrigo. Se compuso el cinturón. El hombre pulsó un interruptor del porche. El patio se iluminó. Un pit bull se materializó.

Pelaje leonado y músculo. Potencia de mandíbula multiplicada por dos.

—Bonito perro —dijo Wayne.

—Wendell le caía bien —dijo el hombre—, así que a mí también me cayó bien.

Wayne se acercó. El perro le lamió la mano. Wayne le rascó las orejas.

—De todas formas, no siempre me rijo por esa norma —dijo el hombre.

El perro se alborotó. Saltó sobre Wayne y le puso las patas en los hombros.

—¿Porque soy policía?

—Porque Wendell me contó cómo funciona la ciudad de donde viene.

—Wendell ha intentado matarme, señor...

—Willis Beaudine, y Wendell ha intentado matarlo porque usted ha intentado matarlo a él. Y ahora no me diga que el Consejo de Casinos no le ha dado algo de dinero para que se divierta cuando pusieron precio a Wendell.

Wayne se sentó en un escalón del porche. El perro lo olisqueó.

—A los perros se los puede engañar —apuntó Beaudine—. Como a todo el mundo.

—¿Quiere decir que Wendell y Rochelle se han largado a México?

Beaudine sonrió.

—Sí, con sus hijos. ¿Quiere saber lo que pienso? Que ya se han puesto uno de esos sombreros enormes y en este momento se están marcando un baile.

—Para la gente de color, ahí abajo las cosas van mal. —Wayne sacudió la cabeza—. Los mexicanos los odian tanto como algunos de Las Vegas.

—Como la mayoría, quiere decir. —Beaudine sacudió la cabeza—. Como el crupier al que Wendell rajó. El mismo tipo que no deja a la gente de color mear en su lavabo, el mismo tipo que pega a una vieja por vender revistas de los testigos de Jehová en su aparcamiento.

Wayne miró alrededor. Los muebles del patio estaban sucios. Los muebles apestaban.

A comida derramada. A alcohol. A meadas de perro. Madera astillada. Muelles salidos.

Wayne se desperezó. El oído obstruido se le destapó. Tuvo una idea. Una idea disparatada.

—¿Podría usted pedirme una llamada de larga distancia?

—Sí, supongo que sí. —Beaudine se subió el cinturón.

—Con la Patrulla Fronteriza de Laredo. De persona a persona. Pida por el oficial de guardia.

Beaudine se subió el cinturón. Wayne sonrió. Beaudine se ajustó el cinturón... con firmeza.

Una idea disparataaada.

Beaudine entró en la chabola. Encendió luces. Marcó un número. Wayne restregó su rostro contra el del perro. El perro lo besó. El perro le pegó un lametón.

Beaudine sacó el teléfono. El cable vibró. Wayne agarró el auricular.

—¿Capitán?

—Sí. ¿Quién es?

—El sargento Tedrow, del Departamento de Policía de Las Vegas.

—Oh, mierda. Esperaba que cuando nos llamara tuviésemos buenas noticias.

—¿Hay malas noticias?

—Sí. Su fugitivo, una mujer y dos niños intentaron cruzar por McAllen hace una hora, pero los volvieron para atrás. Su fugitivo estaba enloquecido, y nadie lo paró a tiempo. El teniente Fritsch nos mandó un teletipo con su fotografía, pero no relacionamos el asunto hasta que...

Wayne colgó el auricular. Beaudine agarró el teléfono. Beaudine se ajustó el cinturón... con firmeza.

—Será mejor que pasemos cuentas. Esto ha sido una llamada de dos dólares.

Wayne sacó la cartera. Extrajo dos pavos.

—Si intenta cruzar la frontera, lo pescarán; pero si regresa aquí, dígale que yo mismo me haré cargo de él.

Beaudine se subió el cinturón.

—¿Y por qué correría ese riesgo por Wendell?

—Le caigo bien a su perro. Dejémoslo así.

El bar del Adolphus. Medianoche. Sólo hombres. El *post mortem* del gran Jack.

Taburetes de partidarios de Jack. Taburetes, contiguos, de detractores de Jack. Juventud. Espacio sideral. *Ich bin ein Berliner.*

Wayne se sentó entre las facciones. Escuchó tonterías en estéreo de alta fidelidad.

Mierda de vaqueros. Estaturas falsas. Las botas no cuentan. Llamaban a Jack «Don Dinero». Se tomaban libertades. Como si todos hubieran jodido a los gnomos de Hyannis Port.

A tomar por culo. Él había dormido en la cama de Jack. Él se había debatido entre sus sábanas.

Wayne se emborrachó. Nunca se emborrachaba. Bebió bourbon reserva.

El lingotazo núm. 1 lo quemó. El lingotazo núm. 2 le hizo evocar una imagen: el pulgar de Lee Bowers. El lingotazo núm. 3 le taladró las gónadas. Vaya imágenes: Janice. En camiseta de tirantes y pantalón corto.

Jack era un caliente mental. Lo decía Wayne Senior. Martin Luther King jodía con blancas.

Lingotazo núm. 4. Más imágenes:

Durfee intenta cruzar la frontera.

La policía le pierde la pista. Wayne la ha cagado. Lo llaman para que vuelva a casa. Buddy Fritsch recluta a un hombre nuevo. Dicho hombre mata a Wendell D.

Wayne la ha jodido. Fritsch lo jode y lo echa del DPLV. Wayne Senior interviene y dice: «No jodas a mi hijo.»

Lingotazo núm. 5:

El pulgar. La persecución en el callejón. La refriega de la timba.

Jack había puesto en órbita a un hombre. Jack había acojonado a Jruschov. Con Jack se había matriculado el primer estudiante negro en la Universidad del Viejo Misisipí.

Entró Maynard Moore. Traía compañía. Ese tal Pete. El tipo corpulento que estaba con Jack Ruby.

Moore vio a Wayne. Moore se desvió hacia él. Pete lo siguió.

—Vayamos a buscar a ese negro —dijo Moore—. Mi amigo Pete odia a los negros, ¿tú, no, *sahib*?

Pete sonrió. Pete puso los ojos en blanco. Pete lanzó una mirada estúpida a Moore.

Wayne mascaba cubitos de hielo.

—A tomar por culo. Ya lo buscaré yo.

Moore se apoyó contra la barra.

—A tu padre eso no le gustaría. Se daría cuenta de que sois como el día y la noche.

Wayne tiró su bebida. Alcanzó a Moore. En los ojos. El bourbon lo quemó. Un escozor profundo. Alta graduación alcohólica.

El hijo de puta se restregó los ojos. El hijo de puta chilló.

8

(Dallas, 24/11/63)

Pete se retrasaba. Littell fisgoneaba.

Su habitación estaba en lo alto del edificio. La ventana enmarcaba una iglesia. Se celebraba una misa de medianoche.

Littell observó. Un cartel anunciaba la misa. JFK con una orla negra.

Por la tarde, unos chicos lo habían estropeado con pintadas. Littell lo había visto. Esa noche, más tarde, salió a cenar. Vio la obra de cerca.

Jack tenía cuernos de demonio. Jack tenía colmillos. Jack decía: «¡Soy homosexual!»

Llegaron los fieles. Un golpe de viento tiró el cartel. Una mujer lo levantó. La mujer vio la foto de Jack. Su cuerpo se contrajo.

Pasó un coche. Un brazo asomaba por la ventanilla. Un gesto obsceno con el dedo.

La mujer sollozó. Se santiguó. Estrujó cuentas de rosario.

El Statler era de poca categoría. Siempre tan tacaño, el Buró. La vista compensaba.

Pete se retrasaba. Estaba con el poli de refuerzo. El poli tenía detalles. El poli tenía un mapa impreso.

Littell observó la iglesia. Lo distrajo. Le recordó a Arden.

Habían hablado durante seis horas. Habían evitado el tema. Él codificó un mensaje: LO SÉ. SÉ que SABES. No me importa cómo lo SABES. No me importa lo que hayas HECHO.

Ella codificó un mensaje. No voy a indagar tus fuentes. Nadie dijo: «Jack Ruby.»

Hablaron. Omitieron detalles. Codificaron.

Él dijo que era abogado. Que era ex FBI. Tenía una ex esposa y una ex hija no sabía dónde.

Ella estudió las cicatrices de su cara. Él se lo contó lisa y llanamente: «Me las hizo mi mejor amigo.»

Le frère Pete. Un francés *sanglant*.

Ella dijo que viajaba. Que trabajaba. Que compraba y vendía acciones y que hacía dinero. Dijo que tenía un ex marido. No dijo su nombre.

La mujer lo impresionó. Se dio cuenta. Él codificó una respuesta: Eres una profesional. Finges. No me importa.

Ella conocía a Jack Ruby. Utilizó el término «provocar». Él cambió de tema. Le dio consejos. Le dijo que se buscara un motel.

Ella dijo que lo haría. Él le dio su número de teléfono del hotel. Llámeme, por favor. Y hágalo pronto.

Quiso tocarla. No lo hizo. Ella le tocó el brazo una vez. Él se marchó. Volvió a la sede del Buró.

La oficina estaba vacía. No había agentes. El señor Hoover se había asegurado de que así fuera. Littell hurgó en archivadores y encontró la ficha de Tippit.

Pete se retrasaba. Littell hojeó el expediente. Divagaba. Se iba por las ramas.

El DP de Dallas era de extrema derecha. Miembros del Klan. John Birch. Grupos escindidos. El Partido por los Derechos de los Estados Nacionales. Grupos anticomunistas. La Legión Relámpago.

Tippit era del Klan. Pertenecía a la Koalición Klarín del Klan por la Nueva Konfederación. El jefe del DPD era Maynard Moore.

Moore era un chivato del FBI. Su adiestrador era Wayne Tedrow Senior.

Tedrow Senior: «Editor de pasquines» / «Financiador» / «Empresario» / «Amplias posesiones en Las Vegas».

Datos únicos. Familiares. El *Führer manqué* del señor Hoover.

Littell siguió pasando hojas. Littell anotó datos. Tedrow Senior era un ecléctico.

Recogía fondos para la derecha. Tal vez conocía a Guy B. Guy obtenía fondos de la derecha. Algunos peces gordos aportaron dinero para el atentado.

Littell siguió leyendo. Anotó datos. Descubrió una posible conexión.

El poli de refuerzo de Guy, el amigo de Tippit. Lo más probable: Maynard D. Moore.

Lo más probable: que el señor Hoover lo supiera. El señor Hoover había adivinado la conexión.

Littell volvió atrás. Currículum ampliado de Tedrow Senior.

Mormones destacados. Relaciones con la base de la Fuerza Aérea de Nellis. Conectado con la Junta de Control de Juego. Un hijo: policía de Las Vegas.

Senior ocultaba datos de Junior. Junior trabajaba en la Brigada de Inteligencia. Llevaba los archivos. Junior ocultaba datos de Senior.

Senior había ayudado al señor Hoover. «Repartía propaganda.» Contra: Martin Luther King / Conferencia de Líderes Cristianos del Sur.

Littell pasó páginas. Littell tomó notas. Howard Hughes admiraba a los mormones. Tenían sangre «sin contaminar». Tedrow Senior era mormón. Tedrow Senior tenía contactos mormones.

Littell se frotó los ojos. El timbre sonó. Se levantó y abrió la puerta.

Pete entró. Se dirigió hacia el sillón del escritorio. Se arrellanó.

Littell cerró la puerta.

—¿Tan mal? —preguntó.

—Mal —respondió Pete—. El mapa tiene buena pinta, pero el tipo no va a cargarse a Oswald. Está loco, pero no puedo decir que sea tonto.

Littell se frotó los ojos.

—Maynard Moore, ¿verdad? Ése es su nombre.

—Guy patina. —Pete bostezó—. Normalmente va con más cuidado con sus nombres.

—Eso ha sido cosa del señor Hoover —dijo Littell, y sacudió la cabeza—. Tenía una ficha de Tippit y supuso que Maynard Moore no andaría lejos.

—Eso es una interpretación tuya, ¿no? El señor Hoover no fue tan concreto.

—Nunca lo es.

Pete hizo sonar los nudillos.

—¿Estás muy asustado?

—El miedo viene y va, y alguna buena noticia no me sentaría mal.

Pete encendió un cigarrillo.

—Rogers ha conseguido llegar a Juárez. El profesional también bajó, pero la Patrulla de Fronteras lo retuvo y comprobó su pasaporte. Guy ha dicho que el tipo tiene nacionalidad francesa.

—Guy está hablando demasiado —dijo Littell.

—Tiene miedo. Sabe que Carlos piensa: «Si yo hubiera ido con el equipo de Pete y de Ward, todo este lío no habría ocurrido.»

—¿Dónde está? —Littell se limpió las gafas.

—Ha vuelto a Nueva Orleans. Tiene los nervios alterados y está metiéndose digitalis como un jodido yonqui. Todo lo inculpa, y lo sabe.

—¿Y? —preguntó Littell.

Pete abrió una ventana. Entró aire frío.

—¿Y qué?

—Hay más. Guy no regresaría a menos que tuviera una excusa que dar a Carlos.

—Jack Ruby sabe. —Pete arrojó el cigarrillo por la ventana—. Llevó a uno de sus lacayos y a un par de mujeres a ese piso franco. Vieron las dianas y los rifles. Guy anda diciendo que tendríamos que cargárnoslos. Creo que se lo propondrá a Carlos para librarse de todo el marrón.

Littell tosió. El pulso se le aceleró.

Contuvo el aliento.

—No podemos cargarnos a cuatro personas tan próximas al atentado. Sería demasiado obvio.

—Eso está claro, joder. —Pete rió—. No tengo huevos suficientes para cargarme a civiles, y comprendo que tú tampoco los tengas.

—Aparte de Ruby. —Littell sonrió.

Pete se encogió te hombros.

—Jack tampoco es santo de mi devoción.

—Las mujeres, entonces. Es precisamente de eso de lo que estamos hablando.

—No voy a negociar sobre eso. —Pete cerró los puños—. Ya he aconsejado a una que se largara, pero no he conseguido encontrar a la otra.

—Dime sus nombres.

—Betty McDonald y Arden no-sé-qué.

Littell se tocó la corbata.

Littell se rascó el cuello.

Se crispó. Le faltaba el aliento. Tragó saliva. En la habitación hacía frío. Littell cerró la ventana.

—Oswald.

—Sí.

—Si la palma, todo esto desaparece.

—¿Cuándo van a trasladarlo?

—A las once y media. Si para entonces no ha dicho el nombre del intermediario de Guy, nos habremos librado del marrón.

Littell tosió.

—Voy a interrogarlo en privado. El ayudante del jefe de Agentes Especiales me ha dicho que no ha hablado, pero quiero asegurarme personalmente.

—Mentira. —Pete sacudió la cabeza—. Lo que quieres es acercarte a él. Montarte un numerito de puñetera absolución con él para luego poder montarte uno contigo mismo.

In nomine patri, et filii et spiriti sancti, amén.

—Está bien que alguien lo conozca a uno.

—Yo no he dudado de ti. Lo único que quiero es solucionar este asunto. —Pete volvió a reír.

—Moore... —dijo Littell—. ¿No habría manera de que...?

—No. Sabe demasiado, bebe demasiado y habla demasiado. Después de que Oswald desaparezca, él también tendría que desaparecer para poder poner punto final a esto.

Littell comprobó la hora. Mierda. La una y cuarenta.

—Es policía. Podría entrar en el sótano.

—No. Está demasiado loco. Está haciendo un trabajo de extradición con un poli de Las Vegas y se entromete de la peor manera posible. No es lo que nos conviene.

—¿Cómo se llama el tipo? El poli, quiero decir. —Littell se frotó los ojos.

—Wayne no-sé-qué. ¿Por qué?

—¿Tedrow?

—Sí, pero ¿por qué te interesa? —preguntó Pete—. No tiene nada que ver con todo esto, y el puñetero reloj no se detiene.

Littell consultó de nuevo su reloj. Lo había comprado Carlos. Un Rolex de oro. Pura ostent...

—¿Qué te pasa, Ward, joder? ¿Estás en trance?

—Jack Ruby —dijo Littell.

Pete se echó hacia atrás. La silla crujió.

—Es un demente —añadió Littell—. Nos teme a todos. Tiene miedo de la Banda. Tiene siete hermanos y hermanas a los que podemos amenazar.

Pete sonrió.

—La pasma sabe que está loco. Va armado. Se ha paseado por el Departamento de Policía durante todo el fin de semana. Ha dicho que alguien tendría que cargarse a ese comunista. Más de cien periodistas lo han oído.

—Tiene problemas de impuestos.

—¿Quién te lo ha contado?

—No quiero decirlo.

Se levantó viento.

La ventana crujió.

—¿Y? —preguntó Pete.

—Y ¿qué?

—Hay más. Quiero saber por qué vas a arriesgarte, cuando un psicópata de mierda sabe nuestros dos nombres.

Cherchez la femme, Pierre.

—Es un mensaje. Para decir a los que se fueron a ese piso franco que huyan.

9

(Dallas, 24/11/63)

Barb entró. Llevaba gabardina. Las mangas le colgaban. Los hombros le quedaban caídos. El dobladillo le rozaba los pies.

Pete obstruía el cuarto de baño.

—Mierda —dijo Barb.

Pete le miró la mano. Llevaba el anillo de boda.

Ella la alzó para mostrárselo.

—No me voy a ningún sitio. Lo único hago que es acostumbrarme.

Pete enseñó el suyo. No lo llevaba puesto. Le quedaba demasiado pequeño. Esa medida era como para un puñetero pigmeo.

—Yo me acostumbraré al mío cuando me lo arreglen —dijo.

—Te acostumbrarás a eso. —Barb sacudió la cabeza—. A lo que has hecho.

Pete miró despectivamente el anillo. Intentó ponérselo. Imposible.

—Di algo agradable. Dime cómo fue el segundo pase del espectáculo.

—Fue bien. —Barb dejó caer la gabardina—. El twist ha muerto, pero Dallas no lo sabe.

Pete se desperezó. Se le abrió la camisa. Barb vio su pistola.

—Te vas.

—No será por mucho tiempo. Me preguntaba dónde estarás cuando vuelva.

—Y yo me preguntaba quién más lo sabe. Yo lo sé luego, otros deben de saberlo.

La jaqueca de Pete resucitó. Ganó terreno rápidamente.

—Todos los que saben corren un riesgo. Es lo que se llama un secreto a voces.

—Tengo miedo —dijo Barb.

—No pienses en ello. Sé cómo son esas cosas.

—No lo sabes. Nunca había ocurrido nada así.

—Todo se arreglará —dijo Pete.

—Y un cuerno —replicó Barb.

Ward se retrasaba. Pete vigilaba el club Carousel.

Estaba a dos puertas de distancia. Jack Ruby hacía salir a unos polis y a unas putas.

Se marcharon por parejas. Montaron en sendos coches. Las putas hacían sonar las llaves de éstos.

Jack cerró. Se hurgó las orejas con un lápiz. Dio una patada a una cagada que había en la acera.

Entró de nuevo en el local. Habló con sus perros. Hablaba en voz alta con ellos.

Hacía frío. Soplaba viento. Los restos del desfile se arremolinaban: cajas de cerillas / confeti / pancartas para Jack y Jackie.

Ward se retrasaba. Tal vez estuviese con «Arden».

Pete se había marchado de la habitación de Ward. El teléfono había sonado. Ward lo había hecho salir. Pete había visto juntos a Ward y a Arden. Ellos no habían advertido su presencia. Le había contado a Ward la historia del piso franco.

Pete había dicho «Arden». Ward se había puesto esquizo.

Pete le había sugerido visitar a Ruby. Ward se había ido por las ramas.

Mierda.

Los perros ladraban. Jack hablaba yiddish. Llegó un coche del FBI. Ward se apeó. Los bolsillos del abrigo le abultaban.

Se acercó. Mostró su cargamento: nudillos metálicos / una cuerda de colgar pesos / una navaja chicana.

—He entrado en la sala de material del Departamento. Nadie me ha visto.

—Lo has planeado bien.

—Por si no está de acuerdo. —Ward volvió a llenarse los bolsillos.

Pete encendió un cigarrillo.

—Lo rajaremos y haremos que parezca un atraco.

Un perro ladró. Ward titubeó. Pete sopló sobre su cigarrillo. El extremo brilló.

Se acercaron. Ward llamó.

—¡Jack! ¡Eh, Jack! ¡Creo que me he dejado la cartera! —dijo Pete con acento sureño.

Los perros ladraron. La puerta se abrió. Ahí estaba Jack.

Los vio. Dijo: «Oh.» Quedó boquiabierto.

Pete le metió el cigarrillo en la boca. Jack se atragantó. Tosió y lo escupió mojado.

Pete cerró la puerta. Ward agarró a Jack. Le dio un empujón. Lo zarandeó. Se sacó una pipa del cinturón.

Ward lo golpeó. Jack cayó al suelo. Se retorció. Jadeó.

Los perros corrieron. Se agacharon junto a la pasarela. Ward sacó la pistola. Le cargó cinco balas.

Se arrodilló. Jack vio la pistola. Jack vio una bala. Ward cerró el tambor. Lo hizo girar. Apuntó a la cabeza de Jack.

Apretó el gatillo. El martillo chasqueó. Jack sollozó y jadeó. Ward hizo girar la pistola. Ward tocó el gatillo. Ward ensayó un disparo a la cabeza de Jack.

—Vas a cargarte a Oswald —dijo Pete.

Jack sollozó. Se tapó los oídos. Negó con la cabeza. Pete lo agarró por el cinturón. Lo arrastró. Jack pateó sillas y mesas.

Ward se acercó. Pete lo tiró junto a la pasarela. Los perros gruñeron.

Pete se acercó a la barra. Agarró una botella de Schenley's. Cogió un puñado de chucherías para perro.

Las arrojó al suelo. Los perros se lanzaron sobre ellas. Ward apuró la botella.

Ward llevaba un tiempo sin beber. La priva lo dejaba fuera de combate.

Levantaron unas sillas. Jack sollozaba. Jack se secaba la nariz.

Los perros devoraron las chucherías. Pidieron más. Babearon. Se dieron por vencidos.

Jack se sentó. Se agarró las rodillas. Apoyó la espalda contra las tablas de la pared. Pete agarró un vaso. Le echó hielo. Sirvió Schenley's.

Jack tenía la vista fija en el suelo. Estrujaba su medalla en forma de estrella de David.

—*L'chaim* —dijo Pete.

Jack alzó la mirada. Pete movió el vaso. Jack sacudió la cabeza.

Ward jugueteó con la pistola. Ward la amartilló.

Jack agarró el vaso. La mano le temblaba. Pete se la sostuvo. Jack suspiró. Jack tosió. Jack tragó.

—Llevas todo el fin de semana diciendo que alguien debería hacerlo —intervino Ward.

—Sólo cumplirás dieciocho meses —dijo Pete—. Cuando salgas, tendrás tu propio desfile.

—Serás el dueño de esta ciudad —dijo Ward.

—Se ha cargado a ese Tippit. Todos los polis de Dallas te adorarán.

—Tus problemas de dinero habrán terminado, a partir de este momento —dijo Ward.

—Piénsatelo. Una paga libre de impuestos para toda la vida.

Jack sacudió la cabeza. Jack dijo «no».

Ward blandió la pistola. Ward hizo girar el tambor. Ward apuntó a la cabeza de Jack. Apretó el gatillo, dos veces. Sonaron dos chasquidos secos.

Jack tragó saliva. Jack rezó. Besó su medalla judía.

Pete volvió a llenar el vaso. Tres dedos de Schenley's. Jack sacudió la cabeza.

Pete lo agarró por el cuello. Lo obligó a tragar.

Jack aguantó. Tosió y jadeó.

—Arreglaremos el club y dejaremos que lo lleve tu hermana Eva —dijo Pete.

—O mataremos a tus hermanos y a tus hermanas —dijo Ward.

—Tu hermana se hará de oro —dijo Pete—. Este local será un monumento nacional.

—O le pegaremos fuego —dijo Ward.

—¿Te vas enterando? —preguntó Pete.

—¿Ves cuáles son tus opciones? —preguntó Ward.

—Si dices que no, morirás —explicó Pete—. Si dices que sí tendrás el mundo a tus pies. Si fallas, será «Shalom, Jack»; lo habrás intentado, pero no nos gustan los fallos. Y será una pena que también tengamos que llevarnos por delante a toda tu puta familia.

—No —dijo Jack.

—Buscaremos una casa bonita para tus perros —dijo Pete—. Se alegrarán de verte cuando salgas.

—O te mataremos —dijo Ward.

—No tendrás más problemas con Hacienda —dijo Pete.

—O todos tus seres queridos morirán —dijo Ward.

—No —dijo Jack.

Pete hizo sonar los nudillos. Ward sacó una porra. Un trozo de manguera llena de perdigones grandes.

Jack se puso en pie. Pete lo hizo caer de un empujón. Jack alargó el brazo para agarrar la botella. Pete la derramó casi toda. Dejó para un trago.

—No. No no no no no —dijo Jack.

Ward le arreó con la porra. Un golpe en las costillas.

Jack se retorció. Besó su estrella de David. Se mordió la lengua.

Ward lo agarró por el cinturón. Lo arrastró. Lo metió de una patada en su despacho. Cerró de un portazo.

Pete se rió. Jack había perdido un zapato y la aguja de la corbata. Ward había perdido las gafas.

Pete oyó golpes. Jack gritó. Los perros resucitaron. Pete tomó aspirina y Schenley's. Los perros ladraron. Los ruidos se mezclaron.

Pete cerró los ojos. Echó la cabeza hacia atrás. Aguantó el tirón de la jaqueca.

Olió a humo. Abrió los ojos. Salía humo por un respiradero de la pared. Salían cenizas.

Arden.

Ward se encargó de Jack él solo. Pete supo por qué. Haz lo que queremos. Haz lo que quiero. No hables de ELLA. Ward prendió fuego a los archivos de Jack. Prendió fuego al nombre de ELLA. Prendió fuego a Arden... ¿QUÉ?

Jack gritó. Los perros ladraron. Salió humo por el respiradero. El humo se filtraba y se acumulaba.

La puerta se abrió. El humo salió a oleadas. Volaron cenizas mojadas. Ruidos de cisterna. Gritos.

Ward salió. Su porra perdía perdigones. El palo goteaba sangre. Ward trastabilló. Se frotó los ojos. Pisó sus gafas.

—Lo hará —dijo.

10

(Dallas, 24/11/63)

Resaca.

La luz de la habitación le dolía. El ruido del televisor le dolía. El Alka-Seltzer ayudaba.

Wayne despabiló un poco y recordó la pelea.

Se había balanceado. Había golpeado a Moore. Moore había respondido, ciego por culpa del bourbon. Pete los había separado. Había reído como un poseso.

Wayne veía la tele. El servicio de habitaciones se retrasaba. Algo muy común en el hotel.

Un poli ante un micrófono. Decía vamos a trasladarlo. Abran paso.

Willis Beaudine no había llamado. Buddy Fritsch, sí. Buddy tenía novedades. Había hablado con la Patrulla de Fronteras.

Wendell Durfee: todavía andaba suelto.

Wayne le contó su plan: He conseguido un coche / iré a McAllen / allí me pondré en contacto con la Patrulla de Fronteras.

—Llévate a Moore —había dicho Fritsch—. Si vas a cargarte a ese negro de mierda, será mejor que tengas cerca a un poli de Tejas.

Wayne se opuso. Mi plan es una chapuza, estuvo a punto de decir.

—Llévatelo —insistió Fritsch—. Gánate lo que has cobrado.

Fritsch ganó. Wayne perdió.

Estaba atascado. Vio la televisión. No llamó a Moore.

Wayne sorbió Alka-Seltzer. Wayne vio policías con sombrero Stetson. La imagen del televisor saltó.

Dio una palmada al aparato. Dio golpecitos en los mandos. La imagen cobró cohesión.

Salió Oswald. Iba esposado. Flanqueado por dos policías enormes. Recorrieron el sótano. Se encontraron con los reporteros. Se abrieron paso deprisa.

Irrumpió un hombre. Traje negro / sombrero de ala ancha. El brazo derecho extendido. Se acercó. Apuntó con una pistola. Disparó a quemarropa.

Wayne parpadeó. Lo vio... Oh, mierda.

Oswald se dobló. Oswald dijo: «Oooh.»

Los policías parpadearon.

Lo vieron... Oh, mierda.

Conmoción. Refriega. Reducen al hombre armado.

Lo tumban boca abajo. Ya está desarmado. Ya está inmovilizado.

Vuelve a pasar esa escena. Creo que...

El sombrero. La corpulencia. El perfil. Los ojos oscuros. La grasa.

Wayne agarró el televisor. Le dio una sacudida. Lo miró de cerca.

Tomas temblorosas. La cámara que salta. Un zum bajo.

La corpulencia se hizo evidente. El perfil se aclaró. Alguien gritó: «¡Jack!»

No. El gilipollas de Jack Ruby. El club asqueroso. Las cagadas de perro. La...

Alguien gritó: «¡Jack!» Un hombre le quitó el sombrero. Los policías lo zarandearon. Lo esposaron. Lo pusieron en pie. Le registraron los pantalones.

La imagen saltó. Wayne golpeó la antena. La imagen cobró cohesión.

Reposiciones:

Moore presiona a Jack. Jack recorre el DPD. Jack conoce a Pete. Moore conoce muuucho a Pete. Bowers. El pulgar. El atentado contra Kennedy...

La imagen saltó. Los tubos zumbaron. Sonó el maldito teléfono.

La imagen cobró cohesión. Un periodista gritaba: «Propietario de club nocturno...»

Wayne se puso en pie. Wayne tropezó. Agarró el teléfono. Lo dejó sobre la mesa. Levantó el auricular.

—¿Sí? Aquí, Tedrow.

—Soy Willis Beaudine, ¿recuerda? Nos conocimos en...

—Sí, me acuerdo.

—Bien, eso es bueno, porque Wendell ha aceptado la oferta que hizo usted. No sabe por qué lo hace pero yo le he dicho que usted le ha caído bien a mi perro.

El televisor se quedó mudo. Jack movía los labios. Dos pasmas lo escoltaban.

—¿Está usted ahí? —preguntó Beaudine.

—Estoy aquí.

—Bien. Entonces, acuda al área de descanso número diez, ciento veinte kilómetros al sur por la I-5. A las tres. Ah, y Wendell quiere saber si tiene usted dinero.

Los policías hacían que Jack pareciese enano. Hombres grandes. Botas con tacones altos.

—¿Eh, hombre? ¿Está usted ahí?

—Dígale que tengo seis mil dólares.

—Eh, eso está bien.

Wayne colgó el auricular. La imagen del televisor saltó. Oswald iba en una camilla, tapado con una sábana blanca.

11

(Dallas, 24/11/63)

Lo vio en directo.

Sintonizó el Canal 4. Entornó los ojos para ver mejor. Se había roto las gafas en el club de Jack.

Se sentó en su habitación. Contempló el espectáculo. Era el remate a su interrogatorio personal de Oswald, que había tenido lugar una hora antes.

Se había sentado con Lee. Habían hablado.

Littell había regresado por la I-35. Veía borrosos los indicadores de la autopista.

Arden había llamado la noche anterior. Oswald había muerto en Parkland. Ruby estaba arrestado.

Lee se había mordido las uñas. Littell le había quitado las esposas. Lee se había frotado las muñecas.

Soy marxista. Soy un chivo expiatorio. No voy a explicar más. Soy procastrista. La culpa es de Estados Unidos. Me repugna lo que han hecho en Cuba. Me repugnan los exiliados cubanos. Me repugnaba la CIA. Las compañías bananeras eran malas. La bahía de Cochinos, algo demencial.

Littell se mostró de acuerdo. Oswald se animó. Oswald anhelaba perspectiva. Oswald anhelaba tener amigos.

Littell tartamudeó. Oswald anhelaba tener amigos. El intermediario de Guy lo sabía. Littell lo hizo callar. Oswald captó su tono.
Oswald se contuvo.

Datos sensatos mezclados con diálogos para besugos: Usted no
me quiere. Lo mataré con la Verdad.

Littell caminó. Esposó de nuevo a Lee. Le apretó bien las manos.

Veía borrosos los indicadores de la autopista. Las señales de tráfico aparecían de repente. Los postes de las salidas se ondulaban. Littell distinguió «Grandview». Se puso a la derecha. Bajó por la rampa.

Vio la señal de Chevron. Vio el Hojo's.

Ahí...

La sombra que había entre ellos. Habitaciones de motel. Una sola planta.

Cruzó una calzada de acceso. Aparcó junto al Hojo's. Se acercó
al motel. Entornó los ojos para ver. La habitación 14.

Allí...

La puerta entreabierta. Ésa es Arden. Está en la cama.

Littell entró. Cerró la puerta. Chocó contra un televisor. El aparato estaba apagado. La caja estaba caliente. Olía a tabaco.

—Siéntate aquí —dijo Arden.

Littell se sentó. Los muelles de la cama se hundieron. Arden movió las piernas.

—Sin gafas te ves distinto.

—Se me han roto.

Arden llevaba el pelo recogido en lo alto de la cabeza. Vestía un
traje de punto.

Littell encendió una lámpara. Arden parpadeó. Littell dobló el
brazo de la lámpara y la luz disminuyó.

—¿Qué has hecho con tus cosas?

—He alquilado un garaje y las he metido en él.

—¿A tu nombre?

—No quieras pasar por ingenuo. Ya sabes que yo hago las cosas
bien.

—¿Has visto la televisión? —Littell tosió.

—Como todo el país.

—Tú sabes cosas que los demás ignoran.

—Nosotros tenemos nuestra versión, ellos tienen la suya. ¿Es eso lo que quieres decirme?

—Ahora eres tú quien quiere pasar por ingenua.

—¿Cómo lo convencieron? —preguntó Arden, abrazando la almohada—. ¿Cómo se consigue que alguien haga semejante locura con las cámaras de televisión retransmitiendo en directo?

—De entrada, ese tipo está loco. Y a veces, los riesgos son tan grandes que juegan a tu favor.

—No quiero entrar en más detalles. —Arden sacudió la cabeza.

—No tenemos por qué hablar de ello. —Littell sacudió la cabeza.

—Me pregunto por qué te tomas tantas molestias por ayudarme —dijo Arden con una sonrisa.

—Ya sabes por qué.

—Puede que te pida que me lo digas.

—Lo haré. Si seguimos adelante con esto.

—¿«Esto»? ¿Es que no vamos a definir ninguno de nuestros términos?

Littell tosió. Ceniceros llenos / humo acumulado.

—Confírmame algo. Tú ya has estado en problemas, ya has huido otras veces, sabes cómo hacerlo.

—Sí, es algo que se me da bien.

—Perfecto, porque puedo conseguirte una identidad completamente nueva.

—¿Hay una cláusula de divulgación en todo «esto»?

—Podemos guardarnos algunos secretos. —Littell asintió.

—Eso es importante. No me gusta mentir a menos que no me quede otro remedio.

—Me voy a Washington por unos días. Luego, estableceré una base en Las Vegas. Podemos reunirnos ahí.

Arden cogió los cigarrillos. El paquete estaba vacío. Lo tiró al suelo.

—Ambos sabemos quiénes están detrás de todo esto. Y yo sé que todos pasan por Las Vegas.

—Trabajo para ellos. Ésa es una de las razones por las que estarás a salvo conmigo.

—Me sentiría más segura en L.A.

—El señor Hughes vive ahí —dijo Littell con una sonrisa—. Necesitaré una casa o un apartamento.

—Bien, entonces iré a verte. Confiaré en ti hasta ese punto.

Littell consultó la hora. Las 13.24. Littell agarró el teléfono de la mesita de noche.

Arden asintió. Littell tiró del teléfono hasta el baño. El cable estuvo a punto de romperse. Cerró la puerta. Marcó el número del Adolphus. La centralita pasó su llamada.

—¿Sí? —dijo Pete.

—Soy yo.

—Sí, y eres el hombre de la semana. No estaba completamente seguro de que Ruby fuera a hacerlo.

—¿Y qué hay de Moore?

—Tiene que desaparecer. Lo seguiré y lo pescaré a solas.

Littell colgó el auricular. Volvió a la habitación. Dejó el teléfono sobre una silla.

Se sentó en la cama. Arden se le acercó.

—Dímelo.

Littell entornó los ojos. Las pecas de Arden parecían saltar. Veía borrosa su sonrisa.

—Lo único que tengo son cosas malas, y quiero sacar algo bueno de esto.

—Eso no basta.

—Te deseo —dijo Littell.

Arden le tocó la pierna.

12

(Dallas, 24/11/63)

Recuerdos.

El pulgar. Pete y Moore. El asesino Jack y el asesino Lee.

Wayne recorrió la I-5. Lo asaltaban los recuerdos. En la radio barboteaba una banda sonora.

Llama a Moore. Le dice:

—Hemos de vernos. Tengo una pista sobre Durfee.

Miente. Explica detalles. Las interferencias chisporrotean en la línea y dificultan la conexión.

Moore entiende la última palabra.

—Vamos a divertirnos —dice.

La autopista era llana. El asfalto era llano. Llano y vacío. La arena cercana era llana.

Arena. Maleza. Huesos de liebre. Granos de arena en circulación.

La banda sonora se oía distorsionada. La llamada había sido una cagada. El numerito de Jack y de Lee lo acosaba.

Saltó un conejo. Se plantó en medio de la calzada. Lo golpeó con las ruedas. Se levantó un fuerte viento. Agitó matorrales y levantó papel encerado.

Ahí está el indicador: Área de Descanso núm. 10.

Wayne se detuvo muy despaaacio. Un aparcamiento de gravilla.

Vacío. Huellas de neumáticos. Arena llana. Dunas. Maleza hasta la altura de las caderas.

Un escondite fantáaastico.

Un lavabo para hombres. Un lavabo para mujeres. Dos cabañas de estuco y un espacio entre ambas. Las cabañas estaban frente a las dunas. El viento levantaba arena.

Wayne aparcó. Beaudine había dicho a las 3.00 horas. Él le indicó a Moore que se presentase a las 4.00.

Eran las 2.49.

Desenfundó la pistola. Abrió la guantera. Sacó el dinero: seis de los grandes.

Se apeó. Se dirigió al lavabo de hombres. Inspeccionó los urinarios. El viento agitaba trozos de celofán.

Salió. Fue al lavabo de mujeres. Urinarios vacíos / lavamanos sucios / insectos muertos en charcos de desinfectante.

Salió. Avanzó pegado a las paredes. Llegó a la parte trasera. Mierda... Ahí está Wendell Durfee.

Su redecilla para el cabello. Su nariz de negro. Su estrafalaria manera de vestir. Tiene una pipa: una automática de señorita.

Durfee se detuvo junto a la pared. Levantó arena. Se le metió en la nariz.

Vio a Wayne.

—Bueno, y ahora, ¿qué? —dijo.

Wayne aminoró el paso. Durfee levantó las manos. Wayne se acercó lentamente. Los zapatos se le llenaron de arena.

—¿Por qué haces esto por mí? —preguntó Durfee.

Wayne le quitó la pipa. Cerró el cargador. Se la metió en los pantalones, con el cañón hacia abajo.

El viento desgarró una pila de matojos. Detrás estaba el coche de Durfee. Un Mercury del 51. Con arañazos de arena. Hundido hasta los tapacubos.

—No me hables. No quiero conocerte.

—Tal vez necesite un camión remolque —dijo Durfee.

Wayne oyó que la gravilla crujía. Durfee jugueteó con la redecilla para el cabello.

—Willis dijo que tenías dinero.

Crujido de neumático sobre la gravilla. Durfee no lo oyó.

—Voy a buscarlo. Tú, espera aquí.

—Mierda. No iré a ningún sitio sin esa pasta. ¿Quién te crees que eres? ¿Santa Claus?

Wayne enfundó la pistola. Se volvió. Levantó arena. Vio el Chevrolet 409 de Moore.

Estaba aparcado junto a su coche. Con el motor al ralentí, vibrando sobre unos buenos amortiguadores. Ahí está Moore. Al volante. Masca Red Man.

Wayne se detuvo. Le palpitó la polla. Salieron unas gotas de pis. Vio algo.

Una mancha. En la autopista. Una especie de espejismo o un coche.

Ancló las piernas. Se acercó con pasos espasmódicos. Se apoyó contra el coche de Moore.

Moore bajó la ventanilla.

—Eh, chico, ¿hay alguna novedad importante?

Wayne se acercó un poco más. Se apoyó contra el techo.

—No está. Ese tipo me dio una pista falsa.

Moore escupió jugo de tabaco. Salpicó los zapatos de Wayne.

—¿Por qué me dijiste que viniera a las cuatro y tú estás aquí desde las tres?

Wayne se encogió de hombros. ¿Cómo quieres que lo sepa? Me tienes harto.

Moore sacó una navaja. Se hurgó los dientes con ella. El filo sacó un trozo de grasa de chuleta de cerdo. Escupió jugo al azar. Manchó la camisa de Wayne.

—Ha vuelto. Lo reconocí hace media hora. Ahora, mueve el culo y mátalo.

Wayne recuperó recuerdos. A cámara muuuy lenta.

—Tú conoces a Jack Ruby.

Moore se hurgó los dientes. Moore dio unos golpecitos con la navaja en el salpicadero.

—¿Y qué? Todo el mundo conoce a Jack.

—¿Y qué pasa con Bowers? Vio que a Kennedy...

Moore hizo girar la navaja. Agarró a Wayne por la camisa. Tiró de su corbata. Sus cabezas chocaron. Moore hizo girar la navaja. Su mano golpeó el borde de la puerta.

Wayne sacó su pistola. Echó la cabeza hacia atrás. Disparó a Moore en la cara.

Retroceso.

Trastabilló. Llegó a su coche. Se apoyó contra él y apuntó. Disparó a Moore en la cara / en el cuello / Moore sin nariz ni barbilla.

Destrozó los asientos. Rompió el salpicadero. Voló las ventanillas. Hizo mucho ruido. El eco lo repitió. El viento lo propagó.

Wayne permaneció inmóvil. El 409 vibró. Buenos amortiguadores .

Durfee corrió. Tropezó. Resbaló y cayó. Wayne permaneció inmóvil. Ahí está esa mancha en la I-5. Mierda, es un coche.

El coche se movía. El coche se acercaba. Se detuvo junto al Chevrolet de Moore. La arena se arremolinó. Se levantó gravilla.

El coche-mancha permanecía con el motor al ralentí. Pete se apeó. Pete levantó las manos.

Wayne apuntó. Wayne apretó el gatillo. El percutor chasqueó. Estás seco, estás jodido.

Durfee los miró. Intentó escapar. Se puso en pie y cayó de bruces. Pete se acercó a Wayne. Wayne tiró su arma y sacó la pipa de Durfee. La amartilló.

Se le resbaló de las manos. Fue a dar contra el suelo. Pete la recogió.

—Mátalo —le dijo.

Wayne miró a Durfee.

—Mátalo —dijo Pete.

Wayne miró a Durfee. Durfee miró a Wayne. Wayne miró a Pete. Pete le dio la pistola. Wayne quitó el seguro.

Durfee se puso en pie. Le temblaban las piernas. Cayó de culo.

Pete se apoyó contra el coche de Moore. Metió la mano por la ventanilla. Hizo girar la llave del contacto. Wayne se apoyó contra su coche. Wayne tomó los seis mil. Wayne tosió y tragó arena.

—Mátalo —dijo Pete.

Wayne se acercó a Durfee. Durfee sollozó. Durfee le miró las manos. Vio una pistola. Una bolsa llena de dinero. Vio que tenía las dos manos ocupadas.

Wayne dejó caer la bolsa. Durfee la recogió. Se puso en pie y echó a correr.

Wayne se arrodilló. Vomitó el almuerzo. Regusto a hamburguesa y arena.

Durfee corrió.

Trastabilló a causa de la arena. Llegó a su Mercury. Lo puso en marcha. Se bamboleó sobre las dunas. Las surcó. Salió del área de descanso. Llegó a la I-5.

Pete se acercó. Se limpió la cara. Tenía sangre de Maynard Moore.

—Has elegido un buen lugar para hacerlo —dijo Pete—. Y también un buen fin de semana.

Wayne seguía arrodillado. Wayne dejó caer la pistola. Pete la agarró.

—A tres kilómetros de aquí hay un vertedero de petróleo. Puedes abandonar el coche allí.

Wayne se incorporó. Pete lo ayudó.

—Tal vez nos veamos en Las Vegas —dijo.

13

(Dallas, 25/11/63)

El velatorio de Jack sonaba con fuerza. Llantos a troche y moche. Atravesaron las paredes de su suite nupcial.

—Empiezo a entenderlo —dijo Barb—. Ya habéis hecho el trabajo.

—Hay personas para las que las Navidades llegan antes —dijo Pete, que hacía su maleta—. Saben cómo funcionan las cosas y qué es lo mejor para el país.

Barb doblaba sus trajes.

—Y hay un premio. Para nosotros, quiero decir.

Pete no le hizo ni caso. Pensó en otras cosas. Acababa de hablar con Guy. Guy acababa de hablar con Carlos. A Carlos le había gustado el numerito de Ruby. Carlos quería cargarse a Maynard Moore.

Guy se lo dijo a Pete. Pete improvisó. Dijo que Moore había desaparecido.

Guy se cabreó. Lo cabreó el trabajo que Moore tenía con Wayne Junior. Se cagó en Wayne Junior. Junior sabía cosas. El mundo es un pañuelo. Wayne Senior había financiado el golpe.

—El premio —insistió Barb—. No me digas que no hay premio. Y no me digas que estos dos billetes para Las Vegas no son parte de él.

Entretanto, Pete escondía su pipa.

—¿Quieres decir que estos dos billetes eran una muestra de optimismo por mi parte?

—No, nunca te dejaré.

—De haberte conocido mejor, no habría hecho ciertas cagadas —dijo Pete con una sonrisa.

—¿El premio? —preguntó Barb, con una sonrisa—. ¿Las Vegas? Y no coquetees conmigo cuando hemos de correr para tomar un avión.

—La Banda tiene planes para el señor Hughes. —Pete cerró su maleta—. Ward está atando algunos cabos sueltos.

—Entonces, se trata de ser útil.

—Sí, de ser útil y saludable. Si consigo que cedan ante cierta regla, lo consideraré un compromiso.

—¿Qué regla? —preguntó Barb.

—Vamos, ya sabes lo que hago.

—Tú eres muy versátil. —Barb sacudió la cabeza—. Haces chantajes. Vendes armas y droga. Has matado una vez al presidente de Estados Unidos, pero debo decir que eso es una oportunidad única en la vida.

Pete rió. Le dolían los costados. Soltó algunas lágrimas. Barb le tiró una toalla. Él la cogió y se secó los ojos.

—Aquí no se puede mover heroína. Es una norma establecida. Quizá sea la mejor manera de hacer ganar mucho dinero a los Chicos. Es posible que les interese si sólo les vendo a los negros de Las Vegas Oeste. El señor Hughes odia a los negros. Piensa que tendrían que estar todos drogados como él. Tal vez los Chicos decidan agradecerle la condescendencia.

Barb le dirigió «aquella mirada». Pete percibió su significado: Yo he follado con JFK. Tú lo has matado. Qué vida tan loca la mía...

—Útil —dijo ella.

—Sí, eso es.

Barb cogió sus faldas de bailar el twist. Las tiró por la ventana. Pete asomó la cabeza. Un chico miraba hacia arriba. El traje azul cayó sobre un alféizar.

Barb saludó al chico. El chico le devolvió el saludo.

—El twist ha muerto, pero apuesto a que podrás darme otros trabajitos de salón.

—Seremos útiles.

—Todavía tengo miedo.

—Ése es el premio —dijo Pete.

PARTE II

Extorsión

Diciembre de 1963 - octubre de 1964

DOCUMENTO ANEXO: 1/12/63. Informe interno del FBI. Encabezamiento: CONFIDENCIAL CLASIFICADO 2-4: ACCESO A AGENTES RESTRINGIDOS / HECHOS PERTINENTES Y OBSERVACIONES SOBRE LOS PRINCIPALES PROPIETARIOS DE LOS HOTELES-CASINO DE LAS VEGAS Y OTROS ASUNTOS RELACIONADOS. Nota: archivado oficialmente en la oficina de Nevada Meridional, 8/2/63.

Los principales hoteles-casino de Las Vegas están situados en dos zonas: en el centro (Fremont Street / Glitter Gulch) y en el Strip (Las Vegas Boulevard, la principal arteria norte-sur de la ciudad). Los establecimientos del centro son más viejos, menos llamativos, y en ellos se reúnen residentes de la ciudad y los turistas menos ricos que vienen a jugar, a disfrutar de espectáculos de baja calidad y a contratar los servicios de las prostitutas. Estos establecimientos son frecuentados por grupos de funcionarios pagados con dinero público, como los Elks, los Kiwanis, los rotarios, ciertas logias masónicas, los Veteranos de las Guerras Extranjeras, la Organización de la Juventud Católica, etcétera. Los establecimientos del centro son propiedad de los consorcios «pioneros» (por ejemplo, nativos de Nevada y grupos no adscritos al crimen no organizado, en general). Los propietarios han vendido pequeñas participaciones (entre el 5 % y el 8 %) a grupos del crimen organizado a cambio de un «tratamiento preferente» continuado (por ejemplo, protección *in situ* y un «servicio» para asegurar la ausencia de problemas laborales e incidentes desagradables). Con frecuencia, los miembros del crimen organizado hacen las veces de jefes de mesa, y así controlan e informan a los capos de sus bandas.

La zona centro está bajo la jurisdicción del Departamento de Policía de Las Vegas (DPLV). La jurisdicción del DPLV linda con la de la Oficina del Sheriff del condado de Clark (OSCC). Ambas agencias trabajan en la jurisdicción de la otra por consentimiento mutuo. La OS patrulla la zona del Strip al sur del hotel Sahara. Igual que el DPLV, ofrece servicios de investigación para su jurisdicción concreta, con una comisión operativa en el seno del DPLV, o jurisdicción «municipal». Del mismo modo, al DPLV se le permite realizar investigaciones dentro de la jurisdicción de la Oficina del Sheriff, o del «condado». Hay que señalar que ambas agencias están muy influenciadas y corrompidas por facciones del crimen organizado. Esta corrupción es del tipo identificado como «ciudades-empresa» (es decir, los ingresos de los casinos constituyen la base financiera de Las Vegas, y por ello influyen en la base política y en las normas de cumplimiento de las leyes). Numerosos oficiales de ambas agencias se benefician de «dádivas» (estancias gratuitas en los hoteles, fichas gratis para jugar, servicio de prostitutas, «descuentos policiales» en distintas empresas de las que son propietarios miembros del crimen organizado) y sobornos directos. El DPLV y la OS hacen cumplir las normas del crimen organizado con el consenso implícito de la jerarquía política de condado y, por extensión, con el consentimiento de la Asamblea Legislativa del estado de Nevada. (Por ejemplo, se procura por todos los medios que los negros no entren en los hoteles-casino de la zona del Strip, cuyo personal está autorizado a expulsarlos. Por ejemplo, los delitos contra empleados de los casinos relacionados con el crimen organizado son vengados por oficiales del DPLV cumpliendo órdenes del Consejo Gestor de Casinos, una importante facción del crimen organizado. Por ejemplo, los agentes del DPLV y de la OS son utilizados a menudo para localizar a los tramposos, disuadirlos y ahuyentarlos de la ciudad.)

Los hoteles-casino más conocidos se encuentran en el Strip. Muchos de ellos estaban infiltrados por el crimen organizado (véase lista en expediente anexo B-1) y rendían grandes dividendos a los capos de los carteles del crimen organizado. (Por ejemplo, el cartel de la mafia de Chicago controla el hotel-casino Stardust, y el jefe Sam Giancana alias «Mo», «Momo», «Mooney» tiene un interés personal del 8 %. El matón de Chicago John Rosselli (supervisor del cartel de Chicago en Las Vegas), tiene un interés del 3 %, y el mafioso de Chicago Dominic Michael Montalvo, alias «Butch Montrose», tiene un 1 % de interés. Por ejemplo, el hotel-casino Thunderbird es propiedad de un consorcio de mafiosos de Florida, y el capo de Florida Santo Trafficante Jr. tiene una participación del 10 %. Por ejemplo, el hotel-casino Tropicana es propiedad del cartel mafioso de la costa del Golfo, y el capo Carlos Marcello tiene un interés personal del 12 %. (Véase expediente anexo B-2 para una lista completa de las propiedades y los porcentajes estimados de los carteles mafiosos.)

Entre las distintas facciones del crimen organizado se negocian porcentajes más pequeños como parte de un esfuerzo continuado para asegurar que todas ellas se vean recompensadas por la economía en expansión de los casinos de Las Vegas. Así, la base de los beneficios se reparte, evitando la rivalidad entre las distintas facciones. Así, el crimen organizado tiene en Las Vegas un rostro unificado. El responsable de desarrollar y mantener este acuerdo es Morris Barney Dalitz, alias «Moe» (n. 1899), antiguo mafioso de Cleveland, «Embajador de Buena Voluntad» del crimen organizado y mediador en Las Vegas. Dalitz posee acciones en el hotel-casino Desert Inn, y se rumorea que tiene intereses en alguno más. A Dalitz se le conoce como «Mister Las Vegas», debido a sus numerosas actividades benéficas y su convincente imagen de hombre honrado sin relaciones con el crimen organizado. Dalitz fundó el Consejo Gestor de Casinos, controla que se cumplan sus normas y es el principal responsable de la política de «ciudad limpia» que, en opinión de esas organizaciones criminales, ayudará a promocionar el turismo, con lo cual se incrementarán los ingresos de los casinos.

Estos acuerdos cuentan con la aprobación implícita de la maquinaria política de Las Vegas, el DPLV y la OS, que la desarrollan sin soporte oficial. Uno de los objetivos es el de mantener la segregación *ad hoc* en los hoteles-casino del Strip (por ejemplo, admitir a celebridades negras o a negros de «clase alta» e impedir la entrada a los demás) y aislar las viviendas de los negros en los barrios pobres de Las Vegas Oeste. (Este pacto es observado por todas las inmobiliarias de la ciudad.) Una «política» clave es la de la norma de «narcóticos no», que se aplica sobre todo a la heroína. La venta de heroína está prohibida y se castiga con la pena de muerte. El objetivo de esta norma es el de limitar el número de toxicómanos, sobre todo de aquellos que, para costearse la adicción, tienen que recurrir a los atracos, los robos, las estafas u otras actividades delictivas que mancharían la reputación de Las Vegas y ahuyentarían a los turistas. Numerosos vendedores de heroína han sido víctimas de homicidios no resueltos, y muchos otros han desaparecido y se supone que han sido eliminados debido a la mencionada «política» (véase expediente anexo B-3 para una lista parcial). El último homicidio tuvo lugar el 12/4/60, y al parecer desde esa fecha no ha habido tráfico de heroína en Las Vegas. Es lógico pensar que las muertes mencionadas han servido de medida disuasoria.

Dalitz tiene una estrecha vinculación con el presidente de la Internacional de Camioneros, James Riddle Hoffa (n. 1914), y ha logrado grandes préstamos del Fondo de Pensiones del Sindicato de Camioneros, que ha utilizado para realizar mejoras en los hoteles-casino. El Fondo, que se estima en 1.600 millones de dólares, es un «abrevadero» del cual el crimen organizado recibe dinero de manera habitual. Unos dudosos «ejecutivos» relacionados con el crimen organizado también obtienen préstamos de ese Fondo a unos intereses abusivos que, a menudo, ocasionan que su negocio les sea confiscado. Se rumorea que existe una segunda versión de los libros de contabilidad del Fondo de Pensiones (la cual se oculta a las auditorías oficiales). Presuntamente, en estos libros existe una lista más exacta de las sumas que maneja el Fondo de Pensiones y se dan detalles de los préstamos ilegales y cuasilegales así como de los plazos de devolución.

Es habitual que los hoteles-casino del Strip oculten una gran parte de sus activos. (Véase expediente anexo con la contabilidad declarada a Hacienda de cada mesa de dados, ruleta, blackjack, póquer, loball, bingo, fan-fan y baccará, desglosadas por hotel.) Se considera que las cifras sólo son en un 70 % u 80 %. (Es muy difícil detectar una subestimación continuada de los ingresos sujetos a impuestos en negocios que manejan grandes cantidades de dinero en efectivo.) Los beneficios no declarados de las mesas de los hoteles citados podrían elevarse a unos 140 millones de dólares (según las estimaciones del año fiscal 1962). A esta práctica se la llama «dar el pellizco».

Los recibos de dinero en efectivo se toman directamente de las salas de contabilidad de los casinos y se distribuyen mediante «correos» que llevan el dinero a lugares previamente acordados. Los billetes grandes son sustituidos por monedas procedentes de las máquinas tragaperras, y en cada casino la contabilidad diaria se lleva de manera fraudulenta. Detectar el «pellizco» es prácticamente imposible. Casi todos los empleados de los hoteles-casino subsisten con salarios bajos y extras en efectivo libres de impuestos, y nunca denuncian las irregularidades. Esta corrupción endémica se extiende a los sindicatos que aportan un gran número de trabajadores a los casinos.

La sección local 117 del Sindicato de Crupieres es una tapadera del cartel de Chicago. Sus miembros trabajan por horas, reciben salarios bajos y se les dan fichas de juego (presumiblemente robadas) como incentivo. Todas las secciones de este sindicato están rígidamente segregadas. La sección local 41 del Sindicato del Espectáculo es una tapadera del cartel de Detroit. Sus miembros cobran buenos sueldos, pero tienen que pagar semanalmente a los jefes de mesa a cambio de los favores recibidos. En teoría, en este sindicato existe la integración. Se desanima a los negros que trabajan como artistas del espectáculo a frecuentar como clientes los casinos en que desarrollan su actividad y a relacionarse con la clientela blanca. Las cuatro empresas de servicios y abastecimientos de los hoteles del Strip son una tapadera del cartel de Cleveland y trabajan exclusivamente con firmas relacionadas con el crimen organizado. La sección local 16 del Sindicato de Camareras (exclusivamente femenino) es una tapadera del cartel de Florida. Muchas de sus afiliadas han sido sobornadas para que practiquen la prostitución. El personal que trabaja en los locales antes mencionados está controlado por unos supervisores muy estrictos que pasan información al Consejo Gestor de Casinos.

El sindicato de Pinches de Cocina (con sede en Las Vegas solamente, no existen otras secciones) no está relacionado con el crimen organizado y se le permite funcionar como «esponja» para el contingente «pionero» de Las Vegas y la maquinaria política de Nevada, (mayoritariamente mormona). El sindicato está dirigido por Wayne Tedrow Sr. (n. 1905), que se dedica a divulgar pasquines derechistas, es inversor en agencias inmobiliarias y dueño del Land O' Gold, un casino de categoría inferior. Todos los jefes de equipo son mormones, y los trabajadores (en su mayoría mexicanos ilegales en el país), reciben salarios por debajo de lo habitual y, como «premio», latas de comida caducadas y fichas para jugar en el local. Los trabajadores viven en pensiones pobres del barrio mexicano de los límites norte y oeste de Las Vegas. (Nota: Se rumorea que Tedrow Senior tiene acciones no declaradas en 14 casas de juego de Las Vegas Norte y en 6 tiendas de licor con máquinas tragaperras cerca de la base Nellis de la Fuerza Aérea. De ser cierto, esto constituiría una infracción de los estatutos de la Comisión de Juego de Nevada.)

La Comisión de Juego de Nevada supervisa y regula la concesión de licencias para casinos y la contratación del personal de éstos. La Comisión es una «marioneta» que obedece las órdenes de la Junta de Control de Juego y de la Junta de Control de Bebidas Alcohólicas del condado de Clark. Los mismos cinco hombres (el sheriff del condado, el fiscal del distrito y 3 miembros «civiles» designados) ejercen en las dos juntas. Así, el poder de aprobar las licencias para las solicitudes de casinos y venta de alcohol en todo el estado sólo reside en Las Vegas. Ninguno de los 5 miembros de la Comisión está relacionado abiertamente con el crimen organizado y es difícil valorar el nivel de connivencia de las juntas, ya que la gran mayoría de solicitudes que revisan encubren apoyos del crimen organizado que son muy difíciles de detectar. No existen informes que consultar sobre los miembros de las mencionadas organizaciones. El Servicio de Inteligencia del DPLV posee expedientes detallados acerca de los hombres de la Junta de Control de Juego y de la Junta de Bebidas Alcohólicas, pero se ha negado rotundamente a que el FBI y la Oficina del Fiscal General accedan a ellos. (Como se ha mencionado antes, el crimen organizado ejerce una gran influencia sobre el DPLV.) El Servicio de Inteligencia del DPLV opera en la ciudad y en todo el condado y es la única unidad de estas características que existe en el condado de Clark. Está compuesto por 2 hombres. El oficial jefe es el teniente Byron B. Fritsch (ayudante de la brigada de detectives del DPLV y fuertemente relacionado con el Consejo Gestor de Casinos) y el único agente asignado es el sargento Wayne Tedrow Jr. (El sargento Tedrow es hijo del antes mencionado Wayne Tedrow Sr. y está considerado incorruptible según los baremos del DPLV.)

Nota final: para ser copiados, los expedientes anexos B 1, 2, 3, 4 y 5 requieren una autorización del agente especial encargado de Nevada Meridional y del director adjunto Tolson.

DOCUMENTO ANEXO: 2/12/63. Transcripción literal de una conversación telefónica del FBI: ARCHIVADA POR ORDEN DEL DIRECTOR / CLASIFICADA CONFIDENCIAL 1-A: SÓLO PUEDE VERLA EL DIRECTOR. Hablan: el director Hoover y Ward J. Littell.

JEH: Buenos días, señor Littell.

WJL: Buenos días, señor. Y gracias por las copias.

JEH: Las Vegas es un infierno. Ahí no se puede llevar una vida sana, lo cual explica la atracción que siente Howard Hughes hacia esa ciudad.

WJL: Sí, señor.

JEH: Hablemos de Dallas.

WJL: El consenso está asegurado, señor. Y el asesinato de Oswald se ha convertido en un <u>éxito</u> popular.

JEH: El señor Ruby ha recibido cartas de cuatro mil admiradores. Es muy famoso entre los judíos.

WJL: Le reconozco cierta desenvoltura, señor.

JEH: ¿Le reconoce la capacidad de mantener la boca cerrada?

WJL: Sí, señor.

JEH: Estoy de acuerdo con usted en lo del consenso. Y quiero que incluya sus opiniones en un informe detallado de los acontecimientos de ese bendito fin de semana. Atribuiré el informe a los agentes de Dallas y se lo mandaré directamente al presidente Johnson.

WJL: Me pondré a trabajar de inmediato, señor.

JEH: El presidente anunciará la creación de una comisión para investigar la muerte de John I. Yo mismo elegiré a los agentes que realizarán el trabajo de campo. El informe que usted haga ofrecerá al presidente una visión previa, unas instantáneas, de lo que esos agentes descubran.

WJL: ¿El presidente ya se ha formado una opinión?

JEH: Sospecha de Castro o de los exiliados cubanos rebeldes. Cree que el asesinato es consecuencia directa de las impetuosas acciones del Rey Jack en el Caribe.

WJL: Es una perspectiva informada, señor.

JEH: Estoy de acuerdo con eso, pero también tengo que admitir que Lyndon Johnson no es imbécil. Tiene a un asesino convenientemente muerto y la venganza de un ciudadano retransmitida en directo por televisión. ¿Qué más puede pedir?

WJL: Sí, señor.

JEH: Y ya está más que harto del jaleo cubano. Va a dejarlo de lado como tema de seguridad nacional y se centrará en la situación en Vietnam.

WJL: Sí, señor.

JEH: Hay algo en su tono de voz que no se me escapa, señor Littell. Sé que desaprueba el colonialismo estadounidense y que considera nuestro mandato divino de contener el comunismo en todo el globo como una concepción malvada del mundo.

WJL: Cierto, señor.

JEH: La ironía concomitante a ello no me ha pasado por alto: un izquierdista de corazón como tapadera de Howard Hughes y de sus designios colonialistas.

WJL: Unos compañeros de cama muy extraños, señor.

JEH: ¿Y cómo describiría usted sus designios?

WJL: Quiere eludir las leyes antimonopolio y comprar todos los hoteles-casino del Strip de Las Vegas. No gastará ni un centavo hasta que gane su pleito de desposesión de acciones de la TWA y acumule quinientos millones como mínimo. Creo que el pleito tardará tres o cuatro años en resolverse.

JEH: ¿Y su trabajo, señor Littell, consiste en precolonizar Las Vegas?

WJL: Sí, señor.

JEH: Me gustaría que me hiciera una valoración contundente del estado mental del señor Hughes.

WJL: El señor Hughes se inyecta codeína en los brazos, en las piernas y en el pene. Sólo come pizzas y helados. Recibe frecuentes transfusiones de sangre mormona «libre de gérmenes». Cuando se refieren a él, sus empleados lo llaman «el Conde», «Conde Drácula» o «Drac».

JEH: Una valoración muy clara.

WJL: Está lúcido la mitad del tiempo. Y su única obsesión es Las Vegas.

JEH: Ahí, la cruzada antimafia de Bobby puede tener repercusiones.

WJL: ¿Cree que seguirá en el gabinete?

JEH: No. Detesta a Lyndon Johnson, y Lyndon Johnson lo detesta a él aún más. Creo que dimitirá de su cargo. Y su sucesor tal vez tenga planes para Las Vegas que yo no esté en condiciones de frenar.

WJL: ¿A qué se refiere en concreto, señor?

JEH: Bobby ha estado investigando los «pellizcos» al fisco.

WJL: Marcello y los otros tienen planes para las posesiones del señor Hughes.

JEH: No podía ser de otro modo. Tienen a un vampiro toxicómano a quien martirizar y cuentan con usted para que les ayude a chuparle la sangre.

WJL: Ellos saben que usted no les guarda rencor, señor. Comprenderán que el sucesor de Bobby ponga en marcha alguno de los planes de éste.

JEH: Sí. Y si el Conde compra Las Vegas y lava la imagen de la ciudad, esos planes podrían abandonarse.

WJL: Sí, señor. Esa idea ya se me había ocurrido.

JEH: Me gustaría saber qué piensa el Príncipe de las Tinieblas acerca de la muerte de su hermano.

WJL: A mí también.

JEH: Lo comprendo. Robert F. Kennedy es tanto su salvador como su *bête noire*, y soy el menos indicado para acusarlo de *voyeur*.

WJL: Sí, señor.

JEH: ¿Y no podríamos grabarlo clandestinamente?

WJL: No, señor. Pero hablaré con mis otros clientes para ver qué sugieren.

JEH: Necesito a alguien con una imagen de liberal caído. Tal vez le pida a usted algún favor.

WJL: Sí, señor.

JEH: Buenos días, señor Littell.

WJL: Buenos días, señor.

14

(Las Vegas, 4/12/63)

Lo interrogaron. Dos profesionales: Buddy Fritsch y el capitán Bob Gilstrap.

Utilizaron la oficina del jefe. Acorralaron a Wayne en ella. Utilizaron el sofá del jefe.

Wayne llevó la reunión a un punto muerto. Hizo un informe y lo llenó de mentiras. Restó importancia a la desaparición de Maynard Moore.

Había conducido el coche de Moore hasta el vertedero. Le había quitado las placas. Le había arrancado los dientes a Moore. Le había extraído las balas. Le había puesto casquillos de rifle en la boca. Había empapado un trapo con gasolina. Lo había encendido.

La cabeza de Moore se había quemado. Había jodido todo el trabajo de los forenses. Había arrojado el coche a un vertedero de petróleo. Se había hundido deprisa.

Del vertedero se había elevado una columna de vapor. Wayne sabía de química. Los productos cáusticos se comieron la carne y el metal.

Fingió que perseguía a Wendell D. Llamó a Fritsch y mintió. Dijo que no lo encontraba. Dijo que no podía encontrar a Maynard Moore.

Presionó a Willis Beaudine. Le dijo que se largara. Beaudine agarró su perro y salió por pies. Wayne se dirigió en coche hasta el DPD. Sacó expedientes. Tachó los «asociados conocidos» de Wendell Durfee.

Preguntó a los policías. ¿Habéis visto a Maynard Moore?

Fritsch lo llamó de vuelta a casa y le dijo que dejara lo de Wendell.

Lo interrogaron. Lo acorralaron. Contaron chistes de JFK. JFK había metido mano a una enfermera y a una monja. La última palabra de JFK había sido «chocho».

—Hemos leído tu informe —dijo Fritsch.

—No lo habrás pasado mal. Primero, el asunto de Kennedy, y luego el intercambio de disparos con ese negro.

Wayne se encogió de hombros. Fingió indiferencia. Fritsch encendió un cigarrillo. Gilstrap cogió uno.

—No te preocupaste mucho por el agente Moore. —Fritsch tosió.

—Era un guarro. —Wayne se encogió de hombros—. No lo respetaba como policía.

—¿Guarro? ¿En qué sentido? —Gilstrap encendió el cigarrillo.

—Se pasaba la mitad del tiempo borracho. Presionaba demasiado a la gente.

—¿Según tu baremo? —preguntó Fritsch.

—Según los baremos del buen trabajo policial.

—Esos chicos hacen las cosas a su manera. —Gilstrap sonrió.

—En eso se distingue a los tejanos. —Fritsch sonrió.

—Sí, pero no mucho —dijo Gilstrap.

Fritsch soltó una carcajada. Gilstrap se dio una palmada en las rodillas.

—¿Y qué hay de Moore? —preguntó Wayne—. ¿Ha aparecido?

—Esta pregunta es impropia de un niño listo como tú —dijo Fritsch tras sacudir la cabeza.

Gilstrap hizo anillos de humo.

—A ver qué te parece esto. No le caíste bien a Moore y por eso fue a cargarse a Durfee él solo. Durfee lo mató y luego le robó el coche.

—Tuviste a tiro a un negro de mierda fácilmente identificable y con una orden de busca y captura en tres estados —dijo Fritsch—. Si no lo admites, es que eres estúpido. Y no me digas que el primer poli que lo hubiese visto no lo habría matado para ufanarse de ello.

—¿Eso es lo que piensa el DPD? —Wayne se encogió de hombros.

—Ellos y nosotros. —Fritsch sonrió—. Y somos los únicos que contamos.

—Busquen a media docena de policías de Dallas que no sean del Klan y pregúntenles qué piensan de Moore. —Wayne sacudió la cabeza—. Les dirán lo guarro que era, a cuánta gente jodió y cuántos sospechosos tienen.

—Es tu orgullo quien habla, hijo. —Gilstrap se mordió un padrastro—. Te culpas a ti mismo porque Durfee escapó y mató a un hermano policía.

—El DPD está trabajando de firme en el caso. —Fritsch apagó el cigarrillo—. Querían mandar a uno de sus agentes de Inteligencia para que hablase contigo, pero les dijimos que no.

—Hablan de negligencia, hijo —dijo Gilstrap—. Tuviste una refriega con Moore en el Adolphus y por eso salió solo y lo mataron.

Wayne dio una patada a un reposapiés. Un cenicero salió disparado.

—Ese tipo es basura. Si está muerto, lo tiene bien merecido. Ya pueden contarles a esos polis racistas y palurdos que yo he dicho todo eso.

—Tranquilo. —Fritsch recogió el cenicero.

—Nadie te está echando la culpa. —Gilstrap recogió las colillas—. Para mí, tu actuación ha sido satisfactoria.

—Has demostrado poca sensatez, pero también fortaleza —dijo Fritsch—. Has hecho mucho bien a la reputación viril de este departamento de policía.

—Cuéntale la historia a tu padre. —Gilstrap sonrió—. Intercambiando disparos con un macarra de mierda...

—Me siento afortunado —dijo Fritsch con un guiño.

—Yo no lo aseguraría —replicó Gilstrap.

Fritsch agarró el tragaperras del escritorio del jefe. Le dio a la manivela. Las ruedas giraron. Se alinearon tres cerezas.

Sonaron campanas. Cayeron monedas de diez centavos.

Gilstrap las cogió.

—Aquí está el dinero para mi almuerzo.

—Querrás decir que es por cuestión de rango. —Fritsch hizo una mueca—. Los capitanes roban a los tenientes.

—Un día serás capitán —le dijo Gilstrap a Wayne, y le dio un codazo.

—¿De veras lo has hecho? Me refiero a matarlo.

—¿A Durfee o a Moore? —Wayne sonrió.

—Hoy, Wayne Junior está imparable.

—Hay tipos que dicen que no, pero yo estoy seguro de que es hijo de su padre. —Fritsch rió.

—Dime la verdad, chico. —Gilstrap se puso en pie—. ¿En qué gastaste los seis mil?

—En alcohol y chicas de compañía —respondió Wayne.

—Lleva sangre de Wayne Senior en las venas. —Fritsch se puso en pie.

—No se lo diremos a Lynette. —Gilstrap hizo una mueca.

Wayne se puso en pie. Las piernas le dolían. Tenía unos horribles calambres a causa de la tensión. Gilstrap se dispuso a salir. Hizo tintinear las monedas.

—A Gil le caes bien —dijo Fritsch.

—Mi padre le cae bien.

—No te menosprecies.

—¿Fue mi padre quien les dijo que me mandaran a Dallas?

—No, pero seguro que le gustó la idea.

Los había convencido. Habían jugado al gato y al ratón. Distracción. Sus pulsaciones llegaron a doscientos por minuto. Su tensión sanguínea subió. «Asesino solitario»... mierda. Yo vi lo de Dallas.

Wayne condujo hasta casa. Se entretuvo. Tenía el cerebro jodido. Tenía el cerebro jodido desde que había salido de Dallas.

Pete dice: «Mátalo.» Él no puede. Revisa expedientes del DP. Encuentra el nombre de Pete. Habla con tres brigadas de Inteligencia: L.A. / Nueva York / Miami.

Pete Bondurant: ex policía / ex CIA / ex matón de Howard Hughes. Ahora, matón compinchado con la mafia.

Comprueba registros de hotel. 25/11: Pete y *Frau* Pete llegan al Stardust. La suite es un regalo de la casa. Eso implica conexiones con la mafia de Chicago.

El tráfico rodado era lento. El tráfico de peatones, lo mismo. Los pueblerinos bebían whisky y cerveza.

Sigue a Pete. Sé discreto. Contrata a un guardia. Págale con fichas del Land O' Gold.

Wayne siguió dando vueltas. Pasó de nuevo por Freemont. Pasó de Lynette y de ir a casa a cenar.

Lynette decía cosas triviales. Veía la televisión. Repetía las trivialidades al pie de la letra. Jack era joven. Jack quería taaanto a Jackie.

Jack y Jackie habían perdido un bebé. En el 62. Lynette lo había sentido por ellos. Él no quería niños. Ella, sí. Quedó embarazada en el 61.

Él se quedó helado. Se cerró en banda. La bajó de la nube. Le dijo que se hiciera un raspado. Ella dijo que no.

Se encomendó a los Santos del Último Día. Rezó para que tuviera un niño muerto.

Lynette captó lo que ocurría. Corrió a casa de sus padres. Envió cartas llenas de palabrerías. Volvió a casa muy delgada. Dijo que había tenido un aborto.

Él le siguió la corriente. Papá Sproul lo llamó. Su revisionismo fue en aumento. Contó detalles. Dijo que a Lynette le habían hecho un raspado en Little Rock. Dijo que había sufrido una hemorragia y que había estado al borde de la muerte.

El matrimonio sobrevivió. Las trivialidades de mierda surtirían efecto de verdad.

Lynette preparó bandejas para sentarse ante el televisor. LBJ les jodió la cena. Anunció la creación de la comisión Warren para investigar el atentado.

Wayne quitó el sonido. LBJ movía los labios. Lynette jugueteó con la comida.

—Pensaba que te interesaba enterarte.

—He tenido muchas cosas entre manos. Y ese hombre no me inspira confianza.

—Wayne, tú estabas allí. Son cosas de esas que uno cuenta a sus nie...

—Ya te dije que no vi nada. Y sabes muy bien que no tendremos nietos.

—Desde que has vuelto, estás de mal humor. —Lynette hizo una bola con la servilleta—. Y no me digas que sólo es por culpa de Wendell Durfee.

—Lo siento. Ese trabajo fue desagradable.

—Ya sabes que he renunciado a que me hables de tu trabajo. —Lynette se secó los labios.

—Entonces, dime qué es.

—Es ese nuevo mal humor tuyo —explicó Lynette al tiempo que apagaba el televisor—, y esa actitud protectora que adoptan todos los policías. Ya sabes, ese «he visto cosas que mi mujer, que es maestra de escuela, no entendería».

Wayne clavó el cuchillo en su trozo de carne asada. El tenedor vibró.

—No juegues con la comida —dijo Lynette.

—A tu manera, eres tan puñeteramente lista... —Wayne sorbió Kool-Aide.

—No digas palabrotas en mi mesa. —Lynette sonrió.

—Querrás decir en tus bandejas de ver la televisión.

Lynette agarró el tenedor. Fingió clavárselo, pero lo hundió en el trozo de carne. El jugo que salió formó un charco de sangre.

Wayne retrocedió. Golpeó la bandeja. Su vaso se volcó y mojó la comida.

—Mierda —dijo Lynette.

Wayne llevó la bandeja a la cocina. La tiró en el fregadero. Se volvió. Vio a Lynette junto al fogón.

—¿Qué pasó en Dallas? —preguntó ella.

Wayne Senior vivía al sur de Paradise Valley. Tenía tierras y buenas vistas.

Tenía veinte hectáreas. Engordaba reses. Las mataba para carne de barbacoa. La casa era de tres plantas. Secuoya y piedra. Grandes terrazas con grandes vistas.

El garaje ocupaba media hectárea. Había una pista contigua. Wayne Senior pilotaba biplanos. Wayne Senior hacía ondear banderas: la de Estados Unidos / la de Nevada / la de No Me Pisotees.

Wayne aparcó. Apagó los faros. Encendió la radio. Pescó a las McGuire Sisters... armonía a tres voces.

Janice tenía un vestidor. Daba al garaje. Estaba aburrida. Se cambiaba de ropa. Dejaba las luces encendidas para atraer miradas.

Wayne se puso cómodo. Las Sisters cantaban. *Sugartime* se fundió con *Sincerely*. Janice cruzó el vestidor bajo la luz. Llevaba pantalones de tenis y sujetador.

Posó. Se quitó los pantalones de tenis. Agarró unos estilo pirata. Llevaba unas bragas pequeñas.

Se puso los pantalones estilo pirata. Se soltó el cabello y se lo peinó hacia atrás. Se le vieron las hebras grises, plata sobre negro. Los rosados pantalones estilo pirata no armonizaban.

Hizo piruetas. Sus pechos se bambolearon. Las Sisters proporcionaban una banda sonora. Las luces perdieron intensidad. Wayne parpadeó. Todo ocurrió demasiado deprisa.

Se calmó. Paró el motor del coche. Caminó hacia la casa. Fue directo a la parte trasera. Wayne Senior siempre se instalaba allí. La terraza que daba al norte era como un imán.

Hacía frío. Caían hojas de los árboles. Wayne Senior llevaba suéter. Wayne se apoyó contra la barandilla. Le tapó la visión.

—Aquí uno nunca se aburre —le dijo.

—Me gustan las buenas vistas. Y me gusta que mi hijo sea así.

—No me has llamado para preguntarme por Dallas.

—Buddy y Gil me han informado. Han sido muy precisos, pero aun así me gustaría oír tu versión.

—A su debido tiempo. —Wayne sonrió.

—Los líos en las mesas de dados me tenían inquieto. Y tú, persiguiendo a ese chico de color.

—Fui un valiente y un estúpido. No estoy seguro de que lo hubieses aprobado.

Wayne imprimió un movimiento circular a su bastón.

—Y yo no estoy seguro de que quieras mi aprobación.

Wayne se volvió. El Strip resplandecía. Los neones de los hoteles centelleaban.

—Mi hijo se ha codeado con la historia. No me importaría conocer unos cuantos detalles.

Había coches que salían de Las Vegas. El éxodo de los perdedores, con los faros apuntando hacia el sur.

—A su debido tiempo.

—El señor Hoover ha visto las fotos de la autopsia. Ha dicho que Kennedy tenía una picha pequeña.

Sonaron disparos. Norte-noroeste. Un jugador arruinado que la lía. Un jugador arruinado que saca una pistola. Un jugador arruinado que ha enloquecido.

—LBJ le dijo una buena al señor Hoover. Dijo: «Jack ya era un extraño compañero de cama mucho antes de que se dedicara a la política.»

—No te burles. —Wayne se volvió—. Es muy indecoroso, joder.

—Y tú, para ser mormón, muy mal hablado.

—La Iglesia Mormona es una olla de mierda, y lo sabes.

—Entonces, ¿por qué le pediste a los Santos que matasen a tu bebé?

—No recordaba haberte contado eso.

—Tú me lo cuentas todo... A su debido tiempo.

Wayne bajó las manos. Su alianza de boda se deslizó. No comía mucho. Había perdido peso. Dallas lo había irritado.

—¿Cuándo darás la fiesta de Navidad?

Wayne Senior hizo girar el bastón.

—No desvíes la conversación tan pronto. Así, le haces saber a la gente de qué tienes miedo.

—No me hables de Lynette. Sé adónde quieres llegar.

—Pues entonces llegaré. Una boda de críos de la que ya te has aburrido, y lo sabes.

—¿Como mi madre y tú?

—Exacto.

—Eso ya lo he oído antes. Estás aquí y has conseguido lo que has conseguido. No eres un idiota que se dedica a los negocios inmobiliarios en Peru, Indiana.

—Exacto. Porque supe cuándo separarme de tu madre.

—¿Quieres decirme que encontraré a mi Janice y que me separaré de mi mujer como hiciste tú? —Wayne tosió.

—Tu Janice y mi Janice son una sola y la misma, demonios. —Wayne Senior rió.

Wayne se ruborizó. Le silbaban los oídos.

—Mierda. Cuando pensaba que había empezado a perder influencia sobre mi hijo, lo enciendo como si fuera un árbol de Navidad.

Sonó un disparo. Despertó el aullido de unos coyotes.

—Alguien ha perdido dinero —dijo Wayne Senior.

—Probablemente, lo ha perdido en uno de tus garitos. —Wayne sonrió.

—¿Uno de mis garitos? Ya sabes que sólo tengo un casino.

—Lo último que he oído es que tienes acciones en catorce. Y la última vez que comprobé datos, eso era ilegal.

—Saber mentir tiene truco. Estés con quien estés di siempre lo mismo. —Wayne Senior hizo girar el bastón.

—Lo tendré presente.

—Seguro, pero también tendrás siempre presente quién te lo dijo.

Un insecto picó a Wayne. Éste le dio un manotazo.

—No veo por dónde vas.

—Recordarás lo que te dijo tu padre y que contó alguna terrible verdad por pura obstinación.

Wayne sonrió. Wayne Senior hizo una mueca. Movió el bastón

en sentido circular. Lo movió en sentido vertical. Llevó a cabo todo su repertorio.

—¿Todavía eres el único policía al que le preocupan esas putas de color apaleadas?

—Exacto.

—¿Y por qué?

—Por pura obstinación.

—Eso y el hechizo de que fuiste víctima en Little Rock.

—Tendrías que haber estado allí. —Wayne rió—. Transgredí todas las leyes de los Derechos de los Estados escritas en los libros.

Wayne Senior soltó una carcajada.

—El señor Hoover va tras Martin Luther King; pero primero debe buscarse a un «liberal caído».

—Pues dile que estoy ocupado.

—Me dijo que lo de Vietnam se está calentando. Yo le dije: «Mi hijo estuvo en la 82 Aerotransportada, pero no pierdas el tiempo intentando reclutarlo. Prefiere luchar contra blancos palurdos del sur que contra rojos.»

Wayne miró alrededor. Vio un cubo lleno de fichas. Cogió algunas del Land O' Gold, rojas.

—¿Le dijiste a Buddy que me mandara a Dallas?

—No, pero siempre había pensado que un viaje con una recompensa de seis mil pavos te haría mucho bien.

—Ha sido muy ilustrador.

—¿Qué hiciste con el dinero?

—Meterme en problemas.

—¿Y mereció la pena?

—Aprendí unas cuantas cosas.

—¿Te importaría contármelas?

Wayne lanzó una ficha al aire. Wayne Senior sacó la pipa que llevaba en la cadera. Apuntó. La alcanzó. Volaron trozos de plástico.

Wayne entró en la casa. Pasó por delante del vestidor. Janice lo obsequió con una buena vista.

Unas piernas desnudas. Un paso de baile. La fascinación de unos cabellos negros y grises.

15

(Las Vegas, 6/12/63)

Dallas lo carcomía. Debería haber matado a Junior. Junior debería haber matado al negro.

Los «debería» no servían de nada. Las Vegas resplandecía. Una brisa agradable, un sol agradable, unos casinos agradables. A tomar por culo la muerte.

Pete recorrió el Strip. Buscó distracción:

El bar del Tropicana. Una carta de cócteles muy completa. Drive-Ins. Camareros en patines. Mucha animación.

Pete dio otra vuelta. Todo lleno de gente.

Unas lesbas llegan al Sands. Ven a Frank Sinatra. Se ponen tiernas y fastidian a Frank. Le manchan el traje Sy Devore.

Lío junto al Dunes. Dos polis agarran a dos hispanos. Los hispanos sangran en abundancia.

Olía a pelea entre camareros:

Juan se había follado a la hermana de Ramón. Ramón le había pedido razones. Navajazos junto al bufé.

Montañas agradables. Luces de neón. Turistas japoneses en abundancia haciendo fotografías.

Pete dio tres vueltas. El espectáculo decrecía. El viaje a Dallas volvía a carcomer a Pete.

SER ÚTIL: jodido texto sagrado. El asunto de Hughes llevaría años. Ward lo había dicho. Carlos se había mostrado de acuerdo. Carlos había dicho: Quiero que Pete venda heroína en Las Vegas, pero los otros chicos tendrán que estar de acuerdo.

Ward era *très* listo. La movida de Arden *très* idiota. Ward tropezaba con su propia polla en un momento *très* malo.

Ward estaba en D.C. y en Nueva Orleans. Jimmy H. lo necesitaba. Carlos lo llamó. Carlos quiere atar cabos sueltos. Carlos quiere la colaboración de Ward. Carlos confía en Ward..., pero Ward siempre ridiculiza la matanza.

Arden vio al equipo del golpe. Conoció a Betty Mac. Conoció a Hank K. Una apuesta *très* segura. Carlos quiere cargárselos. Una apuesta *très* segura: Ward la califica de temeraria.

Estaba propagándose una enfermedad. Podía llamársela la «fiebre de la clemencia». Podía llamársela el «blues del yo no mato».

Debería haber matado a Junior. Junior debería haber matado al negro.

Había visto el trabajo de Junior desde una colina cercana. Buena vista sin ser visto.

Junior había rebanado a Maynard Moore. Le había partido la sesera. Le había quitado las balas. Su cuchillo resbaló. Comió astillas de hueso. Las escupió. Recuperó el equilibrio.

Hizo averiguaciones sobre Junior. Tres brigadas de Inteligencia: L.A. / Nueva York / Miami. Sus chicos le dijeron que Junior había hecho averiguaciones sobre él.

Sus contactos odiaban a Junior. Dijeron que Wayne Senior era un semental. Dijeron que Wayne Junior era un inútil.

Junior le había contagiado la fiebre de la clemencia. Junior le había perdonado la vida a Durfee. Junior había comprendido mal sus opciones. El negro olía a estúpido. El negro olía a pájaro migratorio. El negro tal vez volviera a migrar a Las Vegas.

Pete circuló. Miró las marquesinas de los espectáculos. Se hizo una idea del panorama.

Artistas de renombre. Artistas sin nombre. Dick Contino / Art & Dottie Tood / The Girlzapoppin' Revue. Hank Henry / The Vagabonds / Freddy Bell & the Bellboys. The Persian Room / The Sky Room / The Top O' The Strip.

Jack *Jive* Schafer / Gregg Blando / Joddy & the Misfits. The Dome of the Sea / The Sultan's Lounge / The Rumpus Room.

Llámalo lavabos y garitos enmoquetados. Algunas salas de alto nivel. Llámalo lugares donde ganarse la vida.

Encontrar un sitio para Barb. Encontrarle uno sin respaldo sindical. Scotty & The Scabs o The Happy Horseshitters. Un precio fijo y un porcentaje.

Pete estacionó en el aparcamiento del Sands. Entró en algunos casinos. El Bird / el Riv / el Desert Inn. Pescó un momento tranquilo.

Jugó al blackjack. Observó.

Un jefe de mesa descubre a un tramposo. Lleva una prótesis para cartas. Le salen cartas de los puños de la camisa.

Vio a Johnny Rosselli. Hablaron. Comentaron el plan de Hughes. Johnny alabó a Ward. Aquello llevaba implícita una amenaza.

Ward es crucial para nuestros planes. Tú no. Tú eres músculo.

Johnny dijo *ciao*. Se acercaron dos prostitutas. Olía a trío.

Pete se largó. Entró en el Sands / el Dunes / el Flamingo. Iluminación tenue /alfombras gruesas.

Le salían chispas de los pies. Sus calcetines zumbaban.

Entró en bares. Bebió club soda. Observó el trabajo de los camareros. Aguzó la vista.

Unas prostitutas lo eludieron. Medía 1,95 y pesaba 105 kilos. Olía a policía violento.

¿Qué es eso?:

Un camarero pone píldoras en un vaso de chupito. Seis. Una camarera lo recoge para llenarlo y servirlo.

Agarró al camarero. Le mostró una placa de juguete. Gruñó con rudeza. El camarero rió. Su hijo tenía una placa como aquélla. Su hijo comía Crispies de arroz.

El hombre rezumaba estilo. Pete lo invitó a una copa. El hombre habló de Las Vegas y de la droga.

Caballo / hierba / cocaína... *verboten*. La pasma hacía cumplir la triple prohibición. La mafia hacía cumplir la ley de «heroína no».

Torturaban a los camellos. Los mataban. Los adictos locales tenían que abastecerse en L.A. Hacían la ruta del caballo.

Con las pastillas no había problema. Diablos rojos / Chaquetas amarillas / grandes colocones. Lo mismo ocurría con la metilanfetamina líquida, sin agujas. Bébetela. No te la chutes. Haz caso a la pasma y su fobia a las agujas.

La pasma permitía las pastillas. Dos unidades de Narcóticos, la de la Oficina del Sheriff y la del DPLV. Las pastillas llegaban en cantidad. De Tijuana a L.A. De L.A. a Las Vegas.

Las distribuían los matasanos locales. Las pasaban a camareros y a taxistas. Éstos las vendían a todos los adictos de la ciudad.

Los negros de Las Vegas Oeste ansiaban caballo blanco. Esos negros se morían por tomar caballo. La política de «caballo no» los había desenganchado y los había dejado ansiosos.

Pete caminó. Llegó al Persian Room. Pescó el ensayo de Dick Contino. Conocía a Dick. Dick tocaba el acordeón para Sam G. Dick estaba en deuda con el cartel de Chicago. Los Chicos le daban un cheque. Lo invitaban a comer. Le pagaban el alquiler y compraban ropa a sus hijos.

Dick le contó sus desgracias. Pobre de mí. Una sarta de fatalidades. Pete le dio dos billetes de cien. Dick le contó cómo andaban las cosas en los salones de baile de Las Vegas.

Los Chicos de Detroit dirigían el local. El encargado recibía sobornos y sobornaba a las mejores bailarinas para que se prostituyeran. Trabajaban en las barcas que recorrían el lago Mead. Los chicos que trabajaban en los salones lo tenían muy crudo. Sólo desayunaban. Funcionaban a base de dexedrina y panqueques.

Pete caminó. Vio el ensayo de Louis Prima. Un tipejo viejo le mordía la oreja.

Pops contrataba artistas desconocidas. Pops hacía de papá gallina de las chicas si se la chupaban.

Pops les decía que evitasen a:

Los macarras negros, los cazadores de talentos, los tipos que compraban revistas de chicas desnudas, los gilipollas sin domicilio fijo.

Pete le dio las gracias. Pops alardeó y revivió sus tiempos gloriosos de macarra.

Siempre tuve carne de primera clase. La mejor del Oeste. Suministré chicas al fallecido JFK.

Pete cambió tres billetes de cien. Se hizo con sesenta de cinco.

Agarró un cuaderno. Escribió su número de teléfono sesenta veces. Llegó a una tienda de licores. Compró sesenta botellas pequeñas de brandy. Cogió una porra y fue en coche hacia Las Vegas Oeste.

Circuló despacio. Llevaba la porra. Tenía consigo la automática. Vio:

Calles sucias. Patios sucios. Solares sucios. Chabolas en abundancia.

Techos de brea y cartón. Ladrillos de cenizas en los laterales. *Beaucoup* iglesias / una mezquita. Carteles de «Alá es el Señor». Carteles en los que encima de Alá habían escrito «Jesucristo».

Mucha actividad callejera. Negros que preparaban barbacoas en bidones de gasolina de doscientos litros.

El bar Wild Goose / el club Colony / el salón Sugar Hill. Las calles tenían nombres de presidentes y de letras. Había coches asquerosos que hacían las veces de vivienda.

Chevrolets con dos inquilinos. Lincolns para solteros. Fords con toda la familia dentro.

Pete circuló despaaacio. Unos negros altaneros le hicieron señas de que se largara. Bebían cerveza directamente de la lata. Se burlaron de él y le paterearon el parachoques.

Se detuvo delante de un bidón que hacía las veces de barbacoa. Un mestizo servía carne caliente. Gente variopinta hacía cola. Vieron a Pete. Soltaron risitas tontas. Se burlaron de él.

Pete sonrió. Los saludó con la cabeza. Pete pagó la carne de todos.

Dio cincuenta de propina al mestizo. Repartió el brandy y billetes de cinco. Repartió su número de teléfono.

Se hizo el silencio. El silencio creció. El silencio se prolongó durante laaargo rato.

¿Y qué, tío grande? Di qué quieres, papaíto.

Pete habló:

¿Quién vende droga? ¿Quién ha visto a Wendell Durfee? ¿Quién tiene huevos de saltarse la regla de «caballo, no»? Gritos superpuestos. Alguna información válida, redobles de palabras y mentiras.

Esos mozos de hotel venden diablos rojos. Trabajan en el Dunes. Pregunta en la compañía de taxis Monarch. Sus chicos trapichean con diablos rojos y pastillas blancas. Los de Monarch tenían huevos. Cubrían la zona de Las Vegas Oeste. Iban donde otros taxistas no querían ir.

Pregunta a Curtis y a Leroy. Tienen planes. Quieren vender caballo. Son maaalos. Dicen a tomar por culo las normas. Dicen a tomar por culo los cabrones italianos.

Gritos superpuestos. Más redobles / más mentiras. Pete gritó. Pete demostró carisma y restableció la calma.

Le dijo al mestizo que llamase al Wild Goose. Dijo a los negros que lo llamasen a ÉL.

SI veis a Wendell Durfee. SI Curtis y Leroy mueven caballo.

Prometió una gran recompensa. Se ganó una ovación. ¡TÚ SÍ QUE ERES UN HOMBRE!

Volvió al coche y fue al Wild Goose. Algunos negros corrieron junto a él. Blandían sus botellas de brandy y saltaban.

Pete llegó al Goose. Estaba abarrotado. Repitió su actuación. A los negros les encantó. Interrumpió redobles y mentiras.

Nada sobre Curtis y Leroy. Rumores sobre Wendell D. El malvado Wendell. Es peor que la fama que tiene. Un violador / un cabrón / un tramposo. Un pájaro migratorio, nacido y criado en Las Vegas. Una polilla en torno a la gran luz de la ciudad.

Gritos superpuestos. Los negros estaban de acuerdo. Uno de ellos difamó a Wayne Tedrow Senior.

El Señor de las Chabolas Senior lo había metido en un brete. Lo había jodido. Le había subido el precio del alquiler.

El ruido aumentó. A Pete lo acometió una jaqueca. La controló con cortezas de cerdo y whisky.

Las palabras sobre Senior lo animaron: algo valioso en medio de tanta palabrería.

De repente lo entendió: Junior trabajaba en Inteligencia. Junior tenía los expedientes de la Comisión de Juego.

El negro se enfureció. Dejó de hablar de Senior. Encendió a otros negros. Airearon sus quejas de negros a voz en grito.

Jim Crow. Derechos civiles. Los decretos de las inmobiliarias. Loado sea Martin Luther King.

Las vibraciones se deterioraron. Los negros olían a linchamiento. Pete percibió miradas de odio.

¡NOSOTROS GANAMOS! TÚ eres un jodido europeo del sur, un católico de mierda explotador.

Pete se alejó. Caminó deprisa. Le dieron codazos.

Llegó a la calle. Un chico estaba vigilando el coche. Pete le dio propina. Arrancó. Un Chevrolet arrancó detrás de él.

Pete se quedó con la movida. Miró por el retrovisor. Distinguió al conductor.

Joven / blanco / cabello cortado estilo policía. Un pasma niñato.

Pete zigzagueó. Se saltó una señal de stop. El Chevrolet lo seguía de cerca. Llegaron al centro de Las Vegas. Pete se detuvo en un semáforo. Puso el freno de mano.

El Chevrolet dejó el motor al ralentí. Pete caminó hasta él. Hizo girar su porra.

El policía niñato se hizo el simpático. Arrojó al aire una ficha de juego.

Pete tendió la mano. La cogió. El policía niñato tragó saliva.

Una ficha roja. De veinte dólares. Válida para el Land O' Gold. Mierda... El garito de Wayne Senior. Pete se echó a reír.

—Dile al sargento Tedrow que me llame —dijo.

16

(Washington D.C., 9/12/63)

Trabajo de identificación. Formularios viejos y manchas de tinta.

Littell trabajaba. Su mesa de cocina crujía. Conocía bien los documentos. Dominaba el arte de la falsificación. El FBI le había enseñado.

Falsificó una partida de nacimiento. La puso al horno en un plato caliente. Cortó cartuchos de estilográfica e hizo manchas.

La antigua Arden Smith / Coates era ahora la nueva Jane Virginia Fentress.

En el apartamento hacía calor. Eso ayudaba a que se secaran los papeles. Littell puso tinta en la almohadilla de un tampón. Lo había robado en el DPD.

Arden era del Sur. Tenía acento sureño. En Alabama daban permisos de conducir sin poner pegas de ningún tipo. Los solicitantes pagaban una tarifa. Mandaban su partida de nacimiento. Recibían un formulario.

Lo rellenaban. Lo enviaban. Incluían una foto de carné y les remitían su permiso de conducir.

Ocho días antes, Littell había volado a Alabama. Había investigado en nacimientos y defunciones. Jane Fentress: nacida en Birmingham. Su FDN era 4/9/26. Su FDD era 1/8/29.

Había ido hasta Bessemer y alquilado un apartamento. Había puesto «Jane Fentress» en el buzón. De Bessemer a Birmingham: cuarenta kilómetros.

Littell cambió de estilográficas. Extendió un papel nuevo. Trazó líneas verticales.

Arden era tenedora de libros. Contaba con credenciales. Había ido a la escuela en De Kalb, Misisipí. Subámosla de categoría. Tulane, 1949. Pongamos que se ha graduado en contabilidad.

Lo esperaban en Nueva Orleans. ¿Por qué no visitar Tulane? Podría hojear catálogos viejos. Podría conocer el entorno académico. Podría falsificar una transcripción. Podría presionar al señor Hoover. Los agentes locales conocían Tulane. Un hombre podría pegar el cambiazo.

Littell alineó seis formularios, de los habituales de la universidad. Trabajó deprisa. Manchó. Falsificó. Emborronó.

Arden estaba a salvo. La tenía oculta en Balboa, al sur de L.A.

Un escondite en un hotel. Pagado por Hughes Tool. Siguiendo órdenes del señor Hughes, en Hughes Tool hacían la vista gorda con sus gastos.

Había intercambiado notas con el señor Hughes. Habían hablado por teléfono. Oficialmente, no se conocían. Se había colado sin ser visto —sólo una vez— en la guarida de Drácula. El día del atentado, a mediodía.

Drac chupa sangre por vía intravenosa. Drac se inyecta droga en la polla. Es alto. Es delgado. Tiene unas uñas largas y curvadas.

Los mormones lo protegían. Los mormones le limpiaban las agujas. Los mormones lo alimentaban con sangre. Los mormones le aplicaban pomada en las marcas de los chutes.

Drac no se movía de su habitación. Era dueño de ella. El hotel lo toleraba. Llámalo derechos de *squatter*, al estilo Beverly Hills.

Littell extendió unas fotos. Arden: de tres maneras. Una foto de pasaporte o carné de conducir. Dos fotos de recuerdo.

En Balboa habían hecho el amor. El viento había abierto una ventana. Unos chicos los habían oído. Los chicos se habían reído. Ellos siguieron con lo suyo.

Arden tenía unas caderas angulosas. Era toda huesos. Botaron. La cama chirrió. Se movieron hasta el arrebato.

Arden se tocó los cabellos grises. Se le aceleró el pulso. De pequeña había enfermado de escarlatina. Había tenido un aborto.

Arden huía. Él la había pescado. Arden huía desde antes del atentado.

Littell estudió las fotos.

Tenía un ojo pardo oscuro. El otro, pardo claro. Su pecho izquierdo era más pequeño que el derecho.

Él le compró un suéter de cachemira. Le quedaba más ceñido de un lado que del otro.

—¿Me van a encerrar? —dijo Jimmy Hoffa—. Joder, ¿después del golpe que acabamos de dar?

Littell hizo «chist». Hoffa cerró el pico. Littell registró la habitación. Examinó las lámparas. Examinó las alfombras. Miró debajo del escritorio.

—Te preocupas demasiado, Ward. Tengo un vigilante junto a la puerta de mi despacho las veinticuatro horas del día.

Littell inspeccionó la ventana. Los montantes eran adecuados. Podía instalarse ventosas en los cristales.

—Ward, por Dios, joder.

Nada en los montantes. Ni en los cristales.

Ninguna taza de succión.

Hoffa se retrepó. Bostezó. Se hundió en la silla y puso los pies sobre el escritorio.

—Lo más probable es que te condenen —dijo Littell, sentado en el borde de la silla—. Y la apelación te hará ganar, como mínimo...

—Ese lamecoños maricón de Bobby...

—... Pero manipular al jurado no es un delito que aparezca entre las directrices federales de sentencia, lo cual significa un decreto discrecional, lo cual significa...

—... Significa que Bobby F de «follador» gana y James R de «ridículo» Hoffa se pasa cinco o seis años en el talego, joder.

—Sí, ése es mi resumen. —Littell sonrió.

—Hay más. —Hoffa se hurgó la nariz—. Ese resumen no vale una puta mierda.

—Con las apelaciones, estarás fuera durante dos o tres años. —Littell cruzó las piernas—. Estoy desarrollando una estrategia a largo plazo para legitimar el dinero del Fondo de Pensiones, desviarlo y blanquearlo a través de fuentes extranjeras, un plan que estará en pleno funcionamiento para cuando salgas. El mes que viene me reuniré con los Chicos en Las Vegas y lo discutiremos. No quiero hacer hincapié en lo importante que puede llegar a ser.

—¿Y mientras tanto, qué, joder? —Hoffa se hurgó los dientes.

—Mientras tanto, tenemos que preocuparnos de esos otros jurados de acusación que Bobby ha formado.

—Ese lamecoños maricón. —Hoffa resopló por la nariz—. Después de todo lo que hemos hecho para joder...

—Tenemos que averiguar qué piensa Bobby acerca del atentado. El señor Hoover también quiere saberlo.

Hoffa se hurgó las orejas. Profundizó. Se metió un lápiz muy adentro. Hizo una prospección en busca de cera.

—Carlos tiene un abogado en el Departamento de Justicia —dijo.

En Nueva Orleans hacía calor. La atmósfera era pesada y estaba cargada de humedad.

Carlos tenía un motel. Doce habitaciones / una oficina. Carlos hacía esperar a la gente.

Littell esperó. La oficina olía. A achicoria y a insecticida. Carlos había dejado fuera una botella de Hennessy XO. Carlos desconfiaba de su fuerza de voluntad para mantenerse abstemio.

Bajó del avión. Condujo hasta Tulane. Examinó catálogos. Compiló una lista de clases de la Ley GI de Montgomery.

Había llamado al señor Hoover. Le había pedido un favor. El señor Hoover había asentido. Sí, lo haré. Colocaré su papel.

Carlos había dejado una botella en el vestíbulo. Hennessy XO. Carlos desconfiaba de su fuerza de voluntad.

El aire acondicionado se apagó. Littell se quitó la chaqueta. Littell se aflojó la corbata. Entró Carlos. Dio una palmada al aparato de la pared. El aire frío sopló con fuerza.

—*Come va*, Ward?

—*Bene, padrone.* —Littell le besó el anillo.

—Te gusta toda esa mierda y ni siquiera eres italiano. —Carlos se sentó tras el escritorio.

—*Stavo per diventare un prete, signor Marcello. Avrei potuto essere il tuo confessore.*

—Di la última parte en inglés. —Carlos abrió la botella—. Tu italiano es mejor que el mío.

—Habría podido ser tu confesor.

—Pues no tendrías demasiado trabajo. —Carlos agarró dos vasos—. Nunca hago nada que cabree a Dios.

Littell sonrió. Carlos le ofreció la botella.

Littell negó con la cabeza.

—¿Y bien? —Carlos encendió un puro.

—Estamos bien. —Ward tosió—. La comisión Warren es una tapadera, y he escrito un informe que aceptarán. Todo ha salido como yo esperaba.

—Pese a algunas meteduras de pata.

—Ni de Pete ni mías, sino de Guy Banister.

—Teniéndolo todo en cuenta, Guy es un tío capaz.

—Yo no diría eso.

—Claro que no. Tú querías que tu equipo participase.

—No quiero discutir ese punto. —Ward tosió.

—¡Y un carajo que no! Eres abogado.

El aparato de aire acondicionado se paró. Carlos le dio una palmada. Sopló aire frío en abundancia.

—La reunión está fijada para el día 4 —dijo Littell.

—Moe Dalitz la llama «la cumbre». —Carlos rió.

—Muy apropiado. ¿Todavía tenemos tu voto para el negocio de Pete?

—¿Para el posible negocio de Pete? Claro que sí.

—No pareces demasiado optimista.

—Los narcóticos son una venta dura. —Carlos sacudió ceniza del cigarro—. Nadie quiere meter Las Vegas en el hoyo.

—Las Vegas es el hoyo.

—No, don «Estuve a Punto de Ser Sacerdote». Es la deuda que tienes que pagar, y sin esa deuda estarías en el hoyo como tu amigo Kemper Boyd.

Littell tosió. El humo era denso. El aire acondicionado lo arremolinaba.

—¿Y pues? —preguntó Carlos.

—Pues que tengo planes para los libros del Fondo de Pensiones. Son a largo plazo y se derivan de tus planes con respecto al señor Hughes.

—Querrás decir nuestros planes...

—Sí. —Littell tosió—. Nuestros planes.

—Bueno, dejemos esto por ahora, me aburre. —Carlos se encogió de hombros y mostró un expediente—. Jimmy dice que necesitas a alguien cercano a Bobby.

Littell cogió el expediente. Miró el encabezamiento.

Un informe del Departamento de Policía de Shreveport / una nota añadida.

12/8/54: Doug Eversall regresa en coche a casa. Atropella a tres niños. Está borracho. Los niños mueren. El fiscal del distrito, amigo de Doug, entierra el caso.

Lo hace por su amigo: Carlos Marcello.

Doug Eversall es abogado. Trabaja en el Departamento de Justicia. A Bobby le cae bien. Bobby detesta a los borrachos y adora a los niños. Bobby no sabe que ha matado a tres críos.

—Te gustará Doug —dijo Carlos—. Es abstemio, como tú.

Littell agarró su portafolios y se puso en pie.

—Todavía no —dijo Carlos.

El humo era denso. Superaba a los efluvios de la priva. Littell casi babeó.

—Tenemos algunos cabos sueltos, Ward. Ruby me preocupa, y creo que deberíamos mandarle un mensaje.

Littell tosió. Ahí va...

—Guy ha dicho que tú conoces la historia. Ya sabes, todo ese lío en el motel de Jack Zangetty.

Escalofríos. Vapor emitido por el hielo seco.

—Sí, conozco la historia y sé lo que Guy quiere que hagas, y estoy en desacuerdo. Es innecesario. Nos delata demasiado, está demasiado próximo al arresto de Ruby.

Carlos negó con la cabeza.

—Pues se hará. Dile a Pete que se encargue de ello.

Aturdimiento. Ingravidez.

—Todo esto es culpa de Banister. Él los dejó ir al piso franco. La jodió con Tippit y Oswald. Es un borracho que se ufanará de lo que ha hecho ante todos los mierdosos derechistas de la faz de la tierra.

Carlos negó con la cabeza. Alzó cuatro dedos.

—Zangetty, Hank William, esa puta de Arden y Betty McDonald. Dile a Pete que espero que no haya un gran retraso.

17

(Las Vegas, 13/12/63)

El periódico de Dallas lo publicó en la página 6: «No hay pistas sobre el policía desaparecido.»

Wayne se sentó en el Sill's Tip-Top. Ocupó un reservado junto a la ventana. Llevaba la pistola. Con el seguro puesto y cargada. El periódico la ocultaba.

El periódico admiraba a Maynard Moore. Le dedicaba más tinta que a Jack Ruby. «Cartas de fans para el homicida del asesino; El jefe alaba al agente desaparecido; Se busca negro relacionado con la desaparición.»

Wayne echó cuentas. Habían pasado dieciocho días. El informe Warren / el «tirador solitario» / que no haya noticias es una buena noticia.

Seguía preocupado por lo de Dallas. Seguía saltándose almuerzos. Seguía meando cada seis segundos.

Entró Pete. Llegó puntual. Vio a Wayne. Se sentó. Sonrió.

Examinó el regazo de Wayne. Fisgó y se entretuvo. Vio el periódico.

—Oh, vamos —dijo.

Wayne enfundó el arma. Lo hizo con torpeza. Golpeó la mesa. Una camarera lo vio. Wayne se ruborizó. Pete hizo sonar los nudillos.

—He visto cómo has pagado la deuda. Has hecho un buen trabajo, pero me hubiese gustado que te cargaras al negro.

Wayne sintió la presión de la vejiga. Se contrajo de cintura para abajo.

—Estás alojado en el Stardust. Eso significa que te han traído los chicos de Chicago.

—Sigue.

—Tú crees que estoy en deuda contigo por ese fin de semana.

—Quiero ver los expedientes de la Junta de Juego. —Pete hizo sonar los nudillos.

—No —dijo Wayne.

Pete agarró un tenedor. Lo hizo girar. Lo retorció. Lo dobló por la mitad. La camarera lo vio y alucinó.

Soltó un «oh». Se le cayó la bandeja. Lo ensució todo.

—Podría prescindir de ti. Se supone que Buddy Fritsch colaborará.

Wayne miró por la ventana. Vio un choque entre dos coches.

—Joder con los conductores imprudentes. Siempre apunto a los tipos como... —dijo Pete.

—Tengo apalancados esos expedientes y no hay copias. Es una vieja norma de seguridad policial. Si hablas con Buddy, haré que mi padre intervenga. Buddy le tiene miedo.

—¿Y esto es todo lo que me cuentas de Dallas? —Pete hizo sonar los nudillos.

—En Dallas no ocurrió nada. ¿No has visto las noticias?

Pete se marchó. Wayne notó la presión del pis y corrió al baño.

18

(Las Vegas, 13/12/63)

Una jaqueca más. Una copa más. Un salón más.

El Moon Room del Stardust. Luces tenues. Camareras con trajes ceñidos. Pete bebía whisky. Una camarera le puso unos cacahuetes. Ward le había dejado un mensaje. Un recepcionista se lo había transmitido. Espera un mensaje cifrado utilizando la Biblia. Lo recibirás a través de la Western Union.

Junior había dicho «no». Los noes dolían. Los noes lo cabreaban.

Una camarera pasó por su lado. Una falsa pelirroja. Raíces oscuras y piel morena. Las pelirrojas auténticas ardían.

Le había conseguido un trabajo a Barb. Tres días antes, Sam G. había movido ciertos hilos. Atención: Barb & The Bail Bondsmen.

Trabajo permanente: 4 espectáculos / 6 noches. El salón Sultan's, en el Sahara.

Barb ensayaba. Dijo que el twist había pasado de moda, que lo que privaba era el go-go beat.

Música de negros. El Swin / el Fish / el Watusi. Palurdos blancos, tomad nota.

Despidió de allí al ex de Barb y al combo de éste. Dick Contino le echó un cable. Dick buscó un trío para Barb. Saxo / trompeta / batería. Tres músicos habituales de los salones de baile.

Maricones. Musculitos. Certificado del Departamento de Sanidad: locas.

Pete los intimidó. Pete los amonestó. Sam G. divulgó la noticia. Barb B. estaba *verboten*. Acércate a ella una vez y lo pasarás mal. Acércate dos y morirás.

A Barb le gustaba Las Vegas. Grandes guardarropas. Vida nocturna. Nada de desfiles presidenciales.

Las Vegas Oeste tenía buena pinta. Las Vegas Oeste parecía controlado y predispuesto al vicio.

Las zonas de vicio funcionaban. Llegó a Pearl en el 42. La policía de tráfico cerró algunas carreteras y acordonó la gonorrea. El caballo blanco funcionaría. Los negros lo deseaban. Se lo chutarían. Se quedarían en casa. Mancharían su propia alfombra.

Se le acercó una camarera. Una falsa rubia. Raíces oscuras y Miss Clariol. Le sirvió unos cacahuetes y le pasó un aviso de Ward.

Pete apuró la bebida. Subió a la suite. Sacó la Biblia de los Gedeones. El código citaba el libro. Capítulo /versículo. Éxodo, Juan 1.

Trabajó en un cuaderno. Los números a letras. Las letras a palabras.

«Órdenes de C. M. Elimin. 4 del motel / piso franco. Llama mañana por la noche a las 22.30 EST. Teléfono público de Silver Spring. M. BL-4-9883.»

19

(Silver Spring, 14/12/63)

Perfecto:

La rampa de salida / la carretera / la estación / vías férreas / un andén / un teléfono público.

Una autopista adyacente. Acceso a la rampa de salida. Buena vista del aparcamiento. Viajeros de última hora. Trabajadores que regresaban de D.C.

Littell se quedó sentado en el coche. Observó la rampa. Esperaba un Ford azul celeste. Carlos había descrito a Eversall. Es alto. Lleva una bota ortopédica.

21.26 horas.

Los expresos pasaban sin parar. Los coches llegaban y se marchaban. El cercanías tenía que detenerse a las 22.00.

Littell estudió su guión. Remarcaba la época de Eversall en Nueva Orleans. Remarcaba la época de Lee Oswald en esa ciudad. Remarcaba los juicios sobre dinero ilegal del 63. Remarcaba Bobby como estrella principal.

Pánico en la mafia. Pasan dos meses. JFK muere. Eversall ata cabos y ve una colusión.

Littell consultó su reloj. Las 21.30 en punto. Tenía que esperar al hombre de la bota ortopédica.

Llegó un Ford azul. Littell le hizo señales con las luces. El Ford frenó y aparcó. Se apeó un hombre alto. Cojeaba y llevaba una bota ortopédica.

Littell encendió los faros. Eversall parpadeó y trastabilló. Recuperó el equilibrio. Su pierna mala se doblaba. El portafolios que llevaba le servía de contrapeso.

Littell apagó los faros. Abrió la puerta del pasajero. Eversall subió renqueando. El portafolios lo estabilizó. Se desplomó en el asiento.

Littell cerró la puerta. Littell encendió la luz del techo. Iluminó a Eversall y lo envolvió en un halo.

Littell lo registró.

Le palpó la entrepierna. Le levantó la camisa. Le bajó los calcetines.

Littell abrió el portafolios. Revisó los expedientes. Metió dentro su guión.

Eversall olía. A sudor y a loción para después del afeitado. Le apestaba el aliento. A ginebra y a cacahuetes.

—¿Carlos te lo ha explicado? —preguntó Littell.

Eversall negó con la cabeza. Los músculos de su cuello se tensaron.

—Responde. Quiero oír tu voz.

Eversall se revolvió. Su bota ortopédica golpeó el salpicadero.

—No hablo nunca con Carlos. Recibo llamadas de ese tipo estilo cajún.

Lo dijo despacio. Parpadeó con puntualidad. Parpadeó y esquivó la luz. Littell lo agarró por la corbata. Tiró de ella. Lo puso de nuevo bajo la luz.

—Vas a llevar un micrófono y hablarás con Bobby. Quiero saber qué piensa del asesinato de su hermano.

Eversall parpadeó. Eversall tartamudeó.

Littell tiró de la corbata.

—He leído un artículo en el *Post*. Bobby va a dar una fiesta de Navidad. Va a invitar a algunos miembros de Justicia.

Eversall parpadeó. Eversall tartamudeó.

Intentó hablar. Le salieron pes y efes. Intentaba decir «por favor».

—He preparado un guión. Dile a Bobby que no te gusta la proximidad de los juicios y ofrécele tu ayuda. Si Bobby se enfada, sé más persistente.

Eversall parpadeó. Eversall tartamudeó. Intentó hablar. Le salieron pes y efes. Soltaba bes de Bobby.

Littell olió a meados. Vio la mancha y bajó la ventanilla.

Le sobraba tiempo. El teléfono público estaba cerca. Abrió todas las ventanas y aireó el coche.

Llegaban trenes. Las mujeres recogían en coche a sus maridos que volvían del trabajo.

Cayó una granizada. Le astilló el parabrisas. Puso las noticias de la radio.

El señor Hoover se dirigía a los Boy Scouts. Jack Ruby se enfurruñaba en su celda.

Problemas en Saigón. Bobby Kennedy vacío.

Bobby amaba con fuerza. Bobby se apesadumbraba con fuerza. Solía hacerlo.

Finales del 58.

Trabajó en la Oficina de Chicago. Bobby dirigió el Comité McClennan. Kemper Boyd trabajó para Bobby. Kemper trabajó contra Bobby. El señor Hoover desplegó a Kemper Boyd en muchos frentes.

El señor Hoover odiaba a Bobby. Bobby perseguía a la mafia. El señor Hoover decía que la mafia no existía. Bobby refutó esa mentira. Bobby humilló al señor Hoover.

Kemper Boyd le caía bien al señor Hoover. A Boyd le caía bien su amigo Ward. Boyd le consiguió un trabajo de categoría a Ward.

En el Programa Antimafia. La retractación tardía del señor Hoover, su tardía aceptación de la mafia. Llámalo una medida a medias. Llámalo un golpe publicitario.

Trabajó en la Brigada Antimafia. Lo hizo mal. El señor Hoover le dio una patada y lo mandó de vuelta a la Brigada Anticomunista. Entonces Boyd ascendió. Boyd ascendió para Bobby. Boyd le ofreció a su amigo Ward un trabajo auténtico.

Un trabajo secreto. No remunerado.

Ward lo aceptó. Recabó datos antimafia. Se los pasó a Boyd. Boyd se los pasó a Bobby.

Ward nunca conoció a Bobby. Bobby lo llamaba «el Fantasma». Bobby había oído un rumor persistente. Se lo contó a Kemper Boyd.

Los Camioneros tenían un juego doble de los libros de contabilidad del Fondo de Pensiones. Los libros «auténticos» ocultaban mil millones de dólares.

Littell persiguió los libros «auténticos». Los rastreó hasta llegar a un hombre llamado Jules Schiffrin. Robó los libros «auténticos» a finales del 60.

Schiffrin descubrió el robo. Sufrió un ataque cardíaco. Murió esa misma noche.

Littell escondió los libros. Los libros estaban cifrados. Littell descodificó deprisa una entrada.

El código era una reprimenda contra el Clan Real. El código demostraba que Joseph P. Kennedy estaba compinchado con la mafia.

Joe engordaba el fondo. Joe lo devoraba. Había invertido cuarenta y nueve millones de dólares. Se blanqueaba. Se prestaba. Se utilizaba para financiar estafas laborales y para sobornar a políticos.

La suma base permaneció en el fondo. Tenía interés compuesto. El dinero aumentó muchíiisimo.

Joe lo dejó crecer. Los Camioneros conservaron sus valores. Littell no se lo dijo a Bobby. No atacó a su padre.

Guardó los libros. Hizo caso omiso de su trabajo en la Brigada Anticomunista. Intimó con un izquierdista. El señor Hoover se enteró. El señor Hoover lo expulsó.

Jack Kennedy fue elegido. Nombró a Bobby fiscal general. Bobby le consiguió a Boyd trabajo en Justicia. Boyd intercedió. Boyd presionó a Bobby. Contrata al Fantasma, por favor.

El señor Hoover intercedió. El señor Hoover presionó a Bobby.

No contrates a Ward J. Littell. Es un borracho. Tiene la lágrima floja. Es comunista.

Bobby hizo caso al señor Hoover. Bobby largó al Fantasma. El Fantasma guardó los libros auténticos. El Fantasma dejó la priva. El Fantasma trabajó de abogado por cuenta propia. El Fantasma descifró el código de los libros del Fondo de Pensiones.

Localizó mil millones de dólares. Localizó ingresos y transferencias. Extrapoló y descubrió que:

Los fondos podían desviarse. Los fondos podían utilizarse de manera legal.

Acaparó lo que sabía. Ocultó los libros. Hizo duplicados de ellos. En aquellos momentos, odiaba a Bobby. Por extensión, odiaba a Jack K.

Boyd estaba obsesionado con Cuba. Carlos M. lo mismo. Financiaban grupos de exiliados. Los Chicos querían derrocar a Fidel Castro. Querían recuperar sus hoteles cubanos.

Boyd trabajó para Bobby. Boyd trabajó en secreto para la CIA. Bobby odiaba a Carlos. Bobby lo deportó. El Fantasma conocía la ley de deportación.

Boyd lo puso en contacto con Carlos. El Fantasma se convirtió en un abogado de la mafia. Le sentó bien. Le pareció abominable y moralmente correcto.

Carlos lo puso en contacto con Jimmy Hoffa. El señor Hoover reapareció.

El señor Hoover lo recibió con amabilidad. Alabó su retorno. Lo puso en contacto con el señor Hughes. El señor Hoover compartía su odio hacia Bobby y hacia Jack.

Trabajó para Carlos y para Jimmy. Planeó el negocio de Hughes en Las Vegas. Bobby atacó a la mafia. Jack abandonó la causa cubana. Recortó el número de exiliados fanáticos.

Pete y Boyd robaron algo de droga. Las cosas se pusieron feas. Los Chicos se enfurecieron mucho.

Littell presionó a Carlos. Dijo matemos a Jack. Anulemos a Bobby. Carlos dijo que sí. Carlos avaló el plan. Carlos contrató a Pete y a Boyd.

Carlos los jodió. Carlos prefirió a Guy B. Carlos mandó a Guy a Dallas.

Venció una factura. Los gastos de última hora se incrementaron. Tenía los libros «auténticos». Tenía los datos. Los tenía limpios y nadie lo sospechaba.

Se equivocó. Carlos sabía que los tenía. Carlos vio su ascensión.

Carlos dijo: Vas a vender Las Vegas a Hughes y vamos a joderlo. Tú conoces los libros. Has descifrado el código. Tienes planes para el dinero. Ese dinero más el dinero de Hughes igual a nuestro dinero alimentado por tu estrategia a largo plazo.

Littell devolvió los libros. Conservó los duplicados. Su robo era casi un secreto a voces. Carlos lo supo. Se lo dijo a Sam G. Se lo dijo a Johnny Rosselli.

Santo lo supo. Moe Dalitz lo supo. Nadie se lo contó a Jimmy. Jimmy estaba loco. Jimmy era corto de vista. Jimmy lo mataría.

Littell escuchó informativos. Oyó fragmentos de noticias: LBJ / Kool mentolado / el doctor King y Bobby.

Se encontró con Bobby. Tres días antes de lo de Dallas. Dio una identidad falsa. Dijo que sólo era un abogado. Dijo que tenía una cinta magnetofónica. Bobby le concedió diez minutos.

Puso la cinta. Un rufián acusaba a Joe Kennedy.

Por fraude en el Fondo de Pensiones / colusión / fraude organizado.

Bobby llamó al banco de su padre. El gerente confirmó los detalles. Bobby se apartó las lágrimas de los ojos. Bobby se enfureció y se apenó. En ese momento, a Littell le sentó bien. Ahora le parecía odioso.

Las noticias se terminaron. Sonó un pinchadiscos: «Mister Melodías llega a ustedes...» Sonó el teléfono.

Littell corrió. Pisó granizo. Agarró el receptor.

—Junior no quiere jugar —dijo Pete—. Ese chico me ha dejado en un callejón sin salida, joder.

—Hablaré con Sam. Lo enfocaremos de una manera dife...

—Me cargaré a Zangetty y a Killiam. Eso es todo. No me cargaré a las mujeres.

En la cabina hacía calor. Los cristales se empañaron. La tormenta producía vaho.

—De acuerdo. Tendremos que suavizar a Carlos.

—No me tomes el pelo. Sabes que hay que hacer algo más que eso.

—¿Qué estás diciendo?

—Sé lo de Arden.

DOCUMENTO ANEXO: 19/12/63. Transcripción literal de una conversación telefónica. Encabezamiento: «Registrada por solicitud del señor Hughes. Copias a: Archivo Permanente / Archivo del Fiscal 63 / Archivo de Seguridad.» Hablan: Howard R. Hughes / Ward J. Littell.

HH: ¿Eres tú, Ward?

WJL: Sí, soy yo.

HH: Anoche tuve una premonición. ¿Quieres que te la cuente?

WJL: Ciertamente.

HH: Conozco ese tono. Ablanda al jefe para que vaya al grano. (WJL ríe.)

HH: Ésta es mi premonición: vas a decirme que pasarán años antes de que me despojen de las acciones de la TWA, por lo que debo centrarme en mis buenas maneras y sacarme el tema de la cabeza.

WJL: Su premonición ha sido muy precisa.

HH: ¿Eso es todo lo que tienes que decir? ¿Y me dejas tirado con esa facilidad?

WJL: Podría describir los procedimientos legales necesarios para el desposeimiento de quinientos millones de dólares en acciones y decirle lo mucho que ha retrasado el proceso evitando diversas citaciones.

HH: Hoy estás peleón, y yo no estoy dispuesto a tenérmelas contigo.

WJL: No estoy peleón, señor Hughes. Me limito a hacerle observaciones.

HH: ¿Y cuáles son tus últimas estimaciones?

WJL: Que estamos a dos años del juicio. El proceso de apelación durará entre nueve y catorce meses como mínimo. Deberá discutir los detalles con sus otros abogados y mover las cosas comunicando previamente sus disposiciones.

HH: Tú eres mi abogado favorito.

WJL: Gracias.

HH: Sólo los mormones y los hombres del FBI tienen la sangre limpia.

WJL: No entiendo mucho de sangre, señor.

HH: Yo sí. Tú sabes de leyes y yo sé de aerodinámica, de sangre y de gérmenes.

WJL: Ambos somos expertos en nuestros campos respectivos, señor.

HH: También soy experto en estrategia comercial. Ahora tengo lo necesario para comprar Las Vegas, pero prefiero esperar y hacer la compra con las acciones caídas del cielo.

WJL: Es una estrategia prudente, señor, pero me gustaría señalarle unas cuantas cosas.

HH: Pues señálalas. Escucho.

WJL: Uno, usted no va a comprar la ciudad de Las Vegas ni el condado de Clark, Nevada. Dos, usted intentará comprar numerosos hoteles-casino, la adquisición de los cuales viola numerosas leyes federales y estatales antimonopolio. Tres, ahora no puede hacer esas compras. Necesitará reducir el flujo de efectivo necesario para que lo haga Hughes Tool, y tendrá que congraciarse con la Asamblea Legislativa del estado de Nevada y con las personas idóneas en el condado. Cuatro, ése es mi trabajo... y llevará tiempo. Cinco, quiero esperar y seguir el desarrollo de otras cadenas hoteleras mediante procesos judiciales y cotejar las leyes antimonopolio y los precedentes.

HH: Dios, eso ha sido todo un discurso. Eres un tipo con muchas aptitudes.

WJL: Sí, señor.

HH: No has mencionado a tus compañeros de la mafia.

WJL: ¿Cómo dice, señor?

HH: He hablado con Hoover. Me ha dicho que tienes a esos chicos en el bolsillo. ¿Cómo se llama ese tipo de Nueva Orleans?

WJL: ¿Carlos Marcello?

HH: Sí, Marcello. Hoover asegura que come de tu mano. Dice: «Cuando llegue el momento oportuno, Littell engañará a esos italianos y te conseguirá los hoteles a unos precios tirados.»

WJL: Lo intentaré de veras, señor.

HH: Harás más que eso.

WJL: Lo intentaré, señor.

HH: Tenemos que implantar una política antigérmenes.

WJL: ¿Señor?

HH: En mis hoteles. Nada de negros, nada de gérmenes. Es bien sabido que los negros transmiten muchos gérmenes. Infectarían mis máquinas tragaperras.

WJL: Veré qué se puede hacer, señor.

HH: Mi solución es la sedación masiva. He leído libros de química. Ciertas sustancias narcóticas son capaces de matar los gérmenes. Podríamos sedar a los negros, hacer descender sus glóbulos blancos y mantenerlos alejados de mis hoteles.

WJL: La sedación masiva requerirá unas autorizaciones que tal vez no consigamos.

HH: No estás convencido. Lo noto en tu voz.

WJL: Pensaré en ello.

HH: Piensa en esto: Lee Oswald era un portador de gérmenes y un transmisor de una enfermedad mortal. No necesitaba un rifle. Podría haber matado a Kennedy sólo con echarle el aliento.

WJL: Es una teoría interesante, señor.

HH: Sólo los mormones y los hombres del FBI tienen la sangre limpia.

WJL: Pues en Nevada tiene a unos cuantos mormones. Hay un hombre llamado Wayne Tedrow Senior al que puedo abordar en su nombre, señor.

HH: Aquí también tengo buenos mormones. Me han puesto en contacto con Fred Otash.

WJL: He oído hablar de él.

HH: Es el «detective de las estrellas». Ha buscado dobles de Hughes por todo L.A., como antes hacía Pete Bondurant. Los funcionarios del juzgado siguieron a esos dobles como si fueran autómatas.

WJL: Tengo que decirle de nuevo que saltarse las citaciones lo único que hace es prolongar todo el proceso.

HH: Ward, eres un maldito aguafiestas.

(WJL ríe.)

HH: Freddy es libanés. Esa gente tiene muchos glóbulos blancos. Me cae bien, pero no es como Pete.

WJL: Pete está trabajando conmigo en Las Vegas.

HH: Bien. Los franceses tienen pocos glóbulos blancos. Lo leí en el *National Geographic*.

WJL: Estará encantado de saberlo.

HH: Dale un saludo de mi parte y dile que me procure un poco de medicina. Él sabrá a qué me refiero. Dile que el material que me han traído mis mormones es de baja calidad.

WJL: Se lo diré.

HH: Permíteme que te deje clara una cosa antes de colgar.

WJL: ¿Señor?

HH: Quiero comprar Las Vegas.

WJL: Me ha quedado claro.

HH: El aire del desierto mata los gérmenes.

WJL: Sí, señor.

20

(Las Vegas, 23/12/63)

La fiesta. Un clásico de Las Vegas. El guateque navideño de Wayne Senior.

Un marica redecoró el rancho. Puso esculturas de hielo y copos de nieve en las paredes. Contrató elfos y ninfas.

Los elfos eran espaldas mojadas. Servían *hors d'oeuvres.* Llevaban chaquetas falsamente harapientas. Las ninfas trabajaban de putas en el Dunes. Servían bebidas y lucían grandes escotes.

El marica dispuso un estrado para los músicos, una pista de baile y contrató un cuarteto.

Barb & The Bail Bondsmen: una cantante y tres ex presidiarios bujarrones.

Wayne deambulaba. El combo le daba mal rollo. Había arrestado al trompeta por estafa. Había arrestado al saxo por violación de menores. La cantante compensaba. Cabellos rojos y piernas extraordinarias.

Lynette deambulaba. La gente alternaba. Pasmas y purria de Las Vegas. Mormones y militares de Nellis.

Wayne Senior deambulaba. Janice bailaba sola. Unos cuantos miraban. Janice movía las caderas. Janice se contoneaba. Janice se agachaba hasta el suelo.

Wayne Senior se acercó. Hizo girar su bastón. Un oficial con una sola estrella lo cogió.

Canturreaba la melodía del combo. Barb marcaba el ritmo con los pies. El combo improvisaba. Barb movía unas maracas.

El militar se arrodilló. Dejó caer el bastón.

—*Vegas limbo mighty good, lady go down like she should* —cantaba Barb.

Janice abrió las piernas. Janice movió las caderas. Janice se agachó. La gente aplaudió. La gente pateó. Barb aprovechó el entusiasmo.

Janice se agachó. Le saltaron lentejuelas y adornos brillantes. Se le reventaron las costuras. Sus talones chirriaron. Se descalzó de una patada. Se agachó. Se incorporó.

La gente aplaudió. Janice se agachó aun más. Se le rompió el vestido. Se le vieron las bragas. Eran rojas.

Wayne Senior le pasó un Salem. La intensidad de la luz disminuyó. El combo improvisaba *Moonglow*. Un foco pequeño parpadeó. Iluminó a Janice y a Wayne Senior.

Estaban juntos. Janice sostenía su cigarrillo. El humo se arremolinó en la luz del foco.

Danza en círculo.

Wayne Senior sonrió. Wayne Senior se lo estaba pasando en grande. Janice hizo muecas. Se burló de aquella música lacrimógena.

Bailaron juntos. A Janice se le cayeron algunas lentejuelas. La luz del foco saltó.

Wayne observaba.

Vio a Lynette. Lynette lo vio a él. Lynette vio que Wayne miraba a Janice de forma insinuante.

Eludió su mirada. Abandonó el salón. Recorrió la terraza delantera. Olió a marihuana. Alerta, hierba en la parte de abajo.

Janice daba unas caladas en las fiestas. Lo hacía con el servicio. Había mozos de aparcamiento que se movían deprisa. Un centenar de coches. Actividad en la pista de aterrizaje.

Un mozo estacionó la avioneta de un invitado. Era una Piper Deuce.

Wayne caminó de un lado a otro de la terraza. Volvió a inquietarse por lo de Dallas.

Jack Ruby observaba el Hanuka. El periódico publicaba fotos en exclusiva. Dos páginas más adelante: «Se desvanecen las esperanzas de encontrar al policía desaparecido.»

Wayne contempló la fiesta. Una puerta de cristal apagaba el ruido. Los elfos estaban borrachos y disfrutaban con Barb.

Wayne la miró.

Barb mueve los labios. Barb menea las caderas. Barb se planta ante el micro. Barb examina la sala. Ve una cara y se licúa.

Wayne agarró el vaso con las dos manos. Se buscó un buen lugar de observación. Siguió la mirada que Barb dirigía a:

Mister Licuador: Pete Bondurant.

Barb se licúa. El gran Pete, también.

Wayne abrió la puerta. Oyó la canción:

I Only Have Eyes For You.

Wayne cerró la puerta. Se le encogió el estómago. Se apoyó contra el cristal. Tuvo un escalofrío y estuvo a punto de vomitar.

Barb lanzó un beso. Pete se lo devolvió. Pete se desperezó y se golpeó la cabeza contra el techo. Medía más de dos metros.

Pete sonrió. Pete dijo: «Huy.» Un hombre se le acercó. Bronceado y delgado como un palillo. Un enano asqueroso.

Wayne agarró una silla. Se balanceó en ella con los pies apoyados contra la barandilla. Abajo brilló una cerilla. Un porro. El humo subió en jirones.

Olía bien. Provocó recuerdos en él. Había fumado una vez. En la Escuela de Paracaidismo. En Fuerte Bragg. Saltemos colocados y veremos las nubes cambiar de color.

Pete sabía de tácticas. Pete sabía de insinuaciones.

La puerta se abrió. El ruido se coló a la terraza. Wayne percibió el olor de Janice: cigarrillos y Chanel nº 5.

Ella se acercó. Se apoyó en él. Le dio un masaje en los hombros y la espalda.

—Hazme una paja, venga —dijo Wayne.

Janice lo tocó. Janice le desabotonó la bragueta.

—Huele bien ahí abajo.

—Pues si yo tuviera que opinar, diría que huele a incitación al delito.

—No seas desagradable. Estamos en Navidad.

—¿Quieres decir que esto es Las Vegas y que la ley está en venta?

—Yo no sería tan contundente con un policía. —Janice hundió la mano.

—¿Quién es el de la estrella? —Wayne se echó hacia atrás.

—Es el general de brigada Clark D. Kinman. Te admira mucho.

—Ya me he fijado.

—Te fijas en todo. Y yo me he fijado en cómo mirabas a esa cantante.

—¿Te has fijado en su marido, ese tipo grande?

—Me he fijado en el avión en el que ha llegado. —Janice le acariciaba la espalda—. Y la funda que lleva en el tobillo.

Wayne dio un respingo. Janice le hizo cosquillas en el cuello.

—¿Te he tocado un nervio?

—¿Quién es el tipo delgado? —Wayne tosió.

—Es el señor Rogers. —Janice rió—. Se califica a sí mismo de piloto, de geólogo del petróleo y de anticomunista profesional.

—Tendrías que presentárselo a mi padre.

—Han intimado enseguida. Estaban hablando de la causa cubana o de alguna tontería por el estilo.

Wayne movió el cuello en sentido circular.

—¿Quién ha contratado a esa banda? —preguntó.

—Tu padre. Se la recomendó Buddy Fritsch.

Wayne se volvió. Vio a Lynette. Lynette lo vio a él. Dio unos golpecitos a la puerta de cristal y señaló su reloj. Wayne extendió los dedos de las manos y se los mostró.

—Aguafiestas —dijo Janice.

Janice puso mala cara. Janice se burló de la aburrida Lynette.

Wayne encendió la luz de la barandilla. Janice bajó a la planta baja. Se le cayeron lentejuelas. Brillaron.

Los mozos soltaron risitas. Hola, señora. Gracias por los porros.

Wayne movió la luz. Dirigió el foco hacia abajo. Hasta ver el avión. Divisó una ventana. Vio rifles y chalecos antibalas.

La puerta de la cabina se abrió. Pete salió de un salto. Wayne lo iluminó. Pete saludó y le guiñó un ojo.

Wayne entró en la casa y observó la fiesta. El subidón de medianoche. Los borrachos blandían ramas de muérdago.

El ponche de huevo se había terminado. El coñac de antes de la guerra también. Los cigarros de antes de Castro, lo mismo.

Los elfos estaban ebrios. Las ninfas, como cubas. Los camareros mormones llevaban un buen pedal.

Las esculturas de hielo se fundían. El pesebre chorreaba. El Niño Jesús estaba pringado de grasa. Jesús hacía de cenicero. En la cuna había colillas.

Wayne deambuló. Los Bondsmen recogían los instrumentos. Barb se encargaba del micro y de la percusión.

Wayne la miró. Lynette lo miró a él.

Wayne Senior tenía compañía. Cuatro viejos mormones sentados en apretado círculo. Chuck Rogers se sentó con ellos. Tenía dos botellas. Bebía ginebra y licor de arándanos.

Wayne Senior mencionó nombres. El señor Hoover dijo esto. Dick Nixon dijo lo otro. Los viejos rieron. Chuck compartió sus botellas. Wayne Senior le pasó una llave.

Chuck la cogió al vuelo. Se puso en pie. Los viejos rieron. Cambiaron miradas fraternales. Se pusieron en pie. Se dirigieron al vestíbulo. Chuck los siguió. Todos se reunieron. Se plantaron ante la puerta del cuarto de armas.

Chuck la abrió. Los viejos entraron en tropel. Rieron entre dientes. Estaban nerviosos. Entró Chuck. Los viejos le quitaron la priva. Chuck cerró la puerta deprisa.

Wayne observó. Cogió un vaso de una bandeja. Engulló el contenido. Vodka. Pulpa de fruta. Manchas de carmín en el vaso.

La pulpa mató el ardor. El carmín sabía dulce. El trago llegó muy hondo.

Fue al cuarto de armas. Oyó a los viejos en el interior. Dio una sacudida a la puerta. La abrió.

La hora de la película.

Chuck accionaba el proyector. Abrió una pantalla plegable. Aparece Martin Luther King.

Está gordo. Está desnudo. Está extático. Jode enérgicamente con una blanca.

Jodían sin sonido. Jodían en la postura del misionero. Zumbidos de interferencias. Saltos en las imágenes. Agujeros del carrete de la película y números de identificación. Código del FBI.

Trabajo clandestino. Película de vigilancia. Distorsión en la lente.

King llevaba calcetines. La mujer llevaba medias. Los viejos rieron. El proyector chasqueó. La película cortada en instantáneas.

El colchón se hundía. El reverendo King estaba gordo. La mujer también. En la cama saltó un cenicero. Las colillas se desparramaron.

Chuck cogió una linterna. Enfocó un folleto de 10 x 15 cm.

King arremetía. La cámara giró para ofrecer un primer plano. Condones sobre la mesilla de noche.

Chuck gritó. Chuck leyó del folleto: «Big Bertha dijo: "Fóllame fuerte, Marty! ¡Juntos venceremos!"»

Wayne llegó corriendo. Chuck lo vio. Se quedó pasmado. Qué demonios...

Wayne dio una patada al proyector. Las bobinas cayeron y rodaron por el suelo. Chocaron contra las paredes. Los viejos se apartaron. Tropezaron. Se golpearon la cabeza y derribaron la pantalla.

Wayne cogió el folleto. Chuck retrocedió. Wayne le dio un empujón y salió corriendo. Cruzó el vestíbulo lateral. Rozó el estrado de los músicos. Esquivó ninfas y elfos.

Llegó a la terraza delantera. Agarró el foco de la barandilla e iluminó el folleto.

Ahí: una impresión al estilo Wayne Senior. La calidad del papel / los márgenes / el tipo de letra.

Textos y tiras cómicas. Martin Luther Negro y la gorda. Judíos gordos con colmillos.

Martin Luther Negro tiene priapismo.

Su polla es un hierro ardiente. Está al rojo vivo. El capullo es una hoz y un martillo.

Wayne escupió en el dibujo. Lo rompió. Lo partió por la mitad.

Lo partió en cuatro trozos.

Lo hizo trizas por completo.

21

(Nuevo México, 24/12/63)

El avión descendió a causa de una ráfaga de viento.

El cielo era negro. El aire era húmedo. El hielo golpeaba los propulsores. Altus, Oklahoma... directamente al este.

Chuck volaba bajo. A prueba de radares. Sin aviso de aterrizaje. Sin aeródromo. Sin pista donde tomar tierra. Era el albergue «rural» de Jack. La cabina era estrecha. Hacía frío. Pete encendió la calefacción. Llamó para avisar. Se hizo pasar por turista. Se enteró de que Jack tenía tres invitados.

Cazadores de codornices. Bendito sea Dios, todo hombres.

Chuck conocía el albergue. Había pasado tiempo allí. Conocía el plano de la casa. Jack dormía en el despacho. Aparcaba a sus huéspedes cerca. Tres dormitorios que daban al vestíbulo.

Pete comprobó la zona de carga.

Linternas / escopetas / magnums / queroseno / sacos de arpillera / cinta aisladora / guantes de goma / cuerda / una cámara Polaroid / cuatro camisas de fuerza / cuatro tarros de miel.

Poder destructor en exceso. A Carlos le gustaban los trabajos sucios. Él había planificado el asunto.

Chuck leyó un folleto racista. El tablero de mandos le proporcionó luz. Pete vio tiras cómicas. Texto del FBI.

Racismo y obscenidades. Un negro llamado Bayard Rustin. Una orgía de maricones. Pete rió.

—¿Por qué hemos tenido que asistir a esa fiesta? —preguntó Chuck—. No es que ahora me queje. He conocido a unas cuantas almas bondadosas.

El avión descendió. Pete se golpeó la cabeza.

—Quería que alguien supiese que no pienso largarme.

—¿No vas a decirme quién y por qué?

Pete sacudió la cabeza. El avión saltó. Pete se golpeó las rodillas con el tablero de mandos.

—El señor Tedrow es un auténtico americano. Es mucho más de lo que puedo decir de su hijo —afirmó Chuck.

—Su hijo es un currante. No lo subestimes.

—El señor Tedrow conoce a la gente adecuada. —Chuck tomó Dramamine—. Guy B. dice que puso algo de pasta para cierta operación.

—No hubo ninguna operación. —Pete se frotó la nuca—. ¿No lees el *New York Times,* joder?

—¿Quieres decir que lo he soñado? —Chuck rió.

—Tómatelo así. Vivirás más tiempo.

—Pues entonces también he soñado que Carlos quería cargarse a toda esa gente.

Pete se frotó los ojos. Mierda. Jaqueca núm. 3.000.

—En ese caso, estaré soñando cuando liquidemos al viejo Jack, y cuando encontremos al viejo Hank y a esas putas de Arden y Bet...

—En Dallas no ocurrió nada y aquí no ocurrirá nada —lo interrumpió Pete, al tiempo que lo agarraba por el cuello.

3.42 horas.

Aterrizaron. El suelo era de cristal. Chuck accionó los alerones y frenó. Giraron. Derraparon en el hielo. Zigzaguearon y se detuvieron sobre las altas hierbas.

Se pusieron los chalecos. Cogieron linternas / escopetas / magnums. Pusieron los silenciadores.

Caminaron hacia el sureste. Pete salió a la carretera. Indicador: 60 kilómetros. Colinas bajas. Cuevas horadadas en la roca. Una capa de nubes. Una luna alta.

Allí... El albergue, situado en una zona pavimentada.

Doce habitaciones. Un patio en forma de herradura. Una calzada de acceso sin asfaltar. Ninguna luz. Ningún sonido. Dos jeeps junto a la entrada de recepción.

Se acercaron. Chuck se detuvo. Pete iluminó la puerta con la linterna. Vio un cierre de resorte. Un tirador flojo. Una grieta viable.

Sacó su cuchillo. Lo metió en la grieta. Hizo saltar el pasador. Entró. La puerta crujió. Mantuvo el haz de luz a nivel del suelo.

Tres escalones y, en lo alto, el mostrador. Buscar el libro de registros sujeto con una cadena.

Avanzó a ciegas. El plano del edificio que había hecho Chuck era correcto. Llegó al mostrador. Miró a la izquierda. Una puerta lateral. Abierta de par en par. Habitación núm. 1: sin luz.

Sus ojos se adaptaron a la oscuridad. Los entornó. Vio tonos grises sobre negro.

Miró en la habitación núm. 1. Entornó los ojos. Vio la puerta de la núm. 2: medio abierta.

Aguzó el oído. Volvió la cabeza hacia la izquierda. Ronquidos en la habitación núm. 1. La cabeza hacia delante. Ronquidos detrás del mostrador.

Pete olió a papel. Tocó el mostrador. Encontró el registro. Iluminó la primera página. Vio el registro de tres huéspedes. Habitaciones 1 / 2 / 3.

Pete se apoyó contra el mostrador. Sacó la pistola. Enfocó con la linterna.

Apuntó a los ronquidos. Ahí está Jack Zangetty. Boca arriba en un camastro. Con los ojos cerrados y la boca abierta.

Pete apuntó al haz de luz. Disparó. La cabeza de Jack emitió un chasquido. Le saltaron los dientes.

El silenciador funcionó. Una tos y un estornudo. Otro más.

Pete apuntó al haz de luz. Disparó. La peluca de Jack saltó. Sangre y cabello sintético / una tos y un estornudo.

Impacto: la peluca salió volando. Impacto: El cuerpo de Jack cayó del camastro.

Golpeó una botella. La botella cayó y rodó por el suelo.

Un golpe fuerte. Un ruido fuerte.

Pete apagó la linterna. Se agachó. Los cartílagos de las rodillas le crujieron.

Ojos hacia la izquierda / oídos hacia la izquierda / hacia la entrada.

Allí... La risa de un hombre / el crujido de una cama.

—Jack, ¿qué es eso? ¿Una botella nueva?

Tonos claros en el umbral. El tipo lleva un pijama blanco.

Pete encendió la linterna. El haz siguió al color blanco. Enfocó los ojos del hombre. Apuntó al haz de luz. Disparó. Dio en el blanco.

Sangre y tela blanca. Una tos y un estornudo.

El hombre voló por los aires. Golpeó contra la puerta. La desencajó.

Los ojos hacia la izquierda. Ahí... Hay luz en el umbral de la habitación núm. 2.

Oídos hacia la izquierda. Ruido de cremallera. Golpes de botas.

Pete se tumbó. Pete apuntó. Atención a la puerta.

Un hombre la abrió. El hombre hizo una pausa. El hombre se dirigió a la habitación núm. 1, se agachó y apuntó con una 30.06.

Pete le apuntó con su pipa. El hombre se acercó. Sonaron disparos de escopeta. Ruido de cristales rotos. Las balas destrozaron una ventana lateral.

Había sido Chuck. Su munición especial. Veneno para cazar zorros.

El hombre permaneció inmóvil. Los cristales lo salpicaron. Se tapó los ojos. Corrió a ciegas. Se golpeó contra unas sillas. Tosió cristales.

Pete disparó. Pete falló. Chuck entró por la ventana. Chuck corrió. Persiguió al hombre. Le disparó por la espalda.

El hombre voló por los aires. A Pete lo salpicaron casquillos y balas. Chuck corrió hacia el sur. Reventó la puerta núm. 3.

Pete corrió tras él. Chuck encendió las luces. Vieron a un hombre debajo de la cama. El hombre sollozaba. Le asomaban las piernas. Llevaba un pijama verde perejil.

Chuck apuntó al suelo. Chuck le disparó en los pies. El hombre gritó. Pete cerró los ojos.

El viento había cesado. La mañana chispeaba. Arrastraron a los fiambres.

Robaron los jeeps. Los metieron dentro y fueron hasta el avión. Encontraron una cueva. Metieron los jeeps. Se las tuvieron que ver con unos murciélagos. Los golpearon en los cuernos. Los ahuyentaron. Los murciélagos golpearon los cristales delanteros. Ellos pusieron en marcha los limpiaparabrisas. Los murciélagos se largaron de allí.

Echaron queroseno. Prendieron fuego a los jeeps. El fuego estalló. Se consumió. La cueva contuvo el humo.

Caminaron hacia el avión. Les pusieron las camisas de fuerza a los fiambres. Metieron los fiambres en sacos de arpillera. Les abrieron las mandíbulas. Les llenaron la boca de miel. La miel atrajo a cangrejos hambrientos.

Pete tomó cuatro fotos con la Polaroid. Una por víctima. Carlos quería pruebas. Volaron bajo. Llegaron al norte de Tejas. Vieron una laguna tras otra. Arrojaron tres fiambres. Dos cayeron al agua. Dos se hundieron. Uno resquebrajó el hielo duro.

Chuck hojeaba folletos. Chuck volaba bajo. Chuck pilotaba con las rodillas.

Había hecho un máster. Leía cómics. Le había volado los sesos a JFK. Vivía con sus padres. No salía de su habitación. Construía maquetas de aviones e inhalaba cola.

Chuck hojeaba folletos. Movió los labios. Pete captó el quid de la cuestión:

El KKK klarifica una kontroversia. ¡Los blancos son los que tienen la polla más grande!

Pete rió. Chuck descendió sobre el lago Lugert. Pete arrojó a Jack Z. en él.

22

(Las Vegas, 4/1/64)

La cumbre. En el ático del Dunes. Una gran mesa.

Jarras. Sifones. Dulces y frutas.

Ningún cigarro. Moe Dalitz era alérgico.

Littell se aseguró de que no hubiese micrófonos ocultos. Los Chicos veían la televisión. Los dibujos animados matinales. Oso Yogi / Pato Lucas.

Los Chicos tomaron partido. A Sam y a Moe les gustaba Yogi. A Johnny R. le gustaba el pato. A Carlos le gustaba el amigo idiota de Yogi.

Santo T. dormitaba. A tomar por culo aquella mierda infantil.

No hay micrófonos. Procedamos.

Littell presidió la reunión. Los Chicos vestían ropa informal. Camisas de golf y pantalón corto.

—Bien, empecemos —dijo Carlos, tras tomar un sorbo de brandy—. Hughes no está en sus cabales y cree que tiene a Ward en el bolsillo. Le vendemos los hoteles y lo obligamos a mantener a nuestros hombres como empleados. Ellos preparan el fraude fiscal. Él no sospecha nada porque antes de que compre le enseñamos unas cifras de beneficios muy bajas.

Littell sacudió la cabeza.

—Sus negociadores harán auditorias para comprobar si los hoteles han pagado sus impuestos durante los últimos diez años. Si nos negamos, intentará poner una demanda o sobornará a la gente adecuada para conseguir copias. Y no podrás presentarle papeles que acrediten ingresos bajos porque eso haría que bajase el precio de tu oferta inicial.

—¿Y entonces? —preguntó Sam.

—Tenemos que poner los precios de compra más altos que podamos, con el dinero *buyout* que hemos dispersado durante dieciocho meses. Nuestro objetivo a largo plazo es crear la apariencia de un dinero legalmente invertido, desviado a negocios legales y blanqueado en el seno de éstos. Mi plan es...

—El plan —lo interrumpió Carlos—. Ve al grano y explícalo con palabras que comprendamos.

—Tenemos el dinero *buyout* y el dinero no declarado. Con él, compramos negocios legales. Los negocios pertenecen a quienes reciben los préstamos del Fondo de Pensiones. Son los que dan más beneficios y tienen menos apariencia de pertenecer al crimen organizado de los que han surgido de los préstamos de los libros «auténticos». Así, se oscurece la procedencia del dinero. Así, los que reciben estos préstamos son susceptibles de ser extorsionados y no protestarán por los contratos de compra obligados. Los receptores seguirán dirigiendo sus negocios. Nuestra gente supervisará las operaciones y desviará los beneficios. Invertiremos en hoteles-casino extranjeros. Cuando digo extranjeros, quiero decir latinoamericanos. Cuando digo latinoamericanos, me refiero a países sometidos a regímenes militares o con presidentes muy derechistas. Los beneficios de los casinos saldrán libres de impuestos de esos países. Irán a cuentas de bancos suizos y allí aumentarán con los intereses. Será imposible localizar la retirada final de efectivo de esas cuentas.

Carlos sonrió. Santo aplaudió.

—Es como Cuba —dijo Johnny.

—Son diez Cubas —dijo Moe.

—De momento —prosiguió Littell al tiempo que cogía una manzana—, todo esto es teórico y a largo plazo. Estamos esperando a que el señor Hughes recupere sus acciones de la TWA y asegure el capital.

—Estamos hablando de años —dijo Santo.

—Estamos hablando de paciencia —dijo Sam.

—La paciencia es una virtud —apuntó Johnny—. Lo he leído en algún sitio.

—Tenemos que controlar el clima al sur de la frontera —dijo Moe—. Tenemos que buscarnos diez Batistas.

—Nómbrame a un hispano al que no se pueda sobornar —dijo Sam.

—Lo único que quieren es un uniforme blanco con galones dorados —dijo Santo.

—En eso son como los negros —dijo Sam.

—Detestan a los comunistas —dijo Johnny—. Eso es lo que hay que darles.

—Tengo los libros apalancados. —Carlos tomó unas uvas—. Hay que creer que a Jimmy le encantará toda esa manipulación judicial.

—Eso y sus otros procesos. —Littell asintió.

—Tú has robado los libros, Ward. —Sam hizo una mueca—. Ahora no nos digas que no has hecho una copia para ti.

Johnny rió. Moe rió. Santo estalló en carcajadas.

—Tenemos que pensar en la gente influyente. El señor Hughes querrá contratar mormones.

—No me gustan los mormones. —Sam hizo sonar los nudillos—. Odian a los italianos.

—¿Y te extraña? —Carlos bebió un sorbo de XO.

—Nevada es un estado mormón. Es como Nueva York para los italianos —dijo Santo.

—Querrás decir para los judíos —lo corrigió Moe.

—Esto es un asunto serio. —Johnny rió—. Hughes querrá escoger a su propia gente.

—Pues en eso no podemos ceder. —Sam tosió—. Nuestra gente debe seguir dentro.

—Tendremos que buscarnos a nuestros propios mormones.

—Littell comenzó a pelar la manzana—. Pronto hablaré con un hombre. Dirige el Sindicato de Cocineros.

—Wayne Tedrow Senior —dijo Moe.

—Odia a los italianos —dijo Sam.

—No tiene problemas con los judíos —dijo Moe.

—Para mí, todo esto es una gilipollez. —Santo peló un cigarro—. Quiero gente nuestra dentro.

—Estoy de acuerdo —dijo Johnny.

—¿Intentas matarme? —Moe le quitó el puro.

—Podríamos dejar esto por ahora, ¿no? —Carlos pelaba una chocolatina—. Estamos hablando de cosas que ocurrirán dentro de unos años.

—Estoy de acuerdo —dijo Littell—. El señor Hughes no tendrá su dinero hasta dentro de algún tiempo.

—Es tu turno, Ward. —Sam peló un plátano—. Sé que tienes algo más que decir.

—Cuatro cosas, en realidad —dijo Littell—. Dos importantes y dos que no lo son.

—Pues dilas. —Moe puso los ojos en blanco—. A este hombre hay que sonsacarle cada palabra.

—Una, Jimmy sabe que sabe. —Littell sonrió—. Y Jimmy es volátil. Haré lo posible para que no vaya a la cárcel hasta que hayamos puesto en práctica nuestros planes para los libros.

—Si Jimmy supiera que tú has robado los libros, te liquidaría. —Carlos sonrió.

—Los he devuelto. —Littell se frotó los ojos—. De momento, dejémoslo así.

—Te perdonamos —dijo Sam.

—Estás vivo, ¿no? —dijo Johnny.

—Lo más probable es que Bob Kennedy dimita. —Littell tosió—. El nuevo fiscal general tal vez tenga planes para Las Vegas y quizás el señor Hoover no pueda frenarlos. Intentaré hacerle algunos favores, enterarme de cosas e informar.

—El mamón de Bobby —dijo Sam

—El hijo de una mala jodienda —dijo Moe.

—Ese mamón nos ha utilizado —dijo Santo—. Puso al maricón de su hermano en la Casa Blanca a costa nuestra. Nos ha jodido como los faraones jodieron a Jesús.

—Los romanos, Santo —dijo Johnny—. Los faraones jodieron a Juana de Arco.

—Que se jodan Bobby y Juana. Los dos son unos maricones —dijo Santo.

Moe puso los ojos en blanco. Que se jodan los hijos de puta de los gentiles.

—El señor Hughes odia a los negros —dijo Littell—. No los querrá en sus hoteles, le cueste lo que le cueste. Le he hablado del pacto de caballeros que tenemos aquí, pero quiere más.

—Todo el mundo odia a los negros. —Santo se encogió de hombros.

—En especial a los que luchan por los derechos civiles —terció Sam.

—Los negros son los negros. —Moe se encogió de hombros—. A mí no me gusta Martin Luther King más que a Hughes, pero tarde o temprano conseguirán sus malditos derechos civiles.

—Son los rojos —dijo Johnny—. Los inquietan y los exaltan. Con una persona exaltada no se puede hablar.

—Saben que no son queridos. —Sam peló un cigarro—. Dejamos fuera a los indeseables, pero si aparece el rey Faruk del Congo a dejarse unos cientos en el Sands, yo lo dejo pasar.

—El rey Faruk es mexicano. —Johnny cogió una pera.

—Bueno, pues si pierde todo el dinero —dijo Santo—, le daré trabajo en la cocina.

—Yo juego al golf con Billy Eckstine —dijo Sam—. Es un tipo maravilloso.

—Tiene sangre blanca —dijo Johnny.

—Pues yo juego a menudo con Sammy Davis —dijo Moe.

Carlos bostezó. Carlos tosió.

Dio la entrada a Littell.

Littell tosió.

—El señor Hughes piensa que los negros de Las Vegas tienen

que ser «sedados». Es una idea descabellada, pero tal vez podamos aprovecharnos de ella.

—Eres el mejor, Ward. —Moe puso los ojos en blanco—. Eso nadie puede discutirlo, pero tiendes a irte un poco por las ramas.

Littell cruzó las piernas.

—Carlos ha insinuado que podríamos levantar nuestra norma de «droga, no» y dejar que Pete Bondurant les vendiera a los negros de aquí. Todos conocéis los precedentes. Pete traficó para la organización de Santo en Miami del 60 al 62.

—Lo que hicimos fue financiar exiliados. —Santo sacudió la cabeza—. Aquello fue una movida estrictamente anticastrista.

—Una cosa que se hace sólo una vez. —Johnny sacudió la cabeza.

—A mí me gusta la idea. Nos reportará mucho dinero, y Pete es un gran recurso —dijo Carlos.

—Mantengámoslo ocupado —propuso Littell—. Podemos hacernos con otra fuente de dinero en efectivo y, a la vez, ablandar al señor Hughes. No necesita conocer los detalles. Yo lo llamaría «proyecto sedación». Le gustará cómo suena y quedará satisfecho. En muchos aspectos, es como un niño.

—Es una nueva fuente de ingresos. Preveo grandes beneficios —dijo Carlos.

—Pues yo preveo diez mil yonquis que convertirán Las Vegas en un agujero de mierda. —Sam sacudió la cabeza.

—Yo vivo aquí. —Johnny sacudió la cabeza—. No quiero ver una avalancha de yonquis que roban, atracan y violan.

—Las Vegas es la reina del Oeste. —Johnny sacudió la cabeza—. Tendremos a un montón de negros de mierda buscándose la vida para conseguir su siguiente dosis. Estarás mirando el *Lawrence Welk Show* y un negro cachas dará una patada a la puerta y te robará el televisor.

—Y violará a tu mujer mientras lo hace. —Santo sacudió la cabeza.

—Y el turismo se irá a la mierda. —Sam sacudió la cabeza.

—Carlos, todos estamos en contra. —Moe cogió el cigarro de Santo—. Uno no se caga en su propia alfombra.

Carlos se encogió de hombros. Carlos volvió las palmas de las manos hacia arriba.

—El tuyo es un batazo de quinientas yardas, Ward. —Moe sonrió—. Eso es mucha distancia para esta habitación, y tu proyecto a largo plazo es un *home run*.

—Fuera del campo. —Sam sonrió.

—Fuera de la puta galaxia. —Santo sonrió.

—Es otra vez como lo de Cuba. —Johnny sonrió—. Sin rojos barbudos y maricones que lo echen todo a perder.

Littell sonrió. Littell dio un respingo. Littell se mordió la lengua.

—Quiero asegurarme de que conseguimos el voto unánime de la Junta de Juego y de Bebidas Alcohólicas para conseguir las licencias. Pete echó un vistazo a los archivos de Inteligencia del DPLV, pero no llegó a ningún sitio.

—Nunca hemos podido comprar a los de la Junta. —Santo recuperó su cigarro—. Dan las putas licencias a su antojo.

—Es cosa de los pioneros —apuntó Moe—. Prejuicios, ya sabes. Somos los dueños de esta ciudad pero tenemos que cargar con los negros.

—Los expedientes son un buen punto desde el que comenzar —dijo Johnny—. Tenemos que encontrar los nexos débiles y aprovecharnos de ellos.

—Sam... —Littell se desperezó—. ¿Alguno de tus hombres podría hacer una primera aproximación? ¿Butch Montrose, tal vez?

—Ya sabes que puedes pedirme la luna, Ward. —Sam sonrió.

—Quiero obtener apoyo en la Asamblea Legislativa del estado. —Littell sonrió—. El señor Hughes está dispuesto a hacer una serie de donaciones benéficas y quiere que se sepa en todo Nevada. ¿Alguno tiene alguna predi...?

—San Vicente de Paúl —lo interrumpió Johnny.

—La Fraternidad de los Caballeros de Colón —dijo Sam.

—El hospital Saint Francis —dijo Santo—. Ahí operaron a mi hermano de la próstata.

—La Congregación de los Judíos Unidos —dijo Moe—, y que os jodan a todos, católicos de mierda.

El señor Hughes le proporcionó alojamiento. Una suite en el Desert Inn. Cuatro habitaciones. Acceso al campo de golf. Un alquiler con contrato indefinido.

Su tercer lugar.

Tenía un sitio en D.C. Uno en L.A. Dos apartamentos de alto nivel. Tres casas. Amuebladas. Listas para vivir en ellas. Sin personalidad.

Littell se instaló. Esquivó pelotas de golf. Desmontó los teléfonos. Los examinó para comprobar si estaban pinchados.

Los teléfonos eran seguros. Los montó otra vez. Se relajó y deshizo el equipaje.

Arden había vuelto a L.A. Corrió hacia él destrozada. De Dallas a Balboa. De Balboa a L.A. Las Vegas le daba miedo. Allí se corrían sus fiestas los Chicos. Conocía a los Chicos. No lo soportaría.

Arden ya era su «Jane». A ella le gustó su nuevo nombre. Le gustó su historia modificada.

Él terminó de leer la transcripción. Ella se enteró de los detalles. Un agente había cambiado el papel. Ella le contó historias de Jane. Absolutamente improvisadas. Habló de detalles y días después los recordaba.

Él los memorizó. Él captó lo que ella pensaba y callaba.

Tú me has hecho. Vive con tu trabajo. No desafíes mis historias. Me conocerás. Diré quién he sido.

Pete sabía lo de Arden. Se había enterado en Dallas. Él confiaba en Pete. Pete confiaba en él. Los Chicos eran sus dueños.

Carlos le dijo a Pete que matara a Arden. Pete repuso: «Seguro.» Pete no mataba mujeres. Eso estaba muy mal.

Pete mató a Jack Zangetty. Voló a Nueva Orleans. Informó a Carlos de ello. A Carlos le encantaron las fotos Polaroid. Dijo: «Tres más.»

Pete fue en coche a Dallas. Estudió la situación. Llamó a Carlos y le informó:

Jack Ruby está loco. Se rasca. Gime. Habla con los espíritus. Hank Killiam se había largado de Dallas. Con destino a Florida. Betty Mac se había abierto. Destino desconocido.

—¿Y Arden?

—Se ha esfumado. Es todo lo que sé —respondió Pete.

—Está bien... por ahora —dijo Carlos.

La cumbre fue un éxito. Los Chicos aclamaron su plan. Vetaron el plan de la droga. Pete obtuvo un no. Pete presionó a Wayne Senior. Junior dijo «no». Pete obtuvo dos noes seguidos.

Doug Eversall lo llamó en Nochebuena.

—No he podido grabar a Bobby —dijo.

—No desistas. Inténtalo otra vez —dijo él.

Feliz Navidad. No te caigas de tu bota ortopédica. No sueltes el micro.

Llamó al señor Hoover. Dijo que tenía una fuente de Bobby. Dijo que lo había grabado.

No dijo:

«Necesito oír la voz de Bobby.»

23

(Las Vegas, 6/1/64)

Los tubos de la calefacción silbaban. En la sala de la brigada hacía frío. Era un puto iglú.

Los chicos se habían largado en masa. Wayne trabajaba solo. Ordenaba su escritorio.

Tiró lo que ya no servía. Amontonó ejemplares del *Dallas*. Chorradas sobre Jack Ruby. Nada sobre Moore o Durfee.

Sonny Liston había mandado una postal. Sonny mencionaba los «buenos tiempos» que habían pasado juntos. Pronosticaba que le ganaría por KO a Cassius Clay.

Ordenó un expediente. Los asaltos a las putas de Las Vegas Oeste. Informes / fotografías. Putas de color / cardenales / carmín corrido y contusiones.

Se entretuvo con el expediente. Lo leyó. Buscó pistas. No encontró nada. El policía asignado al caso odiaba a los negros. Odiaba a las putas. Les metía pollas en la boca.

Wayne apiló periódicos. Ordenó su escritorio. Archivó el expediente y mecanografió informes.

La sala de la brigada estaba helada. Los tubos silbaban. Brrr... qué frío...

Wayne bostezó. Ansiaba dormir. Lynette no paraba de incor-

174

diarlo. Lynnete le hacía una sola pregunta: «¿Qué ocurrió en Dallas?»

Él la eludía. Salía de casa temprano. Trabajaba hasta muy tarde. A la salida, pasaba por lo salones y bebía cerveza. Asistió al espectáculo de Barb. Alimentó la atracción que sentía hacia ella.

Se sentó cerca del escenario. Pete se sentó junto a él. No hablaron. Ambos miraban a la pelirroja.

Llámalo eficacia. Llámalo zona de amortiguación. Mantengámonos en contacto.

Lynette lo atacaba. Lynette le decía que no se escondiera en casa de Wayne Senior.

Se había escondido allí antes de lo de Dallas. Se había enamorado de Janice antes que de Barb. Dallas había cambiado las cosas. Evocó su época de enamoramiento.

Miró a Barb. Se hizo el gallito con Pete. Janice hacía un papel secundario en el enamoramiento.

En esos momentos, eludía a Wayne Senior. Las Navidades habían surtido efecto. La película y los panfletos racistas. La impresión al estilo Wayne Senior.

Los viejos eran una cosa: «¡Vetad a Tito!» / «¡Castrad a Castro!» / «¡Prohibid las Naciones Unidas!» Era puro miedo de mierda. Eran mareas rojas. No era racismo manifiesto.

Él había visto Little Rock. Wayne Senior, no. El Klan había quemado un coche. El tapón de la gasolina voló por los aires. Le reventó un ojo a un chico de color. Unos psicópatas habían violado a una chica de color. Llevaban gomas. Se las habían metido en la boca.

Wayne bostezó. Sacó el papel carbón. La tinta se corrió.

Entró Buddy Fritsch.

—¿Te aburre el trabajo? —le preguntó.

—¿Te importa que los crupieres de blackjack tengan condenas por delitos menores? —Wayne se desperezó.

—A mí no, pero a la Comisión de Juego de Nevada, sí.

—Si tienes algo más interesante, tragaré. —Wayne bostezó.

—Quiero informaciones nuevas sobre los hombres de la Junta de Control de Juego y la Junta de Control de Bebidas Alcohólicas.

—Fritsch se sentó a horcajadas en una silla—. De todo el mundo a excepción del sheriff y del fiscal de distrito. Mándame un informe antes de que actualices tu expediente.

—¿Por qué ahora? —preguntó Wayne—. Yo actualizo mis expedientes en verano.

Fritsch sacó una cerilla. La hizo saltar. Falló el blanco. Se partió en dos.

—Porque yo te lo digo. No hay más justificación que ésa.

—¿Qué tipo de información?

—Cualquier cosa que sea despectiva. Vamos, hombre, tú has estado allí. Vigilas y te enteras de quién se pone desagradable.

—Primero terminaré mi trabajo y luego me pondré a ello. —Wayne se balanceó en su silla.

—Te pondrás a ello ahora.

—¿Por qué ahora?

Fritsch sacó una cerilla. La hizo saltar. Falló el blanco.

—Porque has jodido tu trabajo de extradición. Porque un pasma salió a hacerlo sin ti y lo mataron. Porque has jodido nuestras relaciones con el DP de Dallas y porque estoy decidido a conseguir algo valioso de ti antes de que asciendas y dejes mi brigada.

«Valioso» surtió efecto y lo hizo saltar.

Wayne acercó la silla. Wayne se inclinó hacia delante. Sus rodillas chocaron con fuerza contra las de Fritsch.

—¿Crees que mataría a un hombre por seis mil dólares y unas cuantas palmaditas en la espalda? Yo no quería matarlo, no podía matarlo, no lo habría matado, y eso es lo más valioso que nunca conseguirás de mí.

Fritsch parpadeó. Movió las manos. Lanzó grandes pelotillas de papel mascado.

Salió mal. Lógica 101: después de la D viene la E.

Pete quiere los expedientes. Pete conoce el procedimiento a prueba de fallos. Un pasma retiene los expedientes. Dicho pasma demuestra presunta mala conducta. Informa a la Junta de Juego.

El procedimiento restringe los datos. El procedimiento limita a los polis corruptos. El procedimiento reduce la corrupción en los departamentos de policía.

Unos polis honestos urdieron el plan. Un policía / un solo expediente. Los polis de Inteligencia buscaban *protegés*. Les pasaban el trabajo.

El último policía de Inteligencia murió en cumplimiento de su deber. Wayne Senior movió hilos. Wayne consiguió el trabajo.

La E viene después de la D. Pete está compinchado con mafiosos. Buddy Fritsch, lo mismo. Buddy sabe que los expedientes contienen datos viejos. La última acusación por mala conducta: en el 60.

Pete quiere basura nueva. Pete quiere noticias calientes. Pete exprimió a Buddy Fritsch. Buddy está cabreado con Wayne. Buddy adora a Wayne Senior. Buddy sabe que Wayne hará el trabajo.

Wayne guardaba los expedientes en la bóveda de seguridad de un banco. En la oficina principal del Bank of America.

Se acercó en coche hasta allí. Un empleado abrió la caja. Wayne sacó los expedientes.

Ya conocía los nombres. Leyó por encima las declaraciones y refrescó la memoria. Apuntó domicilios.

Duane Joseph Hinton. 46 años. Contratista de obras / mormón. Sin vinculaciones con la mafia. Borracho / violencia doméstica. 7/59: una acusación registrada.

Hinton soborna a los legisladores del estado. Así lo dice un chivato. Hinton les paga putas. Les da entradas gratis para el boxeo. Ellos le dicen cuáles son los presupuestos de sus competidores. Así, Hinton rebaja los suyos y obtiene concesiones para construir edificios estatales.

Ese soplo no está verificado. Caso cerrado: 9/59.

Webb Templeton Spurgeon. 54 años. Abogado jubilado / mormón. Sin vinculaciones con la mafia / ninguna acusación registrada.

Eldon Lowell Peavy. 46 años. Compañía de taxis Monarch / Hotel-casino Golden Cavern.

El Cavern atraía a jugadores de poca monta. Los taxis Monarch eran cutres. Llevaban borrachos a las casas de juegos. Se apostaban ante la cárcel. Llevaban prostitutas. Los taxis Monarch cubrían Las Vegas Oeste. Llevaban negros. Conseguían efectivo en el acto.

Eldon Lowell Peavy era maricón. Contrataba ex reclusos. Era dueño de un bar de maricones en Reno.

Soplos registrados: 8/60, 9/60, 4/61, 6/61, 10/61, 1/62, 3/62, 8/62. Sin verificar.

Los taxistas de Peavy iban armados. Los taxistas de Peavy vendían pastillas. Peavy dirigía una red de prostitución masculina. Peavy trata con gente selecta. Dirige los espectáculos de los principales salones. Contrata bailarines para follar y hacer mamadas.

Son guapos. Son maricones. Se abren de piernas por pastillas y anfetaminas. Se abren de piernas para los astros masculinos de la pantalla.

Último soplo registrado: 8/62.

En esa época, Wayne todavía trabajaba en Patrullas. Llegó a sargento. Entró en Inteligencia el 8/10/62. El policía anterior había registrado los soplos. Dicho policía era a prueba de sobornos, era mezquino y perezoso.

Desbarató un atraco en un mercado. Recibió cinco balazos. Repartió nueve. Murió. De paso, se llevó por delante a dos espaldas mojadas.

Tres hombres de la Junta. Nueve soplos sin verificar.

Wayne consultó los formularios adjuntos. Parecían limpios.

Peavy tenía asegurados a sus ex reclusos. Sus declaraciones de renta eran limpias. Con Hinton y Spurgeon ocurría lo mismo.

Wayne guardó los expedientes. El empleado del banco cerró la caja de seguridad.

Wayne se tomó un café. Se demoró. Mató el tiempo. Fue en coche hasta el Departamento. Entró en el aparcamiento. Buddy Fritsch se marchaba en ese momento. Era extraño e impropio de él.

Eran las 17.10. Fritsch nunca se iba antes de las 18.00. Era puntual como un reloj.

El año anterior su mujer le había pedido el divorcio y se había largado a L.A. con su amante tortillera. Fritsch estaba malhumorado y añoraba. Se había impuesto una rutina de cornudo.

Sale del trabajo a las 18.00. Llega al salón Elks. Se bebe la cena y juega al bridge.

Wayne siguió adelante. Fritsch tomó la Primera. Wayne lo observó. Fritsch giró hacia el este. El salón Elks estaba hacia el oeste.

Sol tardío. Cielos claros. Buena visibilidad para seguirlo.

Wayne dio un giro en forma de U. Lo siguió a dos coches de distancia. Fritsch se aproximó a la acera. Se detuvo ante el casino Binion's.

Un hombre se acercó. Fritsch bajó la ventanilla. El hombre le pasó un sobre. Wayne cambió de carril. Miró al tipo y lo conoció.

Butch Montrose. El chico de Sam G. Un pedazo de mierda.

24

(Las Vegas, 6/1/64)

Barb interpretó el *Wa-Watusi*. Barb cantó. Barb se sacudió. Barb movió las caderas.

Los Bondsmen tocaban alto. Barb fallaba las notas agudas. Cantaba para una mierda de público. Lo sabía. Pasaba de esforzarse.

La sala estaba llena. Barb atraía a los hombres. Todos gordos tristes. Mendas solitarios y jubilados más Wayne Tedrow Junior.

Pete observaba.

Barb alzó los brazos. Sudaba. Enseñó un poco de felpudo rojo.

A él lo excitaba. Ella lo sabía. A Pete le encantaba el sabor de su chocho. Barb cantó *The Swim*. El foco del escenario le oscurecía las pecas. Pete miraba a Barb. Wayne Junior lo miraba a él. Lo ponía de los nervios.

Tenía los putos nervios de punta. Se había celebrado la cumbre. Los Chicos habían dicho «no». Ward defendió su postura. Carlos estuvo de acuerdo. Vendamos heroína.

Perdieron el referéndum por cuatro votos.

Había visto a Carlos en Nueva Orleans. Carlos había visto las fotos de Zangetty. Carlos había dicho *«Bravissimo»*. Chismorrearon sobre Cuba. Se lamentaron. La CIA pasaba de la causa cubana. La Banda, lo mismo.

A Pete todavía le importaba. A Carlos también. El viejo equipo había encontrado nuevos trabajos.

John Stanton se encontraba en Vietnam. Allí la CIA estaba muy extendida. Vietnam era Cuba con orientales. Laurent Guery y Flash Elorde trabajaban por cuenta propia. Músculos derechistas por encargo. Matones a sueldo. Curraban en Ciudad de México. Laurent había matado rojos en Paraguay. Flash había matado rojos en la República Dominicana.

Pete y Carlos hablaron de Tiger Kab. Los buenos tiempos de Miami. Droga y reclutamiento de exiliados. Taxis pintados con rayas a lo tigre. Asientos negros y dorados. Heroína y la Causa.

Chismorrearon sobre el golpe. Carlos lo sacó a relucir. Carlos contó detalles nuevos. Pete se centró en el tirador profesional. Chuck había dicho que era francés. Aquello lo tenía intranquilo.

Lo había aportado Laurent. Laurent se había vuelto francófilo. El profesional tenía referencias. Ex asesino en Indochina. Ex asesino en Argelia.

Había intentado matar a Charles de Gaulle. Había fallado. Odiaba a De Gaulle. Sus ganas de matar aumentaron. Matemos a JFK. JFK se había morreado con De Gaulle en París.

Carlos se puso cada vez más loco. Había aparecido el cadáver de Jack Z. El *Dallas* lo había publicado. Nada sobre los invitados de Jack. Jack era un guarro. Regentaba un «escondite». Su muerte olía a ajuste de cuentas entre bandas rivales.

La aparición del cadáver fue un mal rollo. Fue como un «no». Junior había dicho: «Expedientes, no.» Los Chicos habían dicho: «Droga, no.»

Carlos había dicho: «Adelante. Ya sabes lo que quiero. Mata a los del piso franco.»

Pete fue en coche hasta Dallas. Fingió buscar a Arden. Buscó a Betty Mac. La puso sobre aviso. Aquello estuvo bien. Betty fue inteligente y huyó.

Encontró una pista sobre Hank Killiam. Hank se había largado a Florida. Hank había leído el periódico. La noticia sobre Jack Z. lo había asustado.

Pete llamó a Carlos. Le informó de la pista. Lamió algo de culo italiano. Chismorrearon. Carlos la tomó con Guy B.

Guy bebía demasiado. Guy hablaba demasiado. Guy amaba al fanfarrón de su colega Hank Hudspeth. Se emborrachaban demasiado. Hablaban demasiado. Alardeaban en exceso.

«Los mataré», había dicho Pete. Carlos dijo que no. Cambió de tema. Eh, Pete, ¿dónde está ese imbécil de Maynard Moore?

Pete dijo que un negro se lo había cargado. El DPD estaba muy cabreado. El Kontingente del Klan recompensaría a quien lo entregase, vivo o muerto.

Carlos se echó a reír. Carlos soltó un aullido. Carlos rezumaba satisfacción.

El golpe le inspiraba respeto.

Lo habían hecho. Habían conseguido escapar. Los mendas del piso franco no significaban nada. Carlos lo sabía.

El atentado había sido estupendo. Hablemos de él y revivámoslo.

Pete bebía Coca-Cola. Había dejado el alcohol. Carlos estaba enfurecido con Guy. Carlos despreciaba a los alcohólicos.

Barb retorcía el cable del micrófono. Barb sostenía una nota y rezumaba sudor.

Pete la miró. Wayne Junior lo miró a él.

Barb trabajaba hasta tarde. Pete volvió a casa solo.

Llamó al servicio de habitaciones. Salió a la terraza y contempló el Strip.

El viento frío se arremolinó.

Sonó el teléfono.

—¿Sí?

—¿Es Pete? Ya sabe, ese tipo grande que dio su teléfono en la zona oeste.

—Sí, soy Pete.

—Bueno, pues muy bien, porque lo he llamado por lo de esa recompensa.

—Te escucho —dijo Pete.

—Pues hágalo, porque Wendell Durfee está en la ciudad y he oído que ha comprado una pistola a un crupier de dados. Y también he oído que Leroy y Curtis acaban de traer algo de jaco.

DOCUMENTO ANEXO: 7/1/64. Transcripción de una cinta magnetofónica. Grabada en Hickory Hill, Virginia. Hablan: Doug Eversall y Robert F. Kennedy.

(Ruido de fondo / voces superpuestas.)

RFK (la conversación ya ha empezado): Bueno, si crees que es esenc...

DE: Si no te importa, yo... (Ruido de fondo / voces superpuestas.)

(Ruidos fortuitos. Portazo / pasos.)

RFK (la conversación prosigue): Han estado aquí. Lo han esparcido por toda la alfombra.

DE (toses): Tengo dos airedales.

RFK: Son buenos perros. Se llevan bien con los niños. (Pausa: 2,6 segundos.) ¿Qué pasa, Doug? Te comportas como la gente dice que me comporto yo.

DE: Bien.

RFK: Bien, ¿qué? Estamos aquí para fijar fechas de juicios, ¿recuerdas?

DE (toses): Bueno, es acerca del presidente.

RFK: ¿Johnson o mi hermano?

DE: Tu hermano. (Pausa: 3,2 segundos.) Es que, eso de Ruby no me gusta. No quiero parecer paranoico pero me preocupa.

RFK: Dices. (Pausa: 2,1 segundos.) Sé lo que dices. Tiene contactos con la mafia. Algunos reporteros han sacado a la luz ciertas historias.

DE (toses): Sí, eso es lo principal. (Pausa: DE tose.) Y mira, al parecer Oswald estuvo un tiempo en Nueva...

RFK: Orleans el verano pasado, y tu trabajabas ahí para la Oficina del Fiscal del Estado.

DE: Bueno, lo que pasa es...

RFK: No, gracias. (Pausa: 4 segundos.) Y tienes razón en lo que dices de Ruby. Entró, le disparó y pareció enormemente aliviado por haberlo hecho.

DE (toses): Y es un guarro.

RFK (risas): No me tosas en la cara. No puedo permitirme faltar más días al trabajo.

DE: Lamento haber sacado a colación todo esto. No necesitas que te lo recuerden.

RFK: Deja de pedir disculpas cada dos segundos, por Dios, Doug. Cuanto antes empiece la gente a tratarme con normalidad, mejor para mí.

DE: Señor, yo...

RFK: Ése es un buen ejemplo, no has empezado a llamarme señor hasta que mi hermano ha muerto.

DE (toses): Lo único que quiero es ayudar. (Pausa: 2,7 segundos.) Es el tiempo limitado que tenemos lo que me preocupa. Las audiencias, el testimonio de Valachy, Ruby. (Pausa: 1, 4 segundos.) Yo procesaba homicidas con defensores múltiples. He aprendido a confiar en el tiempo...

RFK: Sé a qué te refieres. (Pausa: RFK tose.) Los factores que convergen. Las audiencias. Las incursiones que he ordenado. Los campamentos de exiliados, ya sabes. La mafia apoyaba a los exiliados. Tanto los unos como los otros tenían motivos. (Pausa: 11,2 segundos.) Eso es lo que me preocupa. Si eso es lo que ha ocurrido, han matado a Jack para ir a por mí. (Pausa: 4,8 segundos.) Si eso... mierda, tendrían que haberme matado...

DE (toses): Lo siento, Bob.

RFK: Deja de disculparte y de toser. En estos momentos, soy muy propenso a los resfriados.

(DE ríe.)

RFK: En eso de la limitación de tiempo tienes razón. Lo que me preocupa es el orden de las cosas. (Pausa: 1,9 segundos.) Y también otra cosa.

DE: ¿Señor? Quiero decir...

RFK: Unos días antes de lo de Dallas, me abordó uno de los abogados de Hoffa. Fue muy extraño.

DE: ¿Cómo se llamaba?

RFK: Littell. (Pausa; 1,3 segundos.) He hecho algunas investigaciones. Trabaja para Carlos Marcello. (Pausa: 2,3 segundos.) No lo digas. Marcello tiene su base en Nueva Orleans.

DE: Me gustaría contactar con mis fuentes y...

RFK: No, para el país es mejor de esta manera. Si no hay juicio, no hay mentiras.

DE: Bueno, pero está la Comisión...

RFK: No seas ingenuo. Hoover y Johnson saben lo que es mejor para el país y lo llaman «exoneración». (Pausa: 2,6 segundos.) No les importa. Hay algunos a quienes les importa y hay otros a quienes no. Todos forman parte del mismo consenso.

DE: A mí me importa.

RFK: Ya lo sé. No volvamos sobre lo mismo. Esta conversación empieza a incomodarme.

DE: Lo sien...

RFK: Dios, no empecemos con eso otra vez.

(DE ríe.)

RFK: ¿Te quedarás en Justicia? Si yo dimito, quiero decir.

DE: Dependerá de quién sea el nuevo. (Pausa: 2,2 segundos.) ¿Dimitirás?

RFK: Tal vez. De momento, aún me lamo las heridas. (Pausa: 1,6 segundos.) Quizá Johnson me ponga en la lista de candidatos. Si me lo pide, lo haré. Hay gente que quiere que me presente para el escaño de Ken Keating en Nueva York.

DE: Pues yo lo votaré. Tengo una casa de verano en Rhinebeck.

(RFK ríe.)

DE: Me gustaría poder hacer algo por ti.

RFK: Bueno, me has hecho sentir mejor.

DE: Me alegro.

RFK: Y tienes razón, en lo del límite de tiempo hay algo sospechoso.

DE: Sí, es...

RFK: No puedes resucitar a mi hermano, pero te diré una cosa. Cuando llegue el (un ruido de pasos ahoga la conversación)... saltaré directamente sobre ellos; a cada cerdo le llega su San Martín.

(Portazos y pasos. La grabación termina aquí.)

25

(Los Ángeles, 9/1/64)

Compró una cartera para Jane. Saks la grabó.

Un toque discreto. «j.f.» en minúsculas.

—Tenías razón. —Las mangas de su vestido revolotearon—. Les mostré mi permiso de conducir de Alabama y me dieron uno nuevo.

Littell sonrió. Jane sonrió y posó.

Se inclinó en la ventana. Alzó la cadera. Obstruyó la vista.

—Te conseguiremos una cartilla de la Seguridad Social. Tendrás todos los papeles que necesites. —Littell se sentó.

—¿Y un doctorado? —Jane sonrió—. Ya me has conseguido una licenciatura en Artes Escénicas.

—Pues vete a la UCLA y te lo sacas. —Littell cruzó las piernas.

—¿Y qué te parecería lo siguiente? Podría dividir mis estudios entre L.A., D.C. y Las Vegas para seguir los pasos de mi amante peripatético.

—¿Esto es una provocación? —Littell sonrió.

—No, sólo una observación.

—Te estás poniendo inquieta. Estás excelentemente cualificada para llevar una buena vida.

Jane hizo una pirueta. Se agachó y se sostuvo sobre los dedos de los pies.

Era buena. Era flexible. Había estudiado, seguro.

—Han desaparecido algunas personas del piso franco. Es una noticia más buena que mala —dijo Littell.

Jane se encogió de hombros. Jane hizo una tijera. Su falda rozó el suelo.

—¿Dónde has aprendido eso?

—En Tulane. Fui a clases de danza. Eso no lo encontrarás en mis antecedentes.

Littell se sentó en el suelo. Jane hizo otra tijera junto a él.

—Quiero encontrar un trabajo. Yo era una buena tenedora de libros, incluso antes de que mejoraras mis antecedentes.

Littell le acarició los pies. Jane contrajo los dedos gordos.

—Podrías encontrarme algo en Hughes Aircraft.

—El señor Hughes está trastornado. —Littell sacudió la cabeza—. A determinados niveles, trabajo en contra de él, y quiero mantenerte lejos de ese aspecto de mi vida.

—¿Alguna otra idea? —Jane cogió un cigarrillo.

—Podría conseguirte trabajo con el Sindicato de Camioneros.

—No. —Jane sacudió la cabeza—. Eso no es para mí.

—¿Por qué?

Ella encendió el cigarrillo. Le temblaba la mano.

—Porque no. No te preocupes, ya encontraré empleo.

—Harás algo mucho mejor que eso. —Littell recorrió con el dedo las costuras de sus medias—. Destacarás y dejarás atrás a cualquiera con quien trabajes.

Jane sonrió. Littell le apagó el cigarrillo.

La besó. Le acarició el cabello. Vio una cana nueva.

—Háblame de la última mujer con la que estuviste. —Jane le quitó la corbata.

—Se llamaba Helen Agee. —Littell se limpió las gafas—. Era una amiga de mi hija. Tuve problemas con el Buró y Helen fue la primera de mis desgracias.

—¿Te dejó?

—Sí, se fue.

—¿Y qué problemas tuviste con el Buró?

—Subestimé a Hoover.

—¿Eso es todo lo que vas a contarme?

—Sí.

—¿Y qué fue de Helen?

—Es asesora jurídica. Y por las últimas noticias que he tenido, mi hija también lo es.

—Tenemos que ser nosotros los que decidamos estar en Dallas. —Jane lo besó.

—Sí —dijo Littell.

Janet se durmió. Littell fingió dormir. Littell se levantó sin hacer ruido. Fue a su despacho. Puso en marcha el magnetófono. Se preparó un café.

Había hablado con Doug Eversall. Lo había llamado el día anterior. Lo había amenazado. Había cruzado la línea.

Le dijo que no llamase a Carlos. Que no le contara lo que Bobby había dicho. Que no delatara a Bobby.

Le advirtió: trabajo por cuenta propia. No me jodas o habrá represalias. Mataste a un tipo conduciendo borracho. Te desenmascaré. No permitiré que Carlos haga daño a Bobby.

Bobby sospechaba de los Chicos. Eso significaba que Bobby SABÍA. Bobby no lo dijo directamente. No tenía necesidad de hacerlo. Bobby eludió el dolor.

Mea culpa. Causa y efecto. Mi cruzada contra la mafia ha matado a mi hermano.

Littell rebobinó la cinta. Copia de la cinta núm. 2.

Hizo una copia manipulada. Se la mandó a Hoover. Suprimió las banalidades. Introdujo interferencias. Eliminó lo que Bobby había dicho de la mafia.

Littell pulsó el botón de encendido. Hablaba Bobby. Se notaba que estaba afligido. También se notaba que era bondadoso.

El bueno de Bobby. Una charla con su amigo del pie deforme.

Bobby hablaba. Bobby hacía pausas. Bobby mencionaba el nombre de Littell.

Littell escuchó. Littell cronometró las pausas.

Bobby tartamudeaba. Bobby SABÍA. Bobby no lo decía en ningún momento.

Littell escuchó. Cronometró las pausas. Las vivió. Lo invadió el miedo conocido. Éste le dijo lo siguiente:

«Crees de nuevo en él.»

DOCUMENTO ANEXO: 10/1/64. Transcripción literal de una llamada del FBI. Encabezamiento: GRABADA A INSTANCIAS DEL DIRECTOR / CLASIFICADO 1-A: SÓLO PUEDE VERLO EL DIRECTOR. Hablan: el director Hoover y Ward J. Littell.

JEH: Buenos días, señor Littell.

WJL: Buenos días, señor.

JEH: Hablemos de la cinta. La calidad del sonido era muy pobre.

WJL: Sí, señor.

JEH: El texto era poco clarificador. Si quisiera hablar de perros airedale con el Príncipe de las Tinieblas, lo llamaría a su línea directa.

WJL: Mi infiltrado estaba nervioso. Se movió y provocó la distorsión.

JEH: ¿Lo intentará de nuevo?

WJL: Eso es imposible, señor. Mi infiltrado tuvo suerte de conseguir una audiencia.

JEH: La voz de su infiltrado me sonó familiar. Parecía la de un abogado minusválido que trabaja para el Príncipe de las Tinieblas.

WJL: Tiene buena memoria para las voces, señor.

JEH: Sí, y también tengo unos cuantos hombres que hacen ese tipo de trabajo.

WJL: Yo, entre ellos.

JEH: Yo no diría que usted es un «infiltrado». Tiene demasiado talento y su actividad está muy diversificada.

WJL: Gracias, señor.

JEH: ¿Recuerda nuestra conversación del 2 de diciembre? Le

dije que necesitaba a un hombre con imagen de «liberal caído», y se me ha ocurrido que podría ser usted.

WJL: Sí, señor. Recuerdo la conversación.

JEH: Estoy disgustado con Martin Luther King y su estúpida y poco cristiana Conferencia de Líderes Cristianos del Sur. Quiero penetrar más en ese grupo, y usted es el «liberal caído» perfecto que puede ayudarme a conseguir ese objetivo.

WJL: ¿Y cómo puedo serle útil?

JEH: Tengo un infiltrado dentro de la CLCS. Ya me ha demostrado su habilidad procurándome informes sobre policías, personajes del crimen organizado y otros famosos que los negros izquierdistas considerarían adversarios. Mi plan es proporcionarle un informe sobre usted. El informe lo describirá como un hombre al que el Buró ha despedido por sus tendencias izquierdistas, las cuales tiene que desarrollar todavía más.

WJL: Ha despertado usted mi interés, señor.

JEH: Su trabajo será el de parecer solidario con la causa de los derechos civiles, lo que sé que no le costará mucho esfuerzo. Hará a la CLCS numerosas donaciones de dinero marcado de la mafia, en pagos de diez mil dólares durante un largo período de tiempo. Mi objetivo es someter a la CLCS y conseguir que sus interlocutores sean más tratables. Su objetivo consistirá en convencerlos de que ha malversado dinero procedente del crimen organizado a fin de aliviar sus remordimientos de conciencia por haber trabajado para ellos. Eso tampoco le costará ningún esfuerzo. Estoy seguro de que puede sacar a la luz esos aspectos ambivalentes de su carácter y lograr una actuación convincente. Estoy igualmente seguro de que puede justificar gastos continuados a sus colegas mafiosos, como medio imprescindible para evitar disturbios a favor de los derechos civiles en Las Vegas, lo cual les complacerá tanto a ellos como al señor Hughes.

WJL: Es un plan muy audaz, señor.

JEH: Así es.

WJL: Le agradecería unos cuantos detalles más.

JEH: Mi infiltrado es un ex policía de Chicago. Tiene propiedades camaleónicas similares a las suyas, Littell. En la CLCS ha sido muy bien recibido.

WJL: ¿Cómo se llama, señor?

JEH: Lyle Holly. Su hermano estaba en el Buró.

WJL: Dwight Holly. Creo que lo transfirieron.

JEH: Exacto. Ahora está con la Agencia Federal de Narcóticos de Nevada. Creo que esa asignación le resulta enervante. Le gustaría más que hubiese un activo tráfico de drogas.

WJL: Y Lyle es...

JEH: Lyle es muy impetuoso. Bebe más de lo que debería y se presenta como una persona respetable. Los negros lo adoran. Los ha convencido de que es el ex policía más incongruentemente liberal que existe, cuando, de hecho, ese título lo ostenta usted.

WJL: Me halaga, señor.

JEH: Es lo que pretendo.

WJL: Sí, señor.

JEH: Holly dirá que lo conoció a usted cuando era policía en Chicago y presentará a la CLCS documentos que demuestren que fue expulsado del Buró. Le presentará a un negro llamado Bayard Rustin. El señor Rustin es íntimo amigo de King. Es comunista y homosexual a la vez, lo cual lo define como *rara avis* según todos los baremos de la cordura. Le enviaré un resumen sobre él y haré que Lyle Holly lo llame.

WJL: Esperaré su llamada, señor.

JEH: ¿Tiene otras preguntas?

WJL: Sobre este asunto no, pero me gustaría pedirle permiso para ponerme en contacto con Wayne Tedrow Senior, en nombre del señor Hughes.

JEH: Permiso concedido.

WJL: Gracias, señor.

JEH: Que tenga un buen día, señor Littell.

WJL: Buenos días, señor.

DOCUMENTO ANEXO: 11/1/64. Informe resumido sobre «personas subversivas». Encabezamiento: Cronología / Datos conocidos / Asociados conocidos / Pertenencia a organizaciones subversivas: Sujeto: RUSTIN, BAYARD TAYLOR (hombre negro FDN: 17/3/12, West Chester, Pensilvania). Compilado 8/2/62.

El SUJETO RUSTIN debe considerarse un astuto subversivo con un destacado historial en alianzas de inspiración comunista y una importante amenaza a la seguridad debido a sus alianzas con demagogos negros considerados de la «tendencia principal», como MARTIN LUTHER KING y A. PHILLIP RANDOLPH. Los antecedentes cuáqueros radicales del SUJETO RUSTIN y la pertenencia de sus padres a la Asociación Nacional para el Progreso de la Gente de Color (ANPGC) ponen de relieve el alcance de su temprano adoctrinamiento radical. (Véase expediente anexo 4189 sobre RUSTIN, JANIFER y RUSTIN, JULIA DAVIS.)

El SUJETO RUSTIN asistió al Wilberforce College (una institución de negros) en 1932-1933. Se negó a alistarse en el Cuerpo de Formación de Oficiales de la Reserva (CFOR) y dirigió (instigado por numerosos simpatizantes comunistas) una huelga para protestar contra la supuesta deficiencia en la calidad de la comida que se servía a los estudiantes. RUSTIN se cambió a la Escuela Estatal de Magisterio de Cheyney (Pensilvania) a principios de 1934. Se cree que mientras estuvo en dicho centro contactó con numerosos y famosos activistas negros. Fue expulsado de él en 1936, y la opinión más difundida es que la causa de dicha expulsión fue un incidente homosexual.

El SUJETO RUSTIN se trasladó a Nueva York aproximadamente en 1938-1939. Se hizo miembro de la llamada «Intelligentsia» negra, estudió la filosofía de MOHANDAS «MAHATMA» GANDHI y se calificó a sí mismo de «trotskista comprometido». El SUJETO RUSTIN (que posee gran talento musical) intimó con numerosos subversivos blancos y negros, entre ellos PAUL ROBERTSON, que desde entonces ha sido identificado como miembro de 114 organizaciones comunistas. (Véase «Asociados Conocidos», expediente anexo 4190.)

El SUJETO RUSTIN se afilió a la Liga de las Juventudes Comunistas (LJC) en el New York City College (NYCC) y frecuentó la célula comunista de la calle Ciento cuarenta y seis. Intimó con cantantes de folk comunistas y dirigió una campaña inspirada por la LJC para protestar por la segregación en las Fuerzas Armadas de Estados Unidos. En 1941, el SUJETO RUSTIN conoció al activista obrero negro A. PHILLIP RANDOLPH (n. 1889). (Véanse expedientes 1408, 1409, 1410 sobre Randolph.) El SUJETO RUSTIN ayudó a organizar la abortada marcha negra sobre Washington de 1941 y se afilió a la Hermandad de la Reconciliación, de orientación socialista y pacifista, y a la Liga de Resistencia a la Guerra (LRG). Durante este período se convirtió en un hábil orador y divulgador de la propaganda socialista y comunista.

El SUJETO RUSTIN se registró como objetor de conciencia en su centro de reclutamiento y recibió una citación para el reconocimiento físico el 13/11/43. El SUJETO RUSTIN mandó una carta de negativa (véase copia anexa 19) y fue detenido el 12/1/44. Fue juzgado y condenado por violar la ley de Servicio Selectivo (véase expediente anexo 4191 para la transcripción del juicio) y enviado tres años a la penitenciaría estatal de Ashland, Kentucky. El SUJETO RUSTIN dirigió varios intentos de acabar con la segregación del comedor de la prisión y fue transferido a la penitenciaría de Lewisburg (Pensilvania). El SUJETO RUSTIN consiguió la libertad condicional (6/46) y se convirtió en portavoz itinerante de la Hermandad de la Reconciliación. En 1946 y 1947 participó en numerosos intentos de inspiración comunista (el «Viaje de la Reconciliación») para conseguir la integración en las líneas de autobús interestatales. En 11/47 el SUJETO RUSTIN se afilió al «Comité contra Jim Crow en el Servicio Militar» y asesoró a jóvenes negros para que evitaran el servicio militar. (Véase expediente anexo 4192 para la lista de miembros y las afiliaciones de éstos a grupos comunistas.)

El SUJETO RUSTIN hizo un largo viaje por India (1948-1949), volvió a EE.UU. y cumplió una condena de 22 días de cárcel por sus actividades subversivas en el «Viaje de la Reconciliación». Pasó un prolongado período en África (1950, 1951, 1952) donde estudió los movimientos nacionalistas negros e insurgentes. El 21/1/33, el SUJETO RUSTIN fue arrestado por prácticas inmorales en Pasadena, California. (Véase expediente anexo 4193 para el informe de la detención y la transcripción del juicio.) El SUJETO RUSTIN y dos jóvenes blancos realizaban prácticas homosexuales en un coche aparcado. El SUJETO RUSTIN se declaró culpable y cumplió una condena de 60 días en la cárcel del condado de Los Ángeles. La homosexualidad del SUJETO RUSTIN es bien conocida y es una vergüenza para los presuntos «líderes» negros de la «tendencia principal» que utilizan sus dotes de organizador y de orador.

El incidente del 21/1/53 tuvo como consecuencia la expulsión del SUJETO RUSTIN de la Hermandad de la Reconciliación. El SUJETO RUSTIN se trasladó a Nueva York e hizo amistades en el distrito de Greenwich Village, fuertemente influido por las ideas bohemias y el izquierdismo. Se afilió de nuevo a la LRG y volvió a África para estudiar los movimientos nacionalistas negros. El SUJETO RUSTIN regresó a EE.UU. y conoció a STANLEY LEVISON, un consejero de filiación comunista de MARTIN LUTHER KING. (Véanse expedientes 5961, 5962, 5963, 5965, 5966.) LEVISON puso en contacto al SUJETO RUSTIN con KING. El SUJETO RUSTIN asesoró a KING en la preparación del boicot a los autobuses en Montgomery en 1955-1956. (Véase Índice Central para los expedientes individuales sobre los participantes en el boicot.) El SUJETO RUSTIN se convirtió en un consejero de confianza de KING, y se dice que influye en el programa comunista / socialista / pacifista de desórdenes sociales y agitación promovido por KING. El SUJETO RUSTIN redactó un documento para la formación de la Conferencia de Líderes Cristianos del Sur (CLCS) y KING lo aprobó en una reunión celebrada en una iglesia de Atlanta el 10/1/57. (Véase expediente anexo 4194 y el expediente de Vigilancia Electrónica 0809.) KING fue elegido líder de la CLCS el 14/2/57 y sigue en el cargo hasta la fecha (8/2/62).

El SUJETO RUSTIN se asoció con el Foro Americano (clasificado en 1947 de grupo tapadera de comunistas) y planeó el «Peregrinaje de la Plegaria» de la CLCS y la ANPGC sobre Washington el 17/5/57. A ella asistieron 30.000 personas, incluidas numerosas celebridades negras. (Véanse películas de Vigilancia 0704, 0705, 0706, 0708.) El SUJETO RUSTIN organizó la «Marcha de Jóvenes para la Integración en las Escuelas» en 10/58. A raíz de esta marcha, su asociado A. PHILLIP RANDOLPH atacó públicamente al DIRECTOR HOOVER por el comentario de éste acerca de que la marcha había sido un «acto de inspiración comunista». El SUJETO RUSTIN organizó una segunda marcha juvenil en 4/54. (Véanse películas de Vigilancia 0709, 0710, 0711.)

El SUJETO RUSTIN rechazó a principios de 1960 una oferta para trabajar a dedicación completa para la CHCS. Hasta la fecha (8/2/62), el SUJETO RUSTIN ha seguido siendo un ardiente crítico de las instituciones democráticas y ha continuado apoyando a MARTIN LUTHER KING y sus ideas socialistas, actuando como consejero y organizador de las actividades de la CLCS. EL SUJETO RUSTIN está considerado el líder del grupo de expertos y la mano maestra que ha llevado a la ascensión de KING como demagogo y promotor del malestar social. Ha dirigido la estrategia y el despliegue de manifestantes blancos y negros en la «Sentada» y la «Marcha por la Libertad» de 1960 y 1961 y ha mantenido amistades documentadas con un total de 94 grupos comunistas. (Véase «Asociados conocidos», índice 2.) Como conclusión, el SUJETO RUSTIN tiene que ser clasificado como Riesgo de Seguridad Interna de Alta Prioridad y debe estar sometido a vigilancia periódica y posible vigilancia de su correo y su basura. (Nota: los expedientes anexos, las películas y las grabaciones requieren un permiso de Nivel 2 y la autorización del director adjunto Tolson.)

26

(Las Vegas, 12/1/64)

Trabajo de seguimiento:

Sentado. En marcha. Tres tipos aburridos a los que seguir. Trabajo de seguimiento. Cinco días seguidos.

Webb Spurgeon vivía detrás del Tropicana. Su casa lindaba con el campo de golf. Llevaba una vida aburrida. Se quedaba en casa. Jugaba al golf. Llevaba a su hijo a dar vueltas en coche.

Wayne vigilaba su puerta principal. Wayne combatía el aburrimiento de los seguimientos sin moverse de sitio.

Bostezó. Se rascó el culo. Meó en un bote de leche. El coche apestaba. Le falló la puntería y salpicó el tablero de mandos.

Spurgeon era un bostezo. Duane Hinton era un ronquido. Eldon Peavy era una cabezada amariconada. El trabajo era una mierda. Buddy Fritsch quería información. Pete lo había sobornado. Fritsch se encontró con Butch Montrose. Olía a devolución de favor.

El trabajo era una mierda, pero de todos modos lo hizo. Unió y separó. Mezcló y revolvió. Hizo malabares con sus vigilados.

Hinton estaba en casa. Iba en coche a sus obras. Peavy pasaba horas en la Monarch. El trabajo era una mierda. Wayne se lo tomaba en serio. Curraba veinte horas al día.

Lynnete lo pinchaba. Lo incordiaba en serio. Había encontrado sus periódicos de Dallas. Wayne mintió. Le dijo que no lo incordiara. Se trata de Durfee y Moore. Estoy siguiendo ese caso.

Ella lo atosigó. No le creyó. Lo hizo salir por pies. Se concentró en el trabajo de seguimiento. Calibró posibles resultados.

Esconder los posibles hallazgos. A tomar por culo Fritsch y Pete. Rellenar un informe falso. Esconderse en el Sultan's Lounge. Esconderse de su mujer. Esconderse de su padre y de su película de la jodienda.

Wayne bostezó. Wayne se desperezó. Wayne se rascó los huevos. Salió Webb Spurgeon. Cerró la puerta principal. Subió a su Oldsmobile 88.

14.21 horas.

Spurgeon se dirigió hacia el sur. Wayne lo siguió. Spurgeon llegó a la I-90. Wayne se colocó en el carril rápido. Iban a más de ciento veinte.

Spurgeon puso el intermitente. Salió de la autopista. Tomó la rampa 1 a Henderson. Recorrió calles. Wayne lo siguió a una distancia prudencial.

Llegaron al templo mormón. Wayne anotó la hora: 14.59.

Spurgeon entró. Wayne aparcó en la esquina. Con el coche parado, el tiempo pasaba más despacio.

Trece minutos. Catorce / quince.

Spurgeon salió. Wayne anotó: 15.14.

Regresaron por el mismo camino. Llegaron a la 95 Norte. Entraron en ella a unos diez metros de distancia. Wayne se mantuvo detrás. Aflojó la correa y lo siguió a distancia.

Volvieron a Las Vegas. Se detuvieron en el Jordan High. Extraño. Webb Junior iba al LeConte.

Spurgeon aparcó. Wayne aparcó dos huecos más atrás. Se acercaron unos niños. Spurgeon se tapó la cara.

16.13 horas.

Se acerca una chica. La chica mira alrededor. La chica monta en el coche de papaíto.

Spurgeon arrancó. Wayne tiró de la correa. Lo siguió de cerca. La chica agachó la cabeza. El coche zigzagueó. La chica se incorporó.

Se secó los labios. Se retocó el maquillaje. Se compuso el cabello.

Llegaron a la 95 Sur. Atajaron hacia Hoover Dam. Circularon por suburbios de chabolas.

El tráfico era cada vez más escaso. Wayne soltó la correa. Spurgeon giró a la izquierda. Tomó un camino sin asfaltar. Wayne aparcó junto a unos matorrales. Sacó los prismáticos.

Siguió el camino. Encuadró imágenes. Vio un bungaló borroso. El coche entró en el encuadre. La chica se apeó. Como mucho, tenía dieciséis años. Acné juvenil y laca de pelo.

Spurgeon se apeó. La chica le echó los brazos al cuello. Entraron en el bungaló. Wayne anotó la hora: 17.09. Violación de menores y colaboración a la violación: dos delitos de poca monta.

Wayne vigiló el bungaló. Wayne consultó su reloj. Preparó su Leika. Montó el trípode. Le puso el chisme del zum.

Follaron durante 51 minutos. Wayne los fotografió a la salida.

Se besaron. Un beso largo y mojado. Los fotografió con las lenguas bien juntas.

Wayne aparcó junto a la Monarch. Anotó: 18.43 horas.

La choza se hundía. El tejado estaba hundido. Los bloques de ceniza tenían grietas. El solar estaba sucio. La flota de taxis era vieja. Packards de tres toneladas solamente.

Wayne observó la ventana. Eldon Peavy dirigía una empresa de taxis. Tenía un radiotransmisor. Hacía solitarios. Entraron unos taxistas. Wayne distinguió a tres delincuentes. Todos maricones. Un tipo había cometido homicidio en primer grado. Dicho tipo había acuchillado a un transexual en un salón de *drag queens*. Había alegado defensa propia.

Unos taxis se marcharon. Los pistones crepitaban. Los amortiguadores tosían. Los tubos de escape soltaban humo. El logotipo de Monarch resplandeció.

Un hombre pequeño con una gran corona. Dados rojos en lugar de dientes.

Wayne bostezó. Wayne se desperezó. Wayne se rascó los huevos.

Se encontraba en Las Vegas Norte. Aquella noche actuaban los Bondsmen. Barb casi siempre vestía de azul.

Un taxi arrancó. Wayne lo siguió. Los seguimientos en marcha lo hacían resucitar. Los seguimientos nocturnos estaban chupados. Los de los taxis, aún más. Las luces del techo destacaban con claridad.

Wayne se acercó. El taxi tomó Owens. Pasaron por delante del cementerio Paiute. Llegaron a Las Vegas Oeste.

El tráfico era denso. Un coche se interpuso en el seguimiento. Wayne cambió de carril. Había viento. Hacía frío. Se levantaron hojas.

Pasaron Owens y H. Los bares estaban a tope. Las tiendas de licor a rebosar. Negocios en la calle.

Allí... El taxi frena ante el Cozy Nook.

El taxi se detuvo. El taxista dejó el motor al ralentí. El taxista hizo sonar el claxon.

Wayne dejó el motor al ralentí. Salieron cuatro negros.

Vieron el taxi. Corrieron hacia él. Enseñaron billetes. El taxista repartió paquetes. Los negros soltaron la pasta. Abrieron envoltorios de benzedrina.

Pegaron unos tragos a unas botellas. Tomaron las pastillas. Dieron pasos de baile y volvieron a entrar en el Nook.

El taxi arrancó. Wayne lo siguió. El taxi llegó a Lake Mead y D. Allí: el taxi está frenando delante del Wild Goose.

Un arcén para aparcar. Seis negros. Todos con pinta de drogotas. El taxi se detuvo. El taxista vendió pastillas de benzedrina. Los negros las tragaron y volvieron a entrar en el Goose.

El taxi arrancó. Wayne lo siguió. El taxi llegó a los apartamentos de Gerson Park. Un hombre subió al taxi. El taxi arrancó. Wayne lo siguió.

Allí: el taxi está frenando en Jackson y E.

El taxista aparcó. El taxista se apeó. Entró mariconeando en el Love's Lounge.

Llevaba carmín. Llevaba sombra de ojos. Olía a *femme fatale*. Se quedó dentro. Wayne cronometró su visita: 6,4 minutos.

El taxista salió mariconeando. Mariconeaba y movía unas sacas.

Eran sacas de monedas. Hurgó en su interior. Las metió en el portaequipajes.

Llámalo tragaperras del cuarto trasero. Ilegales. Una operación de la Monarch.

El taxi arrancó. Wayne lo siguió muy de cerca.

Allí: el taxi frena ante el Evergreen Project.

El pasajero se apeó. El taxi enfiló hacia el norte. Sus faros barrieron los coches aparcados.

Allí: un Cadillac / una cara blanca escondida. Joder... Es Pete Bondurant, muy agachado.

Wayne captó una mirada burlona. Eso y nada más: puf y *adieu*.

Wayne siguió el taxi. La imagen se le grabó. Pete al volante. Pete en el barrio negro. ¿Y eso? ¿Qué hacía por allí?

El taxi entró en el recinto de la Monarch. Wayne lo siguió a una distancia prudencial. Aparcó al otro lado de la calle.

Bostezó. Se desperezó. Meó en su bote. El tiempo se dilató. El tiempo se prolongó. El tiempo serpenteó.

Wayne vigiló la ventana.

Eldon Peavy atendía llamadas. Eldon Peavy tomaba pastillas. Eldon Peavy hacía solitarios.

Llegaban taxistas. Descansaban. Jugaban a las cartas. Jugaban a los dados. Se acicalaban.

El tiempo se arrastraba. Wayne bostezó. Wayne se desperezó. Wayne se hurgó la nariz.

Llegó una limusina. Neumáticos con raya blanca y faldillas guardabarros / techo de piel de imitación.

Wayne anotó: 2.03 horas.

Peavy salió. Peavy subió a la limusina. La limusina enfiló hacia el sur. Wayne la siguió. Llegaron al Strip. Se detuvieron ante el Dunes.

La limusina puso el motor al ralentí. Wayne, también tres huecos más atrás. Aparecieron tres maricas. Músculos y cabello engominado. Olían a coristas de relleno.

Vieron la limusina. Se contonearon y subieron a ella. La limusina arrancó.

Wayne la siguió. Llegaron al aeródromo McCarran. La limusina aparcó junto a la verja de la entrada. Wayne aparcó cuatro coches más atrás.

Eldon Peavy se apeó. Caminó. Wayne lo veía bien.

Peavy camina deprisa. Llega a la puerta principal. Aterriza un vuelo. Desembarcan turistas.

Wayne vigiló. Wayne bostezó. Se desperezó. Peavy regresó. Acompañado de dos hombres. Caminaban muy cerca el uno del otro.

Wayne se frotó los ojos. Tuvo una reacción tardía. Joder, pero si son Rock Hudson y Sal Mineo.

Peavy sonríe. Peavy abre un *popper*. Rock y Sal inhalan. Sonríen. Se abrazan. Ríen. Suben a la limusina. Peavy los ayuda tocándoles el culo.

La limusina arrancó. Wayne la siguió muy de cerca. Vio que bajaban una ventanilla. Vio humo. Olió a hierba.

Llegaron a Las Vegas Norte. Llegaron al Golden Cavern. Un montón de chicas guapas en la puerta. Rock y Sal se abrazan. Lynette se moría por el gran Rock. Cuando supiese que era maricón...

Duane Hinton vivía junto al Sahara. Wayne anotó: 3.07 horas. El último pase del espectáculo.

Aparcó. Vació el bote de leche. Bostezó. Se desperezó. Se rascó.

La casa de Hinton era nueva. Prefabricada. Había luz en una ventana. La carta de ajuste del televisor. Banderas y rayas geométricas. La KLXO.

Wayne observó la ventana. El tiempo se escurrió. El tiempo se deslizó. El tiempo se derritió. El televisor se apagó. Una luz se encendió. Hinton salió.

Wayne anotó: 3.41 horas.

Hinton llevaba un mono de trabajo. Probablemente iba al supermercado. El Food King estaba abierto toda la noche. Hinton subió a su furgoneta. Dio marcha atrás. Fue hacia el norte.

Los seguimientos de madrugada no eran fáciles. Wayne los detestaba. No había tráfico.

Wayne esperó. Cronometró: 1,58, 1,59. ¡YA!

Hizo girar la llave. Arrancó. Fue hacia el norte. Recuperó el tiempo cedido. Alcanzó a Hinton.

Pasaron por delante del Food King. Wayne lo seguía a distancia prudencial. Hinton dobló hacia el oeste. De Fremont a Owens.

Allí había tráfico. Wayne se acercó. Llegaron a Las Vegas Oeste. Más tráfico. Coches de macarras. Coches destartalados. Negros noctámbulos en la acera.

Hinton se detuvo. Allí: Hinton frena en Owens y H.

Delante del club Woody's. Famoso por sus noches de brillantina. Famoso por su comida frita.

Hinton aparcó. Hinton entró. Wayne aparcó en la esquina. Se acercó un vagabundo.

Saludó con la cabeza. Bailó el watusi. Limpió el parabrisas. Wayne puso en marcha las escobillas. El vagabundo le mostró el culo. Unos borrachos que miraban aplaudieron.

Wayne bajó la ventanilla. El aire hedía. Olió a grasa de pollo. Olió a vómitos. Subió la ventanilla.

Hinton salió. Sostuvo la puerta abierta a una puta. Era oscura. Era gorda. Parecía muy colocada.

Caminaron hasta la furgoneta. Subieron a ella. Doblaron la esquina. Wayne puso las luces cortas. Wayne los siguió. Wayne se acercó.

Se detuvieron. Aparcaron. Caminaron por un solar vacío. Hierbas. Artemisa y matas de salvia. Un remolque sobre unos bloques de cemento.

Wayne apagó las luces. Esperó. Aparcó diez metros más atrás.

La puta abrió la puerta del remolque. Hinton entró. Tenía algo en las manos.

Quizá fuere una botella. Quizá fuere una cámara. Quizá fuere parafernalia sexual.

La puta entró. Cerró la puerta. Una luz se encendió y se apagó.

Wayne cronometró. Pasaron dos minutos. Esperemos a ver si va de jodienda.

Allí: 2,6 minutos.

El remolque se balancea. Los bloques se mueven. Hinton es gordo. La puta, también. El remolque es de chapa fina.

Las sacudidas cesaron. Wayne cronometró el polvo: 4,8 minutos.

Una luz se encendió. Destellos azules en una ventana. Disparos de flash, probablemente.

Wayne bostezó. Wayne se desperezó. Wayne se rascó los huevos. Wayne vació su bote de mear.

El remolque se balanceó. Un minuto como máximo. La luz se apagó.

Hinton salió. Trastabilló. Tenía algo en las manos. Cruzó el solar. Llegó a la furgoneta. Arrancó. Quemó goma en cantidad.

Wayne puso las luces cortas. Wayne lo siguió. Se frotó los ojos y bostezó. Un desnivel en la carretera. Unos puntos salpicaron el parabrisas. ¿Qué dices? / ¿Qué dices?

El coche se bamboleó. Wayne derrapó. Encontró una luz roja. Pisó los frenos. Pisó el embrague y el coche se paró.

La furgoneta llegó a lo alto de la cuesta. Desapareció. Había perdido de vista a Duane Hinton.

Wayne hizo girar la llave. Wayne pisó el acelerador. Pisó demasiado fuerte y el motor se ahogó. Cronometró dos minutos. Le dio a la llave. Pisó despaaacio el acelerador.

El motor se puso en marcha. Wayne bostezó y arrancó. Se frotó los ojos.

La carretera se veía borrooosa.

Llegó el amanecer. Wayne se metió vestido en la cama. Lynette se movió. Wayne se hizo el muerto.

Ella lo tocó. Advirtió que no se había desnudado. Le quitó la pistola.

—¿Te lo pasas bien? Escondiéndote de tu mujer, quiero decir.

Él bostezó. Se desperezó. Se golpeó con el cabezal.

—Rock Hudson es maricón —dijo.

—¿Qué pasó en Dallas? —preguntó Lynette.

Wayne durmió. Dos horas como mucho. Se despertó aturdido. Lynette se había marchado.

En Dallas no había ocurrido nada.

Se preparó una tostada. Bebió café. Volvió al trabajo. Aparcó detrás de la casa de Hinton. Observó el patio. El callejón estaba hasta los topes. En la casa vecina estaban en obras. Metió su puto coche en un hueco.

Observó el camino de acceso. Allí: la furgoneta de Hinton y el Impala de Deb Hinton. Anotó el seguimiento: 9.14 horas.

Wayne vigiló la casa. Wayne bostezó y se rascó. Wayne meó el café. Los obreros ponían cemento. Seis hombres con herramientas eléctricas. Las sierras silbaban. Los martillos machacaban.

10.24:

Sale Deb Hinton. Sube al Impala. Al coche de Deb le cuesta arrancar.

12.08:

Los obreros paran para almorzar. Se dirigen a sus coches. Sacan la comida.

14.19:

Sale Duane Hinton.

Llega al patio. Arrastra unas prendas de vestir. Las que llevaba la noche anterior. Se acerca a la cerca. Las mete en el incinerador. Enciende una cerilla. La deja caer en el interior.

MIERDA, JODER.

Wayne fue a Owens y H. Aparcó junto al club Woody's.

Abrió el portaequipajes. Agarró una palanca. Dio una vuelta a la manzana. La calle estaba desierta. Ningún testigo a la vista.

Cruzó el solar. Llamó a la puerta del remolque. Miró alrededor. Seguía sin haber ningún testigo a la vista.

Se apoyó en la palanca. Hizo saltar la cerradura. Entró. Olió a sangre. Cerró la puerta.

Palpó las paredes. Encontró un interruptor. Era el de la luz del techo.

La mujer estaba muerta. En el suelo / rigor mortis en fase uno / gusanos a la carga / contusiones / heridas en la cabeza / mejillas destrozadas.

Hinton la había amordazado. Le había metido una pelota de frontón en la boca.

Sangre en la oreja. Sangre en la cara. Una cuenca vacía. Perdigones en el suelo. Perdigones en la sangre.

Wayne contuvo el aliento. Siguió los regueros de sangre. Observó las salpicaduras.

Resbaló. Había pisado el ojo.

Ocho asaltos. Una muerte a palos.

Él lo había oído todo. Pensó que se trataba del segundo polvo. Era asesinato. Olía a homicidio sin premeditación. Hinton era blanco. Tenía influencia. Había matado a una puta de color.

Wayne se marchó. Pasó revista a todo lo que sabía. El asunto cobraba coherencia.

Las víctimas de los asaltos habían presentado cargos. Decían que el hombre que las había atacado tomaba fotografías. Wayne había visto dispararse el flash. Sabía que era asesinato. Se sentía confuso y muy cansado. La coherencia se le escapaba.

Empezó a comerse el coco. Estaba en deuda con la puta. El precio no significaba nada.

Wayne aparcó en el callejón. Wayne vigiló la casa. Los obreros chillaban. Las sierras silbaban. Los martillos machacaban.

Wayne meó en el bote. Le falló la puntería. Mojó el asiento.

El tiempo jadeaba. Wayne vigiló la casa. Vigiló el camino de acceso. El tiempo remoloneaba. Llegó el atardecer.

Los obreros se separaron. Subieron a sus coches. Hicieron sonar las bocinas en señal de despedida. Se marcharon.

Wayne esperó. El tiempo avanzaba penosamente y se adormecía.

18.19 horas.

Salen los Hinton. Cargan bolsas de golf. Lo más probable es que vayan a jugar un partido nocturno en el campo contiguo al Sahara.

Se marcharon. En el Impala de Deb. La furgoneta de Duane se quedó donde estaba.

Wayne cronometró dos minutos. Se apeó y se desperezó.

Wayne caminó. Se apoyó contra la cerca. Saltó por encima de ella. Cayó pesadamente. Se arañó las manos. Se sacudió el polvo. Corrió hacia el porche.

La puerta parecía débil. El pasador bailaba. Sacudió la puerta. Aplicó el hombro con fuerza. Hizo saltar el pasador.

La abrió. Encontró el cuarto de la colada. Lavadora / secadora / tendedero. Luz procedente del interior y una puerta de acceso.

La abrió. La cerró a sus espaldas. Algunas tablas del suelo estaban sueltas. Tropezó.

Encontró otra puerta. Accionó el pasador. Bingo, estaba abierto.

Entró en la cocina. Comprobó la hora. Se concedió veinte minutos como máximo.

18.23:

Los cajones de la cocina. Nada ilegal. Cubiertos y cupones del supermercado.

18.27:

La sala. Nada ilegal. Madera blanca en exceso.

18.31:

El estudio. Nada ilegal. Estanterías con libros y escopetas de tiro al plato.

18.34:

El despacho de Hinton. Aquí hay que tomárselo con calma. Es un lugar lógico.

Archivadores / libros de contabilidad / un aro con llaves colgado de un clavo. Ninguna caja de seguridad / una foto en la pared: Hinton y Lawrence Welk.

18.39:

El dormitorio. Nada ilegal. Más madera blanca. Ninguna caja de seguridad en la pared / ninguna caja de seguridad en el suelo / ninguna tabla suelta en el suelo.

18.36:

El sótano. Aquí hay que tomárselo con calma. Es un lugar lógico.

Herramientas eléctricas / un banco de trabajo / revistas *Playboy* / un armario. Cerrado. Recuerda las llaves colgadas en el despacho.

Wayne corrió escaleras arriba. Cogió las llaves. Corrió escaleras abajo. Empezó a meter llaves en la cerradura.

18.52:

La llave núm. 9 funciona. Wayne abre la puerta. Mira en el interior del armario.

Encontró una caja. Ya está, no hay que buscar más. Vamos a hacer un inventario de lo que hay.

Esposas. Pelotas de frontón. Cinta aislante. Porras de piel de castor. Una cámara Polaroid. Seis rollos de película. Catorce instantáneas:

Putas negras amordazadas y pateadas. Ocho víctimas verificadas más seis.

Más:

Película sin utilizar. Un carrete de doce fotografías. Doce fotos potenciales.

Wayne vació la caja. Hizo sitio en el suelo. Esparció el hallazgo. Cargó la cámara. Dispara deprisa. Guárdalo todo otra vez. Fotografíalo como lo has encontrado.

Cargó la cámara. Sacó seis fotos. Se revelaron. Salieron deprisa. Fotos instantáneas. Color Polaroid.

Recogió las fotos de Hinton. Cuatro tomas distintas. Fotografió las esposas. Fotografió las contusiones. Fotografió los dientes machacados y la sangre.

27

(Las Vegas, 14/1/64)

El paraíso de los negros. Cuatro mendas / cuatro pastillas / una aguja.

Entraron por el morro en el aparcamiento. Se acercaron a un viejo Mercury. Sacaron los diablos rojos. Disolvieron el material.

Lo rociaron. Lo calentaron. Llenaron la jeringuilla. Se hicieron un torniquete. Se chutaron. Se relajaron. Asintieron. Se arrellanaron.

Que bieeen.

Pete vigiló. Pete bostezó. Pete se rascó el culo.

Noche de vigilancia núm. 6. El cambio de turno del amanecer. Las putas cinco de la mañana.

Aparcó en Truman y J. Se acurrucó. Le gustó lo que vio.

Aquel negro le había dado el soplo. Había dicho que Wendell había vuelto. Que tenía una pistola. Había dicho que Curtis y Leroy eran muy malos. Pulían caballo blanco.

Vigila el cobertizo. Vigila el Evergreen Project. Los drogotas se reúnen ahí. Los maníacos de los dados también. Wendell es el maníaco principal. Busca a Curtis y a Leroy. Son dos tipos gordos. Tienen la nariz muy grande y llevan el cabello crepado.

Pete tomó una aspirina. La jaqueca emigró hacia el sur. Seis noches. Vigilancia de mierda. Jaquecas y comida de negros. Mugre en el coche.

El plan:

Cargarse a Curtis y a Leroy. Apaciguar a los Chicos y fingir preocupación por el civismo. Cargarse a Wendell Durfee. Endeudar así a Wayne Junior.

Estás en deuda conmigo. Enséñame tus expedientes, Wayne.

Seis noches. Sin suerte. Seis noches en los suburbios. Seis noches agazapado.

Pete observó el cobertizo. Pete bostezó. Pete se desperezó. Le habían salido hemorroides del tamaño del Matterhorn.

Los drogotas se tambaleaaaron.

Fumaron mentolados. Encendieron cerillas. Se quemaron las manos. Encendieron colillas.

Pete bostezó. Pete dormitó. Pete fumó un cigarrillo tras otro. Uf, ¿qué pasa?

Dos negros cruzan hacia J. Tipos gordos. Nariz grande. Cabello crepado y con laca.

Espera... Dos negros más. Alerta negra al completo.

Aparecieron por Truman y K. Se reunieron con los narizotas. Hablaron.

Uno de ellos llevaba una manta. Luego sacó unos dados. Habló con los narizotas. Los llamó «Leroy» y «Cur-ti».

Los dúos unieron sus fuerzas. Los dúos recorrieron el aparcamiento. Los de la droga dijeron «oh, mierda». Los narizotas los echaron. Los drogotas se largaron hacia el sur. Los narizotas extendieron la manta.

Leroy traía desayuno. T- Bird y Tokay. Jugaron. Rodaron dados verdes. Cur-ti se pasó. Leroy puso los ojos en blanco.

Pete observó. Los negratas jalearon. Se acercó un coche patrulla. Los pasmas vieron la timba. Los negros los vieron a ellos. Los negros fingieron que allí no pasaba nada. El coche patrulla se largó. Los pasmas bostezaron. A tomar por culo esos negros idiotas.

Leroy se pasó. Cur-ti gritó de alegría. Los de los dados bebieron vino.

Un nuevo negro estrafalario cruzó J. Pete lo reconoció enseguida: Wendell Durfee.

Mira su aire de macarra. Mira su redecilla para el cabello. Mira el bulto de la pistola cerca de los huevos.

Durfee se apuntó al juego. La charla se animó. Durfee jugó. Durfee bebió vino. Durfee cantó el *Wa-Watusi*.

El coche patrulla volvió. Los pasmas parecían revitalizados. El coche se detuvo. Con el motor al ralentí. La radio chirrió.

Los mendas se quedaron quietos. Fingieron que no pasaba nada. Los pasmas se revitalizaron. Los mendas se comunicaron telepáticamente: es el opresor blanco. Los mendas se pusieron en pie y corrieron.

Se separaron. Se detuvieron. Se dispersaron en grupos. Se largaron por J y K.

Los pasmas se quedaron quietos. Los tipos de la manta corrieron. Se les cayeron las botellas. Se largaron hacia el este.

Los pasmas se movieron. Pisaron el acelerador. Quemaron goma y los persiguieron. Durfee corrió hacia el oeste. Peso ligero y piernas largas. Cur-ti y Leroy lo siguieron.

Pete pisó el acelerador. Demasiado fuerte. El pedal resbaló. El motor se ahogó.

Pete se apeó. Pete corrió. Durfee corrió. Corrió más que sus colegas. Éstos trastabillaban y jadeaban.

Atajaron por un callejón. Montones de basura en la gravilla. Chabolas a ambos lados. Durfee resbaló. Tropezó. Se le rompieron los pantalones. Se le cayó la pistola.

Pete resbaló. Tropezó. Se le abrió el cinturón. Se le cayó la pistola.

Recuperó terreno. Se detuvo. Levantó la pistola de Durfee. Perdió terreno. Resbaló en la gravilla. Una sirena lo ensordeció. Fuerte. A todo volumen.

Durfee saltó una cerca. Sus compañeros lo imitaron. El coche patrulla derrapó. Dio un coletazo. Bloqueó el paso a Pete.

Pete tiró el arma. Levantó las manos. Sonrió servil. Los pasmas se apearon. Sacaron las porras. Blandieron Ithacas.

Lo arrestaron. 407 Código Penal. Oficina del Sheriff del condado de Clark.

Lo metieron en un cuarto de interrogatorios. Lo esposaron a una silla. Dos policías le dieron un meneo. Guías de teléfono e insultos.

Hemos reconocido la pistola. Es robada. Eres un atracador.

La encontré, id a tomar por culo.

Mentira. ¿Qué hacías allí? ¿Qué te traes entre manos?

Me gustan las salchichas. Me gustan las cortezas de cerdo.

Mentira. Dinos qué hacías.

Trabajo por los derechos civiles. Juntos vencere...

Le pegaron con las guías telefónicas. Eran gruesas. Eran de L.A. Eres un atracador. Robas en las timbas de dados. Intentaste robar a esos negros.

No. Se equivocan. Me gustan las coles verdes.

Le pegaron en las costillas. Le pegaron en las rodillas. Se desfogaron con él. Le apretaron las esposas. Dos trinquetes más. Lo dejaron solo para que meditara.

Se le entumecieron las muñecas. Se le entumecieron los brazos. Se aguantó una meada de primera clase.

Revisó sus opciones:

No llames a Littell. No llames a los Chicos. No seas *très* idiota. No llames a Barb. No la asustes.

La espalda se le entumeció. El pecho se le entumeció. Se meó en los pantalones. Se recostó. Recuperó algo de fuerza. Rompió la cadena de las esposas.

Movió los brazos. Su circulación sanguínea se restableció.

Los pasmas volvieron. Vieron la cadena arrancada. Uno de ellos silbó y aplaudió.

—Llamen a Wayne Tedrow —dijo Pete—. Es del DPLV.

Apareció Wayne Junior. Los pasmas los dejaron solos. Wayne Junior parecía agotado. Le quitó las esposas.

—Dicen que intentaste dar un palo en una timba de dados.

—¿Y tú te lo crees? —Pete se frotó las muñecas.

Wayne Junior frunció el ceño. Una diva con un motivo de queja. Wayne Junior escondió la cabeza bajo el ala.

Pete se puso en pie. Su circulación sanguínea se restableció. Los oídos se le destaparon.

—¿Aquí tienen una ley que permite detener a un tipo durante setenta y dos horas?

—Sí. Libertad o arresto.

—Pues me lo saltaré. Ya he estado ahí dentro una vez.

—¿Qué quieres? ¿Quieres un favor? ¿Quieres que deje de ir a ver actuar a tu mujer?

Pete sacudió los brazos. El entumecimiento desapareció.

—Durfee está aquí. Va con dos tipos llamados Curtis y Leroy. Los vi cerca de esas chabolas de Truman con J.

Wayne Junior se ruborizó. Se enrojeció hasta las cejas. Su circuito sanguíneo se sobrecargó.

—Mátalo —dijo Pete—. Creo que ha venido a matarte.

28

(Washington D.C., 14/1/64)

Piquetes en la Casa Blanca:

Derechos Civiles y Prohibid la Bomba. Jóvenes izquierdistas.

Desfilaron. Cantaron. Sus gritos se sobrepusieron. Hacía frío. Llevaban abrigo. Llevaban pañuelos y sombreros Cossack.

Bayard Rustin se retrasaba. Littell esperó sentado en el parque Lafayette.

Los piquetes charlaban. Hablaban de sus cosas. LBJ y Castro. La amenaza Goldwater.

Los grupos tomaban café. Unas chicas rojillas servían tentempiés. Littell miró alrededor. Ni rastro de Bayard Rustin.

Conocía su cara. El señor Hoover le había pasado fotos. Había conocido al infiltrado de la CLCS. Habían hablado la noche anterior.

Lyle Holly: ex policía de Chicago.

Lyle había trabajado en la Brigada Anticomunista. Lyle había estudiado a los grupos de izquierdas. Lyle hablaba como si fuera de izquierdas y pensaba como si fuera de derechas. Tenían antecedentes similares. Vivían la misma disyuntiva. Lyle había contado chistes raciales. Dijo que admiraba al doctor King.

Littell conocía al hermano de Lyle. Habían trabajado juntos en la oficina de Saint Louis del 48 al 50.

Dwight H. era de extrema derecha. Dwight planificaba acciones encubiertas del Klan. Dwight daba cohesión. Los Holly eran de Indiana. Tenían contactos con el Klan. El padre era un gran dragón.

Ahora eran post Klan. Habían ido a la facultad de Derecho y se habían hecho policías.

Dwight era post FBI. Dwight todavía era federal. Dwight entró en la Agencia de Narcóticos. Dwight era un inquieto. Dwight saltaba de un trabajo a otro. Anhelaba un curro policial nuevo y audaz: de investigador jefe / en la Oficina del Fiscal General / en el distrito de Nevada Meridional.

Dwight era duro. Lyle era blando. Lyle rezumaba una empatía parecida a la de Littell.

Lyle construyó el relato:

Ward Littell: ex FBI. Despedido. Caído en desgracia. Maltratado por el señor Hoover. Abogado de la mafia. Izquierdista clandestino. Cercano al dinero de la mafia.

Una historia sensata. Littell lo reconoció. Lyle rió. Dijo que el señor Hoover había ayudado.

El trato estaba cerrado. Él tenía el dinero. Sam y Carlos lo habían donado. Littell se lo dijo sin dobleces: joder a la CLCS no es un plan de los Chicos sino del señor Hoover.

A Carlos y a Sam les había gustado. Lyle había hablado con Bayard Rustin. Lyle se mostró efusivo:

Ward Littell, mi viejo amigo. Ward es bondadoso. Ward tiene dinero. Está a favor de la CLCS.

Los que estaban en contra de la bomba se marcharon. Aparecieron soldados de las Fuerzas Aéreas. Pancartas nuevas: «Matad al Barbas.» «Crucificad a Jruschov.»

Bayard Rustin se acercó.

Era un hombre alto. Iba bien arreglado. Más delgado que en las fotos que había visto.

Se sentó. Cruzó las piernas. Se hizo espacio en el banco.

—¿Cómo me ha reconocido? —preguntó Littell.

—Es el único que no está involucrado en el proceso democrático. —Rustin sonrió.

—Los abogados no llevamos pancartas.

—No, pero algunos hacen donaciones. —Rustin abrió su portafolios.

—Habrá más. —Littell abrió su portafolios—. Pero, llegado el caso, lo negaré.

—Lo negará. —Rustin cogió el dinero—. Se lo agradezco.

—Tiene que pensar en la procedencia de este dinero. Los hombres para los que trabajo no están a favor del movimiento por los derechos civiles.

—Pues tendrían que estarlo. Los italianos han sido perseguidos en varias ocasiones.

—Ellos no lo ven así.

—Tal vez por eso han triunfado como lo han hecho en sus respectivos ámbitos.

—Los perseguidos aprenden a perseguir. Entiendo esa lógica, pero no la acepto como prueba de sabiduría.

—¿Y usted no atribuye crueldad a toda la gente de esa raza?

—No más que la estupidez que atribuyo a los de la suya.

—Lyle me ha dicho que es rápido. —Rustin se dio una palmada en las rodillas.

—Él sí que es rápido.

—Dice que se conocen hace mucho.

—Nos encontramos en la manifestación por los Rosenberg. Debió de ser en el 52.

—Y usted, ¿de qué lado estaba?

—Filmábamos películas de vigilancia desde el mismo edificio.

—En ésa, me quedé hasta el final. Yo nunca fui un auténtico comunista, pese a las protestas del señor Hoover.

—Según su lógica, sí lo es. Ya sabe lo que significa esa designación y cómo le sirve para meter en ella todo lo que teme.

—¿Lo odia? —Rustin sonrió.

—No.

—¿Ni siquiera después de todo lo que le ha hecho pasar?

—Me resulta muy difícil odiar a la gente que es sincera consigo misma.

—¿Ha estudiado a los movimientos de resistencia pasiva?

—No, pero he sido testigo de la inutilidad de esa alternativa.

—Siendo abogado de la mafia, lo que acaba de decir es una afirmación extraordinaria. —Rustin rió.

Se levantó viento. Littell se estremeció.

—Sé algo de usted, señor Rustin. Es un hombre con mucho talento y muy comprometido. Yo tal vez no tenga ese talento, pero en cuanto al compromiso se refiere, estamos a la par.

—Lo siento. —Rustin inclinó la cabeza—. Intento no pensar en los móviles secretos de la gente, pero con usted no he podido.

—No importa. —Littell sacudió la cabeza—. Queremos las mismas cosas.

—Sí y cada uno de nosotros colabora a su manera.

—Admiro al doctor King. —Littell se abrochó el abrigo.

—¿Tanto como cualquier católico admira a un hombre que se llame Martin Luther?

—Admiro a Martin Luther. —Littell rió—. Adquirí ese compromiso cuando todavía era un creyente.

—Es posible que oiga cosas malas acerca de nuestro Martin. El señor Hoover ha mandado misivas. Martin Luther King es el demonio con cuernos. Seduce mujeres y da trabajo a comunistas.

—El señor Hoover se escribe con mucha gente. —Littell se puso los guantes.

—Sí, del Congreso. Del clero y del mundo de la prensa.

—El señor Hoover cree, señor Rustin. Es así como hace creer a sus corresponsales.

—¿Y por qué ahora? ¿Por qué ha decidido correr este riesgo en estos momentos?

—He estado de visita en Las Vegas y no me gusta cómo se están llevando las cosas.

—Dígales a esos mormones que aflojen las cadenas. —Rustin sonrió.

Se estrecharon la mano. Rustin se alejó. Silbaba Chopin.

El parque resplandecía. El señor Hoover otorga todos los regalos.

29

(Las Vegas, 15/1/64)

Salto de imagen:

La puta muerta / el globo ocular / Wendell Durfee con colmillos.

Imágenes y retazos de sueños. Sin dormir y desmayos. Dos conductores imprudentes al volante.

Las imágenes saltaban en un lapso de treinta y seis horas. Una lluvia tenaz las imprimía.

Wayne acorraló a un taxista de la Monarch. Wayne robó unas pastillas de benzedrina. Llamó a la escuela de Lynette. Dejó un mensaje:

No vayas a casa. Quédate con una amiga. Ya te llamaré y te contaré qué pasa. Se tomó las pastillas. Se atiborró de café. Lo estimuló. Lo agotó. Reanudó su salto de imágenes.

Se plantó en Truman y J. Recordó los expedientes leídos. Recordó confusamente las fotografías. Se había enterado de cosas sobre Leroy Williams y Curtis Swasey.

Macarras. Jugadores de dados. Doce arrestos / dos condenas. Vagabundos sin domicilio conocido.

Permaneció despierto. Medio día / una noche / un día entero. Vigiló el aparcamiento. Vigiló los clubes. El Nook. El Woody's. El Goose.

Vigiló timbas de dados. Vigiló barbacoas callejeras. Vio jirones de humo. Vio a Wendell Durfee. Parpadeó y lo convirtió en vapor.

Permaneció en el coche. Vigiló el callejón. La espera tuvo su recompensa al cabo de dos horas.

Curtis sale de una chabola. La puerta trasera da al callejón. Curtis tira basura en un contenedor. Curtis vuelve a entrar en la chabola.

Esperó. Vigiló el callejón. Una hora antes:

Sale Leroy. Tira basura. Entra de nuevo en la chabola.

Wayne se apeó. Vació el contenedor. Revolvió basura. Encontró un envoltorio de plástico con residuos blancos pegados. Restos de polvo. Lo probó. Era heroína.

Rodeó la chabola. Las ventanas estaban tapadas con chapa de aluminio. Sacó una pistola. Vio a Curtis y a Leroy.

Eso había sido a las 17.15. Ya eran las 18.19.

Wayne vigiló la chabola. Vio jirones de humo. Vio luz. Atravesaba la chapa.

Llovía con ganas. Parecía el puto monzón. Las imágenes saltaron.

Dallas. Pete y Durfee. Pete dice: «Mátalo.» El sonido de la imagen se prolonga durante cuarenta horas.

Deberías haberlo matado. Es un ave migratoria. Deberías haberlo sabido.

MÁTALO. MÁTALO. MÁTALO. MÁTALO. MÁTALO.

El coche se hundía en el barro. El techo tenía agujeros. Entraba lluvia.

Estaba en deuda con Pete. La llamada de Pete lo había salvado. La llamada de Pete lo había distraído.

Que se joda Buddy Fritsch. Que se joda el trabajo. Hinton paga por la puta.

Diez horas antes se había desviado y había pasado por delante del remolque. Apestaba. La puta se descomponía allí dentro.

Imágenes: la sangre / los gusanos / perdigones manchados de sangre.

Wayne vigiló la chabola. La lluvia emborronaba su visión. El tiempo se descomponía. El tiempo se componía.

La puerta trasera se abre. Sale un hombre. Camina hacia él. Se acerca.

Wayne observó. Abrió la puerta del acompañante. Allí:

Es Leroy Williams.

Sin sombrero. Sin paraguas. Lleva la ropa empapada.

Leroy pasó junto al coche. Wayne le dio una patada a la puerta. Golpeó a Leroy de pleno. Leroy cayó en el barro. Wayne salió de un salto.

Leroy se puso en pie. Wayne sacó la pipa. Wayne lo empujó con ella. Leroy cayó y se agarró al coche.

Wayne le pateó los huevos. Leroy gritó. Leroy se debatió. Leroy se retorció. Dijo la puta que te no sé qué. Sacó una navaja. Wayne le cerró la puerta en la mano.

Le trituró los dedos. Se los inmovilizo. Leroy gritó. Leroy soltó la navaja. Wayne metió la mano por la ventanilla. Abrió la guantera.

Hurgó en su interior. Sacó su cinta aislante. Cortó un trozo. Leroy gritó. La lluvia amortiguaba el sonido. Wayne abrió la puerta.

Leroy flexionó la mano. Los huesos se partieron. Leroy gritó con fuerza.

Wayne lo cogió por la nariz. Le tapó la boca con cinta aislante. Leroy se retorció. Leroy soltó un gañido. Leroy se frotó la mano jodida.

Wayne le pateó la cara. Le puso las esposas. Lo arrojó al asiento trasero.

Wayne se sentó al volante. Pisó el acelerador. Derrapó entre el lodo y la basura del callejón. La lluvia arreció. Los limpiaparabrisas no servían de nada. Conducía a ciegas.

Wayne vio un indicador de kilómetros. Vio un cartel. El desguace de coches. Está cerca. A dos manzanas.

Cincuenta metros. Una curva cerrada a la derecha. Frenó. Se detuvo. El eje de dirección rascó el asfalto.

Puso las luces largas. Iluminó el recinto. Lluvia. Óxido. Cien coches muertos.

Arregló el freno. Enderezó a Leroy. Le arrancó la cinta. Le arrancó piel. Le arrancó la mitad de los pelos del bigote.

Leroy gritó. Leroy tosió. Leroy escupió bilis y sangre.

—Wendell Durfee. —Wayne encendió la luz del techo—. ¿Dónde está?

Leroy parpadeó. Leroy tosió. Wayne olió que se había cagado en los pantalones.

—¿Dónde está Wendell Durf...?

—Wendell ha dicho que tenía algo que hacer. Ha dicho que había venido a buscar material y que luego se marchaba de la ciudad. Cur-ti dice que Wendell tiene negocios.

—¿Qué negocios?

—No lo sé. —Leroy sacudió la cabeza—. Los negocios de Wendell no son cosa mía.

Wayne se acercó. Lo cogió por los cabellos. Le golpeó la cabeza contra la puerta. Leroy gritó. Leroy escupió dientes.

Wayne se deslizó en el asiento trasero.

Inmovilizó a Leroy. Le envolvió el cuerpo con cinta aislante. Lo momificó. Agarró la cadena de las esposas. Abrió la puerta. Sacó a Leroy a rastras. Lo llevó hasta un Buick. Sacó la pistola y disparó seis veces contra el maletero.

Metió dentro a Leroy. Cayó sobre unas ruedas de recambio. Wayne cerró el maletero.

Estaba empapado. Tenía los zapatos llenos de agua. No sentía los pies. Vio jirones de humo. Supo que no eran reales.

La lluvia cesó. Wayne regresó. Aparcó en el callejón, en el mismo lugar que antes. Se apeó. Rodeó la chabola. Arrancó la chapa de la ventana.

Allí está Curt-ti con otro tipo. Tiene la misma cara que Cur-ti, pero algo más gorda. Es el hermano de Cur-ti.

Cur-ti estaba sentado en el suelo. Hablaba. Cortaba droga. Llenaba papelinas.

Su hermano se hizo un torniquete. Se chutó. Asintió. Se desató el torniquete en el séptimo cielo. Su hermano encendió un Kool por el filtro.

Se quemó los dedos. Sonrió. Curt-ti soltó una risita. Cur-ti cortó caballo.

Hizo girar su navaja. Fingió que se le hundía en la tripa.

—Mierda —dijo—. Como un cerdo relleno, tío.

Hizo girar su navaja. Fingió un afeitado.

—A Wendell le gusta rasurada —dijo—. Rajar putas ha sido siempre su *modus operandi*.

—Su barba y el chocho de ella, tío —dijo—. Ha perdido la pistola, así que debe de rondar por ahí.

Wayne lo oyó. Su sinapsis chasqueó. Wayne lo vio. Salto instantáneo de imágenes.

Echó a correr. Resbaló. Trastabilló. Cayó en el barro. Se levantó y corrió a trompicones. Subió al coche. Intentó meter la llave en el contacto. Falló.

Acertó. Puso en marcha el motor. Chirrido de engranajes. Las ruedas rodaron y el coche se movió.

Relámpagos. Truenos. Corrió más que la lluvia.

Derrapó en los cruces. Se saltó ámbares y rojos. Botó sobre vías de tren. Rozó bordillos y coches aparcados.

Llegó a casa. Aparcó delante del jardín. Se apeó. Trastabilló. Corrió.

La casa estaba a oscuras. La puerta cerrada. Metió la llave en la cerradura.

Abrió la puerta de una patada. Miró hacia el pasillo. Vio luz en el dormitorio. Se acercó y miró.

Ella estaba desnuda.

Las sábanas estaban rojas. Ella se desangraba. El blanco de las sábanas se convertía en rojo.

Le había abierto las piernas. La había atado. Había utilizado corbatas de Wayne. La había destripado. Le había afeitado el pubis.

Wayne sacó la pistola. La amartilló. Se metió el cañón en la boca. Apretó el gatillo.

El martillo chasqueó. El cargador estaba vacío. Wayne tiró el arma a la basura.

La tormenta pasó. Derribó postes eléctricos. Los semáforos no funcionaban. La gente conducía como loca.

Wayne conducía muy despacio adrede. Aparcó junto a la chabola. Cogió su fusil. Se acercó. Abrió la puerta de una patada.

Cur-ti preparaba papelinas. El hermano veía la televisión. Vieron a Wayne. Asintieron con una sonrisa de colocón de caballo.

Wayne intentó hablar. La lengua le falló.

Cur-ti habló. Despaaacio. Colocado de heroína.

—Eh, tío. Wendell se ha ido. Ya ves que nosotros no...

Wayne levantó el fusil. Dio un culatazo a Cur-ti. Lo derribó. Le pisó el tórax. Le quitó las papelinas. Se las metió en la boca.

Cur-ti se atragantó. Cur-ti mordió plástico. Cur-ti mordió la mano de Wayne.

Comió droga. Se atragantó. Tosió polvo blanco.

Wayne le pisó la cara. Las papelinas crujieron. Los dientes crujieron. La mandíbula crujió.

Cur-ti se debatió. Sus piernas se le pusieron rígidas. Le salía sangre de la nariz.

Cur-ti mordió el zapato de Wayne. Tuvo un espasmo. Se le partió la columna vertebral.

Wayne subió el volumen del televisor. Morey Amsterdam aullaba. Dick Van Dyke gritaba.

El hermano soltó un chillido. El hermano suplicó. Al hermano se le trababa la lengua machacado en el suelo.

Movía los labios. Movía la boca. Ponía los ojos en blanco.

Wayne lo golpeó.

Le rompió los dientes. Le rompió la nariz. Rompió la culata del fusil.

El hermano movió los labios. Movió la boca. Puso los ojos en blanco. Eran de un blanco puro.

Wayne agarró el televisor. Lo dejó caer sobre la cabeza del tipo. El tubo explotó.

El rostro del tipo empezó a arder.

Ya habían reparado los postes de electricidad. Los semáforos volvían a funcionar.

Wayne fue al desguace. Puso las luces largas. Iluminó el Buick. Se apeó y abrió el maletero.

Arrancó la cinta aislante a Leroy.

—¿Dónde está Durfee? —le preguntó.

—No lo sé —respondió Leroy.

Wayne lo acribilló. Cinco balazos en la cara. A quemarropa.

Le voló la cabeza. Voló el maletero. Destrozó el chasis y las ruedas de recambio.

Caminó hasta su coche. Salía humo del capó. Lo había hecho correr vacío. El cárter del cigüeñal había reventado.

Se deshizo del fusil.

Volvió a casa andando.

Se sentó junto a Lynette.

30

(Las Vegas, 15/1/64)

Littell bebía café. Wayne Senior, whisky.

Estaban en el salón. Teca y caoba. En las paredes había cabezas de animales cazados.

—Me sorprende que haya podido aterrizar con esta tormenta. —Wayne Senior sonrió.

—Todo fue bien, aunque hubo momentos duros.

—Entonces, el piloto conocía su oficio. Llevaba un avión lleno de jugadores ansiosos por llegar y perder su dinero.

—He olvidado darle las gracias —dijo Littell—. Es tarde y a usted le avisaron con muy poco tiempo.

—El nombre del señor Hoover abre todas las puertas. No quiero ser modesto en esto. Cuando el señor Hoover dice «salta», yo pregunto, «¿desde qué altura?».

—Yo hago lo mismo. —Littell rió.

—¿Viene de Washington?

—Sí.

—¿Ha visto al señor Hoover?

—No. He visto al hombre que el señor Hoover quería que viera.

—¿Podemos hablar de ello?

—No.

Wayne Senior hizo girar el bastón.

—El señor Hoover conoce a todo el mundo. Las personas a quienes conoce forman una red de gran alcance.

«La red.» El expediente de la Oficina de Dallas. Maynard Moore: un informador del FBI.

«El pescador»: Wayne Tedrow Senior.

—¿Conoce a Guy Banister? —Littell tosió.

—Sí. Conozco a Guy. ¿Cómo sabe de él?

—Dirigió la Oficina de Chicago. Yo trabajé allí del 51 al 60.

—¿Lo ha visto recientemente?

—No.

—¿No? Creía que tal vez se hubieran encontrado en Tejas.

Guy fanfarroneaba. Guy hablaba demasiado. Guy era indiscreto.

—No, no he vuelto a ver a Guy desde Chicago. No tenemos mucho en común.

—Es usted un crío. —Wayne Senior enarcó una ceja. Un gesto que significaba: «Venga ya, chaval.»

Littell se apoyó contra la barra.

—Su hijo trabaja en Inteligencia del DPLV. Me gustaría conocerlo.

—He formado a mi hijo en muchos más ámbitos de lo que está dispuesto a reconocer. No es un completo desagradecido.

—He oído que es un buen agente. Me viene a la mente una frase: «Es incorruptible según los baremos de la policía de Dallas.»

—El señor Hoover le deja leer sus expedientes. —Wayne Senior encendió un cigarrillo.

—A veces.

—A mí también me concede ese placer.

—Placer es una buena manera de describirlo.

—Fui yo quien consiguió que mandaran a mi hijo a Dallas. —Wayne Senior bebió un trago de whisky—. Uno nunca sabe cuándo tendrá la oportunidad de codearse con la historia.

—Apuesto a que eso a él no se lo dijo. —Littell bebió un sorbo de café—. Me viene una frase a la mente: «Oculta a su hijo datos importantes.»

—Mi hijo es extraordinariamente generoso con gente desafortunada. He oído que usted también lo fue.

—Tengo un cliente importante. —Littell tosió—. Quiere trasladar su base a Las Vegas y es muy partidario de los mormones.

—Conozco a muchos mormones competentes que trabajarían encantados para el señor Hughes. —Wayne Senior apuró el cigarrillo.

—Su hijo tiene unos expedientes que nos serían de mucha utilidad.

—Yo no se los pediré. Siento el desprecio propio de los pioneros hacia los italianos y soy plenamente consciente de que usted, aparte del señor Hughes, tiene otros clientes.

Whisky. Tabaco mojado. Viejos olores de bar.

—¿Qué está diciendo? —Littell movió el vaso.

—Que todos confiamos en los nuestros. Que los italianos nunca permitirán que los mormones dirijan los hoteles del señor Hughes.

—Estamos yendo demasiado deprisa. Primero, el señor Hughes tiene que comprarlos.

—Oh, ya lo hará. Porque él quiere comprar y sus otros clientes, señor Littell, quieren vender. Podría mencionar el término «conflicto de intereses», pero no lo haré.

Littell sonrió. Littell alzó el vaso. *Touché.*

—El señor Hoover le ha informado muy bien.

—Sí, en interés de ambos.

—Y en el de él.

—También he hablado sobre usted con Lyle Holly.

—No sabía que lo conociera.

—Hace años que conozco a su hermano.

—Conozco a Dwigth. Trabajó en la Oficina de Saint Louis.

—Me lo contó. —Wayne Senior asintió—. Dijo que usted siempre ha sido ideológicamente sospechoso y que su trabajo actual de abogado de la mafia lo confirma.

—*Touché.* —Littell alzó el vaso—. Pero yo diría que mis empleados no tienen ideología a ningún nivel.

—Ahora es mi turno: *touché*. —Wayne Senior alzó el vaso.

—Veamos si puedo asimilar esto. Dwight está aquí, en Narcóticos. Antes, hacía trabajos para el señor Hoover relaciondos con el fraude postal. En esa época ustedes dos trabajaron juntos.

—Exacto. De eso hace treinta años. —Wayne Senior cogió un vaso limpio—. Su padre fue como un padre para mí.

—¿El gran dragón? ¿Y un agradable chico mormón como usted?

Wayne Senior cogió un vaso de cóctel. Se preparó un Rob Roy.

—El Klan de Indiana nunca fue tan camorrista como esos tipos del Sur. Eso es ser demasiado camorrista, incluso para tipos como Dwight y como yo. Es por eso por lo que investigábamos esos fraudes postales.

—Eso no es cierto. Dwight lo hizo por orden del señor Hoover, y usted lo hizo para jugar al espía.

Wayne Senior removió su bebida. Littell olió a bitter y a Noilly Prat. Se le hizo la boca agua. Echó la silla hacia atrás.

Wayne hizo una mueca. Unas sombras se proyectaron sobre la barra. Una mujer cruzaba la terraza trasera. Rasgos orgullosos / cabello negro / hebras grises.

—Quiero mostrarle una película —dijo Wayne Senior.

Littell se puso en pie. Littell se desperezó. Wayne Senior agarró su bebida.

Recorrieron un pasillo lateral. El whisky y el bitter se arremolinaron en el vaso. Littell se secó los labios.

Se detuvieron ante un cuarto trastero. Wayne Senior encendió la luz. Littell vio una pantalla y un proyector.

Wayne Senior puso en marcha el proyector. Rebobinó la película. Fijó el carrete.

Littell apagó la luz. Wayne Senior le dio al interruptor. En la pantalla aparecieron palabras y números.

Código de vigilancia. Blanco sobre negro. Una fecha: 28/8/63. Un lugar: Washington D.C.

Las palabras se disolvieron. La película empezó. En blanco y negro, mala calidad.

Un dormitorio / Martin Luther King / una mujer blanca.

Littell miró.

Las piernas le flojearon. Cogió una silla. Los tonos de la piel contrastaban. Negro sobre blanco. Marcas del doblez y sábanas de cuadros.

Littell miró la película. Wayne Senior sonrió y miró a Littell.

Todos los regalos. El señor Hoover. Un regalo que lamentaría.

31

(Las Vegas, 15/1/64)

La pasma lo soltó.

Pidieron informes. Los obtuvieron. Se pusieron *très* excitados.

Está compinchado con la mafia. Conoce a los Chicos. Los Chicos lo adoran.

Pete caminó. Llamó a Barb al trabajo. Dijo que iría pronto a casa.

Había cumplido cuarenta y una horas. Había comido arroz y albóndigas para perro. Le dolía la cabeza. Le dolían las muñecas. Olía a mierda de chihuahua.

Tomó un taxi hasta su coche. Un Monarch, el expreso al barrio negro. El taxista ceceaba. Llevaba los labios pintados con carmín. Dijo que vendía pistolas.

El taxista llevó a Pete al aparcamiento. El coche de Pete estaba destrozado / incendiado / fenecido.

Sin parabrisas. Sin tapacubos. Sin neumáticos. Sin ruedas. El Cadillac Hotel. Un borracho se lo había apropiado.

El borracho roncaba. Los insectos lo bombardeaban. Acunaba una botella de vino barato. Al coche le habían hecho un trabajito de pintura. Pintadas típicas de negros:

Poder musulmán / Muerte a los católicos latinos / Queremos a Malcom X.

Pete rió. Pete aulló como un poseso. Pateó los neumáticos. Pateó los paneles de las puertas. Le arrojó las llaves al borracho.

Empezó a llover. Lluvia fría y ligera. Pete oyó follón. Lo situó. Las chabolas cercanas a la calle J.

Se acercó. Vio el lío.

Seis coches patrulla. De la Oficina del Sheriff. Del DPLV. Dos de los federales aparcados morro contra morro. Gran Vudú dentro de una chabola de negros.

Disparos de flash / cordón amarillo delimitando la escena del crimen / una ambulancia. Un gran encuentro entre negros y policías.

Polis dentro del cordón amarillo. Negros fuera. Los negros iban armados con vino barato y pollo frito.

Pete se abrió paso. Un poli empujaba dos camillas con ruedas. Las metía dentro de la chabola. Un pasma saltó por encima del cordón. Un pasma le informó de lo ocurrido. Pete se acercó y lo oyó sin que lo advirtieran.

Un niño ha llamado a la policía. Vive en la casa de al lado. Oye mucho ruido. Lo hizo un blanco. El blanco tenía un fusil. El blanco tenía coche. El blanco huyó. El niño entra en la chabola. Ve dos fiambres. Curtis y Otis Swasey.

La multitud empujaba. Tiraba de la cinta. Alborotaba.

Un poli fijó los postes. Un poli tensó la cinta. Un poli empujó a los negros hacia atrás.

Unos negros repararon en Pete. Le dieron empellones. Un blanco, mal yuyu. Blanco, vete a casa. Un blanco ha matado a nuestros parientes.

Probabilidades: Wayne Junior. Probabilidades: Wendell Durfee... muerto y abandonado en algún sitio.

Los negros se apiñaron. Los negros murmuraron. Los negros parecían pigmeos. Uno de ellos se hizo con una botella. Otro blandía una baqueta. Otro comía patatas fritas.

Cuatro pasmas sacaron los bastones. Dos policías arrastraban sendas camillas.

Ése es Curtis. Está azul. El blanco le rompió la cara. Ése es Otis. Está achicharrado. El blanco le quemó la cara. Maaal yuyu.

Pete retrocedió. Recibió codazos. Le arrojaron patatas fritas y alitas de pollo.

Cruzó la calle J. Se mezcló con un grupo de policías. Se apoyó contra un coche patrulla. Había un pasma sentado al volante. Tenía el micro en la mano. Estaba acelerado. Hablaba muy alto.

Otro más. Con un fusil. Muerto en el acto. Un negro llamado Leroy Williams. Guaaau, al negro de mierda le han volado la cabeza. Los del desguace lo encontraron dentro de ese Buick. Tenemos el fusil.

Llamad a Leroy Fiambre núm. 3. Wendell, ¿estabas en...?

Pete siguió por allí. Los polis hicieron caso omiso de él. Cortaron el tráfico. Acordonaron la calle J.

La puta lluvia se triplicó. Las nubes pasaban a toda velocidad. Pete agarró una caja de pollo frito. Tiró restos de comida. Se la puso en la cabeza para que no se le mojara.

Los negros se dispersaron. Se largaron. Vacilantes y atolondrados.

Apareció un coche de los federales. Se apeó un tipo muy grande. Olía a El Jefe. Traje gris y sombrero de fieltro gris.

El Jefe mostró una placa. El policía que montaba guardia lo saludó. Un niñato de los federales inclinó la cabeza. El policía le cogió el paraguas.

Pete rodeó el cordón policial. Se acercó. La pasma no le hizo ni caso. Que te jodan, tipejo, a ti y a esa caja de pollo frito que llevas en la cabeza.

Pete se quedó por allí. La caja filtraba agua. La grasa de pollo le untó el cabello. El niñato de los federales le lamía el culo a su jefe. Sí, señor Holly.

El señor Holly estaba cabreado. Es mi caso. Las víctimas vendían narcóticos. Es mi escena del crimen. Vamos a registrar la chabola.

El señor Holly no se mojó. Los subordinados estaban calados hasta los huesos. Se acercó un sargento. Llevaba el uniforme azul empapado.

Habló en voz alta. Se cagaba en el señor Holly. Dijo: «Es nuestro caso. Vamos a precintarla. Vendrán los de Homicidios.»

El señor Holly se sulfuró. El señor Holly se desfogó. Dio una patada a un poste. Gritó. Se había jodido el pie.

Llegó un coche patrulla. Un pasma se apeó. Hizo gestos. Habló. Pete oyó «Tedrow». Pete oyó «coche en el desguace».

El señor Holly gritó. El sargento gritó. Un poli agarró un megáfono. Precintadla. Código 3. El desguace Tonopah.

Los pasmas se dispersaron.

Se metieron en sus coches. Enfilaron la J. Colearon en el barro. Dejaron surcos en patios de gravilla.

Un poli se quedó. Dicho poli precintó la chabola.

Pete permaneció junto al coche. A merced del monzón. La caja filtraba el agua. Pete temblaba. Pete fumaba. La lluvia apagaba los cigarillos. Pete no conseguía dar más que un par de caladas a cada uno. Desistió. Corrió al coche. Subió las ventanillas.

Fue a toda pastilla. La lluvia lo ocultó. Levantó barro. Volvió al callejón. Rodeó la cabaña.

Ningún coche. No había nadie vigilando la puerta trasera. Bien. Cerrada. Las ventanas: tapadas con chapa de aluminio.

Pete tendió el brazo. Tiró de la chapa. La desenganchó.

Entró en la chabola de un salto. Vio líneas trazadas con tiza y manchas de sangre. Un televisor destrozado.

Restos en el suelo. Rodeados con líneas trazadas con tiza. Restos de papelinas. Cristal de tubos. Cabellos de negros achicharrados.

Pete registró la chabola. Pete curró muy deprisa. Vio un armario. Un baño. Ninguna estantería.

Dos colchones. Paredes y suelos desnudos. Ningún agujero. Una nevera. Marca Frost King. Tubos oxidados y placas polvorientas.

No hay cable. No hay enchufe. No hay válvula de entrada de aire. Llámalo palanca de droga. A la pasma se le había pasado por alto.

Pete abrió la tapa. Pete tendió el brazo. Pete loó al mismísimo Alá.

Caballo blanco. Envuelto en plástico. Tres buenos kilos.

32

(Las Vegas, 17/1/64)

Lo interrogaron cinco pasmas.

Wayne estaba sentado. Ellos, de pie. Llenaban la habitación.

Buddy Fritsch y Bob Gilstrap. Un hombre de la Oficina del Sheriff. Un federal llamado Dwight Holly. Un poli de Dallas llamado Arthur B. Brown.

La calefacción se había jodido. El aliento se convertía en vapor. Empañaba el cristal de la pared.

Wayne estaba sentado. Ellos, de pie. Su abogado se quedó fuera. Su abogado estaba de pie junto a un altavoz.

Lo habían pescado en casa. A las 2.00 horas. Todavía estaba allí, sentado junto a Lynette.

Fritsch llamó a Wayne Senior. Éste se presentó en la cárcel. Wayne no quiso saber nada de él. Tampoco quiso saber nada de su abogado.

Dwight Holly conocía a Wayne Senior. Dwight Holly hizo hincapié en esa amistad diciendo:

Tú no eres tu padre. Has matado a tres hombres. Has jodido mi investigación.

Lo interrogaron por segunda vez. Dijo la verdad. Tuvo una idea. Llamó a Pete.

Pete sabía lo ocurrido. Pete conocía a un abogado. Su nombre: Ward Littell.

Wayne se encontró con Littell. Littell le preguntó:

¿Han grabado la declaración? ¿Han hecho una transcripción?

Wayne respondió que no. Littell lo asesoró. Dijo que vigilaría la próxima ronda de interrogatorios. Dijo que vetaría la grabación y la transcripción.

El veto funcionó. Nada de magnetófonos ni taquígrafos.

Wayne tosió. Su aliento se vaporizó.

—¿Te has resfriado? —preguntó Fritsch—. Claro, como te pasaste toda la noche bajo la lluvia.

—Matando a tres tipos desarmados —dijo Holly.

—Vamos —dijo Fritsch—. Ya lo ha reconocido.

El hombre de la Oficina del Sheriff tosió.

—Yo sí que tengo un resfriado. No fui el único que pasó toda la noche bajo la lluvia —dijo.

—Hemos aclarado una parte de tu historia. —Gilstrap sonrió—. Sabemos que no has matado a Lynette.

—¿Cómo lo saben? —Wayne tosió.

—Hijo, mejor que no lo sepas.

—Díselo —intervino Holly—. Quiero ver cómo reacciona.

—El forense encontró abrasiones y semen. El grupo sanguíneo del tipo es AB negativo, que es muy raro. Hemos comprobado los expedientes de Durfee, de cuando estuvo en prisión, y ése es su grupo sanguíneo.

—Míralo. —Holly sonrió—. Ni siquiera parpadea.

—Es un tipo frío —dijo Brown.

—Cuando lo encontramos, ni siquiera lloraba —dijo el hombre de la Oficina del Sheriff—. Se limitaba a mirar el cadáver.

—Vamos —dijo Gilstrap—. Estaba conmocionado.

—Nos satisface que Durfee la haya matado —dijo Fritsch.

—Y nos satisface que Curtis y Otis te dieran la pista de lo que pensaba hacer. —El de la Oficina del Sheriff encendió un puro.

—Alguien te llevó hasta Leroy Williams y los hermanos Sweasy. —Holly se sentó a horcajadas en una silla.

—Ya se lo he dicho. —Wayne tosió—. Tengo un informador.

—Cuyo nombre te niegas a revelar.

—Sí.

—Y tú pretendías encontrar y arrestar a Wendell Durfee.

—Sí.

—Querías arrestarlo para compensar lo que no hiciste en Dallas —dijo Brown.

—Sí.

—Dime, chico, hay una cosa que me preocupa: ¿cómo sabía Durfee que tu eras el agente que habían enviado a Dallas para su extradición?

—Ya se lo he dicho antes. —Wayne tosió—. Cuando yo trabajaba en Patrulla, lo incordié unas cuantas veces. Él conocía mi cara y mi nombre y me vio cuando intercambiamos esos tiros en Dallas.

—Me lo creo —dijo Fritsch.

—Yo también —dijo Gilstrap.

—Yo no —dijo Brown—. Creo que entre tú y Durfee ocurrió algo. En Dallas, tal vez. O aquí, antes de que te mandaran para allá. No lo imagino viniendo hasta aquí, supuestamente a matarte, y luego correrse esa juerga con tu mujer a menos que tuviera un motivo personal.

El tejano era bueno. El tejano superaba al hombre de la Oficina del Sheriff. Pete había perseguido a los jugadores de dados. La pasma lo había perseguido a él. Lo habían detenido. Habían rellenado papeles. El hombre de la Oficina del Sheriff no sabía nada de nada.

—Tus negocios de aquí son tus negocios, y no me importarían si no fuera por la proximidad de un agente de policía de Dallas desaparecido, llamado Maynard Moore, con el que supuestamente no te llevabas bien —añadió Brown.

—Moore era un guarro. —Wayne se encogió de hombros—. Si lo conoció, ya sabe a qué me refiero. No me caía bien, pero sólo tenía que trabajar con él unos días.

—Has dicho «conoció». ¿Crees, entonces, que está muerto?

—Exacto. Lo mató Durfee o uno de sus colegas, esos capullos del Klan.

—Durfee está en busca y captura. No irá demasiado lejos —apuntó Gilstrap.

—¿Estás diciendo que el agente Moore pertenecía al Ku Klux Klan? —Brown se acercó a Wayne.

—Exacto.

—No me gusta cómo suena esa acusación. Estás difamando el recuerdo de un agente de policía hermano.

—Esto es la monda. —El de la Oficina del Sheriff rió—. El chico mata a tres negros y se permite una actitud altanera con los del KKK.

—El DPD ha sido contrario al Klan desde el principio. —Brown tosió.

—Mentira. Todos laváis las sábanas en la misma lavandería.

—Chico, me estás cabreando.

—No me llames «chico», maricón racista.

Brown hizo volar una silla de una patada. Fritsch la recogió.

—Vamos —dijo Gilstrap—. Esta manera de hablar no nos lleva a ningún sitio.

—Leroy Williams y los hermanos Swasey movían heroína. —Holly hizo balancear su silla.

—Eso ya lo sé —dijo Wayne.

—¿Cómo?

—Vi a Curtis haciendo papelinas. Los tuve bajo vigilancia. Vendían en Henderson y en Boulder City, pero estaban haciendo planes para trapichear en las Las Vegas Oeste.

Wayne tosió.

—No hubieran durado más de dos días. La Banda se los habría cargado.

—Y ahora pasa del Klan a la mafia. —Fritsch puso los ojos en blanco.

—En Las Vegas está la mafia del mismo modo que en Dallas está el Klan. —Gilstrap puso los ojos en blanco.

—Eh, colega. —Wayne puso los ojos en blanco—. ¿Quién te ha comprado la lancha fuera borda? Eh, Bob, ¿quién te ha pagado esa segunda hipoteca?

Fritsch dio una patada contra la pared. Gilstrap pateó una silla. Brown la recogió.

—Así no te ganarás amigos —dijo Holly.

—Tampoco lo pretendo —replicó Wayne.

—Tienes el voto de simpatía —dijo Fritsch.

—Tienes la cadena de los acontecimientos —dijo Gilstrap.

—Intentas arrestar a un tipo que ha matado a un policía. Te enteras de que tu mujer tal vez corra peligro. Vuelves corriendo a casa y la encuentras muerta. Tus acciones desde ese momento en adelante son totalmente comprensibles. —El de la Oficina del Sheriff tosió.

—Es tu relación previa con Durfee lo que no entiendo. —Brown metió los pulgares por debajo del cinturón.

—Estoy de acuerdo —dijo Holly.

—Mírenlo desde nuestro punto de vista —dijo Fritsch—. Intentamos darle un buen paquete al fiscal del distrito y no queremos ver a un agente del DPLV acusado de haberse cargado a tres negros.

—Vayamos al grano. No es lo mismo que si se hubiera cargado a tres blancos —dijo Gilstrap.

—¿Mataste a Maynard Moore? —Brown hizo sonar los nudillos.

—A tomar por culo.

—¿Participó Wendell Durfee en el asesinato?

—A tomar por culo.

—¿Presenció Wendell Durfee el asesinato? ¿Es de eso de lo que se deriva todo esto?

—A tomar por culo.

Holly acercó su silla a la de Wayne. Las sillas chocaron.

—Hablemos del estado de la chabola.

—Yo sólo vi las papelinas que le metí a Curtis Swasey en la boca. No vi nada más relacionado con drogas.

—Has previsto muy acertadamente la intención de mi pregunta.

—Usted es un agente de Narcóticos. —Wayne tosió—. Quiere saber si he robado la gran cantidad de heroína que cree que tenían las víctimas. Las muertes o lo que ha ocurrido con mi esposa no le importan.

—Eso no es del todo verdad. —Holly sacudió la cabeza—. Sabes que soy amigo de tu padre. Estoy seguro de que él quería a Lynette.

—Mi padre despreciaba a Lynette. Mi padre no quiere a nadie. Sólo respeta a personas influyentes como usted. Estoy seguro de que siente especial cariño por los tiempos de Indiana y por los buenos ratos pasados con el señor Hoover.

—No me conviertas en un enemigo. —Holly se acercó aún más—. Ya lo estás consiguiendo.

—A tomar por culo mi padre y usted. —Wayne se puso en pie—. Si quisiera su ayuda, ahora ya estaría fuera.

—Yo creo que tengo lo que necesito. —Holly se puso en pie.

—¿Por qué vas de kamikaze, hijo? —Gilstrap sacudió la cabeza—. Estás bombardeando a tus mejores amigos.

—Pues a mí podéis tacharme de esa lista. —Fritsch sacudió la cabeza—. Hacemos todo lo que está en nuestras manos para mantener limpio Las Vegas y tú te dedicas a matar a tres negros, algo que todos esos chimpancés que luchan por los derechos civiles tomarán como una provocación.

—¿Limpio, Las Vegas? —Wayne rió.

Los policías se marcharon. Wayne se tomó el pulso. Iba a más de ciento ochenta.

33

(Las Vegas, 17/1/64)

En la habitación hacía frío. La calefacción fallaba. La cárcel estaba helada.

Littell leyó sus notas.

Wayne Junior era bueno. Había despistado al sargento Brown. Había desbaratado su ataque. Pete había informado previamente a Littell. Pete había soltado una bomba. Wayne Junior sabía lo de Dallas.

A Pete le caía bien Wayne Junior. A Pete le había afectado lo de Lynette. Pete cargó con las culpas. Pete lo había dejado ahí. Pete dio a entender que había lío con lo de Dallas.

Littell revisó sus notas. La llamada de aviso. Wayne Junior había matado a Maynard Moore. Los detalles eran confusos. Wendell Durfee tenía algo que ver.

Wayne Junior tenía los expedientes de la Junta. Littell los necesitaba. Littell tal vez necesitara a Wayne Senior.

Wayne Senior lo llamó. Wayne Senior estuvo amable. Dijo: «Quiero ayudar a mi hijo. Quiero que usted se lo pida.»

Littell se lo dijo a Wayne Junior. Wayne Junior dijo que no. Se lo comunicó a Wayne Senior. Wayne Senyor se enfureció. Eso era bueno. Tal vez lo necesitara. El «no» le había sentado muy mal.

Wayne Junior era bueno. Había cabreado a Dwight Holly. Littell había llamado a Lyle Holly la noche anterior. Hablaron sobre el encuentro con Bayard Rustin.

Lyle había dicho que Dwight estaba loco. Las muertes lo habían cabreado. Wayne Junior había desbaratado su trabajo de vigilancia.

Charló animadamente con Lyle. Le dijo que era el abogado de Wayne Junior.

Lyle rió. Lyle dijo: «A Dwight nunca le has gustado.»

Littell revisó sus notas. Hacía frío. Su aliento se convertía en vapor. Entró Bob Gilstrap. Dwight Holly lo siguió. Se sentaron. Se repantigaron.

Holly se desperezó. Se le abrió el abrigo. Llevaba un 45.

—Has envejecido, Ward. Esas cicatrices te hacen parecer mayor.

—Lo mío me ha costado, Dwight.

—Hay hombres que aprenden a base de golpes. Espero que tú seas de ésos.

Littell sonrió.

—Hablemos de Wayne Tedrow Junior —dijo.

—Está majara. —Holly se rascó el cogote—. Tiene toda la arrogancia de su padre, pero carece de su encanto.

—Con Senior rompieron el molde. —Gilstrap encendió un cigarrillo.

—Entre él y Durfee ha ocurrido algo. —Holly entrelazó los dedos de las manos—. Dónde y cuándo, no lo sé.

—Me asusta esa posibilidad. —Gilstrap asintió.

Sonó un golpe en una tubería. La calefacción se puso en marcha.

—Ese chico me insulta y se queda tan ancho.

—Sobrevivirás —dijo Gilstrap.

—Dejémonos de tonterías. Yo soy el único que no quiere enterrar esto.

—Pues los trapos sucios que ha sacado no son de tu agencia.

—No, pero son míos.

La habitación se caldeó. Holly se quitó el abrigo.

—Di algo, Ward. Pareces el gato que se ha comido al canario.

Littell abrió su portafolios. Littell desplegó el *Sun* de las Vegas.

Un titular. Cuerpo 40. Un subtitular. Cuerpo 16.

POLICÍA DETENIDO EN UN TRIPE ACUCHILLAMIENTO. SE TEMEN PROTESTAS POR LOS DERECHOS CIVILES.

ANPGC: «LAS MUERTES SON UN TRAMPOLÍN PARA AIREAR EL RACISMO QUE EXISTE EN LAS VEGAS.»

—Mierda —masculló Gilstrap.

—Palabras grandilocuentes y mentiras de colores. —Holly rió—. Les das un diccionario y se creen los dueños del mundo.

—No veo tu nombre, Dwight. —Littell señaló el periódico—. ¿Qué es eso? ¿Una suerte o una desgracia?

—Ya veo en qué dirección vais. —Holly se puso en pie—. Y si vais hacia allí, yo iré al fiscal general. Limitación de los derechos civiles y obstrucción a la justicia. Quedaré mal, vosotros quedaréis peor y el chico se pasará unos cuantos años dentro.

Sonó un golpe en una tubería. La calefacción se apagó.

Holly se marchó.

—El muy cabrón habla en serio —dijo Gilstrap.

—No creo. Hace muchos años que conoce a Wayne Senior.

—Dwight no mira hacia atrás. Dwight va hacia delante. El señor Wayne puede llorar e ir a quejarse al señor Hoover porque, según mis informaciones, éste siente auténtica debilidad por Dwight.

Littell extendió el periódico. Debajo del pliegue: noticias duras y fotos de la Associated Press. Perros policía / gases lacrimógenos / negros airados.

—Muy bien, jugaré. —Gisltrap suspiró.

—¿El fiscal del distrito quiere llevar el caso adelante?

—Eso no lo quiere nadie. Nos tememos que ya estamos demasiado pringados.

—¿Y?

—Y hay dos escuelas de pensamiento: enterrarlo y aguantar todas esas mentiras comunistas o llevarlo adelante y cargar con las consecuencias.

—Su departamento podría salir muy mal parado. —Littell tamborileó con los dedos sobre la mesa.

—Usted va por delante de mí, señor Littell. Está jugando conmigo y no quiere mostrar sus mejores cartas.

—Dígame que Dallas no le da miedo. —Littell dio unos golpecitos al periódico—. Dígame que Junior no la jodió ahí arriba y le dio un motivo a Durfee para matarlo. Dígame que esto no llegará a los tribunales. Dígame que está convencido de que Junior no mató a Maynard Moore. Dígame que usted no puso precio a Durfee y le pagó seis mil dólares a Junior para que lo matase. Dígame que quiere que todo esto salga a la luz y dígame que Junior no confesará para tirar su vida por la borda.

—Dígame que el Departamento de Policía de Dallas se hundirá.

—Dígame que Junior no fue lo bastante listo para esconder el cadáver. Dígame que el primer policía que vea a Durfee no se lo cargará para eliminar a un testigo potencial del DPD.

—Dígame cómo arreglamos esto. —Gilstrap dio una palmada en la mesa.

—He leído las declaraciones. La secuencia temporal de los acontecimientos no está especificada. Lo único que tenemos son cuatro muertos en una noche. —Littell dio unos golpecitos al periódico.

—Exacto.

—Podemos reestructurar las pruebas para apoyar un alegato de defensa propia. Tal vez exista la posibilidad de desviar demostraciones.

—No quiero estar en deuda con Wayne Senior. —Gilstrap suspiró.

—No lo estará —dijo Littell.

Se estrecharon la mano.

Maduró un plan. Llamó a Pete y se lo contó. Pete dijo que muy bien y le pidió un favor.

Quiero ver a Lynette. Es culpa mía. En Dallas, la jodí.

Buddy Fritsch tenía fotos del depósito de cadáveres. Littell las vio. Durfee la había violado. Durfee la había destripado. Durfee la había afeitado.

Miró las fotos. Las estudió. Lo asustaron. Puso la cara de Jane en el cuerpo de Lynette.

Envió a Pete un pase para el depósito de cadáveres. Pete dijo que hablaría con Wayne Junior. Wayne Junior había prometido que le daría los expedientes.

Littell llamó al Este. Littell movió hilos. Llamó a Lyle Holly. Le dijo que los homicidios podían perjudicar a Dwight. Escucha mi plan.

Llama a Bayard Rustin. Dale este consejo: no organices protestas contra los asesinatos. Llama a Ward Littell.

Rustin llamó. Littell mintió. Littell le ofreció un móvil racional. Un negro asesinó a una mujer blanca. De esta muerte se derivaron tres muertes más. El policía mató en defensa propia. Todo está verificado.

Rustin lo entendió. No desates el odio. No martirices a un poli blanco enfurecido.

Las Vegas no era Birmingham. Los yonquis no eran cuatro chicas en una iglesia.

Rustin se mostró astuto. Rustin se mostró gracioso. Littell ofreció más dinero. Littell elogió al doctor King.

Se encontró con Rustin una vez. Lo hechizó y lo hizo caer en la trampa. Lo utilizó sin dilación.

Yo creo. Yo tengo deudas horribles. Intentaré ayudar más de lo que perjudico.

34

(Las Vegas, 19/1/64)

Fue a ver a Lynette.

Vio los colgajos de piel. Vio las costillas rebanadas. Vio el lugar donde el cuchillo había encontrado hueso. Wayne Junior no le echó la culpa. Se culpó a sí mismo.

Pete se detuvo junto a la autopista. Pete tragó humo de los tubos de escape. Pete tenía un coche nuevo. Un Lincoln 64.

Un coche patrulla se detuvo. Un policía se apeó. Le tendió tres armas. Tres calibres: 38 / 45 / 357 magnum.

Armas para falsear las pruebas. Con adhesivos e iniciales: O.S. / C.S. / L.W.

El poli conocía el plan. Tenían dos escenas del crimen. Tenían sangre viable. Buen material de la Cruz Roja.

El pasma se largó. Pete se llegó hasta Henderson. Encontró una armería. Compró munición.

Cargó las armas. Les puso silenciadores. Volvió a Las Vegas.

Wayne Junior había salido. Lo había visto el día anterior. El fiscal del distrito había desestimado el caso.

Se encontraron. Hablaron. Fueron al banco.

Wayne Junior le dio los expedientes. Wayne Junior le dio instrucciones.

Spurgeon había estado en el talego. Peavy era culpable de robo. Hinton se había cargado a una puta negra.

Tres miembros de la Junta. Votos para manipular. Buenas noticias para el Conde Drac.

Spurgeon olía a tipo fácil. Hinton olía a tipo duro. Peavy olía a lamento. Los taxis Monarch como el Tiger Kab. Ten eso en mente.

Wayne Junior parecía agotado. Tenía la mirada extraviada. Se fijaba en los negros. Almorzaron juntos. Hablaron.

Conversación neutra. Clay contra Liston. A Pete le gustaba Liston. Dos asaltos como mucho. Wayne Junior dijo que máximo tres. Un negro les limpió la mesa. Wayne Junior se puso muy tenso.

Pete condujo hasta el desguace. El poli lo aguardaba. El desguace estaba cerrado. Ya había amanecido. Soplaba una leve brisa.

Chismorrearon. Pasaron por encima del cordón amarillo que señalaba la escena del crimen. El coche de Wayne Junior había desaparecido. El Buick era un montón de chatarra.

El policía pegó cinta adhesiva sobre un cadáver. Cinta blanca sobre cemento. Pete apuntó con el 45. Efectuó seis disparos. Alcanzó un árbol. Recogió los casquillos. Midió trayectorias. Dejó caer los casquillos. Rodeó con tiza el lugar donde habían caído. El pasma hizo fotos.

Pete salpicó la cinta adhesiva. La sangre se secó. El pasma hizo fotos.

Fueron en coche hasta la chabola. Pasaron por encima del cordón amarillo. El pasma pegó cinta adhesiva sobre dos cadáveres.

Pete apuntó con el 38. Efectuó cuatro disparos. Alcanzó las paredes y extrajo los casquillos. El pasma los metió en una bolsa. El pasma hizo fotos.

Siguieron hasta el depósito de cadáveres. El pasma sobornó al ayudante del forense. Tenía tres fiambres. Expuestos en tres camillas.

Leroy no tenía cabeza. Leroy llevaba una camisa con motivos africanos. El pasma sacó una porra. El pasma le rompió la mano derecha y se la flexionó.

Pete tomó la mano del cadáver. Rodeó con los dedos de ésta la culata del magnum. Dejó dos juegos de huellas en la culata.

Curtis estaba tieso. Otis estaba tieso. Llevaban camisetas de los Dodgers y sábanas del depósito de cadáveres.

Pete les retorció las manos. Les rompió los dedos. Dobló las puntas de éstos. El pasma tomo las de los cadáveres. Dejó huellas. En el cañón. Del 45 y del 38.

Los fiambres olían. A *rouge* de depósito de cadáveres y a serrín. Pete tosió y estornudó.

Ward preparó el plan. Nos encontraremos en el Wilt's Diner. A las afueras, es un restaurante cerca de Davis Dam.

Se presentaron temprano. Se instalaron en un reservado. Despejaron la mesa y tomaron café.

Ward puso la bolsa sobre la mesa. En el mismísimo centro. *Très* difícil que pasara inadvertida.

Se presentó Dwight Holly. Puntual. A las 14.00 en punto.

Aparcó el coche. Miró a través del cristal. Los vio y entró directo.

Pete le hizo sitio. Holly se sentó a su lado. Holly miró la bolsa.

—¿Qué es eso? —preguntó.

—Es Navidad.

Holly le hizo el gesto de masturbarse. Holly extendió los brazos. Se desperezó. Dio un fuerte codazo a Pete. Hizo espacio en el reservado.

—Gracias por venir. —Ward sonrió.

—¿Quién es el tipo grande? —Holly tiró de los puños de su camisa—. ¿El salvaje de Borneo?

Pete rió. Pete se dio una palmada en las rodillas. Ward bebió un sorbo de café y preguntó:

—¿Ha hablado con el fiscal gene...?

—Sí, me ha llamado. Ha dicho que el señor Hoover le ha dicho que no acuse al chico. Creo que Wayne Senior ha intercedido, y espero que no me hayáis hecho venir hasta aquí para regocijaros perversamente.

—Felicidades —dijo Ward, tras dar unos golpecitos a la bolsa.

—¿Por qué? ¿Por la investigación que tu cliente ha jodido?

—Debiste hablar ayer con el fiscal general.

Holly tiró de su anillo de la facultad de Derecho.

—Te burlas de mí, Ward. Me estás recordando por qué siempre me has caído mal.

—Eres el nuevo investigador jefe de Nevada Meridional. —Ward removió su café—. El señor Hoover me lo ha comunicado esta mañana.

Holly tiró de su anillo. Se le cayó. Golpeó contra el suelo. Rodó.

—Queremos hacer amigos en Nevada. —Ward sonrió.

—Te has librado de Leroy Williams y de los hermanos Swasey. Cuando Wayne Junior los mató, estaban en libertad condicional bajo fianza.

—Los informes han sido antedatados. Ya leerás sobre ellos. —Ward dio una palmada a la bolsa.

—Es una Navidad blanca. —Pete dio una palmada a la bolsa.

Holly cogió la bolsa. Cogió un cuchillo para bistec. Lo clavó en un bloque. Hundió un dedo.

Lo lamió. Lo saboreó. Percibió el escozor.

—Me habéis convencido. Pero todavía no he terminado con el chico, y me la traen floja los que tenga de su parte.

DOCUMENTO ANEXO: 23/1/64. Artículo del *Las Vegas Sun*.

EL ASESINATO DE LOS NEGROS, VINCULADO
CON LA VENTA DE NARCÓTICOS

En una conferencia de prensa conjunta, los portavoces del Departamento de Policía de Las Vegas y de la Oficina del Fiscal General del Distrito de Nevada Meridional anunciaron que Leroy Williams y Otis y Curtis Swassey, los tres negros que murieron la noche del 15 de enero, habían sido arrestados recientemente por la Agencia Federal de Narcóticos y que, en el momento de su muerte, se hallaban en libertad condicional.

«Los tres hombres fueron objetivo de una larga investigación», dice el agente Dwight C. Holly. «Habían vendido grandes cantidades de heroína en las ciudades cercanas y tenían planes para hacerlo en Las Vegas. Fueron arrestados a primera hora del 9 de enero y se les confiscaron tres kilos de heroína en su vivienda de Las Vegas Oeste. Williams y los hermanos Swasey salieron en libertad condicional bajo fianza la tarde del 13 de enero y volvieron a su vivienda.»

A continuación, el capitán Robert Gilstrap, del DPLV, aclaró los hechos acaecidos la noche del 15 de enero. «Los periodistas de prensa, radio y televisión han supuesto que el sargento Wayne Tedrow Junior, del DPLV, es el responsable de dichas muertes en venganza por la muerte de su esposa, que fue violada y asesinada, al parecer por un negro llamado Wendell Durfee», dijo el capitán. «Pero no ha sido así. Durfee era un conocido socio de Williams y los hermanos Swasey, y estos últimos le pagaron para que matara a la señora Tedrow. Lo que hasta ahora no ha sido revelado es que la muerte de la señora Tedrow ocurrió después de la de Williams y los hermanos Swasey, y que el sargento Tedrow, como parte de una operación conjunta del DPLV y la Agencia de Narcóticos, tenía a Williams y a los hermanos Swasey bajo vigilancia continua a fin de asegurarse de que no escaparan durante la libertad condicional bajo fianza de la que disfrutaban.»

«La noche del 15 de enero, el sargento Tedrow oyó jaleo en el interior de su vivienda», dijo el agente Holly. «Investigó y los hermanos Swasey lo recibieron a balazos. Los disparos no se oyeron, porque ambos llevaban silenciadores en sus armas. El sargento Tedrow consiguió reducirlos y los mató con las armas que encontró en la vivienda. En esos momentos, Leroy Williams entró en la casa. El sargento Tedrow lo persiguió hasta un desguace de automóviles de la autopista de Tonopah e intercambiaron disparos. Williams murió en el transcurso de los hechos.»

El agente Holly y el capitán Gilstrap mostraron pruebas fotográficas recogidas en las dos escenas del crimen mencionadas. El señor Randall J. Merrins, de la Oficina del Fiscal General, ha dicho que se ha supuesto que el sargento Tedrow permanecería bajo custodia hasta que se prepararan e instruyesen posibles cargos de homicidio contra él.

«No ha sido así», dijo Merrins. «El sargento Tedrow fue retenido por su propia seguridad. Tememos represalias por parte de otros miembros desconocidos de la banda de traficantes de Williams y los Swasey.»

No hemos podido contactar con el sargento Tedrow, de 29 años, para oír su versión de los hechos. Wendell Durfee, presunto asesino de la señora Tedrow, fue identificado mediante huellas dactilares y otras pruebas físicas halladas en la casa de los Tedrow. Durfee está en busca y captura en toda la nación y es también buscado por las autoridades tejanas en relación con la desaparición, en noviembre del 63, del agente Maynard Moore, del Departamento de Policía de Dallas.

La larga persecución del los hermanos Swasey y de Leroy Williams por parte del agente Holly fue elogiada por Merrins, ayudante del fiscal general, y anunció que Holly, de 47 años, pronto ocuparía el puesto de investigador jefe de la Agencia de Narcóticos de Nevada Meridional. El capitán Gilstrap anunció que el sargento Tedrow ha recibido la condecoración máxima del DPLV, la «medalla al valor», por su «evidente valentía y coraje en su labor de vigilancia y el subsiguiente enfrentamiento mortal con tres peligrosos vendedores de estupefacientes que iban armados».

La señora Tedrow tenía padres, el señor Herbert D. Sproul y su esposa, y una hermana en Little Rock. Su cadáver será trasladado a Little Rock para su inhumación.

DOCUMENTO ANEXO: 26/1/64. Artículo del *Las Vegas Sun*.

EL JURADO DE ACUSACIÓN DECLARA INOCENTE
A UN POLICÍA

El actual Jurado de Acusación del condado de Clark ha anunciado hoy que no presentará cargos contra el policía de Las Vegas

Wayne Tedrow Junior por la muerte de tres negros traficantes de droga.

El Jurado de Acusación ha escuchado durante seis horas los testimonios de miembros del Departamento de Policía de Las Vegas, de la Oficina del Sheriff del condado de Clark y de la Agencia de Narcóticos de Estados Unidos. Todos ellos estuvieron de acuerdo en que las acciones del sargento Tedrow estaban autorizadas por la ley y eran justificables. El presidente del Jurado de Acusación, D. Kalterborn, dijo: «Creemos que el sargento Tedrow actuó con gran determinación y siguiendo todas las instrucciones de las leyes del estado de Nevada.»

El portavoz del Departamento de Policía de Las Vegas que asistió a la vista del Jurado de Acusación comentó que esta mañana el sargento Tedrow ha dimitido de su cargo en el DPLV. No hemos podido contactar con el sargento Tedrow para oír sus comentarios al respecto.

DOCUMENTO ANEXO: 27/1/64. Artículo del *Las Vegas Sun*.

LOS LÍDERES NEGROS DICEN QUE NO HABRÁ PROTESTAS

En una conferencia de prensa apresuradamente convocada en Washington D.C., un portavoz de la Asociación Nacional para el Progreso de la Gente de Color (ANPGC), anunció que dicha organización y distintos grupos en favor de los derechos civiles no protestarán por la muerte de tres negros a manos de un policía blanco en Las Vegas.

Lawton J. Spofford dijo a los reporteros que «nuestra decisión no se basa en el reciente decreto del Jurado de Acusación del condado de Clark, que exculpó al sargento Wayne Tedrow Junior de las muertes de Leroy Williams y Curtis y Otis Swasey. Esa institución es un instrumento "marioneta" de la clase política del condado de Clark y, como tal, no tiene ningún peso entre nosotros. Nuestra decisión se basa en una información que hemos recibido de una fuente anónima fiable, según la cual el sargento Tedrow, sometido a una gran tensión personal, actuó, en cierto modo, de manera impulsiva pero claramente sin malevolencia ni motivaciones racistas».

La ANPGC, junto con el Congreso para la Igualdad Racial (CIR) y la Conferencia de Líderes Cristianos del Sur (CLCS) habían previamente anunciado su intención de protagonizar protestas en Las Vegas a fin de «echar luz sobre una ciudad que sufre una terrible segregación y en la que los ciudadanos negros viven en circunstancias lamentables». «Las muertes», dijo Spofford, «tendrían que haber motivado actos de desagravio y exigido explicaciones en toda regla».

Otros líderes negros presentes en la conferencia de prensa no descartaron la posibilidad de futuras protestas a favor de los derechos civiles en Las Vegas. «Si hay humo, es que hay fuego», dijo Welton D. Holland, portavoz del CIR. «Sin confrontaciones importantes, no esperamos que las cosas cambien en Las Vegas.»

DOCUMENTO ANEXO: 6/2/64. Transcripción telefónica literal del FBI. Encabezamiento: REGISTRADO A INSTANCIAS DEL DIRECTOR / CLASIFICADO CONFIDENCIAL 1-A: SÓLO PUEDE VERLO EL DIRECTOR. Hablan: el director Hoover y Ward J. Littell.

JEH: Buenos días, señor Littell.

WJL: Buenos días, señor.

JEH: Ha conocido a gente nueva y encantadora y ha recuperado viejos amigos. Eso puede ser un buen punto de arranque.

WJL: «Encantador» es un buen calificativo para el señor Rustin, señor. «Viejo amigo» no se ajusta en absoluto al perfil de Dwight Holly.

JEH: Podía haber previsto esa réplica, y dudo que Lyle Holly se convierta en un amigo para toda la vida.

WJL: Ambos tenemos a un magnífico amigo en común, señor: usted.

JEH: Está juguetón, esta mañana.

WJL: Sí, señor.

JEH: ¿Se ha quejado el señor Rustin de mis esfuerzos contra el señor King y la CLCS?

WJL: Sí, señor. Lo ha hecho.

JEH: Y usted, ¿lo deploró adecuadamente?

WJL: Estéticamente, sí, señor.

JEH: Estoy seguro de que ha resultado absolutamente convincente.

WJL: Con el señor Rustin he entablado una relación, señor.

JEH: Estoy seguro de que la conservará.

WJL: Eso espero, señor.

JEH: ¿Ha hablado de nuevo con él?

WJL: Lyle Holly me facilitó una segunda conversación. He utilizado al señor Rustin para aplacar problemas en Las Vegas, suscitados por un cliente mío.

JEH: Conozco los elementos de la historia. Hablaremos de ella a su debido tiempo.

WJL: Sí, señor.

JEH: ¿Todavía cree que es inviable grabar de nuevo al Príncipe de las Tinieblas?

WJL: Sí, señor.

JEH: Me encantaría conocer algunos aspectos de su dolor íntimo.

WJL: A mí también, señor.

JEH: Lo dudo. Usted no es un sádico sino un *voyeur*, y sospecho que nunca será capaz de conciliar esa vieja inclinación que siente hacia Bobby.

WJL: Sí, señor.

JEH: A Lyndon Johnson también le cuesta mucho conciliarlo. Buena parte de sus consejeros creen que debería incluirlo en la lista de candidatos, pero odia demasiado al Muchacho de las Tinieblas como para ceder.

WJL: Comprendo cómo se siente Lyndon Johnson, señor.

JEH: Sí, y usted lo desaprueba en su única y personal manera de no desaprobar las cosas.

WJL: No soy tan complejo, señor. O tan comprometido con mis emociones.

JEH: Usted me encanta, señor Littell. Seleccionaría su última frase para la Mejor Mentira de 1964.

WJL: Me siento honrado, señor.

JEH: Es posible que Bobby se presente como candidato por Nueva York al escaño de Kenneth Keating en el Senado.

WJL: Si se presenta, ganará.

JEH: Sí. Formará una coalición con los desencantados y los moralmente discapacitados y saldrá victorioso.

WJL: ¿Y mantiene su cargo en Justicia?

JEH: No de manera vigorosa. Todavía está muy conmocionado. El señor Katzenbach y el señor Clark hacen casi todo su trabajo. Yo creo que dimitirá en el momento que considere oportuno.

WJL: ¿Controla a los agentes que trabajan en la comisión Warren?

JEH: Aún no he hablado con él de la investigación, pero, como es natural, recibe resúmenes de los informes que hacen todos mis agentes de campo.

WJL: ¿Resúmenes corregidos, señor?

JEH: Insisto en que hoy está usted juguetón. Más bien diría impertinente.

WJL: Lo siento, señor.

JEH: Resúmenes corregidos, sí. Con todos los elementos contradictorios eliminados para que se ajusten a la tesis que discutimos en Dallas.

WJL: Me alegro de oírlo, señor.

JEH: Y sus clientes también se alegrarán.

WJL: Sí, señor.

JEH: No podemos mandar de nuevo a su infiltrado. ¿Está seguro de eso?

WJL: Sí, señor.

JEH: Lamento la oportunidad perdida. Me gustaría escuchar una opinión privada de la muerte del Rey Jack.

WJL: Sospecho que eso nunca lo sabremos, señor.

JEH: Lyndon Johnson sigue compartiendo sus pensamientos conmigo según su inimitable y colorido estilo. Ha dicho, comillas: «Todo salió de ese patético agujero de mierda, Cuba. Tal vez haya sido ese cabrón de la barba, o esos jodidos exiliados marginados.» Cierro comillas.

WJL: Un análisis realista y astuto.

JEH: El señor Johnson ha desarrollado una aversión hacia todo lo cubano. La causa de los exiliados ha sucumbido al sectarismo y ha perdido todo su poder, lo cual lo complace muchísimo.

WJL: Y yo comparto ese sentimiento, señor. Conozco a mucha gente que se dejó seducir por la causa.

JEH: Sí, gángsteres y un canadiense francófilo con tendencias homicidas.

WJL: Sí, señor.

JEH: Cuba atrae a los extremistas y a los moralmente enfermos. Es la gastronomía y el sexo. Los bananeros y las mujeres que realizan el coito con burros.

WJL: No siento ninguna inclinación por ese lugar, señor.

JEH: El señor Johnson ha desarrollado una inclinación por Vietnam. Informe de ello al señor Hughes. Es posible que le lleguen algunos contratos militares.

WJL: Le complacerá saberlo.

JEH: Dígale que usted estará al corriente de los planes para Las Vegas del Departamento de Justicia.

WJL: Me complace saberlo.

JEH: Siempre que yo considere que necesita saberlo. Es lo mismo que hacemos con todas nuestras transacciones.

WJL: Lo comprendo, señor, y se me ha olvidado darle las gracias por su ayuda en el caso Tedrow. Dwight Holly estaba dispuesto a hacerle daño al chico.

JEH: Se merece usted un aplauso. Evitó a Wayne Senior con toda eficacia.

WJL: Gracias, señor.

JEH: Sé que lo ha invitado a almorzar.

WJL: Sí, señor; pero aún no hemos fijado el día.

JEH: Senior piensa que usted es débil. Yo le dije que usted es un hombre audaz y a veces impetuoso que ha aprendido el valor de la contención.

WJL: Gracias, señor.

JEH: Dwight se siente un poco ambivalente. Por un lado, ha conseguido el trabajo que quería pero odia a Wayne Junior. Mis fuentes en la Oficina del Fiscal General me han dicho que está decidido a pasar por alto a Senior y, con el tiempo, hacer daño a Junior.

WJL: ¿Pese a su amistad con Senior?

JEH: O debido a ella. Con Dwight nunca se sabe. Es el provocador y el bellaco, y por eso soy indulgente con él.

WJL: Sí, señor.

JEH: Del mismo modo que soy indulgente con usted.

WJL: Ya he captado lo que quería dar a entender, señor.

JEH: Usted detesta a Dwight y a Wayne Senior, así que le daré un motivo añadido: sus padres pertenecían al mismo klavern del Klan en Indiana. Dicho esto, debo añadir que probablemente se trataba de un grupo más moderado que los otros grupos del Klan que merodean más al sur.

WJL: Estoy seguro de que nunca han linchado a ningún negro.

JEH: Sí, aunque también estoy seguro de que les habría gustado hacerlo.

WJL: Sí, señor.

JEH: Casi todo el mundo ha acariciado esa idea, pero tenemos que creer que se han contenido.

WJL: Sí, señor.

JEH: Hable con Bayard Rustin acerca del Klan de Indiana. Quiero que haga otra donación.

WJL: Sacaré a colación el tema. Y estoy seguro de que reconocerá que se trata de un grupo moderado.

JEH: Hoy está usted decididamente juguetón.

WJL: Espero no haberlo ofendido, señor.

JEH: En absoluto. Y yo espero no haberlo ofendido con lo de Junior.

WJL: ¿Señor?

JEH: Tuve que lanzarle un hueso a Dwight Holly. Quería expulsar a Junior del DPLV. Lo he arreglado.

WJL: Supuse que lo había hecho. Los periódicos han sido muy benévolos. Han dicho que ha dimitido.

JEH: ¿Ha ayudado a Junior para poder ver sus expedientes y favorecer al señor Hughes?

WJL: Sí, señor.

JEH: Estoy seguro de que a Senior le gustará la expulsión de Junior. Tienen una extraña relación.

WJL: Sí, señor.

JEH: Que tenga un buen día, señor Littell. He disfrutado mucho con esta conversación.

WJL: Buenos días, señor.

35

(Las Vegas, 7/2/64)

El Lincoln resplandecía. Pintura nueva / cromados nuevos / cuero nuevo.

El coche lo excitaba. El coche lo distraía. Seguía viendo a Lynette. Colgajos de piel. Costillas rebanadas. El cuchillo de Durfee separaba huesos.

Pete circuló. Probó los accesorios. El encendedor funcionaba. La calefacción funcionaba. Los asientos se reclinaban.

Las Vegas estaba bonito. Aire fresco. Montañas y sol. Había que asegurar el día de la votación. De momento, perdían por uno.

Presionó a Webb Spurgeon. Explicó los estatutos de la violación de menores. Detalló las leyes del consentimiento. Spurgeon tragó saliva. Resolló. Spurgeon prometió votos.

De momento, todo bien. Uno por debajo, dos para ganar.

Pete pasó por delante de la Monarch. Pete se sintió electrificado. Los símbolos del dólar brillaban.

Llegaban taxis. Salían taxis. Había taxis que repostaban gasolina. Los taxistas tomaban pastillas. Los taxistas se bebían el almuerzo. Los taxistas llevaban armas en el cinturón.

Taxis Monarch. Tal vez una réplica de Tiger Kab.

Una base de pasta en efectivo. Un centro de operaciones ilegales. Personal corrupto. La Monarch es como el Tiger. Retén ese pensamiento embriagador.

Pete circuló. Pete condujo sin rumbo fijo. Llegó a Las Vegas Oeste. Se acercó al solar vacío.

Ahí está el remolque. La pintura saltada. La carrocería carbonizada. Los bloques resquebrajados.

Se acercó un chaval. Pete lo llamó en tono amistoso. El chaval se explicó.

El remolque apestaba. Ocurría algo raro. Dentro había alguien muerto. Un tipo le había prendido fuego. El mal olor había desaparecido. El tipo lo había quemado. La policía no había aparecido. Los bomberos, tampoco. Pero dentro todavía había alguien muerto.

El chaval se largó. Pete observó el remolque. Se levantó un viento suave. El remolque crujió. Saltaron astillas de pintura.

Pete circuló. Dio unas vueltas. Se dirigió hacia el sur. Llegó a la casa de Duane Hinton.

Aparcó. Se apeó. Llamó a la puerta. Sacó la foto de Wayne. Mostraba a una puta gorda. Atada y amordazada. Con una pelota en la boca.

Hinton abrió. Pete le puso la foto a la altura de los ojos.

Hinton se atragantó. Pete lo agarró por el pelo. Pete alzó una rodilla. Pete le rompió la nariz.

Hinton cayó. Volaron huesos rotos y trozos de cartílago.

Pete le dijo, literal:

Vota por nuestro sistema. No toques a las putas. No les hagas daño. No mates putas. O TE MATARÉ A TI.

Hinton intentó hablar. Hinton se atragantó y se mordió la lengua.

36

(Little Rock, 8/2/64)

Esposa entregada. Maestra de escuela. Hija cariñosa.

El predicador no callaba. El ataúd estaba preparado. Cementerio Lakeside: entierros baratos y parcelas segregadas.

Los Sproul iban de negro. Janice iba de negro. Wayne Senior, de azul. Los Sproul estaban solos. Wayne estaba solo. El señor Sproul lo miraba.

Un chico, un soldado. Yanqui. Ella tenía diecisiete años. Tú la conquistaste. Ella mató a tu bebé. Tú la obligaste a hacerlo.

Un espíritu bondadoso. Una hija de Dios.

El servicio fue corto. El ataúd era barato. La sepultura, de alquiler. Los Tedrow mandaron el cuerpo. Los Tedrow perdieron el control.

Lynette desdeñaba la religión. A Lynette le gustaban los artistas de cine y John Kennedy.

Un chófer esperaba. Era negro. Alto como Wendell Durfee.

El predicador abordó a Wayne antes del funeral. El predicador le dio consejos.

Siento mucho tu pérdida. Conozco tu dolor. Lo comprendo.

—Voy a matar a Wendell Durfee —dijo Wayne.

Ha sido voluntad de Dios. El idus del destino. Llevársela en plena juventud.

El cementerio lindaba con Central High. Allí se habían conocido.

Soldados y blancos racistas. Chavales negros asustados.

El chófer seguía esperando. Se limpió las uñas. Se arregló la redecilla del cabello.

Tenía el cabello de Durfee. Tenía la piel de Durfee. Su misma constitución.

Wayne lo miró. Wayne le retocó el cabello. Le retocó la piel. Lo convirtió en Wendell D.

El predicador rezaba. Los Sproul lloraban. Los Tedrow estaban serenos. El chófer se sopló las uñas.

Wayne lo miró.

Le quemó la cara. Le aplastó los dientes. Le inyectó heroína.

37

(Las Vegas, 9/2/64)

La sala de contabilidad del Desert Inn.

Dinero. Cajones de monedas y cestos llenos. Una cámara de vigilancia giratoria colgada de la pared.

El anfitrión: Moe Dalitz.

Los contables habían salido. La cámara estaba apagada. El dinero le llegaba a la altura de la cintura. Littell estornudó. El aire estaba cargado. Tinta de billetes y latón.

—No es tan complicado —dijo Moe—. Los contables están confabulados con los tipos de la cámara. La cámara se estropea aposta de manera accidental, de modo que los contables puedan sacar lo que escamotean y hacer cuadrar las cuentas de nuevo. Para eso, no se necesita una formación universitaria.

Cestos de red. Tamaño lavandería. Cuarenta cestos. Cuarenta de los grandes en cada uno.

Moe hundió la mano en uno de ellos. Sacó diez de los grandes. Todo en billetes de cien.

—Para tu negocio de los derechos civiles. ¿Cuál es su puñetero lema? ¿«Juntos venceremos»?

Littell cogió el efectivo. Littell llenó su portafolios.

—Me interesa el escamoteo.

—No eres el único. Se sabe que muchas agencias federales sienten curiosidad al respecto.

—¿Buscas correos?

—No —respondió Moe—. Sólo utilizamos civiles. Tipos honrados que deben pasta a los anotadores de los casinos. Llevan el dinero escaqueado y pagan su deuda con el siete y medio por ciento de lo que transportan.

—Pensaba en los mormones del señor Hughes u otros, dignos de confianza, a un precio del quince por ciento. —Littell se tiró de los puños de la camisa.

—No me gusta tentar a la suerte, pero aun así escucharé.

Littell estornudó. Moe le pasó un Kleenex. Littell se secó la nariz.

—Tú vas a vender algunos hoteles al señor Hughes. Él quiere que sus mormones u otros mormones los dirijan. Tu querrás que lo hagan tus hombres, pero cederás porque de ese modo podrás incrementar tus operaciones de escamoteo.

—No seas capullo. —Moe arrojó al aire una moneda de diez centavos—. Eres demasiado influenciable.

—Con el tiempo —dijo Littell abrazando el portafolios— quiero contratar a algunos mormones y prepararlos para cuando vendas los hoteles al señor Hughes. Tú tendrás un grupo de posibles topos con experiencia en el escamoteo.

—Eso no es suficiente aliciente para pagar el quince por ciento.

—A simple vista, no.

—Pues dilo. —Moe puso los ojos en blanco—. Dios, no me obligues a presionarte.

—De acuerdo. La gente del señor Hughes viaja en los vuelos chárter de la Hughes Aircraft. Yo podría contratar a algunos mormones y ponerlos a trabajar para el señor Hughes, y tu podrías enviar el dinero y evitar los riesgos de los controles de seguridad en los aeropuertos.

Moe volvió a arrojar al aire la moneda. Cayó de cara.

—A simple vista, no está mal. Hablaré con los otros chicos.

—Me gustaría empezar enseguida.

—Tómate un respiro. No te agotes.

—Estoy seguro de que es un buen consejo, pero me gus...

—Pues te daré uno mejor: apuesta por Clay. Ganará a Liston. Te forrarás.

—¿Quieres decir que el combate está amañado?

—No, pero Sonny tiene hábitos muy malos.

Littell voló a L.A.

Viajó solo. En un avión de Hughes. La flota de Hughes aterrizaba en Burbank. Cessnas idénticos de seis asientos. Un amplio espacio para el dinero del escamoteo.

El vuelo transcurrió tranquilo. Nubes bajas y desierto reluciente.

Moe mordió el anzuelo. Moe no comprendió el plan. Moe pensó que el plan favorecía a Drac. Se equivocaba. Favorecía a los de los derechos civiles.

Llámalo hombres-correo. Posibles «consejeros» de los casinos. Hombres de Hughes. Libertad de movimientos en los vuelos chárter.

Podría sacar su tajada del escamoteo. Podría dársela a Bayard Rustin. Podría mitigar el daño del señor Hoover. Wayne Senior tenía matones mormones. Conocía hombres-correo. Podía utilizarlos.

El objetivo a largo plazo: reducción del daño.

El señor Hoover había filmado al doctor King. El señor Hoover había intentado atraparlo. Había enviado la película a sus «corresponsales»: congresistas / sacerdotes / periodistas.

El señor Hoover los había aleccionado. El señor Hoover les había enseñado la contención. Vamos a filtrar datos secretos. Los filtraremos de manera inteligente. No filtréis material directamente sacado de las grabaciones. No pongáis en peligro dichas grabaciones.

El señor Hoover sabía porquerías. El señor Hoover filtraba porquerías. El señor Hoover provocaba dolor. El señor Hoover odiaba al doctor King. El señor Hoover ponía de manifiesto su propia debilidad.

Sadismo. Sostenido. Infligido a lo largo del TIEMPO.

El TIEMPO marchaba en dos direcciones. Había un TIEMPO para dañar y un TIEMPO para mitigar los efectos del daño.

El plan del escamoteo podía funcionar. El plan del escamoteo suscitaba una pregunta: ¿era el dinero de Hughes una posible fuente de dádivas?

El avión se ladeó. Littell peló una manzana. Littell bebió un sorbo de café.

Pete tenía los expedientes de Wayne. Pete había chantajeado a Spurgeon y a Hinton. Spurgeon había contado basura. Legisladores clave y sus caridades ridículas. Porquería por su filantropía.

Pete dijo que había evitado a Eldon Peavy. Peavy actuaba con permiso de la policía. Peavy podía resistirse a las amenazas. Pete era solapado. Las amenazas de Pete funcionaban. Pete deseaba los taxis Monarch. Pete deseaba apropiarse de ellos.

El avión descendió. Entre el sol y la contaminación apareció Burbank.

Había almorzado con Wayne Senior. Wayne Senior lo había alabado. Has salvado a mi hijo.

Junior declinó la ayuda de Senior. Junior reactivó sus contactos. Junior rechazó buenas ofertas de trabajo. Junior se negó a trabajar como químico. Junior se buscó él mismo un empleo. Encontró uno de poca monta.

En el casino Wild Deuce. Vigilante nocturno. De las 18.00 a las 2.00. El Deuce era cutre. El Deuce admitía negros. Junior admitía el dolor.

Wayne Senior había pagado la comida. Wayne Senior se había mostrado muy amable. Wayne Senior había dicho cosas desagradables.

Wayne Senior se burló del movimiento a favor de los derechos civiles. Sacó a relucir la película de King.

Littell sonrió. Littell se mostró amable. Littell pensó: «Ya me las pagaréis todos juntos.»

—He encontrado trabajo —dijo Jane.

Hacía frío en la terraza. La vista lo compensaba.

—¿Dónde? —Littell se apoyó en la barandilla.

—En la Hertz. Llevo la contabilidad de las oficinas de Los Ángeles Oeste.

—Y la licenciatura de Tulane, ¿te ha ayudado?

—Gracias a ella me han dado los mil dólares anuales extra que pedí. —Jane sonrió.

Utilizaba vocales duras. Con pronunciación clara. Sin el deje sureño. Había reformado su voz y su dicción. Él lo advirtió.

—Sienta bien volver al trabajo.

Tes duras. Consonantes puras.

Littell sonrió. Littell abrió su portafolios y sacó seis hojas.

Después de aterrizar había ido a Hughes Tool. Había pasado por la sección de contabilidad y había robado impresos.

Mercancías enviadas. Hojas de facturación. Todos documentos habituales.

Había entrado. Había salido. Dio forma a su mentira inminente.

—Cuando tengas ocasión, ¿podrías echarles un vistazo? Necesito tu asesoramiento en unas cuantas cuestiones. Me gustaría hablar de técnicas de malversación de fondos y sobre cómo utilizar esos impresos. En Vietnam las cosas están calentándose y es probable que el señor Hughes se vea recompensado con algunos contratos. La malversación le da miedo y me ha pedido que estudie el asunto.

—¿Le has dicho que tu novia es una malversadora?

—No. Sólo que sabe guardar secretos.

—Exacto. Así es como vivimos.

Íes y aes cortas. Inflexiones marcadas.

—¿Te has fijado? —Jane rió—. He perdido mi acento.

Jane se llevó un libro a la cama.

Se durmió enseguida. Littell se quedó despierto y escuchó sus grabaciones.

Se puso furioso. Dos veces. Había corrido dos riesgos imbéciles.

Había pasado por el D.C. Había contactado con Doug Eversall. Lo presionó. Lo engatusó. Le pagó cinco mil.

Eversall grabó a Bobby. Dos veces más en total. Dos riesgos imbéciles. Eversall se negó.

Se acabó. Guárdate tus amenazas. No quiero hacer daño a Bobby. Estás enfermo. Estás hecho polvo. Tu enfermedad se llama Bobby.

Littell se retiró. Se acabó. Nunca más. Te lo prometo. Mentiré a Carlos. Le diré que hemos fallado.

Eversall se alejó. Eversall tropezó. Su bota ortopédica resbaló. Littell lo ayudó a levantarse. Eversall lo abofeteó. Eversall le escupió en la cara.

Littell escuchó la cinta del 29/1. Zumbidos de la bobina / pequeñas interferencias.

Bobby planeaba juicios. Eversall tomaba notas. Bobby bostezaba y divagaba. Su posible candidatura al Senado. El cargo de vicepresidente. «Ese paleto hijo de puta de Lyndon Johnson.»

Bobby estaba resfriado. Bobby se ponía cada vez más irreverente. LBJ era un «pringado». Dick Nixon era un «gilipollas» que llevaba un letrero que decía «dame una patada» y el señor Hoover era un «maricón psicópata».

Littell pulsó la tecla de rebobinar. Le dio la vuelta a la cinta. Oyó la grabación del 5/2.

Aquí está Bobby, de nuevo reverente.

Brindaba por JFK. Citaba a Housman: «Por un atleta que ha muerto joven.» Eversall sollozaba. Bobby rió.

—No te me pongas blando.

Un hombre nuevo habló. Entre las interferencias, Littell distinguió «Hoover y King».

—Hoover está asustado —dijo Bobby—. Sabe que King tiene más cojones que Jesucristo.

38

(Las Vegas, 10/2/64)

La Monarch bullía.

La hora punta del mediodía / muchas llamadas / habían salido diez taxis. El cobertizo bullía. Eldon Peavy tenía invitados.

Sonny Liston y cuatro negros estrafalarios. Chicos malos. Conrad y los Congoleños o Marvin y los Mau-Mau.

Pete vigiló.

Se hundió en su asiento. Puso la calefacción. Hizo cálculos. Peavy tenía veinte taxis. Hacían tres turnos. Súmale viajes al aeropuerto y recorridos cobrando la vuelta.

La Monarch bullía. Llegó un taxista con abrigos de piel para vender. Los Mau-Mau los manosearon. Sonny enseñó un fajo de billetes. Peavy repasaba recibos.

Los Congoleños hicieron cabriolas. Pellizcaron las pieles. Manosearon los armiños. Chuparon las chinchillas.

Sonny tenía mal aspecto. El combate con Clay no pintaba bien. Los pronósticos estaban a favor de Sonny. Sam G. dudaba. A Sam le gustaba Clay. Sam decía que Sonny tenía vicios.

Hacía frío. Brrr. Los inviernos de Las Vegas. Pete se estremeció y subió la calefacción.

En Tejas hacía frío. En Florida, lo mismo. Acababa de regresar.

No había encontrado a Hank K. Tampoco había encontrado al diablo de Durfee. Había viajado solo. Había urdido una *trifecta*.

Plan A: encontrar a Hank y matarlo. Plan B: detener a Wendell. Plan C: comerle el coco a Wayne para que se lo cargara.

Pero para eso tenía que moverse. Quien quiere peces, tiene que mojarse el culo.

Regresó. Llamó a Ward. Lo presionó. Quiero comprar la Monarch. Ward dijo que no. Ward dijo no pujes. Ward dijo no usurpes las propiedades.

Necesitamos a Peavy. Necesitamos sus votos. No estropees su status en la Junta de Juego. Joder, qué sabio consejo. Muy propio de Littell.

Pete puso la radio. Pete vigiló el cobertizo. Peavy privaba ginebra. Los Mau-Mau privaban whisky con leche.

Sonny machacó pastillas. Sonny hizo rayas. Sonny esnifó el polvo.

Peavy salió. Sonny, también. Los Congoleños, detrás. Bebían leche. Les crecían perillas blancas. Los mendas de la calle llamaban *pablum* al whisky con leche.

Llegó una limusina. El grupo se apiló en su interior. La limusina se largó. Pete la siguió.

Tomó hacia el oeste. Se detuvo enseguida. Allí... El casino Honey Bunny.

Peavy se apeó. Peavy entró. Pete dejó el motor al ralentí. Pete miró por la ventanilla.

Peavy llegó a la garita. Peavy compró fichas de juego. El cajero llenó una saca. Peavy salió. Subió a la limusina. La limusina arrancó deprisa.

Pete la siguió. Se detuvo enseguida. Allí... La tienda de licor Sugar Bear.

Salían cinco putas. Todas oscuras. Faldas con tajo y tacones de aguja. Prrom.

Se apilaron en la limusina. Jadearon fuerte. Las ventanas se empañaron. La limusina coleó y botó.

Las putas trabajaban.

El eje chirrió. Los parachoques crujieron. El chasis tembló.

Dos tapacubos se desprendieron y salieron rodando.

Pete rió. Pete aulló como un poseso.

Las putas salieron. Soltaron risitas. Se secaron los labios. Llevaban billetes de diez dólares en la mano.

Pete recordó a la puta muerta. Pete revivió el olor del remolque incendiado.

La limusina arrancó. Pete la siguió. Enfilaron hacia el oeste. Llegaron a Las Vegas Oeste. Se metieron a fondo en el barrio. Allí: el instituto Monroe.

La puerta trasera estaba abierta. Las graderías de pupitres, abarrotadas. Había un cartel que rezaba: «¡Bienvenido, campeón!»

Llenazo absoluto.

Chicos de color. Fuertes y robustos. Una buena fiesta escolar.

La limusina aparcó en el campo de fútbol. Pete volvió a poner el motor al ralentí. Pete echó el asiento hacia atrás.

Sonny salió.

Saludó. Mostró la saca de las fichas. Se puso ante los chicos y se balanceó, completamente borracho. Los chicos jaleaban. Los chicos coreaban «¡Sonny!». Unos profesores miraban.

Los chicos gritaban. Los chicos golpeaban los pupitres. Los profesores tragaban saliva.

Sonny sonrió. Sonny se contoneó. Sonny dijo: «¡Descansen!»

Los chicos gritaban. Sonny se contoneó. Sonny gritó.

—¡Callad de una vez, joder, hijos de puta!

Los chicos callaron. Los profesores se encogieron. Sonny rezumaba inspiración.

Estudiad mucho. Aprended de verdad. No robéis en las tiendas de licor. Jugad para vencer. Id a la iglesia. Utilizad gomas marca Sheik. Mirad cómo machaco a Cassius Clay. Mirad cómo mando a ese cabrón musulmán a La Meca de una patada.

Sonny se detuvo. Sonny se inclinó. Sonny sacó una botella. Los chicos jalearon. Los profesores llamaron al orden.

Sonny blandió su saca. Extrajo fichas de juego. Las lanzó a su alrededor.

Los chicos las cogieron. Las chicos no las soltaron. Se dieron de cabezazos. Cayeron por los suelos. Otros les cayeron encima.

Sonny tiró más fichas. A montones. Todo fichas de dólar.

Los chicos alzaron los brazos. Los chicos saltaron. Se dieron de puñetazos.

Sonny se despidió agitando la mano. Sonny subió de un salto a la limusina.

La limusina arrancó. Pete la siguió. Los chicos se despidieron agitando la mano. ¡Adiós, campeón!

La limusina aceleró. Pete aceleró. Se saltaron los límites de velocidad. Fueron hacia el este y luego hacia el sur. Llegaron al centro.

El tráfico aumentó. La limusina recorrió Freemont. La limusina frenó y se detuvo. Allí:

Un aparcamiento. Una tienda de excedentes del Ejército y de la Marina. Sid el sargento Excedente.

Todos se desapilaron. Bajaron. Se arracimaron. Se dirigieron a la puerta trasera. El chófer saludó, adiós Mau-Mau. La limusina se largó.

Pete aparcó. Cerró el coche. Caminó como si nada. Llegó a la puerta trasera.

Se coló como si nada. Atravesó un almacén. Se abrió paso entre estanterías y vio:

Cajas / cajones / herramientas de jardín. Percibió olor a queroseno.

Llegó a un pasillo corto. Siguió los sonidos. Risas ahogadas y gruñidos amorosos: ¡aauuu!

Pete se acercó. Pete localizó el ruido. Se agachó. Se arrastró. Vio una puerta entornada y miró a hurtadillas.

Una sesión repentina. Una sala improvisada. Un proyector. Una sábana por pantalla. Antigüedades lésbicas. Chicas entrelazadas.

Los Mau-Mau soltaban risas ahogadas. Peavy bostezaba. Las chicas tenían catorce años, como mucho.

Sonny machacó un diablo rojo. Hizo unas rayas. Esnifó el polvo.

Las chicas se pusieron cinturones con consoladores.

Apareció un burro. El burro llevaba cuernos de diablo.

Pete salió. Encontró un teléfono público. Llamó al Stardust. Hizo su apuesta. Cuarenta de los grandes. A favor de Clay.

El Deuce era cutre: tragaperras / bingo / chupitos y cerveza.

Los encargados iban armados. Las chicas de la barra hacían de putas. El bar servía alcohol de garrafa. El Deuce macarreaba en plan cutre. Allí se reunían espaldas mojadas y puretas. Allí había la mar de tipos raros.

Pete subió al piso de arriba. Desde allí había una buena vista de la pista. Pete bebió agua con gas y contempló el espectáculo.

Un menda se quita el respirador. Tiene más de noventa. Fuma un Camel. Escupe sangre. Chupa oxígeno. Dos maricas se miran a los ojos. Llevan camisas verdes. Las camisas verdes son el semáforo de los maricas.

Dos negros al acecho. De los que dan el tirón. Fíjate en sus pantalones de chándal y sus zapatillas deportivas. Wayne Junior se acerca. Wayne Junior lleva esposas y una porra en el cinturón.

Da un golpecito en la espalda a los negros. Intercambian una mirada. Sí, soy yo...

Wayne los abofetea. Wayne los patea. Wayne los agarra de sus negras nucas y los echa.

Comprenden lo que ocurre. Se marchan sin rechistar. Juntos no venceremos.

Pete aplaudió. Pete silbó. Wayne se volvió y lo vio. Se acercó. Agarró una silla. Buscó una buena vista de la pista.

—No lo encontré —dijo Pete—. Creo que ha bajado a México.

—¿Y lo has buscado muy en serio?

—No tanto. Básicamente, estuve buscando a un tipo en Florida.

Wayne cerró los puños. Los cortes que se había hecho en los nudillos sangraron.

—Podríamos poner un teletipo a los federales mexicanos. Que pongan ellos también un busca y captura. Podemos pagarles para que me lo guarden.

—Se lo cargarán. —Pete encendió un cigarrillo—. Te atraerán con engaños, te quitarán el dinero y te matarán.

Wayne miró hacia la pista. Pete siguió sus ojos. Allí... Un negro / una puta. Se masca un buen fregado.

Wayne se puso en pie. Pete lo agarró por el cinturón. Lo obligó a sentarse de nuevo.

—Déjalo estar. Estamos hablando, ¿no?

Wayne se encogió de hombros. Parecía agraviado. Parecía puñeteramente desposeído.

—Pues habla —dijo.

—¿El dueño de esto es tu padre? —Pete miró alrededor.

—No. Es de la Banda. Santo Trafficante cobra comisiones.

—Conozco a Santo. —Pete hizo anillos de humo.

—Seguro que sí. Sé para quién trabajas, por eso he entendido lo que ocurrió en Dallas.

—En Dallas no ocurrió nada. —Pete sonrió.

Se acercó una puta. Wayne calló. Wayne contempló la pista. Pete agarró con fuerza la silla.

—Mírame cuando te hablo.

Wayne apretó los puños. Los nudillos chasquearon. Los cortes sangraron.

—No utilices las manos —dijo Pete—. Cuando debas, utiliza la porra.

—Como Duane Hint...

—Ya vale ¿no? Estoy harto de mujeres muertas.

—Durfee es hábil. —Wayne tosió—. Eso es lo que me tiene loco. Desde Dallas, ha ido por delante de todo el mundo.

—No es hábil. —Pete encendió un cigarrillo con la colilla del anterior—. Tiene suerte. Vino a Las Vegas como un idiota, y una movida de ésas puede hacerlo caer.

—Es más hábil que eso. —Wayne sacudió la cabeza.

—No, no lo es.

—Puede liarme con lo de Moore.

—Mentira. Es tu palabra contra la suya, y no hay cadáver.

—Es bueno. Eso es lo que más me...

Se acercó un tipo. Wayne lo miró. El tipo vio a Wayne y parpadeó.

—¿Quién es el dueño del Sid? —Pete tosió.

—Un payaso llamado Eldon Peavy —respondió Wayne—. Le puso ese nombre en honor a un marica amigo suyo que murió de sífilis.

—Peavy pasa películas porno. Menores de edad y esa clase de rollo. ¿Cuánto puede caerle por eso?

—El Código Estatal es blando con la posesión. —Wayne se encogió de hombros—. Para que le cayera algo tendría que producir y vender las películas o ejercer coerción y soborno sobre los menores.

—Pregúntame por qué me interesa. —Pete sonrió.

—Ya lo sé, joder. Porque quieres comprar la Monarch y revivir tus aventuras de Miami.

—Has hablado con Ward Littell. —Pete rió.

—Seguro. De cliente a abogado. Le pregunté por qué quieres echarme una mano, pero no contestó.

—Apuesta por Clay. —Pete hizo sonar los nudillos—. Tu amigo Sonny necesita pasar más tiempo en el gimnasio.

—En la Brigada Antivicio de la Oficina del Sheriff hay un tipo llamado Farlan Moss. —Wayne apretó los puños—. Investiga a hombres de negocios para personas que quieren apropiarse de sus acciones. Él no inventará nada, pero si descubre pruebas que lo incriminen, te las pasará y podrás utilizarlas como te venga en gana. Es una vieja estrategia, aquí, en Las Vegas.

Pete agarró una servilleta. Pete escribió «Farlan Moss / CLSC».

—No entiendo por qué me tienes este apego. —Wayne hizo girar la porra.

—Porque una vez tuve un hermano pequeño. Algún día te contaré la historia.

Los Bondsmen improvisaban. Barb agarró el micrófono. Saludó con una reverencia. La falda se le subió. Enseñó medias.

Pete se sentó en el palco circular. Un menda había ocupado el asiento de Wayne. Wayne trabajaba hasta tarde. Wayne pescó a Barb de casualidad.

Ward había dicho que había hablado con Wayne Senior. Senior estaba furioso con Junior. Ward le dio la razón.

Junior encubría información. Junior era un vigilante. Junior encendía pasiones. Junior ardía. Junior vivía perdido en ensoñaciones.

Barb le envió un beso. Pete lo cogió. Pete se llevó las manos al corazón. Articuló dos tes. Su señal. Canta *Twilight Time*.

Barb lo captó. Barb dio la entrada a los Bondsmen. Barb comenzó a entonar la melodía.

Echaba de menos a Barb desde hacía días. Tenían horarios distintos. Dormían en turnos diferentes.

Montaron un camastro en los camerinos. Se amaban entre pase y pase del espectáculo.

Funcionaba. Ellos funcionaban. A Pete lo destrozaba. A Pete lo asustaba.

Barb veía las noticias. Barb seguía lo de la Comisión Warren. Seguía pensando en Dallas. Seguía pensando en su historia con Jack.

No lo decía, pero él lo sabía. No era sexo. No era amor. La palabra «temor» lo definía. Tú lo mataste. Tú te marchaste.

Él tenía su versión. La palabra «miedo» la definía. La has conseguido. Pero puedes perderla por culpa de lo de Dallas.

Sudas miedo. Rezumas miedo. Pones a prueba la lógica del miedo. Lo reconoces. Te fuiste porque:

Fue algo tan gordo. Tan audaz. Tan erróneo.

Pones a prueba la lógica. Te irrita. Muestras miedo. Asustas a la gente. Contagias tu miedo. Las personas indebidas te encuentran y entran en acción.

Barb cantó *Twilight Time*. Barb acarició las notas bajas.

Wendell Durfee entró en acción. Lynette le pagó. Las mujeres muertas le daban miedo. Lynette como Barb. Lynette como «Jane».

Había visto el cuerpo de Lynette. Había tenido que hacerlo. La imagen lo golpeó. La desterró. Soñó con ella y desgarró las sábanas.

Barb terminó *Twilight Time*. Barb cantó *Mashed Potatoe*. Barb cantó *Swim*.

El conjuro murió. Las rápidas melodías lo enterraron. Un camarero le acercó el teléfono. Pete lo agarró.

—¿Sí?

—Carlos quiere verte —dijo un hombre.

—¿Dónde?

—En De Ridder, Luisiana.

Voló a Lake Charles. Tomó un taxi hasta De Ridder. Había humedad. Hacía calor. El calor generaba insectos.

De Ridder era una mierda de lugar. Estaba cerca de Fort Polk. La población vivía de los soldados.

Puestos de pollo frito y costillas asadas / bares de cerveza / garitos de tatuaje / quioscos con revistas de chicas.

Carlos llegó en limusina. Pete se encontró con él. Los mendas del lugar observaron boquiabiertos.

Fueron hacia el este. Encontraron tierras de arcilla roja y pinos. Bordearon el bosque Kisatchee.

Pete subió un cristal. Pete exiló al chofer. Entraba aire frío. Las ventanilla ahumadas oscurecían el sol.

Carlos financiaba un campamento. Cuarenta cubanos en total. Futuros asesinos.

—Vayamos a ver a mis chicos. Hablemos —dijo Carlos.

Siguieron circulando. Hablaron. Pasaron ante kónklaves del Klan. Carlos cargó contra el Klan. Odian a los católicos. Nos odian.

Pete dijo que a él no. Soy hugonote. Tu gente jodió a la mía.

Hablaron. Recordaron la Causa. Tiger Kab y bahía de Cochinos. La gran traición de LBJ.

Carlos había llevado una botella. Pete, vasos de plástico.

—La Banda no siente ningún afecto hacia la Causa. Todo el mundo piensa que disparamos nuestros cartuchos, que perdimos los casinos y que ha sido un fracaso.

Pasaron por encima de un bache. Pete derramó XO.

—La Habana era hermoso. Las Vegas no le llega a la suela del zapato.

—Littell tiene un plan para hacerse con casinos extranjeros. Todo el mundo está enloquecido, como es normal.

Adelantaron camiones del ejército. Pasaron por delante de carteles. Los carteles cargaban contra la Unión Americana por las Libertades Civiles de los judíos.

—El equipo de antes sí que era bueno —dijo Pete—. Laurent Guery. Flash Erode.

—Buenos traficantes de narcóticos y buenos asesinos. Nunca dudabas de su sinceridad.

—John Stanton era un buen enlace. —Pete se manchó la camisa—. Tenías a la Banda y a la CIA juntas.

—Sí, como esa canción que dice, «durante un breve y brillante momento».

—¿Stanton está en Indochina? —Pete aplastó el vaso.

—No seas tan francés. Ahora se llama Vietnam.

—En Las Vegas hay un negocio de taxis. —Pete encendió un cigarrillo—. Yo podría convertirlo en una fuente de ingresos para nosotros. Littell quiere que espere. El dueño es de la junta que da las licencias.

—Para impresionarme, no es necesario que trabajes tan duro. —Carlos bebió un sorbo de XO—. No eres Littell, pero eres bueno.

Las tropas se pusieron firmes. Pete recorrió la hilera. Pete había ido a criticar y a revisar.

Cuarenta cubanos. Porqueros y agricultores. Todos reclutados en las cárceles.

Los había reclutado Guy Banister. Guy conocía a un policía de la John Birch. El policía había falsificado papeles de la cárcel. El policía había liberado candidatos.

Dichos candidatos eran pervertidos. Dichos candidatos eran «músicos»: Cugui Cugat *manqués*.

Pete recorrió la hilera. Pete inspeccionó las armas: M-1 y M-14. Llenas de insectos muertos.

Polvo en el cañón. Moho. Orín.

Pete se sintió decepcionado. A Pete le dio una jaqueca. El menda principal recorrió la hilera detrás de él.

Un estúpido del ejército. Basura de Fort Polk. Un komando de kríos. Dirigía un komando del Klan. Regentaba una destilería. Vendía licor de avena. Suministraba a los indios choctaw alcohólicos.

Las tropas apestaban a mierda de perro. El campamento, lo mismo.

Tiendas de campaña pequeñas. Material de boy scouts. Un Target Range antidisturbios y troncos de árbol. Un almacén de munición hecho de piezas Lego.

Las tropas se pusieron firmes. Las tropas saludaron.

Manejaban los fusiles con torpeza. Saludaron. Movían los fusiles con torpeza. Dispararon sin la menor sincronización. Ocho cerrojos se atascaron.

Hicieron algo de ruido. Algunos pájaros despertaron. La mierda de pájaro se desintegró y cayó.

Carlos inclinó la cabeza. Carlos lanzó la bolsa con el dinero. El menda principal la cogió e inclinó la cabeza.

—El señor Banister y el señor Hudspeth vendrán pronto. Van a traernos material militar.

—¿Mis diez mil son para pagar ese material? —Carlos encendió un puro.

—Exacto, señor. Son mis principales suministradores de armamento.

—¿Están haciendo dinero a partir de mis donaciones?

—No en el sentido que usted piensa, señor. Estoy seguro de que no están sacando ningún provecho personal.

El mejor material militar: una mesa de pícnic / una barbacoa.

El menda hizo sonar un silbato. Las tropas apuntaron a los blancos. Dispararon. Fallaron.

Carlos se encogió de hombros. Estaba resentido. Se alejó. El menda se encogió de hombros. Estaba herido. Se alejó.

Pete se acercó. Inspeccionó el campo de tiro. Inspeccionó el almacén. Criticó el material.

Dos ametralladoras, de los años cincuenta, con los gatillos flojos / cinturones sueltos. Seis lanzallamas, con los alimentadores agrietados / tubos agrietados. Dos lanchas rápidas, motores fuera borda, con la potencia de un cortacésped. Sesenta y dos revólveres: corrosión colectiva.

Pete encontró aceite. Pete encontró trapos. Limpió unos 38.

El sol sentaba bien. El aceite ahuyentaba a los mosquitos.

Las tropas hacían gimnasia. Hacían flexiones. Jadeaban. Se les rompía la manicura.

Él había dirigido tropas de primera clase. Había atacado Cuba. Había matado muchos rojos. Había matado fidelistas. Había estado en Cochinos. Había intentado matar a Fidel. Deberían haber ganado. Jack el K. los había jodido. Jack había pagado. Él había pagado. Todo se había ido al carajo.

Pete limpió revólveres. Frotó tambores. Engrasó empuñaduras. Cepilló cilindros.

Llegó un Ford. La pintura proclamaba a gritos: LOCURA DERECHISTA.

Fíjate:

Cruces. Barras y estrellas. Esvásticas invertidas.

Un remolque botaba detrás del Ford. Por él asomaban cañones de armas largas. El Ford aminoró la velocidad. El Ford se detuvo. El Ford rozó el hoyo de la barbacoa.

Guy B. se apeó. Hank Hudspeth lo ayudó. Guy estaba rojo cardíaco. Guy había sobrevivido al infarto núm. 3. Carlos lo había dicho.

Guy parecía borracho. Guy parecía débil. Guy parecía enfermo. Hank parecía borracho. Hank parecía fuerte. Hank parecía mezquino.

Guy dejó caer perritos calientes. Hank dejó caer bistecs y panecillos. Miraron alrededor. Vieron a Pete. Arrugaron la nariz.

Hank silbó. Guy hizo sonar el claxon. Las tropas movieron el culo al instante.

Hank dejó caer unas briquetas. El menda llenó la barbacoa. Guy la roció con gasolina. Encendieron un fuego. Cocinaron los perritos calientes. Las tropas abarrotaron el remolque. Jalearon. Sacaron las armas a tirones. Se las llevaron, eran Thompson, más de cien.

Pete cogió una. La culata estaba astillada. El tambor, obturado. No estaba bien calibrada.

Material japonés de saldo.

Las tropas almacenaron las Tommy. Pete hizo caso omiso. La barbacoa silbó. Los insectos se abalanzaban sobre la comida.

Guy fue a la limusina. Carlos se apeó. Guy lo abrazó y hablaron durante un rato.

Las tropas formaron. Hank puso medallas. Pete agarró un 38. Pete lo disparó en vacío.

Carlos se acercó y dijo:

—Odio a los borrachos.

Pete apuntó a Guy. Pete disparó en vacío: pop.

—Me lo cargaré. Sabe demasiado.

—Tal vez más tarde. Quiero ver si puedo azotar a esos payasos y sacarles algún provecho.

Pete se secó las manos. Carlos le cogió el revólver.

—Tengo una pista sobre Hank Killiam. Está en Pensacola.

—Iré esta noche —dijo Pete.

Carlos sonrió. Carlos apuntó a Pete. Disparó en vacío: pop.

—Betty McDonald está en la cárcel del condado de Dallas. Ha dicho a un policía que en noviembre le advirtieron que se marchara de la ciudad. No digo que fueras tú, pero...

39

(Las Vegas, 13/2/64)

Jugaban a tiro al plato. Disparaban armas convencionales.

Disparaban desde la terraza. Disparaban contra platos convencionales. Janice accionaba el lanzador. Estaba sentada abajo. Le daba el sol. Iba en biquini.

Wayne Senior puntuaba. Wayne fallaba mucho. Se había jodido la mano pegando a los negros. No podía empuñar bien el arma.

Janice lanzó un plato. Wayne disparó. Wayne falló.

—No la sujetas con bastante fuerza. —Wayne Senior volvió a cargar.

Wayne cerró el puño. Se lo había jodido. Una y otra vez. Lo tenía jodido todo el tiempo.

—Me molesta la mano. Me hice daño en el trabajo.

Wayne Senior sonrió.

—¿Pegando a negros o en refriegas diversas?

—Ya sabes la respuesta a esa pregunta.

—Tus jefes se aprovechan de tu reputación. Eso significa que se están aprovechando de ti.

—La explotación es mutua. Si eso te suena familiar, lo he aprendido de ti.

—Entonces, me repetiré una vez más. Tus dones están muy por

encima de la venganza ciega y de trabajar como gorila en un casino.

—Estoy desarrollando aficiones nuevas. —Wayne cerró el puño—. Hasta que no lo pruebas no lo sabes.

—Podría ayudarte a conseguir lo que quieres. —Wayne Senior sonrió—. De una manera inteligente. Estás muy bien dotado para la acción individual.

Janice movió su silla. Wayne la miró. La parte superior del biquini le apretaba los pechos. Le marcaba los pezones.

—No compro —dijo Wayne.

—Me he diversificado. —Wayne Senior encendió un cigarrillo—. Eso ya lo intuiste en Navidades, y desde entonces me visitas a menudo. Deberías saber que voy a hacer cosas muy interesantes para el señor Hoover.

—¡Tira! —gritó Wayne.

Janice lanzó un plato. Wayne acertó. Se le destaparon los oídos. La mano jodida le tembló.

—No voy a esconderme bajo una sábana y delatar a violadores de correo para que puedas vender más panfletos racistas.

—Tú has hablado con Ward Littell. Te encuentras en una situación vulnerable y hombres como Littell y Bondurant empiezan a caerte bien.

El sol alcanzó la terraza. Wayne entornó los ojos.

—Me recuerdan a ti.

—No voy a tomarme eso como un cumplido.

—No debes hacerlo.

—Sólo lo diré una vez: no te dejes seducir por ladrones y gente del hampa.

—No ocurrirá. En veintinueve años no has conseguido seducirme.

Janice salió a jugar al golf. Wayne Senior salió a jugar a cartas. Wayne se quedó solo en la casa.

Se instaló en el cuarto de armas. Puso la película. La miró.

Dicha película poseía un gran contraste. Piel negra y piel blanca. Era una película en blanco y negro.

King cerraba los ojos. King estaba en éxtasis. King había predicado en Little Rock. Lo había visto en el 57.

La mujer se mordía el labio inferior. Lynette siempre lo hacía. La mujer tenía el cabello parecido al de Barb.

Eso le dolió, pero siguió mirando. King arremetía. King desprendía sudor.

La película se volvió borrosa. Lente empañada y distorsión. Los tonos de la piel se volvieron borrosos. King se volvió tan oscuro como Wendell Durfee.

Eso le dolió, pero siguió mirando.

40

(Dallas, 13/2/64)

22.00 horas. Luces apagadas.

La cárcel de mujeres. Doce celdas. Una reclusa encerrada.

Pete entró. El carcelero le hizo «chist». Un tipo de Carlos lo había sobornado.

Una hilera de celdas. Una pared. Por una ventana enrejada entraba luz.

Pete caminó. El corazón le latía con fuerza. Los brazos le temblaban. Tenía el pulso acelerado. Había bebido whisky. Se lo había dado el carcelero. Se lo tragó. Lo animó. Le dio cierta fuerza de voluntad.

Caminó. Se agarró a los barrotes de la celda. Se estabilizó.

Ahí está Betty Mac.

Está en su litera. Fuma. Lleva pantalones pirata.

Ella lo vio. Parpadeó. LO CONOZCO. Fue el que me advir...

Ella gritó. Pete tiró de ella. La mujer le mordió la nariz. Le clavó su cigarrillo extralargo.

Le quemó los labios. Le quemó la nariz. Le quemó el cabello de la nuca.

Él la soltó. Ella se golpeó contra los barrotes. La agarró por el cuello y la inmovilizó.

Le arrancó los pantalones. Tiró de la pierna desnuda. Ella gritó y dejó caer el cigarrillo.

Él le inmovilizó la pierna con la suya. Le inmovilizó el cuello con un brazo. La apuntaló. La lanzó hacia arriba. Le abrió las piernas.

Ella se debatió. Pateó. Se volvió. Le arañó el cuello. Se le rompieron las uñas. Se le cayó la dentadura en un acceso de tos.

Pete recordó que ella tenía un gato.

41

(Las Vegas / Los Ángeles / Chicago / Washington D.C. / Chattanooga, 14/2/64-29/6/64)

Trabajó. Vivió en aviones. Compartimentalizó.

Trabajo legal: apelaciones y contratos. Trabajo financiero: malversaciones y donaciones.

Pulió sus mentiras. Estudió a Jane. Aprendió su técnica de mentir. Hizo juegos malabares con sus compromisos.

4/3/64: condenan a Jimmy Hoffa. Chattanooga. El llamado caso de la Prueba Rápida. Doce jurados insobornables.

Littell presentó apelaciones. Los abogados del Sindicato de Camioneros presentaron mandamientos judiciales. El Sindicato de Camioneros aprobó una resolución. Queremos a Jimmy. Lo apoyamos incondicionalmente.

A Jimmy le cayeron ocho años. Condena federal. El juicio núm. 2, pendiente. Chicago. El fraude del Fondo de Pensiones. Una condena probable. Los libros «auténticos» estaban a salvo. Los tenían los Chicos. El plan de los libros del Fondo funcionaría.

Littell escribió alegatos. Los hombres de Jimmy desfallecieron. Littell escribió más alegatos. Littell presentó más oficios. Littell tenía una buena lista de causas por juzgar.

Vamos a detenernos. Mantengamos fuera a Jimmy. Vamos a detenernos y a demorarnos. Tres años y más. Las Vegas será de Drac. Drac será de los Chicos. El plan del libro del Fondo de Pensiones sería un éxito.

Littell trabajaba para Drac. Escribía informes bursátiles. Drac entorpecía su trabajo. Drac no se presentaba a las citaciones. El detective privado Fred Otash lo ayudaba.

Otash buscaba dobles de Hughes. Buscaba clones. Los de las citaciones tragaban. Otash era bueno. Otash poseía la habilidad de Pete. Otash hacía chantajes. Otash drogaba caballos. Otash procuraba abortos.

Drac no se movía de tu ataúd. Los mormones lo cuidaban. Drac chupaba sangre. Drac se chutaba codeína. Drac comía demerol. Drac hacía llamadas. Drac tomaba notas. Drac miraba los dibujos animados.

Drac llamaba a Littell con frecuencia. Siempre en plan monólogo.

Estrategia / márgenes en las acciones / la plaga de gérmenes. ¡Destruir los microbios! ¡Destruir los gérmenes! ¡Poner condones en los tiradores de las puertas!

Drac quería Las Vegas. Drac mostraba los colmillos. Drac era ambicioso. Drac sentía un regocijo perverso. Drac chupaba sangre.

Él lo mimó. Él lo consintió. Él enseñó los colmillos. Le devolvió el mordisco a Drac.

Jane colaboró.

Él la persuadió de que lo hiciera. Él espigó la experiencia de ella.

La amaba. Ella lo amaba a él. Él decía que era verdad. Ella mentía para vivir. Él mentía para vivir. Aquello podía servir para debilitar su percepción.

Vivieron en L.A. Volaron al D.C. Disfrutaron de fines de semana laborales. Él escribía sus sumarios. Ella hacía los partes de la Hertz.

Visitaron el D.C. Vieron estatuas. Él quiso enseñarle la sede central del Sindicato de Camioneros. Ella se ruborizó y se negó. Era demasiado firme. Era indiferente a las burlas.

Él recordó L.A. Una conversación reciente. Puedo conseguirte trabajo con los Camioneros. Ella había dicho que no. Fue firme. Fue tajante.

Conocía a los Chicos. Evitaba Las Vegas. Los Chicos se corrían allí sus fiestas. Discutieron sobre el tema. Jane se mostró evasiva. Jane fue indiferente a las burlas.

Los Camioneros le daban miedo. Él lo sabía. Ella sabía que él lo sabía. Jane mintió. Jane omitió. Él hizo lo mismo.

Estudió a Jane. Se permitió sacar conclusiones. Su nombre auténtico era «Arden». Había nacido en Misisipí. Había ido a la escuela en De Kalb.

Él sospechaba. Ella, también.

Jane vio las hojas de pago de Hughes. Las estudió. Explicó cómo detectar malversación. Se preguntó por qué le importaba.

Él mintió. La utilizó. Ella lo ayudó a engañar a Howard Hughes.

Robó comprobantes. Falsificó libros de contabilidad. Volvió a cuadrar las cuentas. Desvió pagos. Abrió una cuenta falsa.

Su cuenta. En Chicago. En el Mercantile Bank.

Blanqueó el dinero. Extendió cheques. Extendió diezmos a la CLCS. Cheques con seudónimo. Sesenta de los grandes hasta el momento. Más por llegar.

Pagos de penitencia. Control de daños. Operadores encubiertos contra el FBI.

Donaba dinero de la mafia. El señor Hoover guardaba las facturas. Conoció a Bayard Rustin. Le pagó.

El señor Hoover pensaba que conocía a Littell. El señor Hoover interpretó mal sus compromisos. El señor Hoover habló por teléfono con Littell. Interpretó mal su lealtad.

El señor Hoover habló con sus corresponsales. Filtró noticias obtenidas mediante micrófonos ocultos. El señor Hoover atacó al doctor King. Los editores recibieron vituperios. Los redactaron de nuevo. Los publicaron. Ocultaron la fuente de la información.

El señor Hoover habló. Bayard Rustin habló. Lyle Holly habló. Todos hablaron de los derechos civiles.

LBJ presentó su gran ley de los derechos civiles. Al señor Hoover le parecía detestable, pero...

Los setenta años lo acosan. La jubilación obligatoria lo acosa. LBJ dice: «Usted quédese y manténgase en sus trece.»

El señor Hoover le da las gracias. Eso significa favor por favor. LBJ dice: «Ahora apúntese a mi guerra contra el Klan.»

El señor Hoover accede. El señor Hoover cumple. El Nuevo Klan es *outré*. El señor Hoover lo sabe.

El Viejo Klan distribuía panfletos racistas. El Viejo Klan quemaba cruces. El Viejo Klan cortaba cojones. La castración era un delito estatal. El fraude postal era un delito federal.

El Viejo Klan amañaba los paquetes postales. El Viejo Klan robaba sellos. El Viejo Klan enviaba panfletos racistas y de ese modo violaba las leyes federales.

El contenido de las cartas era legal. Su método de envío era fraudulento. El FBI luchó contra el Viejo Klan. Su encargo era una minucia. Sus antecedentes contra el Klan eran blandos.

El Nuevo Klan era piromanía. El Nuevo Klan era homicidio en primer grado. El punto focal era Misisipí. Los partidarios de los derechos civiles se reúnen. De ello se deriva el «Verano de la Libertad». El Klan se prepara. Se forman nuevas células locales, o klaverns. Hay policías en ellos. Los diversos klaverns estrechan sus lazos.

Los caballeros Blancos. Los caballeros Reales. Klextors / Kleagles / Kladds / Kludds / Klokards. Klónclaves y Klonvocaciones.

Bombas en iglesias. Muertes por mutilación. Tres chicos en el condado de Neshoba: desaparecidos y presumiblemente muertos.

LBJ ordena una guerra. Doscientos agentes convocados. Cien para Neshoba. Tres probables víctimas: treinta y tres agentes por víctima.

El doctor King va de visita. Bayard Rustin va de visita. Bayard Rustin informa a Littell.

Littell busca en su atlas. De Kalb está junto a Neshoba. Allí se encuentra la escuela de Jane.

El señor Hoover estaba destrozado. La guerra lo había vejado. La guerra lo había ofendido. La guerra había traído consigo la alabanza del FBI. El señor Hoover se atribuyó el mérito a regañadientes. La guerra lo desgarraba.

Era *outré*. Era agresiva. Cabreaba a sus infiltrados en los klaverns. Dichos infiltrados le habían soplado lo del fraude postal. Eran agudos. Eran racistas. Estaban de acuerdo con las «orientaciones» del Buró.

«Riesgo aceptable» y «Violencia permitida». «Acciones negables definidas.»

El señor Hoover estaba desgarrado. La guerra lo había destrozado. LBJ había dañado su imagen racista. Se resarciría. Lucharía contra el doctor King. Buscaría compensación.

El señor Hoover lo llamó. Hablaron y discutieron. El señor Hoover se burló de Bobby.

LBJ odiaba a Bobby. LBJ necesitaba a Bobby. Tal vez lo nombrara vicepresidente. Bobby tal vez presentara su candidatura al Senado.

Littell puso las cintas de Bobby. Fue una comunión de madrugada. Las cintas despertaron a Jane. Jane había oído voces en su sueño.

Él mintió. Le dijo que no estaba soñando. Le dijo que estaba escuchando las cintas de unas declaraciones.

El señor Hoover siguió los movimientos de Bobby. Bobby el inútil fiscal general. Bobby debía dimitir. Nick Katzenbach debía sucederlo.

Entonces, quizá se desatara la fiebre federal. Dicha fiebre quizá llegara a Las Vegas. El señor Hoover quizá lo advertiera. Los Chicos quizá dijeran que sí. Contrata hombres-correo. Quizá los proporcionara Wayne Senior.

Almorzaba con Senior una vez al mes. Jugaban a mostrarse respetuosos. Senior veía Las Vegas en manos de Drac. Senior quería un pellizco.

Tratemos el tema. Pongamos a mis mormones cerca del Conde. Pellizquemos a Drac.

Los correos quizá funcionaran. Él tenía su propio plan para el dinero escamoteado. Ansiaba otra fuente más de dádivas.

El dinero lo dominaba. El dinero lo aburría. Tenía alianzas de dinero. Había formado vínculos de usura. Tenía un amigo que no estaba relacionado con el dinero.

Pete dejó Las Vegas. A mediados de febrero. Pete volvió vacío.

Pete voló a Dallas. Pete regresó con marcas de quemaduras y un gato. Littell compró la prensa de Dallas. Littell leyó la crónica de sucesos.

Ahí: «Prostituta muere en la cárcel. Se ha determinado suicidio.»

Llamó a Carlos. Se hizo el idiota. Carlos rió. Dijo que la mujer se había tragado la lengua.

Eso significaba dos liquidados. Eso significaba dos sueltos. Hank K. y Arden-Jane.

Littell habló con Pete. Hablaron de los muertos del piso franco. Hablaron de Arden-Jane.

—No la tocaré —dijo Pete.

Hablaba en serio. Pete tenía mal aspecto. Se lo veía triste y débil. Tenía jaquecas. Había perdido peso. Adoraba a su gato.

Pete quería los taxis Monarch. Pete contrató a un investigador privado. El investigador vigiló a Eldon Peavy. Seamos útiles. Revivamos Tiger Kab. Ayudemos a los Chicos.

Pete tenía alianzas de dinero. Pete tenía un gato nuevo. Pete tenía un hermano pequeño. Wayne Junior *et* Pete.

Les frères ensanglantés. Littell, un consul de la mort.

Todo el mundo tiene miedo. Todo el mundo vio lo de Dallas.

42

(Las Vegas, 14/2/64-29/6/64)

El ODIO.

Lo movía. Lo hacía correr. Lo hacía tener presagios. Estaba tranquilo con él. Estaba justificado.

Nunca dijo NEGRO DE MIERDA. No todos eran malos. Él lo sabía. Estaba justificado. Encontró a los malos. Los malos lo conocían. Los malos le temían. Wayne Junior. Es maaalo.

Trabajaba en el Deuce. Pegaba palizas. No utilizaba las manos, utilizaba su porra. Nunca dijo NEGRO DE MIERDA. Nunca pensó NEGRO DE MIERDA. Nunca toleró el concepto.

Trabajaba dos turnos. Estaba doblemente justificado. El dueño tenía normas. El jefe de mesa tenía normas. Las normas eran las que mandaban en el Deuce.

Wayne tenía normas. Wayne las hacía cumplir. No sobar a las mujeres. No pegar a las mujeres. Tratar a las putas con respeto.

Wayne hacía cumplir sus normas. Hacía cumplir su Norma de Intención. Predijo actos violentos. Se apropió de ellos. Empleó toda la fuerza debida.

Los localizó. Los siguió. Patrulló Las Vegas Oeste. Buscó a Wendell Durfee. Era inútil. Lo sabía. El ODIO lo había llevado hasta allí.

Recuperó el MIEDO. El MIEDO lo hizo quedarse.

Junior... maaalo. Junior mata a negros. Pega a mis colegas negros.

El Deuce pasó la pelea Liston-Clay. Los negros asistieron. Expresaron disgusto. Animaron.

Él captó la intención. Actuó. Unos musulmanes distribuyeron panfletos. Él los echó. Puso límites a sus derechos civiles.

Lo llamaron «Junior». Cuadró. Hizo honor a su ODIO. Separó su ODIO del de Wayne Senior.

Sonny Liston pasó por allí. Recogió a Wayne. Sabía la historia de Wayne.

—Hiciste lo que debías —le dijo.

Sonny estaba cabreado. Cassius Clay lo había derrotado. A tomar por culo toda esa mierda musulmana.

Llegaron al Goose. Los fotografiaron. Atrajeron a una multitud. Sonny dijo que conocía a muchísimos negros. Sus negros patrullaban Negrolandia. Sus negros removerían cielo y tierra. Encontrarían a Wendell Durfee.

ODIO:

Robó fichas de juego. Recorrió Las Vegas Oeste. Repartió fichas por toda la zona. Eran anzuelos para soplos. Pagó para que lo ayudaran a encontrarlo.

ELLOS cogieron las fichas. Ellos utilizaron a Wayne. Ellos escupieron en las fichas. Las rompieron. Fue inútil. Wayne lo sabía.

Compró la prensa de Dallas. Miró cada página. No encontró noticias sobre Maynard Moore. No encontró noticias sobre Wendell Durfee.

Leyó los periódicos. Vio un nombre: sargento A. V. Brown. El sargento Brown aparecía de vez en cuando en la prensa. Brown trabajaba en Homicidios.

El sargento Brown sabía que él había matado a Maynard Moore. El sargento Brown no tenía pruebas ni cadáver. El sargento Brown lo odiaba. Dwight Holly, lo mismo.

Holly lo seguía. En noches alternas. Excursiones por las Vegas Oeste.

Seguimientos para impresionar. Seguimientos evidentes y seguimientos rencorosos. Parachoques contra parachoques.

Holly lo siguió. Holly conocía su trabajo en el barrio negro. Holly era un federal. Cosméticamente, estaba a favor. Las muertes lo habían cabreado. Lo habían vuelto a poner en contacto con Wayne Senior.

Recordaron viejos tiempos. En Indiana habían reído juntos. Habían compartido su marca pura de ODIO.

El ODIO los tentaba a ir a sitios. El ODIO tentaba a Wayne a ir al rancho. Recorría el rancho cíclicamente. Sentía la necesidad y disfrutaba.

Janice se va. Wayne Senior se va. Él los ve salir y entra. Va al vestidor. Huele a Janice. Toca sus cosas.

Lee los expedientes de Wayne Senior. Lee sus panfletos.

El Oleoducto Papal. Billetes de barco al Congo. Un pasaje sólo de ida en el Titanic.

Los panfletos se remontaban al 52. Los panfletos «investigaban» Littell Rock. Los panfletos desenmascaraban a Emmett Till. Los dichos de Littell Rock transmitían la gonorrea. Emmett Till violaba chicas blancas.

Era mentira. Era ODIO puro y cobarde.

Wayne Senior había mentido: «El año pasado me "diversifiqué".» Mentira. Wayne Senior distribuía ODIO desde hacía mucho tiempo.

Panfletos racistas. Pasquines racistas. Cómics racistas. Manuales racistas. El alfabeto racista.

Wayne revisó el archivo de la correspondencia de Wayne Senior. Cartas del señor Hoover. Cartas de Dwight Holly. Se escribían desde el 54 en adelante.

El 54 bulló. El Tribunal Supremo prohibió la segregación en las escuelas. El Ku Klux Klan bulló de nuevo.

El señor Hoover bulló. El señor Hoover desplegó a Dwight Holly. Dwight conocía a Wayne Senior. Al señor Hoover le encantaban los panfletos de Wayne Senior. Los coleccionaba. Los mostraba. El señor Hoover llamó a Wayne Senior.

Charlaron. El señor Hoover lo presionó.

Distribuyes panfletos racistas. Alguien tiene que hacerlo. Son inofensivos y divertidos. Atraen a la derecha rural. La derecha rural está dividida en facciones. La derecha rural es idiota.

Tú tienes antecedentes de racismo. Puedes ayudarme a colocar topos. Infiltraremos grupos del Klan. Dwight los supervisará. Delatarán los fraudes postales. Destruirán los panfletos de tus rivales. Ayudarán al FBI.

Wayne leyó notas. Cartas del señor Hoover. Cartas de Dwight Holly. Cartas de los kapullos del Klan. Lisonjeaban. Fanfarroneaban. Describían sus kontratiempos.

No había más material archivado desde finales de verano del 63. Ninguna nota de los federales / ninguna nota de los infiltrados / ningún *kommuniqué*: ¿Por qué?

A Wayne le encantaban las notas de los federales. La manera de expresarse de los federales resplandecía: «Instrucciones sobre delitos; actos aceptables para mantener la credibilidad del informante.»

A Wayne le encantaban las notas del Klan. Su manera de expresarse resplandecía.

Wayne Senior sobornaba a sureños derechistas. Wayne Senior los mimaba. Vivían del dinero federal. Compraban armas. Compraban licor de maíz. Cometían «pequeños hurtos».

Una nota destacaba. Estaba escrita por Dwight Holly el 8/10/57.

Holly alababa a Wayne Senior. Holly se expresaba con entusiasmo: usted lo ha endurecido / usted ha conservado su tapadera.

6/10/57. Shaw, Misisipí. Seis klaneros agarran a un negro. Dichos klaneros utilizan un cuchillo. Le cortan los huevos. Se los dan de comer a sus perros delante del negro. Wayne Senior observa.

Wayne leyó la nota. Wayne la leyó cincuenta veces. La nota le dijo:

Wayne Senior te teme. Wayne Senior teme tu RACISMO. No es premeditado. No es explotador. No está motivado.

Wayne Senior odiaba de manera insignificante. Wayne Senior tenía un motivo. Wayne Senior intentaba dar forma a su ODIO.

Wayne Senior le puso una grabación. La escucharon mientras tomaban unas copas. La fecha: 8/5/64. El lugar: Meridian, Misisipí.

Hablan militantes de los derechos civiles. Cuatro negros. Los negros difamaban a las chicas blancas. Dichas chicas eran «coños liberales». Salían a «buscar vergas negras».

Wayne escuchó la cinta. Wayne volvió a escucharla treinta y ocho veces.

Wayne Senior le pasó una película de los federales. La pasó a la hora del almuerzo. La fecha: 19/2/61. El lugar: Nueva York.

Un club de folk / parejas de distintas razas bailando / labios oscuros y marcas rojas posteriores a las chupadas.

Wayne vio la película. Wayne la pasó cuarenta y dos veces.

ODIO:

Los miró. Los encontró. Los persiguió en masa. El ODIO lo movía. El ODIO lo reconcilió con Wayne Senior.

Hablaron. La mierda se volvió más densa. La mierda cobró cohesión y se dispersó. Janice habló con él. Janice lo estudió. Janice lo tocó aún más. Se vistió para él. Se cortó el cabello. Tenía un aire como el de Lynette.

Lynette lo había perdido. Janice lo sabía. Sabía que Dallas la había separado. Wayne huía de ella. Wayne se escondía. Wayne practicaba el sexo mentalmente.

Janice y Barb. Las fotos del rancho. Las postales del salón.

La casa lo jodía. Wendell Durfee había entrado dando una patada a la puerta. Lynette había muerto allí.

Le dio la vuelta a la cama. Arrancó la pintura. Quitó las manchas de sangre. Insuficiente.

Vendió la casa. Se permitió una juerga. Fue al Dunes y jugó a los dados. Ganó sesenta mil. Los dobló. Los perdió. Jugó toda la noche. Moe Dalitz lo observó. Moe lo invitó a crepes para desayunar.

Se mudó a la casa para invitados de Wayne Senior. Instaló un teléfono. Registró soplos. Todos mentira. Preparó una ficha de soplos.

Le gustaban sus dos habitaciones. Le gustaba la vista. Janice paseaba. Janice se cambiaba de ropa.

Él vivía en la casa para invitados.

Jugaba en el Sultan's. Allí se encontró con Pete. Contemplaron el número de Barb y charlaron.

Pete se la presentó. Wayne se ruborizó. Fueron al Sands. Tomaron cócteles helados. Hablaron. Barb se achispó y se repitió sobre el tema de la extorsión sexual. Dijo: «Yo me follé a JFK.»

Calló. Las miradas viajaron. Se dispersaron ráaapido. Barb sabía lo de Dallas. Las miradas decían: «Todos lo sabemos.»

Corría el mes de marzo. Pete y Barb habían regresado de México. Pete y Barb estaban bronceados.

Habían volado a Acapulco. Habían vuelto distintos. Pete estaba delgado. Barb estaba delgada. Pete tenía heridas en los labios. Tenían un gato. Les gustaba su culo ralo.

Wayne llamó a Ward Littell. Preguntó qué pasaba con Pete. Sacó a colación lo del «hermano pequeño». Ward se lo explicó todo.

Pete había matado a su hermano. La había cagado en un palo. Pete había matado a François B. de forma accidental. Aquello había sido en el 49. Wayne tenía quince años. Wayne vivía en Peru, Indiana.

Pete recibió llamadas. Pete se largó de Las Vegas. Wayne quedó con Barb para almorzar.

Hablaron. Temas intrascendentes. Evitaron hacer comentarios sobre el trabajo de Pete. Hablaron de la hermana de Barb en Wisconsin. Hablaron de la mala vida de su ex.

Barb coqueteó con él. Lo había visto con Janice. Había captado lo que ocurría. Él lo atribuyó a un enamoramiento a los dieciséis años.

Pete confió en él. Pete calibró su enamoramiento. Pete lo calificó de cosa de críos. Barb era fantástica. Barb lo hacía reír. Barb le hacía apartar los ojos de los negros.

Presionó a Pete para que le diera trabajo. Un trabajo de verdad. Pete eludió la presión.

Presionó a Pete en relación con Dallas. Dame más detalles. Pete eludió la presión.

—¿Por qué estás tan jodido y colgado de un gato? —le preguntó.

—Cállate —dijo Pete—. Sonríe más y odia menos.

43

(Dallas / Las Vegas / Acapulco / Nueva Orleans / Houston / Pensacola / Los Ángeles, 14/2/64-29/6/64)

Encontró al gato. Lo reubicó. Al gato le gustó Las Vegas. Al gato le gustó el hotel Stardust.

Al gato le gustó la suite. Al gato le gustó el servicio de habitaciones. Barb estaba intrigada. ¿Quién demonios te ha comido la moral? Te has ido. Has regresado. Has vuelto deshecho. No comes bien. No duermes bien. Tiemblas.

Hacía todo eso. Además, fumaba un cigarrillo tras otro. Le rechinaban los dientes. Bebía para poder dormir y revivió una pesadilla.

Saipan, en el 43. Japoneses. Carreteras con cuerdas para cortar cabezas. Los jeeps pasan. Golpean contra las cuerdas. Ruedan cabezas.

Tenía jaquecas. Tomaba whisky. Tomaba aspirinas. La hora de dormir le daba miedo.

Leía libros. Veía la televisión. Jugaba con el gato. Los brazos le picaban. Meaba más. Los pies se le entumecían.

Lo superó. Voló a Nueva Orleans. Preparó una cuerda de cortar cabezas. Vigiló a Carlos. Lo pensó de manera cabal. Hizo listas de síes y de noes. Los noes ganaron.

No lo hagas, los Chicos matarían a Barb, para empezar.

Matarían a la madre. Matarían a la hermana. Matarían a los Lindscott de todo el mundo.

Volvió a Las Vegas. Encontró alguien que le cuidara el gato. Barb se tomó una semana de vacaciones.

Volaron a Acapulco. Se instalaron en una suite que daba al acantilado. Por el acantilado rondaban hispanos a la caza del dinero de los turistas.

Hizo acopio de fuerzas. Hizo sentar a Barb.

Lo soltó TODO:

François y Ruth Mildred Crossmayer. Todos los golpes pagados que había dado. Betty Mac. La nariz en los barrotes. Las uñas de Betty en su cuello.

Soltó datos. Soltó nombres. Soltó cifras. Soltó detalles. Soltó nuevos datos sobre Dallas. Habló de Wendell D. y de Lynette.

Barb echó a correr.

Agarró su bolsa. Huía de él. Se marchaba. Pete intentó detenerla. Barb se hizo con su pistola. Le apuntó con ella.

Él retrocedió. Ella corrió. Él se emborrachó y miró el acantilado. Una caída de doscientos metros.

Subió. Vaciló. Subió diez veces. Subió borracho y subió sobrio. Dudó. Se hundió. Se sintió miserable diez veces. No se tiró por pura falta de huevos.

Consiguió diablos rojos. Durmió días enteros. Tomó pastillas. Durmió. Tomó pastillas. Durmió. Se despertó y pensó que estaba muerto.

Barb estaba allí.

—Me quedaré —dijo.

Él lloró y se levantó de la cama.

Barb lo afeitó. Barb le dio de comer sopa. Barb le hizo desistir de tomar pastillas y de tirarse por el acantilado.

Volaron a L.A. Pete vio a Ward Littell. Ward sabía lo de Betty. Carlos se lo había contado fanfarroneando.

Hicieron planes. Idearon precauciones. Ward era listo. Ward era bueno. Ward había convertido a Arden en Jane.

Todo el lío se veía nuevo. Ward dijo que lo comprendía. Las Vegas se veía nuevo. Matices intensos y calor.

Apostó por Clay y ganó. Acondicionó la suite a prueba de gatos. Ingresó una cantidad de seis cifras. Al gato le gustó la suite.

El gato se encaramaba. El gato saltaba. El gato mataba ratones de las paredes.

Pete llamó a Farlan Moss. Moss trabajaba en la Brigada Antivicio de la Oficina del Sheriff. Moss arrestaba putas y maricones con *panaché*. Pete lo contrató. El trabajo: encontrar trapos sucios en la Monarch y en Eldon Peavy. Moss prometió resultados. Moss prometió una divulgación completa.

Carlos llamó a Pete. Carlos evitó hablar de Betty. Carlos estuvo amable.

—Pete, espero que te hagas con la Monarch. Me gustaría tener alguna participación.

—No —dijo Pete. La sombra de Betty Mac aún lo acechaba.

—Esperemos en lo de Hank K. —dijo Carlos.

—Muy bien —dijo Pete. Se sentó y esperó. Pasó del whisky. Su sueño mejoró. Sus pesadillas disminuyeron.

Intimó con Wayne. Intimó con el gato. Vigiló la Monarch. Babeó. Llamó a Fred Otash. Llamó a colegas policías. Ordenaron busca y captura.

Wendell Durfee, ¿dónde estás? Wendell no estaba en ningún sitio.

Se puso inquieto. Fue en coche hasta Dallas. La sombra de Betty Mac aún lo acechaba y dejaba huellas fantasmales. Hizo comprobaciones. Examinó el expediente del DPD. Ninguna pista sobre Durfee. Nadie lo ha visto.

Carlos lo llamó y dijo: «Venga, cárgate a Hank Killiam.»

Pete fue a Houston. Pete recogió a Chuck Rogers. Chuck vivía con sus padres. Eran unos charlatanes. Dormían con sábanas del Klan.

Pete y Chuck se largaron hacia el este. Dirección: Pensacola.

Recorrieron carreteras comarcales. Haraganearon. Chuck habló de Vietnam. John Stanton estaba allí. La CIA estaba metida hasta el cuello. Chuck conocía a un policía militar de Saigón: Dane Relyea. Ex guardia de prisión / ex Klan.

Chuck habló con Dane. Charlas en onda corta. Dane elogió Vietnam sin parar. Estaba que ardía. Era Cuba en metanfetamina.

Chuck habló de Cuba. ¡Viva la Causa! Pete cargó contra las tropas de De Ridder.

Se pusieron de acuerdo. Joder a Hank Hudspeth. Joder a Guy B. Bebían demasiado. Hablaban demasiado. Vendían armas malas.

El sur era salvaje. Lluvias de primavera y gran vudú.

Cruzaron Luisiana. Se alojaron en campamentos de exiliados. Chuck pasó revista a las tropas. Pete limpió armas sucias.

Las tropas eran malas. Estaban formadas por hispanos de mierda. Se habían abierto de Cuba. Habían emigrado. Cobraban de los derechistas. Les faltaban huevos. Les faltaban habilidades. Les faltaba *savoir faire.*

Chuck conocía carreteras locales. Chuck conocía casas de comida en todo el estado. Atravesaron Misisipí. Atravesaron Alabama. Eludieron coches de los federales. Encontraron cruces quemadas. Chuck conocía a tipos de la sábana en todo el estado.

Chicos amables. Un poco tontos. Un poco endogámicos.

Se alojaron en kampamentos del Klan. Se marcharon al amanecer. Pasaron por delante de iglesias ardiendo. Junto a ellas había negros.

Chuck rió. Chuck saludó. Chuck gritó: «Buenos días a todos.»

Llegaron a Pensacola. Se plantaron ante la casa de Hank K. Hank K. estaba dentro. Le invadieron el piso. Le cortaron el cuello. Pasearon su cadáver en coche. Haraganearon. Circularon hasta a las 3.00. Encontraron el escaparate de una tienda de televisores.

Arrojaron a Hank. Hank alunizó. Rompió el cristal. Hank destrozó televisores Zenith y RCA.

El *Pensacola Tribune* / página 2 / tercera columna: «Extraño suicidio. Un hombre se lanza contra la luna de un escaparate.»

Chuck voló a Houston. Pete fue en coche a Las Vegas. Pete se olvidó de Hank K. Hank era varón. Hank conocía las normas. No había dispensa basada en el sexo.

Pete mató el tiempo. Intimó con el gato. Intimó con Wayne Junior. Fueron a las actuaciones de Barb. Se sentaron junto a la pista. Wayne disfrutaba con Barb. Wayne no lo disimulaba. Wayne honraba a las mujeres de esa manera.

14/6/64: muere Guy Banister. Es el ataque cardíaco núm. 4. Llama Chuck. Chuck se regocija. Chuck se explica.

Carlos dijo: «Mátalo.» Chuck tomaba demasiada digitalis. Chuck rió.

—No te sientas decepcionado —dijo—. Carlos quería darte un descanso.

DOCUMENTO ANEXO: 30/6/64. Informe confidencial. Enviado por Farlan D. Moss a Pete Bondurant. Asunto: ACTIVIDADES DELICTIVAS DEL ELDON LOWELL PEAVY (VARÓN BLANCO/46). LOS NEGOCIOS DE LA COMPAÑÍA DE TAXIS MONARCH Y EL HOTEL-CASINO GOLDEN CAVERN / CON UN ÍNDICE DE SUS ASOCIADOS CONOCIDOS EN ESAS ACTIVIDADES DELICTIVAS.

Señor Bondurant,

Tal como le prometí, aquí tiene mi informe y las copias de documentos sobre los asociados conocidos del sujeto Peavy. Recuerde que no puede reproducirlos y que deberá destruirlos después de leerlos.

PROPIEDADES Y LICENCIAS / SITUACIÓN FISCAL DE LOS NEGOCIOS LEGALES

El sujeto PEAVY es el único propietario de la compañía de taxis Monarch (primera licencia expedida en el condado de Clark, 1/9/55), del hotel-casino Golden Cavern, (con licencia de la Comisión de Juego de Nevada, 8/6/57), la tienda Sid el Sargento Excedente (licencia del establecimiento transferida al sujeto PEAVY 16/12/60) y el salón Cockpit Cocktail en Reno (licencia de la Junta de Bebidas Alcohólicas de Nevada núm. 6044/fechada 12/2/58).

(Nota: dicho salón es un punto de encuentro de homosexuales.) Todas las licencias estatales y locales del sujeto PEAVY están actualizadas y en regla. También están en regla los pagos de sus impuestos federales, estatales y municipales (Clark/Washoe) derivados de sus actividades económicas, de sus impuestos personales, de los impuestos sobre sus propiedades, los pagos al fondo de compensación de los trabajadores y el registro de sus empleados ex convictos a la Seguridad Social. El sujeto PEAVY (deseoso de mantener una buena reputación y conservar su puesto a la Junta de Control de Juego de Nevada y la Junta de Control de Bebidas Alcohólicas del condado de Clark) lleva de forma escrupulosa sus libros de contabilidad y cumple con las normas oficiales establecidas para las empresas.

ACTIVIDADES ILEGALES IN SITU (DE LOS MENCIONADOS NEGOCIOS)

Los cuatro negocios del sujeto PEAVY son foco de actividades delictivas y sirven como punto de encuentro de conocidos delincuentes y homosexuales. Los cuatro están protegidos, lo cual dificultará la estrategia de apropiación que usted quiere desplegar. El salón Cockpit (protegido por la Oficina del Sheriff del condado de Washoe) es un centro de distribución de pornografía homosexual (fotos y películas), instrumentos fetichistas de fabricación mexicana y viales de nitrito de amilo robados del Centro Médico del condado de Washoe. En el local opera una red de prostitución masculina y los teléfonos públicos se utilizan para establecer los contactos con los clientes, labor que realizan los camareros del Cockpit GARY «GAY RAY» BIRNMAUM (varón blanco/39/véase índice) y GARY DE HAVEN (varón blanco/28/véase índice). Al parecer, el sujeto PEAVY recibe un porcentaje de todos los beneficios de las actividades delictivas que se realizan en el Cockpit.

La tienda Sid el Sargento Excedente (521 E. Fremont) sirve de punto de partida de homosexuales que ejercen la prostitución en el motel Glo-Ann (604 E. Fremont) y como lugar de contacto para homosexuales mayores o casados que buscan chicos jóvenes. En el aparcamiento se reúnen jugadores que han perdido dinero o jóvenes universitarios deseosos de ganarlo y duermen en sus coches a la espera de una «cita». El encargado de la tienda, SAMMY «SILK» FERRER (varón blanco/44/ también taxista de la Monarch/véase índice) permite que esas «citas» tengan lugar en las habitaciones traseras de la tienda y a menudo las filma a través de agujeros practicados en las paredes. FERRER compila las escenas, las monta en forma de película pornográfica y las vende en el bar Hunky Monkey, establecimiento frecuentado por homosexuales. FERRER y el sujeto PEAVY también exhiben películas pornográficas (de contenido homosexual y heterosexual) en las habitaciones traseras del local. A estas sesiones asisten taxistas de la Monarch y sus clientes. (Nota: los actores ROCK HUDSON y SAL MINEO y el ex campeón de los pesos pesados SONNY LISTON son clientes habituales de la compañía Monarch y del Golden Cavern, y con frecuencia asisten a los mencionados pases de películas en la tienda Sid el Sargento Excedente.

La Monarch y su oficina/centro de recepción de llamadas, situados en un cobertizo (919 Tilden St., Las Vegas Norte) es la tapadera de las actividades ilegales (aunque protegidas) del sujeto PEAVY. El sujeto PEAVY tiene 14 chóferes a jornada completa o a tiempo parcial, 6 de los cuales son presuntamente homosexuales sin antecedentes delictivos ni graves infracciones de tráfico en el estado de Nevada. Los otros 8, todos ellos homosexuales, son:

El antes mencionado SAMMY «SILK» FERRER; HARVEY D. BRAMS; JOHN «CHAMP» BEAUCHAMP; WELTON V. ANSHUTZ; SALVATORE «SATIN SAL» SALDONE; DARYL EHMINTINGER; NATHAN WERSOHOW Y DOMINIC «DONKEY DOM»DELLACROCIO. Los 8 taxistas tienen un extenso historial delictivo: sodomía, atraco a mano armada, estafas, violación, prostitución masculina, posesión de narcóticos y acusaciones de homicidio declaradas sin lugar. (Véase índice.) DELLACROCIO, BEAUCHAMP, BRAMS, SALDONE también utilizan el hotel-casino Golden Cavern como punto de partida para ejercer la prostitución con homosexuales. DELLACROCIO (taxista a tiempo parcial y bailarín en el espectáculo *Vegas a Go-Go* del hotel New Frontier) también es actor pornográfico. A veces, DE-LLACROCIO recluta otros bailarines para ejercer la prostitución.

La compañía Monarch gestiona y se encarga del mantenimiento de máquinas tragaperras en numerosos bares de Las Vegas Oeste, como el Wild Goose, el Cozy Nook, el Bruce's, el Gilbert Bros, el Woody Supper Club, El Queen Bee, el Colony Club, el Brown Derby, el Love's Lounge y el Sugar Hill Lounge. Esta operación está supervisada por MILTON H. (HERMAN) CHARGIN (varón blanco/53/ sin antecedentes delictivos), heterosexual, que ha publicado artículos en revistas sensacionalistas (Lowdown y Whisper). También trabaja como receptor de llamadas a tiempo parcial en la Monarch y es el «oficial ejecutivo» del sujeto PEAVY, es decir, el hombre que impone orden en los empleados del sujeto PEAVY.

Los 14 taxistas venden pastillas que necesitan prescripción facultativa (Seconal, Nembutal, Tuinal, Empirin-Codeína, Dexedrina, Desoxyn y Bifetamina) que les suministran médicos residentes en Las Vegas. (Dichos médicos pagan de este modo sus deudas de juego a los casinos como parte de un acuerdo mutuo entre los jefes de mesa y el sujeto PEAVY. Véase lista de Asociados Conocidos para la lista de médicos y personal de casinos.)

Los taxistas les venden básicamente a los negros de Las Vegas Oeste, a mexicanos y a soldados de la base aérea Nellis, en las Vegas Norte, a artistas de salón y funcionarios con viajes pagados que son homosexuales y toxicómanos, residentes en Los Ángeles y que utilizan las limusinas de la Monarch para ir al aeropuerto cuando se alojan en el Golden Cavern. Esta operación también está autorizada por el DPLV y la Oficina del Sheriff del condado de Clark.

El hotel-casino Golden Cavern (1289 Saturn St., Las Vegas) es un establecimiento de 35 habitaciones / 60 mesas de los considerados de categoría inferior. Tiene la licencia pertinente y alberga a turistas y jugadores de poca monta. El sujeto PEAVY y su gerente RICHARD «RAMROD RICK» RINCON (también actor pornográfico a tiempo parcial) tienen seis bungalós separados del recinto para «fiestas» u «orgías» que utilizan homosexuales que visitan la ciudad, a los que se les suministran chaperos, licores exóticos, servicio de habitaciones, proyectores, películas y las pastillas de distribución ilegal antes mencionadas, junto con *poppers* y marihuana. Numerosos artistas de cine y televisión ocupan asiduamente los bungalós, entre ellos DANNY KAYE, JOHNNIE RAY, LIBERACE, WALTER PIDGEON, MONTGOMERY CLIFT, DAVE GARROWAY, BURT LANCASTER, RODDY MCDOWELL, LEONARD BERNSTEIN, SAL MINEO, RANDOLPH SCOTT Y ROCK HUDSON. Uno de los chaperos favoritos de los mencionados artistas es el taxista/bailarín/actor pornográfico DOMINIC «DONKEY DOM» DELLACROCIO. El Golden Cavern es muy conocido en el submundo homosexual, y habitualmente las citas son preparadas por «intermediarios» que frecuentan bares de homosexuales, como el Klondike, el Hunky Monkey, el Risque Room y el Gay Caballero.

NEGOCIOS DE ELDON PEAVY RELACIONADOS CON LA PORNOGRAFÍA

El negocio ilegal más arriesgado del sujeto PEAVY es su financiación y participación en una red de producción de películas pornográficas que nació en Chula Vista, California (población fronteriza), y Tijuana, México. La red funciona gracias a la colaboración de policías mexicanos que contratan y a menudo fuerzan a chicas menores a «actuar» en las mencionadas películas junto con actores masculinos (adultos) y animales utilizados en los espectáculos en directo de Tijuana. Las chicas suelen ser fugadas de casa procedentes de California y Arizona, y he identificado a seis de ellas a partir de las películas y su comparación con fotografías de personas desaparecidas. Las chicas identificadas (MARILU FAYE JEANETTE/14; DONNA RAE DARNELL/16; ROSE SHARON PAOLUCCI/14; DANA LYNN CAFFERTY/13; LUCILLE MARIE SANCHEZ/16 y WANDA CLARICE KASTELMEYER/14) aparecen en un total de 87 películas filmadas en Tijuana y enviadas contra reembolso a SAMMY «SILK» FERRER, asociado conocido de PEAVY antes mencionado. (Nota: estas películas son exhibidas en la tienda Sid el Sargento Excedente.)

Las películas son de contenido homosexual y heterosexual. El asociado conocido antes mencionado RICHARD «RAMROD RICK» RINCON aparece en las películas de contenido homosexual «El hombre del cipote», «El chico del cipote», «El guapo del cipote», «El cipote caliente» y «El cipote vuelve a casa». El asociado conocido antes mencionado DOMINIC «DONKEY DOM» DELLACROCIO aparece en las películas de contenido homosexual «El griego», «El hombre de la puerta trasera», «Polla grande», «Treinta centímetros», «El hombre de Moby Dick», «Las delicias de Moby Dick», «Moby Dick se porta mal», «Las vacaciones griegas de Moby Dick» y «Moby Dick y los chicos del 69».

Las películas están filmadas en 8 milímetros y son enviadas a la tienda <u>Sid el Sargento Excedente</u> desde la estafeta principal de Chula Vista. El asociado conocido antes mencionado SAMY «SILK» FERRER, las recibe y almacena en su apartamento (10479 Arrow Highway, Henderson) y las envía desde la oficina de correos de Henderson. (Véase índice para la lista de películas, fechas de envío desde Chula Vista y Henderson y nombres y direcciones de los destinatarios.)

Como conclusión, creo que a ELDON LOWELL PEAVY pueden imputársele un total de 43 delitos federales y estatales en Nevada, California y Arizona relacionados con el soborno y la explotación de menores, el transporte de material pornográfico y la distribución de productos para la depravación y la lascivia. (Véanse copias fotocopiadas de los artículos aplicables del Código Penal y de los Estatutos Federales.)

Le recuerdo, una vez más, que destruya este documento después de su lectura.

44

(Condado de Neshoba, 30/6/64)

El aire acondicionado se paró. Littell abrió la ventanilla.

Circulaba por la I-20. Adelantó coches de los federales. Adelantó furgonetas de la prensa.

Los seguían koches del Klan. Dichos koches llevaban adhesivos. «EUK» significaba: «¿Eres un klanista?» «SUK» significaba: «Soy un klanista.»

Llamó al señor Hoover. Le mencionó el viaje. El señor Hoover lo aprobó:

«Una idea muy saludable. Podrás encontrarte con Bayard Rustin y ser un observador en carne y hueso del "Verano de la Libertad". Me encantará escuchar sus impresiones al respecto, excepto sus ideas a favor de los negros.»

Llevó veinte mil dólares. Diez mil para Bayard. Diez mil para unos exiliados cubanos.

Pete había ganado en el combate Clay-Liston. Pete había tenido su propia dádiva.

Hacía calor. Los insectos bombardeaban el coche. Lo adelantaban koches del Klan. Los klanistas se mofaban de él.

Littell tenía pinta de federal. Eso lo convertía en objetivo. Llevaba un arma, la seguridad ante todo.

Lyle Holly lo había llamado a Las Vegas. Le había recomendado precaución. Sus planes de viaje lo habían enfurecido.

No lo hagas. Tienes aspecto de federal. El Klan te odia. Los blancos te odian. Los rojos odian tus huevos.

Littell pasó junto al pantano de Bogue Chitto. Vio trabajadores con excavadoras. Los chicos estaban muertos. Lyle lo había dicho. El señor Hoover había dicho que unos indios choctaw habían encontrado el coche.

Olía a Klan. El señor Hoover estaba cabreado. Convirtamos en mártires a los chicos. Nos cagaremos en los derechos de los estados.

Littell siguió la I-15. Puso la radio. Unos predicadores majaras predicaban. Es una mentira. Es una trola. Esos chicos están en Nueva Judiork.

Había hablado con Moe Dalitz. Moe había presionado a todos a los Chicos. Los Chicos dieron el visto bueno al plan de los vuelos chárter de Hughes. Eso significaba más dinero: una nueva fuente de dádivas.

El tráfico estaba detenido. Unos mirones contemplaban la escena.

Los coches de los federales avanzaban despacio. Las furgonetas de la prensa avanzaban despacio. La gente se apelotonaba.

Solados estatales y blancos pobres. Amas de casa y bebés con sábanas. Se hacían señales con las manos. El kódigo del Klan. Konversación konfidencial.

Littell fue cambiando de carril. Littell giró a la derecha. Allí: una cruz en la carretera. Una acción de la noche anterior. Una cruz utilizada. Madera quemada y gasa.

Una multitud miraba el tótem. Federales y negros. Vendedores de helados sin sábanas.

Ahí está Bayard Rustin vestido con un traje de lino.

Bayard lo vio a él. Bayard le hizo una seña. Bayard se acercó. Un hombre lanzó un huevo. Un hombre lanzó restos de helado. Alcanzaron a Bayard de lleno.

Aparcaron. Vieron una iglesia incendiada.

La iglesia había sido arrasada. Molotoveada. Los técnicos recogían restos de explosivos.

Littell le pasó la pasta a Bayard. Bayard se la metió en el portafolios. Bayard observó a los técnicos.

—¿Debo estar animado?

—Siempre y cuando entiendas que esto es cosa de Lyndon Johnson.

—El señor Hoover ha desempeñado un buen papel.

El sol estaba muy alto. Bayard llevaba yema de huevo y restos de helado.

—Quiere que el racismo y el resentimiento se mantengan al nivel que él considere oportuno, y cree que lanzarse encima del Klan le dará un *caché* popular.

—Permítame hacerle una pregunta. —Bayard tamborileó con los dedos en el salpicadero—. Lyle dijo que usted tiene cierta experiencia.

—De acuerdo.

—He aquí la situación. Martin y Coretta entran en su habitación y quieren asegurarse de que su amigo Edgar no haya entrado primero que ellos; ¿dónde buscar micrófonos ocultos y qué hacer con ellos si los encuentran.

Littell reclinó su asiento.

—Que busquen cables pequeños con puntas perforadas de metal que discurran entre marcos de cuadros y pantallas de lámparas. Que hablen de cosas inocuas hasta que estén seguros de que no hay ninguno y que no arranquen los que encuentren porque con eso harían que su amigo Edgar se enfadara e incrementase sus acciones contra el doctor King, que está avanzando a grandes pasos mientras Edgar prefería un expediente en su contra, porque la mayor debilidad de Edgar es poner en práctica el sadismo institucional a un ritmo sedado.

—La semana que viene, Johnson firmará la Ley de los Derechos Civiles. Martin va a ir a Washington.

—Dadas las circunstancias, es lo más oportuno.

—¿Algún otro consejo?

—Sí. Mantenga a su gente lejos de las zonas donde operan los Kaballeros Reales y los Konsolidados. Están llenos de informantes relacionados con el fraude postal, son casi tan malos como los Kaballeros Blancos y el FBI nunca investigará nada de lo que hagan.

Bayard abrió la puerta del pasajero. La manija le quemó.

—Pronto tendré más dinero —dijo Littell.

La fiesta se prolongó.

Él se quedó. Tenía que quedarse. El pueblo lo exilió. Los recepcionistas lo habían mirado inquisitivos. Habían visto su traje gris y su arma. Habían dicho que no quedaban habitaciones vacías.

La fiesta era un velatorio. Guy Banister: *mort*. El campamento estaba junto al golfo. Los cubanos tenían una hectárea y media.

Su terrateniente era el Klan. La Koalición Klarín de Maynard Moore. Eran partidarios de los exiliados. Escribían Cuba con K.

Carlos financiaba el lugar. Pete lo había supervisado en primavera. Pete había dicho que las tropas necesitaban trabajo.

Littell paseó por el recinto. Entregó la dádiva de Pete. Littell se quitó la chaqueta y levantó arena con los pies.

Un barracón. Una lancha rápida. Hombres de paja como dianas con rostros pintados estilo tira cómica: LBJ / el doctor King / Fidel *el Barbas* Castro.

Un depósito de armas. Lanzallamas. Bazukas y fusiles automáticos Browning.

Los exiliados fueron amables. Conocían al Gran Pete. Los chicos del Klan fueron groseros. Él llevaba traje de federal.

El sol se puso. La arena lanzaba pulgas. El aire húmedo lanzaba mosquitos.

Las botellas circulaban. Se oyeron brindis. Los del Klan encendían braseros japoneses. Servían perritos calientes. Los tostaban en exceso. Parecían asados con lanzallamas.

Littell dio un paseo. Los invitados se movían a su alrededor. Littell recordó sus historiales.

Hank Hudspeth. Colega de Guy. Un majara de luto. Chuck Rogers se había cargado a Guy. El ataque cardíaco fue provocado.

Laurent Guery y Flash Elorde. Los *confrères* derechistas de Pete. Mercenarios. Refuerzos de Dallas / parte del equipo de Pete y Boyd.

Laurent era ex CIA. Laurent se había cargado a Patrice Lumumba. Flash se había cargado a fidelistas anónimos.

La Red. Secretos a voces. Cosas que uno sabía.

Laurent soltó insinuaciones: *Monsieur Littell, nous savons, n'est-ce pas, ce qui c'est passé à Dallas?*

Littell sonrió. Littell se encogió de hombros.

Je ne parle pas français.

Laurent rió. Laurent alabó al tirador profesional.

Le professionnel était un français. Jean Mesplede, qui est maintenant un «merc» à Mexico City.

Littell se alejó. Guery lo ponía nervioso. Littell se detuvo y comió un perrito caliente. Estaba malo. Estaba excesivamente cocido. Pasado por el lanzallamas.

Littell dio un paseo. Littell contempló la fiesta. Littell leyó revistas: la Ley de los Derechos Civiles / las convenciones / Bobby como posible vicepresidente.

La fiesta proseguía. Hank Hudspeth tocaba el saxo. Los cubanos tiraban petardos.

Pete amaba la Causa. La Causa anclaba. La Causa justificaba. La Causa siempre perdonaba. Compartían un dilema. El castigo y las dádivas. Él lo sabía. Pete, no.

Littell intentó dormir. Los cubanos cantaban. Se oyeron petardos.

De Kalb estaba cerca de Scooba. De Kalb estaba cerca del condado de Neshoba.

El trayecto le tomó cinco horas. El calor azotó el coche. De Kalb se ajustaba a la descripción de Jane.

Una calle principal. Tiendas de comida. Segregación. Los blancos en las aceras. Los negros en medio de la calle.

Littell recorrió la población. Los negros miraban al suelo. Los blancos lo miraban a él.

Ahí está la escuela. La descripción de Jane era perfecta.

Bungalós. Senderos. Álamos. Pequeñas tiendas de campaña.

Littell aparcó. Littell revisó sus notas. La encargada de los registros era la señorita Byers, bungaló 1.

Littell caminó. Littell siguió la ruta que le había indicado Jane. La habitación encajaba con la descripción de Jane.

Un mostrador. Detrás, archivadores. Una mujer. Chal y quevedos.

La mujer lo vio y tosió.

—Si quiere mi opinión, le diré que es una trola.

—¿Cómo dice? —Littell se secó el sudor.

—Lo de esos chicos de Neshoba. Ahora mismo están tomando refrescos en Memphis.

Littell sonrió.

—¿Es usted la señorita Byers?

—Sí, lo soy. Y usted es un agente del Buró Federal de Invasión.

Littell rió.

—Necesito información sobre una ex alumna. Asistió a clase a finales de los 40.

—Llevo aquí desde la inauguración de esta escuela, en 1944. —La señorita Byers sonrió—. Y, en cierto modo, los años de posguerra fueron los mejores.

—¿Por qué?

—Porque teníamos a esos chicos camorristas de la Ley GI y a algunas chicas igual de camorristas. Una de ellas se enganchó a la droga y otras dos se hicieron trotacalles.

—El nombre de la chica que busco era Arden Smith o Arden Coates.

—Aquí nunca hemos tenido a ninguna Arden. —La señorita Byers sacudió la cabeza—. Es un nombre muy bonito y lo recordaría, seguro. He sido la única persona encargada de los archivos de esta institución, y hasta ahora la memoria no me ha fallado.

Littell examinó los cajones. Littell vio expedientes archivados por año. Un cajón para cada uno. Del 44 en adelante.

—Los expedientes, ¿están archivados por orden alfabético?

—Pues claro.

—¿Y llevan fotografías de los alumnos?

—Sí, señor. Sujetas con grapas en la primera página.

—¿Han tenido unas profesoras llamadas Gersh, Lane y Harding?

—Las hemos tenido y las tenemos. Las profesoras que vienen aquí suelen quedarse.

—¿Puedo echar un vistazo a los archivos?

—Primero dígame que ese gran lío no es sólo una trola.

—Los chicos están muertos —dijo Littell—. Los ha matado el Klan.

La señorita Byers parpadeó. La señorita Byers palideció. La señorita Byers alzó el puente del mostrador. Littell pasó al otro lado. Abrió el fichero del 44. Examinó el primer expediente. Estudió el sistema. Vio fotos en la primera página y listas de clases. Vio notas de última página: empleos tras el paso por la escuela / traslados / posdatas.

Jane conocía la escuela. Jane había asistido a ella o conocía a alguien que lo había hecho.

Littell abrió cajones. Littell comprobó expedientes. Leyó nombres. Miró fotos. Desde el 44 en adelante. Ninguna Arden. Ninguna foto de Jane. Ninguna Coates o Smith.

Littell leyó expedientes. Littell releyó expedientes. Volvió al 44. Anotó nombres. Comprobó notas de posgraduación.

La señorita Byers lo miró de reojo. Littell garabateó nombres.

Insinuaciones. Referencias. Quizá Jane mencionara nombres. Jane mencionaba nombres de manera habitual. Había esbozado escenas auténticas.

Marvin Whiteley / 46: en la actualidad, contable. Carla Wykoff: auditora del estado.

Littell sacó los expedientes del 47. Aaron / Abelfit / Aldrich / Balcher / Barrett / Bebb / Bruvick. Empleos modestos. Puestos prosaicos. Empresas de construcción. Tiendas de alimentación. Administración sindical.

Richard Aaron se casó con Meg Bebb. Aldrich se quedó en De Kalb. Balcher cogió un lupus.

Barrett trabajaba en Scooba. Bruvick se mudó a Kansas City. Bruvick se afilió a la Federación Americana del Trabajo.

Littell comprobó expedientes. Littell escribió nombres. La señorita Byers lo miraba a hurtadillas.

Bobby Cantwell tuvo herpes. Las hermanas Clunes se volvieron camorristas. Carl Ennis contagió piojos.

Gretchen Farr: el demonio con flequillo. Un drogadicto y peor.

Littell se detuvo. Se le doblaron las rodillas. Dejó de escribir.

Jane construía mundos completos. Jane mentía más allá de sus límites. Mintiendo, Jane lo eclipsaba.

—Sigo pensando que es una trola —dijo la señorita Byers.

45

(Las Vegas, 2/7/64)

Calor insoportable. Calor propio de Las Vegas.

Wayne encendió el aire acondicionado. Heló la habitación. Recortó una noticia.

El *Dallas Morning News*. 29/6: «El DP de Dallas reconoce la muerte del policía desaparecido.»

Archivó el recorte. Examinó su tablón de corcho. Vio a Lynette en las fotos del depósito de cadáveres. Vio una ampliación de las huellas de Wendell Durfee.

Todo fotos satinadas más algunas fotos del FBI. El doctor King, desnudo y gordo. Con una rubia gorda y desnuda.

Wayne corrió las cortinas. Evitó la luz del sol. Evitó la visión de Janice. Janice se vestía para el calor. Llevaba biquinis todo el día.

Wayne revisó sus cajones. Wayne hizo inventario de sus armas. Todas ellas para confundir a la policía. Seis cuchillos / ocho pistolas / una recortada.

Trabajaba en el Deuce. Desarmaba a los negros. Les robaba las armas. Las guardaba para inculpar a Durfee. A Janice le gustaba. Lo había bautizado: «El arcón de la esperanza de Wayne.»

Comprobó sus registros de soplos. Contó noventa y uno. Todos mentira. Todos palabrería.

Llegaron coches. Se cerraron puertas. El aparcamiento resonó. Su anfitrión: Wayne Senior.

Otra «cumbre veraniega» para preparar panfletos racistas. Según su propia descripción, era «la mejor y la más importante».

Diez reuniones en diez días. Reuniones para reunir fondos. «Cumbres.» Transporte de panfletos. A tomar por culo los derechos civiles. Alabemos los derechos de los estados. Doblemos nuestra distribución. El señor Hoover pide velocidad. El señor Hoover pide una amplia difusión.

Wayne Senior se lo contó TODO a Wayne. Wayne Senior dio rienda suelta a su ODIO.

Él se contuvo. Realizó una difusión parcial.

Vio coches de los federales. Vio federales vigilando. Federales apostados junto a la carretera. Federales vigilando las reuniones. Federales anotando los números de las matrículas.

No eran del FBI, sino locales. Chicos de Dwight Holly.

Wayne Senior estaba distraído. Wayne Senior estaba obsesionado con los panfletos. Wayne Senior no notaba el calor.

Wayne Senior hablaba. Wayne Senior se encendía. Wayne Senior intentaba impresionar. Wayne Senior ya conocía a Ward Littell. Wayne Senior fanfarroneaba: «Littell necesita ayuda. Tal vez se dedique a infiltrar a algunos de los míos en la organización de Hughes.»

Wayne había llamado a Ward Littell la semana anterior y le había advertido: «Wayne Senior te joderá y Dwight Holly obrará en consecuencia.»

Wayne limpió sus cuchillos. Wayne limpió sus armas. Wayne almacenó munición. Entró Janice. Estaba mojada de la piscina. Olía a Coppertone y cloro.

—Antes solías llamar a la puerta. —Wayne le arrojó una toalla.

—Cuando eras un niño sí que lo hacía.

—¿A quién recibe hoy?

—A los de la John Birch. Quieren que cambie el estilo de impresión de los panfletos para que se distingan de los racistas.

Su bronceado era irregular. La braga del biquini dejaba al descubierto algo de vello negro.

—Me estás mojando toda la alfombra.

—Pronto será tu cumpleaños. —Janice se secó.

—Lo sé.

—Cumplirás treinta.

—Y quieres que diga que tú cumplirás cuarenta y tres en noviembre. —Wayne sonrió—. Quieres saber si me acuerdo de esas cosas.

—Tu respuesta me ha satisfecho. —Janice dejó caer la toalla.

—No suelo olvidarme de las cosas. Eso ya lo sabes —dijo Wayne.

—¿Te refieres a las cosas importantes?

—Me refiero a las cosas en general.

Janice miró el tablón de corcho. Janice vio a M. L. King.

—A mí no me parece comunista.

—Dudo que lo sea.

—Tampoco es como Wendell Durfee. —Janice sonrió.

Wayne dio un respingo.

—Me voy —dijo Janice—. Tengo una partida de bridge con Clark Kinman.

El Deuce estaba muerto. Mesas muertas. Tragaperras muertas. Reservados muertos.

Wayne dio una vuelta.

Caminó. Se apostó. Siguió a unos negros. Hizo evidentes sus intenciones. Los disuadió. Ellos lo evitaron. Pasaron de él. Se mostraron tranquilos.

El turno se prolongaba. Él se arrastraba. Se sentó junto a la caja. Subió el taburete. Su panorámica aumentó.

Entra un negro. Lleva una bolsa marrón. Lleva una botella. Se acerca a las tragaperras. Echa unas monedas. Tiene mala suerte.

Cuarenta veces y ningún premio. Muy mala suerte.

El tipo saca la polla. El tipo mea. Salpica las tragaperras. Salpica a una tortillera.

Wayne se acercó.

El tipo se ríe. El tipo rompe la botella. Vuelan trozos de cristal. Salpicaduras de vino.

El tipo se ríe. Saca una navaja.

El tipo se abalanzó.

Wayne retrocedió. Wayne le inmovilizó el brazo. Wayne le torció la muñeca. El tipo vomitó. Dejó caer la navaja.

Wayne lo pateó hasta derribarlo boca abajo. Wayne lo pateó en los dientes. Wayne le hundió la rodilla.

46

(Las Vegas, 6/7/64)

Eldon Peavy olía a maricón mezquino. Eldon Peavy olía a ser el que daba por culo.

3.10 horas.

El cobertizo estaba muerto. Peavy trabajaba solo. Pete entró sin llamar. Peavy dio un respingo. Peavy alargó el brazo. Peavy fue muy leeento.

Pete le impidió el movimiento. Pete abrió el cajón. Pete sacó la pistola.

Peavy se replegó. Peavy demostró *savoir faire*. Se hundió en la silla. Alzó los pies. Acarició las piernas de Pete.

—Alto, moreno y pervertido. Mi tipo de pies a cabeza.

Pete abrió el cargador. Pete sacó los casquillos. Silbaron y volaron.

—¿Quieres una sesión? —Peavy sonrió con presunción—. Un tío duro o una florecita, lo que tú prefieras.

—No, esta noche no quiero nada —dijo Pete.

—Vaya, pero si habla. —Peavy rió.

Sonó el teléfono del escritorio. Peavy pasó de él. Retorció los pies. Movió los dedos gordos. Frotó la nariz contra las piernas de Pete.

—La red de pornografía está controlada por la policía de Tijuana, que contrata y a menudo ejerce coerción sobre chicas menores de edad. —Pete encendió un cigarrillo.

—Mierda, y yo que me había hecho ilusiones contigo. ¿Conoces esa canción que dice «algún día llegará el hombre que yo amo...»? —Peavy movió los dos dedos gordos.

Pete vació sus bolsillos. Pete sacó doscientos de los grandes. Todo en billetes nuevos.

Dejó caer el dinero. Cogió a Peavy por los pies. Los dejó caer junto a la mesa.

—Necesitamos tus votos en la Junta de Juego y Bebidas Alcohólicas y te daremos el cinco por ciento de interés.

Peavy sacó un peine. Peavy se ahuecó los rizos.

—Conozco muy bien los chantajes y las expropiaciones legales, por lo que ya puedes pasar a la fase siguiente y decirme que quemarás mis taxis.

—Si paso a la fase siguiente, pierdes el cinco por ciento. —Pete sacudió la cabeza. Pete hizo una mueca de asco. Pete le mostró tres fotos.

Rose Paolucci: en la iglesia. Rose Paolucci: chupándosela a un mastín. Rose Paolucci con su tío John Rosselli.

Peavy sonrió estúpidamente. Je, je, je. Peavy miró las fotos.

Se puso pálido. Sudó. Vomitó la cena. Mojó la mesa. Empapó el teléfono. Cogió el dinero bañado.

Pete agarró el tarjetero. Pete extrajo la tarjeta de Milt Chargin.

Se encontraron en el Sills' Tip-Top. Intercambiaron chismes. Comieron crepes.

Milt estaba de moda. Soy cómico. Trabajo en un local. Soy Mort Sahal sin cadenas.

Milt conocía a Fred Otash. Milt conocía la fama de Pete. A Milt le gustaba la prensa sensacionalista. Milt conocía a Moe Dalitz. Milt conocía a Freddy Turentine. Freddy pinchaba pisos de maricones para el *Whisper*.

Pete se puso a su altura y dijo:

—He comprado la Monarch. Ahora, tal vez necesite tu ayuda.

Milt se alegró. La Monarch estaba llena de maricones. Necesitas maricones. El negocio de los maricones va viento en popa. No necesitas una estética frufrú.

Pete consiguió intrigar a Milt. Milt se puso a su altura. Él pasaba del rollo de los maricones. Él pasaba del rollo obsceno y de la estética frufrú. Dijo que se quedaría e hizo algunas sugerencias.

Peavy es el dueño del Cavern. Ese garito de bujarrones está a tope. Pasearemos a los maricones de un lado a otro. Seamos cuidadosos. Seamos amables. Vivamos con cierta estética frufrú.

Intercambiaron chismes. Discutieron sobre los trabajos de Peavy. Los que había que evitar. Los que había que realzar. Los que había que revisar.

Pete consiguió intrigar a Milt.

—Suelta —dijo Pete—. Sé el Mister Las Vegas de la información. Si estoy en el Strip y quiero acostarme con alguien por cien dólares, ¿adónde voy?

—Prueba con el recepcionista del Flamingo. Regenta un folladero en el mismo hotel. Por un billete de cien, tendrás un completo.

—Supón que quiero carne oscura.

—Llama a Al, el encargado del Sindicato de Camareras. Es un buen chollo, si no te importa joder en el cuarto de las escobas.

—¿A quién debo evitar?

—A Larry, del Castaways. Chulea con *drag queens* vestidas de mujer auténtica. La regla principal es no confíes en quien no quiera desnudarse.

—Supón que quiero un trío con dos lesbianas.

Ve al Rugburn Room. De día, es un garito de tortilleras. Habla con Greta, la encargada de la barra. Te conseguirá un par de tías por cincuenta pavos. Tomará fotos y te dará las copias y los negativos si le pagas algo más. Recuerdos, ya sabes.

—Sonny Tufts. ¿Qué sabes de él?

—Muerde a las coristas en los muslos. Las chicas se vacunan de la rabia cuando saben que está en la ciudad.

—¿Y John Ireland?

—Un tío con una polla de treinta centímetros. Va a retiros nudistas y allí monta su negocio. Provoca gran excitación.

—¿Lenny Bruce?

—Yonqui y chivato de la Oficina del Sheriff de Los Ángeles.

—¿Sammy Davis Jr.?

—Swith Hitter. Le gustan las blancas y rubias bisexuales.

—¿Natalie Wood?

—Tortillera. Ahora mismo enrollada con una oficial del Cuerpo Militar Femenino.

—¿Dick Contino?

—Un lameculos y un ludópata. Compinchado con el cartel de Chicago.

—¿El mejor espectáculo de Las Vegas?

—Barb y los Bail Bondsmen. ¿Crees que no sé con quién hablo?

—Nómbrame a un pez gordo mormón. Ya sabes, uno gordo de verdad.

—¿Qué te parece Wayne Tedrow Senior? Es un mercader de basura con mogollón de dinero. Su hijo mató a tres negros y no le pasó nada.

—Sonny Liston.

—Borracho, drogadicto, putero. Amigo del antes mencionado asesino de negros Wayne Tedrow Junior. Mira, no me hagas hablar de Sonny...

—¿Bob Mitchum?

—Fuma marihuana.

—¿Steve Cochran?

—Rival de John Ireland.

—¿Phyllis McGuire?

—Folla con Sam Giancana.

—¿Jayne Mansfield?

—Se folla al mundo entero.

—¿Qué compañía local de taxis utilizan los hombres de la Asamblea Legislativa del estado?

—Rapid Cab. Los del estado tienen una cuenta.

—¿Y los oficiales de Nellis?

—Lo mismo. Tienen unas buenas cuentas.

—¿Tienen contactos con la Banda de Chicago?

—No, sólo son unos gilipollas que aceptan las reglas del juego.

Pete sonrió. Pete inclinó la cabeza. Pete mostró diez de los grandes.

Milt derramó su café. Se quemó las manos.

—¡Que locura! —dijo.

—Esto es una prima por la firma del contrato. Eres mi nuevo informador.

DOCUMENTO ANEXO: 14/7/64. Transcripción literal de una llamada telefónica del FBI. Encabezamiento: GRABADA A INSTANCIAS DEL DIRECTOR / CLASIFICADADA CONFIDENCIAL 1-A: SÓLO PUEDE VERLA EL DIRECTOR. Hablan: el director Hoover y Ward J. Littell.

JEH: Buenos días, señor Littell.

WJL: Buenos días, señor.

JEH: Cuénteme su excursión sureña. Recibo actualizaciones de mis agentes de campo, pero me gustaría escuchar una perspectiva que contraste con los informes que ya tengo.

WJL: El señor Rustin se puso muy contento con mi donación. Y también estaba muy complacido con la Ley de los Derechos Civiles y alabó la presencia del Buró en Misisipí.

JEH: ¿No le corrigió y le dijo que era una «presencia forzada».

WJL: Sí, señor, lo hice. Representé mi papel y la atribuí al presidente Johnson.

JEH: Lyndon Johnson necesita que lo amen personas miserables. En esa necesidad le falta discernimiento y es muy promiscuo. Me recuerda al Rey Jack y su falta de discernimiento con las mujeres.

WJL: Sí, señor.

JEH: Yo no tengo la misma necesidad que el señor Johnson. Tengo un perro que satisface mi deseo de afecto irreflexivo.

WJL: Sí, señor.

JEH: El señor Johnson y el Príncipe de las Tinieblas están decididos a convertir en mártires a esos chicos desaparecidos. El irreverente reverendo King debe de desear lo mismo.

WJL: Estoy seguro de que sí, señor. Estoy seguro de que considera a esos chicos como «símbolos cristianos».

JEH: Yo, no. Para mí, el mártir es el estado de Misisipí. Su soberanía se ha visto revocada en nombre de unos dudosos «derechos», y, a mi pesar, Lyndon Johnson me ha convertido en su cómplice.

WJL: Estoy seguro de que encontrará la manera de resarcirse de ello, señor.

JEH: Sí, lo haré. Y usted me ayudará y realizará sus propios actos de penitencia de una manera indescifrable y políticamente sospechosa.

WJL: Me conoce usted muy bien, señor.

JEH: Sí, y puedo descifrar sus inflexiones y detectar cuándo quiere cambiar de tema.

WJL: Sí, señor.

JEH: Le escucho, señor Littell. Haga cualquier pregunta o comentario que crea oportuno.

WJL: Gracias, señor. Mi primera pregunta es acerca de Lyle y Dwight Holly.

JEH: Formule sus preguntas. Los preámbulos me resultan aburridos.

WJL: ¿Le cuenta Lyle a Dwight lo que sabe sobre la CLCS?

JEH: No lo sé.

WJL: ¿Investiga Dwight formalmente a Wayne Tedrow Senior y/o Junior?

JEH: No, aunque estoy seguro de que los controla a su personal y persistente manera, algo que no quisiera desalentar.

WJL: Es posible que yo trabaje con algunos mormones de Wayne Senior.

JEH: ¿En la organización de Hughes?

WJL: Sí, señor.

JEH: ¿Ahora o a su debido tiempo?

WJL: Ahora.

JEH: Amplíe sus respuestas, señor Littell. He quedado para almorzar en el Millenium.

WJL: El trabajo que tengo en mente es un poco arriesgado, sobre todo si el Departamento de Justicia se emplea a fondo en Las Vegas.

JEH: Yo no decido las políticas del Departamento de Justicia. El FBI no es más que un actor secundario en todo el montaje general, tal como el Príncipe Bobby me ha recordado en varias ocasiones.

WJL: Sí, señor.

JEH: Dígame qué quiere, señor Littell.

WJL: Me gustaría un compromiso provisional. Si los mormones causan problemas, usted podría valorar la situación e interceder en su nombre o bien utilizar esos problemas para que Wayne Senior esté en deuda con usted.

JEH: ¿Quiere que ofrezca protección encubierta a los mormones?

WJL: No, señor.

JEH: ¿Informará a Wayne Senior y a los mormones del posible riesgo federal?

WJL: La descripción del trabajo ya lleva implícita esa advertencia. No voy a decorar innecesariamente las cosas más allá de eso.

JEH: Y esa estrategia de colaboración con los mormones, ¿a quién beneficiará?

WJL: Al señor Hughes y a mis clientes italianos.

JEH: Entonces, proceda. Y sepa que puede contar con mi ayuda, si la necesita.

WJL: Gracias, señor.

JEH: Asegúrese de que el señor Hughes siga estando falto de responsabilidad de manera convincente.

WJL: Sí, señor.

JEH: Buenos días, señor Littell.

WJL: Buenos días, señor.

47

(Las Vegas, 14/7/64)

El golf lo aburría. Wayne Senior insistió. Voy a jugar en el Desert Inn.

Littell se quedó junto al puesto de bebidas. Littell eludió el calor. El calor de Las Vegas abrasaba. El calor de Las Vegas derretía.

Algunos hoyos estaban cerca. Littell observó a los Tedrow en el 8. Janice derrotó a Senior. Janice igualó el par e hizo un *birdie*. Janice acertaba sus tiros.

Se movía con gracia. Se movía como Jane. Lucía sus hebras grises. De Kalb lo había asustado. De Kalb le había enseñado:

Aceptaste las mentiras de Jane. Dispusiste puntos de verdad entre ellas. Arreglaste el juego de las mentiras. Nos tiene remedio.

Ella se cargó su imagen de mentiroso. Ella se cargó los adornos. Se apropió de recuerdos. Suministró un pasado de segunda mano.

Mintió. Adornó. Codificó. Él sólo la conocía a través del código. No podía presionarla sinceramente. Se había aprovechado de sus habilidades. Ella le había enseñado a malversar. Lo había ayudado a estafar a Howard Hughes.

Los Tedrow disputaron el 9. Janice hizo un *birdie*. Wayne Senior hizo un *bogey*. Janice se dirigió al 10. Un cadi se reunió con ella. Wayne Senior vio a Littell y lo saludó.

Se acercó con el carrito. Lo deslizó sobre la hierba. El toldo procuraba algo de sombra.

Littell lo esperó. Wayne Senior sonrió.

—¿Usted no juega?

—No. Nunca me han gustado los deportes.

—Más que un deporte, el golf es una actividad comercial. El señor Hughes podría comprarle...

—Quiero contratar a tres de sus hombres. Ahora mismo puedo darles trabajo de correos, y cuando el señor Hughes se establezca les ofreceré empleo en los casinos.

—«Correos» suena a eufemismo. —Wayne Senior hizo girar su palo de golf—. ¿Me está describiendo una operación de seguridad?

—En cierto sentido, sí. Esos hombres viajarán en los vuelos chárter de Hughes a distintas ciudades.

—¿Desde McCarran?

—Mi idea era enviarlos desde Nellis.

—¿Para más seguridad?

—Sí. Usted tiene amigos en Nellis y sería un descuido por mi parte no arreglarlo.

Un cadi gritó: «¡Ojo!» Una pelota golpeó el carrito. Wayne Senior retrocedió.

—Tengo amigos en intendencia y en compra de material de defensa. El general Kinman y yo somos íntimos.

—¿Lo consideraría un colega?

—Sí, colega y contacto. Me ha dicho que Vietnam está cada vez más caliente, y él es uno de los que lo sabe.

—Estoy impresionado. —Littell sonrió.

—Es normal que lo esté. —Wayne hizo girar el palo del golf—. El mes que viene habrá un acontecimiento naval organizado, lo cual ayudará a LBJ a intensificar la guerra. El señor Hughes tiene que saber que yo conozco personas que saben esa clase de cosas.

—Quedará impresionado.

—Seguro.

—¿Ha considerado mi ofer...?

—¿Qué transportarán los correos?

—No puedo decírselo.

—Mis hombres me lo dirán.

—Eso será decisión de ellos.

—Entonces, hablemos de contabilidad.

El toldo se movió. Littell parpadeó. El sol le daba en los ojos.

—Sus hombres recibirán el diez por ciento del valor de cada transporte. Usted podrá sacar la tajada que quiera.

Moe había aceptado un quince. Réstale un cinco para dádivas.

Wayne Senior aplastó un pelota de golf. Wayne Senior mascó un *tee*.

Dinero ilegal. Escamoteo.

Él lo sabe. No lo dirá. Permanecerá limpio. Serán sus hombres quienes corran el riesgo.

Janice se acercó al hoyo 11. Sus hebras grises se arremolinaron.

Dejó caer una pelota. La preparó. Le pegó. Golpeó contra el carrito.

Littell retrocedió. Janice rió y saludó con la mano.

—Me interesa —dijo Wayne Senior.

48

(Las Vegas, 15/7/64)

El Deuce estaba muerto. Los crupieres bostezaban. El encargado de la barra bostezaba. Unos perros callejeros vagaban por el local. Combatían el calor. Gorreaban frutos secos. Gorreaban caricias y mimos.

Wayne se apoyó contra la barra. Wayne acarició a un labrador. Sonó el intercomunicador: «Wayne Tedrow, contacte con el encargado, por favor.»

Wayne se movió. El labrador lo siguió. El encargado bostezó. El labrador se meó en una escupidera.

—¿Te acuerdas de ese tipo de color, hace diez o doce días?

—Sí, me acuerdo.

—Claro que te acuerdas. Le rompiste un montón de huesos.

—Fue una acción disuasoria. —Wayne dobló las manos.

—Ésa es tu versión, pero la ANPGC dice que fue un ataque no provocado y que, supuestamente, hay dos testigos.

—¿Quieres decir que han puesto una demanda judicial?

—Tendré que pedirte que te vayas, Wayne. —El encargado bostezó—. Nos piden veinte de los grandes, y a ti la misma cantidad. Además, insinúan que pueden acusarte de otros líos que has montado.

—Tú cúbrete. Yo ya me las apañaré.

A Wayne Senior le encantó. Wayne Senior lo repitió una y otra vez.

Paga. No llames a Littell. Está de parte de ellos.

En la terraza hacía calor. El aire dolía. Las luciérnagas saltaban.

—Lo desarmaste y lo derribaste. —Wayne Senior bebía ron—. Quiero saber cómo lo justificas.

—Todavía pienso como un policía. Cuando rompió esa botella, supe que tenía la intención de hacerme daño.

—Con esa respuesta, te has puesto en evidencia. —Wayne Senior sonrió.

—Quieres decir que todavía necesito un motivo...

—Lo que quiero decir es que has revisado tu base para la acción. Ahora, pecas de agresivo, algo que rara vez hiciste...

—Mientras era policía.

—Quiero correr con los gastos de la demanda. —Wayne Senior hizo girar su bastón—. ¿Aceptarás el favor?

—No puedes conseguir que los odie tanto como tú. ¿Aceptarás esa idea?

Wayne Senior tocó un interruptor de la pared. Sopló aire fresco.

—¿Quieres decir que, como padre, soy sumamente previsible?

—En cierto sentido, sí.

—¿Puedes prever cuál será mi próxima oferta.

—Claro. Es una oferta de trabajo. Tiene que ver con un sindicato cuasilegal o con uno de los catorce casinos que posees, transgrediendo las leyes de la Comisión de Juego de Nevada.

El aire frío se arremolinó. Los insectos batieron las alas y se largaron.

—Es como si me hubieses investigado.

—Cuando dejé el DP, quemé mi archivo.

—Con el expediente sobre tu pa...

—Tus tramposos en los casinos rivales. Un tipo llamado Boynton y otro tipo llamado Sol Durslag, que forma parte de la Junta de Bebidas Alcohólicas del condado de Clark. Además, tienes en el bolsillo a unos cuantos militares de Nellis. Vendes comida y alcohol robados a la mitad de los hoteles del Strip.

—Has adivinado mi oferta. —Wayne Senior se desperezó—. Necesito a alguien que se ocupe del suministro a los hoteles.

Wayne contó luciérnagas. Saltaban. Brillaban. Caían.

—Es un «sí» a las dos ofertas. No dejes que se te suba a la cabeza.

El Rugburn Room:

Un local elegante. Seis mesas / un escenario. Un refugio beatnik.

Milt Chargin había contratado a un dúo. Eran acólitos de Miles Davis. Tocaban bongós y saxo tenor.

Milt acogía a gente elegante. Unas tortilleras servían cerveza. Apareció Sonny Liston y se oyeron gritos de ánimo.

Sonny abrazó a Wayne. Sonny se sentó. Sonny vio a Barb y a Pete. Sonny los abrazó. Ellos le devolvieron el abrazo. Sonny estudió a Pete.

Echaron un pulso. El público apostó. Pete ganó dos de tres.

Milt prosiguió. Milt hizo el número de Lenny Bruce. Lawrence Welk hace audiciones a yonquis. Pat Nixon folla con Lester, el priápico.

La gente rió. Fumó marihuana. Sonny sacó dexedrinas. Pete y Barb declinaron.

Wayne tomó tres. Tuvo una erección. Miró a Barb de reojo y se deleitó con su cabello.

Milt hizo números nuevos. Hinchó condones. Los ató. Los arrojó al público. El público enloqueció.

Agarraron los condones. Los hicieron estallar con cigarrillos, pop. Milt imitó a Fidel Castro. Fidel llega a un bar de maricones. Entra Jack Kennedy. Jack dice: «Te veré en la bahía de Cochinos, pero también tendrás que follar con Bobby.»

Pete aulló. Barb aulló. Wayne rugió.

Milt imitó a Sonny.

Sonny rapta a Cassius Clay. Sonny lo arroja al Misisipí. El Klan lo toma como rehén. Martin Luther King baja a ver qué pasa.

Marty lleva la cara blanca. A Marty le gusta ser blanco. Es una apostasía audaz. A tomar por culo todo esa movida negroide.

Marty se encomienda a Dios. Dios pone a Jesucristo en acción. Jesucristo es un cantante. Trabaja con Judas y los Nail Drivin' Five.

Marty dice a Jesucristo: «Escucha, padre. Tengo una crisis de fe y estoy haciendo este número revisionista. Empiezo a pensar que los blancos lo tienen todo muy bien. Tienen todo el pan y las mujeres blancas y el aparato de alta fidelidad, y si no puedes pegarles, asimilarlos y detener todo este lío de los derechos civiles...»

Jesucristo suspira. Marty espera. Marty espera muuucho rato. Marty espera ver aprobada la obra de su vida.

Jesucristo hace una pausa. Jesucristo ríe. Jesucristo se dedica a largar la palabra de Dios.

¡DÉJATE DE TONTERÍAS, SOPLAPOLLAS!

La gente enloqueció. La sala se evaporó. Sonny rugió, rugió y rugió.

Milt imitó a LBJ. Milt imitó a James Dean. Jimmy, el masoquista gruñón. Jimmy, el «cenicero humano».

Milt imitó a Jack Ruby.

Jack está en el talego. Jack está cabreado y hambriento. Esos asquerosos carceleros gentiles no saben qué es una buena dieta *kosher* a base de salmón. Jack necesita comida. Jack se escapa y proclama sus vínculos con Israel.

Wayne enloqueció. La sala se encendió. Pete y Barb rugieron, rugieron y rugieron.

Intercambiaron miradas. Aullaron. Rugieron todavía más. Sonny no lo entendió. A Sonny le había gustado más la imitación anterior.

Pete se acercó a Wayne, se alejó unos metros con él y dijo:

—Vayamos a volar unos taxis.

Rapid Cab estaba alejado. Catorce taxis / un cobertizo / un aparcamiento. Un bloque entre ambos.

Pete hizo el trabajo sucio. Wayne preparó la química. Lo hicieron en la Monarch. Trabajaron hasta muy tarde.

Pete fue a la gasolinera. Pete llenó catorce botellas. Wayne mezcló nitratos y añadió escamas de jabón. Mojaron cables alimentadores. Metieron cola de hacer maquetas.

Wayne se sentía aturdido. Cosa de Barb y las dexedrinas. Barb se había largado del Rugburn. Barb los había abrazado. Barb había dejado su perfume.

Fueron en coche hasta Rapid. Aparcaron. Saltaron la valla. Metieron el material.

Catorce taxis. Fords del 61. Aparcados en hileras, muy pegados. Espacio en el suelo y sitio en el depósito.

Se agacharon. Colocaron las bombas. Ataron los cables. Echaron gasolina. Mojaron una mecha para catorce coches.

Wayne encendió la cerilla. Pete la dejó caer. Corrieron.

Los taxis explotaron. Volaron trozos de metal. El ruido dolió. Explosiones superpuestas.

Wayne tragó humo. Wayne tragó vapores. El cielo se llenó de cristales.

49

(Los Ángeles, 17/7/64)

Herramientas para robos: papel / lápices / pluma.

Littell trabajaba. Littell falsificaba los libros de contabilidad de Hughes Tools. Preparó una factura. Hizo una copia en papel carbón. Revisó una hoja de pagos.

Jane dormía. Jane se retiraba temprano. Se habían impuesto una rutina. Se ceñían a ella. Codificaban sus necesidades.

Jane necesitaba acostarse temprano. Él necesitaba soledad. Jane captó la necesidad de Littell y la respetó.

Littell cambio de pluma. Littell hizo manchas de tinta. A veces surgían dificultades y necesitaba la ayuda de Jane. Descartó pedírsela. La mantuvo al margen. Desfalcó en solitario.

Littell comprobó cifras. Hizo cuadrar cuentas. Esa noche, Jane se había mostrado nerviosa. La cena había sido tensa.

Dijo que su trabajo era aburrido. Dijo que sus compañeros la molestaban. Él aprovechó y le dijo que los Camioneros necesitaban ayuda.

Jane declinó. Jane declinó demasiado deprisa. Jane rió demasiado despacio.

Él contó su excursión sureña. Acortó la versión. Jane hizo una transición suave y mencionó De Kalb.

La señorita Gersh. La señorita Lane. El chico con lupus. La señorita Byers había mencionado a ese chico. Jane omitió el nombre de éste de su versión.

Él hizo preguntas. La dejó hablar. Tenía información de primera mano. Jane nombró a Gretchen Farr. La señorita Byers la había nombrado. Gretchen era «Satanás con flequillo».

Recuerdos robados. Evocaciones hurtadas. Anécdotas prestadas.

Littell bostezó. Littell trabajó. Arregló un error. Puso la radio y oyó las noticias. Los expertos estaban de acuerdo: Bobby se presentaría por Nueva York.

Littell se frotó los ojos. Las columnas se volvieron borrosas. Los números bailaron.

Wayne Senior le había mandado una lista. Doce matones mormones candidatos a mover dinero del escamoteo. Littell hizo una copia para Drac. Drac leyó la lista. Drac dijo a sus mormones que eligieran tres «asesores de casinos».

Littell llamó a Drac. Littell mintió:

Los hombres viajarán en los vuelos chárter de Hughes. Recorrerán «varias ciudades». Se encontrarán con «hombres cuyas propiedades estén aseguradas». Establecerán «vínculos». Trabajarán «para procurarle los hoteles».

A Drac le encantó. A Drac le gustaba la intriga. Drac dijo: «Los estamos utilizando.» Drac aprobó lo de los vuelos chárter. Wayne Senior arregló lo de los despegues desde Nellis.

Distribución de dinero del escamoteo. La Fuerza Aérea y la mafia.

El despiste de Drac creció. Drac dijo a sus mormones que eludieran a Littell. Ward, mi chico, dirigirá a los asesores.

La audacia de Littell creció. Littell improvisó. Littell revisó su plan para el dinero del escamoteo.

Me aprovecharé de la arrogancia de Drac. Escribiré informes falsos. Suplantaré por escrito a los llamados «asesores». Me burlaré de Drac: «Estás jodiendo a la mafia y la mafia no te jode a ti.»

Moe D. se mostraba cada vez más agradecido. Moe revisó el destino del dinero del escamoteo. Moe dijo: «Resta el cinco por ciento del total.»

Gracias, Moe. Gracias por la dádiva en efectivo. Así no tendré que robarla.

Los hombres con propiedades aseguradas engrosan el escamoteo. Los mormones lo transportan en avión. Los porcentajes se ponen por las nubes. El dinero se multiplica. Su dinero. El de los mormones. El de Wayne Senior.

Es la construcción de una base. Es una primera mano de calidad. Crucemos el foso. Tomemos por asalto los hoteles de Drac.

Littell trabajó en sus libros. Las columnas serpenteaban. Los signos del dólar se veían borrosos.

50

(Las Vegas, 18/7/64-8/9/64)

Rapid Cab había muerto.

El incendio fue improvisado. No estaba autorizado. Informó a los Chicos. Les informó a posteriori. Hizo hincapié en su auténtico móvil. Necesitamos una base, una compañía de taxis. Necesitamos basura. Ayudemos a Drac. Acumulemos basura. Despleguémosla.

Carlos aplaudió. Sam G. aplaudió. Moe lanzó besos a todo el mundo.

Pete había presionado al encargado de Rapid. Lo había sobornado. Había comprado su libro de contabilidad. Había comprado su alma. Lo había contratado. Había pagado sus cuentas. Había obtenido nueve legisladores. Había obtenido oficiales de Nellis y cantidad de peces gordos.

Moe arregló lo del incendio con el DPLV. Los pasmas de Incendios Intencionados aceptaron un soborno en efectivo. Los pasmas de Incendios Intecionados acusaron a un borracho.

Moe arregló el cabo suelto de Rapid. Lo arregló después del incendio. Unos matones acojonaron al dueño y lo reubicaron en el Quinto Coño, Delaware.

Pete rebautizó la empresa. Disfruta, el Tiger Kab revitalizado. El Tiger Kab resucitado.

Vendió los Packards viejos. Compró veinte Fords. Contrató al «artista» colgado de alucinógenos Von Dutch. Von Dutch comía peyote.

Von Dutch pintó los taxis. Les puso una tapicería de lo más loco. Pintó rayas de tigre. Puso unos mullidos asientos tapizados con imitación de piel de tigre.

Pete compró cuatro limusinas. Ruedas de primera clase. Lincoln Continental, negras. Llevaban equipos de alta fidelidad. Eran folladeros móviles.

Habló con Milt Chargin. Limpió el cobertizo a fondo. Despidió a algunos maricas. Contrató a algunos heteros. Echó a dos *drag queens*.

Siguió los consejos de Milt. Conserva a Nat Wershow, Nat es listo y es el que da por culo. Conserva a Champ Beuachamp. Conserva a Harvey Brams y a Donkey Dom. Dom es un imán para los bujarrones. Atrae negocio maricón.

Llamó a su contacto con los Camioneros. Aseguró a los empleados. Éstos recibían pensiones y tenían acceso a la sanidad. Pagaban sus cuotas al sindicato.

Jimmy H. tenía garitos. Jimmy estaba emocionado. Los maricas hicieron una genuflexión y mariconearon. Pillaron la gonorrea. Pillaron la sífilis. Ahora los Camioneros les pagaban las curas.

Pete contrató a dos negratas. Eran chicos de Sonny Liston. Eran buenos chóferes. Iban achispados de ponche. Eran buenos músculos del barrio negro.

El negocio era potente. La base de dinero en efectivo era potente. Sin clientes extraviados como los de la Monarch.

Pete dirigía el cobertizo. Pete trabajaba turnos. El trabajo le daba alas. El trabajo lo agotaba. El trabajo mataba sus malos pensamientos.

Se mudó al cobertizo. Llevó consigo el gato. El gato cazaba ratas de las paredes. Construyó un lavabo para heteros. Conservó el de los maricas. Los heteros se negaban a cagar con los maricas.

Los heteros odiaban a los maricas. Los maricas odiaban a los heteros. Pete se hizo cargo del asunto. Insistió en la coexistencia. Hizo cumplir la ley:

Nada de broncas. Nada de puñetazos. Nada de guerra de facciones. Nada de lenguaje obsceno. Nada de líos entre los maricas y los heteros.

Ambas facciones aceptaron. Ambas facciones obedecieron.

Hizo un trato con Johnny Ray. Consiguió derechos para utilizar el Dunes como alojamiento. Hizo un trato con Sam G. Consiguió los mismos derechos en el Sands.

Dijo a los currantes: QUIERO BASURA.

Putas excéntricas. Jugadores de cartas excéntricos. Basura birlada. Basura birlada sobre las movidas de los famosos y los ludópatas. Recoged basura. Pasádsela a Milt C.

Milt era bueno. Milt hacía de mediador en las quejas de los currantes. Milt desviaba conflictos.

Milt hacía carreras al aeropuerto. Milt transportaba maricones famosos. Milt transportaba legisladores estatales. Milt los llevaba a los folladeros. Milt los llevaba a los antros de drogadictos. Milt informaba de su basura.

Milt daba propinas en efectivo. Milt untaba a botones / bármanes / chicas de alterne. Milt decía: QUIERO BASURA.

Basura significaba tener influencia. Basura significaba tener estatus. Tener estatus significa tener dinero. Dinero para los Chicos y para Drac Hughes.

Los maricas cometían delitos. Los heteros cometían delitos. Lograron una *détente* y cometieron delitos juntos. Pete contrató a taxistas denunciados. Pete contrató a taxistas con antecedentes. Pete contrató en exclusiva a tipos corruptos.

Pete se consolidó. Pete se centró en dos ámbitos principales: las pastillas y las tragaperras.

Dejó la pornografía. Dejó a los pasmas de Tijuana. Dejó a los niños violados. Presionó a Eldon Peavy. Consiguió que dejase de producir pornografía.

Contrató a Farlan Moss. Lo mando a Tijuana. Moss untó a los polis hispanos. Moss liberó a los chicos. Moss los mandó a casa.

Pete robó las fichas de Peavy. Pete se enteró de negocios de pornografía. Pete se enteró de BASURA.

Peavy se marchó de la ciudad. Pete perdió la protección de los taxis. Pete llamó a Sam G. Sam recordó el Tiger y compró un veinte por ciento.

Sam compró protección, nueva y mejorada. De la Oficina del Sheriff y del DPLV. Las operaciones combinadas significaban garantía. La garantía significaba seguridad. La seguridad significaba anestesia.

Borró a Betty de su cabeza. Lo conseguía de manera intermitente. Hacía mella en los minutos, en las horas y en su sueño. Realizó trabajo fingido. Realizó trabajo verdadero. Alargó el tiempo. Cultivó la distracción.

Se sentía agotado. Se sentía jodido. Entonces, Betty lo acosaba. Lo asustaba. Lo aliviaba. Decía ESTO ES REAL.

Betty se quedó con él. Dallas se desvaneció.

Llegó el informe Warren. Lee O. es el magnicida.

A Jack Ruby lo declaran culpable. Jack permanece mudo. Jack es condenado a muerte. El cabrón de Bobby dimite de su cargo de fiscal general.

Barb sacó a colación las noticias de la noche. Wayne sacó a colación sus preguntas sobre Dallas. Carlos sacó a colación el atentado. Betty había muerto. Arden-Jane se había librado de momento.

Jimmy fue condenado de nuevo. Esta vez por el fraude del Fondo de Pensiones. Dos penas simultáneas de cinco años. Jimmy lo tiene jodido. Jimmy lo sabe. Jimmy busca solaz.

Sus buenos abogados lo ayudan. Sus buenos Camioneros lo ayudan. El plan de los libros del fondo de Ward, lo mismo.

El Tiger era más que solaz. El Tiger acallaba a Betty de manera intermitente.

El Tiger rugía. El Tiger merodeaba. El Tiger vagaba por Las Vegas Oeste. Ese remolque seguía allí. Esa puta se descomponía dentro.

Wayne quería trabajo. Wayne presionó a Pete. Pete siempre dijo que no. El Tiger Kab daba empleo a negros. El Tiger Kab transportaba a negros. Wayne tenía mal rollo con los negros.

Wayne trabajó para Wayne Senior. Senior movió hilos. Senior tenía mucha influencia. Senior había predicho lo que ocurriría en el golfo de Tonkin.

Wayne estaba alucinado. Mirad a mi padre. Es un chingón.

Wayne Senior presionó a Wayne. Creemos una nueva facción del Klan. Los Kaballeros Neutralizados de Natchez o cualquier otra gilipollez.

Wayne le siguió la corriente. Pete le dijo: «No lo hagas. Tú no eres un klanero.»

Wayne Senior fanfarroneó en exceso. Ward Littell escuchó. Ward conocía a Wayne. Ward tenía influencia sobre él. Ward podía cortar esos hilos.

Wayne Senior financió parte del golpe. Wayne Senior se lo contó a Ward. Wayne Senior había mandado a Wayne a Dallas.

Wayne era un ingenuo. Wayne no lo sabía.

Sé ingenuo. Vivirás más tiempo. Son las reglas del Tiger. Entierra ese odio y te encontraré un puesto. Es de elite. Es decadente. Te ayuda a olvidar a las mujeres muertas.

51

(Las Vegas, 10/9/64)

Comida enlatada y priva. Sauerkraut y Cointreau: todo abastecido por la Fuerza Aérea.

Wayne tiraba cajas. Un ayudante las amontonaba. Trabajaron. Se enfadaron. Ocuparon el almacén del Desert Inn.

Latas de maíz tierno y Smirnoff. Aceitunas rellenas y Pernod. Ganchitos de queso y Old Crow. Wayne trabajaba deprisa. El ayudante trabajaba despacio. El ayudante no dejaba de parlotear.

—Hemos perdido a algunos chicos, ¿sabes? Incluido el encargado. Me han dicho que tu padre los ha puesto a trabajar con Howard Hughes. Un abogado lo arregló.

Wayne arrojó la última caja. El ayudante la cogió. Abrió un rollo de billetes y pagó.

Disimuló. Se rascó. Se hizo el esquivo. Retrasó la transacción.

—¿Qué pasa? —preguntó Wayne.

—Es algo personal.

—Te escucho.

—Esto... ¿crees que ese Durfee es lo bastante estúpido para volver por aquí?

—Yo no creo que sea estúpido en absoluto.

Wayne condujo hasta Nellis.

Había programado dos excursiones más. Un último paso para Twinkies y Jim Beam: todo material del Flamingo.

Wayne bostezó. El tráfico era denso. El trabajo, soporífero. El trabajo era un aburrido dulce de crema.

Lo entendió. Tardó semanas. Wayne Senior quiere que te aburras. Wayne Senior tiene planes.

Dichos planes conllevaban:

Ir a Alabama. Reforzar tu reputación. Demostrar cómo has vengado a Lynette. Empezar a infiltrarte en el Klan. Reclutar chivatos. Trabajar para los federales.

Se lo dijo a Pete. Pete le dijo: «Es una cobardía.»

Llegó a Owens. Llegó a las puertas de Nellis. Entró directo. Nellis era beige. Edificios beige / barracones beige / patios beige.

Grandes barracones. Cada barracón llevaba el nombre de un hotel del Strip. No había nada satírico o ridículo en ello.

Su contacto en Intendencia vivía junto a la base. Pasó por delante del Dunes. Pasó por delante del club de oficiales. Aparcó. Se apeó. Vio el Ford del QM.

Dos hileras más adelante. Un Corvette del 62.

Rojo con laterales blancos. Interior blanco y tubos cromados. El coche con las placas personalizadas de Janice.

Janice había salido del rancho. Janice se había marchado al mediodía. Dijo que iba a jugar al golf / treinta y seis hoyos / club de campo de Twin Palms.

La alegre Janice. Vaya mierda, el golf.

Wayne abrió la puerta del Ford. Wayne bajó los cristales. Wayne se encogió y se metió en él.

Llegaron coches y se marcharon. Mascó chicle. Sudó. Contempló el Corvette.

El tiempo traqueteaba. El tiempo se arrastraba. Cierta intuición lo dijo «quédate».

El sol se arqueó. El sol iluminó el Ford. Wayne refunfuñó. El chicle se acartonó y se secó.

Ahí está Janice.

Sale del club de oficiales. Sube a su Corvette. Hace girar la llave en el contacto y deja el motor al ralentí.

Ahí está Clark Kinman.

Sale del club de oficiales. Sube a un Dodge. Hace girar la llave y deja el motor al ralentí.

Janice arranca. Kinman arranca detrás.

Wayne esperó. Wayne arrancó. Wayne se rezagó. Suelta la correa, dales algo de ventaja.

Wayne se rezagó. Miró su reloj. Cronometró un minuto.

Ahora...

Aceleró. Se acercó. Recuperó la ventaja que les había dado. Una caravana de tres coches en dirección al este, hacia Lake Mead Boulevard.

Janice conducía tranquila. Kinman hizo sonar el claxon. Kinman rozó los tubos laterales del coche de ella. Jugaron. Flirtearon a través de la ventanilla. Perdieron el tiempo.

Wayne se rezagó. Iba treinta metros por detrás. Wayne cambió furtivamente de carril.

Siguieron hacia el este. Recorrieron catorce kilómetros. Llegaron al desierto. Neones de moteles y cervecería. Arena y la última gasolinera en cientos de kilómetros.

Janice señaló con los intermitentes. Janice giró a la derecha. Kinman señaló con los intermitentes. Kinman giró a la derecha.

Ahí... El motel Golden Gorge.

Estuco dorado. Una sola planta / una hilera de apartamentos. Doce apartamentos conectados.

Wayne giró a la derecha. Wayne frenó. Se detuvo. Ajustó el retrovisor. Janice estacionó en el aparcamiento del motel. Kinman estacionó cerca.

Se apearon. Se abrazaron y se besaron. Entraron en el apartamento núm. 4. No pasaron por recepción. Tenían su propia llave.

Wayne sintió escalofríos. Wayne se apeó, cerró el coche y se acercó.

Se apostó cerca del apartamento núm. 4. Remoloneó. Aguzó el oído. Janice reía. Kinman decía: «Haz que ese granuja se ponga duro.»

Wayne observó el aparcamiento. Wayne vio matorrales y coches desguazados. Wayne vio muchachos mexicanos.

Paredes delgadas. Voces en español. Los cuartuchos de los braceros. Temporeros del motel.

Kinman rió. Janice dijo: «Oh.»

Wayne remoloneó. Wayne aguzó el oído. Wayne acechó. Se alzaron las sombras. Bajaron las persianas. Los rostros morenos desaparecieron.

Wayne vio algo: el apartamento núm. 5 no tenía ventanas. La puerta tenía dos cerrojos.

Lo calló todo. Evitó a Wayne Senior. Comprobó papeles. Buscó en las escrituras de propiedad del condado de Clark. Encontró el hotel. Joder... El dueño es Wayne Senior.

3/6/56. Wayne Senior hace una oferta. El motel es un chollo. El motel sirve para evadir impuestos.

Wayne se inquietó. Pete llamó al rancho y dejó mensajes. Wayne pasó de ellos. Wayne vigiló el motel.

Vigilancia a primera hora de la tarde. Apartamento núm. 4. Janice y el general Clark Kinman. Dos sesiones vespertinas / tres horas cada una.

Aparcó en la carretera. Agarró los prismáticos. Se apeó y se acercó. Escuchó y oyó a Janice suspirar.

El Golden Gorge tenía doce apartamentos. Los braceros ocupaban unos cuartuchos aparte. Janice tenía su propia llave. Dicha llave abría el apartamento núm. 4.

El apartamento núm. 5 tenía dos cerrojos. El apartamento núm. 5 no tenía ventanas. El apartamento núm. 5 estaba vacío.

A finales de los sesenta, había echo un robo con escalo. Guardaba su equipo. Guardaba sus ganzúas.

El apartamento núm. 5 quemaba. La puerta era verde. Verde como esa canción:

¿Cuál es el secreto que guardas?

<u>DOCUMENTO ANEXO</u>: 12/9/64. Nota confidencial. De Howard Hughes a Ward J. Littell.

Querido Ward,

Bravo por lo de los nuevos asesores de casino. Mis ayudantes han elegido al azar a tres hombres de la lista que me mandaste y me han asegurado que son fieles mormones con la sangre libre de gérmenes.

Sus nombres son Thomas D. Elwell, Lamar L. Dean y Daryl D. Kliendienst. Tienen una amplia experiencia sindical en Las Vegas y, según mis ayudantes, no pondrán reparos a la hora de negociar y llegar a acuerdos con esos chicos de la mafia que el señor Hoover me ha dicho que te has metido en el bolsillo. Según mis ayudantes, esos hombres saben «quién mueve los hilos». No se conocen en persona, pero han mantenido correspondencia con su amigo, el señor Tedrow, de Las Vegas, y le han pedido consejo. Me han dicho que el señor Tedrow es muy respetado en los círculos mormones, y el señor Hoover me ha confirmado esa afirmación.

Los hombres nuevos viajarán de aquí para allá a fin de agilizar nuestros planes para Las Vegas, y me alegra que recorten gastos en desplazamientos utilizando los vuelos chárter Hughes. He enviado cartas a todas las tripulaciones de los aviones para que tengan patatas fritas, Pepsi-Cola y helados en abundancia porque los hombres que trabajan duro merecen y necesitan comer bien. También quiero darte las gracias por haber conseguido que podamos utilizar la base Fuerza Aérea de Nellis, lo que también reduce los gastos.

Hombre prevenido vale por dos, Ward. Me has convencido de que nuestro plan para Las Vegas tardará años en llegar a su culminación y creo que esta cuestión de los asesores de los casinos es una baza ganadora. Espero con ganas recibir tu primer informe.

Saludos cordiales.

H. H.

52

(Las Vegas, 12/9/64)

Sé lo que transportan mis hombres —dijo Wayne Senior.

—¿Ah, sí?

—Sí. Me han explicado todo el procedimiento.

Estaban sentados junto a la piscina.

Janice rondaba cerca. Janice se bronceaba y metía pelotas en un hoyo de golf.

—Lo supe en nuestro primer encuentro. Fue muy evidente.

—Una intuición no equivale a una certeza.

—No me venga con dobleces. Lo sabía entonces, lo sabe ahora y ha sabido todos los puntos entre entonces y ahora.

—No imite mis gestos. —Wayne Senior tosió—. Usted no tiene mi estilo.

Littell le agarró el bastón. Lo hizo girar para fastidiar a Wayne Senior.

—Dígame qué quiere. Sea directo, franco y siéntase libre para utilizar la palabra «escamoteo.»

—Mis hombres han dejado el sindicato. —Wayne Senior tosió—. Se niegan a pagarme el porcentaje que he pedido.

—¿Cuánto ha pedido? —Littell hizo girar el bastón.

—Me conformaría con el cinco por ciento.

Littell hizo girar el bastón. Lo lanzó al aire y lo recogió. Hizo los mismos malabares que Wayne Senior.

—No.

—¿No?

—No.

—¿Rotundamente?

—Sí.

—Tengo que suponer que el señor Hughes no sabe lo que transportan sus aviones. —Wayne Senior sonrió.

Littell estudió a Janice. Janice se inclinó. Lanzó el tiro corto. Se enderezó.

—Le aconsejaría que no se lo dijera.

—¿Por qué? ¿Porque sus amigos italianos me harían daño?

—Porque le diré a su hijo que fue usted quien lo envió a Dallas.

DOCUMENTO ANEXO: 12/9/64. Artículo del *Morning News* de Dallas.

UN REPORTERO ESCRIBE UN LIBRO SOBRE JFK Y DICE QUE VA A DESTAPAR LA «TRAMA DE LA CONSPIRACIÓN»

Jim Koethe, periodista del *Times-Herald* de Dallas, tiene una historia que contar y la contará a todo el mundo que quiera escucharla.

Al atardecer del domingo 24 de noviembre del 63, Koethe, junto con el editor del *Times-Herald* Robert Cuthbert y el reportero del *Press-Telegram* de Long Beach (California) visitaron el apartamento de Jack Ruby, culpable de la muerte del asesino del presidente Lee Harvey Oswald. Los tres hombres pasaron «dos o tres horas» hablando con el compañero de piso de Ruby, el vendedor de baratijas George Senator. «No puedo revelar lo que dijo el señor Senator», dijo Koethe a este periodista. «Pero créame que me abrió los ojos y me dio en qué pensar.»

Koethe dijo, además, que había investigado mucho acerca del

magnicidio y que está escribiendo un libro sobre el tema. «Es una conspiración», afirmó. «Y mi libro va a destaparla.»

Koethe se negó a nombrar a las personas que según cree son responsables de la muerte de John F. Kennedy, y se negó a revelar el móvil básico y los detalles de la conspiración. «Tendrán que esperar a que salga mi libro», dijo Koethe. «Y créanme, la espera merecerá la pena.»

El reportero Bill Hunter, amigo de Koethe, murió en abril. El editor Robert Cuthbert no ha querido hacer declaraciones sobre este artículo. «Las actividades extracurriculares de Jim son asunto suyo», ha dicho Cuthbert. «No obstante, le deseo mucha suerte con su libro, porque me gustan los escritos que generan polémica. Personalmente, creo que Oswald fue el único asesino, y el infome de la Comisión Warren me da la razón. De todas formas, tengo que decir que Jim Koethe es un ejemplo de reportero "bulldog", por lo que tal vez haya descubierto algo.»

Koethe, de 37 años, es un brillante periodista local, famoso por su perseverancia, su conducta emprendedora y sus contactos en el Departamento de Policía de Las Vegas. Se sabe que es íntimo amigo del oficial Maynard M. Moore, del DPD, desaparecido en los días que siguieron a la muerte del presidente. Cuando se le pidió que comentara la desaparición del oficial Moore, Koethe dijo: «La palabra es silencio. Un buen reportero nunca revela sus fuentes, y un buen escritor nunca revela nada.»

Supongo que tendremos que esperar hasta la aparición del libro. Mientras tanto, los interesados pueden consultar los 16 volúmenes del Informe Warren, que para este periodista, es quien tiene la última palabra autorizada.

53

(Las Vegas, 13/9/64)

El gato cazó una rata. Se la comió... *adieu.*

El gato recorrió el cobertizo. El gato desfiló. Harvey Brams lo incordió. Donkey Dom rió.

Milt agarró la rata. El gato gruñó. Milt dejó caer la rata en el retrete. El gato olisqueó a Pete. El gato clavó las uñas en la centralita.

El negocio era escaso. La calma de las seis de la tarde.

Llegó Champ B. y animó al personal. Champ dejó caer unos Pall Mall robados.

Pete se los compró. Llámalo el botín del relaciones públicas... posibles donaciones de Drac. Botín del hospital, yuk, yuk, botín de la sala de enfermedades pulmonares.

El negocio se animó. Llamó Sonny Liston. Pidió dos taxis. Pidió whisky y diablos rojos.

Pete bostezó. Acarició al gato. Wayne entró con aire distraído. Dom se tocó la entrepierna y le acarició el paquete con la mirada.

—Te he estado llamando —dijo Pete.

Wayne se encogió de hombros. Le pasó una nota a Pete. Un recorte de periódico, dos columnas. Se recibió una llamada. Milt la atendió. Pete llevó a Wayne al exterior.

Wayne estaba hecho polvo. Pete lo notó. Pete se metió el recorte en el bolsillo.

—Sol Durslag. ¿Te suena?

—Seguro. Hace trampas en las partidas de cartas. Es el tesorero de la Junta de Bebidas Alcohólicas y había trabajado para mi padre.

—¿Se pelearon?

—Todo el mundo se pelea con...

—Tu padre es el dueño del Land O' Gold, ¿no? Y posee otros locales.

—Exacto. El Land O' Gold y trece más.

—Milt está desenterrando basura. —Pete encendió un cigarrillo—. Ha oído que Durslag ha estado organizando timbas de cartas fuera del Land O' Gold. Tal vez necesite su ayuda.

—Mi padre solía utilizarlo. —Wayne sonrió.

—Eso es lo que Milt me ha contado.

—Entonces, quieres...

—Quiero que lo presiones. Piensa en ello. Eres el hijo de Wayne Senior y tienes tu propia reputación.

—¿Es esto una prueba? —preguntó Wayne.

—Sí —respondió Pete.

Durslag vivía en Torrey. En un barrio de clase media. En la zona de Sherlock Homes.

Esa zona era un choque de estilos. Tudor de imitación y palmeras. Gabletes de imitación y solares de arena. Mezcla de mensajes majaderos.

Había oscurecido. La casa estaba a oscuras. Las nubes ocultaban la luna. Pete llamó. Nadie respondió. La puerta del garaje estaba abierta. Esperaron dentro.

Pete fumó. Tenía jaqueca. Tomó aspirina. Wayne bostezó. Wayne boxeó con su propia sombra. Wayne se entretuvo con una lámpara de flexo.

Milt había pasado información sobre Sol. Sol estaba divorciado. Una buena noticia: no había mujeres.

La espera se prolongó. La una de la mañana se fue hacia el sur. Remolonearon. Mearon sobre las verdes paredes.

Allí...

Faros / la calzada / las luces se acercan.

Pete se agachó. Wayne se agachó. Entró un Cadillac. Las luces se volvieron tenues. Sol se apeó. Sol resopló.

¿Qué es ese humo...?

Echó a correr. Pete le puso una zancadilla. Wayne lo tiró sobre el capó. Pete cogió el flexo. Lo torció. Enfocó a Wayne.

—Éste es el señor Tedrow. Tú trabajaste para su padre.

—Que te jodan —dijo Sol.

Pete lo iluminó con la lámpara. Sol parpadeó. Sol se deslizó por el capó. Wayne lo agarró. Wayne lo inmovilizó y sacó su porra.

Pete lo iluminó. Wayne le pegó en los tobillos / en los brazos. Sol cerró los ojos. Sol se mordió el labio inferior y cerró los puños.

—Saca a tu gente del Land O' Gold —dijo Wayne.

—Que te jodan —dijo Sol.

Wayne le pegó. Golpes rigurosos. En los tobillos / en el pecho.

—Que te jodan —dijo Sol.

—Dilo dos veces —dijo Pete—. Es todo lo que queremos.

—Que te jodan.

Wayne le pegó. Golpes rigurosos. En los tobillos / en los brazos.

—Que te jodan —dijo Sol.

Wayne le pegó. Pete lo iluminó. La bombilla era brillante. La bombilla le quemó la cara.

Wayne alzó la porra. Wayne la hizo girar. Pete lo detuvo en el último instante.

—Un sí para mí y otro para el señor Tedrow. Llévate a tu gente. Haz a mi gente algunos favores en la Junta de Bebidas Alcohólicas.

—Que te jodan.

Pete dio la entrada a Wayne. Wayne le pegó. Golpes rigurosos. En los brazos / en las costillas. Sol se hizo un ovillo. Sol rodó. Sol se agarró al adorno del capó. Sol rompió un limpiaparabrisas.

Tosió. Se atragantó.

—Que te jodan, sí, de acuerdo.

Pete alzó el flexo. La luz rebotó y chisporroteó.

—Eso son dos síes, ¿verdad?

Sol abrió los ojos. Tenía las cejas chamuscadas. Tenía los labios quemados.

—Sí, dos. ¿Creéis que quiero que me sometan a este régimen de manera permanente?

Pete sacó su petaca. Bourbon Old Crow. Alivio instantáneo para el dolor de cabeza.

Sol la agarró. Sol la vació. Sol tosió y se ruborizó. ¡Cielo santo, está bueno!

Dio un respingo. Se levantó del capó y se enderezó. Cogió el flexo, lo dobló e iluminó a Wayne.

—Mi padre me habló de ti, niño bonito.

—Te escucho —dijo Wayne.

—Podría contarte algunas cosas sobre ese hijo de puta pervertido.

Wayne dobló el flexo hacia abajo. La luz rebotó y chisporroteó.

—Pues dímelo. No te haré daño.

Sol tosió. Sol soltó un escupitajo denso y teñido de sangre.

—Me dijo que estabas colgado de su mujer. Como un cachorro pervertido.

—¿Y? —preguntó Wayne.

—Y que nunca has tenido los huevos de actuar.

Pete miró a Wayne. Pete le miró las manos y se acercó.

—¿Y?

—Y que tu padre debería callarse, porque es un cabrón de mierda en lo que respecta a su mujer.

Pete miró a Wayne. Pete le miró las manos y se puso entre ambos.

—¿Y?

—Y que tu padre hace que tu madre joda con todos esos tipos a los que quiere cultivar, y que tu madre tuvo un lío no autorizado con un músico de color llamado Wardell Gray, y que tu padre lo mató a bastonazos.

Wayne vaciló. Sol rió. Sol le golpeó con la corbata en la cara.

—Que te jodan. Eres un monstruo. Eres un cabrón como tu padre.

54

(Las Vegas, 14/9/64)

El Golden Gorge. Las 23.00 horas.

Doce apartamentos. Los braceros duermen. El apartamento núm. 5 está vacío. El apartamento núm. 4, ocupado.

Habían aparecido a las 21.00. En sendos coches. Kinman llevaba bebidas alcohólicas. Janice llevaba la llave.

Wayne vigiló.

Wayne recorrió el aparcamiento. Llevaba sus herramientas: ganzúas y una linterna pequeña.

Cachorro pervertido. Cabrón como tu...

El aparcamiento estaba vacío. Sin huéspedes / sin braceros / sin borrachos dentro de sus coches. El apartamento núm. 5 no tenía ventanas. El apartamento núm. 4 estaba a oscuras.

Wayne fue al apartamento núm. 5. Sacó sus herramientas. Iluminó los cerrojos.

Doce puertas marrones. Una única puerta verde destacaba sobre todas. Una broma de cachorro pervertido.

Wayne trabajó con las ganzúas. Las hizo girar en el sentido de las agujas del reloj y al revés. Wayne golpeó ambos cerrojos.

Las manos le temblaban. Sudaba. Se hizo daño en los dedos. En el sentido de las agujas del reloj y al revés.

El cerrojo superior emitió un chasquido.

Abrió un pestillo. Se secó las manos. Abrió uno más...

El candado inferior emitió un chasquido.

Wayne se secó las manos. Wayne se apoyó contra la puerta. La abrió y entró.

Cerró la puerta a sus espaldas.

Iluminó la habitación con la linterna. Era pequeña. Percibió un olor familiar.

Viejos olores incrustados. La priva de Wayne Senior. El tabaco de Wayne Senior.

Wayne iluminó el suelo. Wayne iluminó las paredes. Wayne se hizo una composición de lugar.

Una silla. Un aparador. Un cenicero / una botella / un vaso. Un espejo con mirilla que daba al apartamento núm. 4. Un altavoz de pared / paredes insonorizadas / un interruptor para el sonido.

Wayne se sentó. Reconoció la silla. Excedentes de Peru, Indiana. La mirilla estaba oscura. El apartamento núm. 4 estaba a oscuras. Wayne se sirvió una copa.

Se la bebió de un trago. Le quemó. Superó el ardor. La mirilla era de 8 x 8 centímetros, la medida habitual de la policía.

Wayne accionó el interruptor. Wayne oyó gemir a Kinman. Wayne oyó gemir a Janice a contrapunto.

Los gemidos de Janice aumentaron. Janice gemía como una actriz porno.

Wayne se sirvió una copa. Se la bebió de un trago. Superó el ardor. Kinman dijo «Oh, oh, oh, oh». Janice se corrió con un *mezzo-falsetto*.

Wayne oyó palabras suaves. Wayne oyó risitas. Se encendió una luz.

El apartamento núm. 4 se iluminó.

Janice se levantó de la cama. Estaba desnuda.

Se acercó a su lado del espejo. Remoloneó. Posó. Cogió sus cigarrillos de una cómoda.

Wayne se acercó a la mirilla. Janice se veía confusa. Wayne retrocedió para ver bien.

Kinman dijo algo. Kinman murmuró palabras dulces. Kinman no se enteraba de nada. No sabía un carajo.

Janice se frotó la cicatriz de la operación de apéndice. Janice se echó el cabello hacia atrás.

Sus pechos oscilaron. Sus cabellos se enredaron. Emitía vapor. Goteaba sudor. Sonrió. Se chupó un dedo y escribió «Junior» en el espejo.

55

(Dallas, 21/9/64)

Jim Koethe era marica.

Se ponía almohadillas en el paquete. Frecuentaba bares de maricas. Se llevaba chicos a casa. La casa estaba en Oak Cliff, en las afueras de Dallas. Vivía en los apartamentos Oak View.

Tres plantas. Caminos exteriores. Un gran patio y vistas a la calle.

Pete se sentó en una parada de autobús. Vigiló el apartamento. Llevaba una bolsa con regalos. A la 1.16 horas se dispara la alerta de maricones.

Koethe tenía un ligue. Pasaba dos horas con cada uno. Pete conocía a Koethe. Pete conocía sus costumbres.

Wayne leyó la prensa de Dallas. Wayne divulgó un recorte. Era del «libro» de Koethe. Era de Maynard Moore, colega de Koethe. Pete voló a Dallas. Pete siguió a Koethe. Pete se hizo pasar por periodista y llamó al editor de Koethe.

El tipo cargó contra Koethe. Koethe era un majara. Koethe era un fantasioso y un soñador. Sí, claro, habían ido a casa de Ruby. Sí, claro, habían hablado con su compañero de piso. Pero todo lo que habían dicho era mentira. Pura palabrería.

Conspiración, y una mierda. Lea el Informe Warren.

El tipo sonaba convincente, pero Jim Koethe conocía a Maynard Moore.

Paró un autobús. El último expreso de medianoche. Con una seña, Pete le indicó que siguiera.

Perdió cuatro días. Siguió a Koethe. Se enteró de sus costumbres. A Koethe le encantaba el Holiday. A Koethe le encantaba el Vic's Parisian y el Gene's Music Room. Koethe bebía brandy con zumo de naranja. Koethe patrullaba los retretes y bombardeaba a besos la carne joven.

Oak Cliff era una mierda. Oak Cliff era una zona fantasma. Betty Mac / el piso de Ruby / el lío Oswald-Tippit.

El ligue de Koethe salió. Caminaba con las piernas arqueadas. Pasó junto al banco. Vio a Pete, dijo «uuug» y se marchó.

Pete se puso los guantes. Pete agarró la bolsa de los regalos. Koethe vivía en el 306. Pete subió por las escaleras laterales. Despacio. Inspeccionó el recinto. Ningún sonido exterior / ningún sonido interior / ningún testigo a la vista.

Se acercó. Se apoyó contra la puerta. Accionó el pomo. Abrió el pasador de la cadena y la puerta. Entró. Vio una habitación a oscuras. Vio sombras y oyó sonidos.

Sonido de ducha en un pasillo lateral. Vapor y luz en ese lugar.

Pete no se movió. Pete forzó la vista y ésta se acostumbró a la oscuridad. Vio una sala de estar que hacía las veces de estudio. Vio cajones de archivadores. Vio una cocina americana.

Al fondo del pasillo: un baño y un dormitorio.

Pete dejó caer la bolsa de los regalos. Pete se agachó. Pete recorrió el pasillo. El sonido del agua cesó. Salió más vapor.

Jim Koethe se abrió paso entre el vapor. Llevaba una toalla. Se volvió hacia la derecha y topó con Pete.

Chocaron. Koethe gritó: «¡Ehhh!» Koethe se hizo el macho. Koethe adoptó una postura de arte marcial.

Se le cayó la toalla. Llevaba un alargador de pollas y aros en la base de ésta. Pete soltó una carcajada. Pete arremetió contra él.

Koethe soltó patadas. Koethe falló. Koethe trastabilló y tropezó. Pete soltó patadas y le dio en los huevos.

Koethe hizo el salto de la carpa. Koethe recuperó el equilibrio. Koethe intentó unos golpes de kárate. Soltó puñetazos. Recuperó el equilibrio.

Pete lo machacó con golpes de judo. Pete le rastrilló la cara con las uñas.

Koethe gritó. Pete lo agarró por el cuello. Pete hizo palanca y lo rompió. Oyó el chasquido del hueso hioides.

Koethe gorgoteó. Koethe sufrió un espasmo. Koethe vomitó bilis y se asfixió. Pete lo agarró. Volvió a ponerle el cuello en su sitio y lo arrojó a la ducha.

Se quedó inmóvil. Recobró el aliento. Lo acometió una jaqueca tamaño Godzilla. Abrió el botiquín. Encontró aspirina y se tomó medio bote.

Recorrió el piso. Vació la bolsa de los regalos. Los dejó caer sobre la alfombra y en una silla: consoladores / marihuana / discos de Judy Garland.

Su jaqueca remitió. De Godzilla a King Kong. Encontró un poco de ginebra. Se la bebió. De King Kong a Rodan.

Registró el apartamento. Lo revolvió de arriba abajo. Fingió un robo con escalo. Destrozó el dormitorio. Destrozó la cocina. Registró los archivadores. Encontró recortes. Encontró notas y una carpeta con la etiqueta «libro».

Dieciséis páginas / texto mecanografiado. Mierda sobre la conspiración.

Pete leyó. La historia divagaba. El quid de la cuestión cobraba cohesión.

Wendell Durfee era un «macarra idiota». Era «demasiado idiota como para matar a Maynard Moore». Moore tenía un trabajo temporal. Moore tenía un compañero: Wayne Tedrow Junior, del DPLV.

Koethe conocía al sargento A. V. Brown. El sargento Brown había dicho:

Entre Moore y Junior había problemas. Se enzarzaron en una pelea en el hotel Adolphus. Al parecer, Moore no se presentó a una cita con Junior. Yo creo que fue Junior quien lo mató, pero no tengo pruebas.

Koethe conocía a un federal. Koethe citaba a dicho federal:

«Tedrow Senior tenía infiltrados en el Klan. Maynard Moore era uno de sus infomadores, por lo que me parece una coincidencia enorme que a Moore y a Tedrow Junior se les asignase un trabajo juntos para ese fin de semana.»

Koethe proseguía:

Moore conocía a J. D. Tippit. Ambos eran del Klan. Moore conocía a Jack Ruby. Moore frecuentaba el club Carousel.

Koethe seguía con Ruby. Koethe citaba una fuente secreta.

«Jack llevó a unas personas a un piso franco donde se encontraba escondido el equipo que realizó el atentado. Debía de estar al norte de Tejas o en Oklahoma, y tal vez fuera un motel o un refugio de cazadores. Creo que fueron Jack y dos mujeres, y tal vez Hank Killiam. Creo que vieron cosas que no deberían haber visto.»

Koethe proseguía con una lista de asociados conocidos de Jack Ruby. Todos nombres estelares: Jack Zangetty / Betty McDonald / Hank Killiam. Koethe tenía notas a pie de página. Procedían de la prensa. Jack Zangetty desaparece en las Navidades del 63. Jack aparece muerto en Lake Lugert. Betty McDonald / suicidio: 13/2/64. Hank Killiam / suicidio: 17/3/64.

Jim Koethe dice literalmente:

«¿Quién era la otra mujer del piso franco?»

Koethe prosigue. Koethe cree que «el equipo del atentado» se dispersó. «Tuvieron que marcharse de Dallas. Tal vez cruzaron la frontera mexicana.» Koethe cuenta con una fuente en la Patrulla de Fronteras. Dicha fuente le suministra una lista de pasaportes.

Las fechas: 23/11/63-2/12/63.

Koethe trabaja con la lista. Koethe cita «fuentes secretas». Koethe investiga ochenta y nueve nombres.

Koethe encuentra un «sospechoso principal».

Jean Phillippe Mesplede / varón blanco / 41. Nacido en Lyon, Francia. Ex oficial del ejército francés / ex gatillo de la OAS.

Mesplede está «vinculado a la derecha». Mesplede está «vinculado con grupos de exiliados cubanos». Dirección actual de Mesplede: 1214 Ciudad Juárez / Ciudad de México.

El tirador profesional era francés. Eso había dicho Chuck Rogers. Chuck dijo que había cruzado la frontera.

Pete siguió leyendo. El texto perdía coherencia. La lógica de Koethe emigró hacia el sur.

Vinculemos a Oswald y Ruby. Vinculemos a Oswald y Moore. Vinculemos a Lady Bird Johnson. Vinculemos a Karyn Kupcinet.

Pete siguió leyendo. Las tonterías perdían coherencia. Vinculemos a Dorothy Kilgallen. Vinculemos a Lenny Bruce. Vinculemos a Mort Sahal.

Pete siguió leyendo.

Las tonterías cobraban coherencia. MIERDA.

Hay una foto policial. Un duplicado de un expediente. Su fuente: el Departamento de Policía de Kansas City: 8/3/56.

Es Arden-Jane. En esa época, Arden Elaine Bruvick. Delito menor. Robo en un supermercado.

Una foto carné. Notas adjuntas. Soplos «confidenciales»:

La contable de Jack Ruby se larga de Dallas. Su nombre es Arden Smith. Estuvo en el piso franco. Vio cosas que no debería haber visto. Se abre de Dallas para siempre.

Koethe investigó el nombre de Arden. Registró soplos y sondeó fuentes. Ese tipo conocía a ese otro. Ese otro sabía lo otro. Un tipo le dio una foto de Arden. Otros tipos le contaron historias como ésta:

Arden se acostaba con hombres. Arden tenía un marido. Dicho marido era del Sindicato de Camioneros y dirigía la sede local.

Dicho marido tenía habilidades de contable. Había estudiado en Misisipí. Era anti-Hoffa. Había robado fondos de los Camioneros.

Arden era corrupta. Arden se juntaba con putas. Arden tenía dos amigas íntimas: las hermanas Pat y Pam Clunes.

Las notas sobre Arden se terminaron. Las notas sobre el «libro» se terminaron. Todo el dossier se terminó. Pete se sintió aturdido. Pete se tomó el pulso: 163.

Se guardó el dossier. Registró los cajones. Registró estanterías y armarios. No había duplicados ni recortes escondidos.

Volvió a registrar el piso. Minuciosamente. Volvió a desmontarlo de inmediato.

Desordenó. Ordenó. Volvió a desordenar. Trabajó deprisa. Trabajó quisquillosamente.

Tiró el botiquín. Volvió a llenar las estanterías. Deconstruyó y reconstruyó el baño. Golpeó las paredes. Levantó las alfombras. Registró las hendiduras de las sillas. Registró las hendiduras del sofá. Registró las hendiduras de la cama.

Hendiduras vacías. Ninguna palanca. Ningún duplicado. Ningún escondite de recortes de prensa.

Tomó unas aspirinas con ginebra. Hizo acopio de estómago. Los maricones se pasaban cuando mataban a otros maricones. Eso lo sabían todos los policías.

Agarró un cuchillo y se lo clavó noventa y cuatro veces a Jim Koethe.

Hacia el sur. A más de ciento veinte kilómetros por hora.

Tomó la I-45. Atravesó suburbios de mierda. Olía a sangre y a ginebra. Olía al champú de Jim Koethe.

Dejó atrás áreas de descanso. Dejó atrás áreas de acampada. Vio columpios de niños y hoyos para barbacoas. Un coche lo seguía a unos treinta metros de distancia. Lo mosqueó.

Le vinieron a la mente seguimientos. No hizo caso. Las 4.00: una autopista / dos coches.

La jaqueca atacó de nuevo. Creció y explotó. King Kong saluda a Rodan. Vio el indicador de un cámping. Cogió una rampa de salida. Vio las rejillas de una barbacoa. Entró despacio. Apagó los faros. Trabajó en la oscuridad.

Tiró el dossier de Koethe. Llenó el hoyo de la barbacoa. Derramó gasolina, encendió una cerilla y el papel prendió.

Las llamas crecieron. Las llamas se estabilizaron. El calor incrementó su jaqueca. Era más que Godzilla. Era el Monstruo de la Laguna Negra.

Pete corrió a su coche. Subió por la rampa derrapando. Entró en la autopista. Enterremos Dallas. Sedémonos para siempre. Comamos secorbital. Chutémonos heroína.

El coche seguía detrás. Es una nave espacial. El conductor es King Kong. Tiene rayos X en los ojos. Sabe que has matado a Koethe y a Betty Mac.

Pete se sintió aturdido. El parabrisas se desvaneció. Es una tronera / es un cedazo. La carretera se hundió. Es un pozo de tinta. Es la Laguna Negra.

El Monstruo le mordió la cabeza. Pete vomitó sobre el volante.

Ahí hay una rampa. Desciende. Ahí hay un indicador.

HUBBARD, TEX, 4001 HAB.

Japoneses. Cuerdas de rebanar cuellos. Betty Mac. Ojos bizcos / aldabas / pantalones pirata.

Venía. Se marchaba. Las carreteras se hundían. Las carreteras volvían a la superficie. Manchas de tinta y lagunas.

Él venía. Él se marchaba. Se sentía como Frankenstein. Suturas y argollas. Paredes verdes y sábanas blancas.

Mira a los Ladrones de Cuerpos. Mira al doctor Frankenstein:

Eres un tipo con suerte. Un hombre te encontró. Hace cinco días. Dios debe de amarte. Chocaste cerca de St. Ann.

El médico tenía marcas de acné. El médico tenía halitosis. El médico tenía acento sureño.

Han pasado seis días. Te hemos sacado un bulto de grasa de la cabeza. Era benigno. Apuesto a que tenías unas jaquecas horribles.

Ahora no te preocupes. El hombre del coche ha avisado a tu esposa.

Lo reanimaron.

Frankenstein vino. Frankenstein se marchó. Unas monjas revoloteaban y se afanaban a su alrededor. No me hagan daño. Soy francés protestante.

Frank le quitó las argollas. Las monjas lo afeitaron. Salió de la niebla. Vio manos y maquinillas de afeitar. Entró de nuevo en la niebla. Vio japoneses y a Betty Mac.

Unas manos le dieron sopa. Unas manos le tocaron la polla y le metieron tubos en ella. La niebla titubeó. Algunas palabras la atravesaron. Bajadle la dosis. Que no se vuelva un adicto.

Salió de la niebla. Vio caras.

Monjas novicias, las novias de Frankenstein. Un hombre delgado con pinta de haber ido a una buena universidad. Parecido a John Stanton. Callejón de los recuerdos: Miami / caballo blanco / operaciones de la Banda y la CIA.

Entornó los ojos. Intentó hablar. Las monjas lo hicieron callar.

Entró en la niebla. Salió de la niebla y volvió al mundo real. Stanton era real. Fíjate en su bronceado y en su traje de secado rápido.

Pete intentó hablar. Se le obturó la garganta. Escupió mucosidad. Le ardía la polla. Se sacó el catéter.

Stanton sonrió y acercó una silla.

—El despertar de la Bella Durmiente.

Pete se sentó. Pete tiró del tubo del suero intravenoso.

—Me estabas siguiendo. Viste cómo me salía de la carretera.

—Sí. —Stanton asintió—. Y llamé a Barb para decirle que estabas a salvo pero que todavía no podías recibir visitas.

—¿Qué estás haciendo aquí? —Pete se frotó los ojos.

Stanton abrió su portafolios. Stanton sacó la pistola de Pete.

—Descansa. El médico ha dicho que mañana podremos hablar.

Agarraron un banco. Lo sacaron fuera. Stanton llevaba un traje de secado rápido. Pete llevaba una bata.

Se sentía bien. Las jaquecas... *adieu*.

El día anterior había llamado a Barb.

Se pusieron mutuamente al corriente de lo ocurrido en los últimos ocho días. Barb estaba bien. Stanton la había preparado. Barb se mantuvo firme.

Pete leyó el *Times-Herald*. Encontró lo que buscaba. Aquí y allá se hablaba de la muerte de Koethe. El DPD interrogaba bujarrones.

El DPD los soltaba. El caso olía a expediente no resuelto. A tomar por culo, es un asunto de maricas.

El *Morning News* publicaba un artículo. Cargaba contra Koethe. Cargaba contra sus palabras «desmesuradas». Koethe era un chiflado perenne. Koethe estaba obsesionado con la «conspiración».

Había quemado las notas de Koethe. Recordó lo que había averiguado acerca de Arden. Dudó. Decidió no contárselo a Littell.

Lo que había averiguado era sólo un esbozo. Mejor confirmarlo primero. Se acercó una monja, una monja dulce. Stanton la estudió.

—Jackie Kennedy llevaba sombreros como ése.

—Sí, en Dallas llevaba uno.

—Eres muy observador. —Stanton sonrió.

—En la escuela estudié latín. Sé qué significa *quid pro quo*.

La monja sonrió. La monja se despidió con un gesto y sonrió. Stanton era guapo. Stanton vivía a base de ensaladas y martinis.

—¿Te has enterado de lo de la muerte de ese periodista? Creo que estaba escribiendo un libro.

Pete se desperezó. Se le soltó un punto de la sutura de la cabeza.

—Empecemos de nuevo. Tú me seguías. Tú me has salvado la vida. Te doy las gracias.

Stanton se desperezó. Se le vio la sobaquera.

—Sabemos que algunos hombres de la Agencia estuvieron implicados, como mínimo de manera periférica, en el asesinato de Kennedy. Estamos contentos con el resultado, no tenemos ningunas ganas de enfrentarnos al Informe Warren, pero nos gustaría tener, al menos, un burdo esbozo.

Pete se desperezó. Se le soltó un punto. Pete se frotó la cabeza y dijo:

—Cuba.

—Eso no es mucho. —Stanton sonrió.

—Pues lo dice todo. Ya sabes a quién jodió, sabes quién tenía el dinero y los medios. Ya que me has salvado la vida, seré generoso. Conoces a la mitad del personal y has trabajado con él.

El banco estaba húmedo. Podía escribirse en las tablas. Stanton dibujó estrellas y escribió «CUBA».

Pete se rascó la cabeza.

Se le desprendió un punto.

—Muy bien, jugaré.

Stanton dibujó estrellas. Stanton puso signos de admiración delante y detrás de «CUBA».

—Jack nos rompió el corazón. Ahora Johnson está curando la herida.

Pete dibujó un signo de interrogación. Stanton lo tachó.

—Johnson va a pasar de la Causa. Cree que es una derrota segura y sabe que fue lo que mató a Jack. Ha jodido a la Agencia a través del presupuesto de nuestras operaciones en Cuba, y algunos de mis colegas creen que ha llegado la hora de burlar sus propósitos.

Pete dibujó un signo de admiración. Pete dibujó el signo del dólar.

Stanton cruzó las piernas. Se le vio el equipamiento que llevaba en el tobillo.

—Quiero que vengas a Vietnam. Quiero que traigas heroína de Laos a Estados Unidos. Tengo un equipo preparado en Saigón. Todo de la Agencia y del ejército de Vietnam del Sur. Con unos y otros podrás formar tu propio equipo. La droga ha financiado una docena de golpes de estado vietnamitas, así que podríamos convertirla en útil para la Causa.

Pete cerró los ojos.

Pete recordó titulares de prensa. Los franceses pierden Argelia. Los franceses pierden Dien Bien Phu.

Et le Cuba sera notre grande revanche.

—Tú entras la droga en Las Vegas —prosiguió Stanton—. He hablado con Carlos sobre esa cuestión. Piensa que puede conseguir que la Banda rescinda su norma de «droga, no» siempre y cuando sólo se la vendas a los negros. Queremos que organices un sistema, que compres a los polis necesarios y que limites tu exposición callejera a los dos últimos distribuidores de la cadena. Si en Las Vegas la operación funciona, podemos expandirla a otras ciudades. Y el sesenta y cinco por ciento de los beneficios irá a manos de grupos de exiliados que lo merecen.

Pete se levantó. Pete se tambaleó. Pete lanzó ganchos y puñetazos. Se le saltaron puntos.

Una monja se acercó. Vio a Pete. Se asustó y se mosqueó.

C'est un fou.

C'est un diable.

C'est un monstre protestant.

56

(Las Vegas, 30/9/64)

La hora del descanso. Las 16.00 en punto.

Dejó el trabajo. Preparó café. Se sentó fuera de la suite. Puso las noticias. Contempló el campo de golf. Janice jugaba casi todos los días. Ella lo veía. Ella lo saludaba. Ella gritaba epigramas. Decía: «Mi marido no te cae bien.» Decía: «Trabajas demasiado.»

Janice tenía una técnica de principiante. Janice se movía con flexibilidad. Acertaba los golpes. La falda se le levantaba. Sus pantorrillas se tensaban y estiraban.

Littell miraba el hoyo núm. 6. Littell escuchaba las noticias. LBJ recorría Virginia y pronunciaba discursos. Bobby hacía lo mismo en Nueva York.

Janice jugaba en el hoyo núm. 6. Janice superó a sus amigas. Lo vio. Lo saludó y gritó: «Mi marido te está destrozando. Necesitas descansar.»

Littell le devolvió el saludo. Littell sonrió. Janice acertó el golpe.

Jane temía Las Vegas. Los Chicos mandaban en la ciudad. Janice era propiamente Las Vegas. Littell disfrutó con lo que vio y se lo llevó a la cama. Le ponía a Jane el cuerpo de Janice.

Las noticias se terminaron. Janice hizo par en el 6 y saludó. Littell entró. Littell escribió informes de apelaciones.

Jimmy Hoffa estaba acabado. Los Chicos lo sabían. Carlos militaba a favor de Jimmy. Carlos pedía donaciones. Carlos creó un Fondo de Ayuda para Jimmy. Fue inútil. No había esperanzas.

Littell dejó de lado el informe. Littell cogió sus libros de contabilidad. Littell escribió cifras y sumó sus dádivas.

Las buenas noticias:

Los correos habían marcado un tanto a Wayne Senior. Los correos le robaron su parte del escamoteo. Los correos tenían segundas intenciones. Eran hábiles. Eran camorristas a lo mormón.

Él los dirigió. Él controló el escamoteo. Redactó informes ficticios. Mintió a Drac. Lo estafó. Le chupó la sangre.

Los correos trabajaron. Los correos movieron seiscientos de los grandes, el producto de dos semanas de escamoteo. Él se quedó su cinco por ciento. Lo depositó en su cuenta de Chicago. Abrió otras cuentas en Silver Spring y en Washington D.C. Utilizó una identidad falsa. Blanqueó el dinero. Entregó dádivas el SCLC.

Llenó talones para dádivas. De cinco mil cada uno. Los firmó con seudónimo. Imprimió los membretes de los sobres.

Drac y los Chicos se encuentran con el doctor King... Juntos venceremos.

Sonó el teléfono del escritorio. Lo cogió.

—¿Sí?

Silbidos de interferencias. Una llamada de larga distancia. Un Pete entrecortado.

—Soy yo, Ward.

Las interferencias aumentaron. La línea zumbó. Las interferencias se estabilizaron.

—¿Dónde estás?

—En Ciudad de México. Esto se va a cortar y tengo que pedirte un favor.

—Te escucho.

—Necesito que Wayne corte las cuerdas que lo tienen atado y venga a trabajar para mí.

—Será un placer —dijo Littell.

57

(Las Vegas, 30/9/64)

Janice follaba con Clark Kinman. Wayne miraba.

Ella había dejado las luces encendidas. Sabía que Wayne estaba allí. Montaba a Kinman, de espalda al espejo.

Wayne miró. Wayne bebió whisky de Wayne Senior. Era el sexto espectáculo de Janice. Era la sexta vez que él se escondía y miraba.

Vigiló el motel. Janice follaba todas las noches. Wayne Senior lo veía casi siempre. La hora del espectáculo estaba fijada. Las llegadas al motel, lo mismo.

Kinman aparece a las 21.00. Janice aparece a las 21.10. Wayne Senior se presenta a las 21.40. Kinman va a follar. Janice va a actuar. Kinman coprotagoniza el espectáculo sin saberlo.

Janice follaba en la oscuridad para Wayne Senior. Janice follaba con la luz encendida para Wayne.

Wayne lo comprendió.

Ella lo había visto en la base Nellis. Lo conocía bien. Sabía que la seguiría. Sabía que conocía las costumbres de Wayne Senior. Se aprovecharía de las noches que Wayne Senior no iba al motel e iría a MIRAR.

Janice se echó hacia atrás. Sus cabellos se arremolinaron. Wayne vio su cara del revés. El altavoz entró en acción. Kinman gimió. Kinman dijo obscenidades idiotas.

Janice se echó hacia delante. Janice alzó las caderas. Wayne vio a Kinman dentro de ella.

Sol Durslag comprobado. El *Vegas Sun* publicó la noticia. Mayo del 55. Wardell Gray / saxo tenor. Muerto a palos / cadáver abandonado / duna de arena / muerto en el acto. Sin sospechosos. Caso cerrado.

Janice se echó hacia atrás. Sus cabellos se movieron. Wayne vio sus ojos del revés.

Kinman gimió: «Voy a correrme.» Kinman dijo obscenidades idiotas. Janice agarró una almohada y le tapó la boca.

Kinman retorció los dedos de los pies. Contrajo las rodillas y cerró los pies. Janice desmontó.

Kinman tiró la almohada. Kinman sonrió y se rascó los huevos. Kinman dio unos golpecitos al Cristo que llevaba colgado de una cadena.

Hablaron. Sus labios se movieron. El altavoz filtró susurros.

—Siempre llevo esto como protección. —Kinman besó el Cristo—. A veces pienso que quieres matarme.

Janice se sentó de cara al espejo.

—Wayne Senior tendría que cuidarte mejor —añadió Kinman—. Joder, cuando pienso que nos hemos visto dieciséis días seguidos.

Janice guiñó un ojo y dijo:

—Tú eres el mejor.

—Dime la verdad, ¿es bueno?

—No, pero tiene buenas cualidades.

—Te refieres al dinero.

—No exactamente.

—Pues algo debe de tener, o te habrías buscado un amante fijo antes de tenerme a mí.

—He mandado invitaciones —dijo Janice guiñando un ojo—, pero nadie ha llamado a mi puerta.

—Hay tipos que no saben interpretar las señales.

—Hay chicos que primero tienen que ver.

—Caray, pues si tu marido te viera ahora mismo.

Janice alzó la voz. Janice habló deliberadamente despacio.

—Una vez, tuve un rollo con un músico. Wayne Senior lo descubrió.

—¿Y qué hizo?

—Lo mató.

—¿Quieres acojonarme?

—En absoluto.

—Tú serás mi ruina. —Kinman besó el Cristo—. Y yo que pensaba que el único que mataba en la familia era Junior.

Janice se puso en pie. Se acercó al espejo.

Se acicaló. Empañó el cristal. Se chupó un dedo. Dibujó corazones unidos con flechas.

Se desató una tormenta de arena. Un viento ardiente levantó arena y matas de artemisa.

Wayne condujo de regreso al rancho. Wayne fue andando hasta la casa de los invitados. Vio un coche en el camino de acceso.

Ahí está Ward Littell. Al abrigo del viento. Littell le obstruyó el paso. Se le veía machacado y jodido por la tormenta de arena.

—Tu padre te mandó a Dallas —dijo.

DOCUMENTO ANEXO: 1/10/64. Dossier secreto de Inteligencia. De: John Stanton. A: Pete Bondurant. Clasificado: SÓLO ENTREGAR EN MANO / DESTRUIR DESPUÉS DE LA LECTURA.

P. B.,

Espero que esta carta te llegue a tiempo. En realidad, no es más que un resumen con subrayados del que he eliminado los detalles ajenos al caso. Te lo mando a través de la delegación de Ciudad de México a fin de que lo recibas dentro del plazo que me has pedido. Nota: datos recogidos en los ficheros de la Interpol en París y Marsella. Expediente copiado de la Agencia núm. M-64889/Langley.

De: MESPLEDE, JEAN PHILLIPPE, W.M., 19/8/22. Última dirección conocida: 1214 Ciudad Juárez, Ciudad de México.

1941-1945: Antecedentes contradictorios. MESPLEDE (presunto antisemita) era colaborador de los nazis o miembro de la Resistencia francesa en Lyon. Antecedentes contradictorios: MESPLEDE entregó judíos a las SS / MESPLEDE asesinó nazis en un balneario del Arbois. Nota: la Interpol llegó a la conclusión de que había hecho un poco de ambas cosas.

1946-1947: Paradero desconocido.

1948-1950: Trabaja de mercenario en Paraguay. La Base de Operaciones de Asunción tiene un expediente de 41 páginas. MESPLEDE se infiltró en grupos de estudiantes izquierdistas a instancias de las Asociación de Jefes de Policía de Paraguay. MESPLEDE (que domina el español) asesinó a 63 presuntos simpatizantes comunistas siguiendo las directrices de dicha asociación.

1951-1955: Servicio en el Ejército francés (Indochina —ahora Vietnam— y Argelia). MESPLEDE sirvió en la brigada de paracaidistas, dirigió acciones en Dien Bien Phu y al parecer sufrió una gran depresión por la derrota y retirada francesa. Hay informaciones (no confirmadas) <u>según las cuales trasladó su base de opio y de hachís a su siguiente destino, Argel.</u> En Argel, MESPLEDE fue destinado a una unidad de ocupación y enseñó técnicas de tortura a miembros de un destacamento de policía mercenaria que trabajaba para ricos colonialistas franceses. MESPLEDE (anticomunista comprometido) supuestamente ejecutó a 44 argelinos nacionalistas sospechosos de tener vínculos con comunistas y se ganó una gran reputación como especialista en artes marciales.

1956-1959: En paradero casi siempre desconocido. Se cree que en esa época MESPLEDE viajó ampliamente por Estados Unidos. El Departamento de Policía de Atlanta (Georgia) tiene una nota sobre él en un expediente del 10/58. MESPLEDE fue declarado sospechoso del incendio de una sinagoga que estaba en la mira de los neonazis. El Departamento de Policía de Nueva Orleans tiene archivada una nota del 9/2/59. MESPLEDE fue declarado sospechoso de 16 atracos a mano armada en Nueva Orleans, Metarie, Baton

Rouge y Shreveport. Nota: unas informaciones sin confirmar afirman que, durante ese intervalo, MESPLEDE viajó con grupos pertenecientes al crimen organizado.

1960-1961: Trabajo de mercenario en el Congo Belga. MESPLEDE (un conocido asociado de nuestro conocido asociado LAURENT GUERY) estuvo a cargo de los terratenientes belgas y trabajó con un enlace de la Agencia en la incursión anti-Lumumba. MESPLEDE y GUERY dirigieron la captura y la ejecución de 491 rebeldes izquierdistas en la provincia de Katanga. Los terratenientes dieron carta blanca a MESPLEDE y le dijeron que pusiera en práctica una medida disuasoria para asustar a los supuestos rebeldes. MESPLEDE Y GUERY llevaron a los rebeldes a un barranco y los mataron mediante el uso de lanzallamas.

1962-1963: Básicamente en Francia. MESPLEDE (que perdió tierras cuando De Gaulle concedió la independencia a Argelia) supuestamente ingresó en la OAS y tomó parte en los intentos de asesinato a De Gaulle del 3/62 y del 8/63. MESPLEDE resucitó en Ciudad de México (9/63) y presuntamente ha estado en contacto con nuestros conocidos asociados GUERY y FLASH ELORDE. Se sabe que MESPLEDE está comprometido con la causa anticastrista y, como se ha dicho anteriormente, es marcadamente anticomunista, habla español con fluidez y es probable que tenga experiencia tanto en el ámbito militar como en el de los narcóticos en el teatro del Sureste Asiático. Visto lo anterior, creo que podemos utilizarlo.

Regreso a Saigón. Manda todas nuestras comunicaciones futuras a mi apartado de correos de Arlington. Desde ahí utilizaremos intermediarios y enlaces. Recuerda que estamos en la Fase 1 Secreta, como cuando nuestras operaciones en el Tiger de Miami. Recuerda el viejo dicho: Lee, memoriza y quema.

Por mi parte, doy el visto bueno a MESPLEDE, si tú crees que encaja en nuestros planes. Puedes reclutar al resto del equipo según tu propio criterio. En lo que a MESPLEDE se refiere, cuidado. Su currículum es un poco alarmante.

Por la Causa,

J. S.

58

(Ciudad de México, 2/10/64)

Un mexicano le sirvió un café. Dicho mexicano le lamió el culo. Grandes sonrisas / grandes reverencias / gran sumisión.

Pete esperó. Pete comió panecillos. Pete puso su pistola bajo la mesa sujeta con cinta adhesiva.

El gatillo quedaba nivelado. El silenciador funcionaba. El cañón apuntaba hacia el asiento opuesto.

Pete bebió café. Pete se frotó la cabeza. Ciudad de México... *nyet*.

Es una zona que apesta. Está llena de cagadas de perro. Prefiero La Habana de antes de Castro.

Había buscado a Flash y a Laurent. No los había encontrado. Mandó una nota. Mesplede le respondió con otra nota.

Hablemos. He oído hablar de ti.

Pete mató el tiempo. Llamó a Barb todos los días. Llamó a la sede sindical de Kansas City. Soltó algunos nombres. Hizo preguntas sobre Arden Elaine Bruvick.

El quid de la cuestión: se trataba de *Frau* Danny Bruvick. Sanny dirigió la sede 602 entre el año 52 y el 56. Danny robó dinero de los Camioneros. Danny se largó. Jimmy Hoffa ordenó su búsqueda. Danny se desvaneció. Arden se quedó en Kansas City.

Jimmy movió hilos. El Departamento de Policía de Kansas City detuvo a Arden. Arden salió enseguida en libertad bajo fianza. Arden se largó de Kansas City.

Pete conocía a un tipo del DPKC. Pete lo llamó. El tipo buscó información sobre la libertad condicional de Arden y llamó a Pete.

Arden salió el 10/3/56. El T & C Corp pagó su fianza. Carlos M. era el dueño del T & C.

El T & C era su tapadera de cara a Hacienda.

Era un hilo desgastado. Algo intrigante. Carlos dice: «Matad a Arden.» Su principal corporación le paga la fianza.

Obtén más datos. Averigua más. Todavía no avises a Littell. El hilo era delgado. Podía desgastarse. Podía romperse.

Entró un hombre. Era gordo. Llevaba gafas. Tenía manchas negras en las manos. Lo más probable: tatuajes de los paracas franceses.

Perros paracaidistas. *Très* francés: colmillos y paracaídas.

Pete se puso en pie. El hombre lo vio y se sentó a una mesa de la parte delantera del local.

Pete improvisó:

Se agachó. Quitó la cinta adhesiva a su pistola. Enfundó la pistola y caminó hacia el hombre. Lo saludó con una inclinación de la cabeza. Se estrecharon la mano. El perro paracaidista tenía los ojos rojos. Se sentaron.

—Tú conoces a Chuck Rogers —dijo Mesplede.

—Chuck es un gran currante.

—Vive con sus padres y tiene más de cuarenta años.

Tenía acento del *Midi.* Parecía *marseillais.* Vestía *très fasciste,* todo de negro.

—Es un hombre comprometido —dijo Pete.

—Sí. Se le pueden perdonar sus ideas más estrafalarias.

—Sí, y tiene un gran sentido del humor acerca de esas ideas.

—El Ku Klux Klan me da asco. Disfruto mucho con el jazz negro.

—A mí me gusta la música cubana.

—A mí me gustan las mujeres cubanas y la comida cubana.

—Fidel Castro tendría que morir.

—Sí, es un *cochon* y un *pédé.*

—Estuve en Cochinos. Dirigí tropas en el campamento Blessington.

—Chuck me lo contó. —Mesplede asintió—. Mataste comunistas disparando desde la ventanilla de un avión.

Pete rió. Pete fingió que disparaba. Mesplede encendió un Gauloise. Mesplede le ofreció uno.

Pete lo encendió. Pete tosió. Era mierda de rata liada.

—¿Y qué más te dijo Chuck?

—Que eras un hombre comprometido.

—Y también dijo que tú, *qu'est-ce que c'est?* Ah, sí, que «cortabas eslabones a tijeretazos».

Pete sonrió. Pete le mostró fotos. Éste es Jack Z. hecho un hatillo. Éste es Hank K. arrojado en un vertedero.

—Hombres desafortunados. —Mesplede dio unos golpecitos a las fotos—. Vieron cosas que no tendrían que haber visto.

Pete tosió. Pete hizo anillos de humo.

—Chuck dijo que la rubia se suicidó en la cárcel.

—Exacto.

—¿Y no le tomaste ninguna foto?

—No.

—Entonces, la única que queda es Arden.

—Está ilocalizable. —Pete sacudió la cabeza.

—Nadie puede estarlo siempre.

—Pues a ella nadie la ha localizado.

—Yo la vi una vez en Nueva Orleans. —Mesplede encendió un cigarrillo con la colilla del anterior—. Estaba con uno de los hombres de Carlos Marcello.

—Está ilocalizable. Dejémoslo así.

Mesplede se encogió de hombros. Mesplede dejó caer las manos. Ahí está el gatillo. Ahí está cañón. Ahí está la parte trasera del tambor.

Pete sonrió. Pete inclinó la cabeza y mostró su arma. Mesplede sonrió. Mesplede inclinó la cabeza y mostró su arma.

Pete agarró una servilleta. Pete cubrió la mesa con ella y ocultó las armas.

—Tu nota hablaba de trabajo —dijo Mesplede.

—Heroína. —Pete hizo sonar los nudillos—. La llevamos de Laos a Saigón y la metemos en Estados Unidos. Es una operación adjunta a la CIA y absolutamente no autorizada. Todos los beneficios van a la Causa.

—¿Nuestros colegas?

—Trabajamos bajo la supervisión de un hombre llamado John Stanton. Yo he movido droga y exiliados para él. Hemos metido en esto a Laurent Guery, a Flash Erode y a un ex policía para que se ocupe de la parte química del asunto.

Se acercó una puta. Dicha puta bajó la mirada. Mesplede mostró sus tatuajes. Dobló las manos. Los perros se ensancharon. Les crecieron grandes pollas.

La puta se cabreó. La puta se marchó susurrando: «Gringos, feos y malos.»

—Me interesa —dijo Mesplede—. Estoy entregado a la causa de una Cuba libre.

—*Mort a Fidel Castro. Vive l'entente franco-américaine.*

Mesplede agarró un tenedor. Mesplede se limpió las uñas con él.

—Al describirte, Chuck dijo que eras «blando con las mujeres». Aceptaré que Arden está ilocalizable si me das más pruebas de tu lealtad a la Causa.

—¿Cómo?

—Hank Hudspeth ha estafado a la Causa. Ha vendido material bélico defectuoso a grupos de exiliados y la buena mercancía la ha desviado hacia el Klan.

—Me ocuparé de ello —dijo Pete.

Mesplede dobló las manos. Los perros tuvieron un ataque de priapismo.

—Me gustaría que me hagas llegar un recuerdo.

El plan funcionó. Hablemos de las armas: mi dinero / tu material.

Pete lo llamó desde Houston. Hank estaba anhelante. Le dijo

que le mandaba un billete de avión. Le dijo que tenía un búnker cerca de Polk.

Pete voló a De Ridder. Pete alquiló un coche. Pete pasó por un Safeway y compró un enfriador. Pete compró hielo seco.

Llegó a la estafeta de correos. Compró una caja. Le puso sellos para correo aéreo. Escribió la dirección de Jean Mesplede en la parte superior.

Fue a una armería. Compró un cuchillo Buck. Fue a una tienda de cámaras fotográficas. Compró una Polaroid y unos carretes.

Condujo hacia el norte. Tomó carreteras locales. Atajó por el bosque Kisatchee. Hacía calor. Veintiocho grados al atardecer.

Se encontró con Hank. Hank estaba anhelante. ¡Tengo el material!

El búnker era el túnel de una mina. En parte un almacén de armas / en parte un iglú. Diez escalones bajo tierra.

Hank abrió el camino. Hank llegó al primer escalón. Pete sacó su pipa y le disparó por la espalda.

Hank se tambaleó. Pete le disparó otra vez. Pete le voló las costillas.

Pete lo volvió boca arriba. Preparó la cámara. Tomó un primer plano. En el búnker hacía calor. Era muy estrecho y las paredes estaban recubiertas.

Pete sacó el cuchillo. Tiró del cabello de Hank. Lo cortó de un lado a otro.

Hizo una muesca en la hoja. Encontró hueso. Cortó arriba y abajo. Se plantó sobre la cabeza de Hank y le arrancó el cuero cabelludo.

Lo limpió. Lo metió en el enfriador con el hielo seco. Lo introdujo todo en una caja. Las manos le temblaban. Temblores de primerizo, y eso que había arrancado el cuero cabelludo a cientos de comunistas.

Se secó las manos. Puso una dedicatoria en la foto. Escribió «¡Viva la Causa!» en el dorso.

59

(Las Vegas, 4/10/64)

Janice estaba en casa. Wayne Senior había salido. Wayne recorrió su habitación una y otra vez. Se compuso y se acicaló.

Hacía una hora que se había encontrado con Pete en Tiger. Pete lo había convencido. Pete lo había estimulado.

Tú eres químico. Vayamos a Vietnam. Tú cocinarás heroína. Trabajaremos en una operación secreta.

Wayne dijo que sí. Le pareció lógico. Le pareció absolutamente correcto.

Wayne se afeitó. Wayne se peinó. Wayne se curó un corte. Cuatro noches antes, Littell le había dado una buena lección. Ward lo había jodido cantidad.

Rastreó la lógica de Ward. Improvisó. Wayne Senior tenía chivatos. O sea que Wayne Senior controlaba a Maynard Moore. O sea que estaba metido en el asunto del atentado.

Ward había dejado puntos sin aclarar. Wayne improvisó. Wayne Senior había tirado los expedientes de los últimos soplos. O sea que Wayne Senior había controlado a Maynard Moore.

Wayne se cepilló el cabello. La mano le temblaba. El cepillo cayó al suelo y se rompió.

Wayne salió. Había viento. Hacía calor. Era de noche.

Allí... La habitación de Janice. La luz encendida.

Wayne entró en la casa. Sonaba el equipo de alta fidelidad. Jazz tranquilo o alguna mierda por el estilo. Instrumentos de viento discordantes.

Lo apagó. Localizó la procedencia de la luz. Caminó hacia ella. Janice estaba cambiándose de ropa. Janice lo vio, pam, así de repente.

Dejó caer la bata que tenía en la mano. Se quitó las zapatillas de golf. Se quitó el sujetador y los pantalones de golf.

Él se acercó. La acarició. Ella le quitó la camisa y le bajó los pantalones.

Él la agarró. Intentó besarla. Ella eludió su beso. Se arrodilló y se metió la polla en la boca. A Wayne se le puso dura. Sintió que iba a correrse. Agarró a Janice por el cabello y le apartó la boca.

Janice retrocedió. Le quitó los pantalones. Tropezó con sus zapatos. Se sentó en el suelo, hizo una bola con una falda y se la puso debajo del culo.

Él se agachó. Se arrodilló. Le abrió las piernas. Le besó los muslos. Le besó el vello pubiano. Metió la lengua.

Ella tembló. Emitió sonidos curiosos. Él la saboreó por fuera y por dentro.

Ella tembló. Emitió sonidos inquietantes. Lo agarró por el cabello y le alzó la cabeza. Le hizo daño.

Él le separó las rodillas. Le abrió las piernas por completo. Ella lo atrajo hacia su interior. Se convulsionó y cerró los ojos.

Él le pellizcó las cejas. La obligó a abrirlos. Acercó su rostro al de ella y la miró a los ojos. Vio motas verdes que no había visto nunca.

Las motas verdes se movieron. Se convulsionaron. Encontraron la sincronía. Wayne le tomaba la cara y ella se la tomaba él.

Se miraron a los ojos. Él estuvo a punto de correrse y se controló. Janice se dobló. Janice tembló y entrelazó las piernas con las de él.

Wayne sudaba. Las gotas de sudor caían en los ojos de Janice. Ella parpadeó y siguió mirándolo a los ojos.

Una puerta se abrió. Una puerta se cerró. Una sombra atravesó la luz.

Janice se arqueó. Janice empezó a llorar. Wayne se corrió. Wayne cerró los ojos.

Janice se secó las lágrimas. Janice se besó los dedos. Janice se los metió a Wayne en la boca.

Se acostaron en la cama. Cerraron los ojos. Dejaron la puerta abierta. Dejaron la luz encendida.

Oyeron ruidos en la casa. Wayne oyó silbar a Wayne Senior. Wayne olió el tabaco de Wayne Senior.

Abrió lo ojos. Besó a Janice. Ella tembló y mantuvo los ojos cerrados.

Wayne se levantó. Wayne se vistió y fue hacia el bar. Pam... ahí está Wayne Senior.

Wayne le cogió el bastón. Wayne hizo girar el bastón. Llevó a cabo el repertorio de trucos de papá.

—No deberías haberme mandado a Dallas —le dijo.

PARTE III

Subversión

Noviembre de 1964 - julio de 1965

DOCUMENTO ANEXO: 16/10/64. Comunicación entregada en mano. A: Pete Bondurant. De: John Stanton. Encabezamiento: ENTREGAR EN MANO SOLAMENTE / DESTRUIR DESPUÉS DE SU LECTURA.

P. B.,

Aquí tienes el resumen que me pediste. Como siempre, destrúyelo después de leerlo, por favor.

Para empezar, hay consenso entre los analistas de la Agencia: estamos en Vietnam para quedarnos. Ya sabes que el conflicto se remonta a muchos años atrás, con los japoneses, los chinos y los franceses. Nuestro interés data del 45 . Nació de nuestro compromiso con los franceses y nuestro deseo de mantener Europa Occidental fuera del bloque rojo, y fue espoleado por el hecho de que China se hiciera comunista. Vietnam es un pedazo clave de propiedad. Si el Sureste asiático se vuelve rojo, perderemos el control de la zona. De hecho, correríamos el peligro de perder toda la región.

Gran parte de la situación actual se deriva de la derrota de las tropas francesas por el Vietminh en Dien Bien Phu en marzo del 64. Esta derrota llevó a los acuerdos de Ginebra y a la partición del país en lo que ahora se conoce como Vietnam «del Norte» y Vietnam «del Sur», a ambos lados del paralelo 17. Los comunistas se retiraron del sur y los franceses se retiraron del norte. En verano del 56 se convocaron elecciones en toda la nación.

Instalamos a nuestro hombre, Ngo Dinh Diem, en el sur. Diem

era un católico proamericano, antibudista, anticolonialista francés y anticomunista. Los operativos de la Agencia amañaron un referéndum que permitió a Diem suceder al primer ministro Bao Dai. (No fue nada sutil. Nuestros hombres hicieron que Diem obtuviera más votos que el número auténtico de votantes.)

Diem desestimó las elecciones del 56 establecidas por los acuerdos de Ginebra. Dijo que la presencia del Vietminh impediría que los comicios fueran «absolutamente libres». La fecha límite de las elecciones se acercaba. EE.UU. apoyó la negativa de Diem a participar. Diem puso en marcha unas «medidas de seguridad» contra el Vietminh en el sur. Los sospechosos de pertenecer al Vietminh o de ser simpatizantes del mismo fueron torturados y juzgados por oficiales locales nombrados por Diem. Esta operación tuvo éxito y Diem consiguió acabar con el 90 % de las células del Vietminh en el delta del Mekong. Durante esta época, los publicistas de Diem acuñaron el término peyorativo «Vietnam Cong San» o «vietnamita comunista».

Llegó la fecha límite para la celebración de las elecciones. Los soviéticos y los comunistas chinos no presionaron para que se alcanzara un acuerdo político. A principios del 57, los soviéticos propusieron una partición permanente y que las Naciones Unidas ratificaran que Vietnam del Norte y Vietnam del Sur eran estados distintos. Estados Unidos no estaba dispuesto a reconocer un estado comunista y rechazó esta iniciativa.

Diem construyó una base en el sur. Designó a sus hermanos y a otros familiares para que ocupasen puestos de poder y convirtió Vietnam del Sur en una oligarquía claramente anticomunista. Los hermanos y parientes de Diem establecieron sus propios feudos. Eran católicos estrictos y antibudistas. Can, hermano de Diem, era prácticamente un caudillo militar. Su hermano Ngo Dinh Nhu dirigió una red de inteligencia anti-Vietcong financiada por la CIA.

Diem se negó a realizar la reforma agraria y se alió con poderosas familias terratenientes del delta del Mekong. Creó las Khu Tru Mat o comunidades granjeras para aislar a los campesinos de las células y de los simpatizantes del Vietcong. Los campesinos eran desalojados de sus lugares de origen y obligados a integrar comunas sin cobrar sueldo alguno. A menudo, las tropas gubernamentales les robaban cerdos, arroz y pollos.

Las acciones de Diem provocaron exigencias de reformas. Diem clausuró diarios de la oposición, acusó a periodistas y estudiantes de tener vínculos con los comunistas y los arrestó. En esa época, Estados Unidos tenía mil millones de dólares invertidos en Vietnam del Sur. Diem (llamado «la marioneta que tira de sus propios hilos») sabía que necesitábamos su régimen como cabeza de puente contra el avance del comunismo. Gastó la mayor parte del dinero donado por Estados Unidos en la constitución del ejército y de la policía, en neutralizar incursiones del Vietcong más allá del paralelo 17 y en desbastar complots internos contra su persona.

En noviembre del 60, un golpe militar contra Diem fracasó. Las tropas leales a Diem lucharon contra las tropas del coronel del ejército survietnamita Vuong Van Dong. Diem evitó el golpe, pero sus acciones le hicieron ganarse muchos enemigos entre la elite de Saigón y del delta del Mekong. En el norte, estas disensiones internas animaron a Ho Chi Minh, que inició una campaña de terror en el sur y, en diciembre del 60, anunció la formación de un nuevo grupo insurgente: el Frente Nacional de Liberación. Argumentó que el hecho de haber mandado tropas al sur no violaba los acuerdos de Ginebra. Esto, por supuesto, era mentira. Desde el 59, las tropas comunistas se han infiltrado de manera constante en el sur siguiendo la «ruta Ho Chi Minh».

Poco después de su toma de posesión, John Kennedy leyó un análisis del Pentágono sobre el deterioro de la situación en Vietnam. El análisis instaba a que se incrementaran las ayudas a Diem. Kennedy aumentó el número de «consejeros» in situ a 3.000. Estos consejeros eran, en realidad, personal militar, lo cual violaba los acuerdos de Ginebra. Kennedy firmó un decreto de ayuda exterior que sirvió para aumentar el tamaño del ejército survietnamita (el ERV o Ejército de la República de Vietnam del Sur), que pasó de 20.000 a 170.000 hombres.

Diem se ofendió por la presencia de los «consejeros» estadounidenses. Entonces, unas grandes unidades del Vietcong empezaron a atacar puestos del ERV. Ante esta coyuntura, Diem dijo a los consejeros que quería firmar un pacto bilateral de defensa entre Estados Unidos y Vietnam del Sur.

Kennedy envió el general Maxwell Taylor a Saigón. A su regreso, Taylor reconfirmó la importancia estratégica de una plataforma contra el Vietcong. Solicitó más consejeros, así como helicópteros y pilotos para ayudar al ERV. Taylor pidió 8. 000 soldados. Los jefes conjuntos y el secretario de Defensa McNamara pidieron 200.000. Kennedy aceptó y mando más ayuda financiera a Diem.

A principios del 62, Diem inició el «programa estratégico Hamlet». Detuvo a campesinos en prisiones militares en un esfuerzo por neutralizar su susceptibilidad al Vietcong. En realidad, el programa suministró conversos a las filas del Vietcong. En febrero del 62, Diem sobrevivió a otro golpe. Dos pilotos del ERV atacaron el palacio presidencial con napalm, bombas y fuego de ametralladoras. Diem, su hermano Nhu y madame Nhu sobrevivieron.

Ngo Dinh Nhu se había convertido en una molestia. Era un opiómano propenso a sufrir ataques de paranoia. Madame Nhu había convencido a Diem de que promulgara edictos para abolir el aborto, los anticonceptivos, los combates de boxeo, los concursos de belleza y los fumaderos de opio. Estos edictos generaron un gran malestar. Los consejeros estadounidenses advirtieron nuevas oleadas de descontento contra el régimen de Diem.

Ese sentimiento contra Diem arraigó entre los oficiales del ERV. La Can Lao de Diem (la policía secreta survietnamita) incrementó los arrestos y torturas de sospechosos disidentes budistas. Cuatro monjes budistas se autoinmolaron públicamente en señal de protesta. Madame Nhu elogió los suicidios y provocó más resentimientos. Kennedy y el nuevo embajador en Vietnam, Herny Cabot Lodge, llegaron a la conclusión de que el régimen de Diem estaba convirtiéndose en una responsabilidad molesta y que Ngo Dinh Nhu y madame Nhu constituían el núcleo del problema. Se ordenó secretamente a los operativos de la Agencia que detectaran descontento entre los altos mandos del ERV y discutieran la viabilidad de un golpe.

Se descubrió que ya existían numerosos complots, en fases distintas de elaboración. Diem captó el descontento existente en el ERV y ordenó una exhibición de fuerza contra budistas y simpatizantes de los mismos en Saigón y en Hue. Diem tenía la intención de enemistar a los budistas con el ERV y beneficiarse con el enfrentamiento. El 21/8/63, las tropas de Diem atacaron templos budistas en Saigón, Hue y otras ciudades. Cientos de monjes y monjas resultaron muertos, heridos o arrestados. Como consecuencia de estos hechos, se produjeron disturbios y manifestaciones de protesta contra el régimen de Diem.

La Agencia se enteró de las maquinaciones de Diem en las semanas siguientes. Kennedy y sus consejeros se enfurecieron y siguieron convencidos de que Ngo Dinh Nhu era el problema. Diem recibió instrucciones para librarse de Nhu. A los operativos de la Agencia se les dijo que, en caso de que Diem se negara, contactaran con posibles líderes golpistas y que prometieran nuestro apoyo después del golpe.

El embajador Lodge se reunió con Diem. Se convenció de que Diem nunca prescindiría de Nhu. Informó a sus contactos en la Agencia. Éstos se pusieron en contacto con los conspiradores que existían entre los oficiales del ERV. Lodge, Kennedy, McNamara y los jefes conjuntos se reunieron. Discutieron la retirada de la ayuda económica al régimen de Diem.

Se anunció dicha retirada. Los conspiradores procedieron. Entre sus cabecillas se encontraban el general Tan Van Don, el general Le Van Kim y el general Duong Van Minh, alias «el Gran Minh». Los operativos de la Agencia se reunieron con el general Don y el general Minh y les prometieron ayuda económica y apoyo continuados desde Estados Unidos. Kennedy decidió que su administración se mostraría limpia de responsabilidad de manera convincente y que el golpe sería presentado públicamente como un asunto entre vietnamitas.

El golpe fue planeado y pospuesto para principios de otoño. Entre los consejeros de Kennedy había una facción favorable al golpe y otra contraria a éste. La facción contraria arguyó que la naturaleza autónoma del golpe podía llevar a otro «fracaso como el de la bahía de Cochinos».

Las disputas internas dividieron a los golpistas. Los generales discutieron por las posiciones de poder que asumirían en Saigón después del golpe. Finalmente, éste se fijó para el 1/11/63 y se llevó a cabo ese día por la tarde.

Madame Nhu se encontraba en Estados Unidos. El primer ministro Diem y Ngo Dinh Nhu se escondieron en el sótano del palacio presidencial. Las unidades de insurgentes tomaron el palacio, los barracones de la guardia y la comisaría de policía. Diem y Nhu fueron arrestados y se les dio un «pasaje seguro» en un transporte personal blindado. El transporte se detuvo en un paso a nivel. Diem y Nhu fueron muertos a balazos y cuchilladas.

Un «Consejo Revolucionario Militar» formado por 12 hombres se hizo con el poder y luego sucumbió debido a las disputas internas. Al mismo tiempo, se producían disturbios en el sur y el Vietcong se infiltraba incesantemente desde el norte. Se produjeron deserciones masivas de soldados del ERV. Coincidiendo con ello, el presidente Kennedy fue asesinado. Lyndon Johnson y sus consejeros hicieron una nueva evaluación de la ambiguamente definida política vietnamita de la administración Kennedy y decidieron incrementar nuestro compromiso militar y financiero.

El 28/1/64, el general Nguyen Khanh derrocó al «Consejo Revolucionario Militar». No se produjo derramamiento de sangre y los otros generales abdicaron y volvieron a sus feudos militares. Coincidiendo con esto, el Vietcong incrementó sus incursiones en el sur, derrotó al ERV en varios enfrentamientos y realizó una serie de atentados terroristas en Saigón, entre los que se cuenta la colocación de una bomba en un cine. En ese atentado murieron tres estadounidenses. Durante los primeros meses del 64, las fuerzas del Vietcong alcanzaron la cifra de 170.000 hombres, la mayoría reclutados en el sur, con una notable mejora de su equipamiento: los comunistas chinos y los soviéticos les suministraron AK-47, morteros y lanzacohetes.

El secretario McNamara visitó Vietnam en marzo y recorrió el sur en un esfuerzo propagandístico para apoyar al primer ministro Khanh. McNamara regresó a Washington, propuso al presidente Johnson que aprobara un «memorándum de acción» y el presidente lo hizo. El memorándum pedía que se aumentase la ayuda económica y que se proporcionasen más aviones y otro material bélico al ERV. Al primer ministro Khanh se le permitió realizar incursiones al otro lado de la frontera de Laos contra plazas fuertes comunistas y que estudiase la viabilidad de posibles incursiones en Camboya para bloquear las rutas de suministro del Vietcong. Los especialistas del Pentágono empezaron a decidir objetivos norvietnamitas para los bombardeos estadounidenses.

El embajador Lodge dimitió para pasar a desempeñar un cargo en política interior. El presidente Johnson nombró al general William C. Westmoreland como comandante del Grupo de Asesores Militares de Estados Unidos (GAMV) en Vietnam. Westmoreland sigue comprometido con la ampliación de la presencia americana. En la actualidad, hay un formidable contingente estadounidense en el sur, entre los que se cuentan militares contables, médicos, mecánicos y otros profesionales que administran los 500 millones de dólares que Johnson ha ofrecido en ayudas durante el año fiscal 64. Buena parte de los alimentos, medicinas, armamento, gasolina y fertilizantes donados por Estados Unidos han terminado en el mercado negro. La presencia de Estados Unidos en Vietnam del Sur se está convirtiendo rápidamente en la base de la economía survietnamita.

Johnson ha aprobado un plan secreto, llamado «OPLAN 34-A», que insta a llevar a cabo más incursiones al norte del paralelo 17, así como a realizar un mayor esfuerzo propagandístico y operaciones encubiertas para interceptar barcos comunistas que transportan material para el Vietcong en el sur. El incidente del golfo de Tonkin (1/8/64-3/8/64, en el que dos destructores fueron atacados por barcos comunistas y devolvieron el ataque) fue un hecho largamente organizado e improvisado que Johnson capitalizó a fin de obtener la aprobación del Congreso para realizar bombardeos planificados. Los bombardeos que se realizaron en el 64 se limitaron a un solo día para no dar la impresión de que se trataba de una reacción desmesurada a la provocación del golfo de Tonkin.

En la actualidad (16/10/64), hay casi 25.000 «consejeros» en Vietnam, la mayoría de los cuales son, en realidad, tropas de combate. Estas tropas pertenecen a las Fuerzas Especiales del Ejército, comandos de la Aerotransportada y personal de apoyo. El presidente Johnson se ha comprometido a realizar un plan secreto de escalada militar que le permitirá introducir 125.000 hombres más antes del verano próximo. Las provocaciones que se esperan por parte del Vietcong servirán para que el Congreso autorice el envío de tropas. El plan permitirá un amplio despliegue de marines durante el invierno y la primavera del 65, y una gran movilización de infantería en verano. Johnson también se ha comprometido a realizar bombardeos en Vietnam del Norte. Estas incursiones aéreas empezarán a finales de invierno-principios de primavera del 65. Y una vez más, los analistas de la Agencia creen que este compromiso de Johnson es a largo plazo. Casi todos coinciden en que Johnson ve Vietnam como una manera de reafirmar su anticomunismo y valerse de ello para contrarrestar cualquier disidencia política que provoque el carácter liberal de sus reformas en la política interior.

Esta escalada servirá para disfrazar nuestras actividades en el país. El opio y sus derivados han sido elementos clave en la economía vietnamita desde sus primeros días como colonia francesa. Entre el 51 y el 54, las unidades de Inteligencia del ejército francés controlaron el comercio del opio y casi todos los fumaderos de Saigón y Cholon. El tráfico de opio ha financiado docenas de golpes de estado e intentos de golpe, y, antes de su muerte, el fallecido Ngo Dinh Nhu tenía planeado burlar el edicto antiopio del primer ministro Diem. Desde el golpe del 1/11/63, han abierto de nuevo sus puertas unos 1.800 fumaderos de opio en Saigón y unos 2.500 en el enclave mayoritariamente chino de Cholon. (Cholon está situado en el canal Ben Nghe, a 4 kilómetros del centro de Saigón.) El primer ministro Khanh sigue una política permisiva con repecto a los fumaderos de opio, lo que nos será de gran provecho. Hay que señalar que Khanh es extremadamente maleable y está agradecido por nuestra presencia en Vietnam del Sur. Le gusta mucho el dinero americano y no correrá el riesgo de ofender siquiera al personal adjunto de la agencia como nuestro cuadro. No se trata de «una marioneta que mueve sus propios hilos». Dudo que dure mucho tiempo, y dudo también que su sucesor o sucesores nos causen problemas de ningún tipo.

El origen de la cosecha de nuestra posible mercancía se encuentra en Laos, cerca de la frontera vietnamita. Los campos próximos a Ba Na Key tienen suelos de tierra caliza, los cuales son excelentes para el crecimiento de las cápsulas de adormidera. En esa zona se encuentran docenas de granjas de cultivo a gran escala. Ba Na Key está cerca de la frontera de Vietnam del Norte, lo que invalida nuestros objetivos. Más al sur, cerca de Saravan, hay una franja de tierra caliza accesible desde la frontera de Vietnam. En las proximidades de Saravan existen varios campos de adormidera. Están controlados por «caudillos» laosianos que cuentan con «ejércitos» de supervisores que controlan a los grupos de «esclavos» laosianos y vietnamitas, que cultivan la adormidera. He estado preparando a un laosiano llamado Tran Lao Dinh, que habla inglés. Mi plan es que Tran y tú compréis o contratéis de alguna manera los servicios de los caudillos del sur de Laos.

El procedimiento habitual es refinar la savia de la cápsula para convertirla en una base de morfina que aún puede refinarse más hasta obtener heroína. Mi objetivo sería conseguir esa base en la granja o granjas y enviarla a tu laboratorio químico de Saigón. Podemos transportarla en avión o en lanchas patrulleras, para las que necesitaríamos pilotos familiarizados con los ríos vietnamitas. La manera habitual de sacar morfina de Vietnam es mandarla en cargueros a Europa y China. En nuestra situación, esto es contraproducente. Necesitamos que tu químico la refine en el país a fin de reducir el tamaño de los envíos y facilitar así su transporte a Las Vegas. Por favor, piensa un sistema para enviar el producto terminado a Estados Unidos y que limite nuestro riesgo tanto a la salida como a la llegada de la mercancía.

Para terminar, unos pensamientos finales.

Recuerda que estoy metido en esto con otros seis agentes, y que trabajamos en Fase 1 Secreta sin autorización de la Agencia. Te encontrarás con los demás hombres para intercambiar información. Tú eres el jefe de la operación y yo soy el director de personal. Sé que anhelas hacer llegar dinero a la Causa, pero los gastos de la operación en Vietnam y en Estados Unidos serán muy cuantiosos, por lo que, primero, quiero asegurarme de que tenemos fluidez económica. La Agencia posee una empresa tapadera en Australia que cambiará las piastras vietnamitas por dólares americanos, y es posible que podamos utilizar una cuenta en un banco suizo para blanquear los beneficios finales.

Ahora, permíteme que haga hincapié en un hecho: por razones de seguridad, no podemos permitir que la morfina base o el producto refinado de ésta llegue a manos de personal militar estadounidense ni del ERV. El personal del ERV es fácilmente corruptible, y no se puede confiar en ellos en asuntos relacionados con la venta de narcóticos.

Pienso que te gustará mi última incorporación a nuestro cuadro. He contratado a un teniente del ejército llamado Preston Chaffee. Es un mago de los idiomas, ha estado en la Aerotransportada y es un buen explorador. Mi proyecto es que él sea el enlace con el ERV, los políticos de Saigón y el primer ministro Khanh.

Necesito valorar los proyectos que has realizado y revisar el personal que has elegido. ¿Puedes mandarme un mensaje entregado en mano de Las Vegas a Arlington?

Por la Causa,

J. S.

DOCUMENTO ANEXO: 27/10/64. Comunicado entregado en mano. A: John Stanton. De: Pete Bondurant. Encabezamiento: ENTREGAR EN MANO SOLAMENTE / DESTRUIR DESPUÉS DE SU LECTURA.

J. S.,

He leído tu resumen. Creo que Vietnam es un sitio ideal para mí.

He aquí la lista de mi personal:

1: Wayne Tedrow Jr. Ejército de Estados Unidos 54-58 (82 División Aerotransportada). Ex policía de Las Vegas. Licenciado en Química / Brigham Young University / 59.

Tedrow es sólido. Sabe utilizar armamento pequeño y grande. Realizará un trabajo sólido en el ámbito químico. Me ha dicho que en la universidad estudió el «equilibrio de los opiáceos» y la «teoría de los componentes de los narcóticos». Tiene planeado encontrar «pilotos de pruebas» o «conejillos de Indias» como yonquis u opiómanos con tolerancia a los opiáceos para probar los niveles de dosis máximas. De ese modo, podrá realizar el proceso de refinamiento en Saigón y enviar la mercancía a Las Vegas lista para su distribución en la calle.

El padre de Tedrow es un pez gordo de Nevada. Tedrow está <u>muy</u> distanciado de él, pero el viejo tiene contactos en la base aérea de Nellis que tal vez podríamos utilizar. Más adelante, volveré sobre este punto.

2, 3: Laurent Guery y Flash Elorde.

Los conoces a ambos de nuestra época en Miami. Desde finales del 63 trabajan como mercenarios en encargos que les llegan a Ciudad de México, pero tienen muchas ganas de encontrar un destino fijo. Están entregados a la Causa y podrían participar en las tareas de cultivo, coacción y distribución. Ambos tienen contactos con exiliados que viven en la costa del Golfo a los que podríamos utilizar.

4: Jean Philippe Mesplede.

Como tú me mandaste su dossier, no voy a repetir aquí sus datos. Lo conocí en Ciudad de México y me cayó bien. Habla inglés y francés y un poco de vietnamita que aprendió cuando estuvo en la zona en el 53-54. Tiene experiencia con narcóticos, contactos con exiliados y está fielmente comprometido con la Causa.

5: Chuck Rogers.

Otro participante de la operación del antiguo Tiger. Ya sabes sus datos: piloto, trabajos sucios, radioaficionado que emite por onda corta. Fuertes vínculos con exiliados y contactos con los círculos de tráfico de armamento del Sur. Un hombre muy valioso y versátil. Quiere distribuir panfletos racistas y emitir diatribas en onda corta, y se lo consentiré hasta que las cosas se desmadren.

6: Bob Relyea.

No lo conozco y lo contrato por recomendación de Rogers. (Relyea también es radioaficionado y amigo de Rogers, que lo avala. Ya está en el país.)

Relyea es sargento de la Brigada de la Policía Militar de Saigón. Antes fue guardia de prisiones en Misuri y tiene fuertes vínculos con grupos derechistas del Sur. Al parecer es un tirador de primera con todo tipo de armas.

Por lo que respecta a mi plan:

Quiero entrar rápidamente en Laos y conseguir que Tran Lao Dinh negocie con los «caudillos» el control de sus campos de adormidera. Quiero sobornar a los hombres adecuados del ERV y a otros funcionarios de Saigón para que nos proporcionen un buen nivel de protección. Luego haré que Rogers prepare un pequeño bimotor y los recorridos de los vuelos de Laos a Saigón. Él llevará la morfina base al laboratorio de Tedrow y también trabajará de vigilante en la/las granja/s de esclavos.

Por lo que respecta al transporte a Estados Unidos:

Me gustaría enviar la mercancía a través de correos de la Agencia hasta la base de Nellis. Tengo un amigo abogado muy bien situado que podrá mover algunos hilos y conseguir que aterricemos allí. Entonces, la distribuiremos mediante los taxis Tiger a traficantes negros (sacrificables) que la venderán en Las Vegas Oeste exclusivamente. Rogers, Guery y Elorde canalizarán los beneficios finales a los grupos de exiliados de la costa del Golfo.

El equipo es sólido y confío en que trabajarán muy bien juntos. Sigamos centrados en el objetivo cubano de la operación.

¡Viva la Causa!

P. B.

DOCUMENTO ANEXO: 29/10/64. Comunicado entregado en mano. A: Pete Bondurant. De: John Stanton. Encabezamiento: ENTREGAR EN MANO SOLAMENTE / DESTRUIR DESPUÉS DE SU LECTURA.

P. B.,

Me gusta tu personal y tu plan, con la salvedad de un punto.

Para aterrizar en Nellis necesitarás un certificado falso de la carga, y éste tiene que ser convincente.

¿Qué me sugieres?

J. S.

DOCUMENTO ANEXO: 31/10/64. Comunicado entregado en mano. A: John Stanton. De: Pete Bondurant. Encabezamiento: ENTREGAR EN MANO SOLAMENTE / DESTRUIR DESPUÉS DE SU LECTURA.

J. S.,

Por lo que respecta a tu último comunicado:

Howard Hughes (mi antiguo jefe y jefe actual de mi amigo el abogado) quiere conseguir favores, de una manera servil, de los políticos y el personal militar de Nevada, y ya tiene permiso para que los vuelos chárter de Hughes Aircraft-Tool Co. utilicen la base de Nellis. Mi amigo el abogado intentará convencer a H. H. de que compre material excedente del ERV para donarlo a la Guardia Nacional de Nevada como una maniobra de relaciones públicas. De este modo conseguirá aumentar sus permisos para aterrizar y nos permitirá disimular la mercancía entre ese material y llevarla hasta Nellis y Las Vegas.

¿Qué te parece?

P. B.

DOCUMENTO ANEXO: 1/11/64. Comunicado entregado en mano. A: Pete Bondurant. De: John Stanton. Encabezamiento: ENTREGAR EN MANO SOLAMENTE / DESTRUIR DESPUÉS DE SU LECTURA.

P. B.,

Contacta con tu amigo abogado e intenta poner en marcha el plan lo antes posible. Apruebo el personal que has seleccionado. Yo contactaré con el teniente Chaffee y haré que el sargento Relyea sea apartado de su puesto actual. Te veré en Saigón el 3/11/64.

J. S.

DOCUMENTO ANEXO: 2/11/64. Transcripción literal de una conversación telefónica del FBI. Encabezamiento: GRABADO A INSTANCIAS DEL DIRECTOR / CLASIFICADO CONFIDENCIAL 1-A: SÓLO PUEDE VERLO EL DIRECTOR. Hablan: el director Hoover y Ward J. Littell.

JEH: Buenos días, señor Littell.

WJL: Buenos días, señor.

JEH: La elección ya tiene pronóstico. La probable victoria del Príncipe Bobby debe de haberlo animado.

WJL: Pues sí, señor.

JEH: El Príncipe de las Tinieblas ha arrasado en el estado de Nueva York con gran entusiasmo. Me recuerda a los visigodos asaltando Roma.

WJL: Una comparación muy descriptiva, señor.

JEH: Lyndon Johnson era el escudero reacio de Bobby. Me dijo, comillas: «Edgar, odio a ese gilipollas con cara de conejo y me irrita conseguir votos para él.»

WJL: El presidente Johnson tiene su propio entusiasmo.

JEH: Sí, y buena parte de éste lo dirige a la aprobación de una legislación dudosa. Veo las palabras «Gran Sociedad» como la nueva letra de la Internacional.

WJL: Es una analogía muy hábil, señor.

JEH: Lyndon Johnson reducirá su prestigio en la política interior y lo recuperará en Vietnam. La historia lo juzgará como a un hombre alto con grandes orejas que necesitaba que lo amase gente detestable.

WJL: Dicho con entusiasmo, señor.

JEH: Lyndon Johnson aprecia el entusiasmo de un Martin Lucifer King. Le he mandado grabaciones de habitaciones de motel. Lucifer se comporta con el mismo entusiasmo en la cama que en las barricadas.

WJL: El señor King lleva muchos sombreros, señor.

JEH: Sí, y también lleva unos llamativos calzoncillos Fruit of the Loom.

WJL: Mantiene usted una vigilancia muy estrecha, señor.

JEH: Sí, y tengo a Lyle Holly, que me indica los lugares de citas favoritos de Lucifer. Hablo con Lyle casi todos los días, y me ha contado que Bayard Rustin está muy contento con usted y las supuestas donaciones robadas del crimen organizado.

WJL: El señor Rustin me cree sincero, señor.

JEH: Porque lo es.

WJL: Intento trabajar con entusiasmo, señor.

JEH: Pues lo consigue.

WJL: Gracias, señor.

WJL: Detecto un cambio en su tono de voz. ¿Quiere hacerme alguna pregunta?

WJL: Sí, señor.

JEH: Pues pregunte, señor Littell. Ya sabe que no soporto los preámbulos.

WJL: ¿Sabe cuándo divulgará lo de mis donaciones?

JEH: Cuando crea que mis misivas sobre los vínculos comunistas de Lucifer y su vida sexual hayan llegado a su punto culminante.

WJL: Una estrategia muy sensata, señor.

JEH: Una estrategia inspirada. Todo lo contrario que su reciente estratagema con Wayne Senior.

WJL: ¿Wayne Senior está enojado conmigo, señor?

JEH: Sí, pero no me dirá por qué.

WJL: Hice un trato con él. Me facilitó el despegue de vuelo chárter desde la base de Nellis y quería un porcentaje más elevado. Sus mormones lo han privado del que ya tenía.

JEH: ¿Un porcentaje de qué?

WJL: El dinero escamoteado de los casinos que sus mormones movían.

JEH: Me siento tan encantado con esa información como molesto se siente Wayne Senior.

WJL: Siempre me gusta divertirlo, señor.

JEH: Últimamente, Wayne Senior ha estado pero que muy molesto. Ha esquivado todas mis preguntas sobre su hijo.

WJL: Voy a aumentarle el porcentaje, señor. De ese modo, mejorará su humor.

JEH: ¿Por qué? ¿Qué necesita de él?

WJL: Necesito ampliar mi utilización de la base de Nellis.

JEH: ¿Para qué?

WJL: Para que aterricen allí vuelos procedentes de Vietnam.

JEH: Los datos cobran coherencia de maneras muy curiosas. Esta mañana, usted es la segunda persona que me habla de Vietnam.

WJL: ¿Señor?

JEH: Me ha llamado Dwight Holly y me ha dicho que a Wayne Tedrow Junior y a Pete Bondurant acaban de concederles visados para Vietnam.

WJL: Qué extraño, señor.

JEH: Sí, y usted se está comportando con un extraño disimulo, así que cambiaré de tema. ¿Cómo van los planes de colonización del Conde Drácula?

WJL: Muy bien, señor. Pete Bondurant ha comprado una compañía de taxis y la está utilizando para recabar información destinada al señor Hughes. Los taxistas han destapado basura de varios legisladores estatales.

JEH: Qué ingenioso. Por la noche, los taxistas transportan ciudadanos de primer orden. Y tienen una perspectiva de ellos desde las alcantarillas.

WJL: Sabía que le gustaría, señor. Y ya que hablamos de ello...

JEH: No me tome la delantera. Pídame su favor ahora, mientras aún estoy abobado y meditabundo.

WJL: Me gustaría iniciar una operación de escuchas clandestinas en Las Vegas. Quiero pinchar las habitaciones en las que se alojan con más frecuencia los legisladores. Haré venir a Fred Turentine para que me ayude con la instalación, y me gustaría que los agentes locales recogieran las grabaciones y me mandasen copias.

JHL: Hágalo. Le asignaré dos agentes de la sede de Las Vegas.

WJL: Gracias, señor.

JEH: Gracias a usted. Ha conseguido que se me pasara el mal humor.

WJL: Me alegro, señor.

JEH: ¿Y qué van a hacer Wayne Tedrow Junior y *le Grand Pierre* en Vietnam?

WJL: De momento, no lo sé.

JEH: Que tenga un buen día, señor Littell.

WJL: Buenos días, señor.

60

(Saigón, 3/11/64)

Fíjate:

Rickshaws y sacos de arena. Nidos de ametralladoras y árboles de franchipán. Nidos de granadas y orientales.

Saigón a mediodía. Jodido mundo feliz.

Es grande. Es tricultural. Es caluroso. Es ruidoso. Hiede.

La limusina avanzaba lentamente. La limusina metía prisa a los rickshaws. Los rickshaws botaban. Se movían con dificultad. Frenaban con las ruedas, estilo *Ben-Hur*.

Edificios blancos. Pagodas. Carteles de propaganda: Vigilancia es Libertad / ¡La traición salve al Norte!

La limusina avanzaba lentamente. Los parachoques crujían. Las ruedas se movían con dificultad. El ventilador se paró.

Mesplede fumaba. Chuck fumaba. Flash fumaba. El chófer les había vendido Kool de contrabando. Guery fumaba un Cohíba. Chaffee fumaba un Mecundo. Fumaban a favor de Fidel.

Wayne gimió. Wayne se sintió tan mareado que se puso verde. Pete sintió náuseas.

Pete leyó carteles en la lengua local.

À Bas les Viet-cong! Ho Chi Minh, le diable communiste! Qu'est-ce que c'est, toute cette merde?

La limusina avanzaba lentamente. Llegaron a la calle Tu Do, el Sunset Strip de los amarillos.

Grandes árboles y grandes tiendas. Muchos hoteles y mucho tráfico. Mucho ruido amarillo.

Pete bostezó. Pete se desperezó. Habían volado durante diecinueve horas. Stanton les había reservado habitaciones. El hotel Catinat a la vista. A dormir cagando leches.

El chófer hizo sonar el claxon. El chófer apartó un rickshaw. Mesplede olió el aire y captó esencias.

Nuoc mam, salsa de pescado. Cabra asada. Aceite de ametralladora / flores de franchipán / mierda de cabra.

—Stanton había dicho: «Os quedaréis dos días y luego volaréis a Dak Sut. Cruzaréis a Laos y os reuniréis con Tran Lao Dinh. Os escoltará una brigada de fusileros del ERV. Os esperarán dos Hueys y volaréis a una plantación de droga próxima a Saravan. Allí negociaréis.

Unos monjes budistas cruzaron la calle imprudentemente. El tráfico se detuvo. Pete bostezó. Pete se desperezó. Pete se hizo más espacio a codazos.

En esos momentos, Milt C. dirigía el Tiger. Milt se encargaba del negocio homosexual. Milt se encargaba de operaciones paralelas:

Ward Littell pinchaba suites de hotel. Milt sobornaba a los empleados. Mitt les hacía contar chismes y les decía que dieran esas suites a los legisladores estatales.

El graan mandato de Pete:

Restringe el personal del Tiger. Acaba con todas las operaciones de pastillas. Delata a los traficantes de pastillas rivales. Delátalos al agente Dwight Holly.

Cárgate el negocio de pastillas de Las Vegas. Deja seco Las Vegas Oeste. Deja sin droga a los adictos. Prepáralos para la heroína.

Chaffee mostró su pequeña bolsa. Chaffee ofreció regalos. Cabezas reducidas. Certificados todo VC *très bien*.

Wayne tiró la suya. Flash besó la suya. Guery llamó a la suya «Fidel».

Pete bostezó. Pete tomó Dramamine. Lo que había descubierto

sobre Arden lo carcomía. Lo carcomía de manera incesante. Lo carcomía sin parar.

Metió en ello el factor Carlos. 3/56: Carlos paga la fianza de Arden / Arden se larga de Kansas City.

Nueva Orleans, 59: Mesplede ve a Arden. Arden tiene un ligue. Es un hombre de Carlos. Es un italiano de mierda. 11/63: Arden va al piso franco. Carlos ordena que se la carguen.

Metió en ello el factor Carlos. Se contuvo. No se lo dijo a Ward. Llamó a Freddy Otash. Le dijo que hiciera averiguaciones:

Investiga a Arden. Llama a tus contactos. Consígueme alguna pista. Investiga a Arden y a su ex, un tal Danny Bruvick.

Flash besó su cabeza reducida. Fue un beso con lengua. Chaffee rió. Mesplede llamó «De Gaulle» a la suya.

Chuck movió su cabeza. Wayne se la quitó y la tiró.

—Hay veces en que pienso que nos hemos equivocado de Tedrow.

No durmió. Su cabeza no paraba.

La habitación era pasable —*comme ci, comme ça*—, lo mismo que la vista de Tu Do.

La cama se hundía. La protección contra granadas crujía. El aire acondicionado vacilaba. Entraban los olores, salsa de *nuoc mam, ce n'est pas bon*.

El ruido de la calle no cesaba. Los helicópteros surcaban el cielo.

Pete renunció. Pete engrasó su pistola. Pete sacó sus fotos para ponerlas en la mesilla de noche: Barb / el gato gruñendo / Barb con el gato.

Stanton había organizado una salida para las 19.00 horas. Saigón de noche. Observaremos al personal nativo. Disfrutaremos de la vista nocturna.

Pete se sentó en la terraza. Pete disfrutó de la vista. Pete vio grupos del ERV. Pete vio a policías amarillos.

Chaffee los llamó «ratones blancos». Mesplede los llamó *«Con Van My»*.

El horizonte era un contraste: tejados delgados y cúspides altas. Ametralladoras M-60.

Le gustaban las zonas en guerra. Había visto Pearl Harbour. Había visto Okinawa. Había visto Saipan. Había visto Cochinos. Había vengado Cochinos. Se había cargado a un montón de rojos.

Llegó el atardecer. Los soldados de los tejados se alegraron. Alzaron sus armas. Dispararon balas trazadoras. Parecían fuegos artificiales.

El nuevo cuadro era bueeeno. El nuevo cuadro era de primera clase. Ahora era cuadro con K.

A Stanton le gustaron los chicos. Stanton dijo que Bob Relyea era un «cabecilla». Mataba vietcongs. Cortaba cabezas y las vendía a ciertas clínicas.

Flash llamó Jruschov a su cabeza. Stanton llamó Ho a la suya. Chuck llamó a la suya JFK.

Se encontraron todos. Subieron a una limusina.

Apareció Bob Relyea. Chuck lo abrazó. Rieron. Conversaron. Hablaron del Klan.

La limusina se hundió. Nueve pasajeros más la carga.

El kuadro llevaba armas portátiles. El chófer llevaba granadas. Relyea llevaba un 30.06.

Dejaron Tu Do. Se metieron por calles laterales. En la limusina ondeaban banderas: La del MAMV / la del ERV / la pirata.

Los rickshaws colapsaban el tráfico. El chófer hizo sonar el claxon. Los amarillos pasaron de él. El chófer gritó: «*Di, di.*»

Mesplede abrió la capota del techo. Mesplede disparó al aire. El ruido fue terrible. Los casquillos cayeron calientes sobre Flash. Los amarillos oyeron el ruido. Se apartaron, se agacharon y se largaron.

El chófer aceleró. Mesplede flexionó sus tatuajes. Las pollas de sus perros crecieron. Volaron dos paracaídas.

—Con esta gente, tienes que anunciar cuál es tu intención. Lo único que entienden es la fuerza —dijo.

Relyea mostró una baraja: todas las cartas eran ases de espadas.

—La fuerza y la superstición como, por ejemplo, estas cartas. Pones una sobre la cabeza de un vietcong muerto y ahuyentas a los posibles conversos.

—Totalmente de acuerdo —dijo Chaffee—. Me gustan los vietnamitas, pero son de lo más primitivo. Hablan con las sombras y con los pollos muertos.

—¿Dónde están los reclutas americanos? —preguntó Flash.

—Suelen ir de paisano —respondió Stanton—. Destacan porque son blancos o de color, y no les gusta incordiar por llevar uniforme.

—¿Qué quiere decir incordiar? —Flash se encogió de hombros.

—Pero se han comprometido a que para el próximo verano el número de reclutas alcance las seis cifras, lo cual nos permite respirar un tiempo. —Pete encendió un cigarrillo.

—¿Qué significa que se han comprometido? —Flash se encogió de hombros.

—Qu'est-ce que c'est? —Guery se encogió de hombros.

Pete rió. Stanton rió. Relyea cortó la baraja. Desplegó las cartas. Hizo juegos de manos. Sacó cartas de la camisa de Wayne.

—Chuck y yo tenemos planes de distribución. He mandado panfletos a reclusos a través del sistema penitenciario de Misuri, para el que trabajé antes de afiliarme al ejército. Los he mandado dentro de esos catálogos de la Voz de América, lo que significa que los reclusos reciben una versión «suave» de la verdad y de lo que en realidad ocurre.

—Los lanzamientos desde los aviones son lo mejor. —Chuck encendió un cigarrillo—. Vuelas bajo y bombardeas a las tropas.

—No estoy de acuerdo. —Relyea sacudió la cabeza—. Desperdicias muchos panfletos con los soldados negros.

—El padre de Wayne imprime panfletos. —Chuck guiñó un ojo—. Y también da buenas fiestas.

Wayne miró a Chuck. Wayne apretó los puños.

—Wayne es un gran admirador de Martin Luther Cafre. Ha visto todas sus películas —dijo Chuck.

Wayne lo miró a los ojos. Chuck le sostuvo la mirada. La limusina giró bruscamente. Chuck parpadeó el primero. Wayne parpadeó el último.

La limusina se ladeó. El chófer esquivó un cerdo. Pete miró por la ventanilla. Pete miró hacia arriba.

Vio balas trazadoras. Balas trazadoras como destellos de luciérnagas.

Recorrieron Khanh Hoi. Vieron los clubes. Llegaron al Duc Quynh.

Era pequeño. Era oscuro. Era francés. Banquetas / luces indirectas / *jukebox*. Se sentaron en un reservado. Pidieron vino. Comieron bullabesa.

Wayne estaba enfurruñado. Pete lo observó.

Ward había cortado de un tijeretazo la cuerda de su padre. Eh, Wayne, mira esto: tu padre te mandó a Dallas. A Wayne le sentó muy mal. Wayne se tragó el enfado. El mal humor de Wayne aumentó.

La comida ardía. Ajo y calamar. Sopa indígena. Unas chicas actuaban en el bar.

Se desnudaron hasta quedarse con los cubrepezones. Cantaron a coro algunas de las canciones de Barb.

Chuck se emborrachó. Bob se emborrachó. Como consecuencia, hablaron del Klan. Flash se emborrachó. Guery se emborrachó. Hablaron en *patois*.

Chaffee se emborrachó. Chaffee mostró sus cabezas reducidas y ahuyentó a las chicas.

Stanton bebía martinis. Wayne bebía vichy. Mesplede fumaba un Gauloise por minuto.

Pete oyó bombas. Pete intentó adivinar de dónde procedía el sonido.

Bombas pequeñas. Dos estallidos en la lejanía. El eco más allá del agua.

Chaffee dijo que eran ratones blancos y vietcongs. Material molesto, explosivos baratos, *pas beaucoup*.

El club se llenó. Soldados solos, enfermeras solas.

Charlaron. Bailaron. Hicieron sonar el *jukebox*. Hicieron sonar vietrock, Ricky Nelson en amarillo, *Helo, Maly Lu*.

Aparecieron dos negros. Olían a sementales de la jungla. Olían a machos de plantación.

Trataron de ligar con enfermeras blancas. Derrocharon simpatía. Se sentaron con ellas. Bailaron con ellas. Bailaron muy leeento.

Wayne se alteró. Wayne los observó. Wayne se agarró a la mesa.

Bailaron el stroll. Bailaron el watusi. Wayne los observó. Chuck se fijó. Chuck hizo una seña a Bob.

Ambos observaron a Wayne. Pete observó a Wayne. Wayne observó a los negros bailar. Movían las caderas. Encendían cigarrillos. Daban caladas a las enfermeras.

Wayne se agarró a la mesa. Rompió una tabla suelta. La cazuela del guiso cayó. Volaron cabezas de pescado.

—Vayamos a dar una vuelta —dijo Pete.

Llegaron al muelle. Se encontraron con los del ERV enviados por Stanton. Dos tenientes amarillos.

El laboratorio estaba cerca. Fueron a pie. Los del ERV caminaban deprisa. Las balas trazadoras zumbaban. Una luz roja tiñó las aguas.

Allí...

El edificio es de ladrillo blanco. Está cubierto de pintadas de los amarillos. Un club nocturno / un fumadero de droga / un piso para cada uno. Tres pisos con espacio para un laboratorio en los tres.

Entraron. Vieron a las bailarinas. Hay una barra. Hay un estrado para los músicos. Hay cabezas reducidas a modo de decoración.

Cabezas reducidas en las paredes. Cabezas reducidas a modo de ceniceros. Cabezas reducidas a modo de candelabros.

Más chicas de alterne. Más hombres del ERV. Más reclutas americanos. Más almizcle y más Ricky Nelson. Más *Helo, Maly Lu*.

Subieron al piso de arriba. Los del ERV los escoltaron. Ahí está el fumadero de droga.

Jergones por el suelo / planchas de madera inclinadas / un montón de camas. Canales para la orina y cubos de mierda. Cuatro paredes como envoltorios de pedos.

Opiómanos en cantidad. Opiómanos en órbita. Orientales y algunos blancos. Un negrata.

Cruzaron el antro. Saltaron por encima de los jergones. Esquivaron los vapores. Pete contuvo la respiración. Los olores chisporroteaban y se mezclaban.

Sudor / humo / restos de pedos.

Los del ERV llevaban linternas. Vosotros, guiris, guiris, guiris:

Mirad la piel de los pasotas. Mirad los ojos de los pasotas. Mirad los pantalones de jockey de rigor.

—Los americanos son ex reclutas. Los han licenciado y se han quedado por aquí. Los de color hacen de macarras de las orientales en el club Go-Go.

El del ERV enfocó el camastro del negro. Dicho negro tenía trato preferente. Fíjate en su cojín de seda. Fíjate en sus sábanas de seda.

Pete estornudó. Flash tosió. Stanton pisó una cagada. Chuck rió. Guery dio una patada a un camastro. Guery desalojó a un oriental.

Mesplede rió. Bob rió. Wayne miró al negro.

Caminaron. Llegaron a la puerta trasera. Subieron por unas escaleras laterales. Ahí está el laboratorio, fíjate.

Hornillos. Tinajas. Barriles de gasolina. Jarras / cacerolas / sartenes. Tarros de mostaza con etiquetas pegadas.

—Tengo todo lo que Wayne ha pedido —dijo Stanton.

—Material de calidad. —Chaffee estornudó—. Lo he traído casi todo de Hong Kong.

Filtros de cafetera. Sacos de cal. Bombas de succión y tubos de extracción.

—Cocinaremos la base y la mandaremos ya lista. Wayne y yo nos ocuparemos de sacarla del país y de entrarla en Las Vegas. Llegará a Nellis en aviones correo y desde allí la distribuiremos.

—Ward Littell tiene que conseguir permiso para utilizar la base. —Chuck encendió un cigarrillo—. Lo cual, según entiendo, significa que tendrá que lamerle el culo a Wayne Senior.

—No tiene por qué. —Wayne sacudió la cabeza—. Hay un general llamado Kinman que puede hacerlo.

La habitación olía a productos cáusticos y a cal.

—Llamaré a Ward y se lo diré. —Pete estornudó.

Wayne miró las estanterías. Wayne leyó las etiquetas:

Cloroformo. Amoníaco. Sales de sulfato. Ácido muriático. Ácido clorhídrico. Anhídrido acético.

Abrió los frascos. Olió los componentes. Tocó el polvo.

—Aquí quiero refinarlo hasta conseguir dosis de máxima potencia. Terminaremos el producto aquí y diremos a los distribuidores de Las Vegas que no lo corten más.

—En el piso de abajo tienes a tus conejillos de Indias. —Stanton sonrió.

—Puedes estudiar la tolerancia que tienen a los opiáceos. —Chaffee sonrió.

—Primero inyéctales un preparado de cafeína. Eso servirá para abrirles los capilares y te permitirá hacer una lectura más precisa.

Pete abrió una ventana. Volaron balas trazadoras. Fíjate en la procesión de la calle.

Orientales con túnicas y la cabeza afeitada. Cánticos en sincronía.

La habitación se llenó de bostezos. Se miraron los unos a los otros. Estamos jodidos del viaje en avión y de no dormir.

Stanton cerró el laboratorio. Chaffee untó a los del ERV. Vigilad el laboratorio / toda la noche. Os daré diez dólares americanos.

Todo el mundo bostezó. Todo el mundo estaba hecho polvo. Todo el mundo se desperezó.

Bajaron a la planta baja. Cruzaron el antro. Pasaron por el Go-Go. El Go-Go bullía de nuevo.

Más blancos. Más reclutas americanos. Algunos tipos de la embajada.

El negro macarra estaba en pie. Se le había pasado el colocón de opio y había resucitado.

Dio órdenes a sus putas. Las hizo desnudar. Las hizo subirse a tres mesas.

Se encadenaron. Hicieron numeritos de mesa. Se besaron en la boca e hicieron un sesenta y nueve.

Wayne se tambaleó. Pete lo ayudó a recuperar el equilibrio. Entró un monje budista.

Tenía la túnica empapada. Estaba estupefacto. Su túnica apestaba a gasolina. Se inclinó hacia delante. Se agachó. Encendió una cerilla y se prendió fuego.

Pasó como una exhalación. Ardió. Las llamas llegaron al techo. Los números lésbicos se dispersaron. El monje se quemó. El fuego se extendió. El público del club se puso a gritar.

El encargado de la barra agarró un sifón y roció al monje.

61

(Las Vegas, 4/11/64)

Trabajo de escuchas clandestinas.

Littell retorció cables. Littell colgó micrófonos. Fred Turentine colgó cables alimentadores.

Tendieron cables. Los unieron con cinta aislante. Perforaron apliques de las paredes. Enmasillaron plafones de las paredes.

El Riviera. Trabajo de escucha núm. 9. Una gran suite, tres habitaciones. Trabajo de escuchas clandestinas en todo Las Vegas. Acceso mediante sobornos. Cuatro hoteles metidos en el ajo.

Moe Dalitz sobornó a gerentes. Moe Dalitz sobornó a empleados. El señor Hoover sobornó al agente especial de Las Vegas. Dicho agente especial prometió ayuda. Dicho agente especial prometió rapidez y copias de las cintas.

Cintas para el señor Hoover. Cintas para Ward Littell.

Turentine enlazó cables. Littell puso el televisor. Daban las noticias. Vieron la victoria aplastante de LBJ. Vieron a Bobby arrasar en el Senado.

Turentine se hurgó la nariz.

—No soporto los apliques de pared. Esa jodida masilla pica.

LBJ alababa a los votantes. Ken Keating admitía la derrota. Bobby abrazaba a sus hijos.

—Supongo que soy muy afortunado por haber conseguido este trabajo. No es como en la época de las revistas de cotilleo. Freddy Otash me hacía pinchar todos los lavabos de L.A.

Goldwater admitía la derrota. Hubert Humphrey sonreía. LBJ abrazaba a sus chicos.

—Freddy está trabajando. —Turentine se sorbió los mocos—. Pete le ha encargado que haga comprobaciones sobre una mujer. Su marido jodió a Jimmy Hoffa.

Littell quitó el sonido. Humphrey se quedó mudo. LBJ movía los labios.

—¿Quién tiene los expedientes de la morgue de los viejos escándalos? Tal vez Freddy lo sepa.

—¿Te refieres a basura nueva? —Turentine conectó cables—. ¿Las porquerías que no se publicaron en su día?

—Exacto.

—¿Por qué...?

—La información podría ayudarnos. Las revistas siempre tuvieron enviados especiales en Las Vegas.

—Si estás dispuesto a pagar, Freddy estará dispuesto a investigar —dijo Turentine, tras reventarse un grano de la nariz.

—Llámalo, ¿quieres? Dile que le pagaré el doble de lo que cobra ahora por día de trabajo, más los gastos.

Turentine asintió. Turentine se reventó un grano de la barbilla. Littell subió volumen del televisor.

LBJ elogiaba a Bobby. Bobby elogiaba a LBJ: Bobby elogiaba a la Gran Sociedad.

Littell pinchó una mesilla de noche. Littell pinchó una pata de sofá. Littell pinchó una lámpara.

La basura de la morgue era vieja, pero aún se le podía sacar jugo. La basura de la morgue podía ayudar al señor Hughes. Necesitaban basura. La basura sembraba deudas. Llamemos a Moe D. Llamemos a Milt C. Pinchemos más habitaciones todavía.

En los moteles más cutres. En los dormitorios. Milt era el encargado de recogerla. Pinchemos Las Vegas. Seleccionemos entre la basura acumulada. Hagamos extorsiones.

Littell pinchó una silla. Turentine cambió de canal. Ahí está el señor Hoover en persona. Dice: «King.» Dice: «Simpatizante de los comunistas.» Se le ve viejo. Se le ve cansado.

Las noticias se prolongaron hasta muy tarde. Los parlamentos de Bobby se hicieron interminables.

Littell volvió a «casa». Llamó al servicio de habitaciones. Cenó y vio la televisión.

Suite, dulce suite. Servicio de habitaciones y mozos de hotel.

Echaba de menos a Jane. Le había insistido en que fuera a Las Vegas el día de Acción de Gracias. Jane había accedido. Estaba asustada. Los Chicos eran los dueños de la ciudad.

Ella decía mentiras. En L.A., eso le había molestado. La echaba de menos y la quería a su lado.

Bobby elogió a LBJ. Elogió los programas de éste. Bobby elogió al doctor King.

Littell puso sus cintas de Bobby. Lo hacía casi todas las noches. A veces, Jane lo oía. Él echaba pelotas fuera. Mentía. Describía declaraciones.

Mentiras:

Bayard Rustin lo presionaba para que conociera al doctor King. Bayard había propuesto una cena. Él había declinado la invitación. Había mentido. Había hecho hincapié en compromisos inexistentes. Había mentido. Nunca había dicho «distancia».

La distancia equilibraba su riesgo. La distancia equilibraba su compromiso. Había subvertido a King. Había ayudado a King. Trabajaba por un equilibrio.

Los momentos personales lo matarían. El afecto bombardearía el respeto. Los compartimentos se quemarían. El riesgo aumentaría de manera exponencial.

Bobby prometía una legislación. Bobby prometía trabajo duro. Bobby no hacía referencias al crimen organizado. Bobby no mencionaba a Jack.

Littell conocía a Bobby. Bobby sabía que los Chicos habían matado a Jack. En la cinta, Bobby decía: «Cuando llegue el momento oportuno, saltaré directamente sobre ellos y pagarán por lo que han hecho.»

No, por favor. No pongas en peligro tu seguridad. No pongas en peligro tu vida.

Littell cambió de canal. Littell vio a LBJ. Littell vio cerveza Blatz y Vietnam. Consejeros estadounidenses. Más tropas destinadas. Monjes budistas que se autoinmolaban.

Pete lo había llamado por la mañana. Le había transmitido un plan: Llama a Drac / convence a Drac / ayúdame a poner en marcha este nuevo plan.

Littell accedió. Llamó a Drac y lo engatusó. Drac accedió al plan de Pete. Pete mencionó el nombre de Clark Kinman. Evita a Wayne Senior y habla directamente con él.

Llamó a Kinman. Le propuso un encuentro. Descifró el quid del plan de Pete.

Heroína / Vietnam. «Material de guerra» / droga escondida / donaciones cosméticas.

Eso significaba una cosa. Los Chicos habían postergado la regla de «droga, no». Los Chicos nunca se lo habían dicho.

Pete parecía feliz. Pete parecía liberado. Pete construía compartimentos herméticos. Ahí está Betty Mac. Ahí está la heroína. Ahí está la partición.

Littell cambió de canal. Bobby saludaba. Bobby abrazaba a sus chicos.

Kinman sirvió bebidas. Littell bebió agua con gas. Kinman bebió whisky.

—Sé de usted. Fue quien propuso a Wayne Senior ese trato con los vuelos chárter de Hughes.

El estudio estaba atiborrado de cosas. Puro estilo militar. Maquetas de aviones y placas conmemorativas en las paredes.

—Espero que la compensación recibida le haya parecido suficiente.

—Soy oficial de la Fuerza Aérea de Estados Unidos. —Kinman bebió un trago de whisky—. En caso de que hubiera sido compensado, no voy a decir a un perfecto desconocido dónde y cómo lo he sido.

—Puede llamar a Wayne Senior y pedirle referencias. —Littell hizo girar su posavasos.

—No estamos en buenas relaciones. Me dijo que usted le caía mal, lo cual, en los tiempos que corren, es una buena referencia.

Se oyó un portazo procedente del piso de arriba. Empezó a sonar música. Una voz de mujer canturreaba al son de la melodía.

—¿Sabe para quién trabajo? —Littell removió su bebida.

—Me han dicho que para Howard Hughes, de quien se comenta que tiene planes para Las Vegas. Imagino que Howard Hughes hará bien a la ciudad, por lo que facilité ese trato para sus vuelos chárter.

—Por el cual usted ha sido o no compensado.

El volumen de la música disminuyó. Sonaron unos pasos en la escalera. Una mujer canturreaba al son de la melodía.

—Tengo aquí a una amiga. —Kinman sonrió—. Eso significa que dispone usted de cinco minutos para exponerme su caso y largarse.

Littell dio un golpecito con el pie a su portafolios.

—El señor Hughes quiere hacer unas donaciones a la Guardia Nacional Excedentes del ejército vietnamita suministrados por Estados Unidos. Quiere dar publicidad a esas donaciones y decir que usted fue quien lo indujo a hacerlas. Lo único que necesita es permiso para que aterricen aviones-correo procedentes de Saigón.

—¿Sin controles de contrabando? —Kinman chupó un cubito de hielo.

—Sí, agradecería esa cortesía.

—Esa «cortesía» le costará cinco mil dólares al mes, en efectivo, no reembolsable.

Littell abrió el portafolios. Dejó caer cuarenta de los grandes. Drac le había dado cincuenta. Se había guardado diez.

Kinman saltó de alegría. Entró Janice Tedrow.

Cojeaba. Se apoyaba en un bastón. Tenía una cicatriz en los labios.

62

(Dak Sut, 7/11/64)

Calor. Insectos. Mierda de vaca.

En Dak Sut vivían campesinos. Todo cubierto de arcilla y barro. Dak Sut estaba formado por treinta y tres chozas.

Los del ERV llamaban *que lam* a los campesinos. Chaffee llamaba «Ervin» a los del ERV. Pete los llamaba «Ervy». Chuk los llamaba «Ervy». Bob Relyea los llamaba *sahib*.

Wayne tenía picores. Wayne ahuyentaba insectos y observaba Dak Sut.

Vio cerdos. Vio cajones de arroz. Vio el río Dak Poko.

Un puente. Aguas marrones. Jungla densa al otro lado.

Habían ido en avión. Los habían acompañado tres Ervis. Chaffee había alquilado un Huey. El piloto bebía vino. Chuck y Bob lanzaron panfletos racistas.

Wayne tenía picores. Wayne ahuyentaba insectos. Acarreaba fatiga y un 45. Llevaba una carabina del 12.

Material de recluta personalizado para el kuadro. Balas dum dum y granadas de colmena. Dardos de acero en su interior.

Laos estaba cerca. Los Ervis sabían el camino. Los Ervis tenían su guía, un ex cong apalancado en una choza.

Tran Dinh acampaba cerca de Saravan. Tran Dinh tenía hombres.

Tenía dos Huey. Volarían hasta el campamento del «caudillo» Joe. «Negociarían.»

Wayne tenía picores. Wayne ahuyentaba insectos y observaba Dak Sut. Los campesinos los saludaban. Mesplede repartía Kools. Pete llegó a la choza 16. Sacó a rastras al cong.

Chuck se hizo cargo de él. Bob preparó un collar. Los Ervis le pusieron una correa. Era un collar muy bonito. Tamaño perro de lanas y con pinchos.

Chuck agarró la correa y tiró de ella. Wayne se acercó. El cong llevaba un pijama negro y tenía marcas de haber sido torturado.

—Guau guau —dijo Chuck.

Bob cantó *Paseando al perro*.

Salieron del poblado.

Caminaron en fila india. Cruzaron el Dak Poko. Llegaron a la choza del jefe de la jurisdicción. Los Ervis lo sobornaron. Le dieron cinco pavos. El tipo se derritió.

Llegaron a Laos. Recorrieron senderos. Colinas cubiertas de matojos. Barro pegajoso.

El cong iba delante. Chuck lo llamó «Fido». Fido tiraba de la correa. Fido caminaba descalzo.

A continuación iba Wayne. Qué locuuura de vida. De la Aerotransportada a esto...

En Saigón había matado el tiempo. Había leído textos de química. Había ido a la embajada. Había pedido los periódicos de Dallas y de Las Vegas. Se había instalado en el laboratorio. Había guardado su expediente sobre Durfee.

Archivó soplos. Resumió soplos. Comió en el Go-Go. Disfrutó con la comida exótica. Ofreció su ayuda al propietario.

El monje autoinmolado había causado daños. Había quemado vigas. Había chamuscado la pintura de la pared.

Wayne pintó de nuevo el local. Wayne arregló las vigas. El macarra corría por allí. Lo vigiló. Averiguó sus antecedentes:

Maurice Hardell / alias Bongo / ex oficial de Intendencia del cuerpo de marines. Había cumplido condena en una prisión militar y era un pervertido expulsado deshonrosamente del Ejército.

Observó a Bongo. Observó a los miembros del kuadro. Los miembros del kuadro lo observaron a él. Conocían sus antecedentes. Chuck los había divulgado y a los demás les habían gustado.

Guery odiaba a los rojos. Mesplede odiaba a los rojos. Habían matado rebeldes congoleños. Habían matado argelinos. Chuck odiaba a los rojos. Chuck era un ex CIA. Chuck había matado fidelistas.

Flash odiaba a los rojos. Flash había matado rojos. Había hecho de macarra en La Habana. Se había largado de Cuba. Había llegado a Estados Unidos y había atracado tiendas de licor.

Flash conoció a Guery. Flash conoció a Pete. Flash conoció a John Stanton. Chuck conoció a Bob. Bob distribuía panfletos racistas. Los enviaba por correo a prisioneros.

Chaffee era aristócrata. Chaffee se había alistado en el ejército. Stanton era aristócrata. Stanton había ido a Yale. Stanton conocía al padre de Chaffee. Stanton poseía acciones en la United Fruit. El Barbas echó de Cuba a la United Fruit. El Barbas les jodió la inversión.

Cuba los impulsó. Cuba impulsó a Pete. Cuba impulsó el plan de la droga. Cuba impulsó las operaciones en Vietnam. Algo decía que Cuba había impulsado lo de Dallas.

Hablaron:

Guery y Mesplede / Chuck y Pete / Flash Elorde. Hablaron en inglés. Callaron. Hablaron en francés y en español. Dijeron «Dallas» en tres lenguas.

Dallas, un nombre. Una ciudad de Tejas. Para él, Dallas era el punto de ruptura.

Había esperado desde la infancia. Se había apuntado un polvo rápido. Había hablado de la broma de Dallas. Había follado con Janice. La había puesto en peligro. Ambos querían alejarse de Wayne Senior. Habían follado para quemar por completo sus vidas.

Compró periódicos de Dallas. Miró la lista de personas desaparecidas y el obituario. Wayne Senior había matado a Wardell Gray. Wayne Senior no había matado a Janice.

Los borró de su mente. Los dejó. Siguió caminando. Pasó de ellos. Pensó en Bongo. Pensó en Wendell D.

El kuadro avanzaba penosamente. El sendero serpenteaba. Los matorrales los aprisionaban. Chaffee consultó su brújula. Se dirigían al noroeste.

Cruzaron unos claros. Se distanciaron. Caminaron el uno al lado del otro. Wayne cambió de posición. Wayne agarró la correa de Fido.

Fido caminaba deprisa. Era un buen perro. Iba cagando leches.

Wayne caminaba deprisa. Fido tiraba de él. Wayne recuperó el terreno perdido y corrió a su lado. Fido salió como una bala. Wayne siguió su mirada. Fido dio una sacudida. Fido culebreó.

—*Chuyen gi vay?* —gritó Ervy Uno.

—*Chuyen, chuyen?* —gritó Ervy Dos.

—*Khong co chuyen gi het* —gritó Fido.

Llegaron a un claro. Volvieron a distanciarse. Fido tiró hacia la izquierda. Se agachó y se bajó los pantalones.

Wayne vio caer una cagada. Wayne vio el tocón de un árbol. Wayne vio una X. Fido agarró algo. Fido lo tiró. Algo estalló.

Mierda... Humo / granada de fragmentación / disparos.

A Chaffee lo alcanzaron trozos de metal. Chaffee cayó. Dos Ervis saltaron sobre él. Voló un brazo. Voló una pierna. Volaron tocones.

Wayne se tiró al suelo. Rodó. Sacó su 45. Pete se tiró al suelo. Chuck, también. Ervy Tres abrió fuego.

Pete disparó. Chuck disparó. Fido tiró de la correa. Wayne también tiró y lo acercó más a él.

Ahí está el cuello, ahí están los ojos.

Wayne apuntó. Wayne disparó tres veces. A Fido le saltaron los dientes. Su cuello salió volando.

Wayne oyó gritos. Vio a tres vietcongs.

Cargaron. Apuntaron con sus fusiles. Se acercaron al kuadro. Pete se puso en pie. Chuck se puso en pie. Mesplede les hizo una seña de que se acercaran.

Bob se puso en pie. Bob apuntó con su pipa. Disparó bajo. Voló una granada, volaron dardos, dardos encendidos.

El despliegue cobró cohesión. El despliegue surtió efecto. El despliegue cortó piernas. Tres troncos se separaron de sus cabezas.

Pete disparó. Chuck disparó. Mesplede disparó. Vaciaron los cargadores. Colts 45 de carga automática. Directos a las cabezas.

Wayne se acercó. Wayne pateó un brazo desgajado. Vio un tatuaje de Ho Chi Minh y marcas de aguja.

Pete dijo que nada de entierros. Chuck dijo que nada de dejar pruebas. Mesplede dijo que las entrañas atraerían a los jabalíes.

Bob destripó a los Ervis. Pete destripó a Chaffee. Bob destripó a los vietcongs. Wayne lanzó una moneda. Ervy Tres pidió cara. Wayne pidió cruz y perdió.

Destripó a Fido. Pensó en Maynard Moore. Volvió a sentir el olor del área de descanso cercana a Dallas.

Se alejaron. Chuck dejó panfletos de contenido racista. Bob dejó un as de espadas.

Caminaron.

Habían perdido la brújula de Chaffee. Se guiaron por el sol. Llegó el anochecer. Se guiaron por las estrellas.

Cayó una neblina. Las estrellas desaparecieron. El sendero se bifurcó. Tomaron hacia la derecha por instinto. La neblina se levantó. Apareció la Osa Menor. Se orientaron de nuevo y redujeron el paso.

Caminaron. Se iluminaron con linternas. Encontraron maleza. Hojas y raíces muy densas.

Se abrieron paso como pudieron. Cayó una neblina. Las estrellas desaparecieron. Aminoraron la marcha. Las linternas se sobrecalentaron y se apagaron. Caminaron en la oscuridad.

Vieron luces. Ervy Tres dijo:

—Es un pueblo. *Que lam beaucoup.* Voy a ir ahora. Volveré con ayuda. Volveré con un guía.

Pete le dijo que fuera. Ervy Tres se marchó. Esperaron. Nadie habló. Nadie fumó. Wayne cronometró cuarenta y seis minutos.

Ervy Tres regresó. Ervy Tres trajo consigo a Fido Dos. Un tipo viejo, tipo *papasan*, con barba a lo Ho Chi Minh y zapatos de suela de neumático.

Chuck le puso la correa. Chuck lo llamó «Rover». Chuck le dio cigarrillos. Rover tenía buenos pulmones. Rover caminaba deprisa. Saltaba ramas y matojos.

Llegaron a un claro. Se desplegaron. Apuntaron en un arco de trescientos sesenta grados. A las diez en punto vieron un resplandor. Una luz rosa surcó el cielo y se apagó.

Se dispersaron. Lanzaron colmenas. Dardos exhumados.

—¡Amigo! —gritó alguien.

—¡Tran Dinh! —gritó alguien.

Tran tenía un campamento. Pete lo llamó el Fontainebleau de Tran.

Media hectárea. Hierbas y estiércol. Mosquiteras y redes de camuflaje. Cobertizos de metal.

Durmieron profundamente. Durmieron hasta muy tarde. Los hombres de Tran prepararon un brunch.

Stanton aprovisionaba a Tran. Stanton se aprovisionaba en el Ejército. Stanton sableaba pasta de crepes. Stanton sableaba Spam y cortezas de cerdo.

Tran tenía seis esclavos. Todos desechados por el ERV. Tran olía a Baby Caesar. Tran olía a diva.

Los esclavos sirvieron la comida. Hojuelas de harina flambeada en vino barato.

A Chuck le encantaron. Pete las devoró. Bob se atragantó. Mesplede se atragantó. Marv Tres dio buena cuenta de ellas. Wayne probó un bocado. Wayne se las dio a una serpiente, que era la mascota de Tran.

Tran hablaba inglés. Tran hablaba francés. Tran fue al grano.

Vendrán dos Hueys. Nos llevarán. Controlamos plantaciones de amapola. Negociaremos.

Pete cogió por banda a Tran. Wayne observó el *tête-à-tête*. Wayne oyó «improvisación». Pete sonrió. Tran sonrió. Tran rió por lo bajo. Wayne captó el quid de la cuestión. «Negociar», y una mierda.

Chuck repartió munición. Chuck dio normas: todos llevaremos perdigones, granadas *verboten*.

Wayne dejó caer su munición. Wayne cargó la nueva. Wayne pensó en todo aquello.

Munición de corto alcance. «Improvisación.» Pete sabe / Tran sabe / Chuck sabe. Todos saben menos yo.

Tran pronunció un discurso. Tran culpó al Vietcong. Tran culpó a los franceses pero excluyó a Pete y a Mesplede. Tran culpó a Ho Chi Minh. Tran culpó a Ngo Dinh Diem y al retorcido de Charlie de Gaulle.

Tran elogió a Preston Chaffee. Tran culpó al Barbas. Tran ensalzó a LBJ. Tran gritó. Tran tosió. Tran habló durante una hora entera y acabó ronco.

Wayne oyó ruido de helicópteros. Wayne vio los Hueys.

Se acercaron. Se cernieron sobre ellos. Aterrizaron. Las puertas se abrieron.

Un piloto Ervy los llamó con una seña.

Tran pronunció una plegaria. Tran repartió chalecos antibalas. Wayne miró a Pete. Pete sonrió y le guiñó un ojo.

Despegaron vacilantes. Bob tomó el vuelo núm. 1. Bob llevaba una carabina 7-65 con mira telescópica de infrarrojos.

Pete cronometró diez minutos. El vuelo núm. 2 estaba preparado para el despegue. Tran grito:

—¡Todos a bordo!

Subieron a los helicópteros. Wayne se sentó junto a la puerta. Pete se instaló en un asiento de atrás. Mesplede se puso muy cerca. Tran se situó entre el piloto Ervy y Ervy Tres.

El piloto Ervy puso el aparato en marcha. Las hélices giraron. Ascendieron. Se equilibraron y mantuvieron la altura.

A mil metros. Mira qué verde: valles verdes / montañas verdes / matorrales verdes.

Wayne miró hacia abajo. Wayne vio surcos y hondonadas en el terreno. Todo tenía un matiz gris.

Suelo dulce. Muy alcalino, bajo en fósforo todo él. Alimentos para las amapolas. Los esclavos de la droga queman árboles. Las cenizas fertilizan el suelo.

Calcio y potasio. Altos niveles de fosfato. Cenizas en primavera y siembra en otoño. Cultivos de judías y maíz el resto del año.

Pasaron por Saravan. Wayne vio techos de hojalata y torrecillas. Saravan llegó y pasó deprisa. El suelo se volvió verde de nuevo.

Chuck se mareó. Chuck vomitó en una bolsa. Wayne desvió la mirada y siguió contemplando el paisaje.

Allí...

Campos de adormidera / surcos en hilera / esclavos con sombreros de porteador.

Pete agarró los auriculares del piloto Ervy. Escuchó. Rió. Alzó tres dedos. Tran rió. Chuck rió. Mesplede rió. Ervy Tres dijo: «Bang, bang.»

Wayne captó lo que ocurría.

Bob va en el helicóptero núm. 1. Bob tiene una carabina. Bob dispara a los guardas de abajo. Bob se carga a tres.

El piloto Ervy descendió. Wayne vio cabañas. Vio una pista de aterrizaje. Sacó su 45. Comprobó el tambor. Puso una bala.

El piloto Ervy estabilizó el aparato. Éste empezó a descender.

Ahí...

Unos barracones. Una cárcel de esclavos. Una cancha de voleibol. Un comité de bienvenida. El pequeño Tojo más seis. Laosianos pequeños / monos de trabajo y botas militares / cascos nazis de la Segunda Guerra Mundial.

Pete rió. Chuck señaló hacia el este. Mirad esa espesura / mirad ese brillo.

Wayne miró. Wayne vio el brillo. Ahí está Bob. Ahí está el helicóptero núm. 1. Ese brillo lo produce una ametralladora.

El piloto Ervy tocó tierra.

El piloto Ervy quitó los propulsores. Tojo saludó. Los hombres de Tojo se pusieron firmes.

Tran saltó. Pete saltó. Chuck saltó y tropezó. El piloto Ervy saltó. Ervy Tres ayudó a Chuck a levantarse.

Mesplede saltó. Mesplede tropezó. Wayne lo agarró. El terreno se hundió. Hay siete hombres del kuadro contra Tojo más seis.

Tran abrazó a Tojo. Tran hizo de maestro de ceremonias. Tran dio la biografía de los hombres del kuadro. Todo apellidos, *di, di.*

Tojo era «Dong». Los tojitos tenían apellidos indistintos: Dinh / Minh / lo que sea. Todos rieron. Todos se abrazaron.

Wayne miró alrededor. Los esclavos holgazaneaban por allí. Llevaban taparrabos. Fumaban pipas. Era la esclavitud del opiómano.

Wayne tosió. El chaleco le quedaba apretado. Le dificultaba la respiración. Tran metió las manos en el Huey. Tran sacó las armas. Los tojitos se arracimaron.

Tran repartió las armas entre los miembros del kuadro. Una para cada uno. Dong sonrió. Dijo: «Llevas armas. Eso está muy bien. Armamento de primera clase, perfecto.»

Tran sonrió. Tran habló en vietnamita. Dong le respondió en vietnamita. Ervy Tres tradujo como pudo a un inglés pinyin.

Hemos tenido un buen viaje. Ahora almorzaremos. Todo perfecto.

Dong silbó. Dong gesticuló. Dong dio órdenes a un tojito. Éste se marchó corriendo. Fue hasta los barracones. Volvió a toda velocidad. Llevaba seis M-1.

Dong inclinó la cabeza. Dong repartió pistolas entre los tojitos, una para cada uno. Dong sonrió. Dong habló en vietnamita. Ervy Tres tradujo a un inglés pinyin.

Confianza, buena. Paridad, mejor. Almuerzo y acuerdo de paz.

Dong inclinó la cabeza. Tran, también. Dong dijo: «Usted primero.» Los del kuadro los siguieron. Los tojitos cerraron la comitiva.

Cruzaron cultivos de droga: campos de amapolas para siempre. Surcos / arados. Los esclavos rastrillaban la tierra. Dejaban caer semillas. Cortaban tallos.

Llevaban sombreros de porteador. Llevaban grilletes. Llevaban calzoncillos de flores. Caminaban de manera extraña. Arrastraban los pies. Los grilletes les mellaban los huesos.

Era un buen suelo. Poseía la dulzura de la piedra caliza. Apenas tenía fósforo.

Caminaron. El sol estaba en lo alto. Lo tojitos caminaban detrás. El aliento les olía a residuos de curry. Wayne lo notó justo tres metros a sus espaldas.

Los tojitos tenían M-1. Los tojitos tenían fusiles tiro a tiro. Los tojitos tenían armas del 38. Las llevaban enfundadas.

Allí no, ahora no. No lo intentarán.

Ellos llevaban chalecos antibalas. Tenían armas mejores. Los tojitos llevaban cascos de los nazis.

Wayne respiró hondo. Se tiró del chaleco. Olió a guisado de pescado.

Ahí está la cabaña del almuerzo. Es toda de bambú. Cuatro frondas y paredes de tallos. Una gran puerta abierta.

Wayne miró hacia los lados. Wayne guiñó un ojo. Pete le devolvió el guiño. Wayne siguió caminando. Llegó a la cabaña. Se detuvo en la puerta.

Llegó el resto del kuadro. Wayne inclinó la cabeza. Wayne dijo: «Vosotros primero.» Los chicos sacudieron la cabeza. Los chicos imitaron los modales de los amarillos y dijeron: «Tú primero.»

Wayne sacudió la cabeza. Wayne la inclinó. Wayne dijo: «Vosotros primero.» Los chicos rieron. Los chicos mostraron su desacuerdo y bromearon.

Llegaron los tojitos. Los chicos inclinaron la cabeza. Los chicos dijeron: «Vosotros primero.» Los tojitos se encogieron de hombros y entraron.

Los chicos bloquearon la puerta. Los chicos apuntaron. Wayne disparó su 45. Pete disparó su carabina. Volaron balas y perdigones. El ruido quedó encerrado entre las cuatro paredes. Ecos de disparos / quemaduras de pólvora / rugidos de boca de cañón.

Chuck disparó. Ervy Tres disparó recámaras enteras. Mesplede tropezó. Mesplede disparó. Los disparos rebotaron.

Pete fue alcanzado y se tiró al suelo. Su chaleco se encendió. Wayne fue alcanzado y se tiró al suelo. Su chaleco se abrió y se encendió.

Pete rodó por el suelo. Wayne, también. El polvo devoró las llamas. Retroceso y reverberación. Rebotes en cantidad.

Wayne vio salpicaduras de sangre. Wayne vio grandes cacerolas de comida. Wayne vio sangre en el guiso de pescado.

Oyó disparos a lo lejos. Eran de Bob R. Rodó por el suelo. Se quitó el chaleco. Se quitó la camisa.

Ahí está Dong.

Corre. Tran lo persigue. Tran lo agarra por el cabello. Lo derriba. Tran tiene un cuchillo. Tran va a cortarle el cuello.

Wayne cerró los ojos. Alguien lo sacudió. Alguien tiró de él con fuerza. Abrió los ojos.

—Has aprobado —le dijo Pete.

63

(Saigón, 11/11/64)

La habéis cagado —dijo Stanton.

El Go-Go estaba muerto. El monje asado había ahuyentado a la clientela.

—No me apetecía negociar. —Pete encendió un cigarrillo—. Tran estaba dispuesto a ello, de modo que improvisamos.

—Improvisar no ha servido de nada. Fui a Yale con el padre de Preston Chaffee, y ahora no podrá enterrar a su hijo.

—Mándale un monje carbonizado en una bolsa para transportar cadáveres. No notará la diferencia. —Pete hizo anillos de humo.

Stanton golpeó la mesa. Stanton pateó una silla. Llamó la atención de Bongo. Llamó la atención de dos putas.

Las putas se volvieron en sus taburetes, junto a la barra, y lo miraron.

—Una cosa es haberla jodido y otra cosa es el dinero. Ahora tendré que pagar a unos tipos de Can Lao para que suban a Laos a proteger las plantaciones que habéis robado y a sustituir a los centinelas que habéis matado.

Pete golpeó la mesa. Pete pateó una silla.

—Tran tenía napalm. Anoche, Chuck y Bob Relyea sobrevolaron la zona y lo arrojaron sobre los barracones y las cabañas de las dos plantaciones contiguas a las de Dong, pero respetaron las refinerías y las cárceles, así que dime por qué la hemos jodido.

—Me estás diciendo que... —Stanton cruzó las piernas.

—Te estoy diciendo que ahora somos los dueños de los tres únicos campos de adormidera que existen al sur de Ba Na Key. Te estoy diciendo que tenemos esclavos a nuestra disposición en los tres lugares. Te estoy diciendo que Tran conoce a unos químicos chinos a los que podemos contratar para que hagan la morfina base y se la pasen a Wayne. Te estoy diciendo que las tres plantaciones están perfectamente conectadas entre sí, con bosques, montañas y la protección de un río y que lo único que necesito es algunos cuerpos calientes que controlen a los esclavos y trabajen a las órdenes de la sección laosiana del kuadro.

—Los cuerpos calientes cuestan dinero —suspiró Stanton.

—Los Ervis trabajan barato. Bob dijo que cada día desertan cien.

—No entiendes el problema. El dinero es el dinero y estamos en la Fase 1 Secreta. Soy responsable de otras fuentes de la Agencia y ahora voy a tener que decirles que el precio de tu incursión se sale del cuarenta y cinco por ciento de beneficios que hemos asignado a la Causa.

—La Causa se lleva el sesenta y cinco por ciento. —Pete sacudió la cabeza—. Tú me lo dijiste.

—Hay demasiadas manos que untar. —Stanton sacudió la cabeza. — El primer ministro Khanh se ha enterado de tu pequeña aventura y ha aumentado el precio del alquiler de todos los vehículos de transporte y de todos los hombres que nos envíe.

Pete pateó una silla. Voló hasta la barra del bar. Las putas se volvieron de nuevo. Se llevaron el dedo índice a la sien y lo movieron circularmente. Está loco.

—Y ahora, me gustaría oír las buenas noticias. —Stanton sonrió.

—Sacamos de Laos diez kilos de morfina base. —Pete sonrió—. Ahora Wayne está haciendo pruebas.

—No tenías que haberlo metido en esa incursión. Ha sido un riesgo innecesario, ya que Wayne es el único químico que tenemos para fabricar la heroína.

—Necesitaba ver qué tenía. No volverá a ocu...

—¿Y qué más? ¿Has hablado con Litt...?

—Todo arreglado. Drácula le ha dado cien de los grandes para el material bélico. El dinero llegará en el avión-correo del mediodía.

—Eso significa que...

—Que ha sobornado a los de Nellis. Cinco mil al mes, muy barato comparado con lo que nosotros sacamos.

—¿Ya tienes el contacto? —Stanton tosió.

—Lo tiene Bob. Es un mestizo que está en Bao Loc. Ha conseguido una mierda de aviones americanos recuperados al Vietcong.

—No escatimes. Hagamos que Hughes y la Fuerza Aérea den una buena imagen.

—Eso no necesitas decírmelo.

—No estoy tan seguro.

—Pues puedes estarlo. Estamos metidos en esto por la misma razón.

—Ahora estamos aquí. —Stanton se inclinó sobre la mesa—. No estamos en Cuba. Cuando el año que viene las cosas se calienten, tendremos mucho más trabajo.

Pete miró alrededor. Las putas le indicaron con gestos que estaba loco.

—Tienes razón. Y he conocido sitios peores.

Bao Loc estaba hacia el norte. A noventa y cuatro kilómetros. Fueron hasta allí en limusina.

Mesplede la alquiló. Chuck y Flash se repantigaron en los asientos. El avión-correo aterrizó temprano. Drac había efectuado la donación. Ward la había hecho llegar.

Billetes viejos, todos de cien. Cien mil dólares en total.

Pete se reclinó en el asiento. Pete se distrajo con el paisaje.

Había llamado a Ward. Habían hablado. De Saigón a Las Vegas. Ward estaba furioso. Ward la había tomado con los narcóticos.

Recuerdos: diez meses atrás. En esos momentos, Ward quería droga. En la cumbre Ward había alabado la droga.

Con la droga se hacía dinero. La droga complacía a Drac. La droga sedaba a los negros.

Momento presente: Ward está cabreado. Ward tiene ideales.

La droga es mala. La droga es una insensatez. La droga significa riesgo. No desbarates mi plan del libro del Fondo de Pensiones. No desbarates la incursión de Drac.

Ward era Ward. Se cabreaba con facilidad. Ward llevaba un crucifijo colgado del cuello.

Le había dicho a Ward que visitase a Barb. Le había dicho que vigilase el Tiger. Controla el cobertizo / sigue a los taxis / entérate de si se cumple mi norma de «pastillas, no».

Pete bostezó. La limusina zigzagueó. Las ruedas pisaron barro. Mesplede puso la radio. Chuck y Flash miraban boquiabiertos. Fíjate en los ríos. Fíjate en las caletas. Fíjate en los sampanes. Fíjate, qué monas y graciosas son las putas locales.

A Chuck le encantaba Laos. Mesplede dijo que brillaba napalm. Tran dijo que había visto un tigre blanco. El Bolaven Plateau ahora es nuestro.

Tres plantaciones de adormidera. El río Set. Huellas de un tigre grande.

En esos momentos, Guery y Tran estaban allí. Tran iba corto de mano de obra. Seis matones a sueldo para tres plantaciones.

Los esclavos sobrevivieron al bombardeo. Los viejos matones habían muerto. Las refinerías quedaron intactas. Tran conocía a unos posibles químicos. Tran conocía posibles guardianes Ervis. Tran sabía geografía.

Tran le dijo que había sido listo. Has hecho una incursión en Bolaven. No has hecho una incursión en Ba Na Key. Ba Na Key está al norte, cerca de la zona dominada por el Vietcong. Hay muchas plantaciones de tabaco. Tribus hmong. Es duro. Allí no hay esclavos. Los hmong trabajan en familia. Luchan. No se esconden. No se dejan gobernar.

La radio aulló. Música asquerosa y discordante. A Mesplede le gustaba mucho el jazz negro. La carretera se desvió. Llegaron a la calle Tran Phu. Bao Loc, dos kilómetros.

Tomaron hacia la derecha. Pasaron por delante de telares de seda. Pasaron por delante de cultivos de caucho. Cruzaron el río Seoi Tua Ha. Pasaron por delante de batallones de mendigos.

Mesplede les arrojó unas monedas. Los mendigos se lanzaron sobre ellas. Pasaron por delante de un poblado de cabañas. Pasaron por delante de plantaciones de té. Adelantaron a monos amarillos en ciclomotor.

Ahí está Bob. Ahí está el campamento del ERV.

Fíjate:

Centinelas del ERV. Perros policía. Montañas de armamento bajo unos toldos.

Entraron. Se apearon. Bob los vio y se acercó con el mestizo.

—Éste es François. Es medio francés y le gustan los chicos, lo que no desmerece la maravillosa mierda que tiene para vender.

François llevaba un pijama rosa. François llevaba rulos en el pelo. François llevaba Chanel n.º 5.

—Eh, perita en dulce, ¿no nos hemos visto antes? —se burló Chuck—. ¿No me invitaste una vez al teatro chino Grauman?

—A tomar por culo —dijo François—. Eres un charlie barato. Un psicópata americano de primera clase.

Chuck aulló. Flash rió. Mesplede rugió. Pete hizo un aparte con Bob.

—A ver qué tenemos.

—Tenemos ametralladoras pesadas, del calibre 50, ametralladoras medianas, lanzallamas M-132 con piezas de recambio, ametralladoras pequeñas del calibre 45 con cargadores de treinta disparos, un montón increíble de M-14 y lanzagranadas 34 M-79.

Pete examinó el material. Pete vio seis jergones gruesos bajo los toldos.

—¿Has calculado seis cargas aéreas?

—He calculado seis grandes cargas aéreas, porque cada montón tiene dos montones detrás, y hemos de preparar los vuelos para que el material de Wayne entre sin problemas.

—Hazme un resumen de la calidad.

—Está justo por debajo de los baremos del Ejército, que es precisamente lo que queremos, porque de ese modo se lo puede calificar de excedente, lo que significa que cuando lleguen a Nellis no despertaremos ninguna sospecha.

Pete se acercó. Pete levantó las lonas. Pete olió a petróleo. Cajas de madera / tablas fijadas con clavos / destinos marcados con estarcidos.

—Van a Nellis, ¿verdad? —Bob se acercó—. Lo descargará algún soldado y lo llevará a un contacto de la Agencia.

—Exacto. No saben que hay un transporte secreto, por lo que tendremos que esconder el polvo con algún material que no les interese sisar.

—Piezas de lanzallamas. Yo diría que de eso no hay demasiada demanda en Las Vegas.

Pete asintió. Pete soltó un silbido. Pete llamó a Mesplede. Mesplede agarró a François y empezó a regatear.

Pete señaló: seis cargas / seis pagos.

Mesplede regateó. François regateó. Mesplede volvió a regatear. Eran políglotas, francés / vietnamita. Diptongos y gritos.

Pete se acercó y escuchó. Entendió los *bonnes affaires*. Entendió los *tham thams*. Entendió el argot de Lyon.

François puso los ojos en blanco. François pataleó. François empapó de sudor su pijama. Mesplede puso los ojos en blanco. Mesplede cerró los puños. Mesplede se fumó tres Gauloises.

François estaba cada vez más ronco.

Mesplede, lo mismo. Tosieron. Se dieron palmadas en la espalda. Inclinaron la cabeza.

—De acuerdo, papá —dijo François.

Regresaron en la limusina. Hablaron de tonterías. Pasaron por Bien Hoa. El Vietcong lo había atacado hacía diez días con fuego de mortero antes del amanecer.

La limusina se acercó. Vieron el caos. Vieron banderas a media asta.

Siguieron hablando. Rieron. Bebieron Bacardi. Contaron historias. De Paraguay a Cochinos. Se burlaron de las meteduras de pata de la CIA.

Estamos en 1962. Desplumemos al Barbas. Cortémosle las pelotas. Pongamos droga en el agua. Coloquemos a los hispanos. Preparemos una visita de Cristo.

Rieron. Bebieron. Brindaron por una Cuba libre. Se detuvieron y entraron en el Go-Go.

Ahí está Wayne.

Solo, como es habitual. Cabreado, como siempre. Observando a Bongo y a sus putas.

64

(Las Vegas, 22/11/64)

Un año.

Él lo sabía. Jane lo sabía. No lo dijeron.

Littell fue al Tiger Kab. Puso la radio. Los comentaristas hacían valoraciones. Uno hacía hincapié en Jackie. Otro, en los niños. Un tercero, en la pérdida de una vida inocente.

Jane fue en coche hasta Las Vegas. Se encerró en la suite de él. Llamaron al encuentro «día de Acción de Gracias». Era la fecha del atentado. En ningún momento lo mencionaron.

Los periódicos recordaron la fecha. La televisión recordó la fecha. Lo hizo a lo largo de todo el día. Él salió temprano. Jane lo besó. Jane encendió el televisor. Él volvió tarde. Jane lo besó. Jane apagó el televisor. Hablaron. Obviaron el tema. Fueron prosaicos. Jane estaba loca. Él la había engatusado para que fuera a Las Vegas. Él la había engatusado por ESO.

Dijo que tenía asuntos que resolver. Besó a Jane y salió. Oyó que Jane encendía el televisor.

Littell apagó la radio. Recorrió el aparcamiento del Tiger Kab. Aparcó al otro lado de la calle y vigiló el cobertizo.

Vio a Barb. Barb vestida para actuar. Con tacones, llegaba al metro ochenta.

Milt Chargin hizo un numerito. Barb rió. Barb dio unas palmadas a un paquete pequeño y tomó un taxi. Rayas a lo tigre. Miami Oeste: todos los caminos llevan a Cuba.

Littell vigiló el cobertizo. Estaba lleno de taxistas, críos fracasados del tolerante de Pete. Pete coleccionaba descarriados. Pasaba por alto sus fallos. Les procuraba distracción. Pete decía que cronometraba las visitas de Betty.

Cada dos horas, como máximo. No mates lo que no puedes reprimir.

Littell vigiló el cobertizo. Un taxi arrancó. Littell lo siguió. El taxi fue hacia el oeste. Littell se acercó. Llegaron a Las Vegas Oeste.

El taxi se detuvo. En Monroe y J subieron dos hombres. El taxi arrancó. Littell se acercó. Llegaron a la autopista de Tonopah.

El taxi se detuvo. Los hombres se apearon. Entraron en el Moulin Rouge. El taxi arrancó. Littell lo siguió de regreso al Tiger.

Informe a Pete: no hay venta de pastillas / no hay traición.

Littell bostezó. Littell se sintió mareado. No había cenado. Jane había preparado chuletas. Se había pasado el día en la cocina, a la vez que veía la televisión.

Él mintió y dijo que cenaría fuera. Salió. Alegó que tenía «asuntos».

Littell encendió la radio. Littell pescó los Grandes Éxitos de Jack. *Ask not* e *Ich bin*. La entrega de la antorcha y más.

Apagó la radio. Fue hasta el Sahara. El salón estaba lleno. Se quedó en el borde de la pista. Vio a Barb más de cerca.

Barb cantó *Sugar Shack*. Barb falló en el crescendo. Barb lo vio. Lo saludó y se disculpó.

Cantaba muy mal. Lo sabía. Se burlaba y lo encajaba. Ironizaba sobre su vida como estrella del espectáculo.

Los Bondsmen saludaron. Barb saltó del escenario. Un tacón se le enganchó. Trastabilló. Littell la agarró. Notó sus pulsaciones. Olió su jabón. Sintió su sudor.

Fueron hacia el bar. Ocuparon un reservado. Littell estaba de cara al televisor.

—Es idea de Pete, ¿verdad? —Barb encendió un cigarrillo—. Que me vigiles, quiero decir.

—En parte, sí.

—¿En parte?

—Estoy matando el tiempo. Pensé que podía matarlo contigo.

—No me quejo. —Barb sonrió—. Tengo cuarenta minutos.

El televisor brilló. Otra vez los Grandes Éxitos de Jack. En París con Jackie. En un partido de fútbol. Jugando con sus hijos.

Barb se volvió. Vio el televisor. Miró de nuevo a Littell.

—No se puede huir de eso.

—Algunos lo intentamos. —Littell sonrió.

—¿Piensas en ello?

—Va y viene.

—Yo estoy bien hasta que algo me lo recuerda. Entonces me entra miedo.

Littell miró el televisor. Jack y Bobby reían. Se acercó una camarera. Barb le dijo que se marchase.

—Pete nunca habla de ello.

—Somos útiles. Pete sabe que todo se reduce a eso.

—Wayne lo sabe. —Barb encendió un cigarrillo con la colilla del anterior—. Tenía que ser así.

—¿Se lo has preguntado?

—No, lo he deducido.

—Está enamorado de ti. —Littell sonrió.

—De una manera tolerable. —Barb sonrió.

—Somos útiles. Piensa en eso cada vez que algo te lo recuerde.

Barb apuró el cigarrillo. Se quemó la mano. Dio un respingo.

—Mierda —dijo.

Littell la miró a los ojos. Vio unas pupilas pequeñas. Los nervios después de las anfetaminas.

Barb encendió un cigarrillo. Littell miró el televisor. Jack reía y hacía sus trucos de magia.

—Jane lo sabe —dijo Barb.

—Pero si tú no la has visto nunca. —Littell se estremeció—. Y Pete nunca te habría...

—No lo ha hecho. Oí que vosotros dos os salíais por la tangente y lo deduje.

—Está en el hotel. —Littell sacudió la cabeza—. Y ahora mismo está dándole vueltas al asunto.

—¿Habláis de ello?

—Evitamos hacerlo.

—¿Tiene miedo?

—Sí, porque sabe quién lo hizo y sabe que nunca resultará útil. Barb sonrió. Barb escribió «útil» en el aire.

—He recibido una carta de Pete. Dice que todo va bien.

—¿Sabes qué está haciendo allí?

—Sí.

—¿Y lo apruebas?

—Me gusta la parte útil. —Barb sacudió la cabeza—. En la otra parte, no pienso.

—¿La otra parte? ¿Te refieres a expoliar una nación para liberar a otra?

—Ya vale. —Barb le apretó las manos—. Recuerda a qué te dedicas y con quién estás hablando.

—No me digas que lo único que quieres es verlo feliz. —Littell rió.

—Entonces, por una Cuba libre. —Barb rió.

Entró Janice Tedrow. Littell la vio. Littell la observó. Barb lo vio observar.

Janice vio a Littell y lo saludó. Ocupó un reservado lateral. Pidió una copa. Estaba de cara al televisor. Vio a Jack y a Bobby.

—Te has ruborizado.

—No. Tengo cincuenta y un años.

—Te has ruborizado. Soy pelirroja y he visto ruborizarse a muchos hombres.

Littell rió. Barb le subió el puño de la camisa y consultó su reloj.

—Tengo que irme.

—Le diré a Pete que estás bien.

—Dile que sigo siendo «útil».

—Eso ya lo sabe.

Barb sonrió. Se levantó y caminó. Los hombres se volvieron en sus asientos y la miraron. Littell miró el televisor.

Ahí está Bobby con Jackie. Ahí está Jack en el Senado. Ahí está el viejo Honey Fitz.

Littell sintió hambre. Littell pidió la cena, las chuletas que se había perdido. La camarera estaba colgada de Jack. Se detuvo ante el televisor.

Littell comió. Littell miró a Janice. Janice miraba el televisor.

Bebía ponche. Fumaba un cigarrillo tras otro. Hacía girar el bastón. Ella no lo sabía. Wayne Senior nunca se lo diría. Littell lo conocía lo bastante bien como para saber que no se lo diría.

Ella apartó la vista del televisor. Vio a Littell. Se puso en pie. Maniobró con el bastón.

Alzó la cadera. Se apoyó en el bastón. Cojeaba con brío. Littell apartó una silla. Janice cogió los cigarrillos de Barb.

—Esa pelirroja actuó en mi fiesta de Navidad del año pasado.

—Sí, es cantante.

—Pero tú no te acuestas con ella. —Janice encendió un cigarrillo—. Eso ya lo veo.

Littell sonrió. Littell hizo girar el bastón de Janice.

—Para. —Janice rió—. Me recuerdas a alguien.

—Ha utilizado el bastón contigo. —Littell estrujó la servilleta.

—Formaba parte del acuerdo del divorcio. —Janice hizo girar el bastón—. Un millón sin pegarme. Pegándome, dos millones.

—Me estás contando más cosas de las que te he preguntado. —Littell bebió un sorbo de café.

—Tú lo odias tanto como yo. He pensado que te gustaría saberlo.

—¿Se enteró de lo del general Kinman?

—Clark no le molestaba —rió Janice—. Quien le molestaba era el joven.

—Pero ¿mereció la pena?

—Claro que la mereció. Si no llego a hacer algo drástico, me habría quedado con él para siempre.

—Pensaba que lo tuyo era cadena perpetua. —Littell sonrió.

—Con diecisiete años ha habido más que suficiente. Antes me gustaba su dinero y su estilo, pero, ahora, eso ya no me basta.

—¿El joven? —Littell hizo girar el bastón.

—El joven es un antiguo cliente tuyo, y ahora está instigando la guerra en Vietnam.

A Littell se le cayó el bastón. Janice lo levantó.

—¿No lo sabías?

—No.

—¿Y te sorprende?

—Soy difícil de sorprender, y a veces fácil de divertir.

—Y tienes esas antiguas cicatrices en la cara que me recuerdan mi labio leporino temporal.

—El mentor de Wayne las puso ahí. Ahora es mi mejor amigo.

—Es el marido de la pelirroja. Me lo dijo Wayne.

—Ahora no juegas al golf. —Littell se reclinó en su asiento—. Te he estado buscando.

—Estoy recuperando mi *swing*. No voy a recorrer los dieciocho hoyos con un bastón.

—Me gustaba mucho verte jugar. Siempre hacía coincidir mis descansos con tus partidos.

—He alquilado un bungaló en el campo de golf del Sands. Tu vista me inspiró.

—Me halaga. Y sí, tienes razón. La vista es lo más importante.

—Está junto al primer hoyo. —Janice se puso en pie—. Es el de los postigos azules.

Littell se puso en pie. Janice dio un respingo de dolor y se alejó. Dejó caer el bastón y no lo recogió. Se marchó cojeando con mucho brío.

Contempló la actuación de Barb. Lo hizo junto a la pista. Mató tiempo. Eludió la hora de acostarse de Jane. Ideó un viaje.

Iré en avión a L.A. Tú irás en coche y nos encontraremos allí.

Volvió a casa. Las luces estaban encendidas. Jane aún permanecía despierta. El televisor estaba encendido. Un locutor lamentaba la muerte de Jack.

—Mañana tengo que volar a L.A. —Littell apagó el televisor—. Saldré temprano.

—Así, de repente... —Jane hizo girar el cenicero—. Y todavía no ha llegado el día de Acción de Gracias.

—Tendrías que haber venido la semana próxima. Todo habría ido mejor.

—Tú me querías aquí, por eso vine. Y ahora, tú te vas.

—Lo sé, y lo siento. —Littell asintió.

—Querías saber si venía. Me has puesto a prueba. Te has saltado una regla que fijamos para ambos y aquí estoy, encerrada en esta suite.

—Podrías salir a pasear. —Littell sacudió la cabeza—. Podrías tomar clases de golf. Podrías leer en vez de pasarte dieciséis horas delante del televisor.

Jane arrojó el cenicero contra el televisor.

—Dada la fecha, ¿cómo pretendías que hiciera otra cosa?

—Dada la fecha, podríamos haber hablado de ello. Dada la fecha, podríamos haber ampliado las normas. Dada la fecha, podrías haber desvelado alguno de tus malditos secretos.

Jane arrojó una taza contra el televisor.

—Vas armado. Viajas con maletas llenas de dinero. Vuelas por todo el país para ir a encontrarte con gángsteres, escuchas cintas de Robert Kennedy cuando crees que me he dormido y soy yo la que tiene secretos...

Durmieron separados.

Él recogió las colillas. Hizo el equipaje. Preparó una bolsa y una maleta. Guardó tres trajes. Guardó informes de apelaciones y dinero. Diez de los grandes en efectivo para los donativos.

Desplegó el sofá. Se tumbó. Intentó dormir. Pensó en Janice. Pensó en Barb. Pensó en Jane.

Intentó dormir. Pensó en Barb. Pensó en Janice.

Se levantó. Limpió su pistola. Leyó revistas. *Harper's* publicaba un artículo: el señor Hoover se porta mal.

Había pronunciado un discurso. Había atacado al doctor King. Había sorprendido y pasmado. Había fomentado el racismo.

Littell apagó la luz. Intentó dormir.

Contó ovejitas. Contó dinero. Recortes de pellizcos y malversaciones. Donaciones para los derechos civiles.

Intentó dormir. Pensó en Jane. Contó sus mentiras. Perdió la cuenta.

Barb camina con las rodillas juntas. Janice muestra su bastón. Janice cojea y tira el bastón.

Se levantó. Se vistió. Fue hasta McCarran. Vio un anuncio de Kool mentolado: trajes de baño y sol.

Giró en redondo. Condujo de regreso a la ciudad. Fue al Sands. Aparcó. Se acicaló en el retrovisor.

Siguió el campo de golf. Encontró el bungaló y llamó. Janice abrió.

Lo vio y sonrió. Empezó a quitarse los rulos del cabello.

65

(Saigón, 28/11/64)

Caballo blanco. Estudios de graduación.

Wayne mezcló polvo de morfina y amoníaco. Wayne llenó tres recipientes. Wayne hirvió tres kilos. Filtró las impurezas.

Wayne vertió el amoníaco. Limpió los vasos. Secó los kilos.

Llámalo lote de prueba núm. 8.

Había estropeado veinte kilos. Los había filtrado mal. Se le había jodido el proceso. Había aprendido. Había añadido pasos. Había eliminado residuos orgánicos.

Pete retrasó la fecha de envío. Dejó que Wayne aprendiera.

Wayne hirvió agua. Wayne controló la temperatura. Correcto, 75°.

La vertió. Añadió el anhídrido acético. Llenó tres cubas. Lo hirvió. Lo consiguió.

Correcto, 75°.

Midió la base. La desmenuzó. La añadió. Obtuvo una mezcla. Obtuvo el aspecto. Captó el olor: vinagre y ciruela.

Lo esnifó. La nariz le quemó. Tenía buen aspecto, buena cohesión, buena mezcla reactiva.

Llámalo lote núm. 9: diacetilmorfina / impura.

Wayne estornudó. Wayne se restregó los ojos. Wayne se rascó la nariz.

Vivía en el laboratorio. Trabajaba en el laboratorio. Respiraba sustancias cáusticas. Desarrolló alergias. El kuadro dormía lejos. Wayne los eludía. Eludía a Chuck y a Bob.

Lo incordiaban. Le decían que se hiciera del Klan. Le decían que odiase a las negros. Le decían que odiase como ellos.

Su odio era suyo. Ellos no SABÍAN.

Vivía en el laboratorio. Dormía durante el día. Trabajaba de noche. El ruido diurno le molestaba. Oía ciclomotores y cánticos. Oía galimatías de eslóganes.

Mientras, él dormía. Tenía un buen reloj. Balas trazadoras a las seis.

El ruido de la noche no le molestaba. Oía el *jukebox* del piso de arriba. La música le llegaba por los tubos de la ventilación.

Trabajaba con la droga. Instalaba estanterías. Archivaba periódicos. Comparaba los recortes. La prensa de Dallas y de Las Vegas llegaba con una semana de retraso.

La prensa de Dallas hacía alarde del aniversario. La prensa de Dallas hacía alarde de noticias viejas. Artículos secundarios y más aniversarios. Noticias «no relacionadas».

¿Dónde está Maynard Moore? ¿Dónde está ese Wendell Durfee?

Wayne examinó el lote núm. 9. Ahora: el olor adecuado / la combustión adecuada / la consistencia adecuada. Precipitantes: visibles. Sin masa de diacetil.

Wayne trabajaba solo. Wayne trabajaba de auxiliar del kuadro. El kuadro estaba en Laos. El kuadro estaba sobrecargado de trabajo.

Su incursión con bombas había matado a los vigilantes de los campos. Necesitaban vigilantes nuevos. Stanton le dijo a Pete que contratase Ervis. Los Ervis en activo eran caros. Tran contrató desertores, Ervis y vietcongs.

Cuarenta y ocho vigilantes / dieciocho Ervis / veinticuatro vietcongs.

Trabajaron duro. Trabajaron por poca pasta. Expresaban a gritos sus opiniones: Ho contra Khanh / el Norte contra el Sur / Mao contra LBJ.

Pete se cabreó. Pete estableció normas. Pete segregó a los vigilantes. Pete envió muchas cartas para entregar en mano, de Saravan a Saigón, en los aviones de la CIA.

Pete alabó al kuadro. Pete alabó a Tran. Pete divulgó un rumor. El jefe Khanh siente inclinación por las relaciones públicas. El jefe Khanh ha ordenado una «revisión».

Ahora existen muchos fumaderos de droga. Pronto vendrán muchos reclutas. Las tropas americanas aumentarán. Los fumaderos son grandes. Los fumaderos son malos. Tengo que revisar las leyes sobre los fumaderos.

Stanton no le creyó. Stanton conocía a Khanh. Khanh era una marioneta. El dinero tiraba de sus hilos. Khanh imponía grandes impuestos a sus fumaderos.

Las Vegas Oeste ya estaba a punto. Milt Chargin se lo dijo a Pete. Pete se lo hizo saber a Wayne mediante una carta entregada en mano. Milt chivó a los distribuidores de pastillas. Se los sopló a Dwight Holly. Holly habló con los federales oportunos. Las Vegas Oeste se quedó seco. Wayne prometió material.

Heroína de grado 4. Estará lista el 9/1/65.

Wayne consultó su reloj. Wayne examinó las cubas. Midió carbonato sódico. Midió cloroformo. Llenó tres tubos.

Cerró el laboratorio. Bajó a la planta baja. El fumadero estaba a oscuras. El fumadero estaba lleno. Un chino vendía onzas de droga. Un chino limpiaba pipas. Un chino limpiaba las cagadas con una manguera.

Wayne se tapó la nariz y caminó iluminándose con la linterna.

Caminó junto a la hilera de camastros. Rozó jergones. Topó con orinales. Los opiómanos se movieron. Los opiómanos se contrajeron. Los opiómanos soltaron patadas.

Estudió sus ojos. Estudió sus brazos. Buscó marcas de aguja. Marcas en los brazos / marcas en las piernas / marcas en la polla / marcas viejas / marcas nuevas / marcas de prueba.

El aire olía a humo y a orina. La luz ahuyentaba a las ratas. Wayne caminó. Wayne llevaba cinta adhesiva. Wayne marcó listones de ocho camastros.

Iluminó ojos y brazos con la linterna. Iluminó un cadáver. Las ratas se habían adueñado de él. Le mordían la entrepierna. Las ratas recorrían el suelo.

Wayne caminó. Wayne miró la cama de Bongo.

Bongo roncaba. Dormía con dos putas. Tenía almohadones y sábanas de seda.

Wayne le enfocó los ojos. Bongo no se despertó. Wayne lo convirtió en Wendell Durfee.

Funcionó. Salió bien. Cobró cohesión. Lo consiguió: había fabricado caballo blanco.

Se pasó todo el día cocinando. Filtró. Añadió carbonatos. Purificó. Refinó. Mezcló carbón y alcohol.

Logró un núm. 3: 6 % de pureza.

Bajó a la planta inferior. Eligió a tres opiómanos. Les llenó las pipas a tope. Fumaron núm. 3. Vomitaron. Despegaron. Se pusieron en órbita.

Subió al laboratorio. Mezcló éter. Mezcló ácido clorhídrico. Disolvió núm. 3. Lo roció. Mezcló clorhídrico y éter.

Trabajó toda la noche. Esperó. Contempló las balas trazadoras. Filtró. Secó. Obtuvo las escamas precipitantes y heroína.

Núm. 4: 96 % de pureza.

Mezcló sacarosa. La diluyó. La cortó. Preparó ocho dosis. Preparó ocho buenos chutes.

Bostezó. Desistió. Durmió nueve horas seguidas.

Dos Ervis los ayudaron. Dos Ervis los hicieron entrar. Hedían. Olían peor que su amoníaco. Olían peor que sus carbonatos.

Wayne abrió una ventana. Les examinó las pupilas. Los Ervis se explicaban en una mezcla de inglés y vietnamita.

Viene época de limpieza. Hay que construir. La limpieza hará mucho bien.

Wayne cocinó ocho chutes. Wayne llenó ocho jeringuillas.

Dos de los opiómanos corrieron. Cuatro sonrieron. Dos hincharon las venas. Los Ervis agarraron a los que corrían. Les hincharon las venas.

Wayne les hizo un torniquete. Wayne los chutó. Se convulsionaron. Temblaron. Wayne iluminó sus ojos. Las pupilas se contrajeron. Eran como cabezas de alfiler.

Asintieron. Se tambalearon y vomitaron. Ensuciaron el lavamanos. Eran como de goma. Eran como zombis.

Se desplomaron boca abajo, inconscientes. Los Ervis agarraron a los otros seis y los prepararon bien.

Les frotaron los brazos. Les pusieron torniquetes. Les hincharon las venas. Wayne los chutó. Se convulsionaron. Temblaron. Vomitaron en el lavamanos. Estaban muy colocados.

Los Ervis jalearon. Los Ervis se explicaron en una mezcla de inglés y vietnamita.

Vendrán dignatarios. Eso significa mucho dinero. La limpieza hará mucho bien.

Los opiómanos zigzaguearon. Los opiómanos chocaron. Se doblaban como si fueran de goma. Se tambaleaban. Explosión y órbita: muy buen caballo.

Wayne untó a los Ervis. Les pagó diez dólares. Los Ervis se llevaron a los opiómanos. El laboratorio apestaba. Wayne echó desinfectante en el lavamanos. Wayne limpió sus agujas hasta quitarles toda la sangre.

—Si queda más de eso, me apunto a volar.

Wayne se volvió. ¿Quéee? Se le cayó una bandeja de agujas.

Ahí está Bongo. Con calzoncillos pequeños y botas de maricón.

—¿Qué lectura puedes hacer de pequeños adictos como ésos? Necesitas un tipo grande como yo para sacar conclusiones sobre la calidad de tu mierda.

Wayne se tragó un insulto. Miró las cubas y las cucharas. Vio una dosis, como mucho.

La filtró. La roció. La calentó.

—Siempre me miras —dijo Bongo—, y ahora que tienes la oportunidad de conocerme formalmente, no tienes nada que decir.

Wayne agarró un torniquete. Wayne llenó una jeringa.

—Corre el rumor de que mataste a esos tres hermanos, pero yo no lo creo. En mi opinión, eres más del tipo *voyeur*.

Wayne lo agarró por los brazos. Le hinchó las venas. Eligió una gruesa y azul.

—¿Se te ha comido la lengua el gato? ¿Eres sordomudo o algo por el estilo?

Wayne apretó el torniquete. Wayne lo chutó.

Bongo se convulsionó. Bongo tembló. Bongo vomitó y manchó el lavamanos. Salpicó los zapatos de Wayne. Sonrió. Zigzagueó. Bailó.

Bailó el *swim*. Bailó el *wa-watusi*. Se precipitó hacia adelante. Se agarró a las estanterías. Se marchó tambaleante.

Wayne oyó balas trazadoras. Abrió la ventana. Ahí está el arco. Ahí está la embestida. Ahí está el resplandor rosa.

Wayne abrió los orificios de la ventilación. Llegó música del piso de abajo. Ahí está *Night Train*, la canción favorita de Sonny Liston.

Bongo volvió entrar. Traía consigo a las dos putas. Lo sostenían. Lo mantenían en pie.

—Todo tuyo, cariño —dijo—. Alrededor del mundo, gratis.

Wayne sacudió la cabeza.

—Está loco —dijo una puta.

—Es marica —dijo la otra.

66

(Saravan, 30/11/64)

Transporte de correo. Aeropuerto de Saravan.

Llega correo a Saigón. El correo llega a los operadores del sur. Los Ervis se apoderaron del korreo del kuadro. Los Ervis llamaron al kampamento. Los Ervis lo entregaron.

La pista de aterrizaje apestaba. Unas cabras pacían a un costado. Una carretera / un cobertizo.

Pete esperó. Pete fue en jeep. Llevaba dos vigilantes. Llevaba un kontingente de ex vietcongs.

Los ex vietcongs confraternizaron. Los ex vietcongs despreciaban a los ex Ervis. Los ex Ervis confraternizaron. Los ex Ervis despreciaban a los ex vietcongs.

Pete temía altercados. Les robó las armas. Repartió escopetas que disparaban balas de goma. Neutralizó a los vigilantes. Mimó a los esclavos. Les dio comida fresca y agua. Les dio cadenas nuevas.

Tran saqueó un poblado. Tran mató vietcongs. Tran les robó el botín. Consiguió comida enlatada y penicilina. Consiguió metanfetamina.

Los esclavos eran blandos. Los esclavos estaban débiles. El tiempo de la cosecha se acercaba. Pete les robó el opio. Pete les dio sopa, salchichas y alubias.

Los esclavos estaban enfermos: gripe y fiebre. Pete les dio penicilina. Los esclavos carecían de voluntad. Los esclavos carecían de energía. Pete les dio metanfetamina.

Hacían turnos triples. Se crecieron. Los campos resplandecían. La cosecha de bulbos creció. Tran contrató a seis químicos chinos. Dichos chinos cocinaron la morfina base. Las refinerías crecieron.

Wayne trabajó la base. Wayne prometió caballo blanco. Las técnicas de producción de Wayne mejoraron.

El avión-correo aterrizó. Las cabras se dispersaron. El piloto tiró sacas de correo. Los Ervis desembarcaron deprisa. Los vietcongs de Pete llevaban la valija.

Se la tendieron. Pete sacó las cartas y las leyó.

Ward había escrito. Ward decía que había vigilado el Tiger. Ward decía que todo iba bien. En Nellis todo iba bien. Lo de Kinman iba bien. Kinman había prometido ayuda. Unos soldados de la base descargarían las cajas / las cargarían en un camión / las llevarían al contacto de la Agencia.

Ward decía que había visto a Barb. Se sentía sola. Estaba bien. Wayne había escrito. Decía que todo estaría listo para el 9/1/65.

Fred Otash había escrito. Fred no tenía noticias de Arden. Fred no tenía noticias de D. Bruvick. Seguía investigando / en cuanto se enterara de algo se lo haría saber.

Barb había escrito. Barb mandaba dibujos. Sus pensamientos saltaban de una cosa a otra. Su caligrafía temblaba.

«Mi estado de ánimo sube y baja. Duermo a ratos.»

No «nuestros ratos». No «donde nos encontrábamos y hacíamos el amor yendo y viniendo a la cama».

Había visto a Ward. «Está enamorado de la madrastra de Wayne.» El gato lo echaba de menos. «Ahora duerme sobre tu almohada.»

Se pasaba por el Tiger. «Milt me hace morir de risa. No para de montar el numerito.»

«Donkey Dom me lleva al trabajo. No entiende por qué no le duran los novios, teniendo en cuenta lo bien dotado que está. Yo le dije que tal vez lo dejan porque es un chapero.»

El gato había mordido a una criada. El gato había arañado un sofá. El gato había mordido al batería de la banda.

«Te echo mucho de menos y me vuelvo loca porque te has ido porque eres el único que sabe lo que hago y por qué mi ánimo sube y baja y me vuelvo loca fingiendo que hablo contigo y me pregunto dónde estaré dentro de cinco años cuando mis clientes habituales me cambien por una modelo más nueva y yo ya no sea tan útil. ¿Has pensado en eso alguna vez?»

Pete leyó la carta. Pete olió la tinta. Percibió el olor de Barb. Sintió a Bar. «Mi ánimo sube y baja» lo jodió.

El campamento prosperó. Pete lo recorrió en jeep.

Ya se lo podía llamar «kampamento». Varias hectáreas en línea recta, marcadas por postes con vallas y cobertizos.

Estaba rodeado de jungla. Matorrales bajos y arcilla. Hileras de adormidera / surcos / senderos. Cobertizos para las refinerías y chozas para los guardas. Celdas para los esclavos y cobertizos para los operadores.

Por la jungla vagaban bestias mágicas. Los tigres blancos no paraban de rondar.

A Pete le gustaban los gatos. A Pete le gustaban los tigres. A Pete le gustaban los nombres kojonudos. Pete le puso Tiger Kamp.

Flash hizo los dibujos. Flash se inspiró en los tigres. Pintó colmillos y rayas de piel de tigre en los cobertizos.

Pete recorrió los senderos. Pete paseó por los campos de adormidera y observó.

Los esclavos rastrillaban. Los esclavos labraban y tiraban de rickshaws. Hileras de grilletes. Doce esclavos en cada una. Esclavos impulsados por la metanfetamina.

Los esclavos trabajaban. Los esclavos hacían pausas demasiado largas. Los centinelas disparaban balas de goma.

Laurent saludó. Flash saludó. Mesplede saludó. Laurent pidió rapidez, *di thi chi*. Mesplede flexionó sus tatuajes.

Pete contó tallos. Pete multiplicó: cápsulas por tallo / producción por cápsula / savia a morfina base. Los tallos se movieron con el viento. Pete se desconcentró. Pete erró la multiplicación. Pete desmultiplicó.

Llegó a la Operadora Norte. Los vietcongs se llevaron su jeep. Entró a pie. Vio a Chuck y a Bob. Vio su variedad de comida enlatada:

Chile con carne. Salchichas y alubias. Tokay / T-Bird / oporto blanco.

—Vamos a perder a Bob —dijo Chuck.

—¿Cuándo? —Pete agarró una silla y se sentó.

—No es que vayamos a perderlo ahora mismo, se trata de que quiere cambiar de destino para ayudar a un alma bondadosa.

—Chuck me puso en contacto con el padre de Wayne. —Bob bebió T-Bird—. Su gente me ofreció la posibilidad de organizar una célula del Klan en Misisipí cuando el Ejército me suelte.

— Los federales están financiando su célula. —Chuck bebió Tokay—. Eso significaba aprobación oficial a todo el follón que pueda armar.

—Qué tontería. —Pete hizo sonar los nudillos—. ¿Vas a dejar lo nuestro a cambio de tener la oportunidad de quemar unas cuantas iglesias?

—Pete tiene grandes lagunas en su educación política. —Chuck comía alubias—. No ve mucho más allá de Cuba.

—Me gusta la parte discrecional y directiva del asunto. Tendré que reclutar a mis propios klanistas, imprimir mis propios panfletos y conseguirme algunas acusaciones de fraude postal que no puedan atribuírseme.

—¿Y cuán lejos puedes llegar? —Chuck comía salchichas.

—Ésa es la pregunta del millón, por lo que tengo que suponer que «discrecional» significa según las líneas que me marque mi supervisor junto con otras cosas que él no sepa. Wayne Senior dijo que debo empezar con una demostración de fuerza, para dejar sentada mi reputación, lo cual me agrada.

—Que Wayne no sepa que estás en contacto con su padre. —Pete encendió un cigarrillo—. Y no digas nada del Klan en su presencia. Con los negros tiende a obrar de manera temeraria, y toda esa mierda le da miedo.

—¿Y por qué? —Chuck rió—. Pero si se cargó a unos negros...

—Le da miedo que toda esa mierda del Klan empiece a gustarle en exceso.

—Una afirmación como ésta es políticamente sospechosa. Creo que has pasado demasiado tiempo con Victor Charlie.

Empezó a llover. Bob cerró la puerta.

—Es por eso por lo que esto no significa adiós al kuadro. Uno, Misisipí se extiende hasta la costa del Golfo. Dos, tú tienes a muchos cubanos ahí abajo. Tres, puedo trabajar de enlace con Chuck, convertir nuestras ganancias en armas y bajarlas hasta el Golfo.

—Me gusta —dijo Pete—. Si es que puedes conseguir que la pasma y los federales de ahí abajo te dejen en paz.

Empezó a tronar. Chuck abrió la ventana. Pete miró hacia fuera. Los esclavos saltaban. Los esclavos danzaban. Los esclavos bailaban el mambo de la metedrina.

—Esta puta operación de limpieza me intriga —dijo Chuck—. Envían tropas, y, según Stanton, Khanh quiere que Saigón parezca Disneylandia para todos los putos periodistas y personajes famosos.

Los esclavos sacudían las cadenas. Los esclavos bailaban el shimmy-shimmy de los grilletes.

—Quiero establecer una conexión con Misisipí. Tal vez consiga vender algún excedente de esa mierda a las tropas que lleguen.

Pete se volvió de repente.

—Nadie venderá a nuestras tropas. Mataré a quien lo haga.

—Pete todavía sufre el síndrome de la Segunda Guerra Mundial. —Chuck rió—. *Semper fi*, jefe.

—Pete *dinky dau*. —Bob río—. Es demasiado sentimental.

Pete sacó su pistola. Pete cargó tres balas. Hizo girar el tambor. Chuck rió. Bob alzó el dedo corazón.

Pete apuntó. Pete apretó el gatillo. Disparó a Bob tres veces. El martillo emitió tres veces chasquidos. Dio en las tres cámaras vacías.

Bob gritó. Bob devolvió. Bob vomitó alubias y salchichas.

<u>DOCUMENTO ANEXO</u>: 30/11/64. Transcripción literal de una conversación telefónica. Encabezamiento: GRABADA A INSTANCIAS DEL DIRECTOR / CLASIFICADA CONFIDENCIAL 1-A: SÓLO PUEDE VERLA EL DIRECTOR. Hablan: el director Hoover y Ward J. Littell.

JEH: Buenas tardes, señor Littell.

WJL: Buenas tardes, señor.

JEH: Hablemos del Sureste asiático.

WJL: Me temo que no estoy informado sobre el asunto, señor.

JEH: A mí se me informó de que Pierre Bondurant y Wayne Tedrow Junior se han ido para realizar una operación secreta, contratados por una importante agencia de espionaje. Me lo han dicho unos pajaritos, y sería una negligencia por mi parte no contárselo.

WJL: Ya lo he advertido, señor.

JEH: Están ni más ni menos que en Vietnam.

WJL: Sí, señor.

JEH: ¿Le importaría ampliar sus respuestas?

WJL: Preferiría no ser tan concreto. Creo que usted ya conoce bastante los viejos negocios de Pete y la licenciatura en Químicas de Wayne Junior como para sacar conclusiones.

JEH: Saco conclusiones a una velocidad perversa. Creo que nuestros amigos italianos han revisado su neciamente concebida política de «ciudad limpia» para Las Vegas.

WJL: Sí, pero la distribución estará rigurosamente localizada.

JEH: Veo en ello una convergencia muy saludable. La distribución complacerá a los prejuicios del Conde Drácula y facilitará el deseo que tienen de estafarlo nuestros amigos italianos.

WJL: Una observación astuta, señor.

JEH: A nuestros amigos deben de ponérseles los pelos de punta al pensar en la inminente condena de Jimmy Hoffa.

WJL: Saben que está acabado, señor. Saben que los procesos de apelación terminarán en dos años.

JEH: No se me escapa la ironía que conlleva ese comentario. Un homicidio llamativo sirvió para neutralizar al Príncipe de las Tinieblas, y, sin embargo, el Príncipe de las Tinieblas ha derribado finalmente a su bestia negra.

WJL: He pensado a menudo en esa ironía, señor.

JEH: El Príncipe es senador electo. ¿Cómo cree que actuará?

WJL: No he pensado demasiado en ello, señor.

JEH: Eso es una mentira descarada, señor Littell, y absolutamente indigna de usted.

WJL: Lo admito, señor.

JEH: ¿Cree que pondrá en marcha una legislación contra el crimen organizado?

WJL: Espero que no.

JEH: ¿Cree que atacará al crimen organizado desde el Senado?

WJL: Espero que no.

JEH: No quiero hacer comentarios sobre su compleja relación con Robert F. Kennedy.

WJL: Los comentarios que ha hecho hasta ahora lo dicen todo, señor.

JEH: Salgamos de la sartén para meternos en las brasas. Mañana voy a entrevistarme con Martin Lucifer King.

WJL: ¿El objetivo de la entrevista, señor?

JEH: Él la ha pedido. Quiere hablar de mis ataques en la prensa. Lyle Holly me ha informado de que Lucifer ha sumado dos y dos y ha llegado a la conclusión de que lo he sometido a escuchas clandestinas, lo cual también debe de haberlo irritado.

WJL: ¿Cómo se ha enterado? ¿Sospecha de dónde viene la filtración?

JEH: No. En público me he referido a una información que Lucifer divulgó en privado, traicionando de ese modo las escuchas clandestinas. Esas referencias fueron, por supuesto, deliberadas.

WJL: Ya lo he supuesto, señor.

JEH: Ahora, Lucifer, Rustin y los demás mantienen la boca cerrada en las habitaciones de hoteles. Lucifer ha limitado sus prácticas sexuales a camas que están fuera de mi alcance electrónico.

WJL: ¿Quiere decir que le gustaría llegar más lejos, señor?

JEH: Exacto. Voy a aumentar de forma drástica el alcance de

mis operaciones contra Lucifer y la CLCS. Va a dejar de hacer donaciones del crimen organizado a esa organización, pero seguirá viéndose con Bayard Rustin. Seguirá comportándose como un ardiente seguidor cuya fuente en la mafia se ha secado. Llevará micrófonos a sus encuentros con Rustin. Lo engatusará prometiéndole encuentros sugerentes. Explotará su homosexualidad y su susceptibilidad con hombres sinceros y políticamente inestables.

WJL: Sí, señor.

JEH: Estas actividades serán de Fase 1 Secreta. La he apodado OPERACIÓN CONEJO NEGRO. El nombre hace referencia al instinto sexual, las hazañas y el comportamiento incautamente pueril de nuestros orejudos amigos. Puesto que sabe usted sacar diestras conclusiones de datos complejos, recibirá copias de todos los sumarios. A mi personal estrátegico se le ha asignado un nombre en clave. Utilizará usted esas claves en vez de los nombres auténticos. Están relacionadas con el tema conejo y sugieren rasgos inherentes en la psique de los sujetos.

WJL: Me ha abierto el apetito, señor.

JEH: Martin Luther King será el CONEJO ROJO. Bayard Rustin será el CONEJO LILA. Lyle Holly será el CONEJO BLANCO. A usted se le conocerá como CONEJO AMBULANTE.

WJL: Es un toque gracioso, señor.

JEH: Quiero que averigüe qué planes tiene King en el Sur. Sus datos sustituirán a los de Lyle Holly. Voy a lanzar un programa coagencias ODIO BLANCO en Luisiana, Alabama y Misisipí, y quiero información para complementar esa incursión.

WJL: ¿Su objetivo es el Klan, señor? ¿Por acusaciones de fraude postal?

JEH: Mi objetivo son los grupos más violentos, ineptos y rústicos del Klan en el vector de esos tres estados. Dios ya los castigará por los linchamientos y las castraciones si los encuentra injustificados. Yo los castigaré por fraude postal federal.

WJL: Ha dividido muy bien el castigo, señor.

JEH: El programa de cooperación entre inteligencias comenzará en junio del 65. Su viejo amigo Wayne Senior ha reclutado a un hombre para que forme una célula propia del Klan. Ese hombre volverá del servicio militar y empezará su trabajo en mayo.

WJL: ¿Wayne Senior...?

JEH: El nombre en clave de Wayne Senior será PADRE CONE-JO. El fundador de la célula del Klan será CONEJO SILVESTRE. He retirado las subvenciones para todos los antiguos informantes del Klan de Wayne Senior, con la aprobación de éste. Quiero consolidar mi imagen anti-Klan bajo el estandarte del valiente grupo de CO-NEJO SILVESTRE, los Kaballeros Reales del KKK.

WJL: Es un nombre que impone, señor.

JEH: Se está comportando usted de una manera tremenda-mente petulante, señor Littell. Sé que está encantado y sé también que desaprueba el plan. No haga hincapié en lo segundo.

WJL: Le pido disculpas, señor.

JEH: Sigamos. Ambas operaciones estarán dirigidas por Dwight Holly, cuyo nombre en clave será CONEJO CELESTE. Dwight ha di-mitido de su puesto en la Oficina del Fiscal General y ha sido trans-ferido de nuevo al Buró. Lo he elegido porque es un operativo bri-llante. También es hermano de Lyle Holly, y Lyle conoce la CLCS mejor que ningún blanco vivo.

WJL: Me siento confuso, señor. Pensaba que Dwight estaba muy distanciado de Wayne Senior.

JEH: El distanciamiento viene y va. Dwight y Wayne Senior se han reconciliado. Los negros que mató Wayne Junior no fueron más que un bloqueo temporal. Ahora, Wayne Senior está distan-ciado de Wayne Junior, como los padres y los hijos de todo el mun-do lo están.

WJL: ¿Tendré que tratar con Wayne Sen...?

JEH: Directamente no. Usted le ganó la partida en el asunto de los envíos y está muy resentido.

WJL: Dwight Holly nunca ha sido amigo mío, señor.

JEH: Dwight Holly reconoce el talento que usted tiene, aunque sea a regañadientes. Está en deuda con usted, que salvó su repu-tación cuando murieron esos negros. Dicho esto, debo hacerle no-tar que Dwight Chalfont Holly no soporta tener deudas y, como parte de un malévolo plan para construir una imagen despreciativa contra usted, ordenó que lo siguieran unos agentes de la Oficina del Fiscal General. Considera peligrosa su presencia en Nevada.

WJL: Teniendo en cuenta el carácter de Dwight, eso es un cumplido.

JEH: Le molestó ordenar esos seguimientos. Le cuesta mucho ceder, un rasgo de carácter que comparte con usted.

WJL: Se lo agradezco, señor.

JEH: Agradézcamelo trabajando de firme en la OPERACIÓN CONEJO NEGRO.

WJL: Lo haré, señor. Y mientras tanto, ¿quiere que saque alguno de los micrófonos que ha colocado contra la CLCS?

JEH: No. Tal vez se vuelvan descuidados y hablen.

WJL: Es cierto, señor.

JEH: Lucifer ha sido galardonado con el premio Nobel de la Paz. Estoy tan enfurecido como usted, sin duda, debe de estar conmovido.

WJL: En efecto, estoy conmovido, señor.

JEH: Estas cinco palabras definen el valor que usted tiene para mí.

WJL: Sí, señor.

JEH: Aprenda las claves del conejo.

WJL: Lo haré, señor.

JEH: Buenas tardes, señor Littell.

WJL: Buenas tardes, señor.

DOCUMENTO ANEXO: 2/12/64. Artículo del *Washington Post*.

ENCUENTRO DE HOOVER CON KING: LOS SECRETARIOS
LO CALIFICAN DE «TENSA CONFRONTACIÓN»

Washington D.C., 1 de diciembre.

El director del FBI J. Edgar Hoover y el director adjunto Cartha DeLoach se han reunido hoy con el doctor Martin Luther King

Jr. y sus secretarios Ralph Abernathy y Walter Fauntroy. La reunión tuvo lugar en el despacho del Hoover en la sede central del FBI.

Se discutieron muchos asuntos, entre ellos la presunta presencia de comunistas y simpatizantes comunistas dentro de los movimientos a favor de los derechos civiles y la postura del FBI ante las acusaciones de brutalidad policial presentadas por los negros y militantes en favor de los derechos civiles en el Sur. King clarificó las recientes afirmaciones que había hecho acerca de la conducta de los agentes del FBI en Misisipí y su presunta amistad con los agentes de la ley locales.

Hoover replicó con una narración de los éxitos recientes del FBI en Misisipí y Alabama.

Se esperaba que se hablase de los rumores de las escuchas clandestinas realizadas por el FBI contra King y la CLCS. «Éste no ha sido el caso», dijo el doctor Abernathy. «El diálogo ha quedado cada vez más subsumido por los monólogos del señor Hoover contra los comunistas y su repetida afirmación de que "las actitudes y prácticas en el Sur cambiarán a su debido tiempo".»

«El señor Hoover alentó al doctor King a "buscar el voto negro"», dijo el señor Fauntroy. «No ofreció ninguna promesa de apoyo a los militantes en favor de los derechos civiles, que ahora mismo se encuentran en un momento muy difícil.»

Los dos secretarios calificaron la reunión, que duró una hora, de «tensa».

A continuación, King apareció ante los periodistas y afirmó que creía que el señor Hoover y él habían alcanzado «nuevos niveles de comprensión».

Hoover no quiso hacer comentarios. El director adjunto De-Loach hizo público un comunicado de prensa en el que se refirió a los temas tratados en la reunión.

<u>DOCUMENTO ANEXO</u>: 11/12/64. Artículo del *Los Angeles Times*.

KING ACEPTA EL PREMIO NOBEL DE LA PAZ Y EXPRESA UNA «FE INQUEBRANTABLE» EN ESTADOS UNIDOS

Universidad de Oslo, Oslo, Noruega, 10 de diciembre.

Ante la presencia de la realeza noruega y de los miembros del parlamento noruego, el reverendo Martin Luther King subió al estrado para recibir el premio Nobel de la Paz.

El portavoz del parlamento noruego presentó al doctor King como a «un intrépido líder de la paz, la primera persona del mundo occidental que nos ha demostrado que un conflicto puede resolverse sin violencia».

King, visiblemente conmovido por estas palabras, subió al estrado a recoger el premio. Dijo que significaba «un profundo reconocimiento de que la no violencia es la respuesta a la crucial pregunta política y moral de nuestra época, la necesidad de que el hombre acabe con la violencia y la opresión sin tener que recurrir a la violencia y a la opresión».

Hablando ante los brillantes focos de la televisión y un mar de caras extasiadas, el doctor King prosiguió: «Me niego a aceptar la creencia de que el hombre no es más que un cuerpo a la deriva y un desecho en el mar de la vida que lo rodea», dijo. «Me niego a aceptar la visión de que la humanidad está tan trágicamente vinculada a la noche oscura del racismo y de la guerra que el brillo diurno de la paz y de la hermandad entre los hombres nunca podrá alcanzarse.»

Al citar el «tortuoso camino que lo ha llevado de Montgomery, Alabama, a Oslo», el doctor King dijo que el premio Nobel de la Paz era «realmente para los millones de negros en cuyo nombre se encontraba él allí».

«Sus nombres nunca aparecerán en el *Quién es Quién*», dijo el doctor King. «Sin embargo, cuando hayan pasado los años y la deslumbrante luz de la verdad enfoque esta maravillosa época en que vivimos, los hombres y las mujeres sabrán y a los niños se les enseñará que tenemos un país mejor, un pueblo mejor, una civilización más noble porque esos humildes hijos de Dios estuvieron dispuestos a sufrir por una causa justa.»

Los asistentes recibieron con atronadores aplausos las palabras del doctor King. Cientos de estudiantes que portaban antorchas rodearon un gran árbol de Navidad para despedir al señor King y a sus acompañantes.

DOCUMENTO ANEXO: 16/12/64. Comunicado interno. Encabezamiento: FASE 1 SECRETA / SÓLO PUEDE VERLO EL DIRECTOR / DESTRUIR DESPUÉS DE SU LECTURA. A: el director Hoover. De: el agente especial Dwight Holly.

Señor,
Por lo que respecta a nuestra conversación telefónica.

Estoy de acuerdo. A la luz de su reciente encuentro con el SUJETO KING, debería usted suspender todos los ataques públicos y comentarios despectivos contra él, lo que servirá para fortalecer el secreto que necesitamos a fin de organizar las ramificaciones ODIO BLANCO y CLCS de la OPERACIÓN CONEJO NEGRO. Estoy de acuerdo en que ningún participante archive más información, que se cumpla estrictamente la norma de leer y destruir y que todas las comunicaciones telefónicas pasen por los codificadores del Buró.

Por lo que respecta a los participantes / objetivos de nuestra operación:

1. CONEJO CELESTE (el abajo firmante agente especial D. C. Holly): Para supervisar y coordinar los dos brazos de la operación y dirigir las actividades de:

2. CONEJO BLANCO (Lyle D. Holly). Nuestro infiltrado en la CLCS. Conducto para los datos pertenecientes a la CLCS y los datos personales explotables de los objetivos KING y RUSTIN.

3. CONEJO AMBULANTE (Ward J. Littell). Simpatizante cosméticamente avalado en favor de los derechos civiles. Ha dona-

do 180.000 dólares en fondos cosméticamente ofrecidos por el crimen organizado y supuestamente hurtados a fuentes del crimen organizado. Es nuestro infiltrado encargado de grabar y obtener datos acusadores, vergonzosos y comprometedores del OBJETIVO RUSTIN.

4. PADRE CONEJO (Wayne Tedrow Senior). Editor de panfletos conservadores, controlador secreto de informadores del FBI y operativo en el fraude postal del KKK a largo plazo. Enlace con nuestro recientemente reclutado fundador de una célula del Klan. Encargado de proporcionarle las listas de los subscriptores que reciben sus pasquines racistas, entre ellos los que se encuentran en los centros penitenciarios estatales de Oklahoma y Misuri, y ayudarlo a reclutar miembros para la nueva célula del Klan.

5. CONEJO SILVESTRE (sargento del Estado Mayor del Ejército de Estados Unidos Bob D. Relyea). Este futuro fundador de una célula del Klan está ahora cumpliendo su deber en el batallón 618 de la Policía Militar en Saigón, Vietnam, y tiene contrato en una operación Fase 1 Secreta de la CIA en Laos. (Nota: el sargento Relyea se niega a revelar los detalles de su actual misión y no divulgará el nombre de su supervisor en la CIA ni el de sus compañeros de operación. No he proseguido con esta investigación. El sargento Relyea observa las normas y secretos de la Fase 1, lo cual habla bien de su capacidad para guardarlos.)

El sargento Relyea es un experimentado editor de panfletos racistas y ex guardián de prisiones con contactos segregacionistas previos en el Medio Oeste y en el Sur. Por correo, continúa distribuyendo panfletos a su antojo en todo el sistema penitenciario de Misuri. El sargento Relyea será licenciado del Ejército en mayo del 65, cuando terminará también su operación con la CIA. Esperamos que se incorpore a la OPERACIÓN CONEJO NEGRO a principios de junio del 65.

Por lo que respecta a los objetivos CONEJO ROJO (Martin Luther King) y CONEJO LILA (Bayard Rustin) y nuestras finalidades.

Dichas finalidades:

1. Desacreditar a CONEJO ROJO y a CONEJO LILA y socavar sus designios socialistas subversivos.

2. Canalizar la acumulación y divulgación de datos acusatorios y/o vergonzosos pertenecientes a sus asociaciones comunistas, la conducta moral hipócrita y la degeneración sexual.

3. Orquestar de manera precisa la divulgación de dichos datos a fin de revelar los cimientos socialistas de todo el movimiento en favor de los derechos civiles.

4. Sembrar desconfianza en el seno del movimiento en favor de los derechos civiles.

5. Crear desconfianza y resentimiento contra CONEJO ROJO dentro de la comunidad negra y socavar el reciente aumento de prestigio que ha logrado CONEJO ROJO entre los no negros.

6. Revelar los designios socialistas y comunistas de CONEJO ROJO, la CLCS y el movimiento a favor de los derechos civiles para que sufran un efectivo retroceso político.

7. Atacar la psique obviamente deteriorada y perturbada de CONEJO ROJO con una campaña de cartas anónimas.

8. Poner en marcha el brazo ODIO BLANCO de la OPERACIÓN CONEJO NEGRO al mismo tiempo que se trabaja en los puntos del 1-7 a fin de apuntalar los antecedentes antirrascistas y de oposición al Klan del FBI y contrarrestar el sentimiento de oposición al FBI diseminado por los provocadores de los derechos civiles y los miembros de la prensa liberal y socialista.

Además, insto a:

9. VIGILAR EL CORREO DE LA CLCS. Interceptar, leer, registrar y reenviar todo el correo nacional y extranjero dirigido a la oficina principal y las oficinas regionales de la CLCS.

10. VIGILAR LA BASURA DE LA CLCS. Examinar, catalogar y aprehender pruebas en la basura y material de desecho de las oficinas de la CLCS.

11. Escribir una carta anónima, redactada desde la perspectiva de un negro, y enviarla al domicilio de CONEJO ROJO en Atlanta.

Esta carta empezará diciendo: «King, mira dentro de tu corazón», y narrará lo «triste» que resultó la «farsa» del premio Nobel y de otros homenajes recientes dentro de la corriente principal de la comunidad negra. La carta instará sutilmente a CONEJO ROJO a suicidarse antes de arriesgarse a un mayor desprestigio dentro de la comunidad negra e incluirá resúmenes de las grabaciones pertenecientes a la promiscuidad de CONEJO ROJO para dar soporte a las declaraciones públicas deliberadas que usted haga y convencer a CONEJO ROJO de que esas afirmaciones son ampliamente recibidas y aceptadas en la corriente principal de los negros.

Para terminar:

Nuestros micrófonos y magnetófonos permanecerán en su sitio, aunque están seriamente comprometidos. Por lo que se refiere a su última llamada telefónica, estoy de acuerdo con su valoración. La OPERACIÓN CONEJO NEGRO tiene que lanzarse y mantenerse en la categoría de Fase 1 Secreta. CONEJO ROJO ha alcanzado unos límites insoportables de aceptación pública que sólo nuestros esfuerzos más diligentes y secretos podrán frenar.

Respetuosamente,

D. C. H.

DOCUMENTO ANEXO: 21/12/64. Entregado en mano. A: John Stanton. De: Pete Bondurant. Encabezamiento: ENTREGAR EN MANO SOLAMENTE / DESTRUIR DESPUÉS DE SU LECTURA.

J. S.,

Wayne ha conseguido lo que queríamos. Estaremos listos para actuar el 9/1/65, y después de la distribución final preveo un beneficio neto de 320.000 dólares. Eso hace que el provecho del kuadro (del 45 %) ronde los 150.000 dólares. Ahora mismo me estoy ocupando de los detalles, pero las líneas generales del plan no han variado.

Laurent, Chuck y Flash comprarán armas en el circuito de la derecha tejana y sureña y las harán llegar a los exiliados del Golfo. Ése es el plan esencial con una condición.

Los dos hemos estado utilizando la vía costera y las misiones que hemos dirigido desde el sur de Florida y el Golfo no nos han llevado a ningún sitio. Creo que nuestros exiliados deberían aprovecharse del hecho de ser cubanos y hacer llegar las armas a los grupos anticastristas que hay en la misma Cuba. Me gustaría que fuese de ese modo.

¿Cuál es tu opinión? Responde lo antes posible, por favor.

P. B.

DOCUMENTO ANEXO: 26/12/64. Comunicado entregado en mano. A: Pete Bondurant. De: John Stanton. Encabezamiento: ENTREGAR EN MANO SOLAMENTE / DESTRUIR DESPUÉS DE SU LECTURA.

P. B.,

Apruebo las líneas generales de tu plan y convengo en que el objetivo final tiene que ser proporcionar armas a los disidentes en la isla con los beneficios que nos dé nuestra red. Dicho esto, tengo que remarcar de nuevo que sólo te preocupa el extremo cubano de la operación. No hagas planes concretos de beneficios hasta que estemos en condiciones de valorar los gastos que nos acarrea toda la operación en Vietnam y hasta que el dinero haya sido convenientemente blanqueado a través de las tapaderas de la Agencia. No podemos permitir que nuestras «contribuciones» cubanas sean atribuidas a nuestro negocio en Las Vegas.

Para terminar:

La limpieza de Saigón terminará muy pronto. Un contingente de Can Lao se ocupará de la zona que rodea Khanh Hoi, pero me han asegurado que el laboratorio será respetado. Haz que Tedrow se ocupe del material y que desaloje la instalación a mediodía del 8/1/65.

Por la Causa,

J. S.

DOCUMENTO ANEXO: 6/1/65. Transcripción de una conversación grabada en directo. Encabezamiento: RUTA A: EL DIRECTOR / CONEJO CELESTE / CONEJO BLANCO / PADRE CONEJO / GRABACIÓN EN DIRECTO DESTRUIDA / LEER Y QUEMAR.

Lugar: Washington D.C. (Lafayette Park). Fecha: 4/1/65/8.42 horas. Hablan: CONEJO AMBULANTE / CONEJO LILA.

CA (conversación en curso): Lo que (interferencias / ruido de ambiente) leído en la prensa. El doctor King parecía anima...

CL (ríe): Con Martin, la no violencia se extiende hasta la ausencia de insultos. (Pausa: 2,1 segundos.) No, Hoover se mostró duro e intratable. Martin dice que estaba temblando.

CA: Entonces, ¿no ha habido progreso?

CL: Ninguno. Ni afirmó ni negó la existencia de escuchas clandestinas... (interferencias: 2,8 segundos), en realidad no lo presionó. A veces, se parece tanto a Cristo, joder.

CA: El doctor King hizo muy bien en no irritarlo.

CL: Tienes razón, Ward. Es un lunático lleno de odio en sus años de declive y Martin es una importante figura en sus años de ascenso. Tenemos que creer que la gente se dará cuenta de ello.

CA: Nunca desestimes o infravalo... (ruido de ambiente: 2,9 segundos) habilidades.

CL: Martin lo supo enseguida.

CA: ¿Cómo...?

CL (lo interrumpe): Martin recibió una carta y, lamentablemente, Coretta la vio primero. Al parecer, estaba escrita por un negro que instaba a Martin a suicidarse. Había referencias... (interferencias: 3,3 segundos) y no quiero hablar sobre su veracidad, a infidelidades que Martin... (interferencias: 1,6 segundos) pudo o no haber cometido. Coretta quedó... (Pausa: 0,9 segundos.) Bueno, quedó destrozada.

CA: Dios mío.

CL: Eso es lo que dice.

(Interferencias / ruido de ambiente: 9,3 segundos.)

CL (conversación en curso): Un santo no, pero hasta ahora nunca había comprendido la naturaleza malvada de ese hombre. (Pausa: 4,1 segundos / CL ríe.) ¿Por qué estás tan triste, Ward?

CA: Ya no puedo darte más dinero, Bayard. Las cosas se están poniendo muy peligrosas (interferencias: 0,8 segundos) ... lante, pero no en un futuro previsible.

CL: No tienes por qué hacerlo. (Pausa: 2, 2 segundos.) Basta ya de caras tristes, has hecho mucho bien a la causa y espero que nos mantengamos en contacto.

CA: Es lo que yo quiero. Ya sabes cómo me siento.

CL: Claro que sí. Disfruto de tus conversaciones y me fío de tus percepciones sobre la estructura mental del FBI.

CA: Continuaré brindándotelas. Y siempre vengo por Washington.

CL: Pues yo siempre estoy dispuesto a tomar una copa o un café contigo.

CA (interferencias: 3, 4 segundos / conversación en curso): ¿... el doctor King lo ha planeado?

CL: Cada vez tenemos más influencia en Selma, Alabama. Tenemos planes de reanudar el «Verano de la Libertad» en Misisipí, y nuestro objetivo para el mes de junio es el este de Louisiana.

CA: Allí hay una fuerte presencia del Klan. La oficina de Baton Rouge tiene un extenso archivo.

CL: Bogalusa es un semillero ardiente de nuestros amigos de la cabeza puntiaguda. Vamos a aumentar la campaña de registro de votantes y los hostigaremos para que salgan de debajo de la sábana.

CA (risas / ruido de ambiente: 20 segundos): ¿Anticipar la resistencia?

CL: Sí, pero Martin ha sido alentado por la presencia del FBI en Misisipí el verano pasado y está convencido de que el diabólico señor Hoover trabajará por la seguridad de nuestra gente, por más reacio que...

(Interferencias continuadas / fin de la grabación.)

DOCUMENTO ANEXO: 7/1/65. Mensaje de correo: Saravan, Laos, a Saigón, Vietnam del Sur.

A: Wayne Tedrow Junior. De: Pete Bondurant. Encabezamiento: ENTREGAR EN MANO.

W. T.,

Prepara el primer embarco a Estados Unidos para el 9/1/65. Deja el edificio del laboratorio el 8/1. ¡Urgente. Responde hoy!

P. B.

DOCUMENTO ANEXO: 8/1/65. Mensaje de correo: Saravan, Laos, a Saigón, Vietnam del Sur.

A: Wayne Tedrow Junior. De: Pete Bondurant. Encabezamiento: ENTREGAR EN MANO.

W. T.,

Cierra el laboratorio y desocúpalo de inmediato. ¡Urgente. Responde de inmediato!

P. B.

67

(Saigón, 9/1/65)

Quedémonos. No nos alejemos. Miremos.

El laboratorio se hallaba a buen recaudo. La noche anterior había mandado un mensaje a Chuck: Me encontraré con Pete / aeropuerto de Tan Son Nhut / vuelo 29. He guardado el material. Está escondido. Mira en la caja con el rótulo «Piezas de lanzallamas».

Quedémonos. No nos alejemos. Miremos la «limpieza».

El Can Lao había llegado la noche anterior. El Can Lao hizo el prelavado. Echaron bombas fétidas en el Go-Go. Ahuyentaron a los clientes. Ahuyentaron a las putas. Cerraron el fumadero.

Wayne consultó su reloj. Las 6.14 horas. Wayne miró por su ventana.

Los Ervis hacían ondear banderas. Los Ervis desplegaban estandartes. Los Ervis echaban a los vendedores callejeros. Tumbaban los tenderetes y les robaban el dinero.

Luego llegaron las brigadas de las mangueras. Las brigadas apuntaron. Las brigadas dispararon. El agua aplastó las paredes y los tenderetes. El agua aplastó fruta. El agua hizo volar restos de comida y limpió pintadas. Los vendedores volaban, eran peso mosca, confeti para las mangueras.

Los Ervis alzaron estandartes. Ahí esta LBJ. Mira qué narizota tiene. Mira qué sonrisa más amorosa. Ahí está el primer ministro Khanh. Mira qué dientes tan grandes. Mira qué sonrisa más presuntuosa. Un vendedor voló. El agua lo tiró al suelo. El agua tiraba rickshaws.

—Eres un *voyeur*.

Wayne se tragó un insulto. Wayne se volvió y vio a Bongo.

Con sus pantalones cortos y ajustados de maricón. Con sus botas puntiagudas de maricón. Con una puta gorda.

—¿Sabes lo que me gusta más de todo esto? Es ese aire «los mansos heredarán la tierra» que rezumas. Te gusta mirar pero nunca dices ni puñetera palabra.

La puta llevaba un chaleco. La puta lucía marcas de chupadas. La puta tenía quemaduras de cigarrillo.

—¿Te gusta? La llamo «Cenicero». Cuando está cerca, no necesitas usar uno.

Wayne cerró la ventana. Bongo se acomodó los huevos. Bongo hinchó las venas.

—He pensado que podríamos hacer un trato. Tú me das una muestra para que me chute y yo dejo que mires cómo Cenicero me la chupa.

Wayne sonrió. Wayne se tragó un insulto. Wayne abrió el armario.

Cogió agua. Cogió una jeringa. Cogió una cuchara. Cogió caballo. Lo calentó. Llenó la jeringa.

Bongo soltó una carcajada. Cenicero soltó una risita tonta. Wayne le tapó la visión. Añadió amoníaco. Añadió matarratas. Añadió estricnina.

—Eres lento, ¿sabes? —dijo Bongo.

Wayne se volvió. Bongo se hizo un torniquete. Una vena sobresalió.

Wayne la vio. Wayne la golpeó. La pinchó y empujó el émbolo despaaacio.

Ahí. ¿Qué está ocurriendo?

Bongo se tambaleó. Bongo saltó. Meó y cagó a la vez. Se desplomó, sufrió espasmos y se debatió.

Wayne retrocedió. Wayne miró. Cenicero se acercó a Bongo.

Bongo sacaba espuma por la boca. Bongo tosía sangre. Se había mordido la lengua. Wayne se puso sobre su cabeza y le rompió el cráneo.

Cenicero se tapó la nariz. Cenicero se cabreó. Pateó a Bongo en los huevos. Wayne lo agarró y lo arrastró hasta el agujero de la ventilación.

—Bongo, Charlie barato —dijo Cenicero—. Bongo número diez.

Wayne vio a Leroy y a Cur-ti. Wayne vio a Wendell Durfee.

Más limpieza: la suya y la de ellos.

Wayne limpió el laboratorio. Wayne miró el espectáculo del exterior. Los Ervis mojaban monjes con sus mangueras. Los Ervis limpiaban paredes y borraban pintadas.

La rejilla del agujero de la ventilación se movió. Se colaron unas ratas. Las ratas encontraron a Bongo. Las ratas se lo comieron.

Las 10.05 horas: faltaba poco para el vuelo.

Ahíii...

Voces y ruido de pasos. En el piso de abajo. Ya vienen. Ya sabías que lo harían.

Wayne bajó. Esperó en el descansillo. Se escondió en la oscuridad.

Ahí. Diez matones del Can Lao. Dos grupos de cinco hombres. Llevaban linternas y magnums con silenciador. Llevaban mangueras / lanzallamas / sacos.

Se desplegaron. Se acercaron a los camastros. Enfocaron caras. Dispararon.

No hubo demasiado ruido. Silenciadores. Disparos a las cabezas iluminadas.

Enfocaron. Dispararon. Tiraron los casquillos y cargaron de nuevo las armas. Las cabezas estallaban en un halo de luz.

Opio, ahora silencio, anestesia, sin ruido.

Wayne miró. Wayne vio caras ardiendo. Prostitutas y Cenicero. Mendas a lo tío Ho.

Los matones terminaron. Se reagruparon en el umbral y retrocedieron.

Uno de ellos apuntó con un lanzallamas. A nivel del suelo. El matón tostó hileras de cuerpos.

Tres pasadas y volver a empezar. La altura de las llamas controlada.

El matón apagó el lanzallamas. El matón agarró una manguera y mojó todo el lugar.

Las llamas chisporrotearon. Los cuerpos resplandecieron. Los camastros crujieron.

Wayne miró. Los matones se reagruparon. Los matones caminaron y se desplegaron.

Se quitaron los pantalones. Se metieron bajo el agua de la manguera. Arrastraron sacos de yute. Dejaron caer cal viva. Perfumaron los cuerpos. Enharinaron la carne.

DOCUMENTO ANEXO: 8/2/65. Documento interno. Asunto: OPERACIÓN CONEJO NEGRO. A: EL DIRECTOR. De: CONEJO CELESTE. ENCABEZAMIENTO: FASE 1 SECRETA / SÓLO PUEDE LEERLO EL DIRECTOR / NO COPIAR / LEER Y QUEMAR.

Señor,

He aquí mi primer informe sobre la OCN.

1. CONEJO AMBULANTE se encontró con CONEJO LILA en dos ocasiones en Washington D.C. (6/1/65, 19/1/65) y me envió las grabaciones. Siguiendo las directrices de la Fase 1 Secreta, yo mismo he hecho una transcripción de las cintas y luego he destruido éstas. Incluyo las transcripciones de las cintas núm. 1 y núm. 2 (véase apéndice núm. 1) de este informe. Siguiendo las directrices, léalo y quémelo, por favor.

2. Aunque en numerosos momentos la calidad de sonido es deficiente, me siento muy seguro de mi valoración de las cintas. Resulta obvio que el afeminado e ingenioso CONEJO LILA ha quedado prendado de la ingeniosa y magníficamente fingida sinceridad

de CONEJO AMBULANTE y de la manera ardiente en que expresa sus ideales. CONEJO LILA aceptó, magnánimo, la retirada de donaciones de dinero «birlado» al crimen organizado y ambos hombres han expresado el deseo de «seguir en contacto». Este deseo, expresado en la cinta núm. 1, queda confirmado con el segundo encuentro de CONEJO LILA Y CONEJO AMBULANTE, grabado en la cinta núm. 2.

3. CONEJO AMBULANTE interrogó con destreza a CONEJO LILA en ambas cintas. (Véanse transcripciones.) Hasta la fecha, sin embargo, CONEJO LILA sólo ha revelado información ya conocida por CONEJO BLANCO, nuestra fuente infiltrada en la CLCS. Las líneas generales de la misma son las siguientes:

3-A: Planes de agitación en Selma, Alabama (piquetes, boicots, ofensiva en el registro de votantes).

3-B: Una ofensiva a favor de la integración escolar en Chicago (6/65).

3-C: Primeros planes (aunque sin datos concretos) sobre la participación de la CLCS en una campaña de agitación lllamada «Segundo Verano de la Libertad» en Misisipí

3-D: Campaña de agitación en Bogalusa y alrededores, Lousiana, que empezará en 6/6/65.

4. Hace poco he revisado las grabaciones recientemente recogidas en las habitaciones de hotel que nos quedaban pinchadas. CONEJO ROJO, CONEJO LILA y otros miembros de la CLCS han estado 14 veces en dichas habitaciones entre el 1/1/65 y 4/2/65. No se recogió información importante. Las conversaciones inocuas y los susurros frecuentes indican que los sujetos sospechaban la presencia de aparatos de escucha eléctricos. Esos aparatos seguirán en su lugar.

5. CONEJO BLANCO informa de que CONEJO ROJO, CONEJO LILA y otros miembros de la CLCS han discutido la carta anónima que hacía referencia al «suicidio» y han llegado a la conclusión de que procedía de una fuente del FBI. CONEJO BLANCO informa, además, de que CONEJO ROJO y CONEJO LILA lo han atacado a usted verbalmente en numerosas ocasiones recientes, de manera simi-

lar al modo en que CONEJO LILA lo atacó en la transcripción de la cinta núm. 1. CONEJO BLANCO afirmó que CONEJO ROJO estaba muy «trastornado» por la carta, en especial por el «efecto devastador» que había tenido en su esposa.

6. Por lo que se refiere a la vigilancia de CORREO: hasta la fecha los agentes asignados han interceptado numerosas cartas de apoyo, junto con pequeñas y grandes donaciones a la CLCS, muchas de ellas enviadas por simpatizantes izquierdistas, miembros de grupos comunistas y estrellas de cine como Danny Kaye, Burt Lancaster, Walter Pidgeon, Burl Ives, Spencer Tracy, Rock Hudson, Natalie Wood y numerosos cantantes de folk de menor prestigio (véase apéndice, lista B, para más detalles. Siguiendo las directrices, léalo y quémelo, por favor).

7. Por lo que se refiere a la vigilancia de BASURA: hasta la fecha los agentes asignados han recogido y archivado grandes cantidades de publicaciones periódicas izquierdistas y revistas con fotografías de mujeres blancas desnudas, junto con otros desechos inocuos y no catalogados (véase apéndice, lista C, para el inventario). (Nota: pronto se registrará y compilará una lista B con otro inventario, siguiendo las directrices de la Fase 1 Secreta. Se utilizará para facilitar, en caso de que usted lo pida, una inspección de la cuenta bancaria de la CLCS a fin de saber si las donaciones antes mencionadas han sido ingresadas legalmente, lo cual nos ayudará a calibrar la viabilidad de una inspección fiscal de la CLCS por parte de las autoridades federales y estatales.)

En conclusión: toda la vigilancia seguirá como se ha acordado. A continuación le llegará un informe de la rama ODIO BLANCO de la OPERACIÓN CONEJO NEGRO.

Respetuosamente,

CONEJO CELESTE

<u>DOCUMENTO ANEXO:</u> 20/2/65. Documento interno. Asunto: ODIO BLANCO / OPERACIÓN CONEJO NEGRO. A: EL DIRECTOR. De: CONEJO CELESTE. Encabezamiento: FASE 1 SECRETA / SÓLO OJOS / NO COPIAR / LEER Y QUEMAR.

Señor,

He aquí mi primer informe sobre la rama ODIO BLANCO de la OCN.

1. He compilado, con la ayuda de los secretarios de PADRE CONEJO, una lista de posibles disidentes del Klan desempleados desde que PADRE CONEJO disolviera sus grupos de informantes del Klan en 12/64. (Véase apéndice A para una lista de dichos disidentes.) (Nota: según las directrices de la Fase 1 Secreta, lea y queme, por favor, dicho apéndice. Yo conservo la copia original, siguiendo las directrices.)

Además, PADRE CONEJO nos ha suministrado (véase apéndice B / leer y quemar) una lista de 14.000 varones blancos suscritos a pasquines racistas en Louisiana y Misisipí, todos ellos lectores asiduos de los panfletos segregacionistas y antinegros distribuidos por la organización de CONEJO PADRE. Una comprobación de los antecedentes judiciales de esos subscriptores ha sacado a la luz 921 hombres que han cometido delitos menores y que pertenecen a organizaciones de extrema derecha.

2. Mi plan sería que PADRE CONEJO abordara a esos hombres por correo, bajo un membrete que rezara «patriota anónimo», y los pusiera en contacto con CONEJO SILVESTRE cuando éste sea licenciado del Ejército en 5/65. CONEJO SILVESTRE valorará el correo recibido, se pondrá en contacto con los aspirantes más prometedores y creará con ellos el núcleo de su nueva célula del Klan. Él pondrá los límites sobre lo que pueden y no pueden hacer sus afiliados y reunirá información sobre las asociaciones racistas en que hayan estado anteriormente. CONEJO SILVESTRE también decidirá las tareas de sus nuevos informantes.

3. CONEJO AMBULANTE Y CONEJO BLANCO han mencionado la propuesta campaña de agitación llamada «Segundo Verano de

la Libertad» en Misisipí y la campaña de agitación en Bogalusa y alrededores, Lousiana. CONEJO SILVESTRE quiere aprovecharse de estas situaciones y creo que si realiza una demostración de fuerza llamativa, aunque oportunamente controlada, en la región por esas fechas, logrará movilizar a un importante número de personas. Para conseguir una mayor subordinación de los adheridos, CONEJO SILVESTRE les suministrará rifles de mala calidad y armas pequeñas compradas por su amigo CHARLES ROGERS, ALIAS «CHUCK» (varón blanco / 43 años) empleado secreto de la CIA y que en la actualidad está en Vietnam con CONEJO SILVESTRE. ROGERS tiene amplios contactos entre los grupos derechistas de exiliados cubanos en la región de la costa del Golfo.

4. CONEJO SILVESTRE también organizó una red de distribución de panfletos racistas mientras trabajaba como carcelero en una prisión estatal de Misisipí y tiene previsto reclutar a los más entusiastas cuando salgan en libertad bajo fianza. Creo que ésta es también una forma viable de reclutamiento.

Como conclusión:

Creo que somos teóricamente operativos desde la fecha de hoy (29/2/65). Por favor, responda tan pronto como se lo permita su agenda.

Respetuosamente,

CONEJO CELESTE

DOCUMENTO ANEXO: 1/3/65. Documento interno. Asunto: En respuesta al informe del 20/2/65 sobre la OPERACIÓN CONEJO NEGRO. A: CONEJO CELESTE. De: EL DIRECTOR. Encabezamiento: FASE 1 SECRETA / NO COPIAR / LEER Y QUEMAR.

CONEJO CELESTE,

Considere aprobadas por completo las medidas expuestas en su informe del 20/2/65.

Le llegará financiación legal. Puede intercambiar información, siempre que lo necesite, con PADRE CONEJO y CONEJO BLANCO.

Dada su sospechosa ideología, no compartir información sobre ODIO BLANCO con CONEJO AMBULANTE ni contactar con él, a menos que se le ordene.

DOCUMENTO ANEXO: 8/3/65. Comunicado entregado en mano. A: John Stanton. De: Pete Bondurant. Encabezamiento: SÓLO ENTREGAR EN MANO / DESTRUIR DESPUÉS DE LEERLO.

J. S.,

Ya somos operativos en los dos lados de la misión. He aquí el resumen que me habías pedido.

Todo va bien. A) Milt Chargin ha sobornado policías que trabajan en la división del archivos del DP de Las Vegas y de la Oficina del Sheriff del condado de Clark y ha conseguido una lista de todos los yonquis de color detenidos en Las Vegas.

B) He reclutado a cuatro traficantes de color eliminables que distribuirán la droga en Las Vegas Oeste. Tienen empleos de poca monta en los casinos y les ha gustado el trabajo. Les he proporcionado copias de la lista de yonquis antes mencionada con unas cuantas dosis gratuitas tomadas de nuestro primer envío del 9/1/65. Estas «muestras gratuitas» los han puesto ansiosos y quieren más. He dicho a mis chicos que distribuyan «muestras gratuitas» a todo el mundo que las pida, siempre y cuando sean individuos de color. Las ha pedido mucha gente y ya tenemos abundantes «clientes fijos» (palabras de Milt C., no mías).

C) De vez en cuando, interrogo a los chicos y estoy convencido de que (1) no han robado mercancía del kuadro; (2) no han vendido a clientes que no sean negros; (3) no han delatado a nadie del kuadro ni de Tiger Kab y no lo harán (4) si son arrestados, lo cual es muy improbable, porque (5) Milt ha sobornado a los agentes de Narcóticos del DP de Las Vegas y de la Oficina del Sheriff y se ha asegurado de que nos dejen actuar con libertad. Si uno de ellos o los cuatro son arrestados (6), hemos planeado pagarles la fianza y cargárnoslos antes de que se vayan de la lengua.

Así que (7), todo va viento en popa. Los taxistas de Tiger llevan la mercancía a puntos de entrega y los vendedores la recogen, la distribuyen y reenvían el dinero mediante el mismo sistema. Los taxistas son auténticos profesionales y no hablarán en caso de ser detenidos. Durante su estancia en el país, Wayne siguió periódicamente a los distribuidores y se convenció de que no estaban sacando tajada de la mercancía ni jodiendo el plan de ninguna otra manera. Wayne tiene muy mala reputación en la zona oeste y controla de cerca a los vendedores.

D) Como ya sabes, Wayne ha venido de Saigón y ha enviado la segunda carga (1,7 kilos) el 2/3/65. Rogers, Relyea, Mesplede, Guery y Elorde siguen en Laos y supervisan la producción de morfina base en Tiger Kamp (mientras que tú y los otros tipos que urdieron este plan seguís en el Sureste asiático con vuestras misiones clandestinas). El nivel de producción en Tiger Kamp sigue siendo alto y la cosecha de enero-febrero ha superado las expectativas de los químicos. La anfetamina de Tran se terminó (una buena suerte relativa, pues murieron tres esclavos) y tuvimos una semana de productividad muy baja (finales de febrero), con los esclavos fumando gran cantidad de opio y superando el síndrome de abstinencia. En abril tuvimos que quemar los campos a fin de preparar el suelo para la siembra de otoño, pero tenemos suficiente morfina base para llegar hasta la próxima cosecha, ya que el pasado noviembre, cuando hicimos la incursión y nos consolidamos, las tres refinerías estaban muy bien abastecidas. Hasta ahora mi política de las balas de goma funciona porque los ex ERV y los ex vietcongs continúan sus encarnizadas disputas. Mesplede organiza combates de boxeo cada semana entre los viertcongs y los ERV, con lo cual se desfogan y levantan la moral.

E) Tenías razón acerca de la «limpieza». El Can Lao cerró el fumadero que estaba debajo del laboratorio (y, al parecer, otros 600 más), pero ahora que ha terminado el revuelo inicial por la llegada de las tropas, las cosas han vuelto a la normalidad. Ninguno de los vuelos con mercancías de Chuck desde Saravan a Saigón ha tenido problemas y Aduanas no ha registrado los cargamento. El fumadero que estaba debajo del laboratorio y el Go-Go han abierto de nuevo, y Wayne sigue haciendo pruebas de niveles de las dosis con los toxicómanos de allí. Tran ha dicho que Khanh ha dejado de hacer declaraciones antidroga y que, en Saigón, todo el mundo está muy distraído con la llegada de las tropas y con la escalada de la guerra. Tenías razón, parece que el aumento de la actividad bélica favorece nuestra operación.

F) La distribución funciona perfectamente. Hasta ahora, no ha habido registros al salir del aeropuerto de Tan Son Nhut ni tampoco problemas a la llegada a Nellis. Mi amigo Littell vigiló el envío del 9/1/65 desde Nellis hasta el contacto de la Agencia y desde ahí al destino final de la «donación» en el depósito de armas de la Guardia Nacional. Milt C. ha transportado la mercancía hasta el Tiger Kab. Es un sistema seguro y la Guardia Nacional está muy emocionada con las «donaciones» del señor Hughes.

G) Por parte de Milt han surgido algunos gastos inesperados pero, aparte de eso, con los lotes del 9/1 y el 2/3 hemos superado los 182.000 dólares de beneficios en Las Vegas. Estoy preparado para mandar de vuelta a Chuck, Laurent y Flash a campamentos de exiliados a fin de que efectúen una valoración de las tropas y les hagan llegar las armas a los campamentos que elijan. Bob Relyea deja el Ejército en mayo para trabajar con los federales cerca del Golfo. Utilizará sus conexiones con traficantes de armas y ayudará a Chuck, Flash y Laurent para hacérselas llegar a los exiliados.

Esto es todo. Tengo muchas ganas de encontrarme en el lado cubano de la operación. Dejemos de lado toda esta mierda presupuestaria y de precauciones y sigamos adelante.

¡Viva la Causa!

P. B.

68

(Las Vegas, Los Ángeles, Miami, Washington D.C., Chicago, Selma, 21/3/65-15/6/65)

Penitencia. Diezmo. Contraofensiva.

Obedeció al señor Hoover. Grabó a Bayard Rustin. Conejizó. Tramó nuevas traiciones. La operación CONEJO. Las contradonaciones del señor Hoover.

Hizo viajes de trabajo. Trabajó para Drac y para Jimmy. Trabajó para Drac y para los Chicos. Voló de Washington D.C. a Miami. Voló de Chicago a L.A.

Visitó bancos. Abrió nuevas cuentas corrientes. Utilizó una identidad falsa. Ingresó dinero en efectivo. Extendió cheques. Hizo donaciones a la CLCS.

Dinero del escamoteo. Malversación. Quitemos las garras al CONEJO NEGRO.

Sacó dinero a Drac. Pequeños mordiscos, cantidades propias de un conejo. Funcionó. El plan del escamoteo funcionó. El efectivo ingresado aumentó.

Trabajó.

Trabajó para Jimmy Hoffa. Presentó alegaciones. Luchó contra dos acusaciones. Pidió dinero a los chicos. Recogió dos millones para el arca de Jimmy Hoffa.

Nuevas esperanzas. Sin esperanzas. No había esperanzas. No había jurados a los que pudiera sobornarse. No había tribunales a los que pudiera sobornarse.

El señor Hoover tenía influencia. Jimmy Hoffa le caía bien. El señor Hoover podía ayudar. No lo presiones ni le supliques. No te metas en más deudas por el momento.

Trabajó para Drac. Presentó alegaciones. Consiguió tiempo. Necesitaba doce meses, dieciséis como máximo.

Deja que Drac utilice entonces sus acciones. Deja que Drac se haga con el material. Deja que Drac inyecte a Las Vegas.

Fred Otash trabajó.

Fred Otash buscó información. Fred Otash la seleccionó. Fred Otash escandalizó. Hagamos una incursión en los archivos. Busquemos basura. Utilicémosla.

Los archivos existían: *Confidential / Rave / Whisper / Lowdown / Hush-Hush*. Los archivos existían. Los archivos eran esquivos. Los archivos estaban llenos de basura.

Los micrófonos se llenaron de basura.

Littell llenó Las Vegas de micros. Fred Turentine lo ayudó. Pincharon habitaciones de hotel. Consiguieron basura. Tendieron trampas a legisladores.

Tres ya habían caído en ellas: tres tramposos / tres puteros / tres borrachos.

Los federales controlaron las escuchas: dos agentes para tres meses. El señor Hoover se aburrió. No había suficiente basura. Llámalo déficit de basura.

El señor Hoover retiró a los federales. Fred los sustituyó. Fred obtuvo mucha basura. La almacenó. La añejó. Reservó un poco para Pete. Tres legisladores y un Pete. Obediencia garantizada. Tenemos los votos de la Junta. Te tenemos a ti. Promete tu apoyo.

Mira cómo acortamos las leyes antimonopolio. Mira cómo colonizamos Las Vegas. Mira cómo suben los ingresos en los hoteles. Mira cómo crecen las operaciones del escamoteo. Mira cómo Littell invierte el dinero escamoteado.

Tenemos los libros «auténticos». Tenemos la mercancía. Tenemos el estado de cuentas. Tenemos negocios comunes. Encauzamos dinero. Construimos casinos extranjeros.

Los Chicos acumulan dinero. Los Chicos lo diversifican. Los Chicos, por lo general, evitan las obstrucciones.

En aquellos momentos, Sam G. estaba obstruido. Era una noticia reciente. Sam estaba en la cárcel en Chicago. Un jurado de acusación le envió una orden de comparecencia. Ese jurado lo había elegido Bobby. Bobby era entonces fiscal general.

Sam se negó a testificar. Sam se acogió a la Quinta Enmienda. Un juez le envió una orden de comparecencia.

Desacato al jurado, prisión del condado de Cook por la condena emitida por el jurado de acusación. Un año: cárcel hasta la primavera del 66.

El juez cargó contra Sam. El juez imitó a Bobby. Bobby había cargado contra Sam en el 57. Por aquel entonces era consejero del Senado. Ahora era senador.

Escuchó sus cintas de Bobby. Visitó el Senado. Recorrió la galería. Observó a Bobby. Leyó el Registro del Senado. Rastreó en él las palabras de Bobby.

Bobby desprestigia leyes. Bobby alaba leyes. Bobby nunca menciona a los Chicos. Bobby presiona en favor de los derechos civiles. Bobby alaba al doctor King.

Littell grabó a Bayard Rustin. Bayard elogió a King. Littell se encontró con Bayard sin micros. Aquel día, Bayard estaba triste. Le mostró la carta anónima.

«Mira dentro de tu corazón, King.»

«Como todos los fraudes, tu final está cercano.»

«Eres un fraude colosal, un malvado y un pervertido.»

«Sólo puedes hacer una cosa, King.»

Se encontraron en Lafayette Park. Bayard le mostró la carta. Él la leyó. Se sintió mareado y se marchó.

Se encontró con Bayard una vez más. De nuevo en Lafayette Park. Hablaron sin micros. Lo animó. Lo asustó.

Seguimientos.

Dwight Holly lo había mandado seguir.

Eso había dicho el señor Hoover. Seguimientos en Las Vegas, previos a CONEJO.

Holly era el CONEJO CELESTE. Holly dirigía a CONEJO NEGRO. Holly lo odiaba. Seguimientos significaba controles. Seguimientos significaba notas. Seguimientos significaba recogida de datos.

Se había encontrado con Jane en Las Vegas. En esa desafortunada ocasión. Era posible que lo hubieran seguido. Se había visto por primera vez con Janice. Era posible que lo hubieran seguido.

Holly se encargaba de los seguimientos. Lo había hecho antes de que empezara CONEJO. El señor Hoover lo había dicho. Holly dirigía CONEJO. Holly tenía pistas. Podía reanudar los seguimientos.

Se encontró con Bayard. Dos veces, sin micros. Miró para comprobar si lo seguían. Nadie lo hacía de manera obvia o visible. Ningún seguimiento era seguro ni estaba comprobado. Bayard dijo: «Ven a Selma. Presenciarás algo que hará historia.»

Lo hizo.

Bajó en avión. Utilizó una identidad falsa. Falsificó un carné de prensa. Esquivó a los manifestantes. Esquivó a la policía. Se mezcló entre los periodistas.

Miró. Intentó descubrir si lo seguían. Presenció el Domingo Sangriento.

Autopista 80. El puente Edmund Pettus. La brigada del sheriff Clark. Caballos y patrullas con banderas rebeldes en los parachoques.

Clark se dirigió a los manifestantes. Clark les dijo que tenían dos minutos para disolverse. La brigada cargó al cabo de un minuto. Cargaron con gases lacrimógenos y porras. Cargaron con látigos y cachiporras de pinchos.

La brigada alcanzó a los manifestantes. Los partió por la mitad. Los arrasó. Littell miró. Se escondió detrás de las cámaras. Vio cómo las cachiporras arrancaban narices. Vio cómo los látigos cortaban orejas.

Se escondió. Manso CONEJO AMBULANTE. Indigno de los valientes ROJO y LILA.

Volvió a Las Vegas en avión. Pensó en los seguimientos. Pensó en el señor Hoover. El señor Hoover había prometido sumarios. Detalles de CONEJO. No había mandado ninguno.

Saquemos conclusiones. Acumulemos algo de miedo.

El señor Hoover está muy ocupado. Está metido de lleno en CO-NEJO NEGRO. CONEJO CELESTE lo asesora. CELESTE odia a AM-BULANTE. CELESTE retiene los sumarios. No pasa información.

O:

El señor Hoover tiene planes. Son draconianos. Superan a los de las cartas de suicidio. ¿Por qué molestar a AMBULANTE? ¿Por qué arriesgarse a un malicioso reproche suyo?

No lo morquisquees con información. No corras el riesgo de que te traicione. No pongas a prueba sus estúpidos ideales.

O:

CELESTE tiene una marioneta, CONEJO SILVESTRE. CONEJO SIL-VESTRE trabaja solo. SILVESTRE dirige klanistas. SILVESTRE puede volverse autónomo. SILVESTRE puede empezar a actuar a su manera.

El señor Hoover lo sabe. CELESTE lo sabe. ¿Por qué decírselo a AMBULANTE?

Sólo cuando sea necesario saber. Leer y quemar. Compartimentos. Acceso sellado.

Él tenía a Jane. Jane sobrevivió al viaje a Las Vegas. Nunca más se marchó. Recuperaron sus normas. Volvieron a sellar sus compartimentos. Se escondieron en L.A.

Hicieron caso omiso de su pelea. Revivieron su juego. Él mintió. Ella, también. Codificaron. El código decía: «Lo hemos aireado.» El código decía: «Duele.» El código decía: «Hemos sobrevivido a Dallas.»

Jane sabía que había grabado a Bobby. Jane sabía que estafaba a Howard Hughes. Jane sabía de los Chicos. Jane sabía de la vida. Jane temía de veras a los Camioneros.

Compartimentos. Acceso lacrado. Ama y miente. El amor funcionaba. Las mentiras dolían. El lacre se rompió.

Él viajó. Se abrió de Las Vegas. Compartimentalizó. Conoció a Barb. Pasó a formar parte de su club de fans. Se sentaba al borde de la pista.

Eran encuentros de promoción. Admiración y charlas intensas. Bebidas inocuas y su espectáculo.

Pete se movía. De Vietnam a Las Vegas. Todos alternaban. Barb se movía con él. Sus pupilas pasaban de diminutas a brillantes.

Pastillas. Su secreto. Su alivio para el «Pete se ha ido».

Todos los hombres la amaban. Se lo contó a Pete. Pete dijo que ya lo sabía. Barb había crecido. Barb cambiaba mientras la miraba. Barb había cambiado su ridículo numerito de salón.

Barb siguió quejándose de lo débil que era. Barb siguió improvisando y burlándose. Mido metro ochenta. No sé cantar. Sé cosas terribles.

Littell la amó. La amó más que a Janice y a Jane.

Janice era Las Vegas. Jane era L.A. Él iba de un lado a otro. Compartimentos: candor y mentiras / revelaciones separadas.

Janice le contó sus secretos. Janice nunca mentía. Fanfarroneaba sobre el sexo. Documentaba sus casos. Hacía gala de su audacia.

Janice hablaba demasiado. Hechizaba a los hombres. Vivía para la intriga. Creía que controlaba a los hombres. Sus historias demostraban lo contrario. Confundía audacia con corazón.

Se divorció de Wayne Senior. Se quitó el apellido. Volvió a utilizar «Lukens». Obtuvo dos millones. Lo pagó con dolores. Lo pagó con una cojera.

Lo superó. Jugó al golf. Rompió el par del campo renqueando. Nunca lloró. Nunca gimió. Nunca se quejó.

Se encontraron en el bungaló de ella. Hicieron el amor. Hablaron.

Fue Janice la que habló. Él escuchó.

Había follado con un negro. Wayne Senior lo había descubierto y lo había matado. Había follado con Clark Kinman. Wayne Senior miraba. Follaba con botones de hotel para ganar apuestas.

Había follado con Wayne Junior. Había pagado por ello.

Hablaba demasiado. Bebía demasiado. Cruzaba cojeando un club de campo de primera clase. Era enemiga de Jane.

Janice habló. Janice divagó. Janice se despachó contra Wayne Senior. Era malo. Era cruel. Era capaz de cualquier cosa.

Janice habló. Janice lo asustó. Wayne Senior era PADRE CONEJO.

69

(Las Vegas, Miami, Port Sulphur, Saigón, Saravan, Dac To, Dak Sut, Muang Kao, 21/3/65-15/6/65)

Rotación.

De este a oeste. De V a V. De Vietnam a Las Vegas.

Voló hacia el oeste. Rotación núm. 1. Barb fue a buscarlo al avión. Resplandecía. Brillaba. Desmentía aquella carta. Palabras garabateadas y «mi estado de ánimo sube y baja». Pensó en las pastillas. Estimulantes de salón para subir, diablos rojos para bajar.

No / *nyet* / *nein*. *Noi* en Viet. Barb estaba radiante. Barb destellaba.

Llevaban tres años juntos. Llevaban tres años centelleando en medio de historias muy complicadas. Barb había mejorado. Se había vuelto más fuerte. Tenía rayos X en los ojos.

Veía a través de la gente del mundo del espectáculo. Veía a través de la vida. La vida estaba amañada. Los hombres corrían riesgos. Los hombres se divertían. Los hombres conspiraban y servían a unos ideales. Las mujeres servían el té.

Barb lo dijo: «Llegué a la cima temprano. Extorsioné a JFK.»

Barb lo dijo: «Tu tienes Cuba. Yo tengo el Sultan's.»

Ella no lo irritó. No lo regañó. Se limitó a decir que había cambiado.

Discutieron a fondo el tema. Él notó fiebre en cabina. Las Vegas la había encerrado. Vendió el lote de droga núm. 1 y compró dos billetes de avión.

Fueron a Miami. Se llevaron el gato. Se instalaron en una suite del Doral. El gato se hizo cargo de ella.

Arañó las cortinas. Se meó en los sillones. Mató pájaros en la terraza. Les robó comida del servicio de habitaciones.

Vieron el espectáculo de Dino. También el de Scheky Green. Se sentaron al borde de la pista. Se acostaron tarde e hicieron el amor.

Hablaron. Él habló de Vietnam. Minimizó lo de la matanza. Minimizó lo de los esclavos.

Barb lo presionó. Barb lo descubrió. Barb pescó sus mentiras. Él la insultó. Se zafó. Hizo algunas revelaciones. Barb preguntó: «¿Y todo eso por Cuba?»

Salieron a tomar el sol. Se encontraron con Jimmy H. Fueron a comer cangrejos. Jimmy estaba enojado. Jimmy estaba cabreado. No dejó de quejarse.

Sus infortunios legales. Sam G. en el talego. Sus terribles hemorroides. Pete se aburrió. Pete lo excitó. Pete jugó con su estado de ánimo. Destacó algunos ángulos. Lo hizo de manera oblicua.

Estamos en Kansas City, en el año 56. Danny Bruvick te jode.

Jimmy se zafó: me jode seis veces / seis hijos de puta / seis putas Arden. Jimmy se despachó contra Arden. Jimmy soltó una bomba.

Arden Bruvick, esa puta. Era la ex de Jules Schiffrin.

Pete dijo: «Perdóname.» Fue al baño. Encontró un trono. Se sentó y descifró la jugada.

Jules Schiffrin, correo de dinero de la mafia. Muerto en el 60. Los libros «auténticos» del Fondo. Propiedad de Schiffrin. Arden Bruvick: la contable.

Estamos en el 56. Estamos en Kansas City. Danny Bruvick desaparece. La policía detiene a Arden. T & C Corp. le paga la fianza. Carlos M. es el dueño de T & C.

Pasamos al 59:

Nueva Orleans. J. P. Mesplede pasa por allí. Mesplede ve a Arden con un matón de Carlos.

Pasamos al 60:

Wisconsin. Ward Littell roba los libros. Schiffrin muere de un ataque cardíaco.

Pasamos a otoño del 63:

Carlos sondea a Ward. Carlos le dice:

Tu tienes los libros. Jimmy no lo sabe. Los Chicos y yo, sí. Te conocemos. Eres nuestro. Venderás a Drac nuestros hoteles. Trabajarás los libros. Rastrearás datos. Distribuirás dinero del escamoteo.

Llegamos a Dallas:

El día del atentado. Arden conoce a Ward. Arden trabaja para Jack Ruby. Le lleva los libros de contabilidad. Ha visto el piso franco. Ha visto las dianas. Ha visto al equipo.

Ward se enamora de Arden. Carlos quiere verla muerta. Ward convierte a Arden en «Jane». Ward esconde a Jane. Ward tiene planes para los libros del Fondo de Pensiones.

Así:

¿Había encontrado Carlos a Arden? ¿Había prometido tener compasión de ella si espiaba a Littell? Arden era contable. Arden conocía a Schiffrin. Arden vivía con Littell.

Parecía lógico, pero:

Había visto a Ward con «Jane». Eran reales. Lo sabía.

Lo asustó. Lo carcomió. Se repitió una y otra vez: los planes reales con las mujeres podían ser sesgados y por eso irse a la mierda.

Barb lo había visto excitar a Jimmy. Barb había calibrado su ida al lavabo. Barb se inquietó. Él le informó. Le hizo un resumen. Omitió a Carlos. Omitió Dallas.

A Barb le encantó. A Barb le encantaban los secretos. Sabía guardarlos. Hablaron de ellos. Él le dijo: «Descubriré más información.»

Llamó a Fred Otash. Otash le dijo que iba tras ello. Que no se preocupara. Que sobornaría a más policías. Éstos comprobarían los archivos y lo llamarían.

Charlaron. Otash tenía noticias. Otash dijo que Ward lo había contratado. Ward necesitaba basura. Ward financiaba una búsqueda de basura. Quería acceder a los archivos de las revistas de cotilleo.

Pete insistió en su búsqueda de Arden. Pete le dijo que no se lo contara a Ward. Otash cooperó. Otash ya tenía fotos de Arden. Otash sabía que Arden era Jane.

Pete le hincó el diente. Pete lo pasó por el cedazo. Lo seleccionó. Vivió con ello. Empezó a hacer rotaciones.

En Las Vegas se estaba bien, al ciento por ciento. Llega caballo blanco. Corre la voz. La clientela aumenta. Esnifadores / consumidores no habituales / yonquis / mendas adictos a los *poppers*.

Los vendedores de la calle trabajaban. Hacían proselitismo. Glorificaban la heroína. Le conferían glamour. La convertían en un accesorio. Le distribuían con facilidad.

Llevaban colgantes. Llevaban cabello artificial. Llevaban pistolas de oro de imitación. Mentían. Decían que los negros dirigían el negocio. Negaban la existencia del hombre blanco.

Wayne los siguió. Eso los asustó. Conocían la fama de Wayne. Wayne Junior era muy maaalo. Wayne Junior había matado a unos tipos de color.

Los ingresos crecieron. Milt los contabilizó. Milt alabó la epidemia ecuestre. Estaba restringida. Era contenida. Los blancos quedaban fuera de ella.

Entró en acción un majara toxicómano. Dicho majara arrastraba ambición. Husmeaba el aire y captaba las malas vibraciones.

El caballo está bien. Vendamos un poco. A la mafia no le importará.

Pete avisó a sus vendedores negros. Éstos agarraron al majara.

Santo T. tenía un tiburón llamado *Batista*. Vivía en su piscina. Comía hamburguesas. Comía bistecs. Comía pizza.

Los negros echaron al majara a la piscina. *Batista* lo devoró vivo.

El caballo blanco se quedaba en Las Vegas Oeste. Los yonquis no salían de casa. Los yonquis evitaban la zona blanca de Las Vegas. Los taxis de Tiger cubrían la zona oeste. Sus luces del techo resplandecían.

Hasta entonces:

No había nuevos vendedores. No quedaban cuentas pendientes que saldar con la pasma. No había ningún poli sin sobornar de la Brigada de Narcóticos que corriera la voz.

Tiger Kab estaba de moda. Sonny Liston lo frecuentaba. Sonny comía y bebía en el cobertizo. Sonny salía en la televisión local.

Hacía anuncios. Hacía proselitismo:

«Tiger Kab tiene un golpe que deja fuera de combate.» «Tiger Kab patea a Cassius Clay en el culo.»

Trabajaban taxistas maricas. Trabajaban taxistas heterosexuales. Pete hacía cumplir la *détente* de las facciones. Los taxistas maricas vendían chicos. Los maricas famosos alquilaban chicos. Los taxistas maricas llevaban chicos maricas a los hoteles.

Los recepcionistas maricas hablaban afectadamente. Los recepcionistas maricas proporcionaban habitaciones. Dichas habitaciones estaban pinchadas, preparadas para la extorsión.

Los taxistas maricas llevaban maricas. Los taxistas maricas hacían travesuras. Donkey Dom hacía travesuras con Sal Mineo y con Rock Hudson.

Sonny lo decía:

«Tiger circula las veinticuatro horas. Si no eres promiscuo, no llames.»

El Tiger Kab bullía en Las Vegas. El Tiger Kamp bullía en Laos.

Pete hizo rotaciones. Dejó Las Vegas. Cortó la cuerda de Barb. Wayne hizo rotaciones. Stanton trabajó en Saigón. Laurent y Chuck trabajaron en Laos.

Pete dio un nuevo destino a Flash en abril del 65. Órdenes estrictas. Ve al Golfo. Visita campos de exiliados. Explora dónde hay buenas tropas.

Pete dio un nuevo destino a Mesplede en abril del 65. Órdenes estrictas: ve a Estados Unidos. Llégate hasta el Sur. Busca vendedores de armamento.

Bob Relyea dejó Laos en mayo del 65. Llegó a Misisipí. Era federal. Tenía un trabajo de infiltrado. Era klandestino.

Chuck iría después de Bob. Chuck llegaría a Houston. Buscaría armas. Exploraría la zona del Golfo cerca de Misisipí. Cerca de Mesplede y del compañero Bob.

Chuck bromeó con Bob. Bob bromeó con Chuck. Bromearon a contrapunto. Bromearon durante la gran fiesta de despedida de Bob.

Insinuaron perversidad. Se permitieron juegos de palabras. Dijeron payasadas. Birmingham, Alabama. En realidad, era BOM-Bingham. Bogalusa, jeje, BOMBalusa.

Bob se marchó a trabajar con los federales. Chuck cambió de compañero de habitación. Chuck compartió cuarto con Guery. Chuck lo pinchó. Chuck lo incordió y lo arengó:

Con populismo klanista. Con payadas reivindikativas. Con reivindikaciones de kruces kemadas.

Todo rotaciones. De Dallas a Las Vegas, de Dallas a Vietnam. Reuniones y farras de graduaciones universitarias.

Chuck disparó. Lo hizo desde el montículo herboso. Mesplede disparó el arma de Oswald. Flash y Laurent estaban en el equipo de Boyd. Se escabulleron antes del golpe.

Rotaciones. De Saigón a la costa del Golfo. De la costa del Golfo a Cuba. Flash es cubano. Flash es moreno. Flash podría entrar.

El plan:

Flash entra. Flash localiza a la resistencia. Flash encuentra buenos hombres. Flash los saca de la isla en barca. Flash se los suministra a Guery y a Mesplede.

Tienen una cabaña. Está cerca del Golfo. Tienen electrodos. Los torturan. Ponen a prueba sus cojones. Se aseguran su lealtad.

Rotaciones. De Cuba al Golfo. Del Golfo a Vietnam. Graaandes tropas americanas.

Stanton consiguió esas cifras. Stanton consiguió provocaciones. Stanton se olió una laaarga guerra.

El Vietcong toma Pleiku. Mueren ocho yanquis. LBJ reacciona. Operación Flaming Dart.

El Vietcong asalta Qui Nhon. Mueren veintiún yanquis. LBJ reacciona. Más bombardeos. Operación Flaming Dart II.

Llegan tropas americanas, «consejeros», dos batallones de marines. Más bombardeos. Operación Rolling Thunder.

Llegan dos batallones. Tropas logísticas. Veinte mil hombres. Se despliegan. Se dispersan. Son asignados a unidades Ervy.

Combates. Yanquis muertos. Más rotaciones. Incremento de tropas. Cuarenta mil hombres más en cada batallón.

Las tropas llegan a Saigón. Las tropas descansan y se divierten. Las cifras de soldados aumentan. Guerra larga, guerra buena. Al kuadro le gusta. Cuantos más soldados, mejor.

Wayne vivía en Saigón. Wayne vivía en el laboratorio. Wayne decía que todo su puñetero mundo había crecido. Más gente. Más ruido. Más canciones por los tubos de la ventilación. Más Ervis. Más opiómanos. Más putas.

Más secreto. Más caballo blanco. Más dinero.

Stanton blanqueaba los beneficios. Se los pasaba a Pete. Pete se los daba a Mesplede. Mesplede compraba armas.

Del calibre 50 / Ithacas / carabinas automáticas Browning / ametralladoras antitanque.

Flash encontró un buen lugar para la tropa. Estaba cerca del Golfo. Estaba cerca de Port Sulphur, Louisiana. Contaba con sesenta hombres, todos palurdos cubanos.

Mesplede les dio armas. Los cubanos rugieron. Pete pasó por allí en rotación. A Pete le gustaron las tropas y sus maniobras.

Los hombres eran tipos duros. Los hombres eran violentos. Los hombres eran *très sanguinaires*.

Pete prosiguió con su rotación. Llegó a Saigón. Se encontró con el equipo de la CIA de Stanton. Stanton y seis más. Todos cubanizados. Hablaron de Cuba. Hablaron de operaciones. Hablaron de pruebas del polígrafo. Serían obligatorias y por sorpresa. Las harían a todo el kuadro. Identifiquemos y jodamos a los traidores. Eliminemos a los ladrones. Asegurémonos la lealtad.

Stanton voló a Laos. Stanton llevó su polígrafo. Pete pasó la prueba. La superó. Tran pasó la prueba. La superó.

Stanton se quedó unos días. Presenció la quema de campos de primavera.

Los guardias quitaron los grilletes a los esclavos. Los esclavos apilaron los matorrales. Los guardias formaron una brigada de bomberos. Las pusieron en cada hilera de surcos.

Los esclavos llenaron bidones con gas propano. Los guardias mojaron antorchas. Jalearon. Las encendieron y quemaron los matorrales.

Los campos ardieron. El cielo se encendió. Las llamas duraron toda la noche. Los guardias soltaron gritos de ánimo. Los esclavos también. El Tiger Kamp convertido en cenizas.

La cenizas volaron. Las cenizas se aposentaron. Las cenizas alimentaron los campos de todo el kampamento.

A Stanton le encantó. Stanton se quedó para el combate de Clay contra Liston. Chuck arregló una radio, un trasto de circuitos cerrados que había conseguido en el Mando de Asistencia Militar en Vietnam, en Saigón.

Sonny perdió. La pelea no tuvo emoción. Los comentaristas gritaron: «¡Está amañada!»

Pete rió. A la mierda. Él lo sabía.

Sonny era viejo. Sonny era lento. Sonny era cliente asiduo de Tiger Kab.

70

(Las Vegas, Saigón, Saravan, Bao Loc, 21/3/65-15/6/65)

Que empiece la escalada. Vamos a observar.

Khanh está y no está. El primer ministro Ky soborna al primer ministro Khanh. No parpadees. Los golpes de estado y los sobornos vienen deprisa.

«Escalada» un sustantivo de LBJ: «Aumento, incremento, intensificación.»

Llegó la escalada de la guerra. Wayne observó.

Llegaron más tropas. Se prometió que se mandarían más tropas. La provocación significaba respuesta. Llegaron más marines. Se prometió que se mandaría más marines. Como respuesta, se prometió que llegarían más aerotransportadas.

Más muertos:

Más atentados con bomba en medio de Saigón. Más muertos a medio alcance. El hotel Brinks / la embajada, más yanquis muertos.

Más vietcongs. Más patrullas nocturnas. Más sabotaje.

Pleiku, muchos bombardeos, una buena flota de Estados Unidos. El ataque del Vietcong, más audaz y genuino. El Vietcong utilizaba bombas hechas con estacas y sacos. De fabricación casera. TNT / hojas de palma / bambú.

Volaron muchos aviones. Un vietcong murió.

Provocación significaba respuesta. Respuesta significaba bombardeos. Más pilotos. Más tropas. Más artillería.

Stanton hizo números. La provocación ya tiene respuesta. Así, el fervor tiene peso. Stanton predijo doscientos mil soldados en Vietnam para el año 66.

Grandes cifras. Gran cantidad de material bélico. Mucho peso.

Wayne miró. A Wayne le gustó. A Wayne se le escapó el verdadero sentido de todo aquello. Vietnam era un agujero de mierda. El Vietcong no perdería. El Vietcong vivía para morir.

Un vietcong entró en el Go-Go. Iba travestido. Llevaba un pijama negro de lujo. Un boina verde le disparó. Una bomba le explotó en el pecho.

Seis muertos, todos americanos. El vietcong gana seis a uno.

A Stanton le gustaba la guerra. A Pete, también. A Stanton y a Pete les gustaba Cuba. Cuba era un agujero de mierda. Cuba era Saigón con arena.

Al kuadro le gustaba la guerra. El kuadro había ido a Asia por Kuba. Wayne había ido a observar.

Se quedó en Saigón. Cocinó droga. Observó. Llegaron reclutas al Go-Go. Los reclutas pagaron putas. Jodieron con ellas en el suelo.

Wayne observó.

Los opiómanos se descompusieron. La cal viva comió el hueso. Los Ervis hicieron fertilizante y lo vendieron a precio de saldo.

Observó.

El Vietcong quemó postes eléctricos. Saigón se quedó a oscuras. Los pilotos dejaban caer llamas de matices psicodélicos.

Observó. Trabajó. Vivió en Saigón. Fue en taxi hasta Bao Loc. Compró armas. Dichas armas eran la tapadera de la droga. Dichas armas eran parte de la donación.

Subió y bajó en jeep. Siguió patrullas. Su procedimiento habitual era observar.

8/4/65. Cerca de Dinh Quan. Combate en los arrozales. Marines y vietcongs.

Estalló una mina en la carretera. El jeep de Wayne voló por los aires. El parabrisas reventó. El chófer comió cristal y murió. Wayne se agachó junto al fiambre.

Matojos junto a la carretera. Se mueven. Son vietcongs envueltos en matojos.

Atacaron. Los marines se echaron al suelo. Combate justo / no podían ponerse a cubierto.

Wayne rodó por el suelo. Wayne sacó su pipa. Disparó a tres vietcongs. Sus tiros repicaron. Dieron en chalecos de latón. Una mierda hecha con tapas de cubo de basura.

Los vietcongs dispararon. Los marines dispararon. Los marines apuntaron arriba y abajo. Alcanzaron pies. Alcanzaron rostros. Alcanzaron partes del cuerpo sin chaleco.

Los vietcongs cayeron. Las balas repicaron en el jeep. Un enfermero cayó con una en el cuello. Wayne rodó por el suelo y disparó a su antojo.

Mató a seis vietcongs. Todo disparos en la cabeza. Los repitió para asegurarse.

Los marines se pusieron en pie. Un marine tropezó en un bastón de bambú *punji*. Lo salpicaron cientos de pinchos, de las rodillas a los pezones. Pinchazos / desgarros.

Wayne rodó hasta el enfermero. Wayne le quitó las jeringuillas. Centímetros cúbicos de morfina pura.

Rodó hasta el marine. Lo inyectó. El marine se convulsionó. El marine expulsó trozos de su bazo.

Wayne tenía caballo blanco. Un chute en el bolsillo. Una pequeña dosis de muestra.

Encontró una vena. Chutó al marine. El marine contuvo el aliento. Sonrió y cerró los ojos.

Wayne cronometró su muerte. La palmó en dieciséis segundos. La palmó atontado.

Pete era de la Segunda Guerra Mundial. Pete tenía una norma. La norma era ingenua. Negaba la norma real: la provocación requiere respuesta.

«Nuestros chicos» combatirán en la guerra. «Nuestros chicos» buscarán evasión. «Nuestros chicos» encontrarán heroína.

Stanton tenía unas condiciones: «la guerra de la Agencia» y «el compromiso personal».

Él había matado a Bongo. Se había comprometido. Con ese acto, se había apuntado a la guerra. Había aplastado un insecto. Le había sentado bien. Le había parecido impersonal. Había matado a Bongo. Había abandonado el cuerpo. Se había tomado el pulso. Sesenta y dos pulsaciones por minuto: ninguna maldad / ningún estrés.

Las ratas se comieron a Bongo. Unos Ervis encontraron los huesos. Corrió el rumor. Lo ha hecho el químico. El químico ha matado al macarra.

Las putas lo acosaron. Sé nuestro macarra, te adoramos. Él dijo que no. Vio a esa puta de color. Vio el remolque.

El rumor se extendió. Chuck lo oyó. Chuck se lo contó a Bob. Bob lo abordó. Ven al sur y apúntate a mi célula del Klan. Joderemos a los negros.

Wayne dijo que no. Bob le dio pistas. Trabajo para tu padre. Wayne dijo que no. Bob rió. Wayne dijo que a lo mejor iba a observar.

Observó en Saigón. Observó en Bao Loc. Observó en Las Vegas. Observó a los traficantes callejeros. Los siguió. Se aseguró de su lealtad.

Observó Las Vegas Oeste. Observó los bares. Observó aquel remolque. Ahora lo utilizaban los yonquis para chutarse en su interior. Pasaban de la carbonilla. Pasaban del olor. Pasaban de los huesos de la puta.

Recorrió Las Vegas Oeste. Preguntó. Rastreó a Wendell Durfee. La gente del lugar pasó de él. La gente del lugar le dio pistas falsas. La gente del lugar les escupió los zapatos.

Recogió pistas. Pagó recompensas. Recabó datos inútiles. Recorrió los bares. Acumuló miedo. Llevó a Sonny Liston consigo.

Sonny bebía J&B. Sonny tomaba pastillas. Sonny divagaba y se repetía: Wendell Durfee se ha hecho musulmán. Lo dice Muhammad. Seguro que es verdad.

Wendell dirige una mezquita. Wendell conoce a Cassius Clay. Wendell conoció al fallecido Malcolm X.

Asalta las mezquitas de los negros. Sintoniza la radio macuto de los negros. Peina el hampa de los negros. Conéctate al teletipo de los negros y localiza a ese negro de mierda.

Sonny aguzó su mirada de negro. Sonny afiló sus garras de negro. Sonny recurrió a su intuición de negro. Recogió pistas. Compartió recompensas. Prometió resultados.

Pete dijo que Durfee estaba muerto. Lo había matado el DPD en secreto para vengar a Maynard Moore.

Wayne dijo que no. Te equivocas. Wayne recogió pistas y vigiló.

Pasó tiempo en los salones de baile. Observó a Barb. Se sentó al borde de la pista. Miró hacia las bambalinas. Obtuvo miradas cándidas.

Allí, los Bondsmen fumaban maría. Barb tomaba pastillas. Barb tomaba Johnnie Black. Sus ojos la delataban. Su pulso la delataba. Hacía curas coincidiendo con los viajes de Pete.

Él observó. Vio cosas en todas partes. Se sintió invisible.

Pasó tiempo en los salones de baile. Vio el número de Barb. Vio a Janice y a Ward Littell. Hacían manitas. Sus rodillas se rozaban.

Los vio. Ellos no lo vieron a él. Sonny tenía una teoría: A ti sólo te ven los negros.

71

(Las Vegas, 18/6/65)

Janice golpeaba pelotas. Lo hacía desde su porche. Dicho porche hacía las veces de campo de golf: *tee* / alfombra para el *putt* / red.

Hacía calor. Janice llevaba un pantalón corto y una blusa escotada. Littell observó que se concentraba. Littell observó su golpe.

Janice ponía las pelotas sobre el *tee*. Janice las golpeaba. Janice movía la red. Se volvió. El escote se le abrió, revelando las marcas de la paliza.

—He visto a Wayne Senior en el Desert Inn —dijo ella—. Estaba haciendo una llamada telefónica.

—¿Y por qué me lo cuentas? —Littell sonrió.

—Porque lo odias, y porque sientes curiosidad por los hombres con los que me he acostado.

—Espero no haberte presionado. —Littell tomó un sorbo de café.

—Conmigo eso es imposible. Ya sabes que me encanta divulgar historias.

—Lo sé. Es algo que te diferencia de...

—De Jane, lo sé.

—Dime qué has oído. —Littell sonrió.

—Estaba en el casino. —Janice colocó la pelota sobre el *tee*—.

Utilizaba uno de esos teléfonos supletorios. Yo estaba detrás y no me vio.

—¿Y?

—Y hablaba con un hombre llamado Chuck. Comentaba lo mal que se oía desde Vietnam y hacía chistes sobre Bogalusa y «Bombalusa».

—¿Y eso es todo? —Littell removió su café.

—Eso, y su satisfacción perversa, con ese acento suyo de Indiana. Espera. Para.

Littell removió su café. Littell pensó en ello. Bogalusa estaba en el este de Louisiana. Bogalusa era territorio del Klan.

Registros de votantes encabezados por la CLCS. CONEJO NEGRO en acción. Wayne Senior era PADRE CONEJO.

Tú eres CONEJO AMBULANTE. Bayard Rustin es LILA. Has hablado con LILA. LILA te ha contado lo de Bogalusa. Tú se lo has contado al señor Hoover.

El señor Hoover lo sabe. El señor Hoover no llama. El señor Hoover promete informes. El señor Hoover no manda ninguno.

—¿En ese trance tuyo hay sitio para mí, o tengo que dejarte en paz? —Janice se preparó un martini.

—¿Sabes quién es Chuck? —Littell tosió.

—Creo que es ese tipo pequeño que llegó en avión a la fiesta de Navidad de Wayne Senior, acompañado de ese cavernícola amigo tuyo, Pete.

Espera. Para.

Chuck Rogers. Piloto / matón / racista loco / el tirador de Dallas. Vietnam y el trabajo de Pete, una operación encubierta de la CIA.

PADRE CONEJO es el instructor de CONEJO SILVESTRE. CONEJO SILVESTRE es militar. CONEJO SILVESTRE está cumpliendo servicio en «ultramar». El señor Hoover habló de costumbres de los conejos. El señor Hoover habló de fechas. CONEJO SILVESTRE dejaba el Ejército en 5/65. Entonces, CONEJO SILVESTRE pasaría al Klan.

—Ward, ¿tendré que hacer un striptease para sacarte de ese trance?

Se preocupó. Lo estudió. Soñó CONEJOS. Lo llevó consigo. Lo llevó a casa. Durmió con ello.

BOMBalusa. BOMBingham. Septiembre del 63. Vuela por los aires una iglesia baptista en la calle Dieciséis. Mueren cuatro muchachas negras.

Se despertó. Preparó café. Elaboró razonamientos:

No llames al señor Hoover. No hagas sonar una alarma. No llames a Pete. No menciones a Chuck. No abras una brecha en la necesidad de saber. No llames a Bayard. No le preguntes por Bogalusa. No hagas sonar su alarma.

No llames a CONEJO CELESTE. No llames a CONEJO BLANCO. No provoques a los hermanos Holly. Odian a los negros. Adoran al señor Hoover.

Wayne Senior es PADRE CONEJO. PADRE conoce a Chuck. PADRE dirige a CONEJO SILVESTRE. CONEJO SILVESTRE dirige una célula del Klan. Los federales la financian e imponen normas.

«Directrices operacionales.» «Violencia para mantener la credibilidad del informante.» BOMBingham / BOMBalusa / BOMB...

Littell agarró el teléfono. Llamó a Barb. Le hizo preguntas.

Laos. El grupo de la droga de Pete. ¿Está Chuck Rogers metido en ello?

Barb dijo que sí.

Littell colgó. Llamó a la operadora. Le pidió el número de la Oficina de Aduanas de Nueva Orleans.

La operadora se lo dio. Littell lo marcó. Respondió un hombre.

—Aquí el agente Bryce, de Aduanas.

—Me llamo Ward Littell. Soy ex agente del FBI con antecedentes en la reserva. Me gustaría que me hiciera un favor.

—Si puedo.

—Necesito que compruebe entradas recientes de vuelos procedentes de Laos y Vietnam. Tanto de aviones militares como comerciales, y necesito los nombres de la lista de comprobación de pasaportes.

—¿Puede esperar un momento? —Bryce tosió—. Creo que de ésos sólo tenemos tres o cuatro, como mucho.

—Espero —dijo Littell.

Bryce pulsó un botón. La conexión se enturbió. La línea se llenó de interferencias. Littell esperó. Littell consultó su reloj. Littell contó conejos.

CONEJO CELESTE / CONEJO SILVESTRE / CONEJO ROJO. Tres minutos y cuarenta segund...

—¿Señor? —dijo Bryce—. Sólo tenemos uno.

—¿Puede dármelo?

—Un vuelo de transporte de material militar. De Saigón a las instalaciones de la Guardia Nacional Aérea cercanas a Houston. La tripulación más un pasajero. Un hombre llamado Chuck Rogers.

72

(Saravan, 19/6/65)

La prueba del polígrafo. Así de repente. Apareció John Stanton.

Despejó la cabaña. Preparó los rollos para los gráficos. Preparó la máquina. Conectó la aguja. Conectó la pinza para el pulso. Encendió los diales.

Pete preparó una silla. Laurent Guery se sentó en ella. Stanton preparó el tensiómetro.

Stanton le puso el manguito. Pete conectó el cable para el pecho. Stanton bombeó y leyó el tensiómetro:

Cifras normales: 110/80.

Comenzó a soplar un viento suave. Volaron semillas de adormidera. Pete cerró la ventana.

Stanton agarró una silla. Stanton le puso a Guery las pinzas en las muñecas. Pete agarró una silla y miró la aguja.

—¿Bebes agua? —preguntó Stanton.

—Sí —respondió Guery.

La aguja saltó. La aguja se inclinó. La aguja trazó una línea plana. Stanton miró el tensiómetro.

Correcto, cifras normales.

—¿Eres ciudadano francés? —preguntó Stanton.

—Sí —respondió Guery.

La aguja saltó. La aguja se inclinó. La aguja trazó una línea plana. Stanton miró el tensiómetro.

Correcto, cifras normales.

Pete se desperezó. Pete bostezó. A la mierda toda aquella palabrería y aquella formalidad.

—¿Estás comprometido en la lucha contra el comunismo?

—Sí —respondió Guery.

Línea plana.

—¿Apoyas al Vietcong? —preguntó Stanton.

—No —respondió Guery.

Línea plana.

—¿Has robado alguna vez material del kuadro?

—No —respondió Guery.

La aguja bajó cuatro centímetros. La aguja trazó líneas sinuosas. Stanton bombeó el manguito y miró el tensiómetro.

Incorrecto: 114/110. Cifras anormales.

Guery se retorció. Pete lo miró fijamente. Pete leyó las señales: estremecimientos / piel de gallina / sudor.

—¿Alguien del kuadro ha robado algo?

—No —respondió Guery.

La aguja descendió seis centímetros. La aguja trazó líneas sinuosas.

Stanton pulsó el botón del intercomunicador.

—*Quon, Minh. Mau len. Di, thi, di* —dijo en vietnamita.

Entraron dos monos amarillos. Un vietcong y un Ervy. Guery se retorció. Pete leyó las señales: manos mojadas / axilas mojadas / entrepierna bañada en sudor.

Stanton asintió. Los monos flanquearon a Guery. Los monos sacaron bastones.

—¿Tienes conocimiento de esos robos? —preguntó Stanton.

—No —respondió Guery.

La aguja descendió doce centímetros. La aguja trazó líneas sinuosas.

—¿Sabes si fue Pete Bondurant quien perpetró esos robos?

—No —respondió Guery.

La aguja saltó. Línea plana.

—¿Sabes si fue Jean Philippe Mesplede quien perpetró esos robos?

—No —dijo Guery.

La aguja saltó. Línea plana.

—¿Sabes si fue Wayne Tedrow Junior quien perpetró esos robos?

—No —respondió Guery.

La aguja saltó. Línea plana.

—¿Sabes si fue Chuck Rogers quien perpetró esos robos?

—No —dijo Guery.

La aguja descendió dieciséis centímetros. La aguja trazó líneas sinuosas.

Guery se retorció. Stanton dio una orden a los amarillos. Agarraron cuerdas. Ataron a Guery a la silla.

Stanton sacó su pistola. La amartilló. Pete agarró el teléfono. Marcó el número del laboratorio.

Chuck se había ido. Chuck se había largado a Saigón. Hacía cuatro días. Chuck compartía cuarto con Guery. Chuck lo había molestado. Chuck había vuelto loco a Guery.

Pete oyó el tono de marcado. Oyó interferencias. Oyó un clic.

—¿Sí? —respondió Wayne.

—Soy yo. ¿Has visto a Chuck?

—No, pero ¿no tenía que...?

—Tenía que haber ido a Bao Loc y a Saigón y recoger unas armas.

—No le he visto el pelo. Cuando está en la ciudad, siempre aparece por el Go...

Pete colgó. Stanton le ordenó que fuera a registrar el dormitorio.

Pete corrió. Abrió la puerta. Tropezó con el colchón. Recuperó el equilibrio. Miró alrededor.

Cuatro paredes / dos petates / dos mesillas de noche / dos taquillas / un váter / un lavamanos.

Pete tiró las mesillas de noche. Inspeccionó lo que cayó. Pasta de dientes / condones / novelas pornográficas / panfletos racistas / ejemplares *Ring*.

Dos pasaportes, los dos de Guery. Uno de la CIA, el otro francés.

Pete tiró las taquillas. Inspeccionó lo que cayó. Panfletos racistas / insecticida / fotos pornográficas / aceite de engrasar pistolas / ejemplares *Swank*.

Ningún pasaporte de Chuck. Ninguna identificación de Chuck.

Pete cogió el teléfono. Pidió que le pusieran con Saigón. Habló con los operadores del Sur. Le pusieron en contacto con Tan Son Nhut. La línea se llenó de interferencias. Le pusieron con Aduanas.

Respondió un amarillo. Pete le habló en francés. El amarillo sólo hablaba vietnamita. Le pasó con un europeo.

—Soy el agente Lierz, de Aduanas.

—Aquí el sargento Peters, del Departamento de Investigación Criminal. Busco a un civil que tal vez haya salido del país en los últimos cuatro días.

Lierz tosió. La línea tosió. Las interferencias chisporrotearon.

—¿Sabe cómo se llama?

—Rogers. Charles de nombre de pila.

—Aquí tengo el registro. —Lierz tosió—. Espere. Rice, Ridgeway, Rippert..., sí. Rogers. Voló hace cuatro días. Presentó documentos acreditativos, material explosivo y tomó un transporte cuyo destino era la base de la Guardia Nacional en Houston, Te...

Pete colgó. Pete lo entendió: robos / documentación falsa / explosivos.

Guery gritó muy fuerte. Pete lo oyó desde cuarenta metros.

Corrió a la cabaña. Olió a humo y a orina. Abrió la puerta y lo vio.

Ahí está Guery.

Está atado. No lleva pantalones. Stanton tiene la picana. Le ha puesto pinzas en los huevos. Va a pulsar el interruptor.

Los monos amarillos miraban. Fumaban Kools de contrabando. Bebían vino vietnamita.

—¿Qué ha robado Chuck Rogers? —preguntó Stanton.

Guery sacudió la cabeza. Stanton pulsó el interruptor. Le administró voltios. Guery se arqueó y gritó.

—¿Dónde está Rogers ahora? —preguntó Stanton—. ¿Qué ha robado y a quién?

Guery sacudió la cabeza. Stanton pulsó el interruptor. Le administró voltios. Guery se arqueó y gritó.

Pete lo entendió. Lo entendió de verdad.

Chuck y Guery habían estado juntos en Dallas. Stanton no tenía ni idea. Guery no hablaría. Guery no delataría a Chuck por nada del mundo.

—¿Está Rogers en América? ¿Ha volado a Estados Unidos?

Guery sacudió la cabeza. Stanton pulsó el interruptor. Le administró voltios. Guery se arqueó y gritó.

Los amarillos rieron. Está loco. *Dinky dau.*

Stanton pulsó el interruptor. Stanton le administró voltios. Guery se arqueó. Guery chilló. Guery gritó: «¡Basta!»

Stanton dio una orden a los monos. Los monos le quitaron las pinzas a Guery y lo desataron. Le aplicaron ungüento en los huevos. Le dieron vino vietnamita.

Lo apuró de un trago. Se puso en pie. Se tambaleó. Volvió a desplomarse en la silla.

—Si dijera que me ha dolido más que a ti, sería un mentiroso —le dijo Stanton.

Pete estornudó. La cabaña olía. A vello de escroto y a sudor.

—El deposito de municiones... —dijo Guery—. Bao Loc... Chuck, *qu'est-ce que c'est,* ha robado material para bombas... a François.

—¿Y te ha dicho qué planes tenía? —Stanton sacudió la cabeza.

—Chuck ha volado a Estados Unidos —intervino Pete—. Si me dejas a solas con él, averiguaré todo lo demás.

Stanton asintió. Stanton se puso en pie. Stanton dio órdenes a los monos: «Venid, venid.»

Salieron juntos. Pete agarró la botella. Guery se la quitó. Guery la apuró y se subió los pantalones.

—Ahora nunca podré tener hijos.

—Pues no parecías quererlos.

—No. El mundo se ha vuelto demasiado comunista.

—Creo que sé por qué has callado.

—Yo no he traicionado al kuadro. —Guery se secó la nariz.

—Eso ya lo sé.

—Chuck recibió una... *qu'est-ce...* carta de sus padres. Creo que están muy... alterados.

Pete encendió dos cigarrillos. Guery le quitó uno.

—Chuck vive con ellos. Le han dicho que había encontrado su... ¿diario?

—Sí, diario.

—En el que describía nuestra operación en Dallas. Y le pedían explicaciones de ella. Por eso, Chuck dijo que se iba a Estados Unidos a... *qu'est-ce...* a hacerse cargo de ello.

—¿Y para eso ha robado material explosivo? —preguntó Pete.

—No. —Guery tosió—. Para algo más. No ha querido decírmelo.

Pete salió. Los esclavos pasaron por su lado cargando cestas. Los guardias dispararon balas de goma. Stanton estaba sentado a horcajadas sobre una barandilla.

—¿Muy mal? —preguntó.

—No lo sé. —Pete se encogió de hombros—. Laurent dice que Chuck ha tenido una pelea familiar y que se llevó explosivos.

—Hay un avión-correo que sale hacia Fort Sam, Houston. —Stanton se mordió una cutícula—. Tú y Wayne iréis a buscarlo y lo mataréis.

73

(Houston, 21/6/65)

Calor del Golfo.

Nubes bajas y aire denso. Aire como propulsor de insectos.

Y como catalizador de insectos. Y como calor de insectos. Y como refugio de insectos. Veintiocho grados a las 2.12 de la mañana.

La autopista estaba muerta. Los insectos se estrellaban contra el parabrisas. Pete conducía. Wayne miraba un mapa.

Chez Chuck estaba en Driscoll. *Chez* Chuck estaba cerca. *Chez* Chuck estaba cerca de la Universidad de Rice.

Wayne bostezó. Pete bostezó. Bostezaron a contrapunto. Habían volado dieciocho horas, de Saigón a Houston. Habían cruzado seis husos horarios.

Volaron con la carga. Sentados en unas cajas. Sólo comieron maíz enlatado. Stanton les había preparado un coche, un Ford del 61, en Fort Sam.

Ruedas cutres. Sin silenciador en el tubo de escape. Sin aire acondicionado.

Stanton sabía parte de la historia. Pete lo había dicho. Pete había dicho que Stanton había callado lo principal. Tal vez Chuck esté aquí. Tal vez no. Tal vez esté en Bogalusa.

Con Bob Relyea. Ex kuadro. En esos momentos, kompinchado

con el Klan. Bob había fundado una célula del Klan por orden de Wayne Senior. Eso significaba que él podría observar.

Salieron de la autopista. Tomaron calles laterales. Pusieron las largas. Houston era una mierda. Casuchas de ladrillo y abundancia de insectos alrededor de las luces.

Stanton los había puesto al día sobre los datos de Chuck. Su padre se llamaba Fred y su madre Edwina. Tenían un Oldsmobile del 53.

Con matrícula de Tejas: DXL-841.

Llegaron a Kirby Street. Siguieron hasta Richmond. Tomaron a la derecha. Ahí: Driscoll, 1780 / 1800 / 1808.

El 1815 era de ladrillo lustrado. No era un palacio, pero tampoco una choza. Dos plantas y ninguna luz encendida.

Pete aparcó. Wayne agarró dos linternas. Se apearon. Rodearon la casa. Iluminaron las ventanas. Iluminaron las puertas.

Se movieron insectos. Aletearon búhos. Unas avispas salieron de su avispero.

Wayne iluminó el porche trasero. Pete iluminó un seto. Wayne vio un brillo. Luz sobre metal. Pete bajó la linterna.

Wayne alargó la mano. Wayne agarró algo y lo sacó. Wayne se cortó los dedos.

Ahí.

Una placa de matrícula de Tejas, hundida en un seto. Bingo, la DXL-841

—Ha cambiado las matrículas del Oldsmobile —dijo Pete.

—Entremos. —Wayne se chupó los dedos—. Tal vez encontremos algo.

Pete iluminó la puerta. Wayne se acercó y miró. Muy bien: un candado / ojo de cerradura grande / pestillo plano.

Pete enfocó el candado. Wayne sacó sus ganzúas y las metió en el ojo de la cerradura. Dos fallaron. Una entró.

La hizo girar. Hizo saltar el pestillo. Abrió la puerta y entró.

Iluminaron el suelo. Iluminaron una escalera. Wayne olió a moho. Wayne olió a potaje.

Tomaron hacia la izquierda. Cruzaron un vestíbulo. Llegaron a la cocina. Wayne sintió calor acumulado. La luna se colaba a franjas por unas persianas.

Pete cerró las persianas. Wayne encendió la luz. Ahí:

Agua en el fregadero. De color rosa oscuro. Cuchillos de trinchar. Potaje cubierto de moho y moscas. Cabello en un colador. Manchas en el suelo. Manchas junto a la nevera.

Pete lo abrió. Wayne olió. Lo vieron:

Las piernas seccionadas. Las caderas cortadas. La cabeza de mamá en la cubeta de las verduras.

74

(Bogalusa, 21/6/65)

Trabajo telefónico:

Habitación núm. 6. El motel Glow. Llamadas directas al exterior. Ruido del exterior como contrapunto directo.

Alboroto. Gritos rebeldes. ¡Negro! ¡Negro! ¡Negro! ¡Juntos venceremos!

Ahora estamos en BOMBalusa. Nos acordamos de BOMBingham.

Durmió durante el jaleo. Vivió con él. Corrió a:

Marchas y rezos e incendios de iglesias. A: palizas y provocaciones y peleas.

Supuso que habría presencia federal. Dejó pistas falsas. Llamó a Carlos. Concertó una cita con él. Voló vía Nueva Orleans.

CONEJO CELESTE tal vez estuviera allí. Más su hermano BLANCO. Más los confidentes del señor Hoover. Más los federales del lugar.

Dejó pistas. Yo estaba cerca. Bogalusa estaba cerca. Tenía que verlo. Soy CONEJO AMBULANTE. Soy defensor de los derechos civiles.

Littell consultó su agenda telefónica. Aquella mañana había llamado al Departamento de Vehículos a Motor de Tejas. Le habían dado los datos de Chuck Rogers.

Houston / Driscoll Street/ un Oldsmobile. Matrícula de Tejas: DXL-841.

Tenía los datos. Tenía una habitación. Telefoneó a moteles. En la guía telefónica había cuarenta y dos.

Se hizo pasar por federal. Dio los datos de Chuck. Pidió que comprobaran el libro de registros. Hizo diecinueve llamadas. Le dijeron que no. Hizo la llamada núm. 20 y el recepcionista le dijo:

—Es usted el segundo policía que llama hoy preguntando por ese Oldsmobile, pero el otro no me dio el número DXL. Sólo dijo que tenía matrícula nueva de Tejas.

La respuesta provocó en él un bombardeo de ideas. Se encontraba en la OPERACIÓN CONEJO. PADRE CONEJO es Wayne Senior. PADRE CONEJO conoce a Chuck. CONEJO PADRE dirige a CONEJO SILVESTRE. CONEJO SILVESTRE está cerca. CONEJO SILVESTRE es del Klan. Ahí está CONEJO CELESTE. Es un federal. ¿Quién más busca a Chuck?

Siguió llamando a moteles. Llegó al núm. 28. No obtuvo ningún resultado. El ruido exterior creció. Gritos de ¡negro! Cada vez más fuertes.

Littell trabajó. Littell llamó a moteles. No obtuvo ningún resultado. Motel 29. Motel 30. Motel 31, 32, 33.

Motel 34: «Usted es el segundo que llama hoy preguntando por ese Rogers y ese coche, pero no he visto ni al tipo ni al coche.»

El motel Moonbeam / el Lark / el Anchor. Sin resultados. El Dixie / el Bayou / el Rebel's Rest.

—Recepción, ¿en qué puedo ayudarlo?

—Soy el agente especial Brown, del FBI.

—¿Ha venido para reducir a esos agitadores? —El hombre rió.

—No, señor. Se trata de otra cosa.

—Pues es una lástima, porque...

—Busco a un hombre blanco que conduce un Oldsmobile de 1953 con matrícula de Tejas.

—Entonces —el hombre rió—, es usted un miembro afortunado del Buró Federal de Integración porque se registró ayer en la habitación núm. 5.

—¿Qué? Repita por...

—Aquí lo tengo. Charles Jones, Houston, Tejas. Un Oldsmobile sedán del 53, PDL-902. En mi opinión, es un cabroncete de mierda. Probablemente hace gárgaras con anticongelante y se limpia los dientes con las navajas de afeitar.

El tráfico iba lento. Los disturbios lo frenaban.

Manifestaciones en las aceras. Provocadores. Consignas y contraconsignas. Gritadores con buenos pulmones. No-participantes que habían salido a mirar.

¡Libertad ya! / ¡Fuera Jim Crow! / ¡Negros, largaos! / ¡Juntos venceremos!

Littell iba en un coche de alquiler. El tráfico se colapsó. Littell aparcó y caminó. Encontró lanzadores de huevos. Chicos blancos que tiraban huevos a los negros y que olían a federales.

Littell caminó. Littell esquivó huevos. Los huevos alcanzaron a los manifestantes. Los huevos alcanzaron las pancartas de los piquetes.

Los lanzadores de huevos caminaron. Unos camiones cargados de huevos los siguieron y les dieron munición. Los huevos dieron en las puertas, en los patios de las casas y en los coches.

Los manifestantes llevaban impermeables. Los impermeables estaban manchados de yema y cáscara de huevo. Los policías no intervenían. Los policías esquivaban huevos. Los policías bebían Coca-Cola.

Littell caminó. Los huevos lo acosaron. Tenía pinta de federal.

Giró a la izquierda. Caminó dos manzanas. Pasó por delante de un grupo de lanzadores de huevos. Los camiones les suministraban la munición.

Lo vio. Justo ahí. El motel Rebel's Rest.

Una planta. Diez habitaciones. Todas con vistas a la calle. La bandera rebelde y pancartas rebeldes. Un Johnny Rebel de neón.

Aparcamiento de coches / jardín exterior / la recepción en un edificio aparte.

Littell sacó una tarjeta de crédito. Cruzó el recinto. Vio la habitación núm. 5.

Llamó. No obtuvo respuesta. No había ningún coche aparcado delante / ninguna persona / ningún Oldsmobile 88.

Se volvió de cara a la calle. Se apoyó contra la puerta de la habitación. Trabajó de espaldas, al tacto.

La cerradura. El pestillo. Mete la tarjeta deprisa.

La puerta se abrió. Littell cayó hacia atrás. Cerró la puerta a sus espaldas. Encendió la luz. Miró la habitación.

Una cama. Un cuarto de baño. Un armario. Una bolsa de mano en el suelo.

Volcó la bolsa. Cayeron prendas de ropa, una navaja de afeitar y panfletos racistas. Registró el armario. Registró la estantería. Vio una caja de fusibles medio llena.

Vio una escopeta de aire comprimido Mossberg. Vio una 45. Vio una Magnum 357.

Agarró la escopeta. Le quitó la munición. Agarró la 45. Abrió el cargador. Sacó la munición.

Agarró la Magnum. Abrió el tambor. Sacó la munición. Levantó la alfombra.

Escondió la munición. Cerró la puerta del armario. Apagó la luz de la habitación. Se sentó. Sacó su pistola y la amartilló.

Se apoyó en la cama, de cara a la puerta. Contó conejos sin parar.

Dormitó. Sufrió calambres. Oyó los cánticos del exterior. Dos palabras, a unas dos manzanas de distancia.

«Libertad» y «negro», dos palabras que se superponían.

El sol descendió. La luz se coló por las persianas. Las sombras se oscurecieron.

Littell dormitó. Littell se movió. Oyó sonidos de sirenas. Sonidos breves, intermitentes, debido a la congestión de tráfico.

Se puso en pie. Salió al exterior. Los huéspedes del motel formaban un grupo y soltaban gritos rebeldes.

Uno de ellos gritó. Dijo: «¡Buuum!»

Otro dijo: «Acaba de arder una iglesia de negros.»

Littell se apresuró. Dobló hacia la izquierda. Corrió dos manzanas. Pasó por delante de los lanzadores de huevos. Se le abrió la chaqueta. Se le vio la pistola. Los lanzadores de huevos se percataron de ello. Le lanzaron huevos. Lo alcanzaron. Le mojaron los pantalones. Le rozaron la cabeza.

Llegó a la calle principal. Dobló a la derecha. Se abrió paso entre los piquetes. Tragó huevos. Tragó pancartas de los piquetes.

Pisó cáscaras de huevos. Resbaló. Tropezó. Un blanco facha lo pisó. Un manifestante lo pisó hasta que se cansó.

Bocinas. Sirenas. Gritos. La calle bloqueada más adelante. Camiones de huevos y tiradores. Una ambulancia detenida.

Los blancos fachas corrieron. Los manifestantes corrieron. Unos polis gordos se acercaron despacio. Llegaron al bloqueo. Gritaron y empujaron.

Los que cortaban la calle resistieron. Golpes y empujones. Bocinas / sirenas / gritos. Littell se puso en pie. Littell se sacudió cáscaras de huevo. Littell corrió. Los polis lo vieron. Intercambiaron miradas. Ahí va un federal.

Littell sacó la placa. Littell sacó la pistola. Los polis sonrieron. Los tiradores de huevos sonrieron. Los manifestantes retrocedieron.

Cada vez más fuerte. Patanes y aullidos contra los negros. Bocinas / sirenas / gritos.

Littell agarró a uno de los tiradores de huevos. El tipo sonrió con presunción. Littell le aplastó la cara contra la puerta del camión. El tipo cayó al suelo. Al tipo se le desprendió la dentadura postiza y se le rompió.

Los lanzadores de huevos retrocedieron. Los polis retrocedieron. Esperaron a los manifestantes. Tiraron las pancartas de los piquetes.

Littell abrió la puerta del camión. Soltó el freno. El camión se movió. Chocó contra un poste del tendido eléctrico. La ambulancia serpenteó abriéndose paso.

Littell retrocedió. Un huevo le alcanzó en las gafas. Le escupieron jugo de tabaco en los zapatos.

Incendio:

Madera chamuscada / madera mojada / tierra mojada. Dos muertos. Un chico y su padre.

La bomba estalló durante el servicio de las cuatro de la tarde. La bomba había levantado las tablas del suelo. Los bancos de la iglesia habían volado por los aires. La madera había ardido.

Littell se acercó. Vio los camiones del depósito de cadáveres. Vio los cadáveres. Vio un chico sin los dedos gordos de los pies. Vio camiones de bomberos. Vio camiones de la televisión. Vio a jóvenes del Klan.

Konvocados. Kompinchados. Haciendo kabriolas ante la kámara.

Littell se acercó más.

Atrajo miradas. Olía a huevo. Tenía restos de yema y cáscaras.

Aparecieron unos manifestantes. Aparecieron unos federales. Los manifestantes consolaron a las víctimas. Había gente que sangraba y lloraba.

Los enfermeros arrastraban camillas. Los enfermeros se llevaban a las víctimas. Los metían en camiones del depósito de cadáveres.

Littell los siguió. Littell los vio descargar. Los tipos cojeaban. Los tipos renqueaban. El chico se sujetaba los pies.

La clínica era vieja. La clínica estaba descuidada. En un cartel se leía: «Sólo gente de color.»

Littell miró. Los federales miraron a Littell. Las enfermeras preparaban sueros intravenosos. Una mujer se desmayó. El chico de los pies heridos tuvo una convulsión.

Littell fue al coche. Se dirigió a una tienda de licor. Compró medio litro de buen whisky escocés.

75

(Bogalusa, 21/6/65)

Rock en la radio.

Música racista para niños. *¿Quién necesita a los negros?* y *Mandad de vuelta a casa a esos negratas*. Kanciones pegadizas. Klamor del Klan.

Pete se hundió en su asiento. Wayne vigiló la puerta. La habitación núm. 5 del motel Rebel's Rest.

Chuck no estaba en casa. Pete tenía razón. Chuck había ido a Bogalusa. Chuck había cortado a sus padres a dados. Chuck les había robado el coche. Chuck se había largado de allí.

Registraron la casa. Encontraron trozos de los cuerpos. No encontraron ninguna nota. Se dirigieron hacia el este. Llamaron a moteles. Dieron con Chuck.

Condujeron deprisa. Condujeron hechos polvo. Ni dormían desde Saigón. Se detuvieron en Beaumont. Consiguieron benzedrinas. Las benzedrinas los revitalizaron.

Pete le contó a Wayne la historia del atentado. Se lo contó todo.

Dijo nombres. Soltó detalles. Le dio una perspectiva. Hizo alucinar a Wayne. Incluyó la propia historia de éste en el marco temporal de Dallas.

Wayne habló de Wayne Senior. Wayne Senior había puesto pasta para el golpe. Wayne Senior se había infiltrado en el Klan. Ahora, Bob Relyea trabaja para él. Pete dijo: «Y tú también.»

El rock de la radio. Odis Cochran / los cazadores de mapaches / Roy el Revoltoso.

Wayne cambió de emisora. Encontró un informativo.

«... Fuga en una tubería en una iglesia de negros a las afueras de Bogalusa. Según los agitadores en favor de los derechos civiles, ha sido la «explosión de una bomba». Un portavoz del Buró Federal de Integración ha dicho que las primeras investigaciones apuntan a un escape de gas.»

—Eso es cosa de los federales. —Pete apagó la radio—. Tienen amigos en la emisora.

—Saben que ha sido Bob. —Wayne se tomó dos benzedrinas.

Pete bebió. Las benzedrinas le dejaban la lengua como un pergamino.

—Han tenido una corazonada y quieren ocultar sus suposiciones. No le dijeron que lo hiciera, no querían que lo hiciera, pero él pensó que podría hacerlo impunemente, y que si lo acusaban de ello lo dejarían marchar y le dirían que no volviera a hacerlo.

Wayne vigiló la puerta. Sobre sus cabezas se encendieron las luces nocturnas. Los umbrales de las puertas se iluminaron de azul.

—¿Crees que Bob está con Chuck?

—Espero que no. —Pete hizo sonar los nudillos—. No me gustaría tener que matar a uno que trabaja para los federales y que está compinchado con tu padre.

—No me gusta la cronología. —Wayne agarró la botella—. Chuck recibe la carta. Toma un avión de vuelta y mata a sus padres. Es probable que haya recuperado el diario y que le haya contado a Bob lo del atentado.

—Se lo preguntaremos. —Pete hizo sonar los pulgares.

Wayne bebió RC. Llegó un Oldsmobile. Pete vio la matrícula: PDL-902.

Chuck se apeó. Chuck se hurgó los dientes con un palillo y se tambaleó. Entró en la habitación núm. 5.

—Está solo —dijo Wayne.

Pete se tomó dos benzedrinas. Wayne cogió las armas. Pete colocó los silenciadores. Se levantaron la camisa y se metieron el arma en los pantalones.

Se acercaron. La hilera de habitaciones bullía. Melodías cutres / todas las habitaciones ocupadas.

Wayne intentó abrir la puerta. Estaba cerrada. Pete la golpeó con el hombro.

La jamba se rompió. El cerrojo saltó. Empujaron y entraron. Una mierda de habitación, ¿dónde está Chu...?

Chuck sale de un armario. Empuña dos pistolas. Apunta y dispara. Se oyen dos chasquidos. Chuck la ha cagado.

Pete le saltó encima. Lo agarró. Lo derribó. Wayne cerró la puerta. Le arrojó sus esposas a Pete. Pete las agarró.

Chuck se arrastró. Intentó escapar. Pete lo cogió por el cabello y le golpeó la cabeza contra el suelo.

Wayne lo esposó. Pete lo levantó y lo tiró contra una pared. Chuck se estrelló contra ésta y cayó al suelo.

—¿Le has contado a Bob lo de Dallas? —Wayne se arrodilló junto a él.

—Le he contado a tu padre que eres un monstruo hijo de puta. —Chuck babeaba sangre.

—¿Habéis sido Bob y tú los que han puesto la bomba en esa iglesia?

—Pregúntale a Papá Conejo. —Chuck babeaba bilis—. Dile que Conejo Silvestre es su chico.

Pete cogió un hornillo eléctrico. Lo enchufó. Las resistencias se encendieron.

—¿Dónde están las notas que encontraron tus padres? —preguntó Wayne.

—Conejo Silvestre dice que te jodas. —Chuck se había meado en los pantalones—. Papá Conejo dice que él es tu padre.

Pete dejó caer el hornillo. Las resistencias chamuscaron el cabello de Chuck.

Chuck chilló. Las resistencias chisporrotearon.

—¡Ya vale! —gritó Chuck.

Wayne cogió el hornillo. Wayne cogió un cojín. Wayne ahuecó el cabello de Chuck.

Chuck babeó sangre. Chuck babeó bilis. Chuck restregó la cara contra el suelo.

—No... no se lo he dicho... a Bob. He quemado las notas.

Pete dio una orden a Wayne. Wayne encendió la radio. Volvió a pescar a Roy el Revoltoso.

«... El hombre blanco avisa a Martin Luther Negro. Come sandía en el mes de junio. Unos dientes grandes muerden una tarta de boniato...»

Wayne sacó su pistola. Pete sacó su pistola.

—No, por favor —dijo Chuck.

La puerta se abrió. La jamba se desprendió. Entró Ward Littell.

Iba todo manchado de huevo. Estaba borracho. El aliento le oía a alcohol.

—Joder —dijo Pete.

—Dios —dijo Wayne.

Ward apagó la radio. Se acercó a Chuck. Chuck se cagó en los pantalones y escupió dientes.

—Conejo Silvestre —dijo Wayne.

Chuck tosió. Chuck babeó dientes.

—Conejo Silvestre tiene pedigrí de fede..

Ward sacó su pistola. Ward le disparó a los ojos.

PARTE IV

Coacción

Julio de 1965-Noviembre de 1966

<u>DOCUMENTO ANEXO</u>: 2/7/65. Informe interno: A: el director. De: CONEJO CELESTE. Asunto: OPERACIÓN CONEJO NEGRO. Encabezamiento: FASE 1 SECRETA / SÓLO LEER / LEER Y QUEMAR.

Señor,

Por lo que se refiere a la explosión de la bomba en la iglesia y las acciones relacionadas con ella en Bogalusa, Louisiana:

Los agentes asignados localmente han completado su investigación interna. Me han informado personalmente, han firmado informes no oficiales y han confirmado la versión del Departamento de Policía de Bogalusa, según la cual «la explosión accidental» se debió a una fuga de gas en una tubería. Esa versión tiene que considerarse el veredicto definitivo de este asunto. Esto es crucial para que continúe con éxito el brazo ODIO BLANCO de la OPERACIÓN CONEJO NEGRO.

He hablando con CONEJO SILVESTRE. Sus negativas de complicidad en la explosión no resultaron convincentes. Le advertí que la colocación de bombas en iglesias quedaba fuera de los parámetros de su misión en la operación, y que tales incidentes no debían repetirse. CONEJO SILVESTRE parecía acobardado y no protestó por la reprimenda. Hay que señalar que mostraba unos extraños morados en los brazos, lo cual me hace pensar que recientemente ha recibido una paliza.

CONEJO SILVESTRE se negó a hablar de sus morados. Cuando le pregunté sobre la posible participación de su asociado en Vietnam Chuck Rogers en el incidente de la iglesia, CONEJO SILVESTRE se mostró visiblemente alterado. Hay que señalar que el 23/6 fueron hallados en su casa de Houston los cuerpos descuartizados de los ancianos padres de Rogers, y que éste (que no ha podido ser localizado) es el principal sospechoso del doble homicidio. He comprobado los registros de los pasaportes de personas llegadas a Estados Unidos procedentes de Vietnam en las dos semanas previas a la supuesta fecha de esas muertes y he averiguado que Rogers voló de Saigón a Houston el 15/6 y que en la carga de ese avión había material explosivo. En mi opinión, Rogers suministró los explosivos para la voladura de la iglesia y CONEJO SILVESTRE lo ayudó en esta provocación no autorizada.

También hay que destacar que poco después de la explosión los agentes locales vieron a CONEJO AMBULANTE en el hospital para negros. Parecía muy compungido y su aspecto era muy descuidado. He comprobado los registros de vuelos y de alquileres de coches de toda la región y he averiguado que CONEJO AMBULANTE voló de Las Vegas a Nueva Orleans y que, desde allí, fue en coche a Bogalusa. Pienso que se encontró con su cliente Carlos Marcello en Nueva Orleans y que aprovechó que estaba cerca de Bogalusa para acercarse hasta allí.

En mi opinión, el viaje de CONEJO AMBULANTE a Bogalusa es muy propio de su temperamento, y no me sorprende que haya querido ver en persona la agitación planeada por los grupos que luchan por los derechos civiles.

Respóndame, por favor, acerca de las cuestiones referentes a CONEJO AMBULANTE.

Respetuosamente,

CONEJO CELESTE

DOCUMENTO ANEXO: 6/7/65. Documento interno. A: CONEJO CELESTE. De: el director. Asunto: OPERACIÓN CONEJO NE-

GRO. Encabezamiento: FASE 1 SECRETA / SÓLO LEER /LEER Y QUEMAR.

CONEJO CELESTE,

Tome todas las medidas posibles para que se divulgue la versión de la explosión accidental en el caso de la iglesia de Bogalusa. Deje que CONEJO SILVESTRE reivindique la autoría de la colocación de la bomba, porque de ese modo tendrá una mayor credibilidad a la hora de crear su nueva célula del Klan. Siga advirtiendo a CONEJO SILVESTRE que no cometa actos de violencia fuera de los parámetros de la operación.

Estoy de acuerdo con usted: la presencia de CONEJO AMBULANTE en Bogalusa es muy propia de su temperamento, si bien resulta marginalmente preocupante. CONEJO AMBULANTE es amigo íntimo de Pete Bondurant, que a su vez es amigo íntimo de Charles Rogers.

Esta confluencia me inquieta. Ordene a los agentes destinados en Los Ángeles y Nevada que sigan a CONEJO AMBULANTE a intervalos irregulares. Inicie un control del correo y de la basura en sus residencias de Los Ángeles y Las Vegas.

DOCUMENTO ANEXO: 8/7/65. Documento interno. A: el director. De: CONEJO CELESTE. Asunto: OPERACIÓN CONEJO NEGRO. Encabezamiento: FASE 1 SECRETA / SÓLO LEER / LEER Y DESTRUIR.

Señor,

He hablado con CONEJO BLANCO. Me ha dicho que pronto se tomará unas vacaciones en Las Vegas. ¿Tengo que hacer que se encuentre con CONEJO AMBULANTE para poder valorar de manera sensata su salud mental?

Respetuosamente,

CONEJO CELESTE

DOCUMENTO ANEXO: 10/7/65. Documento interno. A: CONE-
JO CELESTE. De: el director. Asunto: OPERACIÓN CONEJO NE-
GRO. Encabezamiento: FASE 1 SECRETA / SÓLO LEER / LEER
Y QUEMAR.

CONEJO CELESTE,
Sí. Haga que CONEJO BLANCO se ponga en contacto con CO-
NEJO AMBULANTE durante su estancia en Las Vegas.

76

(Port Sulphur, 14/7/65)

Candidatos probables: Gaspar Fuentes / Miguel Díaz Arredondo. Cubanos / anti-Barbas / presuntamente pro-Tiger.

Flash fue en barco a Cuba. Los buscó. Los sacó en barco.

Flash alabó sus habilidades. Alabó su manera de chapurrear el inglés. Alabó sus cojones.

El escenario: una cabaña de bloques de ceniza / tres metros por tres metros / una esponja de calor. Dos sillas eléctricas, con cinturones y capuchas, compradas a la penitenciaría de Angola. Una dinamo / dos alimentadores / dos polígrafos.

Flash ató a Fuentes. Laurent G. ató a Arredondo. Wayne y Mesplede miraron.

Fuera sonaron unos disparos. Las tropas hacían prácticas de tiro. Tiger South, Kampamento, con K. Sesenta exiliados residentes. Subordinados del kuadro / armados por el kuadro / alimentados por el kuadro.

Flash preparó las agujas. Laurent bombeó los manguitos. Wayne miró. Su mente divagó.

Estamos en Port Sulphur. Si vas un poco hacia el norte, llegarás a Bogalusa.

Littell mata a Chuck. Littell está borracho. Littell promete no beber más. Pete lo consuela: Me desharé de Chuck y presionaré a CONEJO SILVESTRE. El silvestre Bob es ahora federal. Es el chico de Wayne Senior.

Flash controló los polígrafos. Laurent hizo las preguntas. ¿Bebes agua? ¿Llevas una camisa azul? ¿Odias a Fidel Castro?

La aguja siguió plana. Ninguna mentira.

Port Sulphur, a tiro de piedra de Bogalusa.

Cargaron a Chuck en un coche. Buscaron un pantano. Arrojaron el cadáver. Los caimanes se lo comieron. Pete y Wayne miraron.

Wayne visitó el hospital. Wayne vio los daños causados por la bomba. Vio a un niño con los dedos gordos de los pies amputados.

Imágenes. Añádeles fotos. Aumenta tu colección de fotos de Bongo. Aumenta las de Wendell. Imágenes: la nevera / los padres de Chuck / esos grandes dientes de caimán.

Flash controló los polígrafos. Laurent hizo las preguntas. ¿Eres un espía? ¿Sirves a la milicia cubana?

La aguja no se movió. Ninguna mentira.

Wayne bostezó. Su mente divagó. Los viajes a Estados Unidos lo aburrían. Echaba de menos Saigón. Echaba de menos el laboratorio. Echaba de menos la guerra y el peligro.

¿Eres anticomunista? ¿Eres pro-Tiger? ¿Servirás al Gato supremo?

La aguja no se movió. Ninguna mentira.

Flash sonrió. Laurent sonrió. Mesplede soltó vítores.

Desataron a los candidatos. Los abrazaron. Fuentes abrazó a Wayne. Fuentes rezumaba brillantina. Arredondo abrazó a Wayne. Arredondo rezumaba aceite para el cabello.

Se miraron los unos a los otros. Eh, ya es hora de comer. Cocinemos en la silla eléctrica.

Sisaron. Improvisaron. Flash sisó perritos calientes. Laurent sisó carne en conserva. La envolvieron. Rellenaron las capuchas. Pulsaron los interruptores. Saltaron chispas. La carne se frió. Las capuchas rezumaron grasa.

La carne se coció de manera irregular. El concepto se tambaleaba. La realidad escocía.

Mesplede puso la mostaza. Flash puso los panecillos.

77

(Las Vegas, 16/7/65)

Velas. Las cuarenta y cinco completas.

Pete las apagó. Le bastó un soplido. Barb cortó la tarta.

—Pide un deseo y no menciones Cuba.

—Ya lo he hecho.

—Pues dímelo.

—No, trae mala suerte.

Barb encendió el aire acondicionado.

Barb refrescó la habitación.

—¿Tiene que ver con Cuba?

—No te lo diré.

—¿Con Vietnam?

—Vietnam no es Cuba. —Pete lamió el azúcar glas.

—Cuéntame por qué. —Barb rascó al gato—. Es tu cumpleaños, o sea que te mimaré.

—Es demasiado grande. —Pete bebió un sorbo de café—. Está demasiado hecho polvo y demasiado mecanizado. Hay helicópteros con luces en la panza que iluminan trozos de jungla de tres kilómetros cuadrados. Hay bombardeos sistemáticos de zonas determinadas y napalm. Hay monos amarillos desprovistos de cualquier encanto y un montón de hijos de puta escurridizos vestidos con pijama negro que llevan cincuenta años viviendo una jodida guerra de guerrillas.

—Cuba tiene más encanto. —Barb encendió un cigarrillo—. Encaja más con tu estética imperialista.

—Has estado hablando con Ward. —Littell rió.

—Querrás decir que le he robado el vocabulario.

Pete hizo sonar los nudillos. El gato se le subió a las rodillas.

—Flash ha entrado de contrabando a dos tipos. Se dedicaban a atracar casinos y a matar crupieres. Para hacer eso en La Habana se necesitan muchos cojones.

—¿Mataban a hombres desarmados?

—En los casinos trabajan hombres de la milicia.

—Comprendida la distinción. —Barb rió.

—Nadie sabe censurar como tú. Es una de las diez mil razones por las que trabajamos. —Pete la besó.

Barb le quitó el gato de encima. Barb le apretó las rodillas.

—Ward dijo que me habías permitido madurar.

—Ward siempre te sorprende. Te crees que lo conoces y entonces te pone una barrera nueva.

—¿Por ejemplo?

—Se preocupa por personas que no pueden hacerle ningún bien, pero no es un incauto.

—¿Por ejemplo?

—Se enteró de cierta basura del Klan. Ha hecho un despliegue de destreza como nadie más habría podido hacerlo.

—¿Tú incluido?

—Al final de todo lo ayudé. —Pete asintió—. Presioné a un tipo del kuadro e impuse unas normas.

Barb se desperezó. El gato le arañó la falda.

—El otro día almorcé con Ward. Estaba preocupado. Había visto a Jane revolviendo sus papeles.

Pete se puso en pie. Pete derramó el café.

Mierda...

—El jefe de los Ervis se prepara para bombardear Hanoi. Habla con su asesor financiero Da Me Dinelo y su secretario Da Me Polculo. Se encuentran el restaurante chino de Saigón. Da Me Polculo come un bol lleno de crema de efebo.

Pete rió. Pete vigiló el edificio.

Había volado a L.A. Se había llevado a Milt C. para que lo divirtiera. Había alquilado un coche.

Lo sabía. Jane está vendida. Es una infiltrada. Carlos le mandó que se uniera a Ward.

Llamó a Fred Otash. Le preguntó si tenía algo. Otash le dio pistas de Danny Bruvick, el ex de Arden-Jane.

Danny es barquero. Usa seudónimo. Tiene un negocio de barcos chárter «en algún lugar de Alabama».

Carlos vivía en Nueva Orleans. Alabama estaba cerca.

Pete vigiló el edificio. Milt se hurgó la nariz. Ward estaba en Chicago. Sam G. lo había mandado llamar. Arden-Jane estaba en su piso.

—El Rat Pack hace un bolo por Vietnam. Frank mete mano a todas las chinas. Dino está como una cuba. Se emborracha hasta el punto de perderse detrás de las líneas del Vietcong. Se le acerca un chinito y Dino le dice: «Llévame con tu jefe.» El chino le pregunta: «¿Ky, Mao u Ho Chi Minh?» Dino responde: «Ya bailaremos más tarde. Ahora, llévame con tu jefe.»

Pete rió. Pete vigiló el edificio.

—Freddy T. me envió una cinta. —Milt encendió un cigarrillo—. Tres legisladores y seis putas follando en el Dunes.

Pete se desperezó. Pete vigiló el edificio.

—Estoy rodando más anuncios de televisión con Sonny. —Milt hizo anillos de humo—. Tiger Kab, el campeón de Las Vegas. Llama ahora y te daré una patada en el culo.

Pete rió. Pete vigiló el edificio. Milt se quitó los zapatos. Milt ventiló los pies.

—Tenemos algunos gorrones. No me parece inteligente pasar caballo blanco a crédito.

—Ya me encargaré de eso.

—Utilicemos a Sonny. —Milt río—. Fíjate, le gustan las pieles. Siempre compra pieles para sus putas, y Donkey Dom acaba de atracar una peletería en Reno. Mira, Sonny puede cobrar el dinero que nos deben y le pagamos con pieles.

Pete rió. Milt, me matas. Pete vio salir a Jane.

El portero sonrió. El portero le acercó el coche. Ella subió al coche. Arrancó y se dirigió hacia el oeste.

Pete puso en marcha el motor. Arrancó. La siguió. Tomaron por Wilshire Sur. Tomaron por Bundy Sur. Tomaron por Pico Oeste hacia la playa.

Pete se retrepó en el asiento. Jane cambió de carril. Se situó a la derecha. Dobló.

Ahí. El Bank of America. La sucursal de L.A. Oeste.

Jane aparcó. Jane se apeó. Cerró el coche. Entró en el banco.

—Bonitas piernas —dijo Milt.

Pete encendió un cigarrillo. Milt apuró el suyo.

—Dime quién es. Me llamas a las cinco de la mañana, me dices que nos vamos a Los Ángeles, no me explicas nada más. Empiezo a pensar que sólo me has traído para que te hiciera reír.

Jane salió. Jane llevaba una bolsa con monedas. Se dirigió hacia el teléfono del aparcamiento.

Jane marcó el 0. Jane echó monedas. Habló. Escuchó. La llamada se prolongó. Jugueteó con las monedas. Metió más monedas por la ranura.

Pete la vigiló. Pete la cronometró; cinco minutos / seis / ocho.

—Me gusta la intriga. —Milt bostezó—. Esa tía no tiene pinta de no tener un teléfono en su casa.

Diez minutos / doce / catorce.

Jane colgó. Jane caminó hasta el coche.

Subió al coche y arrancó.

Pete la siguió. Tomaron por Pico Este. Condujeron más de diez kilómetros. Tomaron por La Brea Norte.

Cruzaron Wilshire. Cruzaron la Tercera. Tomaron por Beverly Este. Tomaron por Rossmore Norte.

Allí. Jane se desplaza hacia la izquierda. Jane pone el intermitente. Dobla. Llega delante del Algiers. Un motel de ladrillo blanco que imita a una mezquita.

Jane aparcó. Jane se apeó. Llevaba una carpeta. El motel tenía grandes ventanas. Fíjate en la vigilancia que hay en la entrada.

Jane entró. Jane se acercó a un empleado. Le pasó la carpeta.

—Me huelo algo raro —dijo Milt—. Carlos tiene acciones en este motel.

Pete lo sopesó. Lo desmenuzó. Lo trituró. Carlos tenía acciones. Carlos tenía acciones de control. Carlos había contratado al equipo.

Volaron a Las Vegas. Milt se largó. Pete fue al Tiger Kab. Ensayó su numerito. Hilvanó algunas mentiras. Llamó a la compañía de teléfonos Bell.

—Información a la policía —dijo un empleado—. ¿Quién la solicita?

—Soy el sargento Peters del DPLA. —Pete tosió—. Necesito saber el destino de una llamada realizada desde un teléfono público de la calle.

—Hora, lugar y número de origen, por favor.

—A las 13.16 de hoy. No sé el número de origen, pero es el teléfono que está frente al Bank of America, en el 14229 de Pico Oeste, Los Ángeles. —Pete agarró un lápiz.

—Espere un momento. —El empleado tosió.

Pete esperó. Pete miró el solar del Tiger Kab. Donkey Dom lanzaba miradas insinuantes a los chicos. Donkey Dom se acomodoba el paquete.

La línea zumbó. El empleado tosió.

—Era una llamada de larga distancia. El destino es un fondeadero de barcos chárter en Bon Secour, Alabama.

78

(Chicago, 19/7/65)

Sam se quejó. De la comida de la cárcel. De los piojos de la cárcel. De las hemorroides que tenía por culpa de la cárcel.

Sam hablaba alto. La habitación de los abogados zumbaba. Los piojos tenían patas. Los piojos tenían alas. Los piojos tenían colmillos como Godzilla.

Littell se desperezó. Su silla chirrió. Le picaba el culo: piojos como Godzilla.

—Esta mañana he encontrado un bicho en los cereales del desayuno. Tenía unas alas tan grandes como las de un P-38. Atribuyo toda esta mierda al mamón que eligió a ese puto jurado de acusación, a ese famoso mamón llamado Robert F. Kennedy.

—Dentro de diez meses estarás en la calle. —Littell dio unos golpecitos a su lápiz—. El período de sesiones del jurado expira.

—En seis meses estaré muerto. —Sam se rascó los brazos—. Con piojos de este tamaño es imposible sobrevivir.

Littell rió. Sam se rascó las piernas.

—Todo es culpa de Bobby. Si ese mamón se presenta algún día a presidente, se arrepentirá, joder, y lo digo muy en serio, Dick Tracy.

—No volverá a intentar hacerte daño. —Littell sacudió la cabeza—. Ahora tiene otros asuntos que tratar.

—Exacto. —Sam se rascó el cuello—. Ahora se acuesta con agitadores negros, lo cual no significa que nosotros ya no le pongamos la polla dura.

Un insecto cruzó la mesa. Sam lo aplastó.

—Uno para el equipo de casa. Ya no procrearás más, cabrón.

—Lo de Las Vegas lo llevamos bien. —Littell se aclaró la garganta—. Tenemos los votos de la Junta y los legisladores. El señor Hughes recuperará su dinero el año próximo.

—Jimmy no podrá estar allí para verlo, qué pena... —Sam se rascó los pies.

—Es posible que consiga retrasar su ingreso en prisión hasta que estemos instalados en Las Vegas.

—O sea que lo celebrará camino de Leavenworth. Damos por culo a Howard Hughes y Jimmy hace la maleta para ir al talego.

—Más o menos, sí.

—No me gusta tu mirada. —Sam estornudó—. Dice que tienes alguna noticia trascendental que contarme, aun cuando he sido yo quien te ha mandado llamar.

—He hablado con los otros. —Littell se limpió las gafas—. Se les ha ocurrido una idea que creen que deberías considerar.

—Pues habla. —Sam puso los ojos en blanco—. ¿Por qué siempre te andas con rodeos y lo llenas todo de grandes preámbulos...?

—Creen que se te ha terminado lo de Chicago. —Littell se inclinó sobre la mesa—. Que eres un blanco fácil para el fiscal general del Estado. Creen que deberías mudarte a México y dirigir tus operaciones personales desde allí. Creen que deberías empezar a hacer contactos en Latinoamérica que nos ayuden en nuestra estrategia de los casinos extranjeros, la cual pondremos en marcha tan pronto como hayamos vendido los hoteles al señor Hughes.

Sam se rascó el cuello. Sam se rascó los brazos. Sam se rascó los huevos.

Saltó un insecto. Sam lo pescó y lo aplastó.

—Muy bien, jugaré. Sé cuándo se terminan las cosas y cómo ha de ser el futuro.

Littell sonrió. Sam se balanceó en la silla.

—Todavía tienes esa mirada. Será mejor que hables antes de que empiece a rascarme otra vez.

—Quiero controlar el dinero disponible para el plan del Fondo de Pensiones, ayudar en las negociaciones con los casinos extranjeros y retirarme. —Littell se compuso la pajarita—. Iba a pedírselo formalmente a Carlos, pero primero quiero tu bendición.

Sam sonrió. Sam se puso en pie. Sam hizo teatro. Lo roció con agua bendita. Le dio la comunión. Representó el vía crucis.

—Lo has entendido. Sí, si nos ayudas en una última cosa.

—Lo haré. Dime.

—En las elecciones del 60 nos hicieron daño. —Sam se sentó a horcajadas en la silla—. Le compré a Jack Illinois y Virginia Occidental, y se dedicó a azuzar al mamón de su hermano pequeño contra nosotros. Ahora, con Johnson vamos bien, pero es muy blando con los negros y tal vez no se presente en el 68. La cuestión es que estamos dispuestos a ser muy generosos con el candidato adecuado, si perdona a Jimmy y nos ayuda en algunos otros frentes. Queremos que te encargues de ello.

Littell inhaló. Littell exhaló. Littell estuvo a punto de desmayarse.

—Jesús.

—Queremos que el señor Hughes aporte el veinticinco por ciento de nuestra contribución. Queremos que nuestro candidato se avenga a dejar en paz a los Camioneros. Queremos que pare cualquier plan de los federales para acabar con la Banda. No queremos problemas de política exterior con los países en los que instalemos nuestros casinos, ya sean de derechas o de izquierdas.

Littell inhaló. Littell exhaló. Littell estuvo a punto de desmayarse.

—¿Para cuándo?

—Para las primarias del 68. En esa época. Para las convenciones, ya sabes.

Un bicho saltó. Sam lo pescó. Sam lo aplastó.

—Ya no joderás más, cabrón.

Gráficos: flujo de beneficios / gastos generales / débitos.

Littell interpretó los gráficos. Littell los estudió. Littell tomó notas. Trabajaba en la terraza. La vista lo distraía. Le gustaba mucho el lago Michigan.

El hotel Drake. Una suite de dos dormitorios. Cortesía de Sam Giancana.

Littell interpretó gráficos. Las cifras del Fondo de Pensiones saltaban. Dinero prestado / dinero invertido / dinero recuperado.

Marquemos objetivos. Empresas a comprar. Con el dinero del Fondo. Extorsionemos a esas empresas. Construyamos casinos en el extranjero. Compremos un presidente. Configuremos la política de éste. Invirtamos los resultados de 1960. Ampliemos nuestras apuestas. Cubramos todas las posibilidades. Subvirtamos a naciones izquierdistas.

Aquello era extraño.

La Banda tenía inclinaciones derechistas.

Debido a esas inclinaciones, la Banda sobornaba a las derechas.

Chicago era un horno. Un viento caliente barría el lago. Littell dejó los gráficos. Littell estudió informes.

Informes de apelaciones: Mantengamos a Jimmy en libertad. Informes de acciones: Consigamos que Drac se haga con Las Vegas. Era un trabajo de mierda. Era repetitivo. Era aburrido.

Se puso en pie. Se desperezó. Miró la avenida que bordeaba el lago. Vio faros de coches en procesión.

El día anterior había ido a sus bancos. Había sacado dinero para donaciones. Había extendido cheques para donaciones. Los había enviado por correo. Planeó una llamada telefónica.

Llamó a Bayard Rustin. Mintió acerca de Bogalusa. Lo hizo para protegerse. Lo hizo para proteger a Pete y a Wayne.

Había leído la prensa. Había visto los noticiarios. La iglesia explotó de manera accidental. Nadie vinculaba a Chuck. Nadie vinculaba a CONEJO SILVESTRE.

Llamó a Bayard. Le repitió las noticias. Dijo que había sido un escape de gas. Citó fuentes falsas. Bayard expresó gratitud y fe. Él mintió. Mintió con destreza. Actuó tarde.

La iglesia voló por los aires. Sus últimos honorarios crecieron. Honorarios por su muerte y mutilación.

Vio la mutilación. Unos federales lo vieron a él. Dichos federales podían informar al señor Hoover. Se emborrachó. Mató a Chuck. Volvió a abstenerse del alcohol. Todavía lo deseaba. Todavía lo saboreaba. Los neones de las tiendas de licor brillaban.

Había matado a Chuck. Había dormido doce horas. Se había despertado con una decisión: terminar con aquello. Dejar la Vida. Cortar con la Banda y echar a correr en cuanto pudiera.

Sam había dicho que sí. Sam lo había bendecido. Sam tenía unas condiciones.

Era probable que Carlos dijese que sí y que tuviera unas condiciones.

Donaciones / condiciones / años de elecciones.

Él servía al señor Hoover. Habían chocado. El choque había generado CONEJO NEGRO. Había generado CONEJO SILVESTRE. Había generado muerte y mutilación. Él había matado a Chuck. Pete había presionado a CONEJO SILVESTRE. Era una penitencia para ponerse al día. Era totalmente insuficiente.

El lago brillaba. Lo cruzaban yates pequeños. Vio luces de proa. Vio orquestas de baile. Vio mujeres.

Con Jane había guerra. Jane lo había desbordado. Jane lo conocía antes de que él la conociera a ella. Sabía que robaba. Sabía que hacía de correo de dinero. Sabía que escuchaba cintas secretas.

Jane había revuelto sus papeles. Él la había descubierto mientras lo hacía. Se retiraron. Evitaron las conversaciones. Evitaron las confrontaciones.

Jane tenía planes. Él lo sabía. Tal vez quisiera hacerle daño. Tal vez quisiera utilizarlo. Tal vez quisiera conocerlo más.

Eso lo asustaba. Eso lo conmovía. Eso hacía que la deseara más.

Se acercó un yate. La orquesta tocaba. Vio revolotear un traje azul. Ella llevaba trajes como ése.

Ella seguía siendo obscena. Eso seguía siendo bueno. Ella seguía proporcionándole chismes y sexo.

Ella había hablado de Wayne Senior. Los detalles lo habían asustado. Wayne Senior era PADRE CONEJO. Janice lo odiaba. Janice todavía se sentía oprimida por él.

El yate se alejó. El traje azul se desvaneció. Littell llamó al Sands. Janice había salido. Littell llamó al Desert Inn. Littell comprobó sus mensajes.

Tenía uno: llamar a Lyle Holly. Está en el Riviera. Mierda, CONEJO BLANCO quería verlo.

Littell obtuvo el número. Littell pospuso la llamada. Preparó una cinta. Cogió una bobina.

Sam lo había asustado. Sam se había puesto obsceno. Bobby / mamón / se arrepentirá de ese día, joder.

Littell preparó su magnetófono. Littell viajó en los recuerdos.

Chicago, 1960: el Fantasma ama a Bobby. Chicago, 1965: Bobby vive en una grabación.

79

(Las Vegas, 20/7/65)

El Tiger bullía.

Los periodistas presionaban a Sonny. Sonny, haz declaraciones. Métete con ese majara de Cassius X. Sonny pasaba de ellos. Sonny privaba Chivas. Sonny manoseaba abrigos de visón.

Donkey Dom los robaba. Donkey Dom los vendía. Donkey Dom se iba de la lengua. Atraco peleterías / pongo cachondo a Rock Hudson / doy por culo a Sal Mineo.

Su ligue estaba malhumorado. Se quejaba en plan hipócrita. Hacía de macarra de *drag queens* a jornada completa.

Wayne observó. Barb observó.

Dom recibía las llamadas. Su ligue avisaba a los taxistas. Era la hora punta del mediodía. Sonny compraba mitones, suspensorios y orejeras de visón.

—¿Todavía están calientes esas pieles? —preguntó un periodista.

—La que está caliente es tu madre. Y yo soy tu papá —respondió Sonny.

—¿Por qué no te unes al movimiento en favor de los derechos civiles? —preguntó un periodista.

—Porque no tengo el culo a prueba de mordiscos de perro —respondió Sonny.

Los periodistas rieron. Wayne rió. Barb salió. Sacó unas pastillas. Las tragó con 7-Up.

Wayne salió. Wayne se acercó a ella.

—Pete se ha marchado de nuevo. Y tú vuelves a tomar pastillas desde el instante mismo en que se va.

—Primero piensa en lo que tú haces y luego atrévete a criticarme. —Barb se apartó.

—Mira a quiénes vendemos. —Wayne volvió a acercarse.

—Mírame. ¿Me parezco a alguna de esas putas yonquis que habéis creado?

—Te miro y veo unas arrugas que el año pasado no tenías.

—Me las he ganado. —Barb rió—. He conseguido quince años en la Vida.

—No te vayas por las ramas. —Wayne retrocedió.

—No. Lo único que digo es que llevo aquí más tiempo y por eso sé mejor que tú cómo funcionan las cosas.

Wayne se acercó. Sus rodillas chocaron. Wayne percibió el perfume del champú de Barb.

—Estás cabreada porque en ella no hay lugar para ti.

—Vas a hacer cosas con las que tu conciencia no podrá cargar. —Barb retrocedió.

—Tal vez ya las haya hecho.

—Todo empeora. Y uno hace cosas peores para demostrar que puede cargar con ellas.

Pase de prueba:

Cuatro cobros. Cuatro yonquis gorrones. El debut de Sonny como cobrador.

Dichos yonquis vivían en el sótano de una iglesia. Tenían derechos de *squatters*. El pastor tomaba Demerol. Los yonquis se pinchaban en la iglesia.

Wayne iba al volante. Sonny se limpiaba las uñas con la hoja de su navaja.

Sonny bebía whisky. Las Vegas Oeste ardía. La gente se bañaba en piscinas de goma para niños. La gente vivía en coches con aire acondicionado.

—En Saigón maté a un tipo de color —dijo Wayne.

—Pues yo maté a un blanco en St. Louis —dijo Sonny.

Ahí está la iglesia. Está cochambrosa. Está que se cae. Tiene unos anuncios de neón. Fíjate en las manos que rezan y en las cruces. Fíjate en Jesucristo jugando a los dados.

Aparcaron. Fueron hasta la puerta del sótano. Abrieron la puerta y entraron.

Vieron a cuatro yonquis. Estaban colocados en asientos de coche, rapiñados de viejos Cadillacs. Vieron cucharas y cerillas. Vieron jeringuillas y torniquetes. Vieron papelinas de droga y restos de polvo blanco.

Hay un tocadiscos. Hay algunos discos. Todo música gospel.

Los yonquis reposaban. Uno en cada asiento. En el país de la piel de imitación.

Vieron a Sonny. Vieron a Wayne. Soltaron risitas tontas. Suspiraron.

—Adelante —dijo Wayne.

Sonny silbó. Sonny pateó. Sonny atacó el paraíso de la piel de imitación.

—Vosotros, hijos de puta, tenéis diez minutos para salir de esta casa de oración y pagar lo que debéis, joder.

Un yonqui rió. El otro se rascó. El otro cloqueó. El otro bostezó.

Wayne encendió el tocadiscos. Puso un disco. Colocó la aguja en su sitio. Era música estridente. Era extática. La Coral Cristiana de Crawdaddy.

—Adelante —dijo Wayne.

Sonny pateó los asientos. Sonny desplazó a los yonquis. Los tiró. Los expulsó del paraíso de la piel de imitación. Los yonquis se retorcieron. Chillaron.

Sonny los pateó. Sonny los levantó y los derribó. Sonny agarró los asientos de coche y se los arrojó a la cabeza.

Los yonquis gritaron. Chillaron. Aullaron y sangraron.

Sonny los abofeteó. Sonny les vació los bolsillos. Tiró lo que encontró. Uno de los yonquis volvió sus bolsillos del revés y suplicó.

Sonny lo levantó. Sonny lo derribó. Sonny lo pateó. Se agachó y recogió sus súplicas.

Sonny se puso en pie y sonrió. Sonny hizo una seña a Wayne. Crawdaddy hacía un crescendo. Wayne tiró del enchufe y salió.

—En primavera —Sonny sonrió—, Wendell Durfee dirigía una red de putas espaldas mojadas en Bakersfield, California.

80

(Bon Secour, 22/7/65)

Barcos:

Trabajos-chárter. Cascos de teca y grandes motores. Cuarenta amarres / treinta vacíos / treinta barcos fuera.

Pete paseó por el puerto. Vigiló el amarre núm. 19. Ahí está el *Ebbtide*. Tiene quince metros de eslora. Fíjate en esas regalas tan altas.

Un barco bonito. Mástiles sólidos y espacio para carga. Elegantes accesorios de latón.

Un tipo curraba en la cubierta. Era de estatura mediana. Era de mediana edad. Tenía una pierna de palo. Cojeaba de mala manera.

Hacía calor. El aire era húmedo. Las nubes se hicieron más densas. Mobile Bay, en el culo del mundo. Chozas de pescadores y congestión.

Pete paseó por el puerto. Pete vigiló el amarre núm. 19.

Había rastreado la llamada de Jane. Había bajado en avión. Había hecho comprobaciones. «Dave Burgess» era el propietario del *Ebbtide*. «Dave Burgess» hacía chárters. «Dave Burgess» conocía gente en Nueva Orleans. Suma dos y dos. Suma D. B. «Dave Burgess» era Danny Bruvick.

El *Ebbtide* era de la T & C. La T & C era de Carlos. Carlos era Nueva Orleans.

Sobornó a un policía. Comprobó registros de llamada. Hizo comprobaciones por teléfono. «Burgess» era un buen tipo. «Burgess» utilizaba los teléfonos públicos que había en el muelle.

«Burgess» había llamado a Carlos. «Burgess» llamaba a Carlos con frecuencia. «Burgess» había llamado a Carlos cuatro veces en el último mes.

Pete fue hasta el amarre núm. 19. «Burgess» estaba limpiando anzuelos. Pete saltó a la cubierta. «Burgess» alzó la vista.

Se sobresaltó un poco. Se incorporó un poco. Sus antenas giraron.

Ese arpón. Cuidado.

«Burgess» alargó el brazo. «Burgess» lo agarró por la empuñadura. Pete apuntó con el pie y soltó una patada. Le dio en la empuñadura.

El arpón saltó.

—¡Oh, mierda! —dijo «Burgess».

Pete se acercó. Agarró el arpón. Lo tiró al mar.

—Joder —dijo «Burgess».

Pete se levantó la camisa. Pete mostró la pistola.

—Estás pensando que me ha mandado Jimmy Hoffa, pero estás equivocado.

«Burgess» se chupó la uña del pulgar. «Burgess» dobló la mano. Pete echó un vistazo al barco. El barco hechizaba. El barco seducía.

Bonito: casco de acero / postes de arpeo / accesorios de latón. Bonito: madera dura de Filipinas.

—Es una tramposa —dijo «Burgess» doblando la muñeca—. Tiene todo lo que...

Pete se levantó la camisa. Pete mostró la pistola. Con un gesto de la cabeza le señaló la bodega. «Burgess» se puso en pie. «Burgess» suspiró. Se agarró la pierna mala y caminó cojeando.

Llevaba pantalón corto. Tenía cicatrices. Tenía una rodilla cosida a balazos.

Cruzó la cubierta. Pasó junto al puente. Se dirigió a las escaleras traseras. Pete lo siguió. Pete se fijó en los detalles.

Dos timones / paneles de control / instrumental completo. Paredes de teca / un vestíbulo /camarotes traseros. Motor trasero / almacén trasero / escotillones para la carga trasera.

Pete lo adelantó. Vio un despacho: dos sillas / un escritorio / una estantería llena de priva.

Metió a «Burgess» en el despacho. Agarró una silla. Lo sentó. Sirvió algo de beber.

El barco se balanceó. A Pete se le movió el Cutty en el vaso. «Burgess» lo tomó. «Burgess» se lo bebió de un trago. Se ruborizó.

Pete volvió a llenar el vaso. Más cantidad. «Burgess» se bebió el Cutta de un trago.

Pete amartilló su pistola.

—Tú eres Danny Bruvick —dijo—. Yo soy Pete Bondurant y tenemos amigos comunes.

Bruvick eructó. Bruvick se ruborizó. Bruvick estaba borracho.

—Quiero que me cuentes toda tu historia con «Arden» y Carlos Marcello. Quiero saber por qué Arden vive con Ward Littell.

Bruvick miró la botella. Pete volvió a llenar el vaso. Bruvick bebió. El barco se balanceó. Bruvick se salpicó el regazo.

—No deberías dejarme beber demasiado. Tal vez me vuelva valiente.

Pete sacudió la cabeza. Pete puso el silenciador. Pete dio unos golpecitos a su pistola. Bruvick tragó saliva. Bruvick sacó un rosario.

Pete disparó contra el Cutty. Pete disparó contra el Gilbey's y el Jack Daniel's. Las botellas se desintegraron. La teca se abrió. Quedaron agujeros en los puntos débiles.

La habitación tembló. Bombas sónicas. El barco tembló a continuación.

Bruvick se convulsionó. Bruvick apretó las cuentas del rosario. Bruvick se llevó las manos a los oídos.

—Empieza por Arden. —Pete lo cogió de las manos y tiró de ellas—. Dime su nombre auténtico y cuéntame algunos detalles.

Bruvick estornudó. La pólvora hacía cosquillas en la nariz. La pólvora escocía.

—Su nombre auténtico es Arden Breen. Su viejo era activista obrero. Comunista, ya sabes.

—Sigue. —Pete hizo sonar los nudillos.

Bruvick se tiró del cabello. Volaron astillas de vidrio.

—Su madre murió de fiebre reumática. La crió su viejo. Era un borracho y un putero. Utilizaba un nombre distinto para cada día de la semana, y Arden creció en burdeles y locales sindicales, malos sindicatos, quiero decir. Quiero decir que el hombre aparentaba ser comunista pero pactaba con las empresas cada vez que podía, lo cual...

—Arden. Sigue con ella.

—Dejó la escuela temprano. —Bruvick se frotó las rodillas—. Pero tenía buena cabeza para los números. Conoció a esas dos putas que iban a la misma escuela de contabilidad que yo en Misisipí y me contaron algunos detalles de ella. Llevaba la contabilidad de varios burdeles y sindicatos, curros que le pasaba su viejo. Luego trabajó para casas con más clase. Era buena en cualquier cosa que tuviera que ver con los números y los libros de teneduría. Contabilidad de dinero, ¿sabes?

—Al grano. —Pete hizo sonar los pulgares—. Vas detrás de algo.

Bruvick se frotó la rodilla mala. El tejido cicatrizal vibró.

—Empezó a trabajar en casas con más clase. Conoció a ese tipo con dinero, Jules Schiffrin. Estaba con...

—Sé quién era.

—Empezó a verse con él regularmente. Él la mantenía y ella empezó a conocer mucha gente de la Vida y lo ayudó con los llamados libros «auténticos» del Fondo de Pensiones en los que trabajaba.

—Sigue. —Pete hizo sonar la muñeca.

—A su viejo lo mataron en el 52. —Bruvick se frotó la rodilla—. Jodió a Jimmy Hoffa en un pacto con la empresa y Jimmy ordenó que se lo cargaran. A Arden no le importó. Arden lo odiaba por su maldita hipocresía y por la manera asquerosa en que la había criado.

El barco cabeceó. Pete se agarró al escritorio.

—Arden y Schiffrin. Cuéntame de ellos.

—¿Que cuente qué? Ella aprendió lo que pudo de él y luego puso fin a la relación.

—¿Y?

—Empezó a hacer de puta por su cuenta y tuvo un amorío con Carlos. Yo la conocí en el 55. Esas dos zorras con las que fui a la escuela eran amigas comunes. Yo trabajaba en el local sindical de Kansas City, nos casamos y urdimos algunos planes.

—Como «vamos a desfalcar a Jimmy».

—Tengo que admitir que no fue una idea acerta...

—Y te pescaron. Y Jimmy ordenó que te mataran.

—Exacto. —Bruvick encendió un cigarrillo—. Unos tipos me arrinconaron y me dispararon. Salí con vida, pero a punto estuve de perder la pierna, y esa orden de Jimmy sigue en pie.

—Jimmy hizo que la policía de Kansas City detuviera a Arden. —Pete encendió un cigarrillo—. Carlos le pagó la fianza y te escondió. No quiso entrometerse en la orden de Jimmy porque quería utilizarte de apoyo.

Bruvick asintió. Bruvick miró la estantería.

—Eres un cabrón. Te has cargado el bar.

Pete sonrió. Pete apuntó. Pete amartilló la pistola y disparó contra la silla de Bruvick.

Las patas se astillaron. La silla se desplomó. Volaron trozos de madera. Bruvick cayó al suelo. Bruvick gritó y se puso a rezar el rosario.

—Carlos te montó este negocio del barco. —Pete hizo anillos de humo—. ¿Qué pasó entonces con Arden?

El barco cabeceó. Bruvick dejó caer las cuentas del rosario.

—Arden no confiaba en Carlos. No quería estar en deuda con él y se largó a Europa. Nos llamamos desde teléfonos públicos, y de ese modo mantenemos el contacto.

—Ha vuelto a Estados Unidos. No podía abandonar la Vida. —Pete tosió.

—Exacto. Voló a Dallas. Allí se metió en algún lío, a finales del 63. Nunca ha querido contarme qué pasó.

Pete le arrojó el cigarrillo de un papirotazo y lo alcanzó.

—Vamos, Danny. No me obligues a ponerme desagradable.

Bruvick se puso en pie. Su rodilla cedió. Bruvick tropezó. Se apoyó contra la pared. Se dejó resbalar y se sentó en el suelo.

Se frotó las rodillas. Apagó el cigarrillo de Pete.

—Es la verdad. Nunca ha querido contarme qué pasó. Lo único que sé es que vive con Littell y que por esa época se encontró con Carlos. Le dijo que ambos estaríamos a salvo si ella vigilaba a Littell, pero siguió negándose a reconciliarnos con Jimmy.

Coherente. Confirmado. Chantaje a dos bandas. La orden de Jimmy / el jaleo del piso franco. Arden, sólo ese nombre de pila.

Carlos conoce a Arden. Carlos le da ese nombre. Carlos desconfía de Littell. Carlos encuentra a Arden. La infiltra. Arden espía a Littell.

Olía a coherente en un noventa por ciento. Olía a incompleto.

—No quiero que Littell sufra —dijo Pete.

Bruvick se puso en pie. Su rodilla mala aguantó.

—Creo que Arden tampoco lo quiere. Está jugando a algo raro con él.

Llamó a Carlos. Habló con la señora M. Dejó un mensaje.

He interrogado a D. B., Danny el del barco. Díselo a Carlos. Dile que pasaré por ahí y que me encantaría charlar con él.

Fue en coche hasta Nueva Orleans. Se detuvo en bibliotecas. Estudió libros.

Barcos:

Galeras / puentes / radar / cubiertas palangreras / embornales / mástiles.

Estudió la nomenclatura. Estudió las características de los motores. Estudió mapas. Pine Island / Cape Sabel / Key West. Fondeaderos. Cuba en dirección sur.

Se desvió. Pasó por Port Sulphur. Vio el Tiger Kamp Sur. Vio las tropas. Vio a Flash y a Laurent. Conoció a Fuentes y Arredondo. Hablaron de incursiones nocturnas. Hablaron de cortar cueros cabelludos. Hablaron de insurgencia.

Flash tenía un plan. Iré en una lancha fueraborda. Dejaré allí a Fuentes y Arredondo. Deprisa. En la costa norte, en la playa de Varcadero.

Se infiltran de nuevo. Establecen puntos de contacto. Reclutan gente dentro del país. Regresan en lanchas fueraborda. Reciben armas. Vuelven a los Cayos. Esquivan el radar. Seis viajes por semana.

Pete dijo que no. Pete dijo que eran un recorrido de muchas millas / que se desperdiciaba a dos hombres / que había poca capacidad.

—¿Qué? —preguntó Flash.

—¿Qué? —preguntó Laurent.

—¿Qué pasa? —preguntó Fuentes.

Pete habló de redes de contención. Pete habló de regalas. Pete habló del rendimiento del combustible.

Pete habló de barcos.

—Claro, ella es mi perro guardián —dijo Carlos—. Dime que Ward no tiene planes secretos y que no necesito ninguno.

El Galatoire estaba muerto. Se instalaron en una buena mesa. Carlos mojó su cigarro. Un Mecundo mezclado con anís.

—El asunto de los libros del Fondo de Pensiones de Ward es algo muy espectacular y elaborado, y Arden es una contable fantástica. Yo protejo mi inmunidad y mientras tanto Ward disfruta de una buena compañía.

—Está enamorado de ella. —Pete encendió un cigarrillo—. No quiero que sufra.

—Yo no quiero que sufras tú. —Carlos le guiñó un ojo—. Te conozco desde hace tanto tiempo como a Ward. Hay tipos que se habrían enfadado por lo que le has hecho a Danny B., pero yo no.

—Pero me lo he ganado, ¿no? Te llamé.

—Exacto. Hiciste lo más incorrecto y ocultaste tus suposiciones.

—Lo único que quiero es que Ward no...

—No sufrirá. Se hacen bien el uno al otro. Conozco a Arden, y Arden sabe que no puede engañarme. Arden me dice que Ward no trama nada contra mí, y me lo creo. Siempre he tenido la sensación de que Ward estafa a Howard Hughes, pero Arden dice que no, y le creo.

Pete eructó y se desabrochó el cinturón. Copiosa comida criolla.

—Pues dame el aviso. Terminemos con esto.

Carlos eructó y se desabrochó el cinturón. Copiosa comida criolla.

—No le hables a Ward de esto. No hagas que me enoje contigo.

«Esto.» Todavía coherente. Todavía incompleto.

Se acercó un camarero. Pete rechazó una copa de brandy.

—¿Y cuáles son esas «ideas»? —Carlos eructó.

Pete apartó platos. Pete desplegó un mapa que cubrió la mesa.

—Las fueraborda suponen un desperdicio de hombres y de horas. No puedes transportar material bélico en cantidad. Quiero preparar el barco de Bruvick, camuflarlo y salir de Bon Secour. Quiero mover grandes cantidades de armas y organizar acciones terroristas.

Carlos estudió el mapa. Carlos encendió su cigarro e hizo una gran quemadura en Cuba.

81

(Las Vegas, 7/8/65)

Lyle Holly: Dwight Holly pero menos robusto. CONEJO CE-
LESTE a BLANCO. Un nativo de Indiana / un fanfarrón / un mentiroso.

Se encontraron en el Desert Inn. Se sentaron en el vestíbulo. Lyle se mostró contudente. Lyle se mostró brusco. Estaba borracho antes del mediodía.

—Creo que soy esquizofrénico —dijo Lyle—. Trabajo para la
CLCS, trabajo para el señor Hoover. Ahora estoy en CONEJO NE-
GRO y al minuto siguiente trabajo para conseguir un mayor registro
de votantes. Dwigth dice que estoy psíquicamente desequilibrado.

Littell bebió café. Littell olió el whisky que Lyle se había tomado.

—¿El señor Hoover te ha ordenado espiarme?

—Fue Dwight quien lo sugirió. —Lyle se dio una palmada en las
rodillas—. Sabía que yo venía a Las Vegas y, qué demonios...

—¿Hay algo que quieres que te revele?

—No, joder. Le diré a Dwight que Ward es el mismo que conocí en Chicago, salvo que ahora está tan esquizofrénico como yo y
por las mismas razones.

Littell rió. Sammy Davis Jr. pasó junto a ellos. Lyle lo miró.

—Mira eso. Es feo, es tuerto, es negro y judío. Me han dicho que folla muchísimo con blancas.

Littell sonrió. Littell saludó a Sammy. Sammy le devolvió el saludo.

—Marty pronuncia ese discurso en Nueva York. Tiene un público cautivado compuesto de judíos con mucho dinero. Empieza a atacar la guerra del Vietnam y a cabrearlos a todos con palabras como «genocidio». Se sale de la competencia de lo que son los derechos civiles y muerde a la mano que le da de comer.

Pete estaba en Laos. Wayne estaba en Saigón. La guerra los había pescado allí. Littell llamó a Carlos. Carlos había hablado con Pete. Carlos le había dicho que acababan de hacer planes para Cuba.

Littell le dijo que quería retirarse. Carlos dijo que muy bien. Carlos lo aceptó igual que Sam. Carlos habló de las elecciones del 68.

Lyle bebió whisky. Peter Lawford pasó junto a ellos. Lyle lo miró.

—Le proporcionaba putas a Jack Kennedy. Eso nos convierte en camaradas de armas. Yo le proporciono a Marty todos esos chochos blancos y a veces también busco carne joven para Bayard Rustin. El señor Hoover tiene una foto de Bayard con una polla en la boca. Ha hecho una copia y se la ha enviado al presidente Johnson.

Lyle sonrió. Lyle llamó a una camarera. Ordenó que le llenara el vaso.

—Dwight dijo que volaron esa iglesia con explosivos C-4. Bayard me dijo que fue un escape de gas, lo cual me hace pensar que se lo dijiste tú.

—Sí, se lo dije yo. —Littell bebió un sorbo de café.

—CONEJO AMBULANTE es blanco. —Lyle bebió whisky—. Se lo diré a Dwight.

Littell sonrió. Lyle también. Lyle sacó su talonario de cheques.

—Me siento afortunado. ¿Crees que podrás cambiarme este cheque por fichas de juego?

—¿Cuánto?

—Dos de los grandes.

—Escribe mis iniciales y «suite 108» en el cheque. Dile al cajero que soy un residente permanente.

Lyle sonrió. Lyle rellenó el cheque. Se levantó y caminó con paso vacilante.

Littell lo observó.

Lyle se abrió paso. Lyle eructó whisky. Lyle recorrió el casino. Llegó a la caja. Entregó el cheque y recogió las fichas.

Littell lo observó. Littell dejó fluir algún pensamiento. CONEJO AMBULANTE / un blanco / un escape de gas.

Lyle llegó a la ruleta. Lyle amontonó las fichas. Fichas rojas, de cien. Dos de los grandes. El crupier lo saludó con un movimiento de la cabeza. Hizo girar la ruleta. La ruleta dio vueltas. Se detuvo. El crupier rastrilló fichas.

Lyle se dio una palmada en la frente. Lyle movió los labios. Littell lo observó. Littell le leyó los labios. Lyle decía: «Mierda.»

Esquizofrénico / camaradas / carne joven.

Lyle tal vez tuviera expedientes privados. Dichos expedientes quizá fuesen inculpatorios. Dichos expedientes quizás inculpasen a CONEJO NEGRO.

Lyle miró alrededor. Lyle vio a Littell. Lyle blandió su chequera. Littell asintió con la cabeza.

Lyle fue a la caja. Se agarró a los barrotes. Rellenó un talón. Lyle agarró las fichas con torpeza.

La camarera se acercó a la mesa. Littell la llamó.

—Mi amigo está jugando. Llévele un Johnnie Walker triple.

La camarera asintió y sonrió. Littell le dio diez dólares. Ella se acercó a la barra. Llenó un vaso. Cruzó el casino. Llegó a las ruletas. Vio a Lyle y le pasó el carburante.

Lyle bebió. Lyle amontonó las fichas. Fichas rojas. De cien. Grandes montones.

El crupier lo saludó con un movimiento de la cabeza. Hizo girar la ruleta. La ruleta dio vueltas. Se detuvo. El crupier rastrilló fichas.

Lyle se dio una palmada en la frente. Lyle movió los labios. Littell lo observó. Littell leyó los labios. Lyle decía: «Mierda.»

Littell se acercó. Se cruzó con la camarera. Le dio diez dólares. Ella asintió. Lo había entendido. Soltó una risita.

Lyle se acercó. Lyle mató su whisky. Lyle chupó el hielo.

—He perdido, pero no estoy arruinado. Tengo mis recursos.

—Tú siempre has tenido recursos, Lyle.

Lyle rió. Lyle se balanceó medio borracho. Lyle eructó.

—Me estás protegiendo. Es ese aire de santidad que tienes lo que Dwight no soporta de ti.

—Pues no soy un santo. —Littell rió.

—No, no lo eres. Martin Luther Negro es el único santo que conozco, y tengo basura suya que pone los pelos de punta.

La camarera se acercó. Le sirvió otro whisky.

—Bueno, más que los pelos, a él se le pone...

Ahora trabájatelo. Despacio. Tranquilo.

—Quieres decir que el señor Hoover tiene basura.

—Él tiene la suya y yo tengo la mía. —Lyle hizo girar el vaso—. Tengo un buen montón en mi casa de Los Ángeles. Y la mía es mejor que la suya, porque tengo acceso diario al mismísimo san Martin.

Ahora pínchalo. Despacio. Tranquilo.

—Nadie tiene una inteligencia más aguda que el señor Hoover.

—Yo sí. Me la estoy guardando para mi próximo contrato. Le diré a mi jefe: «Quieres lo mejor, ¿no? Pues súbeme el sueldo.» El que quiera peces, que se moje el culo.

Pasó Sammy Davis. Lyle chocó con él. Sammy se apartó. Lo miró y se rió, tío vaya pedo llevas.

Lyle se apartó. Lyle bebió whisky. Lyle se apretó un grano de la barbilla.

—Las blancas lo adoran. Debe de tener una buena polla.

Los vapores se acumulaban. Tabaco y alcohol. Licores fuertes, 43 grados. Littell salivó. Littell se apartó.

Lyle sacó dos chequeras. Ambas grabadas en relieve. Una con las iniciales «L. H.», la otra con las iniciales «CLCS». Las besó. Las abrió deprisa.

—Tengo la sensación de que voy a ganar, lo cual significa que el movimiento en favor de los derechos civiles deberá hacerme un préstamo.

Littell sonrió. Lyle se tambaleó. Lyle recuperó el equilibrio y se alejó con paso vacilante.

Littell lo observó.

Lyle llegó a la caja. Lyle mostró una chequera. La azul de la CLCS: Lyle rellenó un talón. Lyle lo besó. Lyle recogió las fichas torpemente.

Rojas. Diez montones. Cinco de los grandes.

Despacio. Tranquilo. Ahora va en serio.

Littell fue a una cabina de teléfonos. Descolgó. Oyó un clic y enseguida obtuvo respuesta.

—Desert Inn, ¿en que puedo ayudarle?

—Soy Littell, de la suite 108. Quiero llamar a Washington D.C.

—¿El número, por favor?

—EX-4-2881.

—Espere, por favor.

La línea zumbó. Llamada de larga distancia. Interferencias y clics. Littell miró alrededor. Vio a Lyle. Lyle está en la mesa de dados. Lyle está amontonando fichas.

El jugador tira. Lyle se da una palmada en la frente. Lyle dice: «Mierda.»

Las interferencias chasquearon. Se estableció la conexión. El señor Hoover dijo:

—¿Sí?

—Soy yo —dijo Littell.

—¿Sí? ¿Y el propósito de esta llamada no requerida?

—Conejo Blanco sugirió un encuentro. Se ha presentado borracho en el Desert Inn. Está pagando lo que pierde en el casino con dinero de la CLCS.

La línea se llenó de interferencias. Littell tiró del cordón. Littell golpeó el auricular. Ahí va Lyle. Está en la caja. Está extático. Lyle ha cambiado más fichas.

Rojas. Grandes montones. Tal vez diez mil.

La línea se ensució. La línea se perdió. La línea se aclaró.

—Córtale el crédito y sácalo ahora mismo de Las Vegas.

La línea se ensució. La llamada se esfumó. Littell oyó un clic al otro lado del hilo. Habían colgado. Ahí está Lyle. En la mesa de dados. Rodeado de una multitud. Amontona fichas.

Sammy Davis lo saluda con un movimiento de la cabeza. Sammy Davis reza. Sammy Davis tira los dados. La gente lo jalea. Lyle lo jalea. Sammy hace una genuflexión.

Littell se acercó. Littell se abrió paso entre la multitud.

Lyle hizo una imitación de Sammy. Sammy se burló de aquel papanatas blanco. Le guiñó un ojo a una rubia. Se sacudió piojos de la chaqueta. Hizo una mueca de asco.

Fichas rojas sobre la mesa. Apuestas a gana y pasa. Todo dinero de Lyle. Una buena pasta. Lyle gana veinte de los grandes.

Sammy coge los dados. Sammy se los enseña a la concurrencia. Lyle lanza besos llenos de saliva. Sammy se burla de Lyle. Es un desecho del Rat Pack. La multitud hace una genuflexión.

Sammy tira los dados. Sammy saca un siete. Lyle gana cuarenta mil. La multitud lo jalea. Lyle abraza a Sammy. Sammy coge los dados.

Lyle sopla sobre ellos. Lyle babea sobre ellos. Hace una genuflexión. Sammy saca un pañuelo. Sammy hace el numerito y seca los dados con el pañuelo.

Sammy tira. Sammy saca un siete. Lyle gana ochenta mil. La multitud lo jalea. Lyle abraza a Sammy. Lyle apaga su cigarrillo.

Sammy cogió los dados. Lyle se le acercó. Sammy retrocedió. La rubia se puso entre ambos. Sammy la abrazó y frotó los dados contra su vestido.

La multitud rió. Lyle dijo algo. Littell captó «negro» o «judío».

Sammy tira los dados. Sammy saca un nueve. Sammy se ha pasado. Sammy se encoge de hombros. La vida es como una tirada de dados, nena. La multitud aplaude y ríe.

El crupier rastrilla fichas. Todas de Lyle. Diez mil en montones.

Lyle apuró su bebida. Lyle dejó caer el vaso. Lyle chupó el hielo. La multitud se dispersó. Sammy se alejó. La rubia lo siguió.

Lyle se alejó. Lyle se tambaleó. Lyle cogió impulso. Lyle navegó. Intentó encontrar lugares donde sujetarse. Se agarró a las tragaperras.

Cogió impulso. Se dirigió a la caja. Littell llegó antes que él. Le indicó por señas al cajero que no le canjeara más cheques. Lyle golpeó la ventanilla. El cajero negó con un movimiento de la cabeza. Lyle pateó una máquina tragaperras.

Littell lo agarró. Littell lo guió. Lyle no se resistió. Lyle se quedó laxo. Intentó hablar. Balbució sin sentido.

Cruzaron el casino. Salieron. Llegaron al aparcamiento. Cielo cálido. El aire como un soplete. El calor seco de las Vegas.

Lyle se desmayó. Littell lo arrastró. Peso muerto.

Le registró los bolsillos de la chaqueta. Le registró la cartera. Encontró su dirección y los datos del coche. Un Mercury coupé / 61 / CAL-HH-492. Littell miró alrededor. Vio el coche. Cargó con el cuerpo fláccido de Lyle Holly. Lyle era pequeño. Unos setenta kilos como mucho. Peso muerto pero ligero.

Llegó al coche. Bajó las ventanillas. Metió a Lyle y lo puso cómodo. Echó el asiento hacia atrás.

L.A., cinco horas como máximo.

Lyle dormiría en el coche. Despertaría. Volvería a la vida en el aparcamiento. Había jugado compulsivamente. Lyle conocía el procedimiento.

Primero te dan el visto bueno. Luego pierdes. Entonces hacen averiguaciones sobre el dinero.

Lyle había perdido dinero propio. Lyle había perdido dinero de la CLCS. La CLCS no autoriza el pago. Lyle vive en el D.C. Lyle vive en L.A. Los cobradores del casino viajan. Dichos cobradores llegan primero a L.A.

Dichos cobradores transgreden la ley de manera habitual. Dichos cobradores se apoderan de tus posesiones y te dan una patada en el culo.

Littell conducía hacia L.A. El motor se sobrecalentaba. Iba por la I-10.

Controló el tiempo. Conocía los efectos del alcohol. Conocía los desmayos y los despertares. Sabía cuánto duraban los desmayos.

Tres horas, cuatro como máximo. Lyle despierta / ¿dónde estoy? / oh, mierda.

El desierto ardía. Los rayos de calor saltaban. La aguja del radiador se desviaba. Littell llegó a Baker. El calor amenguó. Littell llegó a San Bernardino.

Llegó a Redlands. Llegó a Pomona. Llegó a L.A. Condujo con una mano. Con la otra consultó el mapa de la ciudad. Encontró el camino.

Lyle vivía en Ivar Norte. Estaba en la zona cutre de Hollywood. Un precipicio en un callejón sin salida.

Salió de la autopista. Tomó calles laterales. Enlazó con Hollywood Boulevard. Ahí... Ivar Norte / 2200.

Casas pequeñas. El césped de los jardines abrasado por el sol. Pintura color pastel. Las 19.10 / atardecer veraniego / tranquilidad.

Un callejón sin salida. Una barrera al final de la manzana. Una valla y un precipicio.

Littell condujo despacio. Littell leyó las placas de las aceras. Leyó los números. La casa de Lyle. Ahí...

2209. Césped marrón. Pintura color melocotón desgastada por el tiempo.

Aparcó dos puertas más atrás. Se apeó y abrió el maletero. Sacó una palanca. Se acercó a la casa. Miró alrededor. No vio ningún testigo presencial.

Puerta de madera dura / jambas fuertes / buenas sujeciones.

Hincó la palanca. Golpeó la jamba. Se apoyó con fuerza. La debilitó. Metió la cuña.

Apretó. Empujó. Se afanó. La madera crujió. La madera se astilló. La madera se partió.

Hundió más la cuña. La cerradura saltó. Abrió la puerta. Entró y la cerró a sus espaldas.

Palpó a ciegas las paredes. Encontró un interruptor. Encendió la luz.

La madriguera de CONEJO BLANCO:

Polvo y moho. Vivienda propia de un soltero.

Sala de estar. Cocina. Puertas laterales. El papel de la pared tenía dibujos cómicos: perros jugando a las cartas y perros con corbata. Sofás de piel de imitación. Otomanas de piel de imitación. Sillas de piel de imitación.

Littell recorrió el piso. Littell miró la cocina. Miró el dormitorio y el estudio.

Accesorios viejos. Fiambres y alcohol. Cajones y armarios desordenados. Estanterías cubiertas de polvo.

Más dibujos en la pared. Reuniones de perros solos. Perros mirando a chicas con ojos lascivos.

Un escritorio. Un archivador. Por favor, que no haya escondites en las paredes ni cajas de seguridad.

Primero, tíralo todo.

Littell se puso los guantes. Littell se dedicó a una sola cosa a la vez. Littell trabajó de manera sistemática.

Tiró cajones. Esparció la ropa. Deshizo la cama. Encontró una Luger alemana. Encontró banderas nazis. Encontró gorros nazis. Lo metió todo en una funda de almohada. Como si fuera el botín de un ladrón. Abrió el frigorífico. Tiró los fiambres. Tiró el alcohol. Agarró la palanca. Destripó los sofás. Rebanó las sillas.

Volcó el armario de la cocina. Encontró una pistola Mauser. Encontró una navaja nazi. Las metió en una bolsa de papel. Como si fuera el botín.de un ladrón.

Encontró un puñal nazi. Encontró moneda surafricana. Encontró un cuchillo japonés. Lo envolvió todo con una sábana. Como si fuera el botín de un ladrón.

Agarró la palanca. Arrancó tablas del suelo. Rompió vigas de las paredes.

Ahora, el escritorio y el archivador.

Retrocedió sobre sus pasos. Abrió el escritorio. Abrió el archivador. No estaban cerrados con llave.

Se enfrascó en ellos. Guardó facturas. Guardó cartas. Ahí: un solo expediente. Estaba metido en una carpeta. Estaba cubierto de garabatos. Littell había dibujado sirenas nazis y cuchillos.

Tenía una señal. Ponía «Marty» dentro de un círculo.

Se dirigió hacia el sur. Salió de Hollywood. Encontró un cubo de basura. Tiró el botín de Lyle.

No vayas a casa. Jane está allí. Busca un motel.

Siguió hacia el sur. Encontró un motel en Pico Boulevard. Se registró para una sola noche. Se encerró. Repasó las facturas de Lyle. Leyó sus cartas.

Insulso: facturas de teléfono / facturas del gas / los impagos de la segunda hipoteca. Folletos de exposiciones de armas / notas de sus ex esposas.

Ahora despacio. Aquí viene «Marty».

Abrió la carpeta. Vio notas mecanografiadas. Dieciséis páginas a un solo espacio.

Las hojeó. Vio de qué se trataba. Eran los planes del doctor King.

La introducción de CONEJO BLANCO, al pie de la letra, decía:

«Los puntos siguientes detallan los planes generales de MLK desde ahora (8/3/65) hasta las elecciones presidenciales del 68. MLK ha discutido los puntos siguientes en conferencias de alto nivel con el Comité Central de la CLCS y ha prohibido a sus miembros que los divulguen públicamente o los discutan fuera de las reuniones del Comité Central. Asimismo, ha rechazado cualquier crítica que señale un hecho obvio: la amplitud de su programa socialista dividirá sus fuerzas, agotará los recursos de la CLCS y socavará la credibilidad del movimiento en favor de los derechos civiles. Enfurecerá al statu quo del país y tal vez le cueste el apoyo presidencial y del Congreso, además de ganarse la enemistad de sus seguidores "liberales de limusina". El verdadero peligro de sus planes radica en que pueden servir para estimular y unificar una coalición de comunistas radicales, simpatizantes comunistas, intelectuales de extrema izquierda, universitarios desencantados y negros susceptibles a la retórica incendiaria y propensos a las acciones violentas.»

MLK sobre Vietnam:

«Genocidio disfrazado de consenso anticomunista. Una diabólica guerra de agotamiento.»

MLK prepara discursos. MLK prepara boicots. MLK prepara disensión.

MLK acerca de los guetos:

«La perpetuación económica de la pobreza de los negros. El puntal de la segregación de facto. La esclavitud del siglo XX, disfrazada con eufemismos por políticos de todas las ideologías y creencias. Una realidad social cancerosa y una situación que requiere una redistribución masiva de todas las propiedades y riquezas.»

MLK prepara discursos. MLK prepara boicots. MLK prepara huelgas. MLK sobre la pobreza:

«Los negros no serán absolutamente libres hasta que los derechos que les ha dado Dios de coexistir con los blancos sean sustituidos por los derechos económicos que financieramente los igualen a los blancos.»

MLK prepara discursos. MLK planea disensión. «Pobre gente de los sindicatos.» «Pobres manifestantes.» Pobre gente enganchada en la disensión.

MLK sobre la integración:

«Sólo podemos dar la vuelta a la tortilla de la estructura de poder del país y dirigir y redistribuir de forma igualitaria sus recursos mediante la creación de un nuevo consenso, una nueva coalición de los desposeídos, que no tolerará que haya hombres que vivan en el lujo mientras otros se pudren en la miseria y la suciedad.»

MLK prepara discursos. MLK prepara seminarios. MLK planea disensión.

Cumbres. Seminarios. Reuniones para intercambio de ideas. Coaliciones. Manifestantes contra la guerra. Pacifistas. Editores de panfletos izquierdistas. Registros de votantes. Redistribución. El consiguiente bofetón a la corriente de opinión general.

CONEJO BLANCO citaba conceptos. CONEJO BLANCO controlaba agendas. CONEJO BLANCO citaba fechas.

MLK profetizaba. MLK condenaba la guerra de Vietnam:

«La escalada bélica de Vietnam se convertirá en la desventura más desgraciada y asesina del siglo XX americano. Dividirá, despedazará y generará escépticos y personas de conciencia en gran número. Formará el núcleo del consenso que quemará y devastará Estados Unidos tal como lo conocemos.»

Agendas. Movimientos de fondos. Valoraciones de los costes de las operaciones. Votos potenciales. Límites de los distritos. Datos sobre los registros. Resguardos y comprobantes. Cifras. Pronósticos.

Es grande. Es inmenso. Es magnífico. Es demente. Es megalómano.

Littell se frotó los ojos. Littell luchó contra la doble visión. Se secó el sudor.

Bendito sea Jesucristo...

Al señor Hoover se le pondrán los pelos de punta. El señor Hoover se quedará sin palabras. El señor Hoover LUCHARÁ.

Littell abrió una ventana. Miró hacia fuera. Vio rampas de autopistas. Los coches parecían nuevos. Los faros traseros se movían en procesión. Los indicadores brillaban.

Encendió una cerilla. Quemó el expediente. Tiró las cenizas por el fregadero. Rezó por Martin Luther King.

Sus palabras se le quedaron grabadas.

Las saboreó. Las repitió mentalmente. Las pronunció con la voz del doctor King.

Vigiló la casa de Lyle. Aparcó junto a ella. Ningún coche / ningún cobrador del casino / ningún movimiento. Digamos que Lyle durmió hasta tarde. Dale tiempo, tiempo de que lleguen los cobradores.

Ivar Norte estaba muerto. Las ventanas brillaban en blanco y negro. La luz de los televisores rebotaba en el cristal. Littell cerró los ojos. Se hundió en el asiento. Esperó. Bostezó. Se desperezó.

Unos faros...

Adelantaron a su coche. Viraron. Enfocaron la casa de Lyle. Ahí está el Mercury.

Lyle aparcó en el camino de acceso. Se apeó y se acercó a la casa. Vio la puerta forzada y abierta.

Entró corriendo. Encendió luces. Gritó.

Littell cerró los ojos.

Oyó ruido de golpes. Oyó que gritaba: «¡Oh, no!» Abrió los ojos. Consultó su reloj. Cronometró lo que tardaba en ver las cosas.

Más ruido de golpes. Ningún grito o chillido.

Lyle salió corriendo. Littell consultó su reloj: 3,6 minutos.

Lyle trastabilló. Lyle parecía ofuscado. Lyle se veía descuidado. Subió al coche. Arrancó. Puso marcha atrás y pisó el acelerador.

A fondo. Quemó goma. Aplastó la barrera. El coche voló. Se puso vertical y giró hacia atrás.

Littell oyó la colisión. Littell oyó la explosión del depósito de gasolina. Littell vio las llamas.

DOCUMENTO ANEXO: 11/8/65. Transcripción de una llamada telefónica interna. (Addenda a la OPERACIÓN CONEJO NEGRO.) Encabezamiento: REGISTRADA A INSTANCIAS DEL DIRECTOR / CLASIFICADA CONFIDENCIAL / SÓLO PUEDE VERLA EL DI-RECTOR. Hablan: el director y CONEJO CELESTE.

DIR: Buenos días.

CC: Buenos días, señor.

DIR: Me ha entristecido la noticia sobre su hermano. Reciba mis condolencias.

CC: Gracias, señor.

DIR: Era un colega muy apreciado. Eso hace que las circunstancias que rodean su muerte sean más preocupantes, si cabe.

CC: No voy a disculparlo, señor. Se permitía juergas ocasionales y se comportaba conforme a ello.

DIR: Me preocupa lo del suicidio. Un vecino dice que lo vio poner marcha atrás en el coche y tirarse por el precipicio, lo cual concuerda con los hallazgos del DPLA y el veredicto del forense.

CC: Era muy impetuoso, señor. Se casó cuatro veces.

DIR: Sí, al más puro estilo Mickey Rooney.

CC: Señor, ¿quiere usted...?

DIR: He repasado las notas del DPLV y he hablado con el agente especial de Las Vegas. La casa de CONEJO BLANCO fue completamente saqueada. Un vecino contó a los agentes que la colección de pistolas de recuerdo que tenía CONEJO BLANCO fue robada, así como el contenido de su escritorio y su archivador. Los agentes interrogaron a los cobradores del Desert Inn. Un hombre reconoció haber entrado en la casa de CONEJO BLANCO dos días después del suicidio y haber encontrado todo patas arriba, lo cual es, indiscutiblemente, mentira. Los agentes del DPLA que respondieron a la llamada avisando del suicidio dijeron que encontraron la puerta abierta y vieron la sala de estar completamente arrasada.

CC: Todo encaja, señor. No era la primera vez que mi hermano tenía deudas con un casino, aunque nunca tan cuantiosas como en esta ocasión.

DIR: ¿Tenía CONEJO BLANCO un expediente privado sobre los movimientos de la CLCS?

CC: No lo sé, señor. En los asuntos de seguridad, sólo intercambiaba información conmigo si era estrictamente necesario.

DIR: La proximidad de CONEJO AMBULANTE al incidente me preocupa.

CC: A mí también me preocupa, señor.

DIR: ¿Lo han seguido en las fechas previas a la farra de CONEJO BLANCO?

CC: No, señor. Ya habíamos decidido que CONEJO BLANCO se encontraría con él y yo no quería complicaciones. De todos modos, los agentes de Nevada lo han seguido de manera intermitente.

DIR: CONEJO AMBULANTE sigue apareciendo de la manera más inesperada. Salta de catástrofe en catástrofe con el aplomo de un conejo.

CC: Sí, señor.

DIR: Aparece en Bogalusa y, *voilà*, desaparece Charles Rogers, amigo de CONEJO SILVESTRE. Aparece en Las Vegas y, *voilà*, presencia el preludio del suicidio de CONEJO BLANCO.

CC: Ya sabe lo mal que me cae CONEJO AMBULANTE, señor. Dicho esto, tengo que añadir que lo llamó a usted y que le avisó de lo que ocurría.

DIR: Sí, hablé con él ayer. Me contó que ayudó a CONEJO BLANCO a salir del casino y que CONEJO BLANCO se desmayó en su coche. Su relato suena plausible, y los agentes asignados no han sido capaces de contradecirlo. Me han dicho que CONEJO AMBULANTE ordenó al cajero del casino que no le diera más crédito a CONEJO BLANCO, lo cual fortalece aún más su credibilidad.

CC: Es posible que, de cierta forma, haya capitalizado el incidente, señor. Dudo seriamente de que fuese él quien lo provocó.

DIR: Por el momento, mantengo una mente abierta al respecto. CONEJO AMBULANTE es capaz de cometer las provocaciones más extravagantes.

CC: Sí, señor.

DIR: Cambiando de tema. Cuénteme cómo se comporta CONEJO SILVESTRE.

CC: Lo está haciendo bien, señor. Está formando correctamente su célula del Klan, básicamente con los miembros reclutados por PADRE CONEJO. Ha interrogado a unos cuantos miembros con información sobre fraude fiscal en otras células rivales del Klan y grupos paramilitares. El incidente de Bogalusa parece haberlo disciplinado y se adhiere a sus parámetros operacionales.

DIR: CONEJO SILVESTRE es un marine turbulento acostumbrado a soportar reprimendas muy obvias.

CC: Yo he llegado a la misma conclusión, señor; pero no sé quién lo ha reprendido, y la desaparición de Rogers se me escapa por completo.

DIR: La secuencia de los acontecimientos es seductora. Rogers mata a sus padres y desaparece. Una iglesia negra vuela por los aires mil quinientos kilómetros al este.

CC: Sólo me gustan los enigmas que puedo resolver señor.

DIR: Ordené al agente especial de Houston que hiciera una comprobación de pasaportes. Pete Bondurant y Wayne Tedrow Junior llegaron a Houston poco después que Rogers. Creo que fueron ellos quienes lo mataron, pero el móvil me tiene despistado.

CC: Sí, señor. Y de nuevo nos encontramos con la proximidad de CONEJO AMBULANTE.

DIR: Sí, un fastidio adicional.

CC: ¿Cree usted, señor...?

DIR: CONEJO ROJO intentará asistir al funeral de CONEJO BLANCO. ¿Lo permitirá usted?

CC: Sí, señor.

DIR: ¿Puedo preguntarle por qué?

CC: Mi razón tal vez le parezca frívola, señor.

DIR: No se la calle. Permítase un poco de desenfreno.

CC: A mi hermano le gustaba CONEJO ROJO, señor. Sabía cómo era y, pese a eso, le gustaba. Por lo que a mí respecta, que venga y rece una larga oración y repita tantas veces como quiera su discurso de «tengo un sueño». Lyle sólo ha llegado a los cuarenta y seis, por lo que me siento inclinado a reírme de su memoria.

DIR: El vínculo fraterno deconstruido. Bravo, Dwigth.

CC: Gracias, señor.

DIR: ¿No ha pensado que AMBULANTE y CONEJO BLANCO comparten ciertas características y un vacío moral común?

CC: Sí, señor.

DIR: ¿Aumenta su odio hacia CONEJO ROJO?

CC: Sí, señor. Espero que CONEJO NEGRO llegue lo más arriba posible y podamos compensar nuestra pérdida.

DIR: A su debido tiempo. Por ahora, quiero esperar y valorar un plan auxiliar.

CC: ¿Una operación secreta?

DIR: No, un chantaje formal.

CC: ¿Realizado por agentes de campo?

DIR: No, realizado por Pierre Bondurant, conocido en círculos no refinados como «el Señor Extorsión» o «el Rey del Chantaje».

CC: Es un tipo muy duro.

DIR: Está próximo a CONEJO AMBULANTE. Tal vez averigüemos algunas cosas.

CC: Sí, señor.

DIR: Buenos días, Dwight. Y reciba de nuevo mis condolencias.

CC: Buenos días, señor.

82

(New Hebron, 12/8/65)

NEGRATA.

Nunca lo había pensado. Nunca lo había dicho. Resultaba feo. Resultaba estúpido. Lo convertía en uno de ELLOS.

Wayne tomó carreteras secundarias. Wayne vio chabolas y huertos miserables. Wayne los vio a ELLOS.

Labraban la tierra. Arrancaban malas hierbas. Esparcían el abono. Wayne los convirtió en Bongo. Wayne los convirtió en Wendell D.

El diabólico Durfee, visto por última vez en Bakersfield, en la California blanca rural. Primero, el trabajo / ahora, New Hebron / pronto Bakersfield.

New Hebron era blanco y rural. New Hebron era pequeño. New Hebron era *très* Misisipí. Bob Relyea trabajaba allí. Bob dirigía la madriguera de Conejo Silvestre. Bob dirigía su kamarilla del Klan.

Bob tenía armas del kuadro. Wayne tenía dinero del kuadro. O sea, el kuadro trabajaba con el Klan.

Wayne condujo despacio. Los observó. Se sintió dividido. Se sintió jodido de tanto viaje.

Había vuelto al oeste. Había dejado Saigón. Había pasado allí tres semanas. Había cocinado caballo. Lo había empaquetado. Lo había seguido rumbo al oeste.

Pete estaba en Laos. Mesplede, también. Mesplede acababa de volver. Ellos dirigían el Tiger Kamp. Tenían esclavos. Cocinaban la base.

Allí, Pete se puso inquieto. Pete se hartó. Compró una incursión aérea. Compró a varios pilotos del ERV. Los pilotos soltaron napalm sobre Ba Na Key.

Desforestaron. Depilaron. Desfoliaron. Incendiaron un campamento de droga. Quemaron una plantación de droga. Dejaron intacto el laboratorio. Llevaron allí a Tran Lao Dinh. Tran saqueó el laboratorio. Tran robó morfina base y equipamiento. Tran lo entregó al Tiger Kamp.

Laurent estaba en Bon Secour, Alabama. Flash E., también. Allí Pete había localizado una embarcación. Flash sabía de barcos. Laurent sabía de carpintería.

Un barco-chárter, una reparación general, un buque de guerra fantástico.

El plan de Pete: Asegúrate de ver las armas. Paga a Bob. Manda dichas armas de New Hebron a Tiger Sur. A continuación, viaja a Bon Secour. Haz de soporte y machaca a ese payaso de Danny Bruvick.

Rodeos. Vueltas. Viajes fastidiosos.

Flash estaba harto de viajes. Había pasado por Cuba. Había llegado en una lancha fueraborda. Había dejado en tierra a Fuentes y a Arredondo. Los cubanos se habían quedado allí. Flash dio un nuevo rodeo que lo llevó a Bon Secour.

Pronto:

Transporte de armas núm. 1. El *Ebbtide* reformado: el nuevo *Tiger Klaw* en acción.

Wayne atajó hacia el este. Recorrió carreteras polvorientas. Vio fábricas de papel y abono ardiendo. Vio la «granja» de Bob.

Una cabaña: el «granero del Führer» de Bob. Adyacente, un foso de tiro. Los kapullos del Klan se reúnen. Kamarilla de kapullos del Klan. Los kapullos del Klan hacen prácticas de tiro.

Wayne frenó y aparcó. Le llegó un olor a cordita y mierda de caballo. Entró en el granero. Lo golpeó un aire frío: el «iglú del Führer».

Cerró la puerta. Rió. Estornudó.

Cortinas con la bandera rebelde. Alfombras con la bandera rebelde. Muebles con la bandera rebelde. Unos papeles sobre la mesa, panfletos de Wayne Senior: «Mezcladores de razas comunistas» / «Para meter miedo a los negros».

Munición en un sofá / páginas sobre una mesa / capuchas sobre una banqueta. Lavadas en seco y bien dobladas. Envueltas en celofán.

Wayne rió. Wayne estornudó. La puerta se abrió de pronto y entró el Conejo Bob. Llevaba uniforme de faena y botas de asalto. Bob cogió su capucha del Klan.

Wayne rió. Bob cerró la puerta. Bob congeló de nuevo el iglú.

—No es el Cuartel General, pero funciona.

—He traído el dinero. —Wayne se dio una palmada en los bolsillos.

—Tu padre te manda recuerdos. Siempre pregunta por ti.

—Veamos las armas.

—Charlemos un poco, primero. «Eh, Bob, ¿cómo va el martillo?» «Largo y fuerte, Wayne. ¿Y cómo te va a ti?»

Wayne sonrió. Pete saltó sobre Bob. Le dio un puñetazo en sus orejas de conejo y vengó a Ward Littell.

—Veamos las armas.

Bob se tocó la nariz. Bob aspiró rapé Red Man.

—Los negros estaban causando disturbios en L.A. Les dije a mis muchachos: «Serían precisos cierta cantidad de napalm y doscientos Wayne Juniors para acabar con las revueltas.»

Wayne estornudó: el aire frío y el rapé.

—Déjate de toda esa mierda y enséñame las armas.

—Antes de pasar a eso, hablemos. Discutimos el problema negro y te muestro mi archivo de correspondencia de la penitenciaría estatal de Misuri.

—Estás agotando mi paciencia —dijo Wayne.

—He recibido cartas de Jimmy Ray y de Loyal G. Binns. —Bob se restregó la nariz—. Los dos son buenos propagandistas y muy manejables. Creo que se alistarán cuando consigan...

Wayne echó a andar. Wayne tropezó con Bob aposta. Wayne se dirigió hacia la cocina.

Había un televisor encendido. Unos negros daban saltos. Unos negros arrojaban piedras. Unos negros robaban licor. El sonido estaba bajo. Los negros gritaban. Les brillaban los dientes.

Bob entró. Bob tropezó con Wayne aposta. Bob abrió un congelador de carne desconectado.

Armas: M-14 / bazucas / lanzacohetes.

Bob se estrujó la nariz. Bob expulsó el exceso de rapé.

—Tengo toda la munición requerida y ocho Zippos M-132 en el foso. Unos tipos asaltaron un puesto de la Guardia Nacional en Arkansas. Mi contacto los conoce, de modo que conseguimos la primera opción de compra. Calculo que tendrás un montón de material para tu Tiger Sur y tu asunto cubano.

—¿Cuánto?

—Treinta y cinco. Y, si quieres mi opinión, es un precio de saldo.

Wayne cogió una bazuca y la estudió. Marcas de quemaduras / sin código de fabricante.

—Está manipulado. No tiene el número de serie.

—Todo está así. Los tipos no querían que el material pudiera relacionarse con el golpe.

Wayne cogió un M-14. Wayne cogió un lanzacohetes.

—Es buen material. Incluso parece demasiado bueno para la Guardia.

—No te quejes. Hemos conseguido una auténtica ganga.

Wayne cogió un M-14. Comprobó el cañón.

—Pete quería que aparecieran los números de serie. Es una táctica terrorista. Si el material es capturado, los tipos de Castro sabrán que se trata de una donación de Estados Unidos.

Bob se encogió de hombros.

—No es lo mismo que si lo compraras en Sears, joder, con la etiqueta del precio y la garantía para toda la vida.

Wayne kontó billetes de mil, todos krujientes y klaros / todos blanqueados y planchados.

—No intentes cambiar uno de ésos en tu heladería favorita.

Wayne dio unos golpes al televisor. Consiguió un poco de sonido. Disparos. Ruido de sirenas. Negros gritando.

Labores navales:

Laurent montó los nidos de ametralladora. Flash repasó el casco. Cargaron herramientas y las descargaron. Sudaron a mares.

Restauraron el *Ebbtide*. Le limpiaron la cara al *Ebbtide*. Lo recubanizaron.

Colgaron redes. Embadurnaron velas. Rasparon madera de teca. Camuflaron. Construyeron un barco cubano de imitación.

Flash agarró una lijadora. Flash la pasó por el puente. Flash rascó la caoba.

Danny Bruvick observó. Danny Bruvick se lamentó. Danny Bruvick tomó un trago de Cutty Sark.

Wayne observó. Wayne se rascó. Wayne bostezó. Había conducido dieciséis horas. Había explorado el Viejo Dixie.

Dejó New Hebron. Tomó unas benzedrinas. Condujo a Port Sulphur. Llegó a Tiger Sur. Dejó las armas. Siguió hasta Bon Secour.

Flash tenía órdenes: directas de Pete.

Pete no se fía de Danny. Danny tiene una ex. La ex vive ahora con Ward Littell. Apretamos a Danny. Yo y Laurent; el *capo* Carlos, también. Le leemos a Danny la ley Tiger. Aténte al kódigo Tiger. Kondúcenos a Kuba.

Danny es un majara. Danny es un borracho. Podría llamar a su ex y soltarle la llorera. Tu trabajo, impedírselo.

Oscureció. Flash instaló unas luces para trabajar. Laurent se cubanizó. Wayne tomó cerveza. Wayne estudió mapas.

La sensualidad cubana y Bakersfield, en el culo de California.

Labores navales:

Laurent escaló los mástiles. Laurent cosió velas. Flash ajustó los motores. Danny Bruvick observó. Danny Bruvick observó, completamente borracho.

Wayne se encaminó al amarre núm. 18. Wayne observó desde lejos. Flash tenía nuevas órdenes: directas de Pete.

La ex se llama Arden. Danny está encoñado. Danny podía llamarla y llorarle. Tu trabajo: impedirlo. Es un asunto de Carlos, algún lío raro. Por lo tanto, tú te centras en la señora.

Flash subió a bordo bidones de combustible. Laurent soldó otros bidones. Wayne observó. Las benzedrinas le dejaban la boca seca. Bebió un poco de zumo de manzana.

Una limusina se detuvo y esperó. Un chófer abrió la puerta trasera. Carlos se apeó. *Il padrone* del material. Lleva el traje de tiburón de los negocios.

Se encaminó hacia el amarre núm. 19. Laurent se cuadró. Bruvick rezó el rosario. Flash se cuadró. Carlos asintió con la cabeza. Carlos abrazó a Laurent.

Bruvick se cuadró. Carlos no le prestó atención. Carlos bajó a la bodega. Flash bajó. Laurent también. Bruvick los siguió, despacio y cojeando.

El barco cabeceó y se estabilizó. Wayne oyó gritos.

Encontró una linterna y leyó sus mapas. El barco cabeceó. Escuchó golpes. Oyó gritos quejumbrosos.

Flash subió a cubierta. Laurent, también. Carlos avanzó dándose aires a lo *il duce*. Subieron al amarre núm. 19. Se limpiaron las manos con toallas de papel. Montaron en la limusina.

La limusina arrancó. Wayne contempló la embarcación. Miró el reloj y contó los segundos.

Ahí...

Bruvick aparece en cubierta.

Cojea. Desembarca. Cuenta unas monedas y llega al muelle. Localiza las cabinas de teléfono.

Wayne se acercó. Bruvick lo vio.

—¡Mierda! —exclamó.

Wayne vio los daños:

Dientes perdidos y orejas gruesas. Labios hinchados y abrasiones.

Bon voyage.

Cargaron todo el combustible. Trasladaron las armas. Subieron su material personal: fusiles Browning y Beretta. Escalpelos y dispositivos antiparásitos. Un Zippo preparado para lanzar grandes llamaradas.

El *Tiger Klaw* kamuflado a konciencia. Armas a babor. Armas a estribor. Seis portillas por borda. Tommies en el puente, fijados a peanas giratorias.

Zarparon a las 6.00, rumbo sur-suroeste. Bruvick llevaba el timón. Laurent leía mapas. Flash leía cómics. Wayne leía planos callejeros. Wayne estudiaba Bakersfield. Camionetas agrícolas y espaldas mojadas. Campos fértiles y Wendell Durfee.

Salvaron las olas. Mataron el tiempo. Hacía calor. La espuma los mojó. El mar los deslumbró.

Llevaban Coppertone. El barco cabeceó. Tomaron Dramamine. A Bruvick le entraron los sudores y los temblores: la sobriedad forzada.

Flash escondía su bebida. Decía que Pete aborrecía a Bruvick. Flash decía que era una cuestión privada, provocada por Ward Littell.

Flash leyó la brújula. Estudió el mapa y repasó el guión:

Nos citamos frente a la costa, cerca de la playa de Varcadero. Reunimos a nuestros hombres. Nosotros aportamos embarcaciones; ellos, las armas. Tenemos carta blanca. Ya estamos en la playa, cerca de un puesto de la Milicia: un barracón de barbudos.

Flash se sentía feliz. Flash se sentía homicida. Se puso en plan preventivo. Dijo: Atentos a los ladrones de barcos. Matan pescadores. Van en barcas pequeñas. Roban pescado. Roban embarcaciones. Llevan barba a lo Fidel.

Anocheció. Llegaron a Snipe Key. Repostaron combustible. Desplegaron las velas. Volvieron a camuflarse.

Bruvick suplicó que le dieran bebida. Flash lo encadenó. Dejaron el barco, encontraron una marisquería y tomaron cangrejos con dexedrina.

Wayne bebió bastante. A Flash se le pusieron los ojos saltones. A Laurent le rechinaron los dientes. Le llevaron cena a Bruvick. Le soltaron las esposas y le dieron una única cerveza. Bruvick se la bebió de un solo trago.

Desamarraron. Siguieron rumbo sur-sureste. Surcaron corrientes. El barco se zarandeó. Las nubes ocultaron la luna.

Bruvick pilotó, sudó y rezó el rosario. Flash se metió con él. Flash soltó amenazas. Flash se burló de sus letanías.

Se aplicaron hollín. Les temblaban las manos, de puuura dexedrina. Se enmascararon el rostro. Laurent era alto. Parecía Wendell Durfee.

Flash estudió la brújula. Entraron en aguas cubanas.

Wayne recorrió la borda. La espuma lo alcanzó. Wayne llevaba sus Bausch & Lomb. Las olas saltaban. Los peces saltaban. Una bengala estalló y dejó un rastro. Wayne vio una embarcación. Vio una embarcación que se alejaba de la costa.

A la derecha, a cuatrocientas brazas, una mancha que se alejaba. Flash disparó una bengala. La bengala cruzó el cielo como una exhalación. Allí: el otro barco / el encuentro.

Los barcos cabecearon. Flash lanzó un gancho. Flash enganchó con firmeza una borda de la cubierta. Wayne vio a Fuentes y Arredondo.

Ellos lanzaron sus ganchos. Juntaron las bordas. Volaron. Laurent los agarró. Se apilaron en el suelo. Rodaron.

—¿Y el otro barco? —preguntó Wayne—. ¿Y el bote? ¿Qué es esto?

Fuentes se puso en pie.

—La Milicia —dijo—. ¿Nos... nos han descubierto?

—Los putos de Fidel. Huelen nuestro pescado.

Wayne olió a pescado. Wayne echó una ojeada al barco. Vio el camuflaje que usaban: cañas de pescar, entrañas de pescado, cabezas de pescado.

Flash subió a toda prisa. Abrazó a los muchachos. Se mostró efusivo. Fluyó el español: «*Chinga*», «*puto rojo*».

Wayne transportó armas: envueltas en plástico / selladas con cinta adhesiva / pesadas.

Se dio prisa. Llegó a las bodegas de carga. Subió corriendo por los peldaños de la escalerilla. Hizo el traslado. Efectuó ocho viajes.

Él lanzaba. Flash lanzaba. Fuentes recogía. Arredondo recogía y apilaba. Eran chicos pequeños pero fuertes. Agarraban todo lo que les lanzaban.

Bruvick observó. Se rascó la nuca, que le escocía. Murmuró una jaculatoria.

Fuentes soltó los ganchos. Fuentes agitó la mano. Arredondo alejó su embarcación.

Laurent agarró a Bruvick. Flash lo momificó. Lo esposó. Lo envolvió en cinta adhesiva. Lo convirtió en Tutankamón. Le tapó la cara. Le envolvió las piernas. Lo momificó contra el mástil.

Laurent preparó una balsa. Wayne echó el ancla.

—Vamos a matar comunistas —dijo Flash.

Cogieron Berettas, machetes y pistolas Browning. Cogieron un Zippo envuelto en plástico. Cogieron una balsa. Remaron. Salvaron el oleaje y comieron arena.

Dos millas de mar negro. Tres millas hasta las luces de la playa. Allí, un barracón y un puesto de guardia.

A distancia de la playa. A distancia de la arena suelta. A distancia de los caminos de acceso.

Se desviaron. Remaron hacia la izquierda. Las olas los golpearon. Wayne y Flash vomitaron.

Atravesaron el oleaje. La corriente los alcanzó. Los desvió hacia la izquierda. Volcaron. Rodaron.

Arrastraron la balsa hasta la arena seca. Echaron un vistazo a la cabaña.

Doce metros por doce / cuatro hombres en su interior / a cuarenta metros de distancia.

Junto a ella, el barracón / una entrada / una planta.

Se pasaron unos prismáticos. Ajustaron las lentes. Localizaron fotografías. Se abrió una puerta. Dos hileras de camas. Las 2.00 de la mañana / treinta hombres / literas y mosquiteras.

Flash murmuró unas palabras. Primero, dijo, el puesto de guardia. Atacaremos con silenciadores.

Comprobaron sus Berettas. Quitaron el envoltorio a los Zippos. Avanzaron a rastras, los tres a un tiempo. Laurent montó el silenciador.

Wayne estornudó. Wayne comió arena. Wayne se puso nervioso. Se acercaron hasta seis metros de distancia. Wayne vio caras completas.

Los milicianos estaban sentados. Los milicianos fumaban. Wayne vio cuatro carabinas apiladas.

Flash sincronizó la cuenta. A la de tres, disparar tendidos.

Uno: apuntar tendidos. Dos: dedo al gatillo. Tres, dispararon: ruido de silenciadores sincronizados.

Dieron fuerte. Dispara`ron al bulto. Dieron a cabezas y pechos. Repitieron la descarga. Apuntaron. Dispararon deprisa. Dieron a huevos, a espaldas, a cuellos.

Dos de los jodidos cayeron. Dos sillas cayeron. Dos de los jodidos lanzaron chi... chillidos. Dos bocas se abrieron. Dos bocas enmudecieron con una sacudida. La onda sónica, eliminada.

Flash rodó sobre sí mismo. Flash se acercó. Disparó a bulto. Los cuerpos se agitaron. Los cuerpos absorbieron plomo.

Flash hizo una señal. Ahora, los barracones.

Laurent prendió el Zippo. La tapa color cereza flameó. Avanzaron a rastras. Llegaron cerca. Ahí está el objetivo. Ahí está la puerta.

Laurent se puso en pie. Apareció en el marco de la puerta. Utilizó el encendedor. Roció de fuego las camas, las mosquiteras. Roció de fuego a los *putos rojos*.

Los comunistas ardieron. Los comunistas lanzaron chillidos. Los comunistas saltaron de sus jergones, se deshicieron de la maraña de mosquiteras y corrieron.

Laurent quemó sábanas y paredes. Quemó hombres en ropa interior y en pijama. Los comunistas corrieron, tropezaron, rompieron ventanas.

El barracón ardió. Los comunistas corrían: rojos encendidos.

Huyeron por la puerta de atrás. Corrieron hacia la playa. Cayeron hacia la arena. Corrieron y llegaron al agua.

Las olas los apagaron. Las olas los libraron de las llamas. Las olas los aspiraron. Las olas hirvieron. El barracón ardió. La munición estalló.

Laurent persiguió las bolas de fuego. Laurent disparó contra la arena mojada y encendió el agua salada.

Flash se acercó al barracón. Sacó dos muertos de su interior. Los dejó caer y se meó en sus cabezas.

Wayne se acercó. Le entró miedo escénico. Hazlo. Demuéstralo. Demuéstraselo a Pete.

Empuñó el machete. Agarró una cabeza. Hundió el filo en el cuero cabelludo.

Bakersfield. Más machaqueo de viajes: calles polvorientas / cielo polvoriento / aire polvoriento. El valle de San Joaquín, polvoriento de un extremo al otro, abono de granja y luz intensa.

El viaje lo había machacado. Había saltado de Cuba a Snipe Bay. Había saltado de Snipe Kay a Bon Secour. Había saltado de Bon Secour a Nueva Orleans. Tomó tres vuelos hacia el oeste. Durmió mal. Se quedó sin dexedrina.

Llamó a Saigón. Mesplede lo puso en contacto con Pete. Alabó la movida. Alabó las armas. Se quejó de Bob. Criticó que Bob hubiera borrado las marcas de las armas.

Pete se irritó. Pete se cabreó con Bob. Deja las marcas; asusta al Barbas; haz alarde de su procedencia americana.

Llamó a Barb. Fue una conversación tensa. Tensa por aquella pelea. Barb tenía noticias. Barb tenía un trabajo pendiente: una visita a las tropas destacadas en Vietnam.

Actuaremos en Saigón. Actuaremos en Da Nang. Por favor, trae a Pete al espectáculo. Wayne aseguró que lo haría. Dijo que regresaría. Dijo que estaría machacado de tanto viaje.

Wayne recorrió Bakersfield. Estudió sus planos. Había llegado en avión. Había alquilado un coche y había ido directamente al extrarradio.

El barrio mexicano se extendía al este. Los huertos se extendían al este. Había bares de cerveza / remolques / moteles. Había polvo. Había insectos. Había cabañas de mexicanos en abundancia.

Entró en los bares. Tomó cervezas. Obtuvo información. Los camareros hablaron. Los camareros le dieron consejos.

¿Putas espaldas mojadas? ¡Mierda! Todos los espaldas mojadas son iguales.

Se saltan fronteras. Roban empleos. Trabajan barato. Se reproducen demasiado. Viven para follar. Gimen como chihuahas. Recogen cosechas. Reciben la paga y entonces follan con putas de verdad. Macarras espaldas mojadas chulean a prostitutas espaldas mojadas: el día de cobro la jodienda prolifera.

Invaden moteles. Joden la producción. Proliferan. Ve al Sun-Glo. Ve el Vista. Observa la escena completa. Mañana es día de cobro y los espaldas mojadas abundarán. Te encantará la escena.

Como quien no quiere la cosa, Wayne soltó el nombre de «Wendell Durfee». Wayne sólo obtuvo algunos encogimientos de hombros.

¿Quién es? ¿Un negrata de mierda?

Exacto, es de color. Un hombre alto y que viste muy estrafalario. Mieeerda...

Los espaldas mojadas odian a los negros. Los campesinos odian a los negros. Será mejor que ese negro se esconda.

Día de pago:

Wayne recorrió huertos. Se lo tomó con calma. Observó.

Los espaldas mojadas recogen coles. Los espaldas mojadas arrancan malas hierbas y llenan bidones de desperdicios. Unas sirenas aúllan. Los espaldas mojadas gritan, dejan las hoces y corren.

Llegan a los camiones de los pagadores. Forman una cola. Toman el dinero y corren. Familias / hombres / muchachos.

Unos forman pandillas. Otros se marchan. Otros se demoooran. Todos son hombres, con sonrisas de comemierdas.

Otros camiones se detienen. Unos chicanos saludan a otros chicanos. Los recién llegados distribuyen: cerveza en jarra / condones normales / condones de fantasía / vino barato / oporto blanco / desnudos en Polaroid. Fotos porno de putas pachucas. ¡A proliferar!

Wayne se acercó. Los hombres retrocedieron. Wayne olió temor a la *Migra*. Wayne los tranquilizó. Chapurreaba un poco la lengua de los mexicanos. Obtuvo información.

Esto fue lo que sacó:

Los tipos de los camiones eran chulos de putas. Anotaban a los clientes con antelación: la ley de la oferta y la demanda. Ve al Sun-Glo. Ve al Vista. Verás qué gran jodienda.

Los espaldas mojadas miraron las fotos porno. Se apuntaron. Wayne enseñó la foto de Wendell Durfee y no consiguió nada. ¡Mierda!: No lo hemos visto / no lo conocemos / odiamos a los negritos.

Wayne se largó. Interrogó a otros camioneros chulos de putas. Tampoco consiguió nada. Estudió los planos. Cruzó las vías de tren y recorrió el barrio negro. Segregación *de facto*: espaldas mojadas al norte / negros al sur.

Bostezó. Luchó contra el sueño. La noche anterior había dormido demasiado. Había dormido catorce horas. Había tenido algunas pesadillas.

Barb lo regaña: no tomes píldoras. Él la regaña por lo mismo: no lo hagas; envejecerás mal; te quiero.

Bongo de coprotagonista. Bongo se convulsiona. Bongo delata a Durfee. Wendell está en Cuba. Tiene los seis mil pavos. Tiene una barba como la de Castro.

Wayne recorrió el barrio negro. Wayne entró en salas de billar. Wayne entró en salones de baile. Olía a policía. Olía a dolor. Se le veía la pistola.

Los polis lo vieron. Lo polis lo saludaron. Olieron a hermano policía. Interrogó a gente de color. Enseñó sus fotos de Wendell. Obtuvo, ¿qué? Obtuvo indignación.

¿Te ha gustado lo de Watts? Podría ocurrir aquí. Podría ocurrir ahora mismo.

Pensó en ello. Trabajó todo el día. Peinó el barrio negro. Nadie conocía a Diabólico Durfee. Nadie sabía nada de nada.

Anocheció. Fue al Sun-Glo. Asistió a la gran jodienda. Diez habitaciones / diez putas / diez hileras de coches / espaldas mojadas haciendo cola y macarras con cronómetro.

Puestos de comida. Todos regentados por *mamasitas*. Servían frijoles. Servían cerveza y *carnitas*.

Hacía calor. La grasa de las chuletas chisporroteaba. Las puertas se abrían. Las puertas se cerraban. Wayne captó instantáneas: chicas desnudas y abiertas de piernas. Sábanas sucias tiradas en el suelo.

La cola avanzaba deprisa. Seis minutos por polvo. Los polis paseaban. Lo macarras los sobornaban. Un dólar por polvo.

Los polis comían *carnitas*. Los polis recorrían la cola y vendían penicilina de contrabando. Wayne se puso en la cola. Wayne atrajo miradas. Mostró sus fotos.

¿Qué? No sé. Un negrito muy feo.

Wayne abordó a una *mamasita*. Lo mostró cincuenta dólares. Chapurreó en español: «Cerveza para todos. Paga la casa.»

La mujer sonrió. La mujer sirvió a los espaldas mojadas. Sirvió a los macarras. Sirvió a los policías.

Alabó a Wayne, un gringo muy bueno.

Wayne cosechó aplausos. Wayne juntó las manos. Los macarras agitaron sombreros. Volvió a mostrar las fotos. Se las pasaron los unos a los otros. Todos las vieron y las tocaron. Las fotos corrieron de mano en mano y regresaron.

Un poli se acercó y le dio un golpecito con el codo.

—Hace tres meses que eché de aquí a ese negro. Intentaba chulear a chicas blancas, y a mí eso no me sentó bien.

A Wayne se le puso la piel de gallina. El poli se dio unos golpecitos en los dientes.

—Me han dicho que es muy amigo de un negro al que llaman Rey Arturo. Creo que regenta un local de travestis en Fresno.

El salón Playpen daba a la calle. El salón Playpen se encontraba en los bajos fondos.

Wayne fue en coche hasta Fresno. Preguntó a gente de la calle. Lo encontró. Los de la calle le contaron un montón de cosas. El Pen es un antro de cuidado. Todos temen al Rey.

Es un marica malvado. Es un engendro de Haití. Es puro calipso. Lleva una corona. Es transexual. Es hermafrodita.

Wayne entró. Desacuerdo en la decoración. Mitad Camelot, mitad Liberace. Paredes de terciopelo. Cortinas color púrpura. Armaduras tachonadas de clavos. Un bar y unos reservados, todos de piel de imitación rosa.

Sonaba un tocadiscos automático. Mel Torme cantaba una melodía. Los nativos se movían. Wayne atrajo miradas. Wayne provocó oh-la-las.

Negocio de carne de color. Travestis y chaperos.

Ahí está el Rey. Ocupa un reservado. Lleva una corona. Tiene pedigrí: cicatrices de navaja / orejas machacadas / una ostentosa herida en el cuello.

Wayne se acercó. Wayne se sentó. El Rey Arturo bebía un *frappé*.

—Eres demasiado altivo para ser un pasma de Fresno, y eres demasiado hombre para ser cualquier otra cosa.

El tocadiscos automático vibró. Wayne alargó el brazo y tiró del cable.

—Mi dinero. Tu información.

El Rey se tocó la corona. Era un juguete de crío. Toda de latón y bisutería.

—Acabo de consultar con mi gorro de pensar y me ha dicho: «Los policías piden pero no pagan.»

El Rey balbució. El Rey gorjeó. El rey se puso en pie y se marcó unos pasos de baile. Se acercaron dos maricones. Uno de ellos rió entre dientes. El otro saludó.

—He sido policía.

—Oh, calla, estúpido. Eso se nota de lejos.

Wayne sacó su dinero. Lo desplegó como un abanico y lo iluminó con la lámpara de la mesa.

—Wendell Durfee. Sé que lo conoces.

—Tengo una visión... sí. —El Rey se tocó la corona—. Ahí... Tu eres el pasma de Las Vegas que perdió a su pobre mujer a manos de Wendell.

El tocadiscos automático empezó a sonar. Kay Starr cantaba una melodía. Wayne alargó el brazo y tiró del cable. Un marica le cogió la mano. Un marica le rascó la palma y soltó risitas lascivas.

Wayne retiró el brazo. Los maricas rieron. Los maricas se apartaron contoneándose. Lo miraron con aire de vampiresas y le lanzaron besos.

Wayne se secó la mano. El Rey rió. El Rey siguió hablando.

—Hace unos meses, tuve un breve encuentro con Wendell. Le compré unas cuantas chicas.

—¿Y?

—Y la pasma de Bakersfield me hizo desistir de que las pusiera a trabajar en su jurisdicción.

—¿Y?

—Y Wendell buscaba un nombre de macarra que tuviera gancho y yo le sugerí Cassius Cachondo. Y es el que ahora utiliza.

—Sigue. Sé que hay más. —Wayne dio una palmada al dinero.

—Tengo una visión... sí. —El Rey se tocó la corona—. Tú mataste a tres negros desarmados en Las Vegas y... sí... Wendell Durfee hizo que tu mujer se corriera antes de matarla.

Wayne sacó la pipa. Wayne la alzó y la amartilló. Wayne oyó ecos. Wayne oyó clics de martillo.

Miró alrededor. Miró hacia la barra. Vio maricones. Vio pistolas. Vio suicidio.

Wayne enfundó la pistola. El Rey cogió el dinero.

—Wendell engatusó a unos tramposos para que jugaran en una partida de dados amañada y se le advirtió firmemente que se marchara de Bakersfield. Me han dicho que se abrió a L.A.

Wayne miró alrededor. Wayne vio maricas con pistolas. Wayne vio caras mezquinas.

—A ver si creces, chico. —El Rey rió—. No puedes cargarte a todos los negros.

83

(Saigón, 20/8/65)

Wayne cortó cabelleras —dijo Pete.

Hora del cóctel. Bebidas en el Catinat. Redes antigranadas y abundantes oficiales vietnamitas.

Stanton engulló *pâté*.

—¿De cubanos o de negros americanos?

—Ha vuelto. Le diré que lo has preguntado. —Pete sonrió.

—Dile que me complace saber que se ha diversificado.

El bar estaba a rebosar. Los del Mando de Asistencia Militar en Saigón intercambiaban opiniones. Fluyó una charla en tres lenguas.

—El asunto de Relyea me jodió. Quiero mover armas cuya procedencia sea claramente estadounidense.

Stanton embadurnó una tostada.

—Ya lo has dejado claro. Dicho esto, debo apuntar que hasta ahora Bob ha hecho una mierda de trabajo.

—Sí, pero anda muy metido en esa mierda del Klan, lo cual podría encender una llama en cualquier momento. ¿Quieres mi opinión? Deberíamos enviar a Laurent de vuelta a Laos para encargarse del Tiger Kamp y mantener a Mesplede en casa permanentemente para que mueva las armas. Tiene buenos contactos, está dispuesto y es muy capaz, el jodido.

Stanton negó con la cabeza.

—Uno, Bob tiene mejores contactos y suficiente protección del FBI para solucionar los problemas que pueda crear. Dos, tú metiste en el ajo a ese tal Bruvick, y eso calentó a Carlos, que ahora está dedicadísimo a la Causa, como no lo ha estado desde el 62. Ahora está comprometido. Es el único hombre de la Banda que lo está, y no me cabe duda de que tiene contactos relacionados con armas. Tres, Laurent es íntimo de Carlos y por eso lo quiero siempre en el continente, en lugar de Mesplede. Es el más indicado para trabajar con Carlos y mover nuestro armamento.

Pete puso los ojos en blanco.

—Carlos es un ejecutivo de la mafia. Los únicos contactos relacionados con armas que tiene son otros grupos de exiliados que poseen un material bélico de mierda. No sería capaz de encontrar material mejor que ese lote de Relyea. ¿Y con cuántos golpes a armerías podemos contar?

Sonó una sirena. Todos en la sala se quedaron inmóviles. Los oficiales vietnamitas sacaron las pistolas. La sirena enmudeció. Sonó la señal de que había pasado el peligro. Los militares guardaron las armas. Stanton bebió un trago de vino.

—Ya está bien tal como estamos. Tú y Wayne os alternáis porque ambos sois personal de nivel A y conocéis los dos extremos del negocio: en su lugar de origen y en Las Vegas. Cuando Wayne esté familiarizado con el laboratorio, tendrá libertad para ocuparse de Las Vegas y de la distribución.

—John, por Dios, ¿quieres...?

—No, déjame terminar. Perdimos a Chuck, *c'est la guerre*, pero Tran y Mesplede son más que suficientes para dirigir el Tiger Kamp. Mantenemos a Mesplede en el terreno y dejamos a Flash y a Laurent en Port Sulphur y en Bon Secour. En otras palabras, estamos cubiertos. Y no quiero que pongas en duda un sistema perfectamente operativo.

Sonó la sirena. Sonó la señal de que había pasado la alarma. Un camarero entreabrió las puertas. Un camarero entreabrió las ventanas. Un camarero extendió las redes antigranadas.

Pete consultó el reloj.

—Voy a reunirme con Wayne. Tiene una pista sobre no sé qué mierda de donación en Da Nang.

El calor se dejaba notar. Los camareros tiraron de las cuerdas de los ventiladores.

—¿Cuántas cabelleras cortó?

—Cuatro.

—¿Crees que lo pasó bien?

—Con Wayne, nunca se sabe. —Pete sonrió.

—¿Me permitirás alguna concesión antes de irte?

Pete se puso en pie. Casi rozó el techo. Tuvo que esquivar las aspas de un ventilador.

—Esa mierda tuya es operativa, pero no es tan apasionada como la mía.

Alzaron el vuelo. El Mando de Asistencia Militar en Vietnam utilizaba helicópteros Huey: vuelos de aprovisionamiento desde Tan Son Nhut.

Se sentaron en los asientos traseros. Volaban con ellos algunos chupatintas de la administración militar. Cómo vamos a disfrutar con ese espectáculo en Da Nang.

Wayne bostezó. Wayne acababa de llegar a Vietnam. Wayne estaba harto de viajes.

El avión iba hasta los topes. El grupo de oficiales estaba de fiesta. Hacían ruido. Hacían girar sus 45.

Los rotores aceleraron. Las puertas vibraron. La radio emitió un chirrido. Pete y Wayne se acurrucaron. Pete y Wayne hablaron en voz alta.

De acuerdo: Relyea traga. De acuerdo: es el conejo majara de Wayne Senior. De acuerdo: trafica con buenas armas. De acuerdo: D. Bruvick es astuto y cobarde.

Carlos advirtió a Bruvick. Carlos le dijo que no llamara a Arden, que no delatara nuestras movidas cubanas. Bruvick mintió e intentó llamar. Wayne lo impidió.

De acuerdo: expulsémoslo. De acuerdo: busquemos otro barquero.

Estuvieron de acuerdo. Pete puso algún reparo. Dijo que Carlos quería a Bruvick. Que Bruvick era su hombre en la operación. Carlos desconfía de todos. Carlos infiltra informantes.

Ergo: Bruvick hace movidas cubanas. Bruvick llama a Carlos. Bruvick le informa acerca de nosotros.

Wayne lo entendió. Wayne divagó. Bruvick es el ex de Arden, ahora con Ward Littell. Arden es una espía. Vigila a Ward. Informa a Carlos.

Bien, lo has captado. Y eso es todo lo que entiendes.

Wayne asintió. Pete se repitió sobre Carlos. El curso de graduación.

Maneja gente. Devora gente. Es muy amigo de John Stanton. Es avaricioso. Presionará a John: dame información sobre la droga. John accederá. Nosotros, también. Se lo debemos. Carlos presionó a los otros Chicos. Se saltaron las leyes de la Banda. Nos permitieron empolvar de blanco Las Vegas.

De acuerdo: estamos en deuda con el gran Carlos. De acuerdo: estamos en deuda con el aristócrata John.

El helicóptero cabeceó. Las compuertas temblaron. Los pogues engulleron Dramamine.

De acuerdo: las operaciones de Tiger, en las alturas, estratosféricas, el laboratorio / Tiger Kamp / Tiger Sur. Sobornos al ERV / sobornos a «Mr. Kao», el jefe del Can Lao / sobornos a Tran Lao Dinh.

Sobornos de transporte. Sobornos en la base de la Fuerza Aérea de Nellis. Sobornos a policías: Oficina del Sheriff y Departamento de Policía de Las Vegas. Costos de la operación: entradas y salidas del país. Costos de la operación transcontinentales.

Embarcamos caballo blanco, en gran cantidad, y empolvamos Las Vegas Oeste. Los beneficios aumentan. A los negros les encanta el caballo blanco. Los beneficios bajaron de pronto. Debido a los puñeteros disturbios de Watts, en directo por la puta televisión.

Los negros ven los disturbios. Están exultantes. Culo veo, culo quiero. Toman Las Vegas Oeste. Empuñan lanzas. Queman chabolas. Suspendemos el negocio del kuadro. Recogemos los taxis Tiger. La pasma aplasta la revuelta. Los negros van a la cárcel. Los beneficios descienden.

De acuerdo: el negocio anda flojo. Los precios son bajos. De acuerdo: nos expandiremos y volveremos a escalar. Utilizaremos más camellos, negros prescindibles, y el negocio se recuperará.

Los helicópteros Huey volaron bajo. Vieron fuego de combate. Vieron aldeas saqueadas. Wayne habló de expansión. Volvamos a empolvar Las Vegas. Hagamos un preempolvado en el barrio negro de L.A.

Pete rió. Los chicos no lo apoyarán, lo sabes perfectamente.

No lo sé. Lo único que sé es que Durfee tal vez esté allí.

Da Nang: sol caliente y cálidos vientos marinos. Salpicaduras. Espuma marina.

Su contacto para las armas no se presentó. Pete se cabreó. Wayne propuso divertirse: vayamos a ese espectáculo para soldados.

Acudieron en rickshaw. El culi cargó peso. El culi corrió al trote. Hicieron carreras con unos subtenientes. Dichos subtenientes estaban borrachos. El rickshaw se bamboleó con la prisa.

Pete tomó Dramamine. Wayne tomó píldoras de sodio. Llegaron a las vías de acceso. Llegaron a la base naval. Llegaron a las graderías improvisadas.

Los culis lo vieron. Los culis pararon en seco. Las cuatro ruedas derraparon. Las cuatro ruedas resbalaron y se bloquearon.

Un calor mortal.

Pete rió. Wayne rió. Los subtenientes se pusieron verdes y vomitaron.

El espectáculo era gratis. Asistió mucha gente. Pete y Wayne hicieron cola. El calor era abrasador.

El escenario estaba a la altura del suelo. Había sesenta hileras de gradas ascendentes. En escena: Hip Herbie & Ho: risas baratas de alquiler.

Ho era un muñeco. Hip Herbie lo sostenía. Hip Herbie tenía un micrófono en la otra mano. Hip Herbie era ventrílocuo. Hip Herbie movía los labios. Olía a toxicómano o a borracho.

Encontraron asientos. Apenas tenían espacio para los brazos y las piernas. Se instalaron en la décima grada.

Los altavoces del escenario vomitaban sonido. Ho vomitó una rabieta: «¡Los soldados me dan miedo! ¡Qué miedo tengo! ¡Matan vietcongs muy deprisa!»

Hacía calor. El sol apretaba en lo alto. Pete sintió náuseas. El público rió sin muchas ganas. Ho lucía cuernos rojos de diablo. Ho llevaba pañales rojos.

—¿Qué tienes contra el Tío Sam?

—Venir a América... ¡y no me dejar entrar en Disneylandia!

El público rió, entretenido. Ho siguió parloteando:

—¡Ahora gran venganza! ¡Coloco minas! ¡Mato al Pato Donald!

El público rió, perplejo. Un menda de las bambalinas le hizo un gesto a Hip Herbie: Termina de una vez con esa mierda.

—¡Mi intentar sentadas! ¡Mi intentar plegarias! ¡Mi disparar al Pato Donald! —continuó Ho, furioso.

El menda de las bambalinas dio la entrada a la música. Un saxo inició unas notas graves. Hip Herbie acabó a toda prisa.

Saludó con una reverencia. Ho perdió serrín. Cayó el telón. El público aplaudió sin entusiasmo: a la mierda esa marioneta borracha.

El saxo subió de escala, secuencial. El telón se alzó. Pete vio desplegarse unas piernas laaargas.

No. No puede ser. Sí, por favor. Ahora, despacio y en sincronía: el telón y el saxo, ambos subieeendo...

Ahí está: no es no; es sí.

Pete le vio las piernas. La vio. Se puso en pie para recibir su beso. Wayne sonrió. Los Bondsmen arrancaron. Barb cantó vietrock.

Silbidos / aullidos / gritos...

Barb bailó. Barb se agitó. Barb se quitó un zapato de una sacudida. El zapato voló por los aires. Varios tipos saltaron y alargaron el brazo. Pete llegó más arriba.

Está cerca. Está...

El pecho le estalló. Se quedó sin respiración. El brazo izquierdo le cosquilleó.

Está cerca. Tiene un tacón alto y lentejuelas. Es verde y...

El brazo izquierdo se le durmió. La muñeca izquierda se le torció. La mano izquierda salió disparada hacia arriba.

Lo agarró bien. Cogió el zapato. Lo besó. Cayó al suelo. Se aferró el zapato. Vio a Barb borrosa, blanca, blanca.

84

(Washington D.C., 4/9/65)

Disturbios. Revueltas. Insurrección.

La NBC repetía las imágenes. Los comentaristas hacían valoraciones.

Littell miró.

Los negros lanzaban cocteles molotov. Los negros lanzaban ladrillos y saqueaban tiendas de licor. El jefe Parker culpaba a la delincuencia. Bobby instaba a las reformas. El doctor King instaba a la disensión.

El doctor King divagaba. El doctor King hablaba de otros disturbios. El doctor King hablaba de Las Vegas Oeste.

Más imágenes repetidas: negros que lanzan cocteles molotov / negros que lanzan ladrillos / negros que saquean tiendas de licor.

Littell miró la repetición. Littell se repitió palabras antiguas de Drac: «Tenemos que sedar a esos animales, Ward. No los quiero así de agitados cerca de mis hoteles.»

No lo digas: «Pete está vendiendo sedación, pero, ahora mismo, parece que no funciona.»

Pete tampoco funcionaba. Barb lo había llamado la semana anterior. Había dicho que Pete había tenido un infarto.

Había sido fuerte. En esos momentos se encontraba estable. El viejo Pete estaba jodido. La voz de Barb sonaba fuerte. Barb le suplicó:

Mueve hilos. Presiona a Carlos. Consigue que Pete se retire. Que vuelva a casa. Que se quede. Hazlo por mí.

Littell dijo que lo intentaría. Llamó a Da Nang. Habló con Pete. Pete estaba ronco. Pete estaba cansado. Su voz sonaba débil.

Littell llamó a Carlos. Carlos dijo que la decisión era cosa de Pete.

Littell apagó el televisor. Littell miró sus fotografías nuevas. Las había recortado. Las había guardado. Las había plastificado.

El *Washington Post*: «King asiste al funeral de su hombre de confianza.» El hombre de confianza Lyle Holly había muerto. Se había suicidado. Era CONEJO BLANCO, topo del FBI.

King es CONEJO ROJO. Bayard Rustin es CONEJO LILA. Dwight Holly, el hermano de Lyle, es CONEJO CELESTE. Están todos juntos. ROJO Y LILA están afligidos. CONEJO CELESTE sonríe con presunción.

Estudió la instantánea. Acumuló cierta ira. Miró las imágenes de los disturbios. La ira creció.

Sabía que:

El señor Hoover duda de ti. CONEJO CELESTE duda de ti. Dichas dudas infestan CONEJO NEGRO. CONEJO BLANCO muere. Tú asistes al preludio. Suscitas aprensión. El señor Hoover llama. Tú disimulas. Él sondea.

O sea, un seguimiento *in situ*. Desde entonces no te habían sometido a ninguno. La lógica se encuentra con la ira.

Te siguieron *in situ* antes de que CONEJO NEGRO empezara. El señor Hoover te lo dijo. Fue él quien ordenó esos seguimientos. Ha vuelto a ordenarlos después del suicidio de Lyle.

Ergo:

Entonces no sospechaba de ti. Ahora sí sospecha de ti.

Trabajó. Viajó. De Las Vegas a L.A. No vio a nadie que lo siguiera por el camino. Vio a Janice en Las Vegas. Vio a Jane en L.A. No vio que lo siguieran a ninguno de los dos encuentros.

Jane lo asustó. Jane lo conocía. El señor Hoover sabía de Jane.

Unos agentes habían colocado su currículum falso. Los agentes le dieron Tulane.

Controló si lo seguían. Lo hacía todos los días. No vio a nadie. Recordó las imágenes de los disturbios. Repitió las palabras del doctor King. Repitió el expediente de Lyle casi al pie de la letra.

Urdió un plan. Decretó la escalada. Voló al D.C. Arregló algunos asuntos de los Camioneros. Se detuvo en la CLCS. Por el camino, no vio a nadie que lo siguiera.

Habló con Bayard Rustin. Bayard recibió una visita y se excusó con él. Littell encontró el cuartito donde trabajaba Holly. Actuó deprisa. Abrió su portafolios. Registró los distintos compartimentos. Se hizo con la máquina de escribir de Lyle. Le robó los apuntes.

La oficina lloraba la muerte de Lyle. No sabían que Lyle era CONEJO BLANCO. Lyle era un ludópata. Lyle te engañaba. No has perdido ningún respeto. Lyle te había traicionado. Lyle había muerto. Ahora, Lyle resucita y se arrepiente.

Littell preparó café. Littell estudió los apuntes de Lyle. Littell rastreó la firma de Lyle D. Holly.

Practicó. Lo logró. Preparó la máquina de escribir portátil de Lyle. Le puso un sobre. Escribió en letras mayúsculas:

PARA SER ENVIADO EN CASO DE QUE MUERA.

Quitó el sobre. Puso papel y papel carbón. Encuadró el membrete de la CLCS.

Lyle Holly confesaba:

Sus juergas y borracheras. Su ludopatía. Su traición, financiada por el FBI a instancias del señor Hoover.

Cuenta 1: El señor Hoover está loco. Odia al doctor King. Me apunté a su campaña de odio.

Cuenta 2: Me afilié a la CLCS. Embauqué al doctor King. Embauqué a miembros clave.

Cuenta 3: Ascendí en el seno del movimiento. Escribí directrices políticas. Accedí a secretos compartidos.

Cuenta 4: Filtré datos secretos. Se los suministré a los federales. Les dije que pusieran micros aquí. Que realizaran escuchas secretas allá.

Addenda 1: Una lista de las escuchas realizadas. Todas comprobadas. Conocidas por Littell. Probablemente conocidas por Lyle Holly.

Cuenta 5: Conseguí indiscreciones del doctor King. Se las pasé al señor Hoover. Éste escribió una nota y se la mandó al doctor King. En ella lo instaba a quitarse la vida.

Cuenta 6: El odio del señor Hoover crece. El odio del señor Hoover se intensifica. La campaña de odio irá en aumento.

Littell se detuvo. Littell lo pensó todo de cabo a rabo e hizo una nueva valoración.

No, no delates la existencia de CONEJO NEGRO. No delates a CONEJO CELESTE. No delates que CONEJO SILVESTRE es un infiltrado en el Klan. No excedas la credibilidad. No te acuses a ti mismo. No reveles lo que Lyle tal vez no sepa.

Cuenta 7: He hecho mucho daño. Me desespero por el doctor King. He contemplado la posibilidad de suicidarme. Esta carta permanece cerrada. La encontrarán miembros del personal. Si muero, la enviarán.

Littell sacó el documento de la máquina de escribir. Littell lo firmó como Lyle D. Holly.

Puso un sobre en la máquina. Escribió una dirección: Presidente / Comité Judicial de la Cámara. Sacó el sobre. Puso otro. Escribió una dirección: Senador Robert F. Kennedy / Edificio de la Oficina del Senado.

Era arriesgado. Bobby había estado al mando del Departamento de Justicia, del 61 al 64. Bobby había estado al mando del señor Hoover. El señor Hoover había desplegado su campaña de odio bajo la bandera de Bobby. Así pues, era posible que Bobby se sintiera culpable y avergonzado.

Confía en Bobby. Confía en el riesgo. Ve a la CLCS. Manda las cartas.

Espera, y luego lee los periódicos. Espera, y luego mira la televisión.

Tal vez Bobby divulgue la filtración. Podrías contactar con él. Podrías resucitar de manera anónima.

85

(Da Nang, 10/9/65)

La enfermería: pastillas / goteros / sueros intravenosos. En esos momentos, era el mundo de Pete. Pete estaba débil y colocadísimo.

Wayne acercó una silla. Pete estaba en cama. Barb le ahuecaba la almohada.

—He hablado con Ward. Dice que tiene unas ganas locas de demostrar su influencia en la Junta de Juego. Cree que puede conseguirte la licencia para un casino.

Pete bostezó. Pete puso los ojos en blanco. Eso significaba: «Vete a tomar por culo.» Se acercó una enfermera. Le tomó el pulso. Le miró los ojos. Le tomó la tensión sanguínea y la anotó.

Wayne miró el tablón. Vio cifras normales. La enfermera se marchó. Barb ahuecó la almohada de Pete.

—Podríamos dirigir el local juntos. Ward dice que es un concepto revolucionario. Tú con una fuente legítima de ingresos.

Pete bostezó. Pete puso los ojos en blanco. Eso significaba: «Vete a tomar por culo.» Había perdido peso. Le colgaba la piel. Se le marcaban los huesos.

Cayó de las gradas. Wayne lo cogió. Pete agarró el zapato de Barb. Barb saltó del escenario. Un tipo la agarró. Aparecieron dos enfermeros.

Un tipo resucitó. Un tipo quiso coger el zapato. Pete le soltó una patada. Pete lo mordió y defendió el zapato.

—He dejado de fumar —dijo Barb—. Si tú no puedes hacerlo, yo tampoco lo haré.

Se la veía agotada. Se la veía machacada. Se la veía colocada. O sea, una ingestión de pastillas. Justificada por el dolor.

—Quiero una hamburguesa con queso y un cartón de Camel.

La voz sonó fuerte: buen timbre / buena ventilación.

Wayne rió. Barb besó a Pete. Pete la acarició y puso expresión de placer. Ella lanzó besos. Se marchó. Cerró la puerta a sus espaldas.

—Ward hará que te compren un local. —Wayne se sentó a horcajadas en la silla—. Aunque sólo sea por Barb.

—Que lo lleve ella. —Pete bostezó—. Tal como van las cosas, estoy demasiado ocupado.

—Tienes unas ganas locas de hablar de negocios. —Wayne sonrió—. Si ése es el caso, te escucho.

—Tú dirigirás los asuntos hasta que yo salga de aquí. —Pete subió la cama—. Eso significa tanto aquí como allí.

—De acuerdo.

—Tenemos cantidad de material en el laboratorio, o sea que de eso no hemos de preocuparnos. Quiero que Mesplede y Tran se encarguen del Tiger Kamp. Quiero que tú, Flash y Laurent superviséis las incursiones cubanas, y quiero que tú seas el soporte de Milt en el Tiger Kab.

Wayne asintió. Wayne se apoyó en la barandilla de la cama.

—He recibido un comunicado de Bob. Tiene dos camiones cargados de lanzacohetes antitanque y explosivos muy potentes robados en Fort Polk. Es un cargamento muy grande y tal vez necesitemos llevarlo a Cuba en dos veces. Tú te ocuparás del transporte cubano, pero en ese caso, y en todos los casos que puedan darse en el futuro, no te inmiscuyas en las transacciones de armamento y deja que Laurent y Flash lleven el material del New Hebron a Bon Secour. Bob tiene protección del FBI, por lo que quiero que aparezca como nuestro tipo más sacrificable. Laurent y Flash mueven las armas, por lo tanto son mucho menos sacrificables que Bob y muchísimo más sacrificables que tú. Tú, manténte a salvo y vigila a Danny Bruvick, porque no me fío un pelo de él.

—Vuelves a ser tú. —Wayne aplaudió.

—No está mal. —Pete miró las cifras del tablón—. Pronto saldré de aquí.

—He hablado con Tran. —Wayne se desperezó—. Me dijo que unos esclavos huyeron con morfina base. Son ex vietcongs, y Tran piensa que están compinchados con unos tipos del Vietcong que tienen un laboratorio cerca de Ba Na Key. Cree que quieren cocinar caballo y distribuirlo a nuestras tropas del sur para desmoralizarlas.

Pete dio un golpe al cabezal de la cama. El tablero cayó.

—Haz que Mesplede interrogue al resto de los esclavos. De ese modo, tal vez averigüemos algo.

—Descansa, jefe. —Wayne se puso en pie—. Pareces cansado.

Pete sonrió. Pete agarró la silla de Wayne y le arrancó las tablas traseras.

Wayne aplaudió.

—Descansa, joder.

Barb bailó. Barb complació a marineros calentorros. La rodearon. Desafinaron a coro. Música enlatada / toda muy conocida / típica de club: *Sugar Shack / Surf City /* el *watusi.*

Wayne miró. El cabello de Barb se movía. Wayne vio nuevas canas en el caoba. *Surf City* terminó. Los marineros aplaudieron. Barb regresó junto a él.

Wayne le ofreció una silla. Barb se sentó y encendió una cerilla.

—Quiero un cigarrillo.

Wayne le arrancó las canas nuevas. Barb puso cara de dolor. Wayne le arrancó también algunos cabellos color caoba.

—Lo superarás.

Barb acercó la llama de la cerilla a las canas. Se retorcieron y ardieron.

—Tengo que volver a casa. Si me quedo, empezaré a ver cosas que no me gustarán.

—¿Como nuestros negocios?

—Como el chico de tres camas más abajo con los brazos amputados. Como el chico que se perdió y fue rociado con napalm por los de su propio bando.

—Son gajes del oficio. —Wayne se encogió de hombros.

—Dile a Pete una cosa. Dile que el próximo infarto puede matarlo si antes no lo mata la guerra.

—Oh, vamos. —Wayne le arrancó una cana—. Se encuentra mucho mejor de lo que crees.

Barb encendió otra cerilla. Barb quemó la cana. Barb la miró arder.

—Sácalo de esto. Ward y tu conocéis a los tipos que pueden hacerlo.

—No querrán. Pete está empeñado y ya sabes por qué.

—¿Dallas?

—Eso y el que es demasiado bueno para dejarlo marchar.

Se acercó un camarero. Barb le firmó un autógrafo en la servilleta. Barb le firmó un autógrafo en la manga de la chaqueta.

—Echo de menos al gato. —Barb encendió otra cerilla—. Vietnam me hace añorar Las Vegas.

Wayne examinó sus cabellos. Perfecto. Sólo hebras color caoba.

—Dentro de tres días estarás en casa.

—Cuando llegue besaré el suelo, créeme.

—Oh, vamos. Aquí no se está tan mal.

—He visto a un chico que ha perdido su aparato. —Barb apagó la cerilla—. Bromeaba con una enfermera y le decía que el Ejército tendría que comprarle uno nuevo. La enfermera se marchó y al cabo de un momento, el chico se echó a llorar.

Wayne se encogió de hombros. Barb tiró la cerilla. Lo alcanzó. A Wayne le escoció. Barb se puso en pie. Los marineros la miraron. Barb fue al lavabo.

Sonó *Sugar Shack*. Un salto en el tiempo. Esa canción en el tocadiscos automático de Jack Ruby.

Barb salió. Un marinero la acosó. Era de color. Era alto. Se parecía a Wendell D.

Barb bailó con él. Bailaron despacio. Sus pieles entraron en contacto.

Wayne miró.

Bailaron bien. Bailaron en plan moderno. Bailaron junto a la mesa. Barb estaba perdida. Barb estaba tranquila. Barb tenía restos de polvo blanco en la nariz.

DOCUMENTO ANEXO: 16/9/65. Transcripción literal de una llamada telefónica: (Addenda a la OPERACIÓN CONEJO NEGRO.) Encabezamiento: GRABADA A INSTANCIAS DEL DIRECTOR / CLASIFICADA CONFIDENCIAL 1-A: SÓLO PUEDE VERLA EL DIRECTOR. Hablan: el director y CONEJO CELESTE.

DIR: Buenos días.

CC: Buenos días, señor.

DIR: Hablemos del trabajo de CONEJO SILVESTRE en Misisipí. Me viene a la mente una frase que conlleva una contradicción aparente: «Red de Inteligencia Palurda.»

CC: CONEJO SILVESTRE lo está haciendo bien, señor. Nuestras aportaciones económicas le han permitido reclutar y asegurarse una red de informadores, y PADRE CONEJO también lo ha provisto de unos fondos. Me dijo que estaba donando una parte de los beneficios que obtiene con los panfletos racistas a la incursión de CONEJO SILVESTRE.

DIR: Y ese CONEJO SILVESTRE tan bien financiado, ¿consigue algún resultado?

CC: Sí, señor. Sus Kaballeros Reales se han infiltrado en otros grupos racistas y le pasan información. Creo que pronto tendremos algunas acusaciones por fraude postal.

DIR: Las donaciones de PADRE CONEJO son, en parte, egoístas. Ayuda a la causa de CONEJO SILVESTRE y agota los recursos de los editores de panfletos y pasquines rivales.

CC: Sí, señor.

DIR: Y CONEJO SILVESTRE, ¿sigue mostrándose tratable?

CC: Sí, aunque me he enterado de que está pasando armamento al cuadro de narcóticos de Pete Bondurant. Por lo que me han dicho, consigue las armas en atracos a arsenales y robos en bases aéreas, lo cual es extraño, porque no he sido capaz de encontrar ninguna denuncia reciente de ese tipo de incidentes en todo el Sur.

DIR: Sí, es extraño. Dicho esto, ¿cree usted que CONEJO SILVESTRE mantendrá un nivel aceptable de «negabilidad» con respecto a esos movimientos de armamento.

CC: Creo que sí, señor. Pero ¿tengo que decirle que pare?

DIR: No. Me gusta su conexión con Pete Bondurant. Recuerde que tendremos que abordar a *Le Grand Pierre* cuando pasemos a la fase extorsión de CONEJO NEGRO.

CC: Me han contado que el mes pasado tuvo un ataque cardíaco.

DIR: Qué pena.... ¿Y el pronóstico?

CC: Creo que es claramente positivo, señor.

DIR: Bien. Dejemos que se recupere y luego ya añadiremos un poco de estrés a sus sobrecargadas arterias.

CC: Sí, señor.

DIR: Hablemos de CONEJO AMBULANTE. ¿Ha recabado algún dato importante?

CC: Sí y no, señor. De los seguimientos y la vigilancia de su basura y su correo no hemos obtenido nada, y estoy convencido de que es demasiado hábil, técnicamente hablando, para poder someterlo a escuchas clandestinas. Mantiene su amistad con CONEJO LILA y cuando está en Washington lo visita, lo cual es muy poco incriminatorio, ya que fue usted quien le ordenó que lo hiciera.

DIR: Su tono le traiciona. Me está seduciendo. ¿Puedo hacer una conjetura?

CC: Hágala, señor, por favor.

DIR: Lo que tiene que contarme está relacionado con las mujeres de CONEJO AMBULANTE.

CC: Exacto, señor.

DIR: Amplíe sus respuestas, señor. He quedado para almorzar en el año 2000.

CC: AMBULANTE se ha visto con Janice Lurkens, la ex mujer de PADRE CONEJO en Las...

DIR: Eso ya lo sabemos. Siga, se lo ruego.

CC: En Los Ángeles vive con una mujer. Su presunto nombre es Jane Fentress.

DIR: «Presunto» es correcto. Hace varios años intenté descubrir su identidad. Un agente de Nueva Orleans coló su expediente escolar.

CC: Hay mucho más señor. Creo que esa mujer puede servirnos de cuña si nos vemos en la necesidad de desorganizar a AMBULANTE.

DIR: Amplíe sus pensamientos. Falta mucho para el 2000.

CC: He mandado seguirla. Mi hombre tomó el juego de huellas que dejó en el vaso de un restaurante. Las comprobó y obtuvimos su nombre auténtico, Arden Louise B-R-E-E-N, apellido de casada Bruvick, B-R-U-V-I-C-K.

DIR: Continúe.

CC: Su padre era un sindicalista de izquierdas. Los Camioneros lo mataron en el 52, y sigue siendo un caso sin resolver del Departamento de Policía de St. Louis. Al parecer, la mujer no presentó ningún cargo contra el sindicato porque, supuestamente, su padre la había obligado a prostituirse. En el 56, el Departamento de Policía de Kansas City la acusó de recepción de objetos robados, al mismo tiempo que su marido estafaba dinero a la sede central del Sindicato de Camioneros de Kansas City y desaparecía.

DIR: Continúe.

CC: Ahora viene lo más suculento de todo. La empresa tapadera de Carlos Marcello le pagó la fianza por ese asunto de la mercancía robada, y ella desapareció. Se forjó un currículum como tenedora de libros y se rumorea que tuvo una larga relación sentimental con ese viejo brazo de la mafia llamado Jules Schiffrin.

DIR: Unas noticias excelentes, Dwight. Ha merecido la pena soportar sus preámbulos.

CC: Gracias, señor.

DIR: Creo que su relato se resume en una conspicua verdad. Carlos Marcello no confía en CONEJO AMBULANTE.

CC: He llegado a la misma conclusión, señor.

DIR: Ordene los seguimientos junto con la vigilancia del correo y de la basura. Si necesitamos acceder a CONEJO AMBULANTE, lo haremos a través de la mujer.

CC: Sí, señor.

DIR: Que tenga un buen día, Dwight.

CC: Buenos días, señor.

86

(Saravan, 22/9/65)

Tortura:

Seis esclavos atados. Seis simpatizantes del Vietcong con cables conectados. Seis sillas / seis interruptores / seis pinzas para los testículos.

Mesplede puso en marcha la picana. Mesplede accionó los interruptores. Hizo preguntas en francoanglovietnamita.

Pete miraba. Pete mascaba chicle de nicotina. Hacía humedad y calor. Grandes tormentas. La choza absorbía calor. La choza almacenaba calor. La choza era un gran hornillo eléctrico.

Mesplede habló en vietnamita. Mesplede profirió amenazas. Habló deprisa. Farfulló atropelladamente.

Pete conocía el quid de la cuestión. Había leído el guión. Se dedicó a leer las seis caras.

Escapan esclavos. Todos simpatizantes del Vietcong. ¿Quién los deja escapar? Los seis responden: «Yo no saber.»

Decídmelo. «¡No, no, no!» Pete miró. Pete mascó chicle. Pete leyó ojos.

Mesplede encendió un Gauloise. Pete le dio una orden. Mesplede le dio a los interruptores. La electricidad fluyóoo.

Cosquillas en los cojones. De las cajas marrones a los cojones.

Voltios no letales. Los monos amarillos se convulsionan. Absorben la electricidad y gritan.

Mesplede cortó la corriente. Mesplede chapurreó en vietnamita.

¡Unos vietcongs huyen! ¡Roban morfina base! ¡Contad lo que sabéis!

Los monos amarillos parlotearon. Se retorcieron. ¡Ahora hablad! ¡Decid lo que sabéis! Los seis monos farfullaron al unísono. ¡Nosotros no saber!

Un mono chilla. Un mono gañe. Un mono saliva. De los taparrabos a los tobillos / gónadas conectadas a tierra / alimentadores en los pies. Un mono se retuerce. Un mono reza. Un mono se mea.

Pete dio una orden a Mesplede. Mesplede le dio a los interruptores. Fluyó la electricidad.

Los monos se combaron. Lo monos absorbieron. Los monos giraron sobre sí mismos. Gritaron. Se debatieron y les estallaron algunas venas.

Pete reflexionó. Pete mascó chicle. Pete pensó con los ojos cerrados.

Tran le dice a Wayne que se han escapado unos esclavos. Han robado muuucha morfina. La cocinan. La reparten. Joden muchísimo a nuestros reclutas.

Pero:

Nadie reparte heroína. La heroína se vende.

Y:

Wayne vuelve a casa. Su laboratorio está vacío. Los cocineros de bandas rivales se cuelan en él y lo utilizan.

Vigila el laboratorio. Pronto. Antes de volver a viajar.

—¿Qué pasa Pete? ¿Ese chicle te ha puesto en trance? —Mesplede tosió.

Pete abrió los ojos y dijo:

—Uno de ellos tiene que saber algo. Pregúntales por qué escaparon esos tipos y aumenta la potencia si no hablan.

Mesplede sonrió. Mesplede tosió. Chapurreó en vietnamita. Habló deprisa. Vomitó las palabras.

Los monos escucharon. Los monos asimilaron. ¡No, no, no, no!

Mesplede le dio a los interruptores. La electricidad fluyó. Voltios casi letales. Los monos gritaron. Sus huevos enrojecieron. Sus huevos se hincharon.

Mesplede cortó la corriente. Los monos asimilaron el dolor. El mono núm. 5 habló cagando leches. Mesplede sonríe. Mesplede asimila. Mesplede traduce.

—Dice que se despertó y vio que Tran los sacaba de la cabaña. Que Tran los obligaba a correr y que al cabo de poco sonaron unos disparos.

—Suéltalos. —Pete escupió el chicle—. Y dales una ración extra de lentejas para cenar.

—Agradezco la compasión —dijo Mesplede.

Las montañas mataban.

Respiraba con dificultad. Caminaba despacio. Mesplede caminaba deprisa. Dos guardias lo flanqueaban.

Atajaron a campo traviesa. Se abrieron paso entre la maleza. Esquivaron mordeduras de serpiente. La lluvia prosiguió. La maleza los abofeteó. A Pete le costaba respirar.

Se medicaba. Las pastillas le aclaraban la sangre. Las pastillas le lavaban las venas. Lo agotaban. Lo jodían. Le quitaban velocidad.

Corrió. Alcanzó a los demás. Respiró con dificultad.

Caminaron por el barro. El barro succionaba. El esfuerzo le hacía doler el pecho. Recorrieron tres kilómetros. Comenzaron a bajar por una cuesta. La presión en el pecho disminuyó.

Pete oyó gruñidos. Pete vio un foso cubierto de barro. Pete olió a cuerpos humanos en descomposición y vio una manada de jabalíes.

Allí:

En el foso cubierto de barro, un bufé. Los jabalíes y carne deshuesada.

Pete saltó al interior. Los jabalíes se dispersaron. El foso era hondo. El barro pesaba.

Hurgó en él. Encontró un brazo. Encontró una pierna. Encontró una cabeza. Le sacudió el barro. Tiró de la piel. Apartó trozos de cuero cabelludo.

Vio un agujero. Tenía el tamaño de una bala. Agarró las mandíbulas y partió la calavera por la mitad.

Buena respiración. Buena fuerza. Buena recuperación del paciente externo.

Cayó una bala. Pete la cogió. Estaba aplastada. Era una Magnum de punta blanda. Era la marca de Tran Lao Dinh.

Tran intentó cautivarlos. Tran intentó mentirles. Tran intentó tomarles el pelo y bromear. Mesplede lo conectó. Mesplede utilizó dos pinzas: una para las gónadas y otra para la cabeza.

La lluvia siguió. Los monzones, barro para siempre.

Pete mascó chicle. Pete abrió la puerta. Pete dejó entrar aire.

—Tus tonterías no van a ninguna parte. Cuéntanos los detalles, dinos con quién estás compinchado y veré qué piensa Stanton de todo ello.

—Tú me conoces, jefe —dijo Tran—. Yo no trabajo con Victor Charles.

Pete le dio al interruptor. La electricidad fluyó. Tran se combó. Tran se contrajo.

Las pinzas chisporrotearon. Sus cabellos chisporrotearon. Sus huevos se convulsionaron. Se mordió la lengua. Se le rompió la dentadura postiza.

—Esa historia de desmoralizar a los reclutas que le contaste a Wayne es mentira —dijo Pete—. Reconócelo y sigamos a partir de ahí.

—Victor Charles, jefe —dijo Tran—. No lo subestimes.

Pete le dio al interruptor. La electricidad fluyó. Tran se combó. Tran se contrajo.

Su vejiga estalló. Las pinzas chisporrotearon. Su cabeza se sacudió bruscamente. La dentadura se le cayó.

—*Il est plus que dinky dau, il est carrément fou* —dijo Mesplede.

Pete dio una patada a la dentadura. La dentadura cruzó el umbral hacia el exterior. Cayó sobre el barro monzónico. A Tran se le vieron las encías. Pete vio cicatrices viejas: tatuajes de tortura del Vietcong.

—La próxima vez te aplicaré una descarga doble. Supongo que no quieres. Supongo que...

—De acuerdo, de acuerdo. He matado a unos esclavos y he vendido morfina base al ERV.

—Eso es el comienzo. —Pete escupió su chicle.

Tran echó la silla hacia atrás. Tran levantó el dedo corazón y se lo mostró a Pete: *le bird beaucoup.*

—Estás metido en esto con alguien. —Pete sacó más goma de mascar—. Dime con quién.

Tran le mostró a Pete el dedo corazón. Un corte de mangas a la italiana. *Ba fa un culo...*

—Joder con los franchutes. Los número uno. Mira como huisteis en Dien Bien Phu.

—Dime quién es tu jefe. —Pete mascó chicle—. Tomaremos una copa y hablaremos de ello.

Tran culebreó. Tran echó la silla hacia atrás. Tran levantó el dedo corazón y lo hizo girar muuuucho.

—Tú, *cochon* francés. Jodes con hombres gordos.

Pete mascó chicle. Pete hizo un globo. El globo estalló. Pop.

—¿Quién es tu jefe? Tú no estás solo en todo esto.

Tran echó la silla hacia atrás. Tran abrió las piernas y movió las caderas *beaucoup.*

—Yo me follo a tu mujer. Como chocho rojo porque tu eres mari...

Pete le dio al interruptor. Pete lo trabó. Tran se combó. Movió las caderas y echó su silla hacia atrás *beaucoup.*

La deslizó. La estabilizó. Llegó al umbral. Mesplede saltó. Pete saltó y...

Tran levantó el dedo corazón. Tran volcó la silla y gritó ¡BANZAI! Salió a la lluvia. Cayó en el barro. Se electrocutó.

87

(Los Ángeles, 28/9/65)

Mormones:

Abogados mormones. Pasantes mormones. Auxiliares laborales mormones. Mormones de Drac: Santos del Último Día.

Era su cumbre. Era su territorio. Era su visita al hotel. Irrumpieron en el Statler. Alquilaron una suite. Traían sus propios refrescos. Sus nombres se difuminaban. Littell los llamó «señor» a todos.

Estaba distraído. Acababa de llamarlo Fred O. Fred O. había encontrado los archivos de las revistas de cotilleos. Son tuyos por diez de los grandes. Los quiero / iré a verte / son míos.

La cumbre empezó. Seis mormones arrastraron una mesa. Un mormón preparó un magnetófono. Un mormón introdujo una cinta. Un mormón puso en marcha el aparato.

Habla Drac:

—Buenos días, caballeros. Confío en que tengan aire limpio en su sala de conferencias, así como aperitivos adecuados, como cortezas de maíz Fritos y carne curada de ternera Slim Jim. Como saben, el propósito de esta reunión es establecer una estimación del precio de los hoteles-casino que deseo comprar y, asimismo, estudiar estrategias para saltarnos las recientes leyes llamadas «de derechos civiles», que en realidad son leyes de errores civiles, que resultarán perjudiciales para el sistema americano de la libre empresa. Tengo la intención de abrogar estas leyes con astucia y tenacidad, de mantener segregados a los empleados y de disuadir a los negros de que frecuenten mis casinos, a menos que sean negros destacados, como Wilma Rudolph, considerada la mujer más rápida del mundo, y el talentoso Sammy Davis Jr. Antes de dejar la reunión en manos de mi representante en Las Vegas, Ward J. Littell, debo comunicarles que he estado estudiando las normas fiscales del estado de California y he determinado que, de hecho, es inconstitucional. Me propongo dejar de pagar los impuestos del estado de California en el próximo año fiscal de 1966. Quizá decida mantenerme desplazado hasta el momento en que establezca mi residencia permanente en Las Vegas. Quizá viaje en tren y evite estancias indebidas en los cincuenta estados y, de este modo, eluda pagar un solo dólar por el impuesto sobre la renta.

El botón de paro emitió un chasquido. La cinta se detuvo. Los mormones se movieron. Estudiaron el aperitivo.

Fritos salados. Salsa de queso congelada. Sabrosos Slim Jims.

Littell carraspeó. Littell repartió hojas con gráficos. Proyecciones de precios / para doce hoteles. Proyecciones de juego / para doce casinos.

Documentos garantizados. Revisados y cocinados. El chef: Moe Dalitz.

Los mormones leyeron. Repasaron columnas. Carraspearon. Tomaron notas.

—Los precios de compra están inflados un veinte por ciento. —Un mormón tosió.

Moe puso precios. Carlos asesoró. Santo T. colaboró.

—Creo que los precios son razonables. —Littell tosió.

—Necesitaremos una declaración de impuestos. Tenemos que hacer la valoración a partir de los beneficios declarados, no de los calculados.

—Esa parte no me preocupa —dijo un mormón—. Estamos tratando con gente importante del crimen organizado, en un grado u otro. Podéis estar seguros de que falsearán los datos.

—Podemos requerir información de sus pagos de impuestos a Hacienda.

Falso. El señor Hoover intervendrá. El señor Hoover aplastará selectivamente. El señor Hoover escogerá lo que nos deja ver.

Nada antiguo. Nada anterior al 65. El 65, un año bueno / los Chicos declaran altos beneficios / los Chicos lanzan el cebo y recogen.

—El señor Hughes insiste en el tema de los negros —apuntó un mormón.

—Wayne Senior puede ayudarnos en ese asunto —intervino otro mormón—. Segrega a sus trabajadores y conoce el modo de burlar esas nuevas leyes.

Littell lanzó el lápiz contra el bloc de notas. La punta se rompió.

—Su insinuación me ofende. Es ridícula y rotundamente repugnante.

Los mormones lo miraron fijamente. Littell les devolvió la mirada.

Fred Otash era grande. Fred Otash era áspero. Fred Otash era libanés. Vivía en restaurantes. Le encantaban el salón Dino's y el Luau. Los clientes lo encontraban allí.

Drogaba caballos de carreras. Amañaba combates. Conseguía abortos. Perseguía fugitivos. Hacía chantajes. Vendía fotos guarras. Sabía cosas. Descubría cosas. Cobraba caro.

Littell llegó al Luau. Otash se había largado. Littell llegó a Dino's y acertó: ahí está Freddy O., en su reservado.

Freddy viste pantalón corto. Lleva una camisa hawaiana. Está algo bronceado. Está pinchando unos calamares. Hojea unos formularios de carreras y bebe un chablis frío.

Littell se acercó. Tomó asiento. Depositó el dinero sobre la mesa.

Otash pateó una caja de lechuga.

—Todo está ahí. He fotocopiado lo más selecto. Por si te lo preguntabas.

—Sabía que podrías.

—Encontré una instantánea de Rock Hudson follando con un jockey filipino. He enviado una copia a Hoover.

—Muy previsor.

—Eres muy bromista, Ward, pero no acabas de gustarme. Nunca he entendido tu atracción por Pete B.

—Prueba con las historias compartidas. —Littell sonrió.

—¿Como Dallas, año 63? —Otash pinchó un calamar.

—¡Joder! ¿Es que lo sabe todo el mundo?

—Sólo algunos tipos a quienes el asunto no les importa. Littell dio una patada a la caja.

—Debo irme —dijo.

—Ve, pues. Y cuídate de los putos idus de septiembre.

—¿Te molestaría explicarte?

—Pronto lo verás.

Jane estaba fuera. Littell entró con la caja. Primero comprobó los periódicos. Tres suscripciones: *L.A. Times* / *New York Times* / *Washington Post.*

Repasó los titulares de las distintas secciones, repasó las segundas páginas. Ni una palabra en diecinueve días.

Salieron las cartas: una, *mea culpa* / Lyle Holly, franqueada por la CLCS. Una, al comité de la Cámara de Representantes. Una, a Bobby.

Littell repasó las páginas C. Littel repasó las D. Nada, ni una palabra todavía.

Tiró los periódicos. Despejó un poco el escritorio. Volcó allí el contenido de la caja de lechuga.

Expedientes y papel carbón. Fotos y hojas con soplos. Difamaciones no publicadas: artículos completos. La gama iba de *Confidential* a *Whisper*, de *Lowdown* a *Hush-Hush.*

Hizo montones. Hojeó páginas. Leyó deprisa. Nadó en basura.

Dipsomanía. Nimfomanía. Cleptomanía. Pedofilia. Coprofilia. Voyeurismo. Flagelación. Masturbación. Mestizaje.

Lenny Bruce delata a Sammy Davis. Sammy da y toma / Sammy esnifa cocaína. Danny Thomas frecuenta antros del pecado en color sepia. Bob Mitchum se moja la polla en Dilaudid y folla toda la noche.

Sonny Liston mató a un blanco. Bing Crosby maltrataba a Dinah Shore. Dinah se hizo un raspado de dos Binguecitos en una clínica de abortos de Cleveland. Lassie tiene psicosis canina. Lassie muerde a los niños en Lick Pier.

Un filón: dos testaferros de casino / un chapero.

Se citan en el Rugburn Room. Se divierten en el Dunes. Toman peyote y *poppers*. Los testaferros se lo montan con el chico. Éste termina con lesiones y hemorragias. Los testaferros miran el registro. Buscan médicos. Lo encuentran en la suite 302.

El médico es un borracho. El médico es un toxicómano. Tiene un mono tan grande como el propio King Kong. El doctor moja en vodka su instrumental. El doctor opera. El chapero muere. El doctor se vuelve a Des Moines. Un recepcionista llama a *Confidential*.

Un golpe. Un bocado para Drac. Una oportunidad de chantaje.

Littell juntó páginas. Littell echó un vistazo a las copias. Littell hojeó los soplos. Pagos / sobornos / fondos para bolsillos de políticos / curas de desintoxicación / manicomios / accidentes de coche.

Johnnie Ray. Sal Mineo. Adlai Stevenson. Urinarios / orificios de gloria / gonorre...

No. Espera. Los idus de septi...

Hush-Hush / 10/57 / sin publicar. El título: UN ROJO RELACIONADO CON LOS BAJOS FONDOS.

Arden Breen Bruvick. Su padre, comunista, muerto en el 52. ¿Quién se cargó a Papá Breen? ¿Camioneros cabreados? ¿Arden o su marido Dan?

Arden es una juerguista. Una chica de compañía. Arden escapó de problemas en Kansas City. Dan B. es un prófugo. Está huido. Se ha largado de Kansas City.

Arden es una *femme fatale*. Arden tiene vínculos con la mafia. Arden conoce a Jules Schiffrin, alias el Escurridizo.

Una foto adjunta / un titular / una fecha:

12/8/54: CHICA DE COMPAÑÍA COMUNISTA SE DIVIERTE CON UN LIGÓN DE LA MAFIA.

Ahí aparece Arden. Es joven. Baila con Carlos Marcello.

Littell se estremeció. Le entraron temblores. Sufrió un *delirium tremens* instantáneo.

Se quedó paralizado. Le temblaban las manos. Rasgó la foto. Dejó caer las páginas escritas.

Vio cosas:

Cables fijados a paredes. Cables fijados a lámparas. Cables saliendo del televisor.

Oyó cosas:

Sonidos de micros. Zumbidos de teléfono. Clics en la línea.

La silla resbaló. Littell se cayó. Vio cables en las paredes. Vio vestigios. Vio bases para micrófonos ocultos. Vio rastros. Se incorporó. Trastabilló. Se agarró a las paredes. Vio formas. Vio puntos. Vio vestigios.

88

(Las Vegas, 28/9/65)

El gato lo maltrataba. A él le encantaba. Vivía para su mierda.

El gato le arañaba el pantalón. El gato le rasgaba los calcetines. El gato dejaba excrementos sobre sus camisas. A él le encantaba. Cágate más encima de mí. Vivo para tu mierda.

El aire acondicionado se paró. Pete dio una palmada al aparato. El gato le clavó las uñas en la camisa.

El negocio iba despacio. La siesta de la tarde se prolongó. Pete atendió llamadas. Sus chóferes fumaban en el exterior.

Nuevas reglas: el manifiesto del Tiger Kab.

No fumar cerca de mí. No comer en mi presencia. No engullir comida rica en grasas. No tentarme con golosinas. Dejar que me recupere.

Ahora tengo más pulmones. Tengo más ánimo. Tengo más fuerza. He dejado la medicación. Me jodía. Prefiero que me joda el gato.

No fumar, no comer cosas malas: recomendaciones de los médicos.

Está bien, lo haré.

No se preocupe, no trabaje mucho, no haga viajes largos... A tomar por culo, eso sí lo haré.

Tran se suicidó. Eso le preocupó. Trabajó a fondo el asunto.

Contrató a unos Ervies. Los Ervis vigilaron el laboratorio. Su informe:

Algunos del Can Lao se han infiltrado. Han dejado entrar a unos químicos. Éstos llevaban consigo gran cantidad de morfina base y cocinaron caballo blanco. Los químicos han utilizado el equipo de Wayne.

Pete interrogó a Stanton. Stanton se mostró apaciguador.

—Iba a decírtelo... cuando te hubieras recuperado.

—Cuéntamelo ahora —exigió Pete.

Stanton dijo que el nuevo régimen era severo. Ya lo sabes: nada de bromas con el señor Kao, el gato del Can Lao. Es un tipo duro. Es codicioso. Es astuto. Cocina heroína en nuestro laboratorio... cuando Wayne no está. Envía heroína a China. Transporta heroína a Occidente. Tiene clientela francesa.

Pete estalló. Pateó paredes. Se le hincharon las arterias. Stanton sonrió. Stanton se rió de él. Stanton sacó un libro de contabilidad.

El libro contenía cifras. Las cifras decían que el señor Kao había comprado su tiempo de laboratorio. Que había pagado caro. El kuadro generaba dinero.

Stanton dio razones. Stanton se explicó. Stanton se mostró apaciguador. Dijo que Kao era amigo de los americanos y del kuadro. Aseguró que Kao no vendería droga a los soldados.

Pete reflexionó. Stanton reflexionó. Los dos volvieron sobre el suicidio de Tran.

Tran mató a los esclavos. Tran robó la morfina base. El señor Kao compró de inmediato la base de Tran. Tran le tiene miedo a Kao. Tran no está dispuesto a delatarlo. Tran se electrocuta.

Stanton dijo que él interrogaría a Kao. Stanton dijo que le diría: Somos amigos tuyos. No nos utilices. No nos jodas. No vendas droga a los soldados.

Pete fue relevado. Pete volvió al oeste. Pete alivió sus arterias. Ahora, Wayne estaba en el continente. Wayne estaba en Bon Secour. Wayne bajó al sur para apoyar las movidas de armamento.

Pete lo llamó. Pete habló de Tran. Pete habló de Kao, del Can Lao.

Wayne se enfureció. Wayne amaba su laboratorio / amaba su droga / amaba su química. Pete lo tranquilizó. Pete soltó gritos y maldiciones. Pete tensó sus arterias.

Donkey Dom entró. El gato soltó un bufido. El gato detestaba a los maricas. El gato detestaba a los italianos.

Dom le devolvió el bufido. Pete rió. Sonó el teléfono.

Pete atendió.

—Tiger.

—Soy Otash. Estoy en L.A. y no necesito taxi.

Pete acarició el gato.

—¿Qué sucede? ¿Has descubierto algo?

—Sí. El problema es que no voy a joder a un cliente en beneficio de otro. O sea, que he encontrado esos archivos para Littell, que contienen basura picante sobre su novia y Carlos M., y por eso te lo digo, porque tú me estás pagando por una versión de lo mismo...

Pete colgó el auricular. Conectó la centralita e hizo una llamada directa a Bon Secour. Oyó tonos de marcado. Oyó zumbidos. Ahora Ward lo sabe. Ward hará que...

—Motel Charthouse, ¿dígame?

—Con Wayne Tedrow. Está en la habitación...

Tonos de marcado / clics / zumbidos...

—¿Sí...? —respondió Wayne.

—Soy yo. Quiero que...

—Cálmate, por Dios. Tendrás otro ataque...

—Encierra a Bruvick. Haz que llame a Ward a las diez de la noche, hora de L.A.

—¿Qué pasa?

—No estoy seguro —respondió Pete.

89

(Los Ángeles, 28/9/65)

Lo arrasó todo: la sala de estar / los dormitorios / la cocina.

Vio vestigios. Vio cables. No estaban allí. Destrozó los teléfonos. Buscó grabadoras. No había ninguna. Destrozó el televisor. Buscó micros. No había ninguno.

Puso patas arriba su despacho. Puso patas arriba el estudio de Jane. Ni cables ni micros. Se acercó a pie a una tienda de licor. Compró una botella de Chivas Regal y regresó.

La abrió. La olió. La tiró.

Reconstruyó los teléfonos. Volvió a leer el relato. Arden Breen Bruvick / Carlos y Jane.

Recortó el relato. Seleccionó las fotos. Las pegó con cinta adhesiva en la parte de dentro de la puerta principal. Las pegó a la altura de los ojos de Jane.

Jane se retrasaba. Ya debería haber llegado. Arden Breen Bruvick Smith Coates. Littell cogió una silla. Littell se sentó fuera. La vista de la terraza era cautivadora. Los Ángeles Oeste / cuenta las luces / mide ese largo desnivel.

Ahí está la llave. Es ella. Es Arden Breen Bruv...

El cerrojo hizo clic. La puerta se abrió. Una pausa. Una exclamación contenida.

Ella dejó caer las llaves. Rasca una cerilla. Está tramando algo. Enciende un cigarrillo. Necesita tener algo en las manos.

Littell oyó sus pasos. Tacones altos sobre el parqué. Littell olió su tabaco.

Ahí está, justo detrás de ti.

—No es lo que tú piensas. Todo esto tiene una explicación.

Littell notó calor en la nuca. Sintió su aliento. Miró fijamente las luces. No quiso verle la cara.

—Carlos te protegió antes de Dallas. Yo te protegí despúes. Tú volviste con Carlos y empezaste a espiarme.

Jane le hizo un masaje en los hombros.

Jane le acarició la nuca. Jane hundió las manos en su cabello. Geisha / espía / puta.

—Carlos me encontró después de Dallas. Supo que yo tenía que ser la Arden del piso franco. Mintió a Pete y fingió que no sabía quién era yo.

Ella hundió los dedos. Le hizo un masaje en el cuello. Chica de compañía / mentirosa / puta.

—Carlos escondía a mi marido. Dijo que nos entregaría a Jimmy Hoffa si yo no le pasaba información sobre ti. Yo tuve un lío con Jules Schiffrin y Carlos me contó tus planes sobre los libros de contabilidad de los Camioneros.

Sus manos lo acariciaban. Su voz lo acariciaba. Concubina / puta.

—Pero yo te amaba y me gustaba la vida que llevábamos juntos y me gustaba lo que habías hecho por mí.

Ella le acarició la nuca y la besó. Mafiosa guarra / puta.

—Revolví tus cosas, sí. Pero no le dije a Carlos que robabas a Howard Hughes, o que mandabas dinero a la CLCS, o que te acostabas con Janice Tedrow cuando no dormías conmigo o que guardabas esos penosos recuerdos de Robert Kennedy.

Littell se frotó los ojos. Las luces de la calle se volvieron borrosas. Littell midió el desnivel.

—Tú tienes información. Eres demasiado buena para no tenerla.

Jane apartó las manos de él. Buscó en el bolso y dejó caer una llave en su regazo.

—En el Banck of America de Encino. Puedes quedártela. Para que veas lo mucho que eso me importa ahora mismo.

Littell apretó la llave. Jane le dio un beso en la nuca.

—Yo amaba a mi padre. Ese rumor de que lo odiaba es una estupidez. Danny y yo no lo matamos. Lo hizo Jimmy Hoffa.

Littell se frotó los ojos. Jane se agachó y se secó las lágrimas en su nuca.

—Todo esto se remonta a Jimmy y la Banda. Yo iba a terminar mi compromiso con Carlos y presentarme ante el FBI. Iba a darles la información que tenía sobre todos los hombres que conozco de la Banda de Chicago, e intentaría llegar a un acuerdo para salvarte.

Littell se frotó los ojos. Littell se frotó el cuello. Traidora / espía / puta.

Se puso en pie. Se volvió. Vio a Jane. Apretó los puños. Había lágrimas en los ojos de Jane. Tenía las mejillas mojadas y el maquillaje corrido. El teléfono sonó. Littel miró a Jane. Jane le sostuvo la mirada. El teléfono sonó. Él la miró, Vio:

Nuevas hebras grises. Nuevas arrugas en la cara. Las venas del cuello muy abultadas.

El teléfono sonó. Él la miró fijamente y vio: una cadera erguida / esos pómulos / su pulso acelerado.

El teléfono sonó. Jane desvió los ojos. Jane caminó y lo cogió. Dijo «hola» con voz temblorosa y el pulso acelerado.

Él la siguió. La miró. Vio sus venas del cuello y de las mejillas. Vio su pulso acelerado.

Ella le dio la espalda. Puso la mano alrededor de la bocina. Littell la rodeó y cogió el teléfono de la sala.

Oyó a un hombre. Oyó «corre». Oyó «final con Littell». Oyó que el hombre titubeaba. Oyó a Jane recuperando fuerzas.

Jane dijo «huye». Jane dijo «ahora calla». Jane dijo «Carlos se ocupará».

Colgó el auricular. El clic de la línea retumbó. Littell colgó el auricular.

Se acercó. Vio que los ojos de Jane habían empezado a secarse. Vio que el pulso de Jane empezaba a normalizarse.

—¿Hemos sido reales alguna vez?

—Creo que hemos amado más el riesgo que lo que nos hemos amado el uno al otro.

—Siempre fuiste una Arden. Nunca has sido realmente una Jane.

DOCUMENTO ANEXO: 2/10/65. Titular del *Atlanta Constitution*:

EL FBI DESARTICULA UNA RED DE PROPAGANDA
RACISTA EN MISISIPÍ.

DOCUMENTO ANEXO: 11/10/65. Subtitular del *Miami Herald*:

EL JURADO DE ACUSACIÓN ENCAUSA A LÍDERES DEL
KLAN POR FRAUDE POSTAL Y POR VIOLACIONES DEL
COMERCIO INTERESTATAL.

DOCUMENTO ANEXO: 20/10/65. Titular y subtitular del *Jackson Sentinel*:

LÍDERES NEONAZIS ENCAUSADOS.
LOS MIEMBROS ACUSAN AL FBI DE LLEVAR A CABO
«POGROMOS».

DOCUMENTO ANEXO: 26/10/65. Titular y subtitular del *Mobile Daily Journal*:

MISTERIO EN BON SECOUR:
CONOCIDO PATRÓN DE VIAJES TURÍSTICOS DESAPARECE
CON SU BARCO.

DOCUMENTO ANEXO: 31/10/65. Titular y subtitular del *San Francisco Chronicle*:

LOS SOLDADOS ENVIADOS A VIETNAM LLEGAN A 240.000.
LUTHER KING CONVOCA PROTESTAS PARA INFLUIR EN
UNA SOLUCIÓN NEGOCIADA.

DOCUMENTO ANEXO: 4/11/65. Titular y subtitular del *Mobile Daily Journal*:

ENCONTRADO EN LOS CAYOS DE FLORIDA
EL BARCO DE BON SECOUR.
EL MISTERIO AUMENTA: EL PILOTO NO SE
ENCONTRABA A BORDO.

DOCUMENTO ANEXO: 8/11/65. Subtitular del *Los Angeles Times*:

RFK DICE NO A LA CANDIDATURA PRESIDENCIAL DEL 68.

DOCUMENTO ANEXO: 18/11/65. Titular y subtitular del *Chicago Tribune*:

EL FISCAL GENERAL ELOGIA EL «BRILLANTE TRABAJO»
DEL FBI EN LA GUERRA CONTRA EL RACISMO.
NÚMERO RÉCORD DE DENUNCIAS POR FRAUDE POSTAL.

DOCUMENTO ANEXO: 20/11/65. Titular del *Milwaukee Sentinel*:

LUTHER KING ANUNCIA UNA «CAMPAÑA CONTRA
LOS GUETOS» EN CHICAGO.

DOCUMENTO ANEXO: 26/11/65. Titular y subtitular del *Washington Post*:

HOOVER ATACA A LUTHER KING
EN LA REUNIÓN DE LA LEGIÓN AMERICANA:
LLAMA «DEMAGOGO» AL LÍDER
DE LOS DERECHOS CIVILES.

DOCUMENTO ANEXO: 30/11/65. Titular y subtitular del *Washington Post*:

VOCES CRÍTICAS DENUNCIAN EL ATAQUE
DE HOOVER.
LAS DECLARACIONES CONTRA LUTHER KING,
CONSIDERADAS «ESTRIDENTES» E «HISTÉRICAS».

DOCUMENTO ANEXO: 5/12/65. Titular y subtitular del *Seattle Post-Intelligencer*:

UN COMITÉ ESPECIAL INVESTIGA ESCUCHAS
CLANDESTINAS «ILEGALES».
LÍDERES DE LOS DERECHOS CIVILES LO CONSIDERAN
«VICIADO».

DOCUMENTO ANEXO: 14/12/65. Titular y subtitular del *Los Angeles Herald-Express*:

HOWARD HUGHES Y TWA:
EL MULTIMILLONARIO RECLUIDO ACCEDE A DIVIDIR
LAS ACCIONES.

DOCUMENTO ANEXO: 15/12/65. Subtitular del *Denver Post-Dispatch*:

PRESENTADAS A LA CORTE SUPREMA LAS APELACIONES
DE HOFFA A SU CONDENA.

DOCUMENTO ANEXO: 18/12/65: Subtitular del *Chicago Sun-Times*:

LUTHER KING REVELA DETALLES DE LA
«CAMPAÑA CONTRA LOS GUETOS».

DOCUMENTO ANEXO: 20/12/65. Subtitular del *New York Times*:

EL GRUPO «CIUDADANOS POR RFK» ANUNCIA UN SONDEO
SOBRE LA CANDIDATURA PARA EL 68.

DOCUMENTO ANEXO: 21/12/65. Titular y subtitular del *Chicago Tribune*:

GIANCANA SIGUE EN LA CÁRCEL.
SE NIEGA A DECLARAR ANTE EL JURADO DE ACUSACIÓN.

DOCUMENTO ANEXO: 8/1/66. Subtitular del *Washington Post*:

EL COMITÉ JUDICIAL ORDENA A HOOVER EL FINAL
DE TODAS LAS ESCUCHAS CLANDESTINAS
NO AUTORIZADAS POR LA OFICINA
DEL FISCAL GENERAL.

DOCUMENTO ANEXO: 14/1/66. Titular y subtitular del *Mobile Daily Journal*:

EL MISTERIO CONTINÚA:
¿DÓNDE ESTÁ EL POPULAR PATRÓN
DE BON SECOUR?

DOCUMENTO ANEXO: 18/1/66. Titular y subtitular del *Mobile Daily Journal*:

EL MISTERIO SE AHONDA: ¿TIENE RELACIÓN ESTA
DESAPARICIÓN DEL PATRÓN CON LAS ACUSACIONES
DEL 56 Y CON LA ESPOSA DESAPARECIDA HACE
TANTO TIEMPO?

DOCUMENTO ANEXO: 19/1/66. Titular del *Atlanta Constitution*:

PROSIGUEN LAS INCULPACIONES POR
FRAUDE POSTAL.

DOCUMENTO ANEXO: 26/1/66. Titular y subtitular del *Chicago Tribune*:

ATREVIDAS PALABRAS DEL REVERENDO KING:
«EL PRINCIPAL OBJETIVO DEL MOVIMIENTO
DE LIBERACIÓN DE CHICAGO SERÁ CONSEGUIR
LA RENDICIÓN INCONDICIONAL DE LAS FUERZAS
DEDICADAS A LA CREACIÓN Y MANTENIMIENTO
DE GUETOS.»

DOCUMENTO ANEXO: 31/1/66. Titular y subtitular del *Denver Post-Dispatch*:

> SE MANTIENE LA CONDENA POR SOBORNO
> DEL JURADO:
> HOFFA VA A LA CÁRCEL.

DOCUMENTO ANEXO: 8/2/66. Titular y subtitular del *Los Angeles Herald-Express*:

> SUS ADVERSARIOS DENUNCIAN A HOOVER.
> EL JEFE DEL FBI SUSCITA CRÍTICAS POR SUS ATAQUES
> A LUTHER KING.

DOCUMENTO ANEXO: 20/2/66. Subtitular del *Miami Herald*:

> RFK SE PRONUNCIA POR UN ACUERDO
> NEGOCIADO EN VIETNAM.
> SE HACE ECO DE LAS PETICIONES DEL DOCTOR KING.

DOCUMENTO ANEXO: 3/3/66. Titular y subtitular del *Los Angeles Times*:

> HUGHES SE DESHACE DE SU PARTICIPACIÓN EN LA TWA.
> 6,5 MILLONES DE ACCIONES LE REPORTAN 546 MILLONES
> DE DÓLARES.

DOCUMENTO ANEXO: 29/3/66. Memorándum interno. A: CONEJO CELESTE. De: el director. Asunto: OPERACIÓN CONEJO NEGRO. Encabezamiento: FASE 1 SECRETA / SÓLO LEER / LEER Y QUEMAR.

CONEJO CELESTE,

Quite todos los micrófonos ocultos en la CLCS. Se trata de Prioridad Fase 1. Es imprescindible que lo haga antes de que el Comité Judicial inicie una investigación oficial.

Inicie la primera fase de la OPERACIÓN CONEJO NEGRO / ANEXA. Escoja un objetivo y evalúe la salud de P. Bondurant, a quien en adelante se conocerá por GRAN CONEJO.

90

(Vietnam, Laos, Los Ángeles, Las Vegas, Bon Secour, bahía de St. Louis, aguas cubanas, 1/4/66-30/10/66)

Fantasmas: Arden Jane y Danny Bruvick.

Wayne vigiló a Danny. Danny llamó a Arden-Jane. Arden-Jane dejó a Ward Littell. Wayne se pegó a Danny. Le aguantó las borracheras. Trabajó para salvar a Ward Littell.

Pete dijo vigila a Danny. Pete dijo suéltalo. Pete dijo déjalo suelto dos días. Entonces llama a Carlos. Dile que Danny se ha ido. Dile que no sabes adónde.

Lo hizo. Se quedó con Danny. Danny bebió. Danny recordó.

Danny ama a Arden. Arden ama a Ward. Arden ama a Danny de una manera inmadura. Arden trabaja para Carlos. Arden espía a Ward. Espía con dedicación completa / amante a tiempo parcial / esposa de larga distancia.

Wayne lo entendió:

Danny era débil. Arden era fuerte. Arden lo enganchó a la Vida. Todo estaba relacionado con la mierda de los Camioneros: desfalco y huida.

Wayne esperó. Danny esperó.

Apareció Arden. Fumando un cigarrillo tras otro. Hizo de ama de casa. Se afanó.

Arden sabía que todo había terminado. Lo dijo: «Estoy harta de huir y Ward lo sabe.»

Wayne dejó el barco. Danny izó las velas. Wayne esperó dos días y llamó a Carlos.

Le dijo que Danny se había largado. Dijo que Danny se había llevado el *Tiger Klaw*. El cobarde de Danny. Teme las incursiones / teme cortar cabelleras / teme por su vida.

Carlos gritó. Carlos se enfureció. Carlos profirió amenazas perversas. Wayne leyó los periódicos. Wayne registró actualizaciones.

El *Tiger Klaw* a la deriva. El *Tiger Klaw* encalla. Danny y Jane han desaparecido. Carlos no dice nada. Carlos no da ninguna pista. No presiona a Pete ni a Wayne.

Pete le dio una pista a Ward sobre Arden. Pete se resistió a Carlos. Arden corrió a encontrarse con Danny. Ambos corrieron hacia la muerte. Callaron. No delataron a Pete ni a Wayne. De haberlo hecho, éstos lo habrían sabido.

Pete quiere a Ward. Ward quiere a Jane la fantasma. Pete sabe que han muerto. Pete nunca lo dice. Las mujeres muertas lo joden.

Pete ama a Barb. Pete viaja a casa. Pete se libra de la rueda de viajes. Barb lo atrajo a casa. Ward le dio permiso para quedarse.

Pete compró el Golden Cavern. Pete compró su propio hotel-casino. Eldon Peavy tenía sífilis. Eldon Peavy lo vendió barato. Abandonó su negocio de maricones.

El Cavern acogía maricones. El Cavern albergaba maricones. El Cavern se compinchó con Tiger Kab. Los taxistas maricones llevaban a los clientes maricones. Fred T. pinchaba las habitaciones. Los moscones de los maricones eran atraídos por la luz.

Basura recogida: basura de maricones / basura de políticos / basura de famosos / famosos maricones / políticos maricones.

Pete montó habitaciones para intercambio de parejas. Fred pinchó las paredes. Pete atrajo negocio heterosexual. Legisladores del estado / grupos de funcionarios / logias masónicas.

Pete recogió basura: basura de homos y basura de heteros. Corrió la voz. El Cavern está de moda. Fíjate en esa *détente* entre homos y heteros.

El negocio creció. Pete acumuló basura e hizo mucho dinero. Pete recuperó la salud. Tenía buen aspecto. El corazón le bombeaba bien.

Había dejado de fumar. Había perdido peso. Mascaba chicle sin cesar. Trabajaba sin cesar. Llevaba el negocio de la droga. Llevaba el Tiger Kab. Llevaba el Kavern. Reformó el salón. Dio a Barb un trabajo permanente.

Milt C. trabajaba con ella. Milt hacía numeritos tópicos. Milt tenía una marioneta. La marioneta era un mono peludo. Milt la llamaba «Mono Yonqui». Mono Yonqui se metía con los famosos. Mono Yonqui se metía con los maricones. Mono Yonqui miraba lascivamente a Barb B.

Barb atraía negocio. Milt atraía negocio. Pete hizo más dinero.

A Sonny Liston le encantaba el Cavern. Sonny se fue a vivir allí. Así se escondía de su esposa y ayudaba a Pete.

Sonny paseaba por el casino. Sonny cobraba deudas de drogas. Sonny presionaba a los acreedores. Wayne iba con Sonny. Juntos cobraban deudas de droga. Su reputación lo ayudaba.

La reputación de ambos contrastaba. Eran sal y pimienta. Eran negro negro y blanco blanco. Recorrieron Las Vegas Oeste. Hablaron de Wendell Durfee. Sonny hacía conjeturas. Sonny se repetía. A Sonny le gustaba ese *nom de pimp*:

Cassius Cachondo, ex Wendell Durfee. Yo lo llamo Cassius X.

Wayne viajó. Fue de Saigón a Las Vegas. Wayne se movió en dirección oeste.

Fue a L.A. Acechó a Wendell Durfee. Recorrió Watts. Atrajo vibraciones de odio. Llámalas secuelas de los disturbios.

Fue a bares de macarras. Preguntó a macarras. Preguntó a putas. No obtuvo ningún resultado. Sobornó a policías. Comprobó registros carcelarios. Obtuvo algunos rumores. No obtuvo ningún resultado. Recorrió la zona sur. Miró caras. No obtuvo ningún resultado.

Interrogó a tipos de la calle. Distribuyó su tarjeta. Le contaron mentiras. Le dieron empujones. Lo escupieron. L.A. era L.A. Allí no tenía reputación.

Viajó al este. Viajó al sur. Se encargó de negocios del kuadro. Cocinó droga en Saigón. Llevó droga a Las Vegas. Movió armas por Misisipí.

Los beneficios subieron. En konsekuencia, los kostes del kuadro también. Las armas viajaron hacia al sur. Perdieron el *Tiger Klaw*. Perdieron a Bruvick. Compraron un barco nuevo. Lo acorazaron. Contrataron a un nuevo barquero, Dick Wenzel, marino mercenario, amigo íntimo de Laurent Guery.

El *Tiger Klaw II*. Navegaba desde la bahía de St. Louis, Misisipí.

Wenzel hizo viajes a Cuba. Llevó consigo a Laurent. Llevó consigo a Flash y a Wayne. Wenzel era bueno. Wenzel era audaz. Wenzel tenía unos cojones como sandías.

Los viajes fueron bien. No hubo fallos ni ataques por sorpresa. Recorrieron la costa. Soltaron los ganchos. Se reunieron con Fuentes y Arredondo.

Entregaron armamento. Alimentaron a los insurgentes. Las armas se movieron tierra adentro. La costa suministró a las montañas. El kuadro suministró kombustible a la Causa.

El kuadro era kauto. Pete no se fiaba de nadie. Pete ordenó pruebas de polígrafo. Laurent realizó dichas pruebas. Wayne las superó. Flash las superó. Fuentes y Arredondo, también.

Las movidas a Cuba funcionaron. Muchas movidas sin fallos ni problemas. Bob trabajó. Laurent trabajó. Consiguieron armas. Ocultaron su procedencia. Dijeron que eran de los Minute, un grupo ultraderechista. Dijeron que eran de la John Birch. Dijeron que habían recurrido a algunos oficiales del servicio de intendencia del Ejército.

Bob no se alejó mucho de la verdad. Aludió a las normas de seguridad y a la restricción de las fuentes. Bob conseguía armas buenas. Bob hacía concesiones.

Sus fuentes temían ser reconocidas. Sus fuentes quemaban los números de fábrica. Pete lo odiaba. Pete anhelaba la confiscación. Que el Barbas sepa que somos nosotros.

Bob consiguió buenas armas. Bob consiguió armas sin identificación. Pete accedió.

El equipo bajó a Cuba. El equipo regresó. El equipo consiguió información. Fuentes la divulgó. Arredondo lo ayudó:

Escaramuzas / incursiones en poblados / fuego a discreción. Varaguay / Las Tunas / Puerto Guinico. Los insurgentes atacan. Los insurgentes matan. Los insurgentes mueren. Los insurgentes encuentran recambios.

Bien, pero:

De momento no ha habido ninguna batalla importante. Ningún progreso visible. De momento, las armas del kuadro no han resultado decisivas.

A Wayne le gustaban las movidas a Cuba. Wayne tomaba Dexedrina. Wayne se apuntaba a las movidas de siete en siete: Dick Wenzel iba de barquero. Pete hizo dos movidas. Flash y Laurent hicieron siete.

Se acercaban. Entregaban las armas. Disparaban contra la playa. Quemaban cabañas. Cortaban la cabellera a fidelistas. Guardaban las cabelleras. Las secaban al sol. Les grababan las iniciales. Las colgaban de las paredes. Las utilizaban para decorar el barco.

Wayne tenía dieciséis. Flash tenía doce. Laurent y Pete tenían nueve cada uno. Pete quería más. Pete quería una escalada.

La guerra estaba en plena escalada. Las cosechas también. La producción de caballo blanco aumentó. Mesplede dirigía el Tiger Kamp él solo. Mesplede había conseguido refuerzos.

Chuck estaba muerto. Tran estaba muerto. Pete estaba en Estados Unidos. Flash y Laurent, también. Wayne viajaba de un sitio a otro. Mesplede necesitaba ayuda. Mesplede compró más Ervis. Mesplede compró unos matones del Can Lao. Le sirvieron de refuerzo. Vigilaron a los esclavos. Controlaron a los químicos.

Wayne sabía lo de Tran. Pete se lo había contado. Le había dicho que todo iba bien. Los chicos del señor Kao han alquilado el laboratorio. Trabajan allí mientras tú estás aquí. Es correcto. Unos matones vigilan el laboratorio para ti y pagan tributo a Stanton.

La guerra seguía en plena escalada. Las cifras de tropas crecieron muuucho durante el 66. Kao aprovechó la escalada. Distribuyó caballo en Francia. Distribuyó caballo en Saigón.

Sólo a los monos amarillos. No a los europeos ni a los americanos. No hace negocio con los reclutas.

Kao formó una brigada de droga. Era toda del Can Lao y toda klandestina. Invadieron Saigón. Destrozaron los fumaderos de opio. Los convirtieron en antros de caballo.

Dirigieron esos antros. Vendieron caballo. Los mantuvieron limpios. Fregaban los suelos y limpiaban las jeringuillas.

Kao tenía su feudo. Kao se dedicaba a la exportación y a Saigón. El kuadro tenía Las Vegas.

Compartieron el laboratorio. Compartieron las cubetas. Compartieron los conejillos de indias. Los yonquis abarrotaban el Go-Go. Se chutaban en el piso de arriba. Los químicos de Kao los utilizaban. Preparaban nuevas fórmulas. Probaban dosis. Registraban fatalidades.

Wayne viajó al este. Asistió a la escalada de la guerra. Presenció la escalada simultánea del caballo. Wayne viajó al oeste. Vio la escalada de la guerra cada noche en televisión.

Barb vio la guerra. Barb detestaba la guerra. Barb veía la guerra en televisión. Está en Da Nang. Consigue polvo blanco.

Recorrió Da Nang. Vio las mutilaciones. Vio lo jodido que estaba Pete. Tomó pastillas. Quiso más. Las buscó y las encontró. Encontró caballo. Esnifó caballo. Desmintió la afirmación de Pete:

Controlamos el caballo / lo limitamos / está prohibido a los blancos.

Barb volvió a casa. Barb regresó con fotos del hospital. Barb vio la guerra en televisión.

Tuvo a Pete a tiempo completo. Le gustó. A Pete le gusta la guerra. Barb no soporta la guerra. Barb enciende la chispa de la guerra entre ellos.

Cargó contra la guerra. Dijo tonterías pacifistas. Iba a caballo.

Tomaba muestras. Se las metía por la nariz ante las narices de Pete. Buscaba caballo. Desmentía las afirmaciones de Pete. Desmentía que el caballo estaba controlado.

Wayne sabía que lo hacía. Pete, no. Wayne la miraba de cerca. Wayne la amaba de lejos. Wayne vivía para mirar.

Miró en Las Vegas. Miró en L.A. Miró en Vietnam. La guerra siguió su escalada. La guerra era la Vida sin contención.

Pete se equivocaba. No pudimos ganar. No pudimos obligar la contención. Pete se equivocaba. El caballo ganará. El caballo aplastará toda contención. Barb le había demostrado que se equivocaba. A continuación lo harían los soldados. El caballo se extendería sin contención.

Wayne miró la guerra. Wayne seguía las cifras de muertos. Wayne recorría galerías de droga. Wayne recogía rumores.

El señor Kao se ha expandido. El señor Kao ha bombardeado Ba Na Key. Los campos de adormidera han ardido. Los rivales laosianos del señor Kao se han replegado.

Stanton dijo que Kao era buen tipo. No nos joderá. Estamos localizados. Estamos autocontenidos. Estamos bien en Las Vegas Oeste.

Wayne y Pete opinaban de otro modo. Wayne y Pete sabían que:

Estamos demasiado localizados / estamos demasiado contenidos / estamos colapsados en Las Vegas Oeste.

Wayne presionó a Pete. Wayne defendió su tesis. Wayne dijo presionemos a Stanton. Presionemos a Carlos. Digámosle que queremos vender en L.A.

Pete dijo: «No digas tonterías. Lo que te interesa es Wendell Durfee.»

Pete lo conocía. Pete conocía sus obsesiones. Sabía de sus sueños.

Bongo / Rey Arturo / Cassius Cachondo / caras negras / telón de fondo blanco / sábanas blancas. Cur-ti y Leroy. Otis Swasey. La puta muerta / su remolque / la pelota en la boca.

Reposiciones de sueños. Los sueños sacaban a la superficie a Wayne Senior. Era un mecanismo onírico. Soñar y despertar. Padre Conejo ahí, en tu almohada.

Los sueños se reciclaban. Los sueños se reponían. Los sueños seguían sus viajes.

Viajaba al este, veía a Bongo. Lo mataste allí. Viajaba al oeste, veía caras negras. Las encontraste allí. Viajaba al sur, veía caras nuevas. Allí lincharon a ese tipo.

Sábanas blancas. Sábanas del Klan. Bob Relyea, Conejo Silvestre.

Bob lo pinchó. Tu padre te quiere, le dijo Bob. Te echa de menos. Me lo ha dicho. Se fija en ti. Es Papá Conejo. Es amable. Es simpático. Financia mi célula del Klan. Combatimos el fraude postal. Ayudamos al señor Hoover.

Nuestro racismo es hábil. Limitamos. Nos consolidamos. Jodemos a los malos racistas. Extendemos el buen racismo.

Sueños. Reposiciones. Viajes.

Dormir en aviones, atravesar husos horarios. Ver caras. Racismo hábil. Consolidar, ¡*Hail*, Padre Conejo!

Los sueños se repitieron. El concepto se mantuvo. El quid de la cuestión aumentó:

Él te necesita. Te ve. Te desea.

91

(Las Vegas, bahía de St. Louis,
aguas cubanas, 1/4/66-30/10/66)

Guerras:

La guerra auténtica. La guerra de la televisión. Barb dispara a discreción.

Miran los noticiarios. Pete hace comentarios. Pete dice ganaremos. Barb dice no deberíamos ganar. No podremos ganar. No ganaremos.

Pete dice yo he estado allí. Yo lo sé. Ella dice yo he estado allí. Yo lo sé. Ambos se encienden. Discuten sobre el control. Discuten sobre la contención. Guerras de televisión, mierda de salón. Ataques de francotirador.

Aumentó. Creció. Paró. Barb lo bombardeó. Barb ganó.

—Nadie controla la guerra —dijo ella—. Y tú no controlas el tráfico de droga porque conocí a un médico en Da Nang y me manda pequeñas muestras. Me las tomo cuando me muero de aburrimiento o cuando tengo miedo de que te caigas de un puñetero barco cubano en las puñeteras aguas cubanas.

Él se volvió loco. Tiró objetos. Puso a prueba su corazón. Lanzó sillas. Rompió ventanas. Agarró el televisor. Lo alzó, ochenta kilos por los aires. El numerito de un paciente cardíaco gilipollas.

El televisor voló por los aires. Cayó desde una altura de catorce pisos. Cayó como una bomba sobre un Ford de color azul.

Él se enfureció. Las venas le latían. El corazón se le hinchó. Se desplomó como una bomba sobre el sofá. Barb habló de tregua.

No soy una yonqui. Sólo esnifo. Nunca me pincho. Odio tu trabajo. Odio la guerra. La guerra te sirve de tapadera.

Él intentó luchar. Respiró con dificultad. El corazón se fatigó y titubeó. Barb lo tomó de la mano. Barb sostuvo el gato y habló *très* despacio.

Odio tu trabajo. Odio la Vida. Ahora odio Las Vegas. Saldremos de esto. Sobreviviremos. Ganaremos.

Hicieron las paces. Él se calmó. Recuperó algo de fuerzas. Hicieron el amor. Rompieron el sofá. El gato hizo de árbitro.

Barb criticó muchas cosas. Aireó muchas cosas. No habló de algunas cosas. No hubo promesas de abstinencia. No hubo promesas de dejarlo. No hubo promesas de cambiar.

Tregua.

Dejaron el Stardust. Se instalaron en el Cavern. Compraron un televisor nuevo. Barb vio la guerra. Barb se enfurruñó y censuró. Pete se dedicó a los negocios. Movió droga. Movió armas.

Barb trabajaba en el Cavern. Barb llevaba faldas de go-gó. Barb enseñaba mucha piel. Fíjate: no tiene pinchazos / no tiene morados / no tiene marcas.

Tregua. Vivieron. Hicieron el amor. Él viajó. Mientras él viajaba, ella volaba. Él lo sabía. Barb volaba en las Aerolíneas Polvo Blanco.

Vivieron la tregua. Él comprendió la cláusula de las críticas.

Barb tenía razón, la guerra estaba muy jodida. No podremos ganar. Barb tenía razón. Los unía un gran amor. Permanecerían juntos y ganarían. Barb se equivocaba. El caballo blanco tenía dientes. El caballo blanco mordía para ganar.

Bandera blanca / alto el fuego / tregua.

Él cedió en algunos puntos. Estaba en deuda con Barb. La había llevado a Dallas. La tregua se mantuvo. La cláusula se mantuvo. Corrió tinta.

Tú tienes a Barb. Jane ha muerto. Ward lo sabe. Ward lo dijo una vez. Ward dijo que Jane lo había dejado. Entonces Ward se detuvo en seco.

Ward conocía la historia pasada de Jane. Se había enterado por las revistas de cotilleos. Podía adivinar lo demás. Arden corre a Danny. Se hacen a la mar. Las aguas del Golfo son seductoras. Están agotados. Están cansados. Son muchos los años que llevan huyendo.

Ward había perdido a una mujer. Carlos había perdido un barco. Carlos había perdido a una espía. Carlos había perdido a Danny. Carlos había matado a Danny. Carlos había abandonado la Causa de lleno.

El barco nuevo lo aburría. Las movidas en barco lo aburrían. Eran una lata. Las movidas aburrían a Pete. Las movidas lo inquietaban y le jodían el corazón.

Patrullar la costa y entregar armas, demasiado fácil. Movidas en lancha y cabelleras cortadas, acciones ligeras.

Es enero del 66. Pete se frustra. Pete manda a Flash a Cuba. Flash es cubano. Flash es moreno. Flash es rápidamente asimilado.

Flash recorre Cuba. Se encuentra con Fuentes y Arredondo. Van a las montañas. Visitan kampamentos. Ven las armas procedentes del kuadro.

Grandes kampamentos. Mucho personal. Gran cantidad de armas almacenadas.

Organizan una incursión. Tienen sesenta hombres. Atacan un campamento de la Milicia. Entran por los flancos. Arrojan granadas. Utilizan lanzacohetes. Se infiltran a cubierto. Se despliegan. Utilizan lanzallamas Zippo.

Mataron a ochenta hombres. Perdieron a tres. Afeitaron cantidad de barbas. A Pete le encantó. Pete revivió. Pete se quitó un gran peso del corazón.

El peso era el peso. La mierda era la mierda. El trabajo era el trabajo. Los médicos le habían dicho que no fumara. No fumó. Los médicos le habían dicho que comiera ligero. Comió ligero. Los médicos le habían dicho que trabajara poco. Dijo a tomar por culo.

Trabajó en el negocio de la droga. Trabajó en el Tiger Kab. Trabajó en el Cavern. El Cavern complacía. El Cavern bullía.

A los modernos les encantaba. A los modernos les gustaban mucho Milt C. y Mono Yonqui. A los viejos calentorros les encantaba Barb. A los viejos calentorros se les caía la baba con Barb. A Sonny Liston le encantaba. Los maricones lo adoraban. Los maricones lo frecuentaban e imitaban a Liberace.

Wayne Senior pasó por allí. Wayne Senior se mostró amable. ¿Necesitas alguna ayuda? Si la necesitas, llama. Conozco algunas casas de juego. Pete se mostró amable. Pete dijo que sí, que lo haría.

Wayne Senior volvió otro día. Wayne Senior perdió dinero y habló.

La vida es cruel. La vida es extraña. Ward Littell con mi ex mujer. ¿Cómo está mi hijo? Sé que se ha endurecido. Sé que trabaja para ti.

Pete se mostró amable. Pete se mostró blando. Pete se mostró evasivo. Wayne Senior habló de tregua. Wayne Senior dijo que echaba de menos a su hijo. Sé que ha estado en lugares muy peligrosos.

Wayne Senior estaba ansioso. Corría un rumor. Drac está de camino. Drac el vampiro. Drac la marioneta de la mafia. Drac la codiciosa escolopendra.

El preludio fue largo. Pete trabajó en él durante tres años. Pete cosechó buenos beneficios.

Tienes cuarenta y seis años. Eres un asesino. Eres un *arriviste*. Eres rico. Vales dos millones legítimos.

Pas mal, mais je m'en fous.

Preludios y beneficios marginales. Dinero y deudas. Barb y el caballo. Barb y *ennui*. Barb y Vietnam.

Le preparó un juego. La desnudó. La abrazó. Le miró los brazos. Le miró las venas. Le miró los dedos gordos de los pies. Le hizo cosquillas por todo el cuerpo. Buscó marcas de aguja.

No tenía ninguna.

Está contenido. Yo lo controlo. Sólo tomo pequeñas muestras.

Le miró los tobillos. Le hizo cosquillas. Siguió sus venas con el dedo. Ella lo acarició. Lo atrajo dentro de sí.

El juego ayudó. El juego dolió. El juego le trajo un recuerdo:

Hace calor. Su corazón se desgarra. Salta para agarrar su zapato.

92

(Los Ángeles, Las Vegas, Washington D.C., Boston, Nueva Orleans, Chicago, Ciudad de México, 1/4/66-30/10/66)

El desconsuelo. El vacío del amante.

Ella había muerto. Había dejado un expediente. Había dejado un legado. Le siguió la pista en dirección sur. Recurrió a la lógica.

Lógica:

Otash ve el expediente de las revistas de cotilleos. Otash localiza a Carlos y a Jane. Otash llama a Pete. Pete duda de Jane. Las dudas de Pete vienen de lejos. Jane escapa. Jane va a reunirse con Danny Bruvick.

Llamó a compañías aéreas. Comprobó vuelos. Encontró el nombre de Arden Breen. Había volado a Alabama. Había volado a Bon Secour.

Lógica:

Pete tenía contactos en el Golfo. Pete movía armamento. Pete tenía una base en Bon Secour. Había intercedido. Había frenado a Carlos. Pete había hecho huir a Jane.

Carlos encontró a Danny. Carlos lo encontró con Jane.

Eso era lógica teórica. Se basaba en los hechos. Las noticias de la prensa la conformaban.

Ella estaba muerta. Él la lloró. Trabajó con Carlos. Ambos permanecieron mudos. Carlos no dijo nada. Pete permaneció mudo. Ambos lo interpretaron mal. Ambos creyeron que Ward no sabía que ellos sabían.

Yo lo sé. He seguido la lógica. El quid de la cuestión se me ha aparecido en sueños.

Carlos mata de manera llamativa. Sus equipos utilizan herramientas eléctricas.

Carlos mata despacio.

Sierras de cadena / taladros / tijeras mecánicas. Cinceles de torno y bates de béisbol.

Lo soñó. Lo oyó. Lo vio. Durmió con ello. Lo vivió. No bebió. No buscó aturdirse. No buscó anestesiarse. Trabajó. Tramó. Se movió a escondidas.

Fue al banco. Cogió el expediente de Jane. Lo estudió. Seis carpetas / notas mecanografiadas / extenso.

Jane conocía a Littell. El expediente lo mencionaba.

Jane predecía sus desfalcos. Seguía la pista de sus viajes. Hacía conjeturas sobre sus cuentas bancarias. Criticaba su técnica. Hacía estimaciones sobre las cifras. Hacía suposiciones sobre sus donaciones impulsadas por la culpa.

Ella había espiado sus papeles. Había vinculado hechos. Había sacado conclusiones de la manera más lúcida. Había espiado lo que tiraba a la basura. Lo había estudiado. Lo había corroborado de forma espectacular.

Citaba sus objetivos comerciales. Hacía estimaciones sobre los beneficios. Hacía estimaciones sobre los movimientos de dinero escamoteado. Hacía previsiones de los gastos generales. Adivinaba los costes del blanqueo. Calibraba moneda extranjera.

Él había tramado el plan de los libros del Fondo de Pensiones. Ella lo había descifrado a toda velocidad.

Ella había seguido la pista a sus viajes. Había hecho averiguaciones sobre llamadas telefónicas. Había rastreado sus mentiras y sus omisiones.

Jane mencionaba:

La incursión de Drac. El fin del monopolio. La venta de Las Vegas a Drac por parte de los Chicos.

Beneficios de los casinos / movimiento de dinero en efectivo / dinero escamoteado / testaferros / porcentajes ocultos / precios amañados.

Ella partía de algo que era de conocimiento público: Hughes quiere Las Vegas. Ella retrocedía en el tiempo de manera razonada.

El texto saltó. El expediente nombró a Jules Schiffrin. Jane conoció a Jules. Jules reveló cosas. Jane sacó conclusiones. Así, Jane supo que:

Jules concibe el Fondo de Pensiones. Jules concibe unos libros falsos. Jules concibe la estafa de los libros auténticos.

Detalles. Hechos. Suposiciones. Afirmaciones. Sorprendente... todo el texto es nuevo, lleno de cosas que él desconocía.

El texto saltaba. Mencionaba a Jimmy Hoffa.

Jimmy mató el padre de Arden. Unos testigos presenciales revelaron datos improvisados. Jimmy suspendió los acuerdos con las empresas. Jimmy ordenó palizas. Jimmy ordenó acciones.

Jane era lista. Jane odiaba presuntamente a su padre. Jane mentía. Jane estaba muy cabreada con Jimmy. El expediente de Jane era una venganza: venía de largo / llevaba planeándola mucho tiempo.

El texto saltaba. El expediente mencionaba a los Chicos.

Carlos / Sam G. / John Rosselli / Santo / Moe Dalitz / matones de Kansas City.

Detalles. Datos. Rumores. Afirmaciones.

Por: atracos / atracos frustrados / extorsión. Jueces comprados / jurados comprados / policías comprados en cantidad. Estafas realizadas / estafas abandonadas / estafas resucitadas y revisadas.

Sorprendente. Incendiario. Denso e incisivo.

Jane hace un testamento. Luego se cansa. La acosan y huye.

Jane conserva el expediente. Jane lo confisca. Jane paga su deuda de Dallas. Jane le paga por sus dos años como «Jane».

El testamento de ella. Ya era de él. Era su salvaguarda. Díselo a Carlos. Díselo a los Chicos.

Os he servido. Estoy cansada. Déjame huir, por favor.

Eligió un banco de Westwood. Alquiló una caja de seguridad. Guardó el expediente. Lloró a Jane.

Soñó. Vio punzones y taladros. Rezó. Encuadró su muerte desde Dallas en adelante.

Robó. Estafó a Howard Hughes. Hizo donaciones a la CLCS. Sufrió. Su dolor se transformó. Su dolor se convirtió en odio.

Carlos había matado a Jane. Su odio fue más allá de Carlos. Su odio fue más allá de todos los Chicos. Su odio se dispersó y se aglutinó. Su odio encontró al señor Hoover.

Lo observó.

El señor Hoover habló en el D.C. El señor Hoover piropeó a la Legión Americana. Él observó. Permaneció en el fondo de la sala. La sala estalló en un aplauso atronador. El señor Hoover recurrió a frases gastadas. Atacó al doctor King. El señor Hoover se veía viejo. El señor Hoover se veía débil. El señor Hoover vomitaba ODIO.

Littel observó.

El señor Hoover transmitió ironía. El señor Hoover transmitió gusto. El señor Hoover renunció al control. Escupió ODIO. Era inexpugnable / invencible / irreconciliable.

Littell lo sopesó.

El señor Hoover era viejo. El mundo se le había quedado pequeño. Había sobrevivido a su esfera de control. Su odio se había dispersado. Su odio se había aglutinado. Su odio había encontrado al doctor King.

Littell sopesó su propio odio.

Vivió por la arrogancia. Se comprometió excesivamente. Rebasó su esfera de control. Su odio se dispersó. Su odio se condensó. Su odio explosionó. El mundo se le quedó pequeño. Conservó sus ideales. Su amor por la intriga se le quedó pequeño. Su odio se dispersó y se aglutinó. Su odio encontró a John Edgar Hoover.

Actuó basándose en ese odio. Actuó de manera pasiva. Espera. No hagas nada todavía. Deja que el señor Hoover ODIE.

Deja que el mundo se sacuda. Deja que el doctor King se una a Bobby. Tienen designios audaces. Critican la guerra. Tal vez colaboren.

El doctor King planeaba una revuelta. Lyle Holly lo explicó con detalles. Littell destruyó las notas de Lyle. Dejemos que el doctor King lleve a cabo sus planes. Dejemos que actúe de manera no pasiva.

Campañas a favor de la paz. Registro de votantes. Campaña contra los guetos. Revuelta en sus fases iniciales. Planeada hasta 1968.

Espera. No hagas anda. Deja que el señor Hoover ODIE.

Su odio arde. Su odio es visible. Su odio lo desacredita. El doctor King tiene planes. El doctor King tiene proyectos. El prestigio del doctor King aumenta.

No presiones demasiado fuerte. No presiones demasiado deprisa. No fuerces la credibilidad. Deja que el mundo se sacuda a su propio ritmo. Deja que ocurran cosas.

LBJ libra una guerra en el extranjero. El señor Hoover lo aprueba. LBJ apoya los derechos civiles. El señor Hoover se enfurece en silencio. El señor Hoover vomita ODIO.

Es posible que LBJ lo valore: Edgar, estás moribundo. Te toca marcharte.

La guerra se extenderá. La guerra dividirá. La guerra tal vez descarrile a LBJ. Bobby tal vez se presente en el 68. Es posible que el doctor King reduzca el alcance de su programa. Es posible que Bobby lo apoye.

Observó a Bobby. Leyó el *Registro del Senado*. Contó los votos de Bobby. Bobby era listo. Bobby nunca mencionaba a los Chicos. Bobby odiaba en silencio.

Odia con fuerza. Odia con valentía. No odies como el señor Hoover.

El señor Hoover lo había llamado. El teléfono había sonado a mediados de julio. El señor Hoover había fomentado miedo.

Los seguimientos habían desaparecido. Él lo sabía. Estaba a salvo en lo de Chuck Rogers. Estaba a salvo en lo de Lyle H.

Sin embargo, el señor Hoover había fomentado miedo.

Fue brusco. Fue rudo. Howard Hughes y Las Vegas. Póngame al corriente del asunto.

Littell dijo que Drac estaba loco. Drac temía los impuestos estatales. Drac había alquilado todo un ferrocarril. Drac había ido a Boston. Se había llevado sus mormones. Había alquilado una planta entera en el Ritz.

Drac quiere hoteles. He presionado a los propietarios registrados. Es una mera formalidad. Los Chicos tienen acciones. Los Chicos arreglarán los precios.

El señor Hoover rió. El señor Hoover hizo planes. El señor Hoover prometió una política que permitiera el escamoteo. No fomentemos enemistades. ¿Por qué fomentar la publicidad? ¿Por qué manchar al Conde y a su reino?

Littell divagó. Littell dijo que Drac tenía un plan. Que llegaría a Las Vegas en noviembre.

Habrá recuperado su dinero. Irrumpirá en el Desert Inn. Ya ha alquilado toda una planta. Llevará consigo sus esclavos. Llevará consigo su sangre y su droga.

El señor Hoover rió. El señor Hoover sondeó.

He retirado algunos micros. He retirado algunas grabadoras. Un Comité de la Cámara de Representantes me ha obligado a hacerlo. Lyle llegó hasta Bobby. Le mandó una confesión póstuma.

Littell fingió sorpresa. ¿Nuestro Lyle H.? ¿Nuestro CONEJO BLANCO? Es imposible.

El señor Hoover sondeó. El señor Hoover despotricó e insultó. El señor Hoover se encendió. Desdeñó a BLANCO y a AMBULANTE. Diseccionó el idéntico vacío moral de ambos. Maldijo al traidor de CONEJO BLANCO.

Littell valoró los insultos y llegó a una conclusión: No sospecha de mí (se ha creído lo de la confesión / ha creído que es una traición).

El señor Hoover divagó. El señor Hoover atacó al doctor King. Su ODIO se hizo evidente. Su ODIO se encendió. Su ODIO creció.

Littell le dijo que le dejara ayudarlo. Dijo que tenía documentos. Dichos documentos detallaban sus donaciones a la mafia.

El señor Hoover dijo que no. El señor Hoover dijo que era demasiado poco. El señor Hoover dijo que era demasiado tarde.

Littell captó odio. Littell captó determinación. Littell supo que el señor Hoover tenía nuevos planes. Que se lanzaba a una escalada.

El señor Hoover se despidió. El señor Hoover omitió:

Las noticias sobre el fraude postal. Las noticias sobre las ramificaciones de CONEJO NEGRO. Un gran éxito / digno de un placer perverso. Una omisión elocuente.

Littell tradujo dicha omisión. Littell supo que:

El señor Hoover tenía nuevos planes. El señor Hoover se lanzaría a una escalada.

Espera. No hagas nada. Espera que su odio se manifieste. Espera que su odio lo impulse a autoinculparse.

Los Chicos tenían planes. Ha llegado la hora de la reubicación. Sam G. sale de la cárcel.

Littell lo llevó en coche a casa. Sam hizo las maletas. Volaron a Ciudad de México. Sam compró fruslerías. Sam compró una casa. Sam discutió sus planes.

Compramos las elecciones del 68. Se las damos a nuestro candidato. Éste acepta nuestro dinero. Nos acata. Nos obedece. Indulta a Jimmy Hoffa. Nos permite expandirnos. Hace caso omiso de nuestras colonizaciones.

Nos trasladamos al sur. Colonizamos. Construimos nuestros casinos. Nos permite prosperar. No jodáis a esas colonias, ya sean de izquierdas o de derechas.

En resumen. Compramos al candidato. Lo compramos al por mayor. Drac aporta el veinticinco por ciento. Chocamos. Drac obtiene ventajas, el tiempo dirá cuáles.

Jimmy será encarcelado la próxima primavera. Dejemos que se preocupe. Compremos un candidato. Elijámoslo.

Dicho candidato espera. Dicho candidato indulta a Jimmy. Nosotros obtenemos un indulto. Obtenemos el visto bueno para nuestra colonización de naciones de izquierdas o de derechas.

Cuba era de izquierdas. Allí no podían construir casinos. Todos sus objetivos eran países derechistas. Piensa en lo ocurrido. Vuelve al otoño del 63.

El plan del atentado está en marcha. Los Chicos han perdido el juicio. Los Chicos quieren sus casinos cubanos. Han intentado matar a Fidel. Han realizado operaciones secretas. Han fracasado.

Sam enrola a Santo. Santo tienta a Johnny Rosselli. Presionan al Barbas con amabilidad. Devuélvenos los casinos, por favor. Se cargan a Jack. El mundo se sacude y se ladea.

Desde entonces hasta ahora. Planes estúpidos y audaces.

Como la guerra, el conflicto preferido del gran Pete.

Se encontró con Barb para almorzar. Almorzaban juntos una vez a la semana. Hablaban de ello. Barb no soportaba la guerra. Barb sentía un amor nuevo hacia Bobby. Barb atacaba a Pete.

Barb hablaba de política. Barb contaba chismes de salón y divagaba. Barb mencionaba la «explotación». Barb mencionaba el «asesinato masivo» y el «genocidio».

Barb tenía altibajos. Barb tomaba pastillas. Barb se anestesiaba. Discutían sobre los negocios de Pete. Discutían sobre los compartimentos de Pete.

Barb contemporizaba. Barb se sentaba a horcajadas entre dos compartimentos: amo a Pete / odio sus negocios y su guerra.

Él la amaba. Wayne la amaba. Ella lo sabía. Todos los hombres la amaban. Él se lo dijo. Ella lo sabía.

Dijo que le gustaba. Dijo que lo detestaba. Dijo que en los últimos tiempos le daba lo mismo.

Barb sabía que Jane lo había dejado. No conocía los detalles. Le sonsacó acerca de Janice. Él se lo dijo llanamente. Se lo dijo de forma contundente: Janice era diversión.

Janice era sexo. Janice era estilo. Janice era brío voluntarioso.

Wayne Senior le pegaba. Janice aún cojeaba. Janice aún sufría calambres. Janice aún jugaba al golf en la terraza.

Tiraba contra la red. Cojeaba. Sufría calambres. Acertaba tiros. Ganaba por desgaste.

Desairaba a los matones mormones. Dichos matones estaban haciendo sondeos. Wayne Senior echa de menos a Junior.

Ella replicó. Sus palabras fueron: Vete a tomar por culo. Fue su única respuesta, al pie de la letra.

A él le gustaba. Amaba a Barb. Amaba a Jane.

Barb tenía aire de ensoñación. Se lo ocultaba a Pete. Él envidiaba ese aire. Envidiaba esa sedación.

<u>DOCUMENTO ANEXO</u>: 30/10/66. Documento interno. Asunto: OPERACIÓN CONEJO NEGRO. A: CONEJO CELESTE. De: el director. FASE 1 SECRETA / SÓLO LEER / LEER Y QUEMAR.

CONEJO CELESTE,

He estado revisando mi llamada del mes de julio a CONEJO AMBULANTE. No pude leer su respuesta a la mención, por mi parte, de la presunta confesión de CONEJO BLANCO y percibí que su estado mental era problemático.

CONEJO BLANCO era, por supuesto, su hermano, CONEJO CELESTE. Le he dado muchas vueltas a sus repetidas afirmaciones en el sentido de que su confesión fue inventada. Usted ha declarado que CONEJO AMBULANTE es el único en nuestra esfera de acción capaz de semejante cosa, y no puedo discutir su afirmación en modo alguno.

CONEJO AMBULANTE me preocupa. Como usted ha señalado, su amante, Arden Breen / Jane Fertress, desapareció el pasado octubre y fue asesinada, presumiblemente, por miembros del crimen organizado. Sospecho que su ausencia y su terrible destino han contribuido a atemorizar a CONEJO AMBULANTE. Usted ha calificado a menudo de «ineficaz» a CONEJO AMBULANTE, pero yo añadiría que su tendencia a la actuación kamikaze lo señala como el inútil más peligroso del mundo.

Dicho esto, creo que debemos volver a nuestra vigilancia personal de CONEJO AMBULANTE y reinstalar control de basura y correo. Estas acciones sustituirán nuestra decisión de excluirlo de todos los aspectos de la OPERACIÓN CONEJO NEGRO.

Respecto al «Chantaje» adjunto:

Veto su recomendación de que sigamos los pasos de CONEJO ROJO. CONEJO ROJO estará, sencillamente, demasiado alerta ante posibles trampas.

El objetivo será CONEJO LILA. Su búsqueda impetuosa de encuentros sexuales lo hace más adecuado y vulnerable.

GRAN CONEJO se ha recuperado, al parecer, de su ataque cardíaco. Póngase en contacto con él el 1/12/66.

DOCUMENTO ANEXO: 2/11/66. Titular del *Miami Herald*:

> KING CENSURA LA GUERRA «IMPERIALISTA»
> EN VIETNAM.

DOCUMENTO ANEXO: 4/11/66. Titular y subtitular del *Denver Post-Dispatch*:

> HOFFA CON FECHA DE ENCARCELAMIENTO
> PARA MARZO, LOS ABOGADOS DE LA
> APELACIÓN, PESIMISTAS.

DOCUMENTO ANEXO: 12/11/66. Subtitular del *Atlanta Constitution*:

> «LA GUERRA, UN ULTRAJE MORAL», DECLARA KING
> EN UN DISCURSO.

DOCUMENTO ANEXO: 16/11/66. Titular del *Los Angeles Examiner*:

> RFK CON LA PRENSA: «NO HAY PLANES PARA LAS
> PRESIDENCIALES DEL 68».

DOCUMENTO ANEXO: 17/11/66. Titular del *San Francisco Chronicle*:

> EL MOVIMIENTO EN FAVOR DE LA CANDIDATURA DE
> KENNEDY CRECE A PESAR DE LA DECLARADA
> RESISTENCIA DEL SENADOR.

DOCUMENTO ANEXO: 18/11/66. Titular y subtitular del *Chicago Sun-Times*:

KING HABLA ANTE UN GRUPO DE RESISTENCIA
AL RECLUTAMIENTO.
HOOVER LLAMA «PEÓN COMUNISTA» AL LÍDER
DE LOS DERECHOS CIVILES.

DOCUMENTO ANEXO: 23/11/66. Subtitular del *Washington Post*:

REACCIÓN CONTRA HOOVER POR SUS COMENTARIOS
SOBRE KING.

DOCUMENTO ANEXO: 24/11/66. Subtitular del *Boston Globe*:

EXTRAVAGANTE VIAJE EN TREN DE HOWARD HUGHES
A LO ANCHO DEL PAÍS.

DOCUMENTO ANEXO: 25/11/66. Titular y subtitular del *Las Vegas Sun*:

EL TREN DE HUGHES, EN RUTA.
¿QUÉ TRAE A LAS VEGAS AL MULTIMILLONARIO
SOLITARIO?

PARTE V

Incursión

27 de noviembre de 1966-19 de marzo de 1968

93

(Las Vegas, 27/11/66)

Ya viene.

Es Mister Importante. Es Howard Hughes. Es el Conde de Las Vegas.

Littell observó.

Se acercó a los reporteros. Se acercó a los cámaras. Se acercó a la gente de la calle. La noticia se había filtrado. El Conde viene hacia aquí. La estación de tren, a las 23.00 horas.

Ya viene. Por la vía 14. Mirad el Drac Express.

El andén bullía. Los periodistas se apiñaban. Los ayudantes alzaban los focos. Los cámaras cargaban los carretes.

Littell observó.

Había hablado con los mormones de Drac. Éstos habían hablado de renovación. Habían dicho que habían ocupado el Desert Inn. Que lo habían draculinizado. Que habían remozado el ático para dejarlo a prueba de gérmenes. Que habían instalado frigoríficos. Que habían almacenado tentempiés y golosinas.

Helados / pizza / chocolate. Demerol / codeína / Dilaudid.

Dijeron que se lanzarían de inmediato. Negociamos y regateamos. Compramos el Desert Inn. Los Chicos dicen que nos lancemos de inmediato. Negociamos y fijamos el precio.

Es grande. Drac se resistirá. Drac se enfurruñará. Drac pagará. Drac hará una campaña para conseguir la hegemonía mormona. ¡Los mormones tienen que dirigir mis casinos!

Los Chicos entrarán de nuevo en juego. Los Chicos se confabularán. Decidirán que Littell tiene que presionar a Wayne Tedrow Junior.

Hablarán. Negociarán. Las banalidades de la conversación serán crueles. Wayne Senior lo pinchará por lo de Janice.

El andén bullía. Las vías temblaban. Se oyó el pitido de un tren. Ya viene.

Llegó un coche de polis. Los polis se apearon. Sacaron material. Uno empujaba una camilla. Otro llevaba una tienda. Otro cargaba con botellas de oxígeno.

La pasma empujó a los periodistas. La pasma empujó a los ciudadanos e hizo retroceder a los cámaras. Los periodistas empujaron a su vez. Se formó una pequeña avalancha.

Vienen las luces del tren. El pitido a todo volumen.

Littell se puso de puntillas. Un chico le dio un codazo. Littell retrocedió. Littell obtuvo una buena panorámica.

Saltaron chispas. El tren frenó y se detuvo. La multitud empujó. Destellaron algunos flashes. La multitud corrió hacia el tren.

Miraron por las ranuras de las ventanas. Las puertas se abrieron. La multitud siguió al pasma de la camilla.

Littell rió. Littell conocía la estrategia de Drac. Littell conocía las tácticas de distracción.

Mira. Ahí está la camilla núm. 2. Ahí está la tienda núm. 2. Están detrás de todo.

Los mormones se apearon. Los mormones hicieron señas. Los mormones dejaron caer una rampa. Formaron un cordón. Empujaron una silla de ruedas. En ella iba Drac.

Es alto. Es delgado. Lleva una caja de Kleenex por sombrero.

94

(Las Vegas, 27/11/66)

Ya viene.

Ya se ha apeado del tren. Ya ha subido al coche. Lleva ese estúpido sombrero.

Wayne recorrió el Desert Inn. El suelo echaba chispas. Los buitres se movían. Wayne recogía rumores.

Viene con retraso. Llegará pronto. Llegará ahora mismo. Tiene cicatrices de accidentes aéreos. Tiene una enfermedad en la piel. Tiene pernos en el cuello, como Frankenstein.

Los buitres tomaron posiciones. Abarrotaron el casino. Se subieron a sillas. Llevaban cámaras y libros de autógrafos.

Se reunió una multitud ante la puerta. A través de las cristaleras Wayne vio a Barb allí fuera. Barb lo vio a él. Barb lo saludó. Wayne le devolvió el saludo.

Los buitres avanzaron. La pasma del hotel los contuvo. Alguien gritó: «¡Limusinas!» Alguien gritó: «¡Es él!»

Los buitres corrieron. Se dispersaron. Salieron. Wayne miró por las cristaleras. Wayne captó una buena panorámica.

Vio pasmas. Vio limusinas.

Vio a un Howard Hughes de imitación. Lo reconoció. Lo había visto en el 62.

Había organizado una fiesta para chicos. Enseñó la polla. Metió mano a adolescentes. La pasma lo llamaba «Chester el Pedófilo».

Los buitres saltaron sobre él. Chester posó, magnánimo. Firmó autógrafos. Se acercó una limusina. Bajó una ventanilla. Wayne vislumbró: cabellos blancos / ojos muertos / sombrero estúpido.

Alguien gritó: «¡Es falso!» Los buitres corrieron. Los buitres persiguieron la limusina.

Barb entró. Wayne la vio. Wayne fue a su encuentro.

—¿No trabajas esta noche?

—Podría preguntarte lo mismo. —Barb rió.

—Estaba pensando en Pete y en Ward y en cómo comenzó todo esto.

—Cuéntamelo mientras tomamos café, ¿vale? —Barb bostezó.

Un buitre se acercó corriendo. Lo esquivaron. Fueron al bar y se sentaron de cara al casino.

Apareció una camarera. Barb le pidió un café. La camarera se lo trajo enseguida. El casino estaba tranquilo. Chester jugaba a los dados. Los buitres lo miraban.

—Han pasado meses y todavía me apetece un cigarrillo.

—No como Pete.

Chester tiró. Chester se pasó. Chester perdió.

—Esos secretos que la gente sabe...

—No los sabe todo el mundo.

Barb desenrolló la servilleta. Barb revolvió el café.

—Para empezar, hay una ciudad en Tejas. Después, todos esos planes que la Banda tiene para el señor Hughes.

—Cuéntame secretos que yo no sepa. —Wayne sonrió.

—¿Como por ejemplo?

—Pete tiene pinchadas la mitad de las habitaciones de Las Vegas.

—De acuerdo. —Barb hizo girar el cuchillo—. Donkey Dom está apalancado en el Cavern. Lleva cuatro días allí con Sal Mineo y no han salido de la suite. Los botones les llevan *poppers*. Pete se pregunta cuánto tiempo más aguantarán.

Wayne rió. Wayne observó el casino. Chester jugaba a los dados. Chester ganaba dinero.

Barb sonrió. Barb se puso en pie y fue al baño. Los buitres rodearon a Chester. Chester-Hughes era como un imán.

Chester rezumaba amor. Chester saludaba con la cabeza, magnánimo. Chester posaba para las fotos.

Barb regresó. Barb caminaba con paso vacilante. Se sentó. Los párpados se le cerraban. Tenía los ojos mordidos por el caballo.

Barb sonrió. Hizo girar el cuchillo. Wayne la abofeteó. Barb agarró el cuchillo e intentó pincharlo. Falló.

Wayne la abofeteó. Barb hundió el cuchillo en la madera. Se trabó. No se movió.

Barb se tocó la mejilla. Barb se frotó los ojos. Barb derramó algunas lágrimas.

Wayne la tomó de las manos. Wayne le dobló los brazos. Wayne le dobló el cuello, despacio.

—Estás hecha polvo. Te metes esa mierda por la nariz y cada vez que lo haces Pete se queda jodido. Te crees serena y poderosa porque odias la guerra y los negocios de Pete, pero eso es una excusa barata porque eres una cantante sin talento, enganchada a la droga y a la que le queda poco tiempo.

Barb soltó las manos. Barb agarró el cuchillo. Wayne la abofeteó. Barb dejó caer el cuchillo. Se frotó la mejilla y se enjugó las lágrimas.

—Te amo. —Wayne le acarició el cabello—. No voy a permitir que eches a perder tu vida sin intentar evitarlo.

Barb se puso en pie. Barb se enjugó las lágrimas. Barb se alejó con paso vacilante.

Espectáculo en el casino.

Chester actuaba. Una multitud de borrachos y buitres se congregaba en torno a él. Chester posaba. Chester hacía publicidad en Las Vegas. Chester contaba sus accidentes de aviación.

Los reporteros lo reconocieron. Los reporteros rieron. Joder, pero si eres ese tipo de la fiesta infantil...

Wayne observó. Wayne vigiló el casino.

Bebió bourbon. Se enfurruñó. Husmeó la servilleta de Barb. Captó su crema para manos. Olió su aceite de baño.

Chester firmaba autógrafos. Chester hablaba de las tetas de Jane Russell. Chester miraba a los jovencitos.

Wayne bebió bourbon. Sus pensamientos se dispararon. Vio entrar a Janice. Todavía cojeaba. Todavía se pavoneaba. Sus hebras grises todavía brillaban.

Janice recorrió el casino. Echó monedas en tragaperras. Ganó el premio gordo. Recogió monedas. Dio propina a un mendigo de las tragaperras.

El mendigo le hizo una reverencia. El mendigo le dio las gracias. Llevaba zapatos desemparejados. Atacó una tragaperras. Tiró de la palanca. Perdió todo su subsidio.

El mendigo se encogió de hombros. Hizo acopio de fuerzas. Se rebajó. Abordó a Chester. Chester lo mandó a tomar por culo.

Janice cruzó el casino cojeando. Desapareció del ángulo de visión de Wayne. Salió por la puerta trasera. Hacia el campo de golf.

Va a la suite de Ward. Un encuentro nocturno.

Wayne husmeó el pañuelo. Wayne olió a Barb. Wayne sufrió una descarga de Janice. Sus pensamientos se dispararon. Olió una cita.

Se alejó de Las Vegas. La carretera descendió. Fue hasta el rancho. Entró. Cogió una botella del bar. Salió a la terraza.

Ahí está Wayne Senior. Es prácticamente un viejo. Tiene más de sesenta. Pero hay cosas que no han cambiado.

Tiene la misma sonrisa. Se sienta en la misma silla. Goza de la misma vista.

—Ahora bebes de la botella. Dos años sin verte y...

—Lo dices como si fuera lo único que he aprendido. —Wayne agarró un taburete.

—No es eso. Me han llegado informaciones de que hay más.

—¿Has desplegado tus tentáculos? —Wayne sonrió.

—Y tu los has rechazado.

—Supongo que no era el momento oportuno.

—La misma noche, Howard Hughes y mi hijo. —Wayne Senior sonrió—. Tranquilo, pequeño.

El taburete era bajo. Wayne tuvo que alzar la mirada.

—No le des vueltas. Sólo es una coincidencia —dijo.

—No, es una confluencia —repuso Wayne Senior—. Bondurant precipita a Hughes. Hughes significa que Ward Littell pronto empezará a pedir favores.

Wayne oyó disparos procedentes del norte. Algo corriente. Un jugador arruinado se lía a tiros en la ciudad.

—Ward no pide. Eso ya deberías saberlo.

—¿Qué te pasa, hijo? ¿Quieres que empiece a alabar a tu ex abogado?

—Lo único que quiero es encauzar esta conversación. —Wayne sacudió la cabeza.

Wayne Senior tocó el taburete con el pie . Wayne Senior tocó la rodilla de Wayne.

—Mierda, ¿qué es un encuentro entre un padre y un hijo sin unas cuantas preguntas directas?

Wayne se puso en pie. Wayne se desperezó. Wayne pateó el taburete.

—¿Cómo va el negocio racista? —preguntó.

—Mierda. Tú eres más racista de lo que yo lo he sido nunca.

—Responde a mi pregunta.

—Muy bien. He dejado el negocio de los panfletos racistas a fin de servir a la causa de estos tiempos cambiantes a un nivel más alto.

—En eso veo la mano del señor Hoover. —Wayne sonrió.

—Tienes una vista fantástica, lo cual me confirma que el paso de los años no ha mermado tus...

—Habla, vamos.

—He estado trabajando con tus viejos colegas Bob Relyea y Dwight Holly. Hemos desbaratado las células de algunos de los racistas más extremistas y extravagantes de todo Dixie.

Wayne bebió bourbon. Wayne chupó los posos. Wayne mató la botella.

—Sigue. Eso de los «racistas más extremistas» me ha gustado.

—Seguro. —Wayne Senior sonrió—. Hay racistas listos y racistas tontos, y tú nunca has sabido apreciar la diferencia.

—Tal vez he esperado a que tú me la enseñaras. —Wayne sonrió.

Wayne Senior encendió un cigarrillo adornado con filigranas de oro.

—Creo sinceramente que hay que permitir que los negros voten y tengan igualdad de derechos, lo cual servirá para que aumente su conciencia colectiva y se acostumbren a demagogos como Luther King y Robert Kennedy. Tu negocio farmacéutico les proporciona la sedación que casi todos ellos quieren y los aísla de la fatua retórica de nuestra era. Los amigos que tengo en la policía me cuentan que el delito cometido por gente de color en las zonas blancas de Las Vegas no ha aumentado de manera apreciable desde el inicio de tu operación, y que ésta sirve para aislar a los negros en su lado de la ciudad, que es donde realmente quieren estar.

Wayne se desperezó. Wayne miró hacia el norte. Wayne siguió las luces del Strip.

—Te noto abstraído. —Wayne Senior hizo anillos de humo—. Esperaba una respuesta rápida.

—Estoy totalmente ido.

—Entonces, te he pescado en el momento oportuno.

—En cierto sentido, sí.

—Háblame de Vietnam.

—Es una tontería y una inutilidad. —Wayne se encogió de hombros.

—Sí, pero te gusta.

Wayne cogió el bastón. Wayne lo hizo girar. Wayne hizo malabares. Wayne hizo todo el repertorio. Wayne Senior se lo quitó.

—Mírame, hijo. Mírame mientras te digo una sola cosa.

Mira: tienes su cara. Mira: tienes sus ojos.

Wayne Senior dejó caer el bastón. Wayne Senior tomó a Wayne de las manos y se las apretó.

—Siento lo de Dallas, hijo. Es la única cosa en esta vida de la que me arrepiento de veras.

Mira: lo dice en serio. Mira: se le llenan los ojos de lágrimas.

—A veces pienso que fue allí donde nací. —Wayne sonrió.

—¿Estás agradecido?

Wayne se soltó. Wayne sacudió las manos para restablecer la circulación. Wayne hizo sonar los nudillos.

—No me presiones. No hagas que me arrepienta de haber venido.

Wayne Senior apagó el cigarrillo. El cenicero voló por los aires. Le temblaba la mano.

—¿Has matado a Wendell Durfee?

—No lo he encontrado.

—¿Sabes que...?

—Creo que está en L.A.

—Conozco a algunos agentes del DPLA. Podrían ponerlo discretamente en busca y captura.

—Esto es asunto mío. —Wayne sacudió la cabeza—. No me presiones.

Sonaron disparos. Las diez en punto / en el noroeste.

—Siento lo de Janice —dijo Wayne.

Wayne Senior rió. Wayne Senior aulló. Wayne Senior se partió en dos.

—Mi hijo se tira a mi mujer y me dice que lo siente. Yo siento mucho reírme y decir que no me importa, pero siempre lo he querido más a él.

Mira: ojos llorosos y una sonrisa. Está hablando en serio.

Se levantó una brisa. Los golpeó el aire frío. Wayne se estremeció.

—¿Pensarías en determinada oferta? —Wayne Senior tosió.

—Te escucho.

—Dwight Holly va a dirigir una operación muy compleja relacionada con los derechos civiles. Tú serías su refuerzo perfecto.

—Dwight me detesta. —Wayne sonrió—. Ya lo sabes.

—Dwight es un racista listo. Sabe cuál es tu grado de racismo y estoy seguro de que también sabe lo muy útil que puedes serle.

—Yo sólo soy racista con los malos. —Wayne hizo sonar los pulgares—. No soy uno de esos majaras del Klan que se vuelve loco quemando iglesias.

—Podrías participar en operaciones de alto nivel. —Wayne Senior se puso en pie—. Sabes cómo funciona el mundo y cómo conseguir que las cosas se mantengan estables. Podrías prescindir de todos esos negocios arriesgados en los que estás metido y empezar a hacer cosas realmente excitantes.

Wayne cerró los ojos: *odio / amor / trabajo*.

—Estás cada vez más abstraído, hijo. Tienes el mismo olfato para las oportunidades que tu padre.

—No me presiones —dijo Wayne— o lo joderás todo.

95

(Las Vegas, 28/11/66)

El gato patrullaba. La cama era su jurisdicción.

Arañó el cabezal. Arañó las sábanas. Arañó la almohada de Pete. Pete se despertó. Pete besó a Barb y vio su gran morado.

Pete se había acostado temprano. Ella se había acostado tarde. No la había oído llegar.

Le acarició los cabellos. Le besó el morado. Sonó el timbre de la puerta. Barb no se despertó.

Mierda, las 7.40 horas.

Pete se levantó. Pete se puso una bata. Fue al recibidor y abrió la puerta. Mierda, es Fred Turentine.

Freddy con su cabello encrespado. Freddy jodido y hecho polvo. Freddy en bata. En zapatillas de lana. Completamente alterado.

Con un magnetófono. Con una cinta. Con los tem... tem... temblores.

Pete lo hizo pasar. Le cogió el magnetófono y cerró la puerta. Fred recuperó el equilibrio. Fred controló los temblores.

—Estaba en el puesto de escucha, oyendo las grabaciones de anoche hechas en las habitaciones para intercambio de parejas. He oído ese lío de Dom y Sal Mineo.

Espera. ¿Qué...?

Pete despejó una mesa. Dejó el magnetófono. Lo enchufó y puso la cinta.

Le dio a la perilla del volumen. Pulsó el botón de reproducción. Oyó zumbidos de interferencias. Oyó pitidos sincronizados. Ninguna voz.

Ahí... La voz de Sal / el clic de la tecla de «on» / activamos.

«Eh... Dom, tú, cabrón, ése es mi...»

Dom: «No es lo que tú... yo sólo miraba ese número telefó...»

Sal: «Eres un cabrón. Una maricona mamona.»

Dom: «La mamona eres tú. Mamas mi gran polla cada vez que tienes la oportunidad de hacerlo.»

Ruido de golpes / jadeos / parloteo. Ruidos de cocina / ruido de cajones / rotura de cristales. Estruendo. Chasquidos de navaja. «No, Sal, no, no, no.» Gritos / gorgoteos / respiración entrecortada.

Silencio. Bips cronometrados. Interferencias. Sollozos. Ruido de pasos. Estruendo.

Sal: «Por favor, por favor, por favor. Dios mío, por favor.»

Sollozos. Suspiros y plegarias: «Oh, Dios mío, me arrepiento de veras de haberte ofendido, de todos mis pecados, porque temo perder la...»

Pete se estremeció. Se le contrajeron los huevos. El cabello de la nuca se le erizó. Pulsó la tecla de «stop». Agarró las llaves. Agarró la pistola.

Salió. Inspeccionó el aparcamiento. Miró las suites de los bungalós. Ocho de la mañana / coches aparcados / todo tranquilo.

Sal había llegado en avión a Las Vegas. Dom lo había llevado a su lugar de citas. Dom siempre hacía de chófer de sus clientes.

El T-Bird de Dom: no está.

Pete se acercó, ahora tranquilo. Pete abre la puerta. Tranquilo. Lo hizo. Estaba cerrada. Sacó las llaves. Entró y vio:

Alfombras rosa, muy desgastadas, salpicadas de sangre. Cajas de pizzas. Restos de pizza en los platos. Sillas volcadas. Mesas volcadas. Paredes blancas con manchas rojas frotadas.

Pete cerró la puerta. Pete fue a la cocina. Pete inspeccionó el fregadero.

Ajax. Estropajo. Carne atascada en el desagüe. Carne cubierta de pelo. Carne cubierta de piel morena.

Los maricones mataban en plan carnicería. Los maricones mataban en plan operístico. Los maricones mataban con buen gusto.

Pete inspeccionó el baño.

Sin cortinas en la ducha / navajas en el lavabo / navajas en el lavamanos. Manchas en el suelo. Cerdas sueltas. Alfombrillas cepilladas.

Una huella de pulgar en la pared. La impronta aún era visible. Las espirales frotadas de color rosa.

Pete recorrió la suite. Pete evaluó los daños. Pete comprendió el quid de la cuestión. Cerró la puerta y regresó a su suite.

Ahí está Fred el T.

Bebe Jack Daniel's. Come palomitas de maíz. Ya se ha repuesto. Ya se ha tranquilizado. Ya está borracho.

Fred rió. Fred bebió bourbon etiqueta negra. Fred vomitó palomitas de maíz.

—Veo potencial en esto. Sal es candidato a los premios de la Academia.

Pete corrió las cortinas. Pete cogió su Polaroid y la cargó.

—Espero que le haya salvado la polla —dijo Fred—. Me iría bien para un trasplante.

Barb despertó. Pete la oyó. Pete la oyó moverse entre las sábanas.

—Dom nunca me cayó bien —añadió Fred—. Era muy arrogante por lo enorme que tenía la polla.

Pete lo agarró. Pete le inmovilizó las muñecas.

—Habla con Barb. Que no se mueva de aquí mientras hago unas fotos.

—Pete, por Dios. Vamos... Estoy de tu lado.

—No digas nada de lo que sabes. —Pete le retorció la muñeca—. No quiero que en el Cavern se enteren de esto.

—Pete, Pete, Pete. Por favor. Ya me conoces. Sabes que soy la puta esfinge del faraón.

Pete lo soltó. Pete salió. Cruzó el aparcamiento a la carrera y llegó de nuevo a la suite.

La abrió. Entró. Hizo fotos. Polaroids, doce instantáneas en color.

Fotografió la huella de pulgar. Fotografió las manchas de sangre. Fotografió la carne, las alfombras y las navajas.

Pete disparó doce fotos. La cámara las reveló. La cámara hizo ruido. La cámara sacó fotos mojadas.

Recorrió sistemáticamente la suite. Cargó de nuevo la cámara. Hizo más fotos:

El pulgar de Dom, atascado en el desagüe del fregadero. Un consolador / una pipa / restos de tabaco.

Secó las fotos. Las extendió en un sofá. Agarró el teléfono. Marcó directo a L.A.

Tres tonos de marcado. Que esté ahí, por favor.

—Aquí Otash.

—Freddy, soy Pete.

—Pensaba que estabas cabreado conmigo. —Otash rió—. Por aquello de Littell, ¿te acuerdas?

Pete tosió. Emitió un silbido al respirar. El pulso se le aceleró.

—Yo soy de los que perdonan.

—Eres un mentiroso de mierda. —Otash rió—. Pero lo pasaré por alto en nombre de los viejos tiempos.

Pete tosió. Emitió un silbido al respirar. El pulso se le aceleró.

—¿Conoces a Sal Mineo?

—Sí, lo conozco. Lo saqué de un lío que tuvo con unos menores.

—Pues esta vez se ha metido en uno gordo. Se trata de un trabajo para dos hombres. Te lo explicaré personalmente.

—¿Está en Las Vegas? —preguntó Otash.

—Creo que está volviendo en coche a L.A.

—¿Dinero?

—Lo interrogaremos y veremos qué sacamos.

—¿Cuándo?

—Tomaré el vuelo del mediodía.

—Pues nos vemos en mi oficina. Y trae algo de dinero por si Sal se rinde.

Pete colgó. Se oyó un ruido en la puerta. El pasador hizo clic. Barb entró.

—Mierda —dijo Pete.

Barb miró alrededor. Barb vio cosas. Barb entendió lo que había ocurrido. Señaló una mancha de sangre con el pie. Se agachó. Agarró hebras. Se olió los dedos. Hizo una mueca de asco.

—Mierda —dijo.

Pete la miró. Barb se frotó la mejilla. Barb miró alrededor. Vio las manchas de la pared. Vio las fotografías.

Las estudió. De una mirada repasó las veinticuatro. Miró a Pete.

—¿Sal o Dom? Fred no ha querido decírmelo.

Pete se puso en pie. El pulso se le aceleró. Agarró una silla. Se apoyó en ella. Inspeccionó la mejilla de Barb.

—¿Qué te ha pasado en la cara?

—Wayne ha querido que me fijara en él.

Pete agarró una silla. Hundió las manos en ella. Arrancó la tapicería.

—Yo lo había pedido. Te lo había pedido a ti, pero Wayne se preocupa por mí de manera distinta y ve cosas que tú no ves.

Pete arrojó la silla contra la pared. Hizo una mella en las manchas de sangre.

—Tú eres mía. Nadie tiene derecho a preocuparse por ti y nadie ha visto en ti cosas que yo no haya visto primero.

Barb miró a Pete. Barb miró las manchas de la pared que había detrás de él. Barb cerró los ojos. Barb salió corriendo de la suite.

—Apuesto a que Dom está en el maletero —dijo Otash—. Van seis a uno.

Vigilancia desde el coche de Fred O., con los asientos muy echados hacia atrás. Olor a pedos de Fred O. y a su colonia.

Esperaron. Vigilaron el T-Bird de Dom. Vigilaron el bloque de apartamentos de Sal.

—De acuerdo. Yo apuesto a que ha abandonado el cadáver en el desierto.

Otash encendió un cigarrillo. El humo se arremolinó. Pete percibió el olor.

Barb se había marchado. Él no había hecho nada por impedirlo. Wayne le había pegado. Wayne la amaba. A Wayne se le había ido la olla. Wayne amaba de una manera extraña. Wayne estaba jodido. Las mujeres lo habían jodido. Ya lo abordaré. Ya le leeré la cartilla. Ya volveré a ponerle la olla en su lugar.

Pete bostezó. Pete desperezó. Pete anheló los cigarrillos de Fred O.

Había fregado la suite. Había limpiado las paredes. Había quemado la alfombra. Había hablado con el chico de los recados de Dom. Pete se había hecho el idiota. Le había preguntado dónde estaba Sal. El chico no sabía nada de nada.

Había hablado con los botones. No habían visto a Sal. Dom había firmado todas las cuentas del servicio de habitaciones. Dom había alquilado la suite. Eso era bueno. Eso jugaba en su favor.

—Sal debe de estar arruinado —apuntó Otash—. ¿Qué estrella de cine vive en un bloque de apartamentos?

Pete miró la calle. Estaban en Hollywood Oeste, en los Swish Alps.

—¿Quieres decir que no le queda pasta?

—No, porque se la ha gastado toda en maricones y en droga.

—Tiene un Rolex de oro. —Pete hizo sonar los nudillos.

—No está mal, para empezar.

El cielo se cubrió. Empezó a llover. Otash subió la ventanilla.

—¿Quieres que te diga cuál es mi única preocupación? Que esté por ahí contando lo que ha hecho a un cura maricón o a los travestis del Golden Cup.

—Ha salido a beber. —Pete hizo sonar los pulgares—. En eso estamos de acuerdo.

—Dom está en el maletero. Desde aquí huelo su culo rancio.

—En el desierto. Apuesto cien dólares.

—Has perdido.

Pete sacó un billete de cien. Llegó un coche. Pete lo reconoció. Era el Ford del 64 de Sal.

Sal aparcó. Sal se apeó. Pete dio una orden a Otash:

—Contaremos hasta diez y saldremos.

Contaron despacio. Llegaron a diez. Se apearon. Corrieron. Llegaron a la puerta principal. Entraron en el vestíbulo.

Ahí está Sal. Frente a su puerta. Ha recogido el correo. Tiene la llave en la mano.

Sal los vio. Sal dejó caer el correo. Sal intentó abrir la puerta. Pete y Otash se acercaron corriendo. Pete lo zarandeó. Otash le quitó la llave.

Otash abrió la puerta. Hizo entrar a Sal de un empujón. Pete cogió una silla. Hizo sentar a Sal de un empujón. Otash le quitó el reloj.

—Esto y la mitad de tu paga por tu próxima foto. Barato, por lo que vas a sacar.

El impetuoso Sal:

—Esto es una broma, ¿no? Os ha mandado el Club de los Frailes.

—Ya sabes lo que es.

El audaz Sal:

—Sí, es una colecta para una hermandad. Tú y Freddy os habéis apuntado a la Chi Alfa Omega.

—Recuerda, paisano. Seguro que lo comprenderás. —Otash sacó brillo al reloj.

El sabio Sal:

—Ya lo entiendo. Me marché del Cavern sin pagar la cuenta y vosotros habéis venido a cobrar.

—El Cavern —dijo Otash—. Por ahí vamos bien.

El sereno Sal:

—Ya lo entiendo. Destrocé algunas cosas y ahora queréis que pague los daños.

—Caliente, caliente —dijo Pete.

—En dos segundos estará ardiendo —apuntó Otash.

El calmado Sal:

—Vosotros dos hacéis un buen equipo, tíos. Abbott y Costello en plan musculitos.

—El tiempo apremia —dijo Pete.

—Sí, justo ahora que empezaba a disfrutar de su humor —dijo Otash.

—¿En el maletero o en el desierto? —preguntó Pete.

—Es que hemos hecho una apuesta —dijo Otash—. Él sostiene que está en el desierto.

—Sí, ¿verdad? —preguntó Pete—. Lo sacaste de Las Vegas.

—Siempre puede haberlo dejado en Griffith Park —aventuró Otash—. Allí hay muchas colinas y cuevas.

—Vi una de las películas de Dom —dijo Pete—. Esa cosa debía de medir un metro.

El valiente Sal:

—Colinas, metros, mierda. Habláis en sánscrito, tíos.

Pete silbó *The Man I Love*. Otash le pegó un manotazo a Sal.

El agudo Sal:

—No pensaba que fuerais de ese modo, chicos. Dios mío, esto es una revelación.

Pete suspiró. Otash suspiró. Pete levantó a Sal. Lo abofeteó y lo dejó caer.

Sal escupió un diente. El diente chocó contra la chaqueta de Pete. Otash abofeteó a Sal. Otash llevaba una sortija de sello. Otash le hizo cortes.

Sal se secó la cara. Sal sopló por la nariz. Lo dejó todo hecho una mierda.

—No hay nada que no pueda arreglarse —dijo Pete—. Yo me ocupo de la parte de Las Vegas y Freddy te vigila aquí. Yo no quiero mala publicidad para el Cavern y tú no quieres que te acusen de homicidio.

Sal se sonó la nariz. Otash le pasó un pañuelo. Pete sacó sus fotos. Las tiró sobre el regazo de Sal.

Mira qué lío. Mira esos cabellos en el fregadero. Mira cuánta sangre. Mira ese pulgar amputado.

Sal se frotó los cortes. Sal miró las fotos. Sal se puso amarillo verdoso.

—De verdad lo quería, ¿sabes? Era malo, pero tenía un lado dulce.

Otash se frotó lo nudillos. Otash limpió sus anillos.

—¿Nosotros o la pasma?

—Vosotros —respondió Sal.

—¿Dónde está? —preguntó Otash.

—En el maletero —respondió Sal.

Otash frotó el índice contra la yema del pulgar. Pete pagó: el maletero / seis a uno.

Volvió a casa en avión. El viaje lo había machacado. Estaba preocupado por Barb y por Wayne.

Barb esnifaba caballo. Wayne lo sabía. A Wayne le dolía. Wayne ama a Barb. Wayne evita a las mujeres. Wayne es un mirón. Wayne es un mártir. Las mujeres lo han jodido.

Avisa a Wayne. Díselo dulcemente a Barb: Te conozco... Sólo yo.

El avión aterrizó. Las Vegas brillaba radiactiva. Pete tomó un taxi hasta el Cavern. Pete abrió la suite.

El gato saltó sobre él. Pete lo agarró y lo besó. Vio una nota.

Está en la pared. Pegada bien alto. A la altura de tus ojos.

> Pete,
> Me alejo de ti por un tiempo para decidir unas cosas. No voy a esconderme. Estaré en Sparta, en casa de mi hermana. Tengo que marcharme de Las Vegas y encontrar una manera de estar contigo mientras te dediques a lo que te dedicas. No eres el único que me conoce, pero eres el único a quien amo.
>
> Barb

Pete rompió la nota. Pateó paredes y estanterías. Acarició el gato. Dejó que le arañara la camisa.

96

(Las Vegas, 29/11/66)

Mira —dijo Moe Dalitz.

Littell miró por la ventana. Vio a unos majaras. Diez pisos más abajo. Majaras con cámaras. Majaras con niños de la mano.

—Creen que Hughes duerme en un ataúd —añadió Moe—. Creen que al anochecer se levanta y firma autógrafos.

Littell rió. Littell lo hizo callar. Silencio, negocio en ciernes.

Diez metros más adelante. Dos mesas más allá. Lo mormones reunidos con los testaferros.

—Joder... ¿tengo que callarme en mi propio hotel y en mi propia sala de conferencias? —masculló Moe.

Un mormón lo miró. Moe sonrió y saludó.

—Gentiles de mierda. Los mormones son casi lo mismo que el Ku Klux Klan.

Littell sonrió. Littell se llevó a Moe. Caminaron diez metros. Pasaron por delante de tres mesas.

—¿Quieres un informe detallado?

—Habla —Moe puso los ojos en blanco—. Pero utiliza palabras de una sola sílaba.

—Ya y bien. Creo que conseguiremos nuestro precio. Ahora están hablando de la tasa de beneficios no distribuidos.

Moe sonrió. Moe se llevó a Littell. Caminaron diez metros. Pasaron por delante de otras tres mesas.

—Sé que no te gusta, pero ese famoso gentil de mierda llamado Wayne Tedrow Senior es esencial para nuestros planes. Necesitamos su sindicato y necesitamos que sus ex colegas y los mormones en general se ocupen de mover el dinero escamoteado en esos vuelos chárter. Ahora hemos sobornado a la prensa y a la televisión para que monten número de «Hughes está limpiando Las Vegas de las influencias mafiosas», lo cual me hace pensar que deberíamos reclutar más mormones limpios para que se dediquen a mover el dinero del escamoteo, porque el señor Hughes insistirá en contratar mormones para que ocupen los puestos directivos, y yo no quiero que los correos de la vieja escuela sigan dando el cante cuando podemos contar con unos cuantos mormones bien limpios, sobre todo ahora, que las cifras escamoteadas están a punto de aumentar.

Littell reflexionó. Littell miró por la ventana. Littell vio montones de majaras. Vio periodistas. Vio vendedores de comida con carritos.

—La publicidad también está a punto de aumentar.

Moe encendió un cigarrillo. Moe tomó digitalis.

—Dime qué piensas. Si lo necesitas, utiliza palabras de dos sílabas.

Littell pensó a toda velocidad. Propónlo / convence a Moe / refina esa idea. Obsequia al señor Hoover / gánate un obsequio tu también / vuelve a participar en CONEJO NEGRO.

—Estás en trance. —Moe puso los ojos en blanco—. Creo que el sol de Las Vegas ha terminado por afectarte la cabeza.

—¿Aún sigues distanciado de tus correos de la vieja escuela?

—¿Te refieres a los que han sido despedidos y sustituidos por los mormones?

—Exacto.

—Nosotros siempre nos distanciamos. Es nuestra manera de sobrevivir.

—Pues entreguemos a algunos de ellos a los federales tan pronto como el señor Hughes haya comprado unos cuantos hoteles. Eso servirá para reforzar nuestra campaña publicitaria, hará feliz al señor Hoover y los federales de aquí tendrán algo en que estar ocupados.

Moe dejó caer su cigarrillo. Moe chamuscó una gruesa alfombra. Moe apagó la colilla con el zapato.

—Me gusta. Me gustan todos los tratos que joden al personal privado de sus derechos.

—Llamaré al señor Hoover.

—Hazlo. Dile hola de nuestra parte y mándale recuerdos con tu mejor palabrería de abogado.

Unas voces se alzaron a ocho mesas de distancia: porcentajes fiscales / incentivos fiscales. Moe sonrió. Moe se llevó a Littell. Caminaron ocho metros. Pasaron por delante de dos mesas.

—Ya sé que has hablado de esto con Carlos y con Sam, pero quiero que oigas mi punto de vista, que es que no queremos que se repita lo ocurrido en las putas elecciones de 1960. Queremos apoyar a un tipo fuerte que termine con toda esta agitación e inestabilidad civil, que se mantenga firme en Vietnam y que nos deje en paz. Y ahora, te diré una cosa sobre ese gentil de mierda antes mencionado, Wayne Tedrow Senior. Nos han informado de que ya no se dedica a distribuir panfletos racistas y que sus mormones y él son cada vez más amigos de ese famoso político recauchutado llamado Richard M. Nixon, que siempre ha odiado mucho más a los comunistas que a la llamada mafia. Queremos que hables con Wayne Senior y averigües si Nixon se presentará. Si dice que sí, ya sabes lo que queremos y lo que estamos dispuestos a pagar.

Unas voces se alzaron a diez mesas de distancia: líos fiscales / créditos fiscales.

Littell tosió.

—Lo llamaré cuando tenga un...

—Lo llamarás en los próximos cinco minutos. Te encontrarás con él y se lo explicarás. Conseguirás que plante la semilla entre la gente de Nixon y le dirás que serás tú quien se sentará a negociar con Nixon si ese mamón escurridizo se presenta en el momento en que lo haga.

—Jesús —dijo Littell.

—Tu salvador gentil. Un gato presidencial por derecho propio.

Unas voces se alzaron a diez mesas de distancia: limpieza de negros / sedación de negros.

El T-Bird. Hoyo núm. 10.

El juego se desarrollaba lentamente. Los viejos eran malos lanzando. Las pelotas golpeaban contra los carritos. Littell bebía agua con gas. Littell miraba el hoyo núm. 9.

Las mujeres eran malas lanzando. Las mujeres tiraban los *putts*. Las mujeres levantaban arena. No eran como Janice.

Había llamado a Wayne Senior. Había concertado una cita. Había llamado al señor Hoover. Había hablado con un secretario. Le había prometido noticia. Le había prometido datos «duros». El señor Hoover había salido. El secretario aseguró que le daría el recado. El secretario había vuelto a llamarlo y le había dicho:

El señor Hoover está ocupado. Hable con el agente especial Dwight Holly. Está en Las Vegas.

Littell asintió. Littel evaluó.

El señor Hoover ama a Dwight. Dwight es su asesor. Dwight te verá y evaluará. Trabájate a Dwight / trabájate esa evaluación / trabaja de nuevo en CONEJO NEGRO.

Sopló una brisa. Los golfistas lanzaron pelotas. Los *putts* salieron volando. El cerebro de Littel funcionaba a toda prisa. Littell miró el hoyo núm. 9.

Trabájate a Wayne Senior. Recoge datos. Su sindicato transgredía las leyes. Su sindicato hacía caso omiso de los códigos de los derechos civiles. Analiza esos datos. Fíltraselos a Bobby. Tal vez ahora / tal vez más adelante / tal vez en el 68.

Ya sería libre. Ya se habría retirado. Tal vez Bobby se presentara a presidente. Canaliza las filtraciones / amortigua las filtraciones / esconde el origen de las filtraciones.

Littell miró el hoyo núm. 9. Wayne Senior falló el golpe de aproximación. La pelota fue a parar al búnker. Salió con un golpe largo y desviado. Necesitó tres golpes con el *putt*. Rió. Se despidió de sus compañeros de juego.

Se acercó deprisa. Littell le cedió una silla.

—Hola, Ward, ¿como está?

—¿Cómo está usted, señor Tedrow?

—Con usted las cosas siempre son densas. —Wayne Senior se apoyó en la silla—. Cada palabra tiene su significado.

—Le diré brevemente lo que quiero. Dentro de cinco minutos podrá volver a jugar.

Wayne Senior sonrió con presunción.

—Creo que deberíamos tratarnos de manera cordial. Podríamos compadecernos de cierta mujer y seguir a partir de ahí.

—Yo no soy de los que llegan y besan el santo.

—Es una pena, porque Janice sí lo hace.

Una pelota cayó cerca de ellos. Wayne Senior la esquivó.

—Mis clientes necesitarán hombres para que trabajen en los hoteles del señor Hughes, y también algunos correos nuevos. Me gustaría que repasara los ficheros de su sindicato y buscase candidatos.

—Yo elegiré a esos hombres. —Wayne Senior hizo girar el *putter*—. La última vez que hicimos negocios, mis hombres dejaron el sindicato y yo perdí mi porcentaje.

—Lo he rehabilitado. —Littell sonrió.

—Lo ha rehabilitado a regañadientes, y es usted el último hombre sobre la tierra al que dejaría ver mis ficheros. Dwight Holly considera que a usted no se le puede confiar información, y estoy seguro de que el señor Hoover piensa lo mismo.

Littell se limpió las gafas. Wayne Senior se tornó borroso.

—Me han dicho que se ha hecho muy amigo de Richard Nixon.

—Sí, Dick y yo nos estamos haciendo amigos, en efecto.

—¿Cree que se presentará a las elecciones del 68?

—Estoy seguro de que sí. Preferiría enfrentarse a Johnson o a Humphrey, pero si tiene que derrotar al otro Kennedy, también lo hará.

—Perderá. —Littell sonrió.

—Ganará. —Wayne Senior sonrió—. Bobby no es Jack, ni de lejos.

Voló una pelota. Littell la agarró.

—Si el señor Nixon se presenta, le pediré que me arregle un encuentro con él. Le comunicaré las peticiones de mis clientes, valoraré su respuesta y obraré en consecuencia. Si el señor Nixon accede a esas peticiones, recibirá una compensación.

—¿De cuánto?

—De veinticinco millones de dólares —respondió Littell.

97

(New Hebron, 30/11/66)

Kapulladas del Klan:

Unos kapullos del Klan akarreaban armas. Unos kapullos del Klan engrasaban las armas. Unos kapullos del Klan kortaban kupones.

Se sentaron. Trabajaron dentro. Se refugiaron de la tormenta. El búnker del Führer, a rebosar de pedos y piezas de armas.

Wayne vigiló. Bob Relyea borró números de serie. Bob Relyea se quejó:

—Mis putos contactos se vuelven holgazanes. Quieren que, como parte del trato, desaparezcan los códigos de serie, y por mí no hay problema, aunque a Pete no le guste. ¡Pero hacer yo mismo el trabajo es otra cosa muy distinta, joder!

Wayne observó. Wayne bostezó. Bob mojó unos M-14. Bob mojó unas granadas. Bob mojó unos lanzagranadas antitanque. Llevaba guantes de goma. Sacó un pincel y extendió una pasta cáustica.

Wayne observó. La pasta se comió las cifras, códigos con tres ceros.

—Mis contactos reventaron unos camiones del ejército cerca de Memphis. Y está esa población, White Haven, a la que se trasladaron todos los caucásicos para apartarse de los negros. La mitad de la población está compuesta por soldados.

Wayne estornudó. La pasta cáustica escocía. Wayne deambuló y reflexionó. Wayne Senior / trabajos pagados / «destacado racista».

—¿Qué hace un mono con tres negros en la rama de un árbol? —dijo Bob—. Es el que lleva la vara.

Los kapullos del Klan aullaron. Bob aspiró rapé y mojó más M-14. Pete visitó la instalación. Pete había encontrado a Wayne una hora antes. Pete había modificado los viajes de Wayne.

No supervises el transporte de las armas. No navegues a Cuba. Vuela a Las Vegas / busca a Sonny / haz pagar a un acreedor.

Bob cogió armas. Flash estaba al caer: acudía a la llamada del kuadro. La karavana: de New Hebron a la bahía de St. Louis.

Wayne se levantó y visitó la choza racista. Fíjate en esas bayonetas montadas en la pared. Fíjate en esos estandartes rebeldes. Mira esas fotos: George Wallace / Ross Barnett / Orval Faubus.

Fíjate en las fotos de grupo. Ahí están los Kaballeros Reales. Hay una instantánea carcelaria: tres presidiarios en la Legión Thunderbolt.

Los presidiarios de la foto eran carne de talego. Los presidiarios sonreían. Habían firmado las fotos con sus nombres: Claude Dineen / Loyal Bins / Jimmy E. Ray.

—Eh, Wayne —dijo Bob—. ¿Ya has hablado con tu padre?

Condujo hacia el norte. Voló de Memphis a Las Vegas. Pensó en Janice. Pensó en Barb. Pensó en Wayne Senior.

Janice envejecía fuerte. La fuerza de voluntad y unos buenos genes producen deseos carnales. Barb envejecía deprisa. Las malas costumbres y la falta de voluntad producen deseos frustrados. Wayne Senior parecía viejo. Wayne Senior tenía buen aspecto. Wayne Senior tenía deseos racistas.

Janice cojeaba. Ahora, follaba más fuerte. Había superado la cojera. La había compensado.

El avión aterrizó. Wayne desembarcó cansadísimo. La 1.10 de la mañana.

Wayne descendió por la escalerilla. Siguió a unas monjas. Sorteó mozos de cuerda.

Ahí está Pete. Junto a la verja. Junto a unos carritos de equipaje. Fumando.

Wayne recogió su macuto de ropa. Wayne continuó adelante, agotado.

—Apaga ese puto cigarrillo...

Pete empujó un carrito de equipaje y golpeó con él a Wayne, en las rodillas. El impacto lo derribó. Lo dejó plano. Lo arrolló de lleno. Pete corrió enseguida hacia él y lo pisó en el pecho.

—Escucha esta advertencia: no me importa lo que sientas por Barb ni lo que creas que está haciendo consigo misma. Si vuelves a ponerle la mano encima, te mato.

Wayne vio las estrellas. Wayne vio el cielo. Wayne vio el zapato de Pete. Tomó aire. Respiró.

—Le dije algo que tú no le dirías. ¡Y lo hice para ayudarte, joder!

Pete dejó caer su cigarrillo. Quemó en el cuello a Wayne. Dejó una nota sobre su pecho.

—Ocuparos de ello. Tú y Sonny. Barb se ha marchado, de modo que podemos fingir que todo esto nunca ha ocurrido.

Una monja pasó junto a ellos. La monja lanzó una mirada: ¡Qué hacéis, paganos!

Pete se apartó. Wayne se incorporó. Dos zumbados pasaron cerca. Vieron a Wayne recostado y se alejaron riendo.

Wayne se puso en pie. Wayne sorteó mozos y carritos de equipaje. Wayne llegó a una cabina de teléfono.

Introdujo unas monedas. Marcó. Respondió un zumbido. Tres tonos de marcado. Habló con Él.

—¿Quién demonios llama a estas horas?

—Quiero ese trabajo —dijo Wayne.

98

(Las Vegas, 1/12/66)

En escena: Milt C. y Mono Yonqui.

—¿Qué es todo ese revuelo con Howard Hughes? —dijo Milt.

—He oído que es un bujarrón. Ha venido para estar cerca de Liberace.

El público rió. El público rugió.

—Vamos —dijo Milt—. He oído que se tira a Ava Gardner.

—Soy yo quien se la tira. Ava ha dejado a Sammy Davis por mí. Sammy está en el campo de golf. Un árbitro se le acerca y pregunta: «¿Cuál es su hándicap?» Sammy responde: «Soy un judío, negro y tuerto. Nadie me vendería una casa en un buen barrio. Intento mediar en un acuerdo de paz entre Israel y el Congo.»

El público rió. Milt movía los labios. Era un mal ventrílocuo. Pete miraba. Milt fumaba.

Pete añoraba a Barb.

Barb llevaba tres días ausente. No había llamado. No había escrito. Él tampoco había llamado. Tampoco había escrito. En lugar de ello, había interrogado a Wayne.

Era inútil. Wayne tenía razón, y Pete lo sabía. Barb se había largado. Pete lo aprovechó. Se soltó. Se dedicó a fumar y a comer hamburguesas. Mandó la dieta al carajo. Bebió sin medida. Vio el numerito de Milt. Vio la actuación del grupo de Barb. Los Bondsmen sin Barb: pura basura.

La sala estaba abarrotada. Gente joven, sobre todo. Milt atraía a chicos y chicas sofisticados.

—Frank Sinatra me salvó la vida. Sus gorilas estaban machacándome en el aparcamiento del Sands y Frank les dijo: «Es suficiente, chicos.»

El público rió. Pete fumaba. Un tipo le dio unos golpecitos en el brazo. Pete se volvió. Vio a Dwight Holly.

Fueron al despacho de Pete. Se quedaron de pie junto al mueble bar. Uno muy cerca del otro.

—¡Cuánto tiempo! —exclamó Pete.

—Sí, desde el 64. Ese chico tuyo, Wayne, mató a tres negros.

—Y tú lo descubriste. —Pete encendió un cigarrillo.

Dwight se encogió de hombros.

—Wayne me jodió, pero tú y Littell lo arreglasteis. Ahora, pregúntame si he venido a darte las gracias.

Pete sirvió un whisky.

—Estabas en la ciudad y se te ocurrió visitarme.

—No exactamente. Estoy aquí para ver a Littell..., y preferiría que guardases esto en secreto.

Pete tomó un sorbo. Dwight le dio unos golpecitos en el pecho.

—¿Cómo tienes el corazón?

—Bien.

—No deberías fumar.

—Y tú no deberías recordármelo.

Dwight rió. Dwight se sirvió un whisky.

—¿Te gustaría ayudarme a tender una trampa a un simpatizante comunista?

—¿A ti y al señor Hoover?

—A eso no responderé ni sí ni no. El silencio da a entender concesión; así pues, saca tus propias conclusiones.

—Suéltalo —dijo Pete—. Primero, el dinero.

Dwight agitó su whisky.

—Veinte mil para ti. Tu cebo, tu hombre de apoyo y tu experto en escuchas, diez cada uno.

—Ward es bueno para las escuchas. —Pete rió.

—Es muy bueno, sí, pero preferiría a Fred Turentine, y preferiría que Ward siguiera a oscuras en este asunto.

Pete acercó un cenicero. Aplastó su cigarrillo.

—Dame una buena razón por la que deba dejar de lado a Ward para ayudarte.

Dwight se aflojó la corbata.

—Una, toda esta mierda es tangencial a Ward. Dos, es un trabajo de altos vuelos al que no serás capaz de resistirte. Tres, tú estás en la Vida de por vida, la cagarás tarde o temprano y el señor Hoover intercederá por ti, sin preguntas.

Pete bebió un sorbo de whisky. Pete hizo unas rotaciones de cuello. Pete dio unos golpecitos en la pared con la cabeza.

—¿Quién?

—Bayard Rustin, varón, negro, cincuenta y cuatro años. Agitador del movimiento por los derechos civiles y aficionado a los jovencitos blancos. Es rijoso, impetuoso y todo lo rojo que se puede ser.

Pete dio más golpes con la cabeza.

—¿Cuándo?

—El mes que viene, en L.A. Hay un acto de recogida de fondos de la CLCS en el Beverly Hilton.

—Eso es hilar muy fino.

Dwight se encogió de hombros.

—El cebo es el único que nos falta. ¿Crees que tú...?

—Tengo el cebo. Es joven, es marica, es atractivo. Y puede caerle encima un buen marrón policial.

—... Que el señor Hoover congelará, sin hacer preguntas.

Pete siguió dando golpes contra la pared. Golpes fuertes. Empezó a dolerle la cabeza.

—Quiero a Fred Otash como hombre de apoyo.

—De acuerdo.

—Más Freddy Turentine y diez mil para gastos.

—De acuerdo.

A Pete le rugió el estómago. El whisky se lo había jodido. Pete pensó en hamburguesas con queso.

Dwight sonrió.

—Has aceptado enseguida. Pensaba que tendría que insistirte.

—Mi mujer me ha dejado. Me sobra el tiempo.

—Esta noche, Sal ligará —dijo Otash—. Van seis a uno.

Vigilancia desde el coche de Fred O., con los asientos muy echados hacia atrás. Olor a pedos de Fred O. y a su colonia.

Observaron la calle. Observaron el coche de Sal. Observaron el bar Klondike. Pete encendió un cigarrillo. Tenía gases. Había comido dos hamburguesas con queso a última hora.

—Claro que ligará. Es un astro de la pantalla.

Salió a toda prisa. Llamó a Otash. Le informó. Registraron el piso de Sal. Sal se había marchado. Miraron en los garitos frecuentados por Sal: el 4-Star / el Rumpus Room / el Biff's Bayou.

¡Mierda! El coche de Sal no está / Sal tampoco.

Miraron en el Gold Cup. Miraron en el Arthur J's. Miraron en el Klondike, en la Octava y LaBrea.

—¿Estás seguro de que no largará?

—¿Sobre Dom? ¡Claro que estoy seguro!

—Cuéntame por qué.

—Porque yo soy su nuevo papaíto. Porque soy el tipo con el que toma café cada mañana. Porque soy el tipo que se deshizo de Dom y de su condenado coche en un pozo de cal en mitad del bosque de Los Ángeles.

Pete encendió un cigarrillo con la colilla del anterior.

—Lo de Las Vegas está bien. Por ahora, no hay policía.

—Dom era un ave de paso. ¿Crees que el chulo de su novio irá a denunciar su desaparición?

Sal salió. Sal tenía un ligue. Sal iba abrazado a un niñato guapo.

Otash hizo sonar la bocina. Pete encendió los faros. Sal pestañeó.

Vio el coche, dijo al chico que esperara y se acercó.

Pete bajó la ventanilla de su lado.

—¡Mierda! Con vosotros, es casi una cadena perpetua.

Pete le mostró una foto como recordatorio. La luz de la calle iluminó el pulgar de Donkey Dom. Sal parpadeó. Sal tragó saliva. Sal se mareó.

—Te gusta la carne negra, ¿verdad? De vez en cuando, tienes necesidad de ella.

Sal hizo un gesto despectivo con la mano. ¿Carne negra? *Comme ci comme ça.*

—Te estamos preparando un ligue —dijo Otash.

—Es un tío bueno —puntualizó Pete—. Nos lo agradecerás.

—Es bonito —dijo Otash—. Se parece a Billy Eckstine.

—Y es comunista —aclaró Pete.

99

(Las Vegas, 2/12/66)

La hora de la visita:

El ático del Desert Inn. La guarida de Drac. Littell como guía turístico. Dwight Holly como turista.

Mira:

Ahí están las bolsas de sangre. Ahí están los goteros. Ahí los frigoríficos. Ahí, los dulces. Ahí, las pizzas. Ahí, los helados. Ahí, la codeína. Ahí, la metedrina. Ahí, el Dilaudid.

A Dwight le gusta. Dwight ríe. Dwight ofende a los mormones. Los mormones miran con ceño al federal.

La gran incursión de Drac. Ya lleva una semana aquí.

La Asamblea Legislativa posterga la ley antimonopolio. La Asamblea Legislativa dice: «Adelante, Drac.»

Compra el Desert Inn. Compra el Frontier. Compra el Sands. Compra a lo grande. Compra el *laissez-faire*. Compra el Castaways. Atibórrate. Compra el Silver Slipper.

Littell abrió ventanas. Dwight miró hacia fuera. Dwight vio majaras con pancartas. «¡Amamos a H.H.!» / «¡Salúdanos!» / «¡Hughes, a las elecciones del 68!»

Dwight rió. Dwight dio unos golpecitos a su reloj. Ahora, a por los negocios.

Caminaron. Recorrieron pasillos. Llegaron a un almacén lleno de archivadores.

Littell sacó su lista. Moe la había preparado la noche anterior.

—Correos de dinero. Litigios fáciles, según todos y cada uno de los baremos.

—Correos no mormones, distanciados y sacrificables para que la atención no esté centrada en Drácula y para que te congracies con el señor Hoover.

—No te lo discutiré. —Littell agachó la cabeza.

—¿Por qué tendrías que hacerlo? Ya sabes que te estamos agradecidos y que los encausaremos.

Littell dobló la lista. Dwight la agarró y la metió en su portafolios.

—Pensaba que ibas a adularme un poco con lo de Lyle. Que ibas a decirme que si yo he perdido un hermano, tú has perdido un amigo y cosas de ésas.

—Han pasado cinco meses. —Littell tosió—. Creía que ya lo habías olvidado.

—Lyle hacía de agente doble. —Dwight se compuso la pajarita—. Filtró escándalos del FBI al Comité Judicial de la Cámara de Representantes y a Bobby Kennedy. El señor Hoover tuvo que retirar algunos micros.

Littell se quedó boquiabierto. No lo podía creer. Lo miró con unos ojos como platos.

—Lyle, el liberal encubierto. Me ha costado tiempo acostumbrarme a ello.

—Yo podría haberte ayudado.

—Sí, tú escribiste el guión. —Dwight rió.

—No del todo. Ya sabes que prefiero confabularme contra los liberales que ser uno de ellos.

—Pero si lo eres... —Dwight sacudió la cabeza—. Es ese puto rollo católico que te llevas. Te gustan las operaciones de alto nivel, el populacho, y eres como el puñetero Papa, avergonzado de que su Iglesia haga dinero.

Littell rió. ¡Conejo Celeste, *mon Dieu*!

—Me halagas, Dwight. Yo no soy tan complicado.

—Sí que lo eres. Es por eso por lo que le caes bien al señor Hoover. Eres como Bayard Rustin para Martin Luther King.

—Bayard tiene sus propias ambigüedades. —Littell sonrió.

—Bayard es un excéntrico. Lo sometí a vigilancia en el 60. Echaba Pepsi-Cola en sus cereales del desayuno.

—Es la voz de la razón de King. —Littell sonrió—. King ha querido abarcar un frente muy amplio, y Bayard está intentando limitarlo.

—King es una bala. —Dwight se encogió de hombros—. Está en su mejor momento y lo sabe. El señor Hoover está muy viejo y muestra su racismo de la peor manera posible. Luther King hace arengas y cita toda esa mierda del Mahatma Gandhi, y el señor Hoover teme que MLK y Bobby K. se unan, lo cual, si a temores nos referimos, tiene su mérito.

Conejo Celeste demuestra perspicacia. Conejo Celeste demuestra tener huevos. Conejo Celeste duda del señor Hoover.

—¿Hay algo que pueda hacer?

—Por lo que respecta a King, nada de nada. —Dwight tiró de la pajarita—. El señor Hoover piensa que estuviste demasiado cerca de la muerte de Lyle y de esas bombas en una iglesia de Bogalusa.

Littell se encogió de hombros. ¿Yo? ¿Cómo puede pensar eso?

—Quieres participar de nuevo. —Dwight sonrió con presunción—. Te has visto alejado de CONEJO NEGRO y eso te molesta.

—Me pregunto por qué el señor Hoover te ha mandado a recoger la lista cuando yo podría habérsela enviado. —Littell sonrió con presunción.

—No es verdad. Sabes que me ha enviado a evaluar tu línea de pensamiento y a descifrar tu hipocresía.

Littell suspiró. Cómo me conoce.

—He perdido el juego. Dile que aun siendo un maldito liberal, estoy de su parte.

—Esta mañana he hablado con él. —Dwight guiñó un ojo—. Le he propuesto un trabajo para ti, dependiendo de mi valoración.

—¿Y cuál es esa valoración?

—Que eres un maldito liberal que desaprueba las escuchas clandestinas pero que de todos modos le gusta instalar los micros y otros aparatos. Que no te importaría pinchar para nosotros dieciséis antros de la mafia y así poder continuar en la partida.

—¿Favor por favor? —lo azuzó Littell.

—Claro. Tú pones los micros. Te marchas. No te decimos dónde están los puestos de escucha. Si te pescan, niegas la complicidad del Buró y ganas puntos con el señor Hoover.

—Lo haré —dijo Littell.

La puerta se abrió de par en par. Llegaron olores: pizza quemada / sangre derramada / helados.

DOCUMENTO ANEXO: 3/12/66. Transcripción literal de una conversación telefónica. (Addende a la OPERACIÓN CONEJO NEGRO.) Encabezamiento: REGISTRADA A INSTANCIAS DEL DIRECTOR / CLASIFICADA CONFIDENCIAL 1-A: SÓLO PUEDE VERLA EL DIRECTOR. Hablan: el director y CONEJO CELESTE.

DIR: Buenos días.

CC: Buenos días, señor.

DIR: Empiece con *Le Grand Pierre*, a partir de ahora conocido como GRAN CONEJO.

CC: Está en ello, señor. Junto con Fred Otash y Freddy Turentine.

DIR: ¿Y ya tiene el cebo?

CC: Sí, señor. Utilizará a un actor homosexual llamado Sal Mineo.

DIR: Me encanta. El joven Mineo alcanzó mucho éxito en *Éxodo* y en *La vida de Gene Krupa*.

CC: Sí, señor. Es un joven con mucho talento.

DIR: Tiene mucho talento y es muy dado al libertinaje griego. Ha tenido numerosas relaciones afectivas con actores de cine, entre ellos, James Dean, conocido como el «Cenicero Humano».

CC: GRAN CONEJO ha elegido bien, señor.

DIR: Siga.

CC: GRAN CONEJO puede ejercer presión sobre Mineo por algo que se ha negado a revelar. Quiere que se le asegure protección en el caso de que sea arrestado por una agencia externa. Creo que GRAN CONEJO también está comprando protección para sí mismo.

DIR: Él compra y nosotros vendemos. Protegeré, encantado, a GRAN CONEJO y al joven Mineo.

CC: Le he dado a GRAN CONEJO una hoja de datos para que Mineo la memorice. Lo que nos interesa es que sea capaz de convencer a CONEJO LILA de que es un ardiente partidario de los derechos civiles.

DIR: Eso no será muy difícil. Los actores están moralmente descentrados y psíquicamente desequilibrados. Se entregan con gran entusiasmo al papel que interpretan en cada momento. Así llenan el vacío que sienten y la voluntad de vivir.

CC: Sí, señor.

DIR: Continuemos. Descríbame su encuentro con CONEJO AMBULANTE.

CC: Para empezar, tengo que reconocer finalmente que es una persona tan dotada como usted siempre ha defendido. Dicho esto, no sé lo muy de fiar que es o que no es. Pareció auténticamente sorprendido cuando le conté sobre las supuestas filtraciones de mi hermano a Bob Kennedy y el Comité Judicial, pero tal vez había calculado por anticipado su respuesta.

DIR: ¿Sigue usted convencido de que su hermano no escribió esa «confesión»?

CC: Más que nunca, señor, aunque ahora empiezo a pensar que no fue CONEJO AMBULANTE. Creo que existe la posibilidad de que alguien de la CLCS encontrase, con la ayuda de un detective privado, los micros y las grabadoras y que luego decidiera instrumentalizar la muerte de mi hermano enviando esa confesión.

DIR: Cabe la posibilidad, sí. He de admitirlo.

CC: Creo, señor, que la valoración básica que hizo usted de CONEJO AMBULANTE es válida. Vive para la intriga, traicionará sus principios morales a cambio de trabajar en operaciones de más alto nivel y es digno de confianza y aprovechable dentro de un ámbito limitado.

DIR: ¿Le ha ofrecido la oportunidad de instalar micrófonos?

CC: Sí, señor. Y ha aceptado de inmediato.

DIR: Sabía que lo haría.

CC: Me alegro de que haya aceptado mi propuesta, señor. La opinión pública se ha puesto seriamente en contra de la vigilancia electrónica y necesitamos hacer escuchas al crimen organizado.

DIR: Me gustaría corregir su afirmación. Necesitamos aparatos de escucha colocados en secreto, que sean negables y que estén controlados por agentes elegidos con todo cuidado.

CC: Sí, señor.

DIR: ¿Cómo ha descrito esa asignación?

CC: He hablado de dieciséis ciudades, Fase 2, Secreta. He mencionado el restaurante de Mike Lyman, en Los Ángeles, el Lombardo en San Francisco, la Gravepine Tavern en St. Louis y unos cuantos más.

DIR: ¿Ha mencionado el majestuoso hotel El Encanto, de Santa Bárbara?

CC: Sí, señor.

DIR: ¿Y cómo ha reaccionado CONEJO AMBULANTE?

CC: No ha reaccionado, señor. Es obvio que no tiene ni idea de que Bobby Kennedy dispone ahí de una suite.

DIR: La ironía concomitante me encanta. CONEJO AMBULANTE pincha la suite del Príncipe Bobby y está convencido de que la suite pertenece a un príncipe del crimen organizado.

CC: Es un idiota, señor.

DIR: CONEJO AMBULANTE es un bobbífilo acérrimo. ¿Está seguro de que no sabe lo de la suite?

CC: Absolutamente seguro, señor. Tengo al gerente en el bolsillo. Me ha dicho que las órdenes de Bobby son las de no revelar nunca que está ahí. Dejará que CONEJO AMBULANTE haga su trabajo y se asegurará de que las pertenencias personales de Bobby sean retiradas temporalmente.

DIR: Muy hábil.

CC: Gracias, señor.

DIR: Necesitamos acceso a Bobby. Estoy seguro de que formará una perversa alianza con CONEJO ROJO.

CC: Por lo que respecta a Bobby, el asunto está en marcha, señor.

DIR: Y por lo que respecta a CONEJO LILA, también, suponiendo que ese joven Mineo sea lo bastante atractivo y convincente.

CC: Lo será, señor. Hemos contratado a un homosexual para atrapar a otro homosexual y lo conseguiremos.

DIR: Quiero dos duplicados de la película. Hágala revelar a la mañana siguiente de la recogida de fondos.

CC: Sí, señor.

DIR: Haga dos copias. Quiero regalar una a Lyndon Johnson por su cumpleaños.

CC: Sí, señor.

DIR: Que tenga un buen día, Dwight. Vaya con Dios.

CC: Buenos días, señor.

100

(Las Vegas, 5/12/66)

Wayne forzó la cerradura.

Trabajó con dos ganzúas. Pescó el pasador. Lo hizo saltar. Patrulla de cobro a acreedores / habitación 6 / motel Desert Dawn.

—El hijo de puta se llama igual de nombre que de apellido —dijo Sonny—. Sirhan Sirhan.

La puerta se abrió. Entraron. Wayne la cerró de una patada. Echó un vistazo a aquel basurero contenido entre cuatro paredes.

Una cama manchada. Sin alfombras. Carteles de carreras de caballos / camisetas de jockey / boletos de apuestas amontonados.

—El hijo de puta es un loco de las carreras de caballos —dijo Sonny.

La habitación hedía. Los olores se mezclaban. Vodka derramado y platos sucios. Queso de untar rancio y cigarrillos.

Wayne registró el armario. Wayne abrió cajones. Wayne encontró porquerías. Cremas para el acné / botellas de priva vacías / colillas de cigarrillos.

—El hijo de puta es un trapero.

Wayne abrió cajones. Wayne inspeccionó. Wayne encontró porquerías. Boletos de apuestas y recortes de periódicos. Hojas garabateadas y panfletos racistas.

Panfletos de papel barato. No eran de los de Wayne Senior. Texto y tiras cómicas, todos antisemitas.

Calaveras con el signo del dólar. Mantos de plegaria manchados de sangre. Colmillos goteando pus. «La Orden de los Cerdos Sionistas» / «el Vampirismo Judío» / «la Máquina Cancerígena Judía». Judíos con garras. Judíos con patas de cerdo. Judíos con pollas en forma de cimitarra.

Wayne miró el texto.

Dicho texto era repetitivo. Los judíos jodían a los árabes. Los árabes prometían venganza.

—Al hijo de puta no le gustan los judíos —dijo Sonny.

El texto divagaba. Los cuerpos de letra cambiaban. Notas al margen en caligrafía. «¡Mata, Mata, Mata!» / «¡Muerte a Israel!» / «¡Los cerdos judíos deben morir!»

—El hijo de puta está resentido —dijo Sonny.

Wayne tiró los panfletos. Wayne cerró los cajones. Dio una patada a una silla.

—Le daremos dos horas. Debe mil dólares y pico a Pete.

—Barb ha dejado a Pete. —Sonny mascó un mondadientes—. Para ser sincero, ya lo veía venir.

—Tal vez conseguí hacerla recapacitar.

—Tal vez lo consiguieron las malas maneras de Pete. Tal vez le dijo: «Deja de vender heroína a los negros amigos de Sonny o te abandonaré, culo blanco de mierda.»

—Pues podemos llamarla y preguntárselo. —Wayne rió.

—Pues llama tú. Tú eres el cabrón que está enamorado de ella y que es tan gilipollas que no se atreve a decir ni pío.

Wayne rió. Wayne se mordió las uñas. Wayne se arrancó un trozo de uña.

Lo de Pete dolía. Pete le había machacado los huevos. Estaba equivocado. Pete tenía razón. Lo sabía.

Había llamado a Wayne Senior. Habían hablado. Wayne Senior había prometido trabajo. «Un buen trabajo» / «a su debido tiempo» / «pronto». Tal vez lo aceptaría. Tal vez no. Tenía que sustituir a Pete en los viajes. Saigón / Misisipí / la entrega de armas.

—Vayamos a L.A. —dijo Sonny—. Busquemos a Wendell Durfee y peguémosle un tiro en ese asqueroso culo negro que tiene.

Wayne rió. Wayne se mordió las uñas. Wayne se arrancó un trozo de uña.

—Matemos a un negro de la calle —dijo Sonny— y finjamos que es Wendell. Pondrá un finiquito a toda esa mierda que llevas contigo.

Wayne sonrió. Se oyó una llave en la puerta. ¿Qué pasa?

La puerta se abrió. Entró un tipejo. Joven / de tez aceitunada / cabellera rizada y abundante.

Los vio. Se echó a temblar. Casi se cagó en los pantalones.

—Ahab el-Arab —dijo Sonny—. ¿Dónde has dejado el camello, cabrón?

—Debes mil ciento sesenta dólares al Golden Cavern —masculló Wayne, tras cerrar la puerta—. Apoquina o el hermano Liston te hará daño.

El tipejo se encogió. No me hagas daño. Se le alzó la camisa. Wayne vio que llevaba una pistola en el cinturón. Se la quitó deprisa. Vació el cargador.

—¿Cómo es que tu nombre y tu apellido son iguales? —preguntó Sonny.

Sirhan gesticuló. Movió las manos a dos kilómetros por minuto.

—Perdonadme... He apostado a los caballos y he perdido... Muchos dolores de cabeza. He olvidado que pierdo dinero si no tomo la medicina.

—No me gustas —dijo Sonny—. Empiezas a parecerte a Cassius Clay.

Sirhan habló en árabe. Sirhan soltó una cantinela. Sonny soltó un golpe con la izquierda. Sonny dio en la pared e hizo saltar un trozo de yeso.

—El hermano Liston ha derrotado a Floyd Patterson y a Big Cat Williams de Cleveland.

Sonny lanzó un golpe con la derecha. Sonny dio en la pared e hizo saltar un trozo de yeso. Sirhan gimió. Sirhan se encomendó a Alá. Sirhan se vació los bolsillos.

El botín: crema de cacao para los labios / un lápiz / las llaves del coche.

Billetes de cien, de cinco y monedas.

Wayne agarró el dinero.

—¿Qué tienes contra los judíos? —le preguntó Sonny.

Wayne llegó al Cavern. Abrió su habitación. Encontró una carta en la cómoda.

Abrió el sobre.

Percibió de inmediato el olor a Barb.

Wayne,

Siento lo ocurrido la otra noche y espero no haber causado problemas entre Pete y tú. Le dije que lo que me habías hecho estaba justificado pero no lo comprendió. Tendría que haberle dicho que yo intenté clavarte un cuchillo, lo cual le habría dado una idea de lo hundida que estaba y habría comprendido la razón de lo que hiciste.

Soy una cobarde por no escribir directamente a Pete, pero lo invitaré a Sparta para Navidad para ver si podemos arreglar algo. Odio su negocio y odio su guerra, y aún sería más cobarde si no lo dijera.

Echo de menos a Pete, echo de menos al gato y te echo de menos a ti.

Trabajo en el Bob's Big Boy de mi hermana y evito los malos hábitos en los que caí en Las Vegas. Empiezo a preguntarme qué va a hacer una ex cantante de salón y ex chantajista de 35 años con el resto de su vida.

Barb

Wayne releyó la carta.

Wayne percibió olores subyacentes. El de la crema Ponds y el del jabón de lavanda. Besó la carta. Cerró su habitación y salió al vestíbulo.

Ahí está Pete.

Bebe. Fuma.

Tiene el gato en el regazo. Mira a los Bondsmen. El combo de Barb *sans* Barb.

Wayne se acercó a un camarero. Le pasó la carta. Le dio cinco pavos de propina y señaló a Pete.

El camarero comprendió.

El camarero se acercó. Le dio la carta.

Pete rompió el sobre.

Pete leyó la carta. Se enjugó los ojos. El gato le clavó las uñas en la camisa.

DOCUMENTO ANEXO: 6/12/66. Titular y subtitular del *Las Vegas sun*:

¡HOWARD HUGHES EN LAS VEGAS! ¡FOTOS EXCLUSIVAS DE
LA GUARIDA DEL ERMITAÑO!

DOCUMENTO ANEXO: 7/12/66. Titular y subtitular del *Las Vegas sun*:

SIN PISTAS EN LA DESAPARICIÓN DEL BAILARÍN-TAXISTA.

DOCUMENTO ANEXO: 8/12/66. Titular y subtitular del *Las Vegas Sun*:

EL PORTAVOZ DE HUGHES DICE QUE EL ERMITAÑO
MULTIMILLONARIO VIENE A FOMENTAR
(«NO A MONOPOLIZAR»)
LA ACTIVIDAD HOTELERA.

DOCUMENTO ANEXO: 10/12/66. Titular y subtitular del *Las Vegas* Sun:

EL FBI DETIENE CORREOS DE DINERO ILEGAL.
EL PORTAVOZ DE HUGHES ALABA AL DIRECTOR HOOVER.

DOCUMENTO ANEXO: 11/12/66. Titular y subtitular del *Chicago Tribune:*

MÁS REDADAS CONTRA EL FRAUDE POSTAL EN EL SUR.
22 ACUSACIONES PENDIENTES.

DOCUMENTO ANEXO: 14/12/66. Titular y subtitular del *Chicago Tribune*:

KING ATACA LA ACTUACIÓN DEL FBI EN EL SUR.
«PRIORIDAD PARA LA LUCHA CONTRA EL TERRORISMO
DEL KLAN, NO CONTRA EL FRAUDE POSTAL.»

DOCUMENTO ANEXO: 15/12/66. Subtitular del *Los Angeles Times*:

KING TACHA DE «GENOCIDA» LA GUERRA
DE VIETNAM.

DOCUMENTO ANEXO: 18/12/66. Subtitular del *Denver Post-Dispatch*:

RFK NIEGA RUMORES DE ASPIRACIONES
PRESIDENCIALES.

DOCUMENTO ANEXO: 20/12/66. Titular del *Boston Globe*:

NIXON, «SIN COMENTARIOS» SOBRE SUS PLANES
PARA OCUPAR LA CASA BLANCA EN EL 68.

DOCUMENTO ANEXO: 21/12/66. Titular y subtitular del *Washington Post*:

AGRIAS ACUSACIONES:
PERIODISTAS EXTRANJEROS ATACAN A LBJ POR LA
«DICOTOMÍA» ENTRE DERECHOS CIVILES Y VIETNAM.

DOCUMENTO ANEXO: 22/12/66. Titular y subtitular del *San Francisco Chronicle*:

HOOVER ATACA A KING EN UN INFORME DEL
CONGRESO. CALIFICA DE «PELIGROSO TIRANO» AL
LÍDER DE LOS DERECHOS CIVILES.

DOCUMENTO ANEXO: 23/12/66. Titular y subtitular del *Las Vegas Sun*:

LOS NEGOCIADORES DE HUGHES INUNDAN EL STRIP.
SE HUELEN LAS COMPRAVENTAS DE HOTELES.

DOCUMENTO ANEXO: 26/12/66. Titular y subtitular del *Washington Post*:

EL GRUPO DE ESTUDIOS NACIONALES EXPRESA SU OPINIÓN:
J. EDGAR HOOVER, «DESFASADO».

DOCUMENTO ANEXO: 2/1/67. Subtitular del *Los Angeles Examiner*:

EL ACTO A FAVOR DE LOS DERECHOS CIVILES
ATRAERÁ A MUCHOS FAMOSOS.

DOCUMENTO ANEXO: 3/1/67. Titular del *Dallas Morning News*:

JACK RUBY MUERE DE CÁNCER.

101

(Beverly Hills, 3/1/67)

Pancartas:

Tonterías mau-mau. Palomas de la paz. Manos negras unidas.

Las pancartas cubrían las paredes. Las paredes eran muy altas. El salón de baile era muy espacioso. El salón acogía a oreos, parejas de negros y blancas, negros por fuera y blancos por dentro, delicias interraciales.

Hay famosos y políticos. Hay matronas negras. Está Martin Luther King. Está Burl Ives. Está Harry *Banana Boat* Belafonte.

Pete observó. Peter fumó. El esmoquin le quedaba pequeño. Otash observó. Otash fumó. El esmoquin le quedaba bien.

Atavíos del salón: un estrado y un atril. Asientos de baile y tarifa de salón de baile. Bandejas humeantes que dejan escapar vapor: delicias de pollo a la salsa de chocolate.

Los policías se mezclaron con los asistentes. Sus trajes baratos destacaban. Los camareros iban y venían con bandejas. Los camareros repartían delicias.

Pete mandó la dieta al carajo. Comió albóndigas. Comió paté. Comió delicias pigmeas.

Ahí está el alcalde, Sam Yorty. Ahí está el gobernador, Pat Brown. Ahí está Bayard Rustin, alto y delgado... Vaya esmoquin a cuadros escoceses. Ahí está Sal Mineo, se acerca a un elegante marica.

Ahí está Rita Hayworth. ¿Quién la ha dejado entrar? Tiene aire de dipsómana.

—¿Has pensado que aquí llamamos mucho la atención?

—Un par de veces. —Pete encendió un cigarrillo.

—Rita parece borracha. Yo tuve un lío de dos segundos con ella, hace diez años. Las pelirrojas tienden a envejecer mal, excepto Barb.

Pete observó a Rita. Rita vio a Otash. Rita dio un respingo y retrocedió.

Pete había volado a Sparta. Pete había pasado allí las Navidades. Pete se había encerrado con su mujer. Habían hecho el amor. Se habían peleado. Barb había cargado contra su «empresa bélica».

Barb había dejado de esnifar heroína. Barb había dejado de tomar pastillas. Barb resplandecía como no lo hacía Rita. Barb le había acelerado el pulso. Lo había agarrado por las solapas y se lo había dicho sin rodeos: Odio la droga. Odio los trabajo de salón. Odio Las Vegas. No volveré a caer. No volveré atrás.

Él se replegó. Se comprometió. Trabajaré en Milwaukee, dijo. Venderé caballo allí. Viviremos en Sparta todo el tiempo.

Barb rió. Barb dijo: «Nunca.»

Hablaron. Se pelearon. Hicieron el amor. Él se replegó. Se comprometió otra vez. Dijo que dejaría Vietnam. Que dejaría el Tiger Kamp en manos de John Stanton. John lo gestionaría / Wayne viajaría / Mesplede ayudaría.

Barb lo pinchó. Barb dijo: «Tú quieres a Wayne.» Barb dijo que le había pegado. Está bien, él te conoce, tú ganas.

Hicieron una tregua. Llegaron a acuerdos. Hablaron de detalles. Él dijo que se quedaría en Las Vegas. Que dirigiría el Tiger Kab y el Cavern. Que no tocaría la droga. Que sólo vigilaría la llegada de los embarcos.

Tenía que hacerlo, las cosas se habían calentado. Drac había despertado publicidad. Trabajaría en Las Vegas y viajaría a Sparta para estar con ella.

Barb se tragó el plan. El plan ponía de relieve Vietnam. El plan ponía de relieve su exclusión de Vietnam.

Hicieron el amor. Cerraron el pacto. Pasearon en moto de nieve. Vaya mierda, Sparta, en Wisconsin. Todo lleno de árboles y de luteranos.

Pete miró el salón. Pete miró la pista. Sal lo miraba. Sal desvió la mirada.

El ligue de Dom había denunciado el caso a Personas Desaparecidas. El DPLV trabajaba en ello. La prensa habló de lo ocurrido. La policía registró el Cavern. Pete los sobornó. Como consecuencia, abandonaron el caso.

Otash vigiló a Sal. Sal se aprendió el guión. Era pura tontería. ¡Soy un fanático de los derechos civiles! Otash trabajó con Dwight Holly. Reformaron el piso de Sal. Quitaron un armario. Pusieron un falso espejo e instalaron una cámara. La cámara estaba frente a la cama de Sal.

Fred T. colaboró. Fred T. pinchó lámparas. Fred T. pinchó paredes. Fred T. pinchó muelles del colchón.

Pete miró la sala. Pete miró la pista: estaba llena de famosos que rodeaban a King.

—¿Has visto el periódico? —preguntó Otash—. Jack Ruby ha muerto.

—Sí, lo he visto.

—Eso, chicos, os ha traído recuerdos. Sam G. ha soltado algunas insinuaciones.

Sal lo miró. Pete le dio una orden por señas. Atácalo ahora, fuerte.

Sal se acercó a un camarero. Agarró una copa. Se la bebió de un trago. Se ruborizó y se mezcló con los invitados.

Alerta de maricones, ahí está Bayard Rustin rodeado de admiradores. Burl Ives y dos más. Sal va directo hacia ellos.

Sal mira a Bayard. Bayard mira a Sal. Sonrisas y balbuceos de labios mojados. La música sube de volumen. *Strangers in the Night. Some Enchanted Evening.*

Burl está cabreado. ¿Quién es este majara? Yo soy un izquierdista de la vieja escuela. Sal dijo hola. Sal se alejó. Bayard le clavó los ojos en el culo.

—Contacto —dijo Otash.

Sonó un timbre. Es la hora de la cena.

Los grupos se dispersaron. Los invitados ocuparon las mesas. Sal miró a Bayard y se sentó cerca.

Bayard lo vio. Bayard escribió una nota en una servilleta. Pat Brown la pasó. Sal la leyó. Sal se ruborizó y escribió una respuesta.

—Despegue —dijo Pete.

Mataron el tiempo.

Fueron al local de al lado. Era el Trader Vic's. Bebieron *mai-tais*. Comieron pinchos *rumaki*.

Entraron unos policías. Los pusieron al día.

La cena ha terminado. King está hablando. Le sale espuma de la boca. Es comunista. Es una marioneta. Lo sé. Los pacifistas lo adoran. Me pone furioso. Tengo un hijo en Vietnam.

Un camarero encendió un televisor. Cambió de canales. Quitó el sonido. En tres cadenas daban noticias de la guerra. Ahí van los tanques y los helicópteros. En otras dos cadenas daban noticias del comunista King.

Pete consultó su reloj. Eran las 22.16. Se acercaba el momento. Otash engulló un plato de *puu-puu*. La faja del esmoquin se tensó.

22.28:

Entra Sal. Se sienta. Finge no verlos.

22.29:

Entra Bayard. Se sienta. Saluda a Sal. Chico, ¿cómo estás? ¡Soy un graaan admirador tuyo!

Otash se puso en pie. Pete se puso en pie. Pete cogió un pincho de gambas para el camino.

El montaje:

Llegaron al piso de Sal. Ventilaron el armario. Prepararon la cámara. Cargaron la película. Esperaron sentados. Fumaron.

En el armario hacía calor. Sudaban. Se quedaron en calzoncillos y calcetines.

Siguieron sentados. Apagaron las luces. Llevaban relojes de esfera fluorescente.

23.18. 23.29. 23.42.

Puf, se enciende una luz en la puerta. Ilumina la cama.

Pete encuadró la toma. Otash fijó el carrete. Más luz. En el cabezal de la cama / en las vigas del techo.

Entró Sal con Bayard pegado a él. Reían. Se tocaban. Se rozaban los labios. Bayard besó a Sal. Otash sacudió la cabeza. Sal besó a Bayard.

Pete encuadró la toma. Pete captó la cama.

—El discurso de Martin es muy bueno, pero tú eres tan guapo... —dijo Sal.

Sal calló. ¿Qué demonios...?

Su voz había vibrado. Su voz había resonado. La habitación se había llenado de ecos.

Mierda. Excesiva resonancia. Excesiva amplificación. Micrófo...

Bayard dio un respingo. Bayard se sobresaltó. Bayard miró alrededor. Bayard cantó y gritó ¡hola! La habitación se llenó de ecos.

Sal lo agarró por el cuello. Sal lo besó y le estrujó el culo. Bayard le dio un empujón. Sal cayó sobre la cama. Se desprendió un micro del colchón.

El micro cayó al suelo. Botó. Rodó. Se paró.

—Mierda —masculló Pete.

—Joder —masculló Otash.

—¡Ho-la, J. Edgar! —gritó Bayard. El eco le respondió.

Sal agarró una almohada. Sal escondió la cara. Maricóneo. Movió las piernas sin parar.

Bayard miró alrededor. Bayard vio el espejo y corrió hacia él.

Golpeó el cristal.

Se cortó las manos.

Se las destrozó.

102

(Silver Spring, 6/1/67)

Trabajo bancario.

El Banck of America. Al sur del D.C. Túnel de donaciones núm. 3.

Littell rellenó un formulario de ingresos. Littell rellenó un formulario de reintegros. Littell garabateó un sobre.

Siete de los grandes. Un ingreso sisado a Drac. Cinco de los grandes, un reintegro de donaciones. Una donación de «Richard D. Wilkins», seudónimo del donante núm. 3.

Littell se puso en la cola. Littel vio al cajero. Littell le mostró sus formularios y su libreta bancaria. El cajero sonrió. Le tramitó los papeles. Comprobó el cheque.

Littell miró su saldo. Dobló el cheque. Lo metió en el sobre y cerró éste. Salió del banco. Esquivó ventisqueros. Encontró un buzón de correos.

Echó la carta. Comprobó si lo seguían. Ahora siempre lo hacía.

Negativo. No lo seguían. Estaba seguro de ello.

Se quedó en la calle. Le sentó bien. El aire frío lo revitalizó. Estaba cansado. Había viajado mucho debido a las operaciones del Buró.

Había recorrido dieciséis ciudades. Había puesto micrófonos en dieciséis lugares. Había pinchado dieciséis puntos de encuentro de la mafia.

Había trabajado solo. Fred T. estaba ocupado. Fred T. tenía trabajo con Fred O.

Se tomó unos días libres. Drac lo aprobó. Los mormones de Drac ocuparon su lugar.

Dichos mormones se dedicaban a regatear por Las Vegas. Véndenos el Desert Inn, habían dicho. Véndenos más hoteles, habían dicho.

Viajó. Pinchó habitaciones. Llamó a Moe D. Moe D. estaba entusiasmado. Estafaremos a Drac, dijo. Lo sé.

Voló a Chicago / Kansas City / Milwaukee. Voló a St. Louis / Santa Bárbara / Los Ángeles. Hizo planes. Llegó a L.A. Actuó.

Repasó el expediente de Jane. Tamizó basura. Recabó basura sobre matones de segunda fila, todos de la Costa Este.

Eran datos propios de la mejor Arden. Detallaba atracos y golpes de la mafia. No eran tangenciales. No estaban relacionados con los libros del Fondo de Pensiones. No estaban relacionados con: Carlos / Sam G. / John Rosselli / Santo / Jimmy / *et altrii*.

Copió los datos a máquina. Fue sucinto. Fue breve. Borró las huellas del papel. Volvió a volar. Volvió a viajar. Pinchó más puntos de encuentro. Fue a San Francisco / Phoenix / Filadelfia. Fue al D.C. y a Nueva York.

Se instaló en Manhattan. Se registró en un hotel. Utilizó un seudónimo. Alteró su apariencia. Se hizo cambios cosméticos.

Se compró una barba. Era rubia ceniza y gris, de la mejor calidad. Le tapaba las cicatrices. Le daba otra forma a la cara. Lo hacía diez años más viejo.

Se había encontrado con Bobby una vez. Se habían visto tres días antes de lo de Dallas. Bobby lo recordaría. Bobby conocía su físico.

Se compró ropa de trabajo. Se compró unas lentes de contacto. Vigiló el edificio de Bob. Las Torres de las Naciones Unidas / ladrillo viejo / junto a la Primera Avenida.

Preguntó al portero. El portero conocía a Bobby. Dijo que Bobby viajaba. Que iba al Sur, al D.C. Que regresaba a Nueva York.

Littell vigiló. Littell esperó. Bobby apareció a los dos días. Bobby se había traído un secretario.

Un chico delgado. Cabellos morenos y gafas. El chico parecía brillante. El chico adoraba a Bob. Su adulación resplandecía.

Recorrieron el East Side. Los votantes los saludaron. El chico apartó provocadores y pedigüeños. Littell los siguió. Littell se acercó. Littell oyó hablar a Bobby.

El chico tenía coche. Littell anotó la matrícula. Littell habló con el Departamento de Vehículos a Motor. Se trataba de Paul Michael Horvitz / 23 años / domiciliado en el D.C.

Littell llamó a Horvitz. Littell le insinuó cosas. Dijo que tenía información. Horvitz picó. Concertaron una cita para esa misma noche en el D.C.

Los cajeros salieron. Un guardia cerró el banco. Nevaba. Hacía frío. La nieve lo hizo entrar en calor.

Se preparó. Ensayó poses. Se hizo con un nueva vestimenta. Incorporó un acento sureño.

Un traje de tweed. Una camisa de cambray. Barba / ceceo / aire excéntrico.

Se presentó temprano. El lugar de la cita lo había elegido él: el Eddie Chang Kowloon. La iluminación era lóbrega. La iluminación contribuiría al camuflaje.

Ocupó un reservado. Se arrellanó. Pidió un té. Vigiló la puerta. Consultó su reloj.

Ahí está Paul.

Son las 20.01 horas. Es puntual. Es juvenil y sincero. Littell se pone en marcha. Finge ser viejo / finge ser un excéntrico.

Paul miró alrededor. Paul vio parejas. Paul vio a un hombre solo. Regresó y se sentó. Littell le sirvió té.

—Gracias por venir, a pesar de que te he avisado hace tan poco.

—Bueno, su llamada me ha intrigado.

—Esperaba que lo hiciese. Los jóvenes como tú consiguen toda clase de ofertas dudosas, pero ésta no lo es.

Paul se quitó el abrigo. Paul se quitó la bufanda.

—Es el senador Kennedy quien recibe esas ofertas dudosas, no yo.

—No era eso a lo que me refería, hijo. —Littell sonrió.

—Lo he entendido perfectamente bien, pero he decidido pasárselo por alto.

Littell se arrellanó. Littell tamborileó con los dedos sobre la mesa.

—Te pareces a Andrew Goodman, ese pobre chico que murió en Misisipí.

—Conocí a Andy en la Escuela Universitaria de los Ozarks. Yo también estuve a punto de morir.

—Pues me alegro de que te salvaras.

—¿Usted es de allí?

—Soy de De Kalb. Es un pueblo muy pequeño entre Scooba y Electric Mills.

—Es usted miembro de algún *lobby*, ¿verdad? Sabía que no podía llegar hasta el senador y decidió hablar con un secretario joven y ambicioso.

Littell inclinó la cabeza con cortesía. *Très* sureño.

—Sé que los jóvenes ambiciosos correrán el riesgo de parecer estúpidos y saldrán una noche de ventisca en el caso poco probable de que algo sea real.

—Y usted es real. —Paul sonrió.

—Mis documentos son reales y una lectura atenta de ellos te convencerán a ti y al senador de su autenticidad.

—¿Y los de usted? —Paul encendió un cigarrillo.

—Yo no reivindico ninguna autenticidad y preferiría que mis documentos hablasen por sí mismos.

—¿Y a qué atañen sus documentos?

—Mis documentos atañen a delitos perpetrados por miembros del crimen organizado. Sustituiré el lote inicial por paquetes subsiguientes y te los entregaré en pliegos discretos para que tú y/o el senador Kennedy podáis investigar los argumentos a vuestra conveniencia y discreción. Mi único requisito es que no se revele públicamente ninguna de las informaciones que te daré hasta finales de 1968 o principios de 1969.

—¿Cree que, para entonces, el senador Kennedy será presidente o presidente electo?

—Dios te oiga, pero yo pensaba más en dónde estaré cuando ese momento llegue.

Los conductos de aire de la pared hicieron ruido. La calefacción se puso en marcha. Littell empezó a sudar.

—¿Crees que se presentará?

—No lo sé —respondió Paul.

—¿Sigue comprometido en la lucha contra el crimen organizado?

—Sí, la tiene muy presente, pero le incomoda hablar en público de ella.

Littell sudaba a mares. El traje se le pegaba. La barba falsa se le resbalaba. Extendió las manos. Se tapó la barbilla. Fingió cansancio e impidió que la barba siguiera cayendo.

—Puedes contar con mi lealtad, pero preferiría permanecer en el anonimato durante nuestras transacciones.

Paul tendió una mano. Littell le pasó las notas.

DOCUMENTO ANEXO: 8/1/67. Transcripción literal de una llamada telefónica del FBI. (Addenda a la OPERACIÓN CONEJO NEGRO.) Encabezamiento: GRABADA A PETICIÓN DEL DIRECTOR / CLASIFICADA CONFIDENCIAL 1-A: SÓLO PUEDE VERLA EL DIRECTOR. Hablan: el director y CONEJO CELESTE.

DIR: Buenas tardes.

CC: Buenas tardes, señor.

DIR: He leído su informe. Atribuye el fracaso de cierta operación en Fase 2 a unos condensadores defectuosos.

CC: Fue un fallo técnico, señor. No puedo culpar de ello a Fred Otash ni a GRAN CONEJO.

DIR: Así pues, el responsable es Fred Turentine, el reptiliano «rey de las escuchas», un modesto subordinado de Otash y de GRAN CONEJO.

CC: Sí, señor.

DIR: Echarle la culpa a un oscuro ayudante no me sirve de nada. Sólo me provoca furia dispéptica.

CC: Sí, señor.

DIR: Déme alguna noticia buena para calmar mi agitación.

CC: Otash estuvo muy bien en la planificación. Habló con Mineo y le advirtió que siguiera callado. Me da mucho la impresión de que CONEJO LILA no se arriesgará a caer en el ridículo personal o a dar una mala publicidad para la CLCS haciendo público algún comentario sobre el chantaje.

DIR: Yo esperaba con ganas la película. Bayard y Sal, en una escena romántica.

CC: Sí, señor.

DIR: Hablemos de CONEJO AMBULANTE.

CC: Hizo un trabajo soberbio en las instalaciones, señor.

DIR: ¿Hizo usted que lo siguieran?

CC: En tres ocasiones, señor. Nota enseguida cuándo lo espían, pero mis hombres consiguieron mantener la vigilancia.

DIR: Amplíe su respuesta. Mi próxima cita para comer es en el año 2010.

CC: No se apreció que CONEJO AMBULANTE hiciera nada remotamente sospechoso.

DIR: Aparte de instalar micrófonos ilegales siguiendo nuestras instrucciones.

CC: Cosa que hizo incluso en la habitación de Bobby Kennedy en Santa Bárbara, señor.

DIR: Qué ironía tan tremenda. CONEJO AMBULANTE pone micrófonos a su salvador, que también es mi bestia negra. Complicidades inconscientes de alto nivel.

CC: Sí, señor.

DIR: ¿Cuánto tardará en reclutar a los hombres que se ocupen de los puestos de escucha?

CC: Un poco, señor. Tenemos dieciséis ubicaciones.

DIR: Siga con ello. Póngame al corriente acerca de CONEJO SILVESTRE.

CC: Le va bien, señor. Ya ha visto usted los resultados. Continuamos con las acusaciones por fraude pos...

DIR: Ya sé lo que tenemos en marcha. Y sé que estamos lejos de alcanzar algo que parezca remotamente satisfactorio en lo que respecta a Martin Luther King, alias CONEJO ROJO, alias el Anticristo Negro. Nuestros intentos de desacreditarlo y de manchar su prestigio han consumido decenas de miles de horas de trabajo sin obtener el menor resultado. Nos ha convertido en escarabajos peloteros y en raros pájaros africanos que picotean en la mierda de elefante, y ya estoy harto y cansado de esperar a que se desacredite solo.

CC: Sí, señor.

DIR: Es usted una roca, Dwight. Siempre puedo contar con que me responderá con un «sí, señor».

CC: Me gustaría recurrir a medios más radicales de anular a CONEJO ROJO. ¿Me da usted permiso para traer a un amigo de confianza para que explore las posibilidades?

DIR: Sí.

CC: Gracias, señor.

DIR: Buenos días, Dwight.

CC: Buenos días, señor.

DOCUMENTO ANEXO: 14/1/67. Transcripción de una llamada telefónica. Grabada por CONEJO CELESTE. Encabezamiento: GRABACIÓN CIFRADA DEL FBI / FASE 1 SECRETA / DESTRUIR SIN LEER EN CASO DE MI MUERTE. Hablan: CONEJO CELESTE y PADRE CONEJO.

CC: ¿Cómo estás, Senior? ¿Qué tal la conexión?

PC: Oigo algunos clics.

CC: Es mi desmodulador. Los pitidos significan que estamos a salvo de escuchas.

PC: Deberíamos hablar en persona.

CC: Estoy en Misisipí. No puedo marcharme.

PC: ¿Estás seguro de que...?

CC: Sí, seguro. ¡Por Dios, no me des el coñazo!

PC: Es que tú siempre crees que él tiene poderes sobrenaturales, y no es así. No puede leer los pensamientos y tampoco puede pinchar las frecuencias desmoduladas.

PC: Bueno, de todos modos...

CC: De todos modos nada, joder. No es Dios, así que deja de portarte como si lo fuera.

PC: Pues lo parece.

CC: Eso, lo acepto.

PC: ¿Dijo...?

CC: Dijo que sí.

PC: ¿Crees que sabe qué estamos planeando?

CC: No, pero se alegrará de que suceda y, si cree que hemos sido nosotros, se asegurará de que la investigación se difumine.

PC: Me alegro de saberlo.

CC: No me jodas, Sherlock Holmes.

PC: La gente lo detesta. A King, me refiero.

CC: Eso, sí; pero sólo la que no lo adora.

PC: ¿Qué hay de las escu...?

CC: Por ese lado, estamos cubiertos. Lo convencí de que me dejara pinchar dieciséis puntos. Él leerá las transcripciones, oirá crecer el odio racial y se cabreará.

PC: Ahí hay algo de chivo expiatorio.

CC: Eso es. Los encapuchados del Sur odian a la gente de color y a los putos defensores de los derechos civiles. Y les encanta hablar de ello. Hoover capta el odio, todo el asunto empieza a verse inevitable y entonces, pum, sucede. Toda esa campaña antimafia sirve para enfangar las aguas y le hace pensar que es un asunto demasiado grande como para liarse en él.

PC: Como Jack Kennedy.

CC: Exacto. Se acerca, es inevitable, se lleva a cabo y es bueno para el negocio. La nación se pone de luto y desprecia al capullo que le entregamos.

PC: Conoces bien la metafísica.

CC: Todos aprendimos con lo de Jack.

PC: ¿Cuánto tardaremos en tener instalados los micrófonos?

CC: Unas seis semanas. ¿Te cuento lo más gracioso? He hecho que Ward Littell se encargue de montarlos.

PC: ¿Dwight? ¡Por Dios!

CC: Tenía mis razones. Una, es el mejor para poner micrófonos. Dos, quizá lo necesitemos más adelante. Tres, necesitaba echarle un hueso para mantenerlo entretenido.

PC: Mierda. Cualquier juego en el que ande Littell debe tener unas normas bien fijadas desde el principio.

CC: Le eché un hueso a Hoover. Odia a Bobby K. casi tanto como a Luther K. Y comparte toda su basura con LBJ. Hice que Littell pinchara una de las suites de hotel de Bobby.

PC: Me produces escalofríos, Dwight. Sigues llamándolo Hoover, sin el «señor» delante.

CC: Porque confío en la tecnología del desmodulador.

PC: Es más que eso.

CC: Está bien, es porque está en franca decadencia. ¿Por qué medir las palabras? King es el tipo a quien más le gustaría cargarse, y es, precisamente, a quien menos puede cargarse. Aquí tienes otra cosa graciosa: a Lyle le gustaba el reverendo. Trabajaba contra él y, aun así, lo admiraba. Y yo empiezo a sentir lo mismo. Ese grandioso mamón es un negrata de mierda. Y tenemos negrata para rato.

PC: Ahora ya lo he oído todo.

CC: No, aún no. Escucha esto: Hoover es toxicómano.

PC: Vamos, Dwight...

CC: Hay un «Doctor Alivio» que llega de Nueva York en avión cada día, marca en su tarjeta de horario del Buró y administra a Hoover una dosis de metanfetamina líquida, mezclada con complejos vitamínicos B y hormonas masculinas. El viejo desaparece hacia la una de la tarde y vuelve hacia las dos a asomarse como un perro en celo.

PC: ¡Dios!

CC: No es Dios ni nada parecido. Está en decadencia, pero sigue siendo bueno. Tenemos que andarnos con cuidado con él.

PC: Tenemos que empezar a pensar en un cabeza de turco.

CC: Quiero traer a Fred Otash y a Bob Relyea para que nos ayuden a mirar. Me he hecho amigo de Otash, es un tipo sólido y tiene contactos en la costa. Bob es tu conejo, de modo que ya lo conoces. Ese cabrón conoce a todos los racistas sacrificables del Sur.

PC: Tengo una idea que puede ayudar a facilitar las cosas.

CC: Te escucho.

PC: Deberíamos intervenir el correo racista contra King y la CLCS para ver si encontramos a alguien que les haya enviado cartas. Sé que el Buró está vigilando el correo y creo que deberíamos introducir un hombre que, a escondidas, lo revisara, lo fotografiase y lo devolviera al agente encargado de la vigilancia.

CC: Buena idea, si logramos dar con un hombre de confianza.

PC: Mi hijo.

CC: Mierda, no me vengas con ésas.

PC: Hablo en serio.

CC: Creía que tu hijo y tú no os hablabais. Que él movía droga con Pete Bondurant y que estabais enemistados.

PC: Nos hemos reconciliado.

CC: Mierda.

PC: Ya sabes cuánto aborrece a los negros. Sería perfecto para el trabajo.

CC: Mierda. Es demasiado volátil. ¿Recuerdas ese pequeño choque que tuve con él?

PC: Ha cambiado, Dwight. Es un chico brillante y sería perfecto para el trabajo.

CC: Lo de brillante, lo acepto. Yo le compré su primer juego de química en 1944.

PC: Me acuerdo de ello. Dijiste que descubriría el modo de dividir el átomo.

CC: Os habéis reconciliado, confías en él y reconozco que sería adecuado. Dicho esto, no queremos que se entere de lo que estamos organizando.

PC: Disimularemos las cosas. Haremos que selecciones el correo de King, más el de un político liberal y otro conservador. Pensará que estoy armando mi base de inteligencia, solamente.

CC: Mierda.

PC: Lo hará bien. Es el tipo adecuado para...

CC: Quiero presionarlo con algo. Lo aceptaré en el grupo siempre que tengamos algo que utilizar contra él. Sé que es tu hijo, pero debo insistir en ello.

PC: Veamos si podemos entregarle a Wendell Durfee. Se comenta que está en L.A., así que podría poner a mis contactos en el DPLA sobre su pista, a escondidas. Ya sabes qué hará Wayne si lo encuentra.

CC: Sí. Y yo podría fingir que todavía lo detesto y presionarlo por esta vía.

PC: Es probable que funcione. ¡Qué coño, funcionará!

CC: Durfee es una apuesta arriesgada. Puede que lleve tiempo y que no logremos dar con él.

PC: Ya lo sé.

CC: Tenemos que incorporar a nuestro hombre del correo en las próximas seis semanas.

PC: Incorporaré a Wayne. Mientras tanto, trabajaremos en lo de Durfee.

CC: Pero si no tenemos nada con que presionarlo...

PC: A corto plazo no importa.

PC: Para que haga esas intervenciones en el correo no necesitamos tener algo con que presionarlo. Lo necesitaremos cuando yo le diga que el día D estará ahí.

CC: Jesús.

PC: Mi hijo no lo sabe, pero lleva toda la vida esperando esto.

CC: Mierda, como tú dirías.

PC: Exacto.

CC: Tengo que marcharme. Quiero tomar café y pensar bien en todo eso.

PC: Va a ocurrir.

CC: Tienes toda la razón. Pues claro que va a ocurrir, joder.

DOCUMENTO ANEXO: 26/1/67. Titular del *Las Vegas Sun*:

CONTINÚAN LAS NEGOCIACIONES DE HUGHES PARA LA
COMPRA DEL DESERT INN.

DOCUMENTO ANEXO: 4/2/67. Subtitular del *Denver Post-Dispacth*:

ACUSACIONES FEDERALES PARA LOS CORREOS DE
DINERO ILEGAL DE LOS CASINOS.

DOCUMENTO ANEXO: 14/2/67. Titular y subtitular del *Las Vegas Sun*:

¿DÓNDE ESTÁ DOM DELLACROCIO?
LA POLICÍA DE LAS VEGAS, DESCONCERTADA.

DOCUMENTO ANEXO: 22/2/67. Subtitular del *Chicago Tribune*:

KING PRONOSTICA UN «VERANO VIOLENTO» SI LOS
NEGROS NO CONSIGUEN UNA «JUSTICIA COMPLETA».

DOCUMENTO ANEXO: 6/3/67. Subtitular del *Denver Post-Dispatch*:

LOS CORREOS DE DINERO ILEGAL SE DECLARAN
CULPABLES.

DOCUMENTO ANEXO: 6/3/67. Subtitular del *Las Vegas Sun*:

LOS PORTAVOCES DE HUGHES ALUDEN A LA
CULPABILIDAD DE LOS CORREOS Y PROMETEN TRABAJAR
POR UNA «LAS VEGAS LIMPIA».

DOCUMENTO ANEXO: 7/3/63. Titular y subtitular del *Los Angeles Times*:

HOFFA INGRESA EN PRISIÓN.
SE PREVÉ UNA CONDENA DE 58 MESES.

DOCUMENTO ANEXO: 27/3/67. Titular del *Las Vegas Sun:*

HUGHES CIERRA EL TRATO EN LA COMPRA DEL DESERT INN.

DOCUMENTO ANEXO: Subtitular del *San Francisco Chronicle*:

KING ATACA LA GUERRA «RACISTA» DE VIETNAM.

DOCUMENTO ANEXO: 4/4/67. Transcripción de una escucha clandestina. Encabezamiento: CONFIDENCIAL / FASE 1 SECRETA / SÓLO LEER. Director, agente especial D. C. Holly.
Lugar: trastienda / restaurante Mike Lyman / Los Ángeles /

grabado desde el puesto de escucha. Hablan: dos varones no identificados (VNI núm. 1, VNI núm. 2), presuntamente relacionados con el crimen organizado. (Transcurridos 2,6 minutos desde el inicio de la conversación.)

VNI núm. 1: ... Con Truman y Ike había orden. Teníamos a Hoover, que no nos jodía en absoluto. En cambio, con Jack y Bobby todo esto ha cambiado.

VNI núm. 2: LBJ tiene esquizofilia. No perdona ni una a esos rojos de Vietnam pero en cambio consiente que ese King haga lo que quiera como si fuera su hermano del alma. Los chicos encargados de la lotería en el este ven esta correlación. King va a Harlem, pronuncia esos discursos y los pigmeos se enardecen. Dejan de jugar a los números, nuestros bancos de apuestas se resienten y los jodidos pigmeos se agitan y empiezan a creerse los reyes del mambo.

VNI núm. 1: Veo la correlación. Dejan de jugar a la lotería, se ponen a divagar. Empiezan a pensar en el comunismo y en violar a mujeres blancas.

VNI núm. 2: A King le gustan mucho las blancas. Me han contado que...

VNI núm. 1: Eso les pasa a todos los negros. Es la fruta del árbol prohibido, joder.

(Sigue una conversación que no procede.)

DOCUMENTO ANEXO: 12/4/67. Transcripción de una escucha clandestina. Encabezamiento: CONFIDENCIAL / FASE 1 SECRETA / SÓLO LEER. Director, agente especial D. C. Holly.

Lugar: sala de juegos / St. Agnes Social Club / Filadelfia / grabado desde el puesto de escucha. Hablan: Steven DeSantis y Ralph Michael Lauria, relacionados con el crimen organizado. (Transcurridos 9,3 minutos desde el inicio de la conversación.)

SDS: ... Ralphie, Ralphie, Ralphie, no se puede hablar con

ellos. No se puede razonar con ellos como si fueran personas normales.

RML: Para mí, esto no es ninguna novedad. He sido propietario de bienes inmuebles durante muchos años.

SDS: Bueno, más que propietario de bienes inmuebles, eres propietario de un gueto. No intentes engañar a un famoso mentiroso como yo.

RML: Hablas como ese hijo de puta de King, que es a donde yo quería llegar. Voy a uno de los edificios, es el día de cobro de los pocos negros que trabajan y una negra vieja me muestra la revista *Time* con una foto en portada de King y me dice que el reverendo Martin Luther King Junior ha dicho que no le pague el alquiler porque soy un maldito explotador y el vecino de dos puertas más allá exige sus derechos civiles que, para él, equivalen a no pagarme el alquiler hasta que todos los negros sean libres.

SDS: Están totalmente acabados. Como raza, quiero decir.

RML: Pero ese King los ha calentado. Toda una raza hiperexcitada.

SDS: Alguien tendría que cargárselo. Tendrían que darle una sandía envenenada.

RML: Y nosotros tendríamos que apuntarnos al Ku Klux Klan.

SDS: Estás demasiado gordo para llevar una sábana.

RML: Vete a tomar por culo. De todas formas, me afiliaré.

SDS: Olvídalo. No aceptan italianos.

RML: ¿Por qué no? ¡Pero si somos blancos!

(Sigue una conversación que no procede.)

DOCUMENTO ANEXO: 21/4/67. Informe del puesto de escucha. Encabezamiento: CONFIDENCIAL / FASE 1 SECRETA / SÓLO LEER. Director, agente especial D. C. Holly.

Lugar: suite 301 / hotel El Encanto / Santa Bárbara.

Señores,

Durante el primer período programado (2/4/67-20/4/67), el sujeto RFK no residió en el lugar objetivo de las escuchas. El sujeto RFK alquila la suite por períodos de un año y ésta permanece vacía durante sus ausencias. Los dispositivos (que se activan mediante la voz) sólo han recogido hasta ahora conversaciones no pertinentes del personal de servicio de El Encanto y de otros empleados. Siguiendo sus órdenes, el puesto de escucha seguirá en activo todo el tiempo.

Respetuosamente,

Agente especial C. W. Brundage

DOCUMENTO ANEXO: 9/5/67. Transcripción de una escucha clandestina. Encabezamiento: CONFIDENCIAL / FASE 1 SECRETA / SÓLO LEER. Director, agente especial D. C. Holly.

Lugar: sala de juegos / Gravepine Tavern / St. Louis / grabado desde el puesto de escucha. Hablan dos varones no identificados (VNI núm. 1 y VNI núm. 2), supuestamente relacionados con el crimen organizado. (Transcurridos 1,9 minutos desde el inicio de la conversación.)

VNI núm. 1: ... El Klan está dispuesto a llamar la atención y a que se le tenga en cuenta, lo cual significa que tendríamos que decir que es nuestra fuerza de choque.

VNI núm. 2: Yo estoy a favor de la segregación, no me malinterpretes.

VNI núm. 1: St. Louis es un buen ejemplo. Uno, son unos paletos. Dos, allí hay muchísimos católicos. No me avergüenza decir que soy un paleto, tú eres un italiano católico y juntos trabajamos bien porque vosotros, los llamados chicos de la mafia, sois blancos que adoran a Jesús como yo, lo que significa que odiamos del mismo modo, por lo que has de admitir que el Klan tiene algunas respuestas, y si dejan de lado sus manías anticatólicas serás el primero que haga una gran donación.

VNI núm. 2: Eso es cierto. Estoy de acuerdo contigo porque vosotros, los campesinos, no te lo tomes a mal, piensan y odian como nosotros.

VNI núm. 1: Ahora mismo, si Luther King entrara por esa puerta, lo mataría.

VNI núm. 2: Pues yo me pelearía contigo por el placer de hacerlo. A King y a Bobby Kennedy, a ellos sí que los odio. Bobby ha jodido, jodido y jodido una y mil veces, a la Banda de Chicago hasta no dejarnos ni un sitio donde desangrarnos. Ahora, Luther King está haciendo exactamente lo mismo. Dará por culo a este país y nos joderá, nos joderá, nos joderá una y mil veces mientras los negros proliferan como ratas y convierten el país en un agujero de mierda, en un asqueroso estado del bienestar.

VNI núm. 1: Yo soy del Klan de tercera generación. Mira, ya lo he dicho y no te ha sorprendido. Tu puedes recibir tus órdenes de Roma, a mí no me importa. Eres blanco, como yo.

VNI núm. 2: A tomar por culo. Yo recibo órdenes de un mediterráneo gordo con un anillo en el dedo meñique.

(Sigue una conversación que no procede.)

DOCUMENTO ANEXO: 28/5/67. Transcripción de una escucha clandestina. Encabezamiento: CONFIDENCIAL / FASE 1 SECRETA / SÓLO LEER. Director, agente especial D. C. Holly.

Lugar: sala de juegos / Gravepine Tavern / St. Louis / grabado desde el puesto de escucha. Hablan: Norbert Donald King y Rowland Mark DeJohn, sujetos en libertad condicional (atraco a mano armada / asociación para delinquir / robo de automóvil) y supuestamente relacionados con el crimen organizado. (Transcurridos 3,9 minutos desde el inicio de la conversación.)

NDK: ... Como un monte, quiero decir.

RMDJ: Entiendo. Los tipos pujan y tu miras cómo crece el monte.

NDK: Nosotros no pujamos, lo hacen tíos que tienen pasta de verdad hasta que consigues un monte tan grande que atraigas a un tipo que sí pueda pujar.

RMJD: Exacto. Es un como una recompensa. Corre la voz de que existe, tú haces el trabajo, demuestras que lo has hecho y luego recoges.

NDK: Sí. Atraes a un profesional y lo hace sin que lo pesquen. No como Oswald con Kennedy, ¿sabes?

RMJD: Oswald era un comunista y un psicópata. Quería que lo pescasen.

NDK: Sí, y la gente quería a Kennedy.

RMJD: Bueno, sí, algunos. Yo, personalmente odiaba a ese hijo de puta.

NDK: Ya sabes a lo que me refiero. Con Luther King tenemos a un negro a quien todo el mundo odia. Los únicos blancos que no lo odian son los comunistas y los judíos, pero todos los demás sabemos que la integración meterá el país en la taza el váter, por lo que si nos libramos de la Molestia Pública número uno, esa eventualidad desaparece.

RMJD: Él muere y el país se alegra.

NDK: Lo que hay que hacer es correr la voz.

RMJD: Sí, la recompensa.

NDK: Nosotros no tenemos la pasta, pero por aquí hay tipos que sí la tienen.

RMJD: Está pidiendo a gritos que lo maten.

NDK: Eso es lo que más me gusta. Pide y se te concederá.

(Sigue una conversación que no procede.)

DOCUMENTO ANEXO: 14/6/67. Extracto de un panfleto antisemita. Recopilado por: PADRE CONEJO. Lacrado y encabezado: DESTRUIR SIN LEER EN CASO DE MI MUERTE.

Remitente: anónimo. Matasellos: Pasadena, California. Destinatario: senador Robert F. Kennedy. De la página 1 (de 19):

Querido senador Kennedy,

SÉ QUE TÚ Y LA ORDEN MUNDIAL DE CERDOS SIONISTAS HABÉIS PUESTO EL PUS EN LA MÁQUINA CANCERÍGENA JUDÍA Y ME HABÉIS OCASIONADO DOLORES DE CABEZA. NO ME LOS HAN OCASIONADO LAS CAÍDAS DEL CABALLO COMO DICEN LOS MÉDICOS. TÚ DICES QUE ALÁ CONDUCE UN IMPALA, PERO SÉ QUE EL APARATO DE CONTROL JUDÍO CONTROLA LA PRODUCCIÓN DE AUTOMÓVILES EN DETROIT Y EN BEVERLY HILLS. ERES UNA MARIONETA DE PUS EN EL CONTROL DEL VAMPIRISMO JUDÍO Y TIENES QUE DEJAR DE OCASIONARME DOLORES DE CABEZA EN NOMBRE DEL JEFE RABINO DE LODZ Y DE MIAMI BEACH Y LOS PROTOCOLOS DE LOS SABIOS ANCIANOS DE SION.

DOCUMENTO ANEXO: 5/7/67. Extracto de un panfleto racista. Recopilado por: PADRE CONEJO. Lacrado y encabezado: DESTRUIR SIN LEER EN CASO DE MI MUERTE.

Remitente: anónimo. Matasellos: St. Louis, Misuri. Destinatario: Dr. M.L. King. De la página 1 (de 1):

Querido negrata,
Será mejor que temas los idus de junio y julio;
van a ponerte precio, asqueroso.
Eres un traidor, un comunista y un mono rabioso.
Lo único que haces es robar, violar y mentir;
pero el sabio hombre blanco no te lo va a permitir.
Ese precio que te han puesto significa
que debes rezar y contar tus días.
No puedes esquivar las balas como si fueras Superman.
Puesto que el gran hombre blanco tiene un plan,
será mejor que te escondas cuando recibas esta carta,
ya que no lograrás escapar de la justicia blanca.

Firmado,
        UHBA (Unidad del Hombre Blanco Americana)

DOCUMENTO ANEXO: 21/7/67. Extracto de un panfleto antisemita. Recopilado por: PADRE CONEJO. Lacrado y encabezado: DESTRUIR SIN LEER EN CASO DE MI MUERTE.

Remitente: anónimo. Matasellos: Pasadena, California. Destinatario: senador Robert F. Kennedy. De la página 2 (de 16):

[Y] TÚ HAS TRAICIONADO AL PUEBLO ÁRABE Y ROBADO NUESTRA TIERRA DE DINERO Y LECHE PARA ORDEÑAR PUS DE LA ORDEN MUNDIAL DE CERDOS SIONISTAS Y LA MÁQUINA CANCERÍGENA JUDÍA. LA ASPIRINA BAYER Y EL HOSPITAL DE ST. JUDE NO PUEDEN ACABAR CON MIS DOLORES DE CABEZA DEBIDOS AL PUS INFLIGIDO POR EL VAMPIRISMO JUDÍO Y NO PUDEN OÍRME DECIR ¡¡¡¡RFK DEBE MORIR, RFK DEBE MORIR, RFK DEBE MORIR, RFK DEBE MORIR, RFK DEBE MORIR!!!!

DOCUMENTO ANEXO: 23/7/67. Titular y subtitular del *Boston Globe:*

OLEADA DE DISTURBIOS EN LA CIUDAD:
INCENDIOS INTENCIONADOS Y SAQUEOS.

DOCUMENTO ANEXO: 29/7/67. Titular y subtitular del *Detroit Free Press:*

LOS DISTURBIOS SACUDEN DETROIT.
AUMENTA EL NÚMERO DE MUERTOS Y LOS DAÑOS.

DOCUMENTO ANEXO: 30/7/67. Titular y subtitular del *Boston Globe*:

KING DECLARA A LA PRENSA:
«LOS DISTURBIOS SON UNA MANIFESTACIÓN DEL
RACISMO BLANCO.»

DOCUMENTO ANEXO: 2/8/67. Subtitular del *Washington Post*:

LOS DAÑOS OCASIONADOS POR LOS DISTURBIOS
AUMENTAN; LA POLICÍA CALIFICA EL DISTRITO
DE «ZONA DE COMBATE».

DOCUMENTO ANEXO: 5/8/67. Titular y subtitular del *Los Angeles Times*:

KING SOBRE LOS DISTURBIOS:
«SON EL FRUTO DE LA INJUSTICIA BLANCA.»

DOCUMENTO ANEXO: 6/8/67. Transcripción de una conversación telefónica. Grabada por: CONEJO CELESTE. Encabezamiento: CIFRADA POR EL FBI / FASE 1 SECRETA / DESTRUIR SIN LEER EN CASO DE MI MUERTE. Hablan: CONEJO CELESTE y PADRE CONEJO.

CC: Hola, Senior.

PC: ¿Cómo estás, Dwight? Hace tiempo que no hablábamos.

CC: No te preocupes por los clics. Mi codificador está estropeado.

PC: No importa. Prefiero hablar que enviar comunicados entregados en mano.

CC: ¿Has visto las noticias? Los nativos están inquietos.

PC: King ya lo pronosticó.

CC: No, lo prometió. Y ahora se regocija perversamente.

PC: Se está ganando enemigos. A veces pienso que tal vez no lleguemos a tiempo.

CC: Yo también lo pienso. La Banda de Chicago lo odia y todos los mafiosos en cautividad quieren verlo muerto. Tendrías que oír las cintas que he grabado en los puestos de escucha.

PC: Ya me gustaría, joder.

CC: En St. Louis hay un garito, una taberna llamada Gravepine. La frecuentan tipos de la banda y matones de segunda fila. Han hablado de una recompensa de cincuenta mil. Empieza a parecer un sueño erótico ahí, en medio del *spiritus mundi*.

PC: Me matas. «Sueño erótico» y *spiritus mundi* en la misma frase.

CC: Soy un camaleón. En ese aspecto, soy como Ward Littell. Altero mi vocabulario dependiendo de mis acompañantes.

PC: Al menos lo sabes. No creo que Littell sea demasiado consciente de sus efectos.

CC: Lo es y no lo es.

PC: ¿Por ejemplo?

CC: Por ejemplo, vaya donde vaya, siempre vigila si lo siguen. El señor Hoover lo ha hecho seguir intermitentemente durante años y él lo sabe. Pesca el noventa por ciento y falla el diez por ciento. Probablemente tenga la suficiente arrogancia como para pensar que está pescando al ciento por ciento.

PC: Arrogancia. Me gusta.

CC: Lo sabía. La aprendí en la facultad de Leyes de Yale.

PC: ¡Boola boola Yale!

CC: Cuéntame de las intervenciones. Por lo que sé, tu hijo pasara doce semanas aquí.

PC: Lo más probable es que sean ocho. Ya sabes lo mucho que viaja para Pete Bondurant. Le llevó meses montar el sistema.

CC: Cuéntamelo.

PC: Ha alquilado un piso en el D.C. Está interceptando correo de Luther King, Barry Goldwater y Bobby Kennedy. El Buró está realizando las intervenciones normales, y todo su correo llega con destino a la sede central de la CLCS y al edificio de oficinas del Senado. Hay un equipo de cuatro agentes que se encarga de un buzón de correos en la calle Dieciséis con D. El turno de noche termina a las once, por lo que Wayne se cuela a la una, lo copia y lo devuelve a las cinco.

CC: ¿Y cómo entra?

PC: Ha hecho un molde del cerrojo de la puerta y ha mandado fabricar duplicados de las llaves.

CC: ¿Y recoge el correo a intervalos regulares?

PC: Sí, siempre sincronizados con sus viajes. Le pone polvo para leer las huellas ya que los tipos que mandan esas cartas nunca escriben su remitente en el so...

CC: Es redundante. El equipo encargado de recoger el correo empolva todas las cartas entrantes. Cuando él las ve, ya lo han borrado todo.

PC: ¡Y una mierda! Mi hijo es químico. Rocía las páginas con una sustancia pegajosa llamada ninhydran y siempre obtiene huellas parciales. Dice que está perfeccionado su técnica, y uno de estos días obtendrá huellas completas.

CC: Perfecto. Es realmente bueno. Me has convencido.

PC: Y es cuidadoso.

CC: Más le vale. No queremos que se sepa que hay ojos externos que ven el correo.

PC: Ya te he dicho que es cuida...

CC: ¿Y qué hay de los candidatos?

PC: De momento no hay ninguno. Lo único que ha conseguido es un montón de lunáticos que parecen estar un paso más adelante en la red.

CC: Bob tiene un candidato. Tal vez no necesitemos la ayuda de Wayne en ese asunto.

PC: Pues tendría que habérmelo dicho. Soy su coordinador.

CC: Tú eres su Papá Conejo. Y hay cosas que no te las dirá precisamente por eso.

PC: Muy bien. Pues dímelas tú.

CC: El tipo escapó de la penitenciaría estatal de Misuri en abril. Bob lo conoció cuando trabajó allí de carcelero. Estaban compinchados en toda esa mierda derechista de Bob.

PC: ¿Eso es todo lo que sabes?

CC: Bob va a mandarme un comunicado entregado en mano con toda la información. En cuanto lo reciba, te lo mando.

PC: Mierda, Dwight. Ya sabes que, en esto, yo puedo poner un veto.

CC: Sí, claro que puedes, y no utilizaremos a ese tipo a menos que los dos estemos de acuerdo en que es perfecto.

PC: Oh. Vamos. Me debes más.

CC: Está fugado. Le daba miedo quedarse las instalaciones de Bob y se largó a Canadá. Bob puede contactar con él. Si decidimos que es nuestro hombre, mandaré a Fred Otash para que lo convenza.

PC: ¿Directamente? Pensaba que utilizaríamos intermediarios.

CC: Obligué a Freddy a perder 30 kilos. Era alto y fuerte, ahora es alto y delgado.

PC: Tiene otro aspecto.

CC: Por completo. Es libanés, habla español y puede pasar por hispano. Bob ha dicho que el candidato es maleable. Freddy no tendrá ningún problema para convencerlo.

PC: Te gusta ese tipo, ¿eh?

CC: Es un candidato sólido. Cuando leas el informe, ya me dirás qué te parece.

PC: Mierda, esto nos va a llevar tiempo.

CC: Todo lo bueno lleva tiempo.

PC: Tal vez se nos anticipe alguien.

CC: Pues si alguien se nos anticipa, se nos habrá anticipado.

PC: ¿Y qué piensa el señor Hoo...?

CC: Teme que Marty y Bobby formen una alianza. Sólo habla de eso. CONEJO NEGRO ha quedado en el aire desde el fracaso del chantaje. Hoover sabe que estoy «explorando medios más radicales», pero desde que se lo propuse no me ha hecho ni una sola pregunta al respecto.

PC: Eso significa que sabes lo que planeas.

CC: Quizá sí, quizá no. Prever lo que tiene en mente el viejo bujarrón no nos lleva a ningún sitio.

PC: ¡Dwight, por Dios!

CC: Vamos. ¿Recuerdas lo que te dije? No puede leernos la mente ni acceder a llamadas codificadas.

PC: Por el momento.

CC: ¿Y qué pasa con Durfee? ¿Han encontrado algo tus chicos del DPLA?

PC: Nada. Han emitido boletines secretos de búsqueda a todos los puntos, pero no han descubierto nada de nada.

CC: Primero tenemos que encontrarlo, y luego tenemos que amañarlo de manera que Wayne no sepa que se lo estamos poniendo en bandeja.

PC: Eso es fácil. Podemos dar aviso a Sonny Liston, quien, al parecer, tiene gente trabajando para él que busca a Durfee, y no se trata de...

CC: Pues quiero someterlo a presión. Si no, que Wayne no se meta en esto para nada.

PC: Le debo a Durfee. Estoy en deuda con mi hijo, y con Durfee quedará saldada.

CC: Yo también haré que mis informantes lo busquen. Entre los tuyos y los míos tal vez lo consigamos.

PC: Probémoslo. Se lo debo a Wayne.

CC: Me alegro de no haber tenido hijos. Para que terminen matando negros desarmados y vendiendo heroína...

PC: El Evangelio según Dwight Chalfont Holly.

CC: Ya basta. Hablemos del dinero de las operaciones.

PC: Yo estoy dispuesto a poner doscientos mil.

CC: Otash quiere cincuenta mil.

PC: Estoy seguro de que se los merece.

CC: Bob pondrá cien.

PC: Mierda, pero si no tiene tanto dinero.

CC: ¿Estás sentado?

PC: Sí, pero ¿por qué?

CC: Estuve en New Hebron. Vi a Bob borrando los números de unos lanzallamas que estaba preparando para mandarlos al Golfo. Tenían prefijos con un triple cero, y resulta que sé que esos números son los designados a los lotes de desembolso de la CIA. Le pregunté a Bob por ello y me mintió, lo cual fue lo peor que pudo hacer, dadas las circunstancias.

PC: Es como si te expresaras en suajili, Dwigth. No sé de qué me estás hablando.

CC: Interrogué a Bob y al final me lo contó.

PC: ¿Qué te contó?

CC: Su trabajo de llevar armas a los exiliados cubanos es mentira. Carlos Marcello y John Stanton, ese tipo de la CIA, lo planearon todo. Las armas han ido a parar a fuentes cubanas dentro de Cuba, con los mejores deseos de Carlos Marcello. La Banda se está comportando obsequiosamente con Castro para que éste les ayude a poner en marcha un plan para montar casinos en Latinoamérica. Castro tiene contactos con insurgentes izquierdistas de los países a los que la Banda les ha echado el ojo y les envía las armas que Bob y los otros chicos le hacen llegar. De ese modo, si los izquierdistas dan un golpe de estado y se hacen con el poder en sus respectivos países, dejarán entrar a la Banda. Y si el golpe de estado fracasa, los de la Banda sobornarán a los derechistas que sigan en el gobierno.

PC: Veo visiones, Dwight. Veo a todos los Santos del Último Día.

CC: Las cosas mejoran.

PC: No podrían ir mejor. Y no necesitas advertirme que no le diga nada de esto a Wayne, porque ambos sabemos que el chico se volvería loco.

CC: La Banda está a cubierto por los dos extremos. Castro ha sacrificado a un número equis de soldados de la Milicia para esta empresa, porque Bondurant, Wayne y sus chicos han ido en barco a la isla y han cortado cabelleras con total impunidad. Castro está haciendo dinero y todo va a parar al programa comunista para Latinoamérica

PC: Dwight, me dejas pasma...

CC: Stanton y los otros tipos de la CIA implicados han ido enviando los beneficios de la droga de Bondurant a una fuente de la Agencia. Stanton ha suministrado a Bob armamento de desembolso de la CIA que el maldito Bob ha hecho pasar por material robado en arsenales y sisas del ejército. Stanton y Marcello han desviado millones en beneficios y han pagado buenos porcentajes a Bob, a Flash Elorde y a Laurent Guery para meterlos en el ajo desde el principio. Los únicos que se creen que todo es verdad son Bondurant, tu hijo y un tipo llamado Mesplede. Son los estúpidos y los auténticos creyentes.

PC: Dios mío. Todos los Santos y el ángel Moroni, profeta de los mormones.

CC: Bob tiene ahorrados cien de los grandes. Se meterá en nuestra operación si dejamos que sea él quien dispare o si hace de refuerzo del pringado.

PC: Pues yo no me opondría a que lo hiciera. Después de un historial como ése...

CC: Entonces ya está metido en ella. Ha mantenido todas esas cosas en secreto durante años, por lo que creo que podemos confiar en él.

PC: Tenemos que guardar silencio sobre todo esto. Si Bondurant o mi hijo se enteraran, si llegase a oídos de...

CC: Tengo pillado a Bob por las pelotas. No hablará de esto con nadie.

PC: Dwight, debería ir...

CC: Sí, ve. Tómate una copa y habla con tus santos.

PC: Visiones, Dwight. En serio.

CC: Pues yo estuve a punto de dedicarme al derecho civil. ¿No te lo crees?

DOCUMENTO ANEXO: 12/8/67. Comunicado entregado en mano. A: PADRE CONEJO. De: CONEJO CELESTE. encabezamiento: SÓLO LEER / LEER Y QUEMAR.

Padre,

Aquí está el memorándum de Bob. Los datos y observaciones se basan en su relación personal con el CANDIDATO y en unos archivos que robó del Sistema Penitenciario del Estado de Misuri. Yo le he pulido la gramática y la ortografía y he incluido algunas apreciaciones mías. LÉELO, QUÉMALO y mándame tu respuesta.

El CANDIDATO:

Ray, James Earl, varón blanco / 1,75 m / 72 kg / FDN 16-3-28 / Alton, Illinois / 1º de 10 hermanos.

El CANDIDATO creció en zonas rurales de Illinois y de Misuri. Su padre era un pequeño delincuente habitual. El CANDIDATO fue detenido por primera vez a los catorce años (en 1942), por robo. Empezó luego a frecuentar las ferias ambulantes y las casas de prostitución. Hizo amistad con un hombre adulto (inmigrante alemán) que era partidario de Hitler y miembro del Bund germano-americano. Por esa época, el CANDIDATO empezó a desarrollar animadversión hacia los negros.

El CANDIDATO se alistó en el Ejército (19/2/46) y solicitó Alemania como destino. Realizó el entrenamiento básico en Camp Crower, Misuri, y fue asignado (como chófer de camión) al cuerpo de Intendencia en la Alemania ocupada (7/46). Más adelante fue destinado al batallón de Policía Militar de Bremerhaven, como conductor. Traficó con cigarrillos en el mercado negro, frecuentó prostitutas y fue tratado de sífilis y de gonorrea. Empezó a beber mucho y a tomar benzedrina. Trasladado al batallón de Infantería de Francfort (4/48), solicitó de inmediato la licencia.

La petición fue denegada. Al CANDIDATO se lo acusó de estar borracho en el cuartel (10/48) y se lo encerró en el calabozo. El CANDIDATO se fugó, fue capturado de nuevo y fue sentenciado a tres meses de trabajos forzados. Regresó a Estados Unidos (12/48) y recibió una «licencia general». Pasó un tiempo en la casa de la familia en Alton, Illinois. Viajó haciendo autostop a Los Ángeles (9/49), fue detenido por robo (9/12/49), sentenciado a ocho meses en la cárcel del condado y liberado antes de la fecha por buena conducta (3/50).

El CANDIDATO viajó hacia el este. Detenido por vagancia (Marion, Iowa, 18/4/50), puesto en libertad el 8/5/50. Detenido por vagancia (Alton, Illinois, 26/7/51), puesto en libertad en 9/51. Detenido por robo a mano armada (atraco a un taxi, Chicago, 6/5/52, recibió un disparo cuando intentaba escapar).

El CANDIDATO fue sentenciado a dos años. Los cumplió en las instituciones penitenciarias de Joliet y Pontiac. Se ganó fama de preso «solitario» y de consumidor habitual de licor destilado de forma clandestina y de anfetaminas. Salió en libertad condicional el 12/3/54.

El CANDIDATO fue detenido por robo (Alton, 28/8/54). Salió con fianza y desapareció antes de la fecha del juicio. Viajó hacia el este en compañía de delincuentes y compartió sus puntos de vista políticos (por ejemplo, que todos los negros eran inferiores y había que matarlos). Fue detenido por atraco a una oficina de correos en Kellerville, Illinois, en 3/55. Sentenciado a 36 meses en una prisión federal, ingresó en la penitenciaría de Leavenworth el 7/7/55. Salió en libertad condicional en 5/58.

La jurisdicción de la libertad condicional fue transferida a St. Louis (donde vivían familiares suyos). En 7 y 8/59, el CANDIDATO y dos cómplices cometieron una serie de robos en supermercados (St. Louis y Alton, Illinois). El CANDIDATO fue detenido el 10/10/59. Intentó fugarse de la cárcel el 15/12/59. Fue sentenciado a veinte años en la penitenciaría del estado de Misuri. Ingresó en las instalaciones de Jefferson City el 17/3/60.

Jeff City tiene fama de ser la cárcel más dura y severamente dirigida de todo Estados Unidos. Los internos blancos y negros están prácticamente segregados. Los internos blancos son, en su mayoría, de ascendencia «palurda» y están unidos por su odio a los negros. La prisión tenía células informales del KKK, del Partido Nacional por los Derechos de los Estados, del Partido por el Renacimiento Nacional y de la Legión Thunderbolt.

El CANDIDATO trabajó en una planta de limpieza en seco e intentó huir, sin éxito, en 10/61. El CANDIDATO traficaba con bollería y anfetaminas, se inyectaba anfetaminas de forma habitual y con frecuencia soltaba largos discursos de contenido racista cuando estaba colocado. El CANDIDATO también vendía y alquilaba revistas pornográficas y acudía a reuniones informales de grupos de extrema derecha (a las que asistían tanto guardias como presos) y a menudo expresaba su deseo de «matar negros» y a «ese Luther King de los cojones».

El CANDIDATO también expresó deseos de trasladarse a países africanos con sistemas de segregación, «hacerse mercenario» y «matar negros». BR afirma que el CANDIDATO se mostró especialmente ofensivo, incluso para lo habitual entre los presos blancos.

El CANDIDATO fantaseaba abiertamente que una presunta «Asociación de Comerciantes Blancos» ofrecía una recompensa de cien mil dólares por King. Esto suena interesante si tenemos en cuenta la reciente «conversación sobre la recompensa» que recogimos mediante llamadas intervenidas en la Grapevine Tavern de St. Louis. BR afirma que el concepto de «recompensa» ejerce un profundo efecto sobre la «mentalidad de enriquecerse rápidamente» del CANDIDATO.

Al CANDIDATO se le negó la libertad condicional en el 64. Intento de fuga el 11/3/66. Fuga el 23/4/67 (oculto en una furgoneta del pan que salía al exterior).

El CANDIDATO declaró a BR:

Que recorrió senderos de monte hasta Kansas City, que hizo «trabajos esporádicos y ganó una apuesta», que fue hasta Chicago en autobús y encontró empleo de fregaplatos en un restaurante de Winnekta. El CANDIDATO visitó a familiares y lugares de su infancia en Alton, Quincy y East St. Louis y determinó que no estaba llevándose a cabo ninguna caza del hombre intensiva. El CANDIDATO atracó una licorería en East St. Louis (29/6/67) y se llevó 4.100 dólares.

El CANDIDATO se dirigió al sur y pasó una semana en el campamento de BR (5/7/67-12/7/67). Robó en una tienda de alimentación cerca de New Hebron. BR cree que lo llevó a cabo el CANDIDATO. Éste y BR hablaron «de política» y al parecer el CANDIDATO, no temió en ningún momento que BR informara a nadie de su condición de fugitivo. El CANDIDATO no soltó prenda, bebió y tomó anfetaminas, no prestó atención a los hombres del Klan de BR, habló exclusivamente con BR y declaró con frecuencia su deseo de «matar negros», «obtener botines de negros», «alistarse como mercenario y matar negros en el Congo» y «vivir en un paraíso del hombre blanco, como Rhodesia».

El CANDIDATO abandonó el campamento (13/7/67), le dijo a BR que se iba en coche a Canadá y que más adelante llamaría para restablecer contacto. El CANDIDATO llamó el 17/7/67 y dio a BR un número de teléfono en Montreal.

En resumen:

BR califica al CANDIDATO de taciturno, acomodaticio, limitadamente autosuficiente y astuto, torpe en las relaciones sociales, fácil de dirigir por alguien de personalidad más fuerte y manipulable en lo que a sus creencias políticas se refiere. Su deseo, expresado a menudo, de «matar negros» y su fijación con «la recompensa» resultan estimulantes y sirven para subrayar la posibilidad de que tal vez requiera un curso de adoctrinamiento mínimo. Es probable que el CANDIDATO desee quitarse la vida y quizá podamos manipularlo para que lo haga, o controlar el contexto en que lo hace.

Creo que es el indicado. Hazme saber si estás de acuerdo.

Cambiando de tema:

Ayer tuve una larga conversación con el señor Hoover. Le expresé mi preocupación por el grado de conocimiento público al que han llegado sus incursiones contra King. Le mencioné las afirmaciones que había hecho sobre éste, las acusaciones de escuchas ilegales en la CLCS y los comentarios sobre la carta enviada a MLK en la que lo instaba a suicidarse, que ha sido reproducida por varios periódicos de izquierdas. Le dije que para proteger más los brazos ODIO BLANCO y anti-King de la OPERACIÓN CONEJO NEGRO y cualquier escalada que pueda derivarse de ellas, sería conveniente crear un expediente anti-King de menor alcance y con retoques cosméticos y almacenarlo en los archivos del FBI donde permanecerá y estará a disposición de ser revisado en caso de que haya una citación para aparecer ante el Congreso o una citación a un proceso civil.

El señor Hoover ha comprendido que este expediente falso servirá para difuminar los aspectos más camorristas de la OCN, para proteger el prestigio del Buró y apoyar la validez de sus anteriores y menos vengativas investigaciones sobre MLK y la CLCS.

Me ha encargado que cree entradas para dicho expediente, que las combine con entradas de expedientes relativos a acontecimientos que sean de dominio público y que las mezcle bien a fin de obtener una ficha completa.

Me dedicaré a esa tarea y la completaré durante los próximos meses. Naturalmente, el expediente falso servirá para difuminar nuestras escaladas independientes. El nombre en clave que le he puesto a ese expediente es OPERACIÓN ZORRO, como referencia al héroe de ficción que se dedica a hacer el bien oculto tras una máscara negra.

Estoy abierto a sugerencias para las entradas del expediente falso. Hazme saber si tienes alguna. Te recomiendo encarecidamente que quemes ahora todos tus documentos de la OPERACIÓN CONEJO NEGRO junto con este memorándum.

DOCUMENTO ANEXO: 14/8/67. Comunicado entregado en mano. A: CONEJO CELESTE. De: PADRE CONEJO. Encabezamiento: SÓLO LEER / LEER Y QUEMAR.

CELESTE,

Por lo que respecta al CANDIDATO: lo apoyo incondicionalmente. ¿Has contactado con BR desde Montreal? De ser así, encárgate de que Otash establezca contacto con él. Por lo que respecta a la OPERACIÓN ZORRO: apoyo la idea y alabo tu visión de futuro. Quemaré todos mis documentos de CONEJO NEGRO.

Supongo que no se sabe nada de Wendell Durfee. ¿Puedes hacer que tus hombres intensifiquen la búsqueda?

DOCUMENTO ANEXO: 16/8/67. Comunicado entregado en mano. A: PADRE CONEJO. De: CONEJO CELESTE. Encabezamiento: SÓLO LEER / LEER Y QUEMAR.

PADRE,

El CANDIDATO ha contactado con BR. Otash ha establecido contacto con el CANDIDATO en Montreal y advierte que lo intensificará hasta que consiga sobornarlo o reclutarlo con éxito.

Por lo que respecta a Wendell Durfee: mi gente sigue buscándolo. He contratado a tres hombres más.

QUEMA ESTA CARTA DESPUÉS DE LEERLA.

DOCUMENTO ANEXO: 22/8/67. Transcripción del extracto de una escucha clandestina. Encabezamiento: CONFIDENCIAL / FASE 1 SECRETA. Director, agente especial D. C. Holly.

Lugar: sala de juego / restaurante de Fritzie Heildelberg / Milwaukee / grabado desde el puesto de escucha. Hablan: varones no identificados, (VNI núm. 1, VNI núm. 2 y VNI núm. 3), presuntamente relacionados con el crimen organizado. (Transcurridos 5,6 minutos desde el inicio de la conversación.)

VNI núm. 1: (y) lamentará el día que venga por aquí a crear agitación, porque el día que participe en el desfile de San No Sé Cuántos será el día en que los blancos dejen de lado sus destructivas diferencias internas y se unan.

VNI núm. 2: Creen que son blancos. Eso es lo que me mata.

VNI núm. 3: En el desfile del día de San Patricio vi a un negro que llevaba una pancarta que decía: «Bésame, soy irlandés.»

VNI núm. 2: Es Luther King quien los incita. Esa gente…, meten el dedo gordo del pie en este mundo y cuando quieres darte cuenta ya han metido todo el pie, el tobillo y la pierna.

VNI núm. 1: A mí lo que me preocupa es su polla. Algunos la tienen del tamaño de un *bratwurst*.

VNI núm. 2: He hablado con Phil. ¿Lo conocéis? Phil *el Pelmazo*. Es conductor de camiones en St. Louis.

VNI núm. 3: Lo conozco. Phil *el Pelmazo*. Se come copilotos como si fueran palomitas de maíz.

VNI núm. 2: Phil dice que han ofrecido una recompensa, ya sabes. Como Steve McQueen en *Wanted Dead or Alive*.

VNI núm. 1: Sí, ya he oído la historia. Te cargas a ese negro y ganas cincuenta de los grandes. Una historia de esas que no pueden creerse.

VNI núm. 3: Exacto. Un majara se carga a Luther King, se presenta en el Gravepine y dice: «Pagadme.» Y todo el mundo pregunta: «¿Por qué?». Sólo era un rumor, joder, y el negro ya está muerto.

(Sigue una conversación que no procede.)

DOCUMENTO ANEXO: 1/9/67. Informe del puesto de escucha. Encabezamiento: CONFIDENCIAL / FASE 1 SECRETA / SÓLO LEER. Director, agente especial D. C. Holly.

Señores,

Por lo que respecta a los 9 períodos controlados (desde el 2/4/67 hasta la fecha), el sujeto RFK no residió en el lugar objetivo de las escuchas. El sujeto RFK alquila la suite por períodos de un año y ésta permanece vacía durante sus ausencias. Los dispositivos (que se activan mediante la voz) sólo han recogido hasta ahora conversaciones que no proceden del personal de servicio de El Encanto y de otros empleados. Siguiendo sus órdenes, el puesto de escucha seguirá en activo todo el tiempo.

Respetuosamente,

Agente especial C. W. Brundage

DOCUMENTO ANEXO: 9/9/67. Transcripción del extracto de una escucha clandestina. Encabezamiento: «CONFIDENCIAL / FASE 1-SECRETA / SÓLO LEER. Director, agente especial D. C. Holly.

Lugar: sala de banquetes / restaurante trattoria Sal's / Nueva York / grabado desde el puesto de escucha. Hablan: Robert Paolucci alias «Bob el Gordo», y Carmine Paolucci, relacionados con el crimen organizado. (Transcurridos 31,8 minutos desde el inicio de la conversación.)

RP: Estamos presenciando el derrumbe de la civilización tal como la conocemos.

CP: Sólo es una fase. Es como el twist y el hula hoop. Ahora mismo, los negros quieren sus derechos civiles, así que queman unos cuantos edificios y asustan a la gente ¿Quieres que se acaben de una vez todos esos disturbios? Dale a cada negro del país un aparato de aire acondicionado y una buena cantidad de vino barato y verás cómo aguantan la ola de calor sin rechistar.

RP: No es sólo el calor lo que los agita. Es ese King y su hermano del alma, Bobby Kennedy. Ven cosas que, en realidad, no existen. Les dan una puta excusa, les dicen que como el hombre blanco los ha jodido, todo lo que tiene el hombre blanco les pertenece a ellos. Si hay diez millones de negros que piensan así y uno de cada diez actúa, tendremos a un millón de negros que saldrán por ahí a cortar caballeras como Cochise y Pocahontas.

CP: Sí, veo por dónde vas.

RP: Alguien tendría que cargarse a Bobby y a King. Como mínimo, salvaría un millón de vidas blancas.

CP: Estoy de acuerdo. Eso significaría salvar vidas a largo plazo.

RP: Te cargas a ese par de mamones y salvas el mundo tal como lo conocemos.

(Sigue una conversación que no procede.)

<u>DOCUMENTO ANEXO:</u> 16/9/67. Transcripción del extracto de una escucha clandestina. Encabezamiento: CONFIDENCIAL / FASE 1-SECRETA / SÓLO LEER. Director, agente especial D. C. Holly.

Lugar: sala de juegos / Gravepine Tavern / St. Louis / grabado desde el puesto de escucha. Hablan: dos varones no identificados (VNI núm. 1, VNI núm. 2), presuntamente relacionados con el crimen organizado. (Transcurridos 17,4 minutos desde el inicio de la conversación.)

VNI núm. 1: Él lo vio. Mi hermano, quiero decir. Está en la Guardia Nacional.

VNI núm. 2: Pero eso es en Detroit. Ahí, la proporción de población negra es más alta.

VNI núm. 1: No me digas que no puede suceder y que no va a suceder en cualquier otro lugar. No me digas que no va a suceder porque sucederá. Si sigues los recorridos de King en el mapa verás que, por donde él pasa, mueren blancos.

VNI núm. 2: Eso es cierto. En Watts, en Detroit, en el D.C. Hay disturbios en la capital del país...

VNI núm. 1: Y también hay una recompensa. Comprendo que se trata de algo medio real...

VNI núm. 2: Sí, eso en el mejor de los casos porque...

VNI núm. 1: Porque no importa siempre y cuando haya un patriota que se lo crea y haga el trabajo.

VNI núm. 2: Pum. Haga el trabajo. Ésa es la cosa.

VNI núm. 1: Hay que pensar que por ahí hay más recompensas. Sean o no un mito, lo único necesario es que alguien se lo crea.

VNI núm. 2: Ese negro es hombre muerto. Es..., ¿cómo se dice?

VNI núm. 1: ¿Inevitable?

VNI núm. 2: Eso, inevitable.

VNI núm. 1: Somos muchos más que los negros. Como veinte blancos por cada negro. Por eso creo que sucederá.

(Sigue una conversación que no procede.)

DOCUMENTO ANEXO: 21/9/67. Titular y subtitular del *Las Vegas Sun*:

HUGHES COMPRA EL SANDS Y PAGA 23 MILLONES DE
DÓLARES POR EL HOTEL-CASINO.

DOCUMENTO ANEXO: 23/9/67. Titular y subtitular del *Las Vegas Sun*:

HUGHES IMPARABLE: EL ERMITAÑO MULTIMILLONARIO
CON LA MIRADA PUESTA EN EL CASTAWAYS
Y EN EL FRONTIER.

DOCUMENTO ANEXO: 26/9/67. Titular y subtitular del *Las Vegas Sun*:

LOS HABITANTES DE LAS VEGAS ALABAN A HUGHES:
¡ES EL REY DEL STRIP!

DOCUMENTO ANEXO: 28/9/67. Subtitular del *Los Angeles Examiner*:

KING INTENSIFICA SUS ATAQUES CONTRA
LA GUERRA «IMPERIALISTA».

DOCUMENTO ANEXO: 30/9/67. Subtitular del *Saint-Louis Globe Democrat*:

RFK APOYA A KING Y CRITICA LA GUERRA
EN UN DISCURSO.

DOCUMENTO ANEXO: 1/10/67. Subtitular del *San Francisco Chronicle*:

RFK GUARDA SILENCIO SOBRE SUS PLANES PARA
LAS ELECCIONES A LA PRESIDENCIA.

DOCUMENTO ANEXO: 2/10/67. Titular y subtitular del *Los Angeles Times*:

NIXON A LA PRENSA:
LAS OPCIONES PARA EL 68 SIGUEN ABIERTAS.

DOCUMENTO ANEXO: 3/10/67. Subtitular del *Washington Times*:

CIERTAS FUENTES HABLAN DE LA CONSTERNACIÓN DE LBJ.
EL PRESIDENTE, «ASOMBRADO» ANTE LOS INSULTOS DE
KING CONTRA LA GUERRA.

DOCUMENTO ANEXO: 4/10/67. Informe de campo del FBI. Encabezamiento: CONFIDENCIAL / SÓLO LEER. Director, agente especial D. C. Holly.

Señores,

Con respecto a los seguimientos a que ha sido sometido el sujeto Ward J. Littell:

El sujeto Littell sigue dividiendo su trabajo entre Los Ángeles, Las Vegas y Washington D.C. En Las Vegas, se encarga de las negociaciones para la compra del Castaways mientras que en Washington presenta apelaciones en nombre de Jimmy Hoffa, presidente de la Internacional de Camioneros. El sujeto Littell también continúa manteniendo una relación íntima con Janice Tedrow Lukens. Junto con otros agentes asignados, he llegado a la conclusión de que el sujeto Littell advierte la presencia de esos seguimientos esporádicos y que, con tal de evitarlos, cambia de rutas con frecuencia. Dicho esto, también tengo que declarar que el sujeto Littell no ha sido visto implicado en ningún tipo de actividad que pueda considerarse sospechosa.

Los seguimientos continuarán, tal como se ha ordenado.

Respetuosamente,

Agente especial T. V. Houghton.

DOCUMENTO ANEXO: 9/10/67. Extracto de un panfleto racista. Recopilado por: PADRE CONEJO. Lacrado y encabezado: DESTRUIR SIN LEER EN CASO DE MI MUERTE.

Remitente: anónimo. Matasellos: St. Louis, Misuri. Destinatario: Dr. M. Luther King. De la página 1 (de 1):

Negro, aquí tienes otra cancioncita:
El de la recompensa pronto te mandará al carajo.
Teme al Klan, a la John Birch y al PDNE,
teme la ira y la justicia del hombre blanco.
Será mejor que prepares la mortaja y esperes el Juicio Final,
el hombre blanco ha decidido que dejes de hacer el mal.
Toma a tus negritos, tu vino y tu droga,
toma tus sandías y no gimas.
Será mejor que te largues a África deprisa,
porque el hombre blanco no te perdonará la vida.
Cuando ocurra eso, todos los blancos gritarán «¡hurra!»
y dirán que han matado al negro de una zurra.

DOCUMENTO ANEXO: 30/10/67. Extracto de un panfleto antisemita. Recopilado por: PADRE CONEJO. Lacrado y encabezado: DESTRUIR SIN LEER EN CASO DE MI MUERTE.

Remitente: anónimo. Matasellos: Pasadena, California. Destinatario: senador Robert F. Kennedy. De la página 8 (de 8):

LA ORDEN MUNDIAL DE CERDOS JUDÍOS TE HA BAUTIZADO CON LA BENDICIÓN DEL PAPA VIOLADOR Y LOS SABIOS ANCIANOS DE SIÓN QUE HAN LANZADO UNA MALDICIÓN DE PUS SOBRE LOS HIJOS QUE SE ATREVIERON A LUCHAR CONTRA EL JUDÍO INFIEL EN NOMBRE DE LA DIÁSPORA ÁRABE. TU HORRIBLE MADRE SABE QUE ERES EL ENGENDRO DEL SEMEN DE LA POLLA JUDÍA Y LA CABRA RABIOSA. LA MÁQUINA CANCERÍGENA JUDÍA TEME AL DOCTOR DE LOS DOLORES DE CABEZA. FUMA CIGARRILLOS MARLBORO Y NO COMAS PESCADO RELLENO. DICE: ¡RFK DEBE MORIR! ¡RFK DEBE MORIR! ¡RFK DEBE MORIR! ¡¡¡RFK DEBE MORIR!!!

103

(Las Vegas, Los Ángeles, Washington D.C., Nueva Orleans, Ciudad de México, 4/11/67-3/12/67)

Fichas de dominó: el Desert Inn / el Sands / el Castaways. En perspectiva: el Frontier. Diez correos no mormones de dinero escamoteado delatados a los federales. Los antiguos correos bajo custodia.

Littell planeó. Littell sembró. Los Chicos cosecharon. Sobornos / relaciones públicas / extorsión. Chantaje / filantropía.

Tardó cuatro años. Drac ya es dueño de Las Vegas. El imperio de Drac está completo.

Tres hoteles en el saco. Y más que caerán. Ocho pendientes. Drac compra Las Vegas. Cosméticamente, Drac es el dueño de Las Vegas.

Los Chicos están exultantes. Los Chicos alaban a Littell. Los Chicos aceptan trabajar con Wayne Senior. Wayne Senior se despliega. Wayne Senior recluta:

Mormones para el Desert Inn. Mormones para el Sands. Mormones para el Castaway. Mormones para las mesas de juego / aprobados por Hughes / legitimados. Mormones para mover el dinero del escamoteo / no aprobados / no legitimados.

Más hoteles en perspectiva. Más contrataciones pendientes de mormones. Drac consigue las escrituras. Drac consigue la gloria. Los Chicos consiguen el dinero.

Littell presionó a los Chicos. Éstos accedieron: suspendamos el movimiento del pellizco. Dejemos que Drac se instale del todo. Dejemos que se seque la tinta de las escrituras. Esperemos que cese la publicidad.

Entonces escamotearemos de nuevo. Preparemos las aspiradoras. Estafaremos a Drac.

Ya estamos preparados, dijo Littell. He localizado sesenta empresas. Están endeudadas con el Fondo de Pensiones. Se las puede sobornar. Esta chupado. Revivimos el escamoteo. Sobornamos a esas empresas. Desviamos los beneficios y abrimos casinos en el extranjero. Sobre el papel, el plan pintaba bien. Para él era bueno. Incrementaba sus posibilidades de retiro.

Retírame. Estoy hecho polvo. Estoy asustado. Drac lo asustaba. Drac hablaba de relaciones públicas. Drac hablaba de transparencia financiera.

Puliré mi imagen. Haré auditorías de mis libros. Publicaré cifras limpias. No lo hagas. He robado. No rebeles los datos de mis donaciones.

Retírame. Estoy hecho polvo. Mi vida amorosa es un caos. Sueño con Jane. Hago el amor con Janice.

Janice encontró trabajo. Janice compró una tienda de artículos de golf. Vendía ropa para golfistas en el Sands. Se creó una reputación.

Practicaba golpes en la tienda. Se creó una reputación. Se enfadaba consigo misma como Barb. Se creó una reputación. Actuó. Atraía clientela. Hacía dinero.

Todavía cojeaba. Todavía tenía calambres. Todavía sufría espasmos. Bebía menos. Tonteaba menos. Cotilleaba menos. Se había distanciado de los Tedrow. Había superado el hechizo de éstos.

Durmió con Janice. Soñó que compartía cama con Jane. Jane apaleada / Jane acribillada / Jane sangrando.

Retírame. Estoy hecho polvo. Dormir es una cruz. Mi vida rencorosa es un caos.

Trabajó con Wayne Senior. Regatearon en los porcentajes de los negocios. Wayne Senior habló de imagen.

Mierda. La imagen es importante. Jodamos a los panfletistas. Conozco a Dick Nixon.

Wayne Senior habló de imagen. Wayne Senior habló de cambio, Wayne Senior no habló de CONEJO NEGRO. Wayne Senior actuó. Wayne Senior soltó algunos detalles.

Había visto a Nixon. Le había pasado el mensaje. Dijo que Nixon se presentaría. Que Nixon quería ese encuentro. Que Nixon quería el dinero.

Littell llamó a Drac. Drac accedió. Drac dijo que pagaría ese porcentaje. Littell llamó a los Chicos. Los Chicos jalearon, entusiasmados.

Dick quiere el dinero. Dick concederá «favores». Eso ha dicho Wayne Senior. Dick se presentará. Dick ganará terreno. Dick ganará las primarias. Obtendrá el nombramiento. Se encontrará con Littell.

Retírame. Estoy hecho polvo. Siento rencor hacia Wayne Senior. Siento rencor hacia Dick *el Tramposo*. Quiero a Bobby. Quiero a su chico.

Pasó por el D.C. Se encontró con Paul Horvitz. Recogió el expediente de Jane. Volvió a mecanografiar sus notas. Delató a algunos mafiosos de segunda fila.

Se encontró cuatro veces con Paul. Le entregó cuatro paquetes. Paul estaba asombrado. Paul citó a Bobby. Bobby estaba muy impresionado. Habían retenido los datos. Habían verificado datos. Habían decidido no divulgarlos.

Paul dijo que el trato seguía en pie. Que no divulgarían la basura hasta finales del 68. Paul dijo que Bobby quizá se presentara. Que LBJ quizá se retirara. Esperemos hasta el 68.

Se encontró con Paul. Fingió ser un homosexual sureño. Utilizó una barba falsa, habló con un ceceo. Discutieron de política. Contó mentiras. Describió su vida en Misisipí.

Había ido a la escuela en De Kalb. Valores liberales. La dignidad sureña. El Klan lo había alejado de allí. Se había trasladado al norte. Aristocracia desplazada.

Paul escuchó sus relatos. Paul aguantó sus invitaciones a cenar. Está solo. Es viejo. Ama a Bobby.

Retírame. Estoy hecho polvo. Me dejo llevar por fantasías.

Viajó. Trabajó. Hizo donaciones a la CLCS. Comprobó si lo sometían a seguimientos. Descubrió que en ocasiones sí. Hizo una maniobra de diversión.

Hizo cálculos. Registró los seguimientos. Descubrió la rotación: un día sí / nueve días no. Confirmó la proporción de nueve a uno. Comprobó si lo seguían según esa regla.

Paranoia: válida y justificada. Nueve días libre. Un día limitado. Actúa según esa proporción.

El señor Hoover no lo llamó. CONEJO CELESTE, tampoco. Instaló los aparatos para las escuchas. Unos agentes le dieron instrucciones. Dwight CELESTE desapareció. No recibió ningún comunicado entregado en mano. No recibió ánimos ni aliento. No le dieron las gracias. No le dijeron bienvenido de nuevo. No supo nada más de CONEJO NEGRO.

Se asustó. Eso significaba que la importancia de CONEJO NEGRO había aumentado. Eso significaba que estaban haciendo cosas malas.

Se encontraba con Bayard una vez al mes. Almorzaban juntos en el D.C. Bayard le había contado que casi le habían hecho un chantaje, oh, chico, qué escena.

Bayard lo contó todo. Describió espejos y micrófonos instalados. Bayard dijo que querían pescarlo in fraganti con otro tipo. Olía a Freddy Otash. Podía haber sido Pete B.

Pete estaba triste. Barb lo había dejado. En consecuencia, tenía ataques de mal humor. Littell comprobó la fecha que Bayard le había dado. Littell comprobó probabilidades.

Por esas fechas, él estaba pinchando locales de la mafia. Había llamado a Freddy T. Freddy había rehusado el trabajo. Freddy tenía trabajo. Dijo que Fred O. lo había contratado.

No preguntes a Pete. Tal vez diga que sí. Tal vez diga que fue él quien quiso chantajear a ese maricón.

Retírame. Estoy hecho polvo. Mis amigos me dan miedo.

Se encontró con Bayard. Bayard habló. Bayard dijo que Martin le daba miedo. Está haciendo planes. Son más audaces que nunca. Se ganará más enemigos.

Movilizaciones de gente que se niega a pagar el alquiler / boicots / sindicatos de los pobres / movilizaciones de los pobres / herejías de los pobres.

Littell lo escuchó. Littell recordó. Es la profecía de Lyle Holly.

Bayard tenía miedo. Martin estaba enloquecido. Respiraba enemistad. Sus planes conmocionarían. Sus planes dividirían. Sus planes suscitarían enemistad. Sus planes acabarían con sus triunfos. Sus planes provocarían reacciones violentas y fomentarían herejías.

Littell lo vio:

Es Martín Lutero / 1532. Es Europa en llamas. Ahí está el Papa. Es el señor Hoover. Su viejo mundo está en llamas.

Retírame. Quiero mirar. Quiero observar de manera pasiva.

Jimmy Hoffa está en la cárcel. Presentaré sus apelaciones. Retírame. Viajo demasiado. Voy de una punta a otra del país. Retírame, por favor.

Voló al sur. Llegó a Ciudad de México. Hizo cuatro viajes y se encontró con Sam G. Hablaron de la colonización. Sam habló de sus viajes. Había recorrido Centroamérica. Había recorrido el Caribe. Se había llevado intérpretes y dinero. Había hablado con dictadores. Había hablado con matones marioneta. Había hablado con locos rebeldes.

Sam trabajó como peón. Sam preparó el terreno. Dejó caer las semillas. Sam dijo me adhiero a tu causa y prometo fraternidad. Aquí tienes un poco de dinero. Llegará más. Tendrás noticias mías.

Sam sembró la semilla del dinero. Sam sembró en todas las ideologías. Planta semillas, cosecha revueltas y represión, la ideología de los casinos.

Retírame. Me mareo. El humo de los casinos me produce mareo. Retira a Pete. Él también está cansado. Su trabajo me da asco. Lo desapruebo. No tengo ningún derecho a censurarlo, es una hipocresía.

Pete vendía droga. Pete dirigía su compañía de taxis. Pete dirigía su hotel-casino. Pete tenía Cuba. Pete tenía Vietnam. Pete tenía una demencia de dos frentes. Echaba de menos Vietnam. Echaba más de menos a Barb. Barb lo hacía quedarse en casa. Pete cercenaba su demencia.

Pete se quedó en casa. Pete viajó sin parar. Pete fue al territorio de Barb. Pete fue a una pequeña población de Wisconsin.

Pete lo llamó. Barb lo llamó. Obtuvo dos versiones. De Las Vegas a Sparta. Pete se marcha lleno de expectativas. Pete vuelve machacado.

Pete siguió con sus trabajos fraudulentos. Pete ensalzaba la guerra. Pete cayó en hábitos malsanos. Barb trabajaba de ayudante de cocina en un restaurante. Soltaba improperios contra la guerra. Rehuía los hábitos malsanos.

Amor como estasis. La de él y la de ella.

Retira a Pete. Asciende a Wayne, *le fils de* Pete.

Pete tenía pesadillas. Pete las describió. Betty Mac / los barrotes / la nariz. Pete tenía imágenes reales. Él, no. Eso empeoraba las cosas.

Ahí está Jane Fentress, Arden Breen / Bruvick / Smith / Coates. Ha muerto acuchillada / ha muerto aporreada.

Las imágenes variaron. La banda sonora no varió. La carta del señor Hoover dirigida al doctor King.

Que farsa tan siniestra. Una salida. Una responsabilidad.

Retírame. Intentaré vivir inactivo. Tal vez no lo consiga.

104

(Vietnam, Las Vegas, Los Ángeles, bahía de St. Louis, aguas cubanas, 4/11/67-3/12/67)

Más:

Infusión de soldados. Movimientos de soldados. Soldados muertos.

Más:

Bombardeos. Incursiones terrestres. Resistencia.

Resistencia dentro del país. Resistencia en casa. Resistencia en todo el mundo. La guerra iba a MÁS. El negocio iba a MENOS. Wayne lo sabía.

Menos:

Territorio. Aumento de beneficios. Potencial.

El kuadro compartía el espacio del laboratorio. El Can Lao lo utilizaba. ¿Por qué no? El Can Lao vendía a Europa. El kuadro vendía a Las Vegas. Fíjate en la dicotomía.

El kuadro hacía buenos negocios. El Can Lao hacía grandes negocios. Fíjate en la discrepancia. La guerra se definía con un MÁS. El negocio se definía con un MENOS. Fíjate en la inconsistencia.

Su terreno estaba limitado. Las Vegas Oeste estaba saturado. No tenían espacio para crecer. Pete mandó un comunicado a Stanton. Lo hacía una vez al mes. Le decía: EXPANDÁMONOS.

Fuera de Las Vegas. En L.A. En San Francisco.

Tenemos el Tiger Kamp. Tenemos esclavos que cultivan la adormidera. Tenemos muuuchas plantaciones. Podemos expandirnos. Podemos ganar más. La Causa crecerá.

Stanton dijo que no. Stanton insistió. Wayne captó su tono. Dicho tono era sospechoso. Dicho tono era cuasiextraño. Pete quiere MÁS. Stanton quiere MENOS. Fíjate en la entropía.

Wayne quiso MÁS. Wayne fue al este. Wayne vio cada vez más. Más soldados fumando hierba. Más soldados tomando pastillas. Más soldados cada vez más asustados.

La heroína mataba el miedo. Los soldados lo habían descubierto. Wayne lo sabía.

La guerra lo intrigaba. La guerra bullía. La guerra se expandía. La Causa lo aburría. La Causa irritaba. La Causa provocaba entropía.

Fíjate. Movidas a Cuba. Más de cuarenta. Ninguna resistencia en el mar. Era aburrido. Era impotente. Era cuasiextraño.

La Causa era una tira atrapamoscas. Pete era una mosca. Se había quedado atrapado en 1960. Laurent era una mosca. Flash era una mosca. Todo el tiempo hablaban de Cuba.

Hablaban de tonterías rancias. Hablaban de golpes de estado y de comunistas. Hablaban de partidas de dominó. Bob contaba tonterías rancias. Bob hablaba de partidas de dominó.

Bob parecía suspicaz. Bob parecía cuasirraro. Bob parecía ansioso. Bob parecía asustado. Bob parecía excitado.

Bob parecía colgado. Cuba es una tira atrapamoscas. Cuba es arena movediza. Cuba es pegamento.

Las Vegas es arena movediza. Barb lo sabe. Barb se distancia. Pete lo sabe. Pete se queda.

Pete había pegado a Wayne. Wayne no había replicado. Pete se había disculpado. Pete estaba exacerbado. Barb está en el exilio. El negocio estaba exiliado.

Pete quiere MÁS. Pete está frustrado. Stanton está atrincherado. Pete está colgado. Pete está atascado. A Pete puede saltársele el fusible.

Pete y Barb habían hecho una tregua. Dicha tregua era una prohibición de viajar. Vietnam, *nyet*. Pete estaba parado. Pete estaba restringido por la tregua. Pete hablaba de romperla.

Volaré a Saigón. Presionaré a Stanton. Exigiré MÁS.

Y Stanton parpadeará. Y Stanton sonreirá. Y Stanton se ablandará.

La guerra era MÁS. El negocio era MENOS. Wayne Senior era MÁS y pico. Ya eran iguales. Una especie de amigos. Una amistad sin las dimensiones de la que tenía con Pete.

Pete busca MÁS. Pete busca más terreno para la droga y más dinero. Wayne Senior busca MÁS. Wayne Senior deja su negocio de panfletos. Wayne Senior desdeña más dinero. Pete encuentra frustración. Wayne Senior encuentra a Dick Nixon.

Pete se codea con traficantes. Pete atiende llamadas del Tiger Kab. Pete está atascado. Wayne Senior juega al golf. Wayne Senior juega al tiro al plato. Wayne Senior toma copas con Dick Nixon.

Trabajó para ellos. Eran tipos opuestos. Amaba a las mujeres de ambos. Vivía sin mujeres. Wendell D. y Lynette habían acabado con eso. Tenía fantasías con mujeres. Básicamente, tenía fantasías con Barb. Había tenido fantasías con Barb hasta entonces.

Le había pegado. Ella había agarrado un cuchillo. Había huido de él y de Pete. La había tomado con la guerra. Esparcía mierda a través de ella.

Pete. Los negocios de Pete. La Vida.

Barb dejó la droga. Barb dejó la Vida. Estaba limpia. Se había soltado del papel atrapamoscas. Su mierda cobró coherencia. Barb perdió atractivo. Él la amó más aunque le gustaba menos. Su llama chisporroteó.

Tenía fantasías con Janice. Desde hacía veinte años. Había jodido con ella como venganza por lo de Dallas. Él se distanció. Ella lo pagó.

Todavía cojeaba. Todavía tenía calambres. Todavía se fatigaba. En Las Vegas la vio. Con Ward y en solitario. Ella a veces lo descubría mirándolo. Siempre le sonreía. Siempre lo saludaba. Siempre le lanzaba besos.

Eso despertaba en él recuerdos antiguos. Viejos vislumbres a través de ventanas. Miradas a través de puertas entrecerradas.

Janice ya tenía cuarenta y seis años. Él, treinta y tres. Las caderas de ella se alzaban de manera extraña. La cojera le producía efectos secundarios. Él se preguntaba cuánto podría abrir las piernas.

Enciende de nuevo la llama. Disfruta de su brillo. Deléitate en la causa y el efecto. Ella es de nuevo real. Ella está en tu cabeza porque tu estás de nuevo con Wayne Senior.

Trabajo subalterno. Correo racista. Vamos a estudiarlo. Veamos cómo funciona. Veamos qué dice.

Wayne Senior dijo que estaba almacenando inteligencia. Que estaba escamoteando datos del FBI. Que estaba sondeando el resentimiento. Que le tomaba el pulso. De momento, era académico.

Wayne Senior habló de manera solemne. Wayne Senior habló de manera abstracta. Wayne Senior habló con la lengua bifurcada.

Wayne supo que:

Estaba aprendiendo de él. Lee su odio. No odies de manera fatua.

Viajó. Fue de Saigón al D.C. Intervino correo. Lo fotocopió. Lo empolvó para levantar huellas. No obtuvo nada. Hizo tests con la ninhydrina. Obtuvo algunas espirales y huellas parciales. Aprendió el alfabeto racista.

La F de furia. La M de miedo. La I de idiotez. La E de enemigo. La R de ridículo. La J de justificación.

Los negros se burlaban del orden. Los negros fomentaban el caos. Los negros alimentaban la demencia. Los racistas lo sabían. Wayne Senior lo sabía. Él lo sabía. Los racistas vivían para odiar. Eso estaba mal. Eso era demencia. Los racistas llevaban vidas desordenadas. Los racistas medraban en el caos. Los racistas imitaban a los odiados.

D de débil. R de resentimiento. F de falso.

Aprendió sus lecciones. Se matriculó en el cursillo racista de Wayne Senior.

Viajó al sur. Bajó a Cuba. Viajó al oeste. Fue a L.A. Recorrió Compton. Recorrió Willowbrook. Recorrió Watts.

Miró a los negros. Los negros lo miraron a él. Permaneció tranquilo. Permaneció sereno. Había aprendido el alfabeto. Wendell no estaba en ninguna parte. Wendell, ¿dónde estás? Te odio. Te mataré. El odio no me lo impedirá.

Odia de una manera inteligente. Como Wayne Senior. V de valiente. T de tranquilo. S de sereno.

Interceptó correo. Recopiló odio. Recogió demencia.

Extraño:

A finales del 66 había presionado a un acreedor. Se llamaba Sirhan Sirhan. Tenía panfletos racistas. RFK había recibido notas de ese tipo. Estaban llenas de garabatos al margen como las de Sirhan.

Todo letras mayúsculas / dolores de cabeza y pus / «la máquina cancerígena judía». Sirhan babea. Sirhan odia de una manera estúpida. Sirhan fomenta la demencia.

No lo hagas. Es contraproducente. Es estúpido. Es una locura.

Odia con inteligencia. Como Wayne Senior. Como yo.

105

(Las Vegas, Sparta, bahía de St. Louis, aguas urbanas, 4/11/67-3/12/67)

Eres un sin techo.

Eres un transeúnte de Las Vegas. En casa estás embargado. Eres un pobre refugiado.

Es la cárcel. Es un barrio de chabolas. Es un distanciamiento. Es un divorcio falso. Va más allá de la separación.

Barb se largó. Pete viajó por amor. Pete volvió a casa solo. Viajó con desamor. Los viajes lo machacaban. Los viajes le enseñaban. Los viajes le hacían ver. Ahora no soportas Las Vegas. Sin Barb es una mierda. Eres un refugiado.

Tenía el triplete. Todo basado en Las Vegas. El Tiger / el negocio de la droga / el Cavern. No podía marcharse. Los Chicos lo tenían arrendado. El contrato estaba lacrado y en él ponía «Dallas».

Le gustaba el triplete. Odiaba el escenario. Estaba todo interrelacionado. Un apátrida.

Se había encontrado con Barb. Ella servía platos. Nada de tacones altos, nada de lentejuelas.

Su hermana le daba trabajo. Su hermana le daba coba, bieeen, los beneficios han aumentado. Barb B. ex reina de los salones. Camarera / restauradora.

No pudo convencerla de que volviera con él aceptando aquellas condiciones. No pudo convencerla de que volviera a Las Vegas.

Se centró en Las Vegas. Voló a Misisipí. No le gustó. Tramposos idiotas y negros idiotas. Insectos y pulgas.

Hizo movidas en barco. Se mareó. El pulso se le aceleró. Tomó Dramamine. Las movidas lo aburrieron. Sólo robar y cortar cabelleras, nada más. No había una resistencia buena.

Era un transeúnte. Estaba jodido por los viajes. Era un refugiado.

Quieres cosas. No puedes conseguirlas. No puedes renunciar a cosas. Tienes hábitos malsanos. No los necesitas. No puedes dejarlos.

Cigarrillos. Pizzas y tartas de pacana. Alcohol fuerte y bistecs.

En Sparta escondía sus hábitos malsanos. Barb nunca los veía. Cuando se marchaba, volvía a caer en ellos. Se corría fiestas en los viajes.

Transeúnte. Glotón. Exiliado. Exiliado en los viajes de barco, en las movidas al Sur, en Las Vegas.

La ciudad ya era de Drac. Cosméticamente, claro.

Conocía a Drac. Desde hacía mucho tiempo. Se habían conocido en el 53. Había trabajado para él. Le había conseguido droga. Le había conseguido mujeres. En aquella época, Drac era un glotón. Drac seguía siéndolo.

Recorrió el Desert Inn. Sobornó a un mormón para que le dejara mirar. Compró una laaarga ojeada.

Drac dormitaba. Drac llevaba un gotero. Le estaban haciendo una transfusión. Sangre mormona / cargada de hormonas / pura. Drac estaba demacrado. Drac era esbelto. Drac era chic. Llevaba una caja de compresas en la cabeza y unas zapatillas hechas con cajas de Kleenex.

Drac estaba enganchado a la droga. Barb se había desenganchado. Pete traficaba droga pero no la suficiente. Pete estaba paralizado. A Pete lo jodían los beneficios. Era un refugiado de la droga.

Rogó a Stanton. Le pidió que lo dejara expandirse. Stanton siempre se negaba. Le mandó comunicados. Le imploró y le suplicó. Stanton siempre se negó. Stanton siempre citó a Carlos y a los Chicos.

No quieren. Tendrás que conformarte. Son sus órdenes. Se conformó. Odió tener que conformarse. Se sintió como un refugiado. Tuvo ideas.

Volaré a Saigón. Presionaré a Stanton. Romperé la tregua. Le diré a Barb que me dé el visado. Haré que libere mis gónadas.

Le diré a Stanton que amplíe el negocio o que se lo meta en el culo. Stanton se cagaría. Carlos se cagaría. Los Chicos podrían contemporizar.

Tal vez funcione. Tal vez los mueva. Tal vez sirva para salir del refugio. Pete lo necesitaba. Necesitaba algo. Necesitaba MÁS.

Estaba aburrido. Estaba enloquecido. Lo irritaba la mierda.

Como: Cuba. Muchas movidas en barco. Ninguna resistencia en el mar. Como: Bob Relyea. Nervioso e hiperexcitado.

Arremete contra todo. Dice que nuestro trabajo está muerto. Dice que ahora tiene un trabajo importante. Pasó por el kampamento de Bob. Lo vio con el armamento. Vio que borraba los códigos de los tres ceros.

¿Qué? ¿Cómo? No te agarres a un clavo ardiendo. No seas un refugiado asustadizo.

Se aburrió. Enloqueció. Su pulso se volvió irregular.

DOCUMENTO ANEXO: 3/12/67. Transcripción del extracto de una escucha clandestina. Encabezamiento: CONFIDENCIAL / FASE 1-SECRETA / SÓLO LEER. Director, agente especial D.C. Holly.

Lugar: sala de juegos / Gravepine Tavern / St. Louis / grabado desde el puesto de escucha. Hablan: Norbert Donald Kling y Rowland Mark DeJohn, sujetos en libertad condicional (atraco a mano armada / asociación para delinquir / robo de vehículo) y presuntamente relacionados con el crimen organizado. (Transcurridos 14,1 minutos desde el inicio de la conversación.)

NDK: Y la gente lo oye, ¿sabes? Corre la voz.
RMDJ: La gente viene, se entera y empieza a pensar.

NDK: Piensa, mierda, cincuenta de los grandes por una buena acción, encima recompensada.

RMJD: Sí, y ahí abajo, en el Sur, ningún jurado se atreverá a condenarte.

NDK: Tienes razón. Es como esos tipos de Misisipí. Se cargan a esos cabrones de los derechos civiles y salen impunes. Por cierto, ¿sabes a quién vi por aquí? Debía de ser en mayo...

RMDJ: ¿A quién?

NDK: A Jimmy Ray. Compré pastillas de las que él vendía en la penitenciaría de Jefferson.

RMDJ: Me han dicho que se ha fugado.

NDK: Sí, es cierto. Se fuga y luego se decepciona porque no se lo busca de manera sistemática.

RMDJ: Jimmy es así. Eh, mundo, prestadme atención.

NDK: Odia a los negros. Eso tienes que reconocérselo.

RMDJ: Era muy amigo de los carceleros. En Jefferson, quiero decir. Eso nunca me gustó de él.

NDK: Los carceleros estaban compinchados con el Klan, por eso a Jimmy le atraían tanto.

RMDJ: Aquel carcelero, Bob Relyea, era un cabrón. ¿Recuerdas?

NDK: Bob *el Cerebro*, lo llamaba Jimmy.

RMDJ: He oído que ahora está con los del Klan en el Sur.

NDK: Lo que yo he oído es que es un topo de los federales.

RMDJ: Es posible. ¿Recuerdas que cuando se fue de Jefferson se alistó en el Ejército?

NDK: Sí. Jimmy dijo que tal vez iría a verlo.

RMDJ: Jimmy es un bocazas. Siempre ha dicho que hará un montón de cosas.

NDK: Se ha enterado de lo de la recompensa. Ha hablado de ella con muchas ganas.

RMDJ: Del dicho al hecho... Jimmy decía que había follado con Marilyn Monroe, lo cual no significa que llegara a hacerlo.

(Sigue una conversación que no procede.)

DOCUMENTO ANEXO: 3/12/67. Transcripción del extracto de una escucha clandestina. Encabezamiento: CONFIDENCIAL / FASE 1-SECRETA. Director, agente especial D. C. Holly.

Lugar: trastienda / restaurante de Mike Lyman / Los Ángeles / grabado desde el puesto de escucha. Hablan: dos varones no identificados (VNI núm. 1, VIN núm. 2), presuntamente relacionados con el crimen organizado. (Transcurridos 1,9 minutos desde el inicio de la conversación.)

VNI núm. 1: ... Ya habrás oído lo que se cuenta, ¿no?

VNI núm. 2: Sólo tengo una vaga noción. Carlos sabe que están en el barco y por eso manda unos tipos a los Cayos.

VNI núm. 1: Sí, pero no manda a unos tipos cualquiera. Manda a Chuck *el Torno* y a Nardy Scavone.

VNI núm. 2: Dios mío.

VNI núm. 1: Por lo que hay que suponer que quiere prolongar las cosas. Es bien sabido que Chuck y Nardy trabajan despacio.

VNI núm. 2: He oído cosas, créeme.

VNI núm. 1: Ésta es la parte buena. Te gustará.

VNI núm. 2: Pues cuéntamela. No te comportes como un calientapollas, joder.

VNI núm. 1: Muy bien, pues localizan el barco. Está fondeado en un lugar tranquilo. Llegan sin ser vistos y suben al barco.

VNI núm. 2: Venga, desembucha.

VNI núm. 1: Arden y Danny los ven venir. Danny empieza a llorar y a rezar el rosario. Arden tiene una pipa. Dispara a Danny en la nuca para ahorrarle sufrimiento. Apunta a Chuck y a Nardy, pero la pipa queda atascada.

VNI núm. 2: Joder, ahí hay jugo. Es como...

VNI núm. 1: Chuck y Nardy la agarran y la atan. Carlos quiere saber por qué han escapado y quién les ha dado el agua. Chuck tiene un torno de banco en la caja de herramientas. Pone en él la cabeza de Arden. Empieza a darle a la manivela, pero Arden no habla.

VNI núm. 2: Dios.

VNI núm. 1: Le rompió los dientes y la mandíbula, y ni aun así habló.

VNI núm. 2: Dios.

VNI núm. 1: Se mordió la lengua. No habría podido hablar aunque hubiese querido, así que Nardy la remató.

VNI núm. 2: Dios.

(Sigue una conversación que no procede.)

DOCUMENTO ANEXO: 3/12/67. Comunicado entregado en mano. A: Dwight Holly. De: Fred Otash. Encabezamiento: CONFIDENCIAL / SÓLO LEER / LEER Y QUEMAR INMEDIATAMENTE.

D. H.,

He aquí el resumen sobre mis tratos hasta la fecha con el CANDIDATO, incluido mi razonamiento de por qué creo que debemos utilizarlo. No me gusta escribir cosas, por lo que te pido que LEAS ESTO Y LO QUEMES INMEDIATAMENTE.

1. Establecí contacto con el CANDIDATO el 16/8/67 en el bar Acapulco, en los bajos de la residencia del CANDIDATO (apartamentos Har-K, Montreal). El CANDIDATO utilizaba el alias «Eric Starvo Galt». Yo alteré mi apariencia, hablé con acento latino y utilicé el alias «Raúl Acias».

2. En el Acapulco, vendí cápsulas de anfetamina al CANDIDATO y me hice pasar por un traficante de tendencia segregacionista. El CANDIDATO y yo nos encontramos las noches siguientes en el Acapulco y en el Neptune y hablamos de política. El CANDIDATO reconoció haber cometido dos robos en St. Louis Este, Illinois, y en New Hebron, Misisipí, pero no mencionó su fuga de la cárcel del 23/4/67. El CANDIDATO también reconoció haber robado a una prostituta y a un proxeneta en un piso para citas de Montreal poco después de su llegada. Obtuvo 1.700 dólares, pero dijo que «pronto volvería a estar arruinado», porque gastaba mucho.

3. El CANDIDATO habló de la necesidad de contar con papeles para obtener un pasaporte canadiense y poder viajar a otros países. Le dije que yo tenía contactos y que lo ayudaría. Le presté pequeñas cantidades de dinero, le suministré anfetaminas y hablé de política con él. Mencionó con frecuencia su odio hacia MLK y su deseo de «matar negros en Rodesia». Le di largas con lo de los papeles y seguí prestándole dinero. El CANDIDATO se puso nervioso y expresó su deseo de volver a Estados Unidos, ir a Alabama y «quizá trabajar para el gobernador Wallace». Advertí que estaba decidido a hacerlo e improvisé un plan.

4. Le dije que tenía unos narcóticos y que quería que los llevara al otro lado de la frontera, que le daría 1.200 dólares. Aceptó el trabajo. Llené una maleta con arena, la cerré y se la di, y luego nos encontramos en el lado estadounidense. Eso fue una prueba para ver si robaba la maleta o era tan sumiso como yo pensaba.

5. Superó la prueba y pasó dos maletas más de «narcóticos» para mí. Comprendí que estaba decidido a ir a Alabama y le dije que le conseguiría papeles, un coche nuevo y dinero, ya que tenía más «trabajos» para él. El CANDIDATO dijo que quería pasar un tiempo en Birmingham, por lo de esa historia de las bombas en una iglesia de negros. Le di 2.000 dólares y le dije que esperase una carta en la estafeta central de Birmingham. También le di un teléfono de contacto en Nueva Orleans para que me llamase.

6. Ésa era la parte más arriesgada de la operación, ya que cabía la posibilidad de que me engañara. Si no lo hacía, se confirmaría su carácter sumiso y podría considerarlo adecuado para nuestro trabajo.

7. El CANDIDATO llamó al número de contacto el 25/8 y me dijo que estaba alojado en el Economy Grills and Rooms de Birmingham. Le mandé 600 dólares y una pequeña cantidad de cápsulas de bifetamina. Volé a Birmingham y lo vigilé desde una distancia prudencial. El CANDIDATO visitó la sede central del Partido por los Derechos Nacionales de los Estados, compró pro-

paganda derechista, adhesivos para el coche y se encerró en su habitación. Lo llamé (fingí que era una llamada de larga distancia) y accedí a darle 2.000 dólares como adelanto de futuros trabajos para que pudiera comprarse un coche nuevo. Le mandé el dinero por giro telegráfico y vigilé su compra de un Mustang de 1966.

8. El CANDIDATO obtuvo un permiso de conducir a nombre de «Eric Starvo Galt» y registró el Mustang. Me encontré con el CANDIDATO en Birmingham, bebimos y hablamos de política. Le dije que comprara cámaras de fotos para vender en México, y él gastó 2.000 dólares en material fotográfico. Le dije que lo guardara.

9. El CANDIDATO se quedó en Birmingham, donde hizo un curso de cerrajería, otro de bailes de salón y, a escondidas, filmó a mujeres desde la ventana de su pensión. Yo me quedé en Birmingham y tomé todas las precauciones necesarias para que no me vieran con él. Mi plan era situar al CANDIDATO en varios lugares y darle órdenes que pareciesen ridículas si era detenido e interrogado después de nuestra operación. La necesidad de dinero y anfetaminas del CANDIDATO lo hacían depender de mí.

10. El 6/10/67 escribí al CANDIDATO y le dije que se encontrara conmigo en Nuevo Laredo, México, y que llevase el material fotográfico. El CANDIDATO accedió a encontrarse conmigo después de que vendiera dicho material. Volví a prometerle que le conseguiría papeles válidos y añadí que podría obtenerle un pasaporte canadiense. El CANDIDATO y yo nos encontramos en Nuevo Laredo. Se presentó con dinero de la venta del material, pero no el suficiente. Le dije que no me había enfadado y que tenía más «pases de narcóticos» para él. El CANDIDATO se enfadó porque yo todavía no le había conseguido los papeles, pero aceptó quedarse en México y esperar mis llamadas.

11. El CANDIDATO viajó por México en coche y me llamó a mi número de contacto en Nueva Orleans. Le mandé dinero a las oficinas de la American Express y le pagué por dos «pases

de droga» de McAllen a Juárez. Me encontré con el CANDIDA-
TO cuatro veces entre el 22/10/67 y el 9/11/67 y lo hice hablar
de política. El CANDIDATO me contó que en el Gravepine de St.
Louis daban una recompensa de 50.000 dólares por matar a
MLK. Me pareció una fantasía, pero me indicó que estaría dispuesto a participar en el día D, con lo cual su papel en nuestro
plan cobraría más importancia. En México, el CANDIDATO bebió mucho, tomó anfetaminas, fumó marihuana y tuvo altercados con prostitutas y chulos. El CANDIDATO fue en coche a Los
Ángeles sin avisarme y el 21/11/67 me llamó desde allí para
darme su dirección. Dijo que quería que le pasara más trabajos,
que estaba sometiéndose a la autohipnosis, que seguía cursos
de autoayuda y que visitaba «librerías segregacionistas». Me instó a que le consiguiera los papeles como «adelanto de futuros
trabajos».

12. El CANDIDATO sigue en L.A. Como estoy instalado ahí,
podré vigilarlo. El CANDIDATO sigue siendo sumiso, y estoy convencido de que trabajará para nosotros. ¿Tenemos ya una fecha
y un lugar?

Mandaré un nuevo comunicado cuando sea necesario. Y de
nuevo te recuerdo que hay que LEER Y QUEMAR esta carta.

F. O.

DOCUMENTO ANEXO: 4/12/67. Comunicado entregado en mano. A: Fred Otash. De: Dwight Holly. Encabezamiento: CONFI-
DENCIAL / SÓLO LEER / LEER Y QUEMAR.

F. O.,
Todavía no hay fecha ni lugar. Continúa con el CANDIDATO.
Intentaremos averiguar los itinerarios de viaje de CONEJO
ROJO.
LEE ESTO Y QUÉMALO.

D. C. H.

DOCUMENTO ANEXO: 4/12/67. Titular y subtitular del *Atlanta Constitution*:

KING ANUNCIA LA «MARCHA DE LOS POBRES»
EN WASHINGTON.
PROMETE TRABAJAR PARA UNA «REDISTRIBUCIÓN
DE LA RIQUEZA».

DOCUMENTO ANEXO: 5/12/67. Titular y subtitular del *Cleveland Plain Dealer*:

KING SOBRE LA MARCHA DE PRIMAVERA:
«HA LLEGADO LA HORA DE ENFRENTARNOS
MASIVAMENTE A LA ESTRUCTURA DEL PODER.»

DOCUMENTO ANEXO: 6/12/67. Transcripción literal de una conversación telefónica del FBI. Encabezamiento: GRABADA A INSTANCIAS DEL DIRECTOR / CLASIFICADA CONFIDENCIAL 1-A: SÓLO PUEDE VERLA EL DIRECTOR. Hablan: el director Hoover y el presidente Lyndon B. Johnson.

LBJ: ¿Es usted, Edgar?

JEH: Sí, señor presidente, soy yo.

LBJ: Esa maldita marcha... Todos los noticiarios hablan de ella.

JEH: He leído la convocatoria. Ha despertado mis peores miedos y aprensiones.

LBJ: Ese hijo de puta trae todo un ejército para protestar contra mí después de todo lo que he hecho por ayudar a los negros.

JEH: Esa marcha desencadenará un baño de sangre.

LBJ: Le he pedido que la suspenda, pero el hijo de puta se ha negado. Está acabando con mis posibilidades de salir reelegido. Está confabulado con ese niñato mamón de Bobby Kennedy.

JEH: Compartiré con usted, señor presidente, algo que muy poca gente sabe. En el año 63, Bobby me permitió realizar escuchas ilegales a Luther King. Ha olvidado sus recelos iniciales para correr a abrazar a ese comunista.

LBJ: El mamón quiere ocupar mi puesto. King se dedica a crear la disensión necesaria para que Bobby lo consiga.

JEH: Voy a poner 44 agentes para vigilar a Luther King. Divulgarán datos despectivos por todo el país. Haré todo lo que esté en mi mano para detener esa marcha.

LBJ: Edgar, ¿alguna vez ha habido alguien más amigo de los negros que yo?

JEH: No, señor presidente.

LBJ: Edgar, ¿no ha mejorado mi legislación la vida de los negros?

JEH: Sí, señor presidente.

LBJ: Edgar, ¿he sido amigo de Martin Luther King?

JEH: Sí, señor presidente.

LBJ: Entonces, ¿por qué ese hijo de puta quiere darme por culo cuando lo único que he hecho ha sido hacerme amigo suyo?

JEH: No lo sé, señor presidente.

LBJ: Me molesta más que esa jodida guerra en la que estoy metido hasta el cuello.

JEH: Voy a infiltrar a un negro en la CLCS. Me hizo de chófer una temporada.

LBJ: Pues dígale que monte en un coche a Luther King y lo despeñe por un precipicio.

JEH: Comprendo su frustración, señor.

LBJ: Me están jodiendo desde dos flancos. Estoy librando una guerra de dos frentes contra un reverendo y un maldito Kennedy.

JEH: Sí, señor presidente.

LBJ: Es usted una buena persona, Edgar.

JEH: Gracias, señor presidente.

LBJ: Haga todo lo que pueda en esto, ¿de acuerdo?

JEH: Sí, señor, lo haré.

LBJ: Adiós, Edgar.

JEH: Adiós, señor presidente.

DOCUMENTO ANEXO: 7/12/67. Subtitular del *Los Angeles Examiner*:

LA COMUNIDAD FINANCIERA ATACA A LUTHER KING
POR LA «MARCHA DE LOS POBRES».

DOCUMENTO ANEXO: 9/12/67. Subtitular del *Dallas Morning News*:

LOS LÍDERES FINANCIEROS TACHAN DE «SOCIALISTA»
LA MARCHA DE PRIMAVERA SOBRE WASHINGTON.

DOCUMENTO ANEXO: 17/12/67. Titular y subtitular del *Chicago Tribune*:

¿SE PRESENTARÁ NIXON EN EL 68?
¿ANUNCIARÁ SU CANDIDATURA EL EX VICEPRESIDENTE?

DOCUMENTO ANEXO: 16/12/67. Titular y subtitular del *Miami Herald*:

LOS LÍDERES RELIGIOSOS HABLAN DE LA MARCHA SOBRE
WASHINGTON: «ES UN LLAMAMIENTO A LA ANARQUÍA
Y A LOS DISTURBIOS.»

DOCUMENTO ANEXO: 18/12/67. Subtitular del *Chicago Sun-Times*:

RFK ALABA LA MARCHA SOBRE WASHINGTON.
NO HACE NINGÚN COMENTARIO SOBRE SU POSIBLE
CANDIDATURA A LA CASA BLANCA.

DOCUMENTO ANEXO: 18/12/67. Titular y subtitular del *Denver Post-Dispatch*:

¿LO HARÁ O NO LO HARÁ?
LOS EXPERTOS VALORAN LOS PLANES DE LBJ CON
RESPECTO A LA REELECCIÓN.

DOCUMENTO ANEXO: 20/12/67. Subtitular del *Boston Globe*:

KING LLAMA A LOS PACIFISTAS A PARTICIPAR
EN LA MARCHA DE LOS POBRES.

DOCUMENTO ANEXO: 21/12/67. Subtitular del *Sacramento Bee*:

SEGÚN FUENTES DEL PARTIDO REPUBLICANO,
NIXON SE PRESENTARÁ.

DOCUMENTO ANEXO: 22/12/67. Subtitular del *Los Angeles Times*:

RFK Y HUMPHREY, ESQUIVOS. ¿ESPERAN LA DECISIÓN
DE LBJ?

DOCUMENTO ANEXO: 23/12/67. Subtitular del *Kansas City Star*:

EL PRESIDENTE DEL ROTARY AFIRMA QUE LA MARCHA
DE KING ES DE «INSPIRACIÓN COMUNISTA».

DOCUMENTO ANEXO: 28/12/67. Titular y subtitular del *Las Vegas Sun*:

EL HOTEL FRONTIER CAE EN MANOS DE HUGHES.
EL MULTIMILLONARIO SIGUE ADUEÑÁNDOSE
DE LAS VEGAS.

DOCUMENTO ANEXO: 4/1/68. Transcripción literal de una conversación telefónica del FBI. (Addenda a la OPERACIÓN CONEJO NEGRO.) Encabezamiento: GRABADA A INSTANCIAS DEL DIRECTOR / CLASIFICADA CONFIDENCIAL 1-A: SÓLO PUEDE VERLA EL DIRECTOR. Hablan: el director y CONEJO CELESTE.

CC: Buenos días, señor.

DIR: CONEJO ROJO se está portando muy mal. Es un conejito malvado.

CC: Sí, señor. He leído la prensa. Creo que se ha pasado de la raya.

DIR: Sí, pero no tanto como para desacreditarse a sí mismo de manera definitiva. Es inmune a esa forma de censura. Está fomentando una campaña de descontento injustificado mucho más grande que ninguno de nosotros.

CC: Sí, señor.

DIR: Lyndon Johnson está furioso. Está enfadado consigo mismo por lo mucho que ha mimado a CONEJO ROJO. Sabe que esta oleada de discordia estúpida es, en parte, culpa suya.

CC: Sí, señor.

DIR: He infiltrado un negro en la CLCS. Mi antiguo chófer, ni más ni menos.

CC: Sí, señor.

DIR: Es un negro sensato. Desprecia a los comunistas más que a la estructura del poder blanco.

CC: Sí, señor.

DIR: Me ha contado que la CLCS se encuentra en un estado de gran desorganización. Están intentando reclutar un ejército de desarrapados para competir con las hordas de Aníbal.

CC: Sí, señor.

DIR: Ocuparán la capital de nuestra nación. Orinarán y fornicarán con desenfreno.

CC: Sí, señor.

DIR: Esta exhibición de resentimiento será una desastrosa catástrofe. Estimulará a todos los indisciplinados y a los propensos a delinquir y les dará un permiso sin precedentes. Las ramificaciones serán severas y de connotaciones nihilistas.

CC: Sí, señor.

DIR: Se me ha agotado el ingenio, Dwight. Ya no sé qué más puedo hacer.

CC: Se está cociendo un contraconsenso, señor. Sé que ha leído las transcripciones de las escuchas.

DIR: Yo diría que ese contraconsenso está demasiado localizado, es demasiado pequeño y llega demasiado tarde.

CC: Hay hombres que ofrecen una recompensa.

DIR: No me perturbaría demasiado que fuese verdad.

CC: La idea está lanzada.

DIR: No me gustaría quedarme atascado en la tarea de investigar un incidente como ése. Me inclinaría por la brevedad y haría todo lo posible por olvidarlo.

CC: Sí, señor.

DIR: Las acciones irracionales y la ira injustificada sirven para suscitar respuestas medidas y razonadas.

CC: Sí, señor.

DIR: Eso me consuela.

CC: Me alegro de oírlo, señor.

DIR: ¿Puedo hacer algo por usted, Dwight?

CC: Sí, señor. ¿Puede hablar con su contacto y hacerme llegar un comunicado con el itinerario de CONEJO ROJO para los meses próximos?

DIR: Sí.

CC: Gracias, señor.

DIR: Que tenga un buen día, Dwight.

CC: Buenos días, señor.

DOCUMENTO ANEXO: 8/1/68. Comunicado entregado en mano. A: Fred Otash. De: Dwight Holly. Encabezamiento: CONFIDENCIAL / SÓLO LEER / LEER Y QUEMAR DE INMEDIATO.

F. O.

Adelante. Manda una actualización sobre el CANDIDATO. Pronto te llegarán los itinerarios de CONEJO ROJO.

LEER Y QUEMAR.

D. C. H.

DOCUMENTO ANEXO: 18/1/68. Comunicado entregado en mano. A: Dwight Holly. De: Fred Otash. Encabezamiento: CONFIDENCIAL / SÓLO LEER / LEER Y QUEMAR DE INMEDIATO.

D. H.,

Sobre las actividades del CANDIDATO desde el 3/12/67 hasta la fecha.

1. Me he encontrado 6 veces con el CANDIDATO. He seguido dándole anticipos «a cuenta de futuros trabajos». Hemos hablado de política y el CANDIDATO mencionó con frecuencia la campaña presidencial de George Wallace, a los negros y «la recompensa por Martin Luther King». El CANDIDATO sigue

presionándome para que le consiga un pasaporte y, como en ocasiones anteriores, le he dado largas. El CANDIDATO divide su tiempo entre su apartamento (1535 Serrano Norte, Hollywood), la sala de baile Sultan's en el los apartamentos hotel St. Francis (Hollywood Boulervard) y el club Pata de Conejo (¡qué apropiado!), también en Hollywood Boulevard. El CANDIDATO ha seguido hablando de sus planes de viajar a Rodesia, y en tres ocasiones ha dicho que «quizá mataría a ese negro de mierda, cobraría la recompensa, y que pediría asilo político en Rodesia».

2. El CANDIDATO intimó en el Sultan's con una mujer que le pidió que llevara a su hermano a Nueva Orleans a «recoger a los niños de su amiga». El CANDIDATO me lo contó y pidió dinero para el viaje. Le di mil dólares y le dije que me encontraría con él en Nueva Orleans. El CANDIDATO y el hermano de la mujer fueron en coche a Nueva Orleans el 15/12/67, llegaron el 17/12 y se alojaron en el motel Provincial. Me encontré con el CANDIDATO tres veces, le di dinero y le prometí futuros trabajos. El CANDIDATO se quedó en Nueva Orleans y frecuentó librerías pornográficas. El CANDIDATO, el hermano de la mujer y dos niñas de 8 y 2 años, respectivamente, salieron de Nueva Orleans el 19/12 y llegaron a L.A. el 21/12.

3. El CANDIDATO volvió a su rutina angelina. Lo he seguido en 6 ocasiones y me he encontrado con él otras 6. El CANDIDATO ha visitado librerías pornográficas, se ha sometido a sesiones de hipnosis y me ha contado que ha intentado hipnotizar a mujeres para que actúen en películas porno que él dirigirá. El CANDIDATO ha frecuentado el Sultan's, y el Pata de Conejo y bebe y consume anfetaminas habitualmente. Ha mencionado varias veces la «recompensa» y sus planes de «huir» a Rodesia. Durante este período, el CANDIDATO se personó en las oficinas del *L.A Free Press* y puso un anuncio en la sección de clasificados buscando una mujer para practicar sexo oral. El CANDIDATO también ha comprado metanfetamina líquida en los apartamentos Castle Argyle (en Franklin con Argyle). Se pasa dos o tres días sin acostarse y he visto marcas recientes de agujas en sus brazos.

4. El CANDIDATO ha afirmado en cuatro ocasiones que tiene la intención de quedarse en L.A. y «hacer trabajos» para mí, hacerse socio de un club de intercambios y encontrar una manera de «conseguir la recompensa y marcharse a Rodesia». Yo he empezado a hablar de la recompensa y de las maneras de llegar hasta MLK. y el CANDIDATO no ha notado ningún cambio en mi tono de voz ni en mi personalidad porque a) está gravemente perturbado y extremadamente obsesionado consigo mismo, b) depende de mí para conseguir droga y dinero, y c) está desequilibrado debido al consumo de drogas y alcohol.

5. Creo que podré conseguir que no se mueva de L.A. hasta que tengamos la fecha del golpe y luego dejarlo en el lugar para que participe o para preparar pruebas que lo incriminen. Necesitaremos sus huellas en un rifle y algunas otras cosas que no serán difíciles de conseguir.

6. Es nuestro hombre, estoy seguro de ello. Nadie creerá nunca sus historias sobre «Raúl», y de todos modos tampoco permitiremos que tenga tiempo de contárselas a nadie.

LEER Y QUEMAR. Hazme saber si necesitas más actualizaciones.

F. O.

DOCUMENTO ANEXO: 21/1/68: Subtitular del *Boston Globe:*

LOS MARINES SUFREN UN ASEDIO A VIDA O MUERTE
EN KHE SHANH.

DOCUMENTO ANEXO: 24/1/68. Titular y subtitular del *New York Times:*

LA OFENSIVA DEL TET PARALIZA AL EJÉRCITO DE
ESTADOS UNIDOS. LA BATALLA MÁS IMPORTANTE
DE TODA LA ESCALADA BÉLICA.

DOCUMENTO ANEXO: 26/1/68. Titular del *Atlanta Constitution*:

KHE SHAN: CONTINÚA EL SANGRIENTO ASEDIO.

DOCUMENTO ANEXO: 27/1/68. Subtitular del *Los Angeles Examiner*:

LAS GRANDES BATALLAS EN VIETNAM ENCIENDEN
PROTESTAS EN ESTADOS UNIDOS.

DOCUMENTO ANEXO: 30/1/68. Titular y subtitular del *Chicago Sun-Times*:

KING CALIFICA EL TET DE «HOLOCAUSTO» Y PIDE
UNA RETIRADA INCONDICIONAL DE LAS TROPAS
ESTADOUNIDENSES.

DOCUMENTO ANEXO: 2/2/68. Titular y subtitular del *Los Angeles Times*:

NIXON ANUNCIA QUE SE PRESENTARÁ A LAS ELECCIONES.
PROMETE FAVORECER A LA MAYORÍA TRABAJADORA
Y OLVIDADA.

DOCUMENTO ANEXO: 6/2/68. Subtitular del *Sacramento Bee*:

KING EN UN ESFUERZO MOVILIZADOR PARA
LA MARCHA DE LOS POBRES.

DOCUMENTO ANEXO: 8/2/68. Titular y subtitular del *Houston Chronicle*:

ENCENDIDO ATAQUE DE RFK CONTRA LA GUERRA.
HACE UN LLAMAMIENTO PARA QUE SE LLEGUE A UN
ACUERDO NEGOCIADO.

DOCUMENTO ANEXO: 10/2/68. Subtitular del *Cleveland Plain Dealer*:

HOOVER ADVIERTE DE LA POSIBILIDAD DE UN BAÑO
DE SANGRE SI SE AUTORIZA LA MARCHA.

DOCUMENTO ANEXO: 18/2/68. Titular y subtitular del *Miami Herald*:

NIXON EN OLOR DE MULTITUDES EN NEW HAMPSHIRE.
EL EX VICEPRESIDENTE CONFIRMA SU SUPREMACÍA
SOBRE LOS DEMÁS CANDIDATOS.

DOCUMENTO ANEXO: 2/3/68. Titular y subtitular del *Boston Globe*:

EL NÚMERO DE BAJAS AUMENTA EN VIETNAM.
KING CALIFICA DE «INÚTIL» LA GUERRA.

DOCUMENTO ANEXO: 11/3/68. Titular y subtitular del *Tampa Tribune*:

¿SE PRESENTARÁ O NO?
RFK SIGUE SIN REVELARLO.

DOCUMENTO ANEXO: 13/3/68. Transcripción del extracto de una escucha. Encabezamiento: CONFIDENCIAL / FASE1 SECRETA / SÓLO LEER. Director, agente especial D. C. Holly.

Lugar: trastienda / restaurante de Mike Lyman / Los Ángeles / grabado desde el puesto de escucha. Hablan: Charles Aiuppa, alias «Chuck el Torno», y Bernard Scavone, alias «Nardy», relacionados con el crimen organizado. (Transcurridos 6,8 minutos desde el inicio de la conversación.)

CA: Es lo que se llama una coalición. Bobby es el presidente pero necesita el simio principal que movilice a todos los simios pequeños y lo lleven al poder.

BS: Haz números, Chuck. No tienen los votos.

CA: Pues súmales los de los judíos, los universitarios, los simpatizantes comunistas y los desgraciados del estado del bienestar. Con esas fuerzas en juego, la lucha se vuelve muy apretada.

BS: Bobby me asusta. Eso sí que estoy dispuesto a reconocerlo.

CA: Bobby necesita al mono principal para que fomente el descontento. Luego llega él y promete la luna a todos los que están jodidos.

BS: Bobby nos joderá, Chuck. Nos joderá como nos jodió cuando era Fiscal General y Jack era presidente.

CA: Bobby sólo es feliz cuando tiene la polla de algún mafioso en el torno.

BS: Cuidado, Chuck. Dices «torno» y me incitas a...

CA: Contrólate. Habrá más. El tío Carlos siempre tiene trabajo.

BS: Me gustaría poner al simio principal y a Bobby en el torno. Unas vueltas de manivela y *arrivederci*.

(Sigue una conversación que no procede.)

DOCUMENTO ANEXO: 14/3/68. Transcripción del extracto de una escucha clandestina. Encabezamiento: CONFIDENCIAL / FASE 1 SECRETA / SÓLO LEER. Director, agente especial D. C. Holly.

Lugar: sala de juegos / Gravepine Tavern / St. Louis / grabado desde el puesto de escucha. Hablan: Norbert Donald Kling y Rowland Mark DeJohn, sujetos en libertad condicional (atraco a mano armada / asociación para delinquir / robo de vehículo) y presuntamente relacionados con el crimen organizado. (Transcurridos 0,9 segundos desde el inicio de la conversación.)

NDK: Esto tiene jugo. Cojo el teléfono público esta mañana y ¿sabes con quién hablo?

RMDJ: ¿Con Jill St. John?

NDK: No.

RMDJ: ¿Cómo se llama? Esa tía con las botas de go-go.

NDK: No.

RMDJ: Norb, joder.

NDK: Con Jimmy Ray. Empieza a decir tonterías y dice que se ha metido en un círculo francés en L.A. Que come chocho y se la chupan todo el día, y que necesita dinero para mantener a todas sus esclavas y me preguntó si yo sabía si hay una fecha límite para lo de la recompensa, porque ahora mismo tiene las manos ocupadas con sus esclavas y no sabe cuándo dispondrá de tiempo libre.

RMDJ: Qué divertido. Jimmy tiene las manos ocupadas, qué risa.

NDK: Como mínimo, una mano. En Jefferson se pinchaba metanfetamina y se masturbaba durante dos días seguidos. Leía libros porno y se ponía en órbita. Decía que esas fotos de chochos le hablaban.

RMDJ: Jimmy tiene delirios de grandeza.

NDK: Sí, pero odia a los negros.

(Sigue una conversación que no procede.)

DOCUMENTO ADJUNTO. 15/3/68. Transcripción del extracto de una escucha clandestina. Encabezamiento: CONFIDENCIAL / FASE-1 SECRETA / SÓLO LEER. Director, agente especial D. C. Holly.

Lugar: suite 301 / hotel El Encanto / Santa Bárbara / grabado desde el puesto de escucha. Hablan: el senador Robert F. Kennedy, Paul Horvitz (funcionario del Senado) y un varón no identificado (VNI núm. 1). (Transcurridos 3,9 minutos de la conversación.)

RFK: ... Simple y práctico. Mi hermano lo anunció de ese modo. (Pausa 3,4 segundos.) Paul, cronometra la declaración. Léela en voz alta pero no intentes imitarme.

(Risas 2,4 segundos.)

PH: Sobre la posición de la prensa. ¿Vamos a publi...?

VNI núm. 1: ¿Quieres la versión abreviada, verdad? La larga es demasiado densa y los periodistas tendrán que cortar mucho.

RFK: Condénsala y déjame leer el manuscrito final. Y asegúrate que no salga nada sobre el crimen organizado.

PH: Creo que eso es un error, señor. Socava sus credenciales como fiscal general.

VNI núm. 1: Tonterías, Bob. Sabes que irás tras ellos...

RFK: Sí, iré tras ellos pero no quiero que se sepa.

VNI núm. 1: Y una mierda, Bob. Los buenos enemigos son útiles en las buenas campañas. La guerra y Johnson son una cosa, pero...

PH: La mafia está muerta como tema de la campaña, pero...

RFK: Haré lo que tenga que hacer cuando deba hacerlo, pero no proclamaré mis intenciones. Piensa en la «justicia social», en la «unión del país» y en el «fin de la guerra» y olvídate de la mafia.

PH: ¿Piensa usted, señor, que...?

RFK: Ya basta. Tengo demasiadas cosas en la cabeza para que además tenga que preocuparme de esos hijos de puta...

(Sigue una conversación que no procede.)

DOCUMENTO ANEXO: 16/3/68. Transcripción del extracto de una escucha clandestina. Encabezamiento: CONFIDENCIAL / FASE 1 SECRETA / SÓLO LEER. Director, agente especial D. C. Holly.

Lugar: suite 301 / hotel El Encanto / Santa Bárbara / grabado desde el puesto de escucha. Hablan: el senador Robert F. Kennedy, Paul Horvitz (funcionario del Senado) y un varón no identificado (VNI núm. 1). (Transcurridos 7,4 minutos desde el inicio de la conversación.)

RFK: ... Un abogado que tuve cuando estaba en el Departamento de Justicia. Estuvo ahí durante todas mis acciones contra Carlos Marcello.

VNI núm. 1: El tío Carlos. Tú lo deportaste.

RFK: Sí, le di una patada en el culo y lo mandé a Centroamérica.

PH: Está usted achispado, senador. Usted no dice «culo» ni cuando está sobrio.

RFK: Estoy bebiendo porque no podré volver a hacerlo hasta noviembre.

(Risas 6,8 segundos.)

RFK: Me siento como un deportista antes de quedar concentrado. Estoy hablando de todo lo que no podré hablar durante la campaña.

PH: Ese abogado. ¿Qué le...?

RFK: Hablábamos de la Banda. Le dije que algún día tendría mi segunda oportunidad y que a cada cerdo le llega su San Martín.

PH: ¿Y qué es eso? ¿Un proverbio irlandés?

RFK: No, es una frase mía, y significa que esos hijos de puta me la pagarán.

(Sigue una conversación que no procede.)

DOCUMENTO ANEXO: 17/3/68. Transcripción literal de una llamada telefónica del FBI. (Addende a la OPERACIÓN CONEJO NEGRO.) Encabezamiento: GRABADA A INSTANCIAS DEL DIRECTOR / CLASIFICADA CONFIDENCIAL 1-A: SÓLO PUEDE VERLO EL DIRECTOR. Hablan: el director y CONEJO CELESTE.

DIR: Buenas tardes.

CC: Buenas tardes, señor.

DIR: Me ha sacado de una reunión. Supongo que tiene noticias importantes.

CC: Se trata de CONEJO AMBULANTE. Uno de mis hombres lo siguió hasta un banco de Silver Spring, Maryland. Allí tiene una cuenta corriente bajo un nombre falso. He conseguido un mandamiento judicial para comprobar el historial de sus transacciones.

DIR: Siga.

CC: Abrió la cuenta corriente con un seudónimo. AMBULANTE la utiliza con una finalidad: mandar cheques a la CLCS. He hecho una comprobación cruzada con las cuentas bancarias de la CLCS y he visto que le han llegado regularmente cheques procedentes de otras cuatro cuentas distintas, en diferentes ciudades y en diferentes estados. Se remontan al 64, y todos los ha llenado AMBULANTE de su puño y letra. Tiene un seudónimo diferente para cada cuenta corriente y ha hecho donaciones por valor de medio millón de dólares en total.

DIR: Estoy asombrado.

CC: Sí, señor.

DIR: Ha estafado el dinero o lo ha robado a alguna fuente conveniente. Su salario no le permite ese grado de generosidad.

CC: Sí, señor.

DIR: Se permite ejercer el concepto católico de la penitencia. Está expiando los pecados que ha cometido bajo mi bandera.

CC: Es peor que eso, señor.

DIR: Cuénteme. Haga realidad mis peores temores y mis sospechas más justificadas.

CC: Un agente lo siguió hace dos días en el D.C. Iba muy disfrazado y costaba mucho reconocerlo. Se encontró con un miembro del equipo de Kennedy en un restaurante y pasó dos horas con él.

DIR: Más expiaciones. Una travesura que no quedará sin castigo.

CC: ¿Qué quiere que...?

DIR: Deje que AMBULANTE siga expiando sus pecados. Mande copias de las grabaciones realizadas en el Encanto el 15 y del 16 de marzo a Carlos Marcello, Sam Giancana, Moe Dalitz, Santo Trafficante, y a todos los patriarcas de la mafia de Estados Unidos. Tienen que saber que el Príncipe Bobby tiene planes a largo plazo que los afectan.

CC: Una maniobra muy audaz e inspirada, señor.

DIR: Buenos días, Dwight. Vaya con Dios y con otras fuentes convenientes.

CC: Buenos días, señor.

<u>DOCUMENTO ANEXO:</u> 18/3/68. Titular del *New York Times*:

RFK ANUNCIA SU INTENCIÓN DE PRESENTARSE COMO CANDIDATO DEMÓCRATA A LAS ELECCIONES.

PARTE VI

Prohibición

19 de marzo de 1968-9 de junio de 1968

106

(Saigón, 19/3/68)

Has vuelto.

Es vívido. Es vicioso. Es Vietnam.

Mira los enjambres de soldados. Mira a los amarillos desplazados. Mira a los amarillos hablando del Tet. Mira los templos de tablones. Mira los convoyes de camiones. Mira las armas antiaéreas.

Has vuelto. Disfrútalo. Saigón en el 68.

El taxi avanzó lentamente. Los camiones le impedían el paso. Camiones llenos de armas / camiones llenos de comida / camiones llenos de tropas. Los gases de los tubos de escape a la altura de la ventanilla. Los ojos irritados.

Pete observó. Pete fumó. Pete masticó pastillas de calcio.

Rompió la tregua. Voló durante la noche: San Francisco / Tan Son Nhut. Atrajo a Barb a San Francisco. Se lo propuso como algo romántico. Ocultó su quebrantamiento de la tregua.

Ella lo acusó. Vas a regresar a Vietnam, lo sé, le dijo. Él lo encajó. Le dijo que lo dejara marchar. Que lo dejara presionar a Stanton.

Ella dijo «no». Él dijo «sí». Y lo de siempre: gritaron. Se arrojaron cosas. Golpearon las paredes. Asustaron a las camareras. Asustaron a los botones. Asustaron al personal del hotel.

Barb se marchó a Sparta. Él vagabundeó por San Francisco. Las colinas le aceleraron el corazón. Fue en coche al aeropuerto. Se sentó en el bar. Vio a unos tipos de Carlos: Chuck Aiuppa, alias «el Torno», y Nardy Scavone.

Lo saludaron. Los invitó a una copa. Ellos bebieron mucho y fanfarronearon. Dijeron que se habían cargado a Danny Bruvick. Había sido coser y cantar. Y se habían cargado a la ex de Danny, Arden-Jane. Aportaron detalles. Aportaron efectos sonoros.

Pete se fue. Cogió el avión. Tomó Nembutal. Durmió. El avión descendió. Vio tornos rompiendo cabezas.

El taxi avanzó lentamente. El taxista rozó a unos monjes. El hombre hablaba solo: Tet mata muchos. Tet jode las cosas. Tet mata americanos. ¡Charlie, malo! ¡Charlie, feo! ¡Charlie muuuy malo!

El taxi frenó. El taxi se lanzó adelante.

Pete respiró gases de los camiones. Las rodillas de Pete le golpearon la cabeza.

Ahí está el Go-Go. Todavía tiene esas pintadas de los amarillos. Has vuelto. Todavía está protegido por el ERV. Hay dos ervis apostados a la puerta. Has vuelto.

Pete cogió su equipaje. Agarró también la bolsa de Wayne, con las cubetas y los tubos de ensayo previamente embalados. Debía deshacerse de ellos / inspeccionar el laboratorio / ir al hotel Catinat.

El taxista se detuvo. Pete salió y se desperezó. Los del ERV se cuadraron. Aquellos tipos conocían a Pete, *le frog grand et fou*.

Le rindieron saludo. El francés grande y loco entró en el Go-Go. Olió a residuo de caballo blanco. Meados y sudor / excrementos rancios / residuos de droga calentada.

El club nocturno estaba *mort*. El local era un garito de drogas. Era la planta baja del Hades. Era la mismísima laguna Estigia.

Amarillos acostada en jergones. Torniquetes. Mecheros. Cucharillas de calentar. Bolas de droga. Agujas. Cincuenta yonquis / cincuenta camastros /cincuenta plataformas de lanzamiento.

Los amarillos calentaban caballo. Los amarillos se desataban el torniquete. Los amarillos se pinchaban. Los amarillos se relajaban, mostraban amplias sonrisas y suspiraban.

Pete cruzó el local. Los del ERV y los Can Lao vendían bolitas.

Los del ERV y los Can Lao vendían agujas. Pete subió al primer piso. Allí, otra réplica de la laguna Estigia.

Más amarillos adormilados en jergones. Más torniquetes. Más agujas. Más inyecciones entre los dedos de los pies. Más chasquidos de brazos y de piernas.

Pete subió la escalera. Pete llegó a la puerta del laboratorio. Vio a un hombre del Can Lao. Éste vio a Pete y lo saludó. Conocía a Pete, *le frog fou.*

Pete dejó la bolsa en el suelo. Pete habló en angloamarillo:

—Equipo. De Wayne Tedrow. Lo dejo aquí, contigo.

El Can Lao sonrió. El Can Lao hizo una reverencia. El Can Lao alargó la mano y cogió la bolsa.

—Ábrelo. Ahora reviso laboratorio.

El Can Lao se puso tenso. El Can Lao le bloqueó el paso. El Can Lao sacó un arma de la cintura y montó la guía.

La puerta se abrió de pronto. Salió un amarillo. Pete aprovechó para mirar: bandejas / cajas de reparto / papelinas ya preparadas.

El amarillo se puso tenso y cerró de un portazo. El amarillo impidió la visión a Pete. El amarillo increpó al Can Lao. Discutieron en amarillo. Se volvieron hacia *le frog fou.*

A Pete se le puso la carne de gallina. Pete sospechó. Aquello era muuuy sospechoso.

Abajo vendían bolas. Las preparaban dos pisos más arriba. También vendían papelinas. Eso implicaba una distribución amplíiisima. Implicaba un uso a gran escala.

El amarillo se alejó escalera abajo. Iba rápido. Cargaba una bolsa al hombro. El Can Lao se puso tenso otra vez. Pete hizo una reverencia y sonrió. Pete chapurreó en vietnamita:

—Está bien. Tú, buen hombre. Yo voy ahora.

El Can Lao sonrió. El Can Lao se relajó. Pete dijo adiós con la mano.

Bajó a la planta inferior. Se tapó la nariz. Sorteó camastros y aplastó excrementos. Salió. Miró a un lado y a otro. Vio al amarillo.

Está en la calle. Camina en dirección sur. Lleva la bolsa.

Pete lo siguió.

El amarillo se dirigió al muelle. El amarillo tomó un atajo. El amarillo tomó por la calle Dal To. Hacía calor y la calle estaba a rebosar.

Era un hormiguero de amarillos que se habían vuelto locos.

Pete destacaba. Pete se agachó Pete se acortó hasta la mitad de su estatura. Su objetivo avanzaba deprisa. El amarillo se abrió paso entre unos monjes. Pete lo siguió jadeante.

El amarillo se dirigió al este. Avanzó a buen paso por Tam Long y se desvió junto a un bloque de almacenes. La acera se estrechó. El tráfico de a pie se estrechó. Pete vio a unos Can Lao más adelante.

Unos Can Lao clásicos, matones de paisano, apostados ante uno de los almacenes. Taxis ante la entrada, un buen número de ellos. Taxis esperando al final del bloque.

El amarillo se detuvo. Un Can Lao le registró la bolsa. Un Can Lao abrió la puerta. El amarillo entró en el almacén. Un Can Lao cerró de un portazo. Un Can Lao dio doble vuelta a la llave.

Seis edificios seguidos. Callejones laterales entre cada uno de ellos. Un callejón que los conectaba en la parte de atrás.

Pete caminó.

Se desvió hasta el callejón trasero. Llegó al callejón trasero. Pasó por delante de los seis edificios. Caminó medio bloque.

Seis almacenes / todos de cemento vidriado / todos de tres plantas.

Retrocedió hasta la calle. Vio ventanas en la planta baja. Oyó a los Can Lao en la puerta delantera. Las ventanas estaban tapadas / tenían tela metálica sobre los cristales. A prueba de ladrones.

Pete se acercó a una de ellas. Vio luz a través del cristal.

Respiró hondo. Agarró la tela metálica. La apartó. Reventó el cristal de un puñetazo.

Vio camastros. Vio torniquetes. Vio brazos blancos con torniquetes. Vio soldados americanos comprando papelinas. Vio soldados americanos calentando caballo. Vio soldados americanos inyectándose.

Durmió mal. Durmió raro. El *jet lag* más el Nembutal. Tuvo pesadillas. Vio tornos y barrotes. Vio chicos blancos pinchándose.

Despertó. Se centró un poco. Aplacó su rabia. Llamó a John Stanton. Estoy destrozado. No consigo ver claro. Encontrémonos mañana por la noche. Stanton rió. ¿Por qué no?, dijo.

Pete se calmó. Volvió a dormirse. Despertó y saltó de la cama. Ya despejado, partes del sueño volvieron a su mente. Todas ellas imágenes fragmentadas.

El chico de los tatuajes. El chico de la mirada extraviada. El chico con la jeringuilla en la polla.

Pete tomó un taxi. Pete se acurrucó. Hizo seguimientos. Vigilancia desde el taxi junto al hotel Montrachet, alojamiento de John Stanton.

Estaba más concentrado. El sueño lo había ayudado. Hizo un resumen. Un antro de soldados toxicómanos. Uno como mínimo: una infracción del kódigo del kuadro.

No vendas a soldados. Es un sacrilegio. Vende y tendrás una muerte horrible. Stanton lo sabía. Stanton lo había firmado conjuntamente. Stanton había dicho que Mister Kao estaba de acuerdo. Y el Can Lao, lo mismo.

Stanton había dado seguridades a Pete. Stanton había aplacado a Pete. Lo había apaciguado y alabado.

Mister Kao manejaba droga por todo Saigón. Mister Kao controlaba el Can Lao. Stanton conocía a Kao. Stanton había citado a Kao: «¡Mí no vende a soldados!»

Aquello era lo que tenía, para empezar. «Aquello» podía ampliarse. Hacía calor. El taxi estaba hirviendo. Un minúsculo ventilador sólo revolvía aire caliente. Revolvía humos de escape. Revolvía pedos de tubos de escape.

El Montrachet estaba a rebosar. A los oficiales del Comando les encantaba. Fíjate en esos miradores cubiertos de redes antigranadas.

Pete observó la puerta. El chófer puso la radio. Puso rock vietnamita. Los Beatles y los Beach Boys, en refritos amarillos.

9.46 de la mañana. 10.02, 10.08... ¡Joder!, esto puede durar una eter...

Ahí está Stanton. Sale y se marcha. Lleva un maletín. Llama un taxi rápidamente. Pete sacudió al conductor: sigue ese taxi, deprisa.

El taxi de Stanton arrancó. El de Pete se acercó. Otro taxi se interpuso entre ambos. Los taxis lo encajonaron. El tráfico se atascó. El tráfico se detuvo.

El tráfico se movió. El atasco se disolvió. Se dirigieron al sur. Avanzaron despacio. Fueron a paso de caracol.

El chófer era bueno. Se mantuvo cerca y fue discreto. Siguieron hacia el sur. Llegaron a la calle Tam Long. Llegaron a aquel bloque de almacenes.

El taxi de Stanton se detuvo ante el almacén. Dos Can Lao se acercaron de inmediato.

Vieron a Stanton. Se cuadraron ante él. Le entregaron un sobre. Pete observó. El taxi de Pete se mantuvo a la espera.

El taxi de Stanton aceleró. El taxi de Stanton se dirigió al sur. El taxi de Pete se puso en marcha y lo siguió. Se interpuso un camión. El taxi de Stanton tomó hacia el oeste. El taxi de Pete se saltó un semáforo en rojo.

El taxi de Stanton se detiene. Está hacia la mitad de un callejón. Es un bloque de almacenes.

Una calleja corta / seis almacenes / un bloque de almacenes muy adecuado.

Todos protegidos por Can Lao. Taxis esperando junto a la acera. Taxis esperando al final del bloque.

Pete observó. Su taxi se mantuvo a la espera. Su taxi se mantuvo al ralentí.

Los Can Lao se acercaron al taxi de Stanton y lo rodearon. Los Can Lao le dieron unos sobres. La puerta de uno de los almacenes se abrió. Cuatro soldados americanos salieron por ella. Cuatro soldados colocados de caballo blanco.

El taxi de Stanton dio media vuelta. El taxi de Stanton pasó al de Pete. Pete se hundió muchíiisimo en el asiento. El taxi de Stanton tomó hacia el este. El de Pete lo siguió discretamente.

El tráfico se hizo lento. Una procesión de caracoles. A velocidad de tortuga. Pete se irritó. Encadenó cigarrillos. Mascó unas pastillas de calcio.

Llegaron a la calle Tu Do. El taxi de Stanton se detuvo.

Pete conocía el lugar. Era una tienda de reparación de televisores / una tapadera de la CIA. Un guardia en la puerta / un marine PFC / carabina en prevengan armas.

Stanton se apeó. Cogió su maletín. Entró en la tienda. Pete cogió sus prismáticos. Enfocó la puerta.

El taxi mantuvo el motor al ralentí. Pete aguzó la vista. Estudió la ventana. Vio unas cortinas que le impedían la visión.

Observó al marine. Lo estudió de cerca. Observó la carabina. Observó el cañón del arma. Vio un código marcado.

Miró de nuevo. Ajustó al máximo. Un código de tres ceros. Del lote de Bob Relyea. Qué raro.

El taxista apagó el motor. Pete cronometró la ausencia de Stanton. Diez minutos / doce / cator...

Ahí está.

Stanton sale. Stanton sube a su taxi. Stanton se larga.

Pete le hizo un gesto al taxista: Esta vez, quédate aquí. Pete anduvo hacia la tienda. El marine lo vio. El marine se cuadró.

—Está bien, muchacho. —Pete sonrió—. Soy de la Agencia y sólo necesito una dirección.

El joven se relajó.

—Hum... Sí, señor.

—Soy nuevo aquí. ¿Puedes indicarme dónde queda el hotel Catinat?

—Hum... Sí, señor. Está al final de Tu Do, justo a la izquierda.

—Gracias. —Pete sonrió—. Y, por cierto, me intriga ese código que lleva tu arma. Soy ex militar y nunca he visto esa denominación.

—Es un código exclusivo de la CIA, señor. —El muchacho sonrió—. Nunca lo verá en el equipamiento militar ordinario.

Pete sintió un hormigueo. Se le puso la carne de gallina. Tuvo un escalofrío.

Guardó el secreto. Guardó la calma. No estalló. Llegó al Catinat. Encadenó cafés y cigarrillos. Acumuló lógica.

O sea:

El código de tres ceros / estrictamente CIA / no militar.

Bob Relyea mentía. Bob Relyea estafaba al kuadro. John Stanton lo ayudaba. Los robos de armas de Bob: invenciones.

O sea:

Stanton conseguía las armas. Por algún intercambio de favores. Sus colegas de la CIA colaboraban. Se quedaban ganancias de la droga. Fingían la compra de armas. Blanqueaban el dinero de la droga. Pagaban a una fuente de la CIA. Dicha fuente suministraba las armas. Stanton ganaba dinero. Stanton, ¿y quién más?

Stanton y Bob. Carlos, lógicamente. Sigue la pista. Sigue la cronología. Fíate de la cronología con lógica.

Stanton conoce a Mister Kao. Mister Kao vende caballo blanco. Mister Kao comparte espacio en el laboratorio del kuadro. Kao dirige campamentos de droga. Kao hace envíos a Europa. Kao exporta allí exclusivamente. Kao controla los garitos de drogas de Saigón. Kao excluye a los soldados. Kao vende a amarillos, exclusivamente.

Mentira.

Kao y Stanton estaban compinchados. Los dos dirigían los antros de droga en Saigón. Dichos antros abastecían a amarillos. Dichos antros abastecían a soldados americanos.

Almacenes convertidos en antros de droga / siete como mínimo / infracción del kódigo del kuadro. Pena de muerte / sin recurso / infracción del kódigo del kuadro.

Retrocede:

Estamos en 9/65. Kao empieza a vender droga. Kao le dice esto a Stanton: Yo, jefe. Dirijo el Can Lao. Compartimos espacio en el laboratorio. No vendo a soldados americanos.

Stanton aceptó sumisamente. Kao compró espacio en el laboratorio. Stanton se lo dijo a Pete. Stanton le mostró a Pete un libro de contabilidad como prueba.

Stanton cameló a Pete. Stanton suministró datos y cifras. Stanton aportó pruebas falsas.

Retrocede:

Tran Lao Dinh mata esclavos de las plantaciones. Tran Lao Dinh roba morfina base. Tran Lao Dinh resiste las torturas. Pete le fríe las gónadas. J. P. Mesplede colabora.

Tran dijo yo vendo droga. Luego la vendo a Ervis. Sólo hago eso. Pete insistió: dame más detalles. Mesplede le aplicó una descarga.

Entonces, Tran improvisó. Tran volcó su silla caliente. Tran se electrocutó.

Pete habló con Stanton. Le contó lo de Tran. Pete razonó:

Tran robó la morfina base y se la vendió a Kao. Tran no delató a Kao.

Stanton aceptó la lógica de Pete. Stanton elogió la lógica de Pete. Stanton suscribió la lógica de Pete.

Da el salto:

Tran trabajaba para Stanton. Tran rondaba por el Tiger Kamp. Tran era el perrito amarillo de Stanton. Tran roba morfina base por orden de Stanton. Tran suministra a Kao. Tran teme a Stanton. Tran no quiere delatarlo. Tran se electrocuta con alegría.

Qué kurioso. Stanton y Kao son kolegas. Desde 1965. Infracción del kódigo del kuadro / pena de muerte / con carácter retroactivo.

Salto dos:

Pete viaja. Wayne viaja. Pete viaja al continente. Laurent está allí. Flash, también. Los dos vuelven al continente. Stanton se queda en el país. Mesplede, también. El Tiger Kamp funciona con escasa supervisión. La guerra está en plena escalada. Hay más soldados de paso por la ciudad. El kuadro llega a Saigón incompleto.

La basura se filtra. Queda fuera de la vista. Está supervisada clandestinamente. Así, los antros autorizados por Stanton venden droga a soldados americanos.

¿Desde hace dos años? Uno, quizá. Tal vez desde la ofensiva del Tet.

Falsas ventas de armas. Venta de droga a soldados. Infracción del kódigo del kuadro. Stanton está inculpado. Bob está inculpado: infracción del kódigo del kuadro. ¿Quién más sacó dinero? ¿Quién más ha infringido el kódigo?

Pete fumó un cigarrillo tras otro. Sudó a mares. Se hartó de cafeína. En la cama, discutió ideas consigo mismo. Dejó empapada su ropa. Dejó empapadas las sábanas.

Su lógica parecía fuerte. Su lógica parecía grande. Su lógica parecía incompleta. El pulso se le aceleró. Sintió una punzada en el pecho y un hormigueo en los pies.

—Pareces cansado —dijo Stanton.

Copas en el Montrachet. Alerta Código 3 por el Tet. Más guardias en la puerta. Más redes contra bombas. Más miedo.

—Viajar me jode, ya lo sabes.

—Un viaje innecesario, además.

Pete comprendió. Pete puso en marcha el espectáculo. Enfurécete / sigue furioso / no reveles un carajo.

—¿Qué quieres decir?

—Hablo de que tengo ojos. Has volado para convencerme de que amplíe el negocio, pero voy a decirte que no y que te busques otro negocio mejor. Me alegro de que estés aquí, porque tenía la obligación de decírtelo cara a cara.

Pete se puso rojo. Lo notó: la sangre en el rostro.

—Te escucho.

—Estoy desmontando la operación. Toda la movida de armas. Del Tiger Kamp hasta la bahía de St. Louis.

Pete enrojeció aún más. Lo notó: tonos cardíacos.

—¿Por qué? Dame una buena razón.

Stanton clavó su palillo de revolver cócteles. Un pedazo se rompió y salió volando.

—Primera, que el asunto de Hughes ha atraído demasiado la atención sobre Las Vegas, y Carlos y los muchachos quieren restaurar la norma de «drogas, no». Segunda, la guerra está fuera de control y se ha vuelto demasiado impopular en casa. Hay demasiados periodistas y equipos de televisión a quienes encantaría atrapar a unos hombres de la CIA dedicados a lo que hacemos. Tercera, nuestros disidentes en la isla no van a ninguna parte; Castro está bien instalado y no caerá, y todos mis colegas de la Agencia están de acuerdo en que ha llegado el momento de terminar.

Pete se puso rojo.

Pete se dio cuenta: tonos púrpura intenso. Muéstrate asombrado / muéstrate disgustado / muéstrate airado.

—¡Cuatro años, John! Cuatro años. ¿Y tanto trabajo para esto?

Stanton bebió un sorbo de su martini.

—Se acabó, Pete. A veces, los que más interés tienen son los menos capaces de admitirlo.

Pete agarró la copa. La rompió entre sus dedos. Láminas de hielo saltaron y se desparramaron. Cogió una servilleta. Se secó la sangre. Restañó unos residuos en el corte.

—He dejado marchar a Mesplede —prosiguió Stanton—. Estoy vendiendo Tiger Kamp a Mister Kao y me vuelvo a Estados Unidos mañana. Voy a desmontar la parte del equipo de Misisipí y haré una última movida cubana para apaciguar a Fuentes y Arredondo.

Pete estrujó la servilleta. Los cortes le escocían a causa del whisky. Tenía cristales clavados en la mano.

—Hemos hecho lo que hemos podido por la Causa. Eso al menos da cierto consuelo.

Vigilancia en taxi 2: 6.00 horas / parada de taxis del Montrachet / calor y gases de los taxis.

Pete se agachó. Observó la puerta. Repasó los datos con su lógica: Stanton está desmontando el grupo / Stanton está reagrupándose / Stanton está kortando kostes y konexiones del kuadro.

Pete bostezó. Pete no durmió. Pete recorrió bares hasta pasadas las dos. Pete dio con Mesplede. El francés estaba enojado y bebido. El francés estaba borracho perdido.

Stanton lo había despedido. Mesplede estaba furioso: *le cochon / le putain du monde*.

Pete sondeó a Mesplede. Le pareció sincero. Le pareció antistantonita. Quiso comprobarlo. Pete improvisó una visita turística.

Se acercaron en coche a los antros de droga. Vieron taxis detenidos ante ellos. Vieron salir a soldados americanos. Vieron soldados americanos que se alejaban zombificados.

Mesplede se quedó perplejo. Mesplede parecía *très* sincero y *très* horrorizado. *On la teur le cochon. Le cochon va mourir.*

Pete dijo que sí. Pete se corrigió. Habló de una «muerte desagradable».

Hacía calor. Era el clima pegajoso de la madrugada. El ventilador jadeaba. Pete se acurrucó y observó la puerta. Mascó una pastilla de calcio.

6.18, 6.22, 6.29... ¡Mierda!, aquello podía prolongar...

Ahí está Stanton.

Con una maleta. ¿Los encargos, primero, y luego al aeropuerto...?

Stanton subió a un taxi. El taxi arrancó. Se incorporó al tráfico lentamente. Pete alertó a su chófer: Sigue ese taxi, deprisa.

El taxista se apresuró a hacerlo. Otro taxi se interpuso. El taxista lo esquivó rápidamente. Tu Do estaba concurrida. Unos transportes de armas produjeron pronto un atasco.

El taxi de Stanton atajó hacia el sur. El taxi de Pete lo persiguió como un perro de presa. Se mantuvo a la distancia de dos coches. Un *rickshaw* se interpuso. El conductor transportaba carga. Le fue muy bien para ocultarse de Stanton.

El tráfico se lentificó. Continuaron hacia el sur. Se dirigieron a los muelles.

El taxi de Pete metió prisa al *rickshaw*. El taxista utilizó la bocina. El conductor lo envió a la mierda con un gesto. Pete vigiló la antena del taxi de Stanton. Se menea / zigzaguea / fácil de seguir.

Llegaron a los muelles. Pete vio bloques de almacènes. Vio una zona de laaargos edificios. El taxi de Stanton frenó. El taxi de Stanton se detuvo. Stanton se apeó.

El *rickshaw* pasó por delante de él. El taxi de Pete pasó por delane de él. Pete se agachó y miró hacia atrás. Stanton cogió la maleta, echó a andar y abrió la puerta de un almacén.

Lo hizo con calma simulada. Miró alrededor. Entró. Cerró la puerta.

El taxi de Stanton aguardó. El taxi de Pete dio media vuelta y aparcó al final del bloque. Pete puso en marcha el ventilador. Tragó aire caliente y observó.

Cronometra la visita. Hazlo ahora mismo. Pon en marcha el reloj.

Pete observó las manecillas del reloj. El segundero giró. Seis minutos / nueve / once...

Stanton salió. Seguía llevando la maleta. Cerró la puerta.

Subió al taxi. Se desperezó. Bostezó. El taxi arrancó en dirección norte, hacia Tan Son Nhut.

Pete pagó a su taxista. Pete se apeó y caminó. El taxi arrancó.

El almacén era enorme. Ocupaba el espacio de dos campos de fútbol y más. Una sola planta / una puerta metálica. Aceras adyacentes. Ventanas con tela metálica.

Pete pulsó el timbre. Sonaron unas campanillas. No oyó pasos / no oyó voces / nadie se acercó a la mirilla / ningún testigo.

Pete se dirigió hacia el sur. Pete se quitó la chaqueta.

Encontró una ventana. Apartó la tela metálica. La mano herida le dolió. Los cristales se hundieron todavía más hondo.

Cerró la mano en un puño. La envolvió con la chaqueta. Golpeó la ventana. Saltaron cristales hacia dentro.

Se impulsó hacia arriba. Se coló por el orificio. Cayó rodando al interior. La mano le dolió. Le sangró. Palpó las paredes. Encontró un interruptor. Abrió la luz. Dos campos de fútbol y más.

Vio un espacio. Vio mercancía. Un gran botín. Hileras y más hileras. Montones y más montones.

Caminó. Tocó. Miró. Contó. Hizo inventario. Vio:

Sesenta cajas llenas de relojes de oro macizo hasta la altura de la cintura. Abrigos de visón tirados como si fueran basura, cuarenta y tres montones, hasta la altura de la cadera. Seiscientas motos japonesas, una al lado de otra. Muebles antiguos, veintitrés hileras extendidas a lo ancho.

Coches nuevos, aparcados el uno junto al otro. Treinta y ocho hileras / veintidós coches / extendidos a lo largo.

Bentley. Porsche. Aston Martin DB-5. Volvo / Jaguar / Mercedes.

Pete recorrió las hileras. Pete identificó el botín. Vio etiquetas de exportación. Punto de salida: Saigón. Punto de llegada: Estados Unidos.

O sea, fácil. Viejo. Muerto.

Botín comprado en el mercado negro. No era de origen estadounidense. Procedente de Europa / Gran Bretaña / Oriente.

Stanton dirigía la operación. Sus compañeros de la CIA lo ayudaban. Utilizaban dinero del kuadro. Lo blanqueaban. Robaban artículos de lujo.

Stanton está desmontando. Ahora embarcará la mercancía. La enviará libre de impuestos. Los Chicos ayudan. Carlos se encarga del negocio. Vende la mercancía al por menor. Carlos obtiene beneficios. Carlos paga a la gente de Stanton. Aumentan los millones en efectivo.

El plan de la droga. El plan de las armas. Dinero para la Causa. Mentira. La Causa era ESO.

Pete recorrió el almacén. Pete pateó neumáticos. Pete olió asientos de coche. Pete sacudió antenas y manoseó visones.

ESO.

Recurrió a la lógica. Buscó excusas o pretextos. No encontró ninguno.

Y:

Stanton había entrado allí. Stanton llevaba su maleta.

¿Por qué?

Había dejado algo. Había recogido algo.

¿Qué?

Pete se acercó a las paredes. Las golpeó. Sólo encontró cemento. Ningún panel de madera. Ningún escondrijo. Mierda.

Pete inspeccionó el suelo. Buscó pintura resquebrajada. Buscó manchas descoloridas. Sólo cemento / sólido / sin manchas.

Pete miró el techo. Era de cemento sólido. No estaba calafateado. No había manchas.

No había baño. No había oficinas. No había armarios. Cuatro paredes / una graaan extensión / más grande que dos campos de fútbol.

En alguna parte tenía que haber algo. Allí había algo.

Coches / visones / relojes. Motocicletas / antigüedades. Es un día laboral. Es una aguja en un pajar. Búscala, de todas maneras.

Recorrió las hileras. Revolvió los relojes. Hundió las manos en los visones. Agarró. Palpó. Tocó.

Cuarenta y tres montones / sesenta cajas. Mierda.

Recorrió las hileras. Abrió cajones de cómodas antiguas. Revolvió y palpó.

Veintitrés hileras. Mierda.

Le gruñó el estómago. El tiempo voló. Ni había comido ni había dormido.

Registró las motos. Levantó los sillines. Abrió los tapones de los depósitos de gasolina y miró.

Seiscientas motos. Mierda.

Registró los coches. Hilera tras hilera. Veintidós veces treinta y ocho.

Abrió maleteros. Abrió guanteras. Abrió capós. Miró debajo de las alfombrillas. Miró debajo de los asientos.

Primero los Porsche. Luego los Bentley. Mierda.

El almacén se quedó a oscuras. Trabajó al tacto. Volvo / Jagua / Aston Martin. Trabajó deprisa. Método Braille por necesidad.

Ya había terminado con cinco marcas. Quedaba una. Los Mercedes.

Fue a la hilera delantera. Registró el primer coche. Abrió el capó. Tocó los tapones de las válvulas. Tocó el filtro del aire. Rozó el reborde del cilindro.

Espera. Un bulto. Braille por necesi...

Palpó el bulto. Cinta adhesiva. Tiró de ella. Algo se soltó. Ese algo era plano y tenía relieve.

Rectangular. Encuadernado. Un gran libro.

Lo agarró. Tiró hacia arriba y abrió la ventanilla lateral. Dio un golpecito a la llave y a las luces. Un buen *krau autowerk*. Se encendieron los faros de niebla.

Se agachó. Pasó páginas.

Leyó a la luz de los faros. Un libro de contabilidad con columnas de listados. Nombres / dinero / cifras.

Fechas clave. Se remontan al 64. Al inicio de la operación del kuadro.

Nombres:

Chuck Rogers. Tran Lao Dinh. Bob Relyea. Laurent Guery. Flash Elorde. Fuentes / Wenzel / Arredondo.

Pagos / salarios mensuales / secreto. Extraños nombres hispanos / en columna / encabezados por MC.

O sea. MC significaba Milicia Cubana. Pasaje cubano pagado al completo.

Pete leyó columnas. Pete leyó datos. Pete buscó nombres. Nombres presentes / nombres ausentes / nombres no inculpados: su nombre / el de Wayne / el de Mesplede.

Dinero pagado. Lealtad comprada. Infracción del kódigo del kuadro.

Guery y Stanton pasaron la prueba del polígrafo. Era todo mentira. Flash entró a hurtadillas en Cuba. Era mentira. La disensión cubana, una mentira mantenida. Las movidas seguras a Cuba, una mentira previamente pagada. La Milicia Cubana vendida como carne de cañón, parte de la mentira. Las armas mandadas a Cuba, ¿mandadas dónde? La clave de la mentira.

Coches.

Relojes.

Pieles.

Motos japonesas.

Los años pasados. Un ataque cardíaco. ESO.

Pete tiró el libro. Pete tocó las llaves del coche y apagó los faros.

La oscuridad le sentó bien. La oscuridad le dio miedo. TODO ERA UNA INMENSA MENTIRA.

DOCUMENTO ANEXO: 25/3/68. Transcripción de una llamada telefónica. Grabada por: CONEJO CELESTE. Encabezamiento: CODIFICADA POR EL FBI / FASE-1 SECRETA / DESTRUIR SIN LEER EN CASO DE MI MUERTE. Hablan: CONEJO CELESTE y PADRE CONEJO.

CC: Soy yo, Senior. ¿Oyes esos clics?

PC: Ya lo sé. Es la tecnología de los codificadores.

CC: ¿Estás a punto para una buena noticia?

PC: Si tiene relación con el día D, sí.

CC: La tiene. Eso, seguro.

PC: ¿Tenemos ya la fecha? ¿Se sabe el lu...?

CC: Mis hombres han dado con Wendell Durfee.

PC: ¡Ah, divina providencia!

CC: Está en L.A. Tiene una habitación en los barrios bajos.

PC: Oigo voces de santos, Dwight. Todos cantan himnos por mí.

CC: Mis hombres lo creen culpable de unos homicidios con violación. ¿Crees que le cogió gusto a eso con lo de Lynette?

PC: No lo creo. Ella siempre me pareció frígida.

CC: CONEJO ROJO está en movimiento. Calculo que el día D será en cualquier momento del mes que viene.

PC: ¡Mierda! Entonces es hora de llamar a Wayne.

CC: Mis muchachos tienen vigilado a Durfee. Esperaré unos cuantos días y luego haré que algún negro de mierda pase el soplo a través de Sonny Liston.

PC: Himnos, Dwight, te lo aseguro. Y todo en estéreo.

CC: ¿Crees que Wayne está preparado para eso?

PC: Sé que lo está.

CC: Te informaré cuando tenga más noticias.

PC: Que sean buenas.

CC: Estamos cerca, Senior. Tengo esa sensación.

PC: Que Dios te oiga, Dwight.

107

(Ciudad de México, 26/3/68)

Enséñalo y cuéntalo:

La villa de Sam G. / la sala de juegos / bebidas con sombrillitas.

Un camarero se afanaba. Dicho camarero servía entremeses. Dicho camarero preparaba combinados de ginebra.

Littell mostraba cuadros. Littell mostraba gráficas en un atril. Sam miraba. Moe miraba. Carlos hacía girar la sombrillita. Santo y Johnny bostezaban.

—Estamos obteniendo nuestros precios. —Littell señaló con un puntero—. A final de año, el señor Hughes tendrá todos sus hoteles.

Sam bostezó. Moe se desperezó. Carlos comió quesadillas.

—Hay un negocio de recogida de basura en Reno del que creo que deberíamos apoderarnos antes que nada. No es de ningún sindicato, lo cual supone una ventaja. Dicho esto, estamos cumpliendo con el programa previsto en todo menos en una cosa.

—Es el Ward de toda la vida. —Moe rió—. Soltar ese gran preámbulo y callar justo antes de llegar al quid de la cuestión.

—Ward es un calientapollas —dijo Sam.

—Ward se salió del seminario —dijo Santo—. Ahí dentro te enseñan a no ir directamente al grano.

Littell sonrió.

—El señor Hughes insiste en que en sus hoteles hagamos cumplir la regla de la «sedación de negros». Sabe que no es realista, pero insiste.

—Los negros necesitan sedación —dijo Moe—. Están provocando demasiada inquietud social.

—Cuando estás sedado no saqueas ni violas —dijo Sam.

—El concepto de sedación es agua pasada. Vamos a liquidar el negocio de Pete.

—¿Por qué? —Littell tosió—. Pensaba que lo de Pete era solvente.

Sam miró a Carlos. Carlos sacudió la cabeza.

—Es solvente mientras lo es. Nos ha dado lo que queríamos y ahora ya podemos dejarlo.

Intercambio de miradas: de Johnny a Stanton / de Santo a Sam.

—Estamos cubiertos en Costa Rica, Nicaragua, Panamá y la República Dominicana. —Sam tosió—. Esos tipos a los que he sobornado no necesitan un mapa de carreteras.

—El dólar americano es el idioma internacional. —Santo tosió—. Dices «apuestas de casino» y todo el mundo ve algo grande.

—El dólar americano compra influencias en los dos lados de la línea política. —Johnny tosió.

—Tenemos que dar las gracias de eso a nuestro amigo barbudo. —Santo tosió.

Moe miró a Santo. Sam miró a Santo. Santo carraspeó. Los Chicos se separaron. Los Chicos tomaron cócteles y engulleron entremeses.

Littell pasó páginas a sus libros de gráficas. Littell calibró la metedura de pata.

Habían jodido a Pete. De alguna manera, habían jodido a Pete por algo relacionado con su movida cubana. ¿Armas a Castro? ¿No eran para los izquierdistas? Habían sobornado a izquierdistas. Habían hablado de influencias. La utilidad de Pete no tenía sentido. Tal vez / quizá / de alguna manera.

No se lo diré a Pete / ellos lo saben / confían en mí / son mis amos.

Sam tosió. Sam dio una orden al camarero. El camarero se fue rápidamente.

—Todavía esperamos saber si LBJ se presenta de nuevo —dijo Carlos—, pero estamos comprometidos con Nixon al noventa y nueve por ciento.

—Nixon es el adecuado —apuntó Santo.

—LBJ no puede cambiar la política del Departamento de Justicia del modo en que puede cambiarla un hombre nuevo —dijo Sam.

—Humphrey es demasiado blando con los negros —señaló Johnny—. Creo que ni él ni LBJ indultarían a Jimmy.

—Nixon ganará. Es el candidato favorito.

—Te reunirás con él en junio, Ward —dijo Carlos—. Luego podrás retirarte.

—Sé de alguien más que va a retirarse. —Santo sonrió.

—Sí, gracias a esa cajita de golosinas que nos ha llegado por correo. —Sam sonrió.

Intercambiaron miradas. Carlos a Santo / Moe D. a Sam. Sam se ruborizó. Sam carraspeó.

El avión se elevó. Air Mexico, directo a Las Vegas.

La cumbre había terminado. Los Chicos habían avalado sus planes. Sin réplicas ni controversia. Los Chicos habían metido la pata. Para él, frivolidades. Para Pete, problemas.

Habían dejado el negocio de la droga. Eso significaba problemas. Eso significaba un Pete cabreado. No más movidas cubanas ni operaciones en Vietnam, probablemente.

El avión se ladeó. Littell vio nubes. Algodones blancos bordeados de residuos mugrientos.

La noche anterior había llamado a Janice. Estaba asustada. Sus calambres habían empeorado. Había ido al médico. Le habían hecho pruebas.

Era un trauma. Un trauma antiguo que no había recibido tratamiento. Obra de Wayne Senior. Enmascaraba los síntomas de Janice. Enmascaraba su daño interno. Posiblemente se tratara de cáncer.

Estaba asustada pero su voz denotaba fortaleza. Soy joven / no es un cáncer / no puede serlo. Él la había calmado. Le había deseado buenas noches. Había orado por ella. Había rezado el rosario.

El avión se estabilizó. Littell cerró los ojos. Littell vio a Bobby.

Bobby había anunciado que se presentaría. Bobby había hablado con la prensa nueve días antes. Bobby había dicho que quería ser presidente. Había esbozado su programa.

Terminemos la guerra. Trabajemos para la paz. Acabemos con la pobreza. Reformas en política interior. Acuerdos de paz. No había hablado de la mafia.

Bobby, prudente. Bobby, sabio. Un programa sensato.

Barb lo había llamado la semana anterior. Barb había visto a Bobby en televisión. Habían hablado. Habían sido vagos con respecto a Bobby.

Barb había visto en una ocasión a Bobby. En la primavera del 62. Peter Lawford había dado una fiesta. Barb había hablado con Bobby. Le había gustado. Ahora lo amaba. Pete había desplegado a Barb la chantajista. Barb se había acostado con JFK.

Barb había reído. Barb había alabado a Bobby y había dicho que le daría una patada en el culo a Nixon. Barb pronosticaba su victoria.

Se acercó una azafata con un carrito. Littell cogió un refresco. Littell cogió el *L.A. Times*.

Lo desplegó. Vio titulares sobre la guerra. Las columnas saltaban. Vio «la Marcha de los Pobres» / «en fase de preparación» / «impulso». Pasó a la página 2. Vio a Bobby.

Ahí está Bobby. Es una foto espontánea. Está junto al *green* de un campo de golf. Está cerca de unos bungalós. La vegetación de fondo es exuberante. El paisaje es conocido.

Littell entornó los ojos. Aguarda, ¿qué es...?

Vio el sendero. Vio la puerta. Vio el núm. 301. Es el bungaló. Es el «lugar de encuentro de la mafia». Es el trabajo que hizo para Dwight Holly.

Littell dejó caer el periódico. Sus pensamientos saltaron y se revolvieron. Los Chicos / esa metedura de pata / «la caja de golosinas».

108

(Los Ángeles, 30/3/68)

El equipo de matar:

Cuatro hipodérmicas / cuatro cargas: heroína y un anestésico, novocaína.

Una Magnum 44. Un silenciador. Un rollo de cinta aislante gruesa. Una bolsa de papel. Un paquete de toallitas húmedas.

Estamos aquí. Estamos en la Quinta con Stanford. Es el barrio más pobre. Es Skid Row. Es el infierno de los indigentes.

Wayne esperó. Wayne vigiló el hotel. Wayne sacudió la bolsa. Estaba a la puerta de un banco de sangre. Los indigentes se apiñaban. Las enfermeras recibían a los donantes.

Está ahí. En el hotel Hiltz. En la habitación 402. En la cuarta planta.

Wayne vigiló la puerta delantera. Wayne saboreó el momento. Recordó.

Había viajado al Sur. Había visitado el kampamento de Bob. Lo había encontrado desalojado. Olía a incursión. Olía a policía estatal. Bob tenía amigos. Bob estaba avalado por los federales. Olía a falsa policía estatal.

Luego había volado a Las Vegas. Había pasado por el Cavern. Había recogido mensajes.

Llama a Pete. Está en Sparta. Llama a Sonny.

Llamó a Pete. No obtuvo respuesta. Llamó a Sonny. Sonny estaba hiperexcitado. Sonny dijo: «Me ha llamado ese negro.» Sonny mencionó ese contacto negro.

Bingo:

El contacto de Sonny ha visto a Wendell. Wendell era *nom-de-plumed*. Ahora, Wendell es Abdallah X.

Hace calor. Hay 26° a mediodía. Skid Row estaba atestado de gente. Borrachos / amputados en tablas de patinar / travestidos con carmín.

Le dieron empellones. Wayne no sintió nada. Wayne se sintió absorbido. La piel le zumbó. Pisó cáscaras de huevo. La sangre se le heló.

Se acercó.

Entró por la puerta delantera. Pasó junto a los vagabundos del vestíbulo. Pasó ante un televisor a todo volumen.

¡Nova 68! ¡Cómprelo ahora! ¡En Giant Felix Chevrolet se habla español!

Un borracho se convulsionó. Wayne esquivó su piernas. Wayne subió por las escaleras laterales. Wayne tropezó. Las piernas no lo sostenían. Luchó contra la fuerza de gravedad.

Wayne llegó al cuarto piso. Wayne vio el pasillo. Wayne vio puertas de madera.

Pasó por delante de la 400. Pasó por delante de la 401. Llegó a la 402. Tocó el tirador. Lo hizo girar. La puerta se abrió.

Está justo ahí. Iluminado por la espalda. Entra luz por la ventana. Ahí está Wendell en una silla de respaldo recto. Ahí esta Wendell con una botella de vino barato.

Wayne entró. Wayne cerró la puerta. Wayne estuvo a punto de vomitar. Wendell lo vio. Wendell entornó los ojos. Wendell esbozó una puta sonrisa.

Wayne no se movió.

—Tu cara me suena familiar —dijo Wendell.

Wayne no se movió.

—Dame una pista —dijo Wendell.

—Dallas —dijo Wayne, a punto de vomitar.

Wendell bebió vino. Wendell tenía mal aspecto. Wendell tenía marcas de aguja.

—Es una buena pista. Me hace pensar en cierto marido afligido. He dejado viudos a unos cuantos, con lo que las posibilidades se reducen.

Wayne miró la habitación. Wayne vio botellas vacías. Wayne olió a vino vomitado.

—Eso fue durante un fin de semana, ¿no? Mataron al presidente.

Wayne avanzó. Wayne dio dos pasos. Wayne dio unas patadas. Golpeó la silla. Volcó la botella. Wendell cayó de bruces.

Wendell vomitó vino y bilis. Wayne le pisó el cuello y lo inmovilizó con todo su peso. Wayne hundió la mano en la bolsa.

Wayne agarró una hipodérmica. Wendell se debatió. Wayne lo pinchó en el cuello. Wendell dejó de debatirse. Wendell se incorporó. Wendell se desplomó hacia atrás colocado de caballo.

Wayne soltó la hipodérmica. Wayne agarró una hipodérmica. Lo pinchó en las manos. Wendell se estremeció. Wendell volvió a incorporarse. Wendell volvió a desplomarse, mucho más colocado.

Wayne soltó la hipodérmica. Wayne agarró una hipodérmica. Lo pinchó en las caderas. Wendell sonrió. Wendell se incorporó. Wendell se desplomó supercolocado.

Wayne soltó la hipodérmica. Wayne agarró una hipodérmica. Wayne lo pinchó en las rodillas. Wendell sonrió. Wendell se incorporó. Wendell se desplomó inconsciente.

Wayne soltó la hipodérmica. Wayne agarró la cinta aislante y cortó un trozo. Le tapó la boca a Wendell con tres vueltas de cinta y le alzó el cuello.

Soltó la cinta aislante. Agarró la Magnum. Lo amartilló. Le puso el silenciador. Se agachó. Wendell puso los ojos en blanco.

Wayne le cogió la mano derecha. Le voló los dedos. Le voló el pulgar. Wendell se retorció. El caballo lo compelió. Puso los ojos muuuy en blanco.

Wayne tiró los casquillos. Volvió a cargar el arma. Volvió a amartillarla. Cogió la mano izquierda de Wendell. Le voló los dedos. Le voló el pulgar.

Wendell se retorció. El caballo lo compelió. Sus ojos no eran más que unas esferas blancas.

Wayne tiró los casquillos. Volvió a cargar el arma. Volvió a amartillarla. Wendell vomitó. Wendell expulsó bilis por la nariz. Wendell se cagó en los pantalones.

Wayne se agachó. Wayne apuntó. Le disparó en las piernas a la altura de la rodilla. Salpicaduras de sangre / huesos astillados. Wayne cogió las toallitas.

Los muñones de Wendell se crisparon espasmódicamente. Wayne agarró una silla. Wayne observó a Wendell desangrarse hasta la muerte.

El vuelo de L.A. a Las Vegas salió con retraso. Lo tomó aturdido. Dormitó en el trayecto. Olió cosas que no estaban.

Cordita y sangre. Vino barato. Filamento de silenciador quemado.

El avión aterrizó. Él desembarcó. Olió cosas que no estaban.

Hueso quemado y vómitos. Toallitas para refrescarse las manos.

Caminó por el aeropuerto de McCarran. Buscó un teléfono. Habló con una operadora. Le pidió que le pusiera con Sparta.

Escuchó ocho tonos de marcado. No obtuvo respuesta. Pete y Barb no estaban allí.

Salió. Se dirigió a la parada de taxis. Se le acercaron dos hombres. Lo flanquearon. Lo abordaron.

Es Dwight Holly. Es un tipo con la tez aceitunada. Es ese Fred Otash.

Fred el chantajista. Muy delgado. Cadavérico.

Lo agarraron. Se lo llevaron. Se sintió laxo. Se sintió aterido. Vio dos coches aparcados en doble fila. Un sedán de los federales. El Cadillac de Wayne Senior.

Se detuvieron entre ambos coches. Lo cachearon. Lo soltaron. Trastabilló. Estuvo a punto de caer. Olió la muerte de Wendell.

—Lo de Durfee no ha sido gratis —dijo Holly.

—Dimos el soplo a través de Sonny —dijo Otash.

—Tengo una diapositiva con tus huellas —dijo Holly—. Si dices que no, haré que uno de mis chicos las deje grabadas en toda la habitación de Durfee.

Wayne los miró. Wayne los vio. Wayne lo entendió. Wayne Senior / su racismo / sus intervenciones de correo racista.

—¿A quién? —preguntó Wayne.

—A Martin Luther King.

109

(Sparta, 31/3/68)

Las noticias en televisión. Primicia de última hora:

LBJ se retira. La guerra lo ha jodido. No se presentará para un segundo mandato. Será Humphrey contra Bobby. Una lucha muy apretada.

Barb miraba las noticias. Pete miraba a Barb. Barb se fijaba en el físico de Bobby. La casa estaba fría. La hermana de Barb era una tacaña. La hermana de Barb escatimaba en calefacción.

Pete había volado de Saigón a Sparta. Barb lo había recibido sin entusiasmo. Barb lo había incordiado sin cesar. Barb le había echado en cara que se hubiese saltado la prohibición de viajar.

Barb cambió de canal. Barb vio noticias de la guerra. Barb vio una huelga en Memphis.

Basureros. Una manifestación de apoyo. De momento, una algarada. Sesenta heridos / saqueos / un joven negro muerto. El loco de King está ahí. El loco de King está en las algaradas. Grandes disturbios en perspectiva. La Marcha de los Pobres.

Barb miraba las noticias. Pete miraba a Barb. Barb miraba las noticias absorta. Pete hacía globos de chicle. Pete obedecía las normas de Barb: No fumes dentro de casa.

Mascaba chicle. Mascaba barras dobles. Estaba inquieto.

Había llamado al kampamento de Bob. El tono de marcado era extraño. Olía a desconectado. Había llamado al Cavern. Había dejado un mensaje para Wayne. Wayne no había devuelto la llamada. Se puso nervioso. Dio largas a lo que iba a decir. Decidió volver a Las Vegas.

Barb cambiaba canales. Barb vio a Bobby. Barb vio al loco de King. Pete se puso en pie. Pete le tapó la visión. Pete apagó el aparato.

—Mierda —masculló Barb.

—Escucha, tengo que decirte varias cosas. Algunas te gustarán.

—Estás dispuesto a convencerme a base de mentiras. Lo noto.

—He aquí la parte buena. Los Chicos quieren terminar con el negocio. Con la movida de armas, con toda la operación. Yo estoy de acuerdo con ello.

—Si esto fuera lo más importante de todo, estarías sonriendo. —Barb sacudió la cabeza.

—Tienes razón. Hay más.

—Sé que hay más, y sé que no es bueno, de modo que, cuéntame.

Pete tragó saliva. Pete estuvo a punto de atragantarse con el chicle.

—Una parte de la operación salió mal. Tengo que ir a Las Vegas a recoger a Wayne y hacer una última incursión en Cuba. Necesito que te escondas en algún sitio hasta que todo haya terminado y haya llegado a algún acuerdo con la Banda.

—No —dijo Barb.

Bum. Caso cerrado. Así de fácil.

—Luego dejaré el Tiger Kab y el Cavern. —Pete tragó saliva—. Y nos marcharemos a otro lado.

—No —dijo Barb.

Sin redoble de tambores, sin pausa, sin inflexión.

—Puedo engañarlos de algún modo. —Pete tragó saliva—. Existe cierto riesgo, claro, pero no lo haría si no estuviera seguro de que los Chicos creerán mi explicación.

—No —dijo Barb.

Sin bombo ni platillos. Inexpresividad total. Nada de gritos.

Pete tragó saliva. Pete recuperó su chicle.

—Si no pago esta deuda, correrá la voz. La gente inoportuna

pensará: «Conocía la historia y pasó de todo.» Empezarán a pensar que soy débil, lo cual, en un momento dado, nos traerá problemas.

—No —dijo Barb—. Sea lo que sea, es mentira, y lo sabes.

Sin posibilidad de recurso —te conozco—, eso es. De momento, ninguna lágrima —lágrimas pendientes—, ojos mojados.

—Volveré cuando todo haya terminado —dijo Pete.

Vuelo chárter. De La Crosse a Las Vegas. Empleados con vacaciones pagadas por la empresa / la cabina llena de humo / asientos estrechos.

Los empleados eran de una compañía de seguros. Los empleados eran masones y del Club del Alce. Bebían. Se cambiaban sus extraños sombreros. Contaban chistes.

Pete intentó dormir. Sus pensamientos se lo impedían.

Había llamado a Stanton. Una llamada de laaarga distancia. De Saigón a la bahía de St. Louis. Había sacado a colación la movida cubana. Había dicho que quería ir. Había dicho que quería despedirse de Cuba.

Stanton dijo que sí.

En Saigón había hecho limpieza. Había dejado pistas falsas. Había comprado armas. Había arreglado la ventana del almacén. Había trabajado en secreto. Había instalado un cristal nuevo y una tela metálica nueva. Había llamado a Mesplede. Había dicho que él lo arreglaría. Que infringiría la infracción.

Compró tres pistolas. Una Walther y dos Berettas. Compró tres silenciadores. Compró tres fundas para llevarlas dentro de los pantalones. El botín. Los trofeos. Coches / pieles / relojes / antigüedades / La INMENSA MENTIRA revelada.

El avión entró en una turbulencia. Pasaron por zonas de bajas presiones. Los masones manosearon a las azafatas. Los masones rieron y platicaron.

Soltaron frases a favor de la guerra. Todo palabras trilladas. No podemos retirarnos. Castigaremos a los asiáticos. No podemos parecer débiles.

Pete cerró los ojos. Pete oyó a los tipos. Pete vio películas de cosecha propia.

Ahí está Betty Mac. Es su visita núm. 12 millones. Ahí está Chuck, el monstruo del torno. Ahí está Barb. Barb dice «no» con los ojos arrasados en lágrimas.

Nos mantendremos firmes. Machacaremos al Vietcong. Nunca nos rendiremos. Patearemos a esos putos pacifistas.

Las palabras resonaban. Las oía en estéreo. Intentó dormir. No lo consiguió. Luchó contra su cansancio. Tuvo esta idea:

A tomar por culo todo. A tomar por culo ahora mismo. Olvida la infracción del kódigo del kuadro.

El avión aterrizó. Pete desembarcó. Pete se dirigió al mostrador de la Air Midwest.

Compró un billete. Derrochó. Primera clase a Milkwaukee / conexión a Sparta / dos aviones, sólo billete de ida.

Una escala larga. Cuatro horas para matar el tiempo.

Fue a la terminal de salida. La bolsa de las armas pesaba. Se tumbó en cuatro asientos. Se dejó caer. Era blando y oscuro. Uso el periódico a modo de sábana.

Abrió los ojos. Vio luces en el techo. Vio a Ward Littell. Ward Littell tenía su billete. Ward Littell lo estaba mirando.

—Ibas a regresar. A Barb le gustará saberlo.

Pete se sentó. Se le cayó el periódico que hacía las veces de sábana.

—Me has dado un susto de muerte.

—Barb me ha llamado. —Ward se limpió las gafas—. Me ha dicho que ibas al Sur, a hacer una locura de recado y que yo podía evitarlo.

—¿Y? —Pete bostezó.

—Y he averiguado unas cuantas cosas y he llamado a Carlos.

Pete encendió un cigarrillo. Eran las 6.10. Su vuelo salía a las 7.00.

—Sigue. Quiero ver adónde va a parar todo esto.

—En parte es de Carlos y en parte lo he descubierto yo... —Ward tosió.

—Habla, por Dios.

—Carlos va a liquidar tu negocio. Formaba parte de un truco para hacer llegar armas a Castro y que éste las distribuyese a los rebeldes de Centroamérica. Todo encajaba con mi plan de los casinos en el extranjero, y nunca supe nada de ello.

Llena los cuadros en blanco / une la línea de puntos. Stanton y Carlos / la falsa entrega de armas / la MENTIRA INMENSA al completo.

—Todo era un engaño, Ward.

—Lo sé.

—¿Y Bob Relyea? ¿Qué ha sido...?

—Ha dejado su trabajo en el Klan y ahora está metido en otra operación. Wayne trabaja con él, y Carlos me ha dicho que eso es todo lo que sabe.

Pete cogió el billete. Littell volvió a quitárselo.

—Estuviste en Saigón. Descubriste unas cuantas cosas. Hablo a partir de lo que le contaste a Barb.

Pete cogió la bolsa. Las pistolas entrechocaron.

—Sabes mucho más que yo. Has hablado con Barb. Has hablado con Carlos. Has venido a buscarme. Empecemos a partir de aquí.

—Carlos ha sabido que Stanton, Guery y Elorde han estado escamoteando en beneficio propio. —Ward se ajustó las gafas—. Lo que quiere es que tú los elimines a los tres y a sus contactos cubanos. Dice que si lo haces y le haces otro «pequeño favor», podrás retirarte.

Sonó un altavoz. Vuelo 49, directo a Milwaukee.

—¿Y crees que habla en serio?

—Sí. Quieren terminar de limpiar esto y pasar a otra cosa.

Pete miró la puerta de embarque. La tripulación estaba ante ella. Los pasajeros se acercaban con carros de equipaje.

—Llama a Barb. Dile que he estado a punto de volver a casa.

Ward asintió. Ward arrugó el billete.

—Y una cosa más.

—¿Qué?

—Carlos quiere que les cortes la cabellera.

110

(Memphis, 3/4/68)

Conejos:

CONEJO SILVESTRE. CONEJO ROJO. Pronto, CONEJO MUERTO.

Wayne se acercó a la acera. Wayne aparcó. Wayne observó el motel New Rebel.

El Mustang se detuvo. Fred O. se acercó. El tirador se apeó. Ahí está el flaco Fred O. No ha comido en mucho tiempo para cambiar de aspecto. Ahí está el flaco Jim Ray. No ha comido en mucho tiempo porque toma cristales de metanfetamina.

Rieron. Se abrazaron. Fred O. le pasó la caja. Era larga y aparatosa. Contenía una 30.06.

Con mira telescópica de primera. Preparada para balas de punta blanda. Se abren con el contacto / impacto directo / difíciles de identificar en las pruebas de balística.

Jimmy tenía su rifle. Bob tenía otro igual. Fred tenía el núm. 3. Lo habían probado con un disparo. Tenía marcadas las huellas de Jimmy.

El día D era al día siguiente. Jimmy podía disparar. Jimmy podía ponerse nervioso. Entonces dispararía Bob.

Fred O. había adiestrado a Jimmy. Fred O. decía que Jimmy dispararía. Estaba seguro de ello.

El plan:

Hay una posada. Es un albergue de borrachos. Está en frente del motel Lorraine. King está en el Lorraine. En la habitación 306. Dicha habitación da a un porche. Hay una habitación vacante en la posada. Fred O. se aseguró de ello. Fred O. la alquiló por una semana.

Se registró en la posada pero se mantuvo alejado de ella. Al día siguiente la dejaría. Jimmy se registraría. Ocuparía esa habitación. Está cerca de un baño desde el que puede disparar.

Tal vez dispare. Tal vez se ponga nervioso. Si no dispara él, lo hará Bob.

Junto al albergue hay un terraplén cubierto de matorrales. Proporciona cobertura. Proporciona trayectoria. La posada llega hasta Main Street. El Lorraine está en Mulberry.

Jimmy dispara. Jimmy sale. Se aleja de Mulberry. Limpia el rifle. Lo tira en un portal.

Fred O. está al acecho. Fred O. agarra el rifle. Fred O. tira el rifle núm. 3. Tiene marcas de huellas. Son las huellas de Jimmy. Dejadas ahí con la ayuda de una diapositiva.

Jimmy se larga. Jimmy llega en coche al piso franco. Allí lo espera Wayne. Es un apartamento barato. Está amueblado con:

Botellas de licor vacías / papelinas de droga / agujas / polvo blanco / cristales de metanfetamina.

Una nota de suicidio. Falsificada por Fred Otash.

Estaba colocado de metanfetamina. Maté al Negro King. Ahora tengo miedo. Me fugué de la cárcel de Jefferson. No quiero volver a la cárcel. Soy un héroe. Soy un mártir. Eh, mundo, entérate de eso.

Wayne espera. Wayne inyecta a Jimmy. Jimmy muere de sobredosis de anfetamina.

Pánico. Suicidio. El «único asesino» muerto por culpa de la anfetamina.

Wayne vigiló el New Rebel. Fred O. estaba fuera. Jimmy entró. Fred O. miró alrededor. Vio a Wayne y le guiñó un ojo.

Wayne le devolvió el guiño. Wayne arrancó y fue hasta el motel Lorraine.

Aparcó cerca.

Inspeccionó el terreno. Miró la galería. Inspeccionó el terraplén cubierto de matorrales. Estudió la calle.

Los matorrales eran densos. Proporcionaban cobijo. Terminaban en una pared de cemento. Un pasaje llevaba a Maine Street.

Wayne observó el hotel. Unos negros charlaban. Estaban en esa galería. No habría policía. Dwight lo había confirmado. Dwight había escuchado emisoras de la policía. En Memphis había tensión. Había manifestaciones y disturbios. La pasma estaba en alerta de Código 3. Había más algaradas planeadas, una nueva marcha prevista para el 5 de abril.

Para entonces ya estaría muerto. Memphis lo lloraría. Wayne lo sabía. Jimmy dispararía. Fred lo había dicho. Fred lo sabía.

Fred había adiestrado a Jimmy. Jimmy había ido de L.A. a Memphis. Se había detenido por el camino. Jimmy estaba loco. Había asistido a clases de hipnosis. Había hecho un cursillo de camarero. Se había chutado metanfetamina. Había comprado revistas y libros porno y se había masturbado.

Se había hecho socio de los Amigos de Rodesia. Había puesto anuncios en la sección de clasificados. Se había hecho la cirugía estética en la nariz. Había acechado al reverendo King en L.A. Lo había acechado el 16 y el 17 marzo.

Fred O. lo vigiló. Entonces, Fred lo supo. Disparará con mucho gusto. Fred lo había reclutado con mucho gusto. Fred se había ocultado tras el nombre de «Raúl».

Fred tenía el itinerario de King. Dwight Holly se lo había enviado. Los había conseguido de una fuente del FBI.

King había ido a Selma. Llegó el 22/3. Fred O. y Jim Ray ya estaban allí. Las condiciones no eran favorables. Fred O. pospuso el día D.

King se quedó en Selma. Jimmy se acercó en coche a Alabama. Sabía que King vivía allí. King lo engañó. King se fue a Nueva York. Tenía asuntos que resolver allí.

Dwight recibió un soplo a través de su enlace en el FBI. CONEJO ROJO va a Memphis. Fecha de llegada: 28/3. En Memphis hay una huelga de basureros.

Dwight reclutó a Wayne. «Raúl» instigó a Jimmy Ray. Más dinero en efectivo y anfetamina. Memphis era el lugar.

Y había llegado el momento. Fred lo había dicho. Fred lo sabía. Jimmy estaba muy colgado. Jimmy ansiaba la «recompensa». Jimmy ansiaba su Santo Grial.

Wayne vigiló la galería. Wayne vio actividad.

Dwight comprobó las amenazas de muerte. Los federales de Memphis le pasaron información. King había recibido 83 amenazas de muerte. Casi todas del Klan.

Luther King pasó de ellas. King se rió de ellas. King despreció las medidas de seguridad.

Wayne vigiló la galería. Wayne vio al reverendo. Lo conocía desde hacía mucho tiempo. Se entrelazaron. Tuvieron simetría.

Había estado en Little Rock. Había apoyado la integración. Allí había visto a King. Luego había visto la película de la jodienda. La había filmado el FBI. Mató a tres tipos de color. King acusó a Las Vegas. Estuvo a punto de ir allí. Mató a Bongo en Saigón. King censuraba la guerra. Había matado a Wendell Durfee. Wayne Senior se lo había servido en bandeja. King satisfacía su causa vengativa.

Wayne Senior lo había sabido:

Tú lo quieres. Yo he conseguido que lo quieras. Es tuyo.

Había matado a Durfee. Dwight lo había sobornado. Se había unido a la causa de Wayne Senior. Es la escuela de odio racista de Wayne Senior. Es un curso de postgrado. Los negros fomentan el caos. Los negros siembran la discordia. Los negros se reproducen en los burdeles.

Has aprendido, le dijo Wayne Senior. Has pagado. Te has ganado este disparo.

Wayne Senior fanfarroneaba:

Ward Littell se retira. Los mormones me adoran. Conseguiré ocupar el puesto de Littell junto a Hughes. Es cierto. Lo sé. Me lo han dicho.

Carlos me ha llamado. Hemos hablado. Hemos discutido el retiro de Littell. Hemos hablado de negocios en general. Hemos hablado del puesto de asesor de Hughes.

Carlos había dicho esto:

Littell ha trabajado para Hughes y para mí. Puedes ocupar ambos puestos. Littell soborna a Nixon. Luego se retira. Tú empiezas a partir de ahí. Tú trabajas con Nixon. Consigues que acceda a nuestras peticiones. Consigues que nos dé garantías.

Wayne Senior había dicho esto:

Mi hijo, el químico. Ya lo conoces. Sé que ahora es mejor que Pete B.

Carlos había dicho esto:

Encontraremos una misión para él. Se la daremos a Wayne. Eso significa adiós a Pete.

Wayne vigiló el balcón. Wayne vio reír a King. King se dio sendas palmadas en las rodillas.

Odio de manera inteligente. He matado a cinco. No puedes superar mi odio.

111

(Bahía de St. Louis, 3/4/68)

Soltemos las amarras. Son las 21.16. Sopla un ligero viento. Rumbo sur-sureste.

La última entrega de armas. El telón a punto de kaer para el kuadro.

Pete recorrió la cubierta. Los pantalones le apretaban. Llevaba tres pistolas en su interior. Llevaba la camisa por fuera. La panza se le veía gorda. Los silenciadores le rascaban la piel.

Había llegado en avión. Había retrasado la marcha. Había llegado tarde. Había buscado a Wayne en Las Vegas. No lo había encontrado. Carlos había llamado.

Carlos era Carlos. A tomar por culo la Mentira Inmensa. Carlos estuvo brusco.

—Has descubierto algunas cosas, ¿y qué? Tú nunca has sido idiota, Pete.

—Bob se ha largado. Está trabajando con Wayne. No le ocurrirá lo mismo que a los demás.

—No actúes apesadumbrado. Tráeme unas cabelleras. Recuerda que estás en deuda conmigo por lo de Dallas.

El barco cabeceó. El barco bajó la ola. El barco se estabilizó. Pete recorrió la cubierta.

Pensó en el asunto. De cabo a rabo. Luchó contra las náuseas.

Están en la bodega. Píllalos a solas / píllalos juntos. Ve al armario de las armas. Agarra un fusil. Dispara una densa ráfaga.

Pilota el barco. Sabes hacerlo. Pon rumbo a aguas cubanas. Camela a Fuentes para que suba a bordo. Haz lo mismo con Arredondo. Mátalos / córtales la cabellera / tíralos al mar. Córtales la cabellera a los demás y tíralos al mar.

Seis muertes. Cortes de pelo estilo carnicero. Kabelleras kortadas por infracción del kódigo del kuadro.

El barco se deslizaba suavemente. Con el piloto automático. Las cristalinas aguas del golfo.

Pete subió al puente. Pete leyó cuadrantes. Pete comprobó los instrumentos. Va bien. Sabes hacerlo. Lo harás.

Bajó. Sintió náuseas. Se le puso la carne de gallina. La cabina principal estaba llena. Stanton / Guery / Elorde / Dick Wenzel.

Pete se puso nervioso. Pete se revolvió. Pete se golpeó la cabeza contra una viga.

—Estos barcos no están hechos para gigantes.

—Para mí, eso también es un problema —dijo Guery.

—Pues yo no tengo ese problema —dijo Flash.

—Tú eres una gamba pero eres peligroso —dijo Wenzel.

Todos rieron. Pete rió. Pete se sintió mareado.

Cuatro hombres / desarmados / bien. Todos relajados / bebiendo whisky / bien.

Fíjate qué descuido. Una auténtica putada:

Podrías haber traído el Seconal. Podrías haberlo echado en el whisky. Podrías haberlos matado mientras dormían.

—Repostaremos combustible en Snipe Key —anunció Stanton.

—Nos encontraremos con ellos ochenta nudos más allá. Es la única manera de que la cita sea antes del amanecer.

—Ha sido culpa mía. —Pete tosió—. He llegado tarde.

—Tranquilo. —Flash sacudió la cabeza—. Es la última vez, y no podíamos zarpar si ti.

—Tú siempre has sido... —Guery sacudió la cabeza—. *Qu'est-ce que*... el más comprometido de todos.

—Echaré de menos estas movidas —dijo Wenzel tras un trago de whisky—. Odio a los rojos tanto como los odian los otros blancos que ahora me rodean.

—Yo no soy blanco. —Flash sonrió.

—Lo eres por dentro. —Wenzel sonrió.

Pete fingió un bostezo. Sintió una punzada en el pecho. El pulso se le aceleró.

—Estoy cansado. Voy a tumbarme un rato.

Los chicos sonrieron. Los chicos asintieron. Los chicos se desperezaron y se despidieron. Pete salió. Pete cerró la puerta. Pete inspeccionó las cabinas.

Cuatro compartimentos / cuatro literas / cuatro sacos de dormir. Que se emborrachen, por favor. Que caigan redondos por turnos.

Abrió el contenedor de la carga. El barco se deslizaba. El barco se deslizaba muy ligero. Ligero sin el lastre de las armas.

Abrió la puerta del almacén. Miró en su interior. Abrió la luz.

Bingo:

Vacío / no hay armas / no hay material bélico embalado.

Sintió náuseas. Sintió unas náuseas profundas. Unas náuseas enormes, tamaño King Kong.

No había armas. No había entrega de armas. Cabos sueltos bien programados. Van a matarte. Te tirarán al mar. Matarán a Fuentes y Arredondo.

El barco cabeceó. Pete mantuvo el equilibrio. Pete abrió el armero. Sintió un fuerte pinchazo, hijo de puta, a la altura del pecho.

Sacó fusiles. Tiró de la guía. Sacó las balas cargadas en las armas. Tenía los dedos de mantequilla. Cuatro fusiles / las balas extraídas / sin manos suficientes para sostenerlas.

Las balas cayeron. Las balas giraron sobre sí mismas y rodaron por el suelo de la cubierta.

Las recogió. Se las metió en los bolsillos de los pantalones. Se las metió en la boca. Cogió los fusiles con torpeza y volvió a colgarlos en su sitio. Oyó que se abría con un crujido la puerta de la bodega.

Se volvió. Vio a Wenzel. Lo habían pescado como a un idiota. Tenía la boca llena de balas.

Wenzel cerró la puerta. Wenzel se acercó. Wenzel apretó los puños.

—¿Qué carajo...?

Pete miró alrededor. Vio la pistola de hacer señales. Está cerca. En la pared, colgada de un clavo.

Escupió las balas. Retrocedió. La agarró y apuntó. Apretó el gatillo. La llama se encendió. La llama alcanzó la cara de Wenzel. Wenzel chilló. El cabello empezó a arderle. Se golpeó la cara.

La llama descendió. La ropa prendió. Wenzel ardía del tórax a los pies.

Pete se acercó. Lo cogió por el cuello. Le apagó las llamas del cabello. Golpeó a la izquierda. Se quemó las manos. Golpeó a la derecha.

Wenzel se convulsionó. Wenzel se quedó flácido. A Wenzel se le encendieron las cejas. Pete lo tiró al suelo. Pete le arrancó la camisa y se la echó sobre la cara.

Las llamas chisporrotearon y se apagaron. La puerta permaneció cerrada, conteniendo las llamas y el hedor.

Pete dobló la mano. Las ampollas de las quemaduras reventaron. Pete afirmó bien los pies.

Ahora.

Lo echarán de menos. Lo necesitarán. Gritarán. El barco se desliza. Va con el piloto automático. Wenzel está de guardia.

Ahora.

Pete se incorporó. Pete escuchó. Con la oreja hacia la puerta.

Nada.

Sacó su Walther. La amartilló. Abrió la puerta. Un pasillo / cuatro cabinas / dos a cada lado.

Diez metros más adelante: la cabina principal / en perpendicular / con la puerta cerrada.

Nadie.

Pete avanzó. A pasos de enano. Despacio. Llegó a la cabina núm. 1. Miró dentro. Se apoyó contra la jamba.

Nadie.

Pete avanzó. A pasos de enano. Despacio. Llegó a la cabina núm. 3. Miró dentro. Se apoyó contra la jamba.

Ahí está Flash. En la litera. Dormido fuera del saco.

Pete se acercó. Pete apuntó. La boca del cañón a la sien / el silenciador por delante. Disparó una vez. La pistola hizo pifff. El cerebro reventó en la cama.

Pete salió. A pasos de enano. Llegó a la cabina núm. 4. Miró dentro. Se apoyó contra la jamba.

Nadie.

Pete avanzó. Pete combatió pinchazos en el pecho y náuseas. Pete abrió la puerta de la cabina principal.

Nadie. Todos en la cubierta. Ahora despacio. Respira hooondo.

Lo hizo. Subió con pasos de enano. Sintió fuertes náuseas. Respiró con dificultad. Las manos le temblaban. Su esfínter se abrió. Olió su propia mierda. Olió su propio sudor. Olió hebras de silenciador disparado.

Pasos de enano. Ahora, tres más. Llega a cubierta / cuidado con los pies.

Sacó una Beretta. La amartilló. Subió con dos pistolas en las manos. Respiró con dificultad. Pasos de enano, despacio y...

Llegó a la cubierta. No pudo respirar. El brazo izquierdo se le desgarró. Un relámpago de dolor del corazón al brazo. Mierda de arterias.

Tragó aire. Se desplomó de rodillas. Se le cayó la pistola de la mano izquierda. Golpeó sobre la teca.

Hizo ruido. Alguien gritó. El ruido resonó a sus espaldas.

Stanton.

Stanton gritó: «¡Dick!» Stanton gritó: «¡Pete!»

En el otro extremo de la cubierta. A doce metros. En los asientos de popa.

Pete cayó de bruces. Su brazo izquierdo explotó. Pete golpeó la cubierta con los dientes. Pete rodó de lado. Tragó aire. Escupió trozos de dientes.

Oyó a Guery. En la popa, a babor. «No lo veo.»

Oyó a Stanton. En las escaleras traseras de popa. «Creo que se ha cargado a Dick.»

Oyó los clics de la guías. Oyó las armas amartillándose. Oyó ráfagas de disparos. Su brazo izquierdo explotó. Su brazo izquierdo murió. Su brazo izquierdo quedó flácido.

Tragó aire. Lo sorbió con fuerza. Dolía mucho. Quemaba. Hizo acopio de aire.

Se arrastró.

Con una sola mano. Con un solo brazo. A la velocidad que le permitía un solo brazo. Rozó un montón de cuerdas. Era un buen lugar para ponerse a cubierto. Cuerdas gruesas que formaban una pila muy alta.

Oyó ruido de pasos. Recorrían la cubierta por babor. Vio perneras y pies.

Guery, caminando deprisa. Iba hacia él.

La respiración le falló. Vio las estrellas. Apuntó desde detrás de las cuerdas. Apuntó bajo. Disparó.

Seis disparos seguidos. Seis estallidos en la boca de la pistola. Doble visión / puntos de luz / patas de araña.

Guery gritó. Guery cayó y se agarró los pies. Guery disparó muy alto. Los balas astillaron un mástil.

Pete sorbió aire. Pete consiguió aire. Sólo una gota. Apuntó a la altura de la cabeza. Disparó despaaacio.

La guía se atascó. La luz de la boca del cañón se dispersó. Vio a Guery con los pies amputados.

Oyó ruido de pasos. En la popa. Subían por las escaleras traseras. Sacó la pistola núm. 3. El corazón le dio un brinco. Se le cayó la pistola. Guery disparó. Las balas alcanzaron las cuerdas. Las balas rebotaron.

Pete rodó por el suelo. Pete se arrastró. Se arrastró con un brazo y dos pies. Guery lo vio. Guery se tumbó boca abajo y disparó.

Balas trazadoras. Ruidosas y muy cerca. Por encima de su cabeza. Astillaron las regalas. Se incrustaron en la teca. Seis disparos / siete / todo el cargador.

Guery dejó caer el arma. Pete se acercó. Pete saltó impulsándose con un solo brazo.

Abrió la boca. Mostró los dientes. Mordió. Desgarró la mejilla de Guery. La abrió con los dedos. Le arrancó un ojo.

Guery gritó. Guery blandió el puño. Pete se lo mordió. Pete rompió hueso. Pete hizo una V con su mano buena.

Guery gritó. A muchísimos decibelios. Fue mitad grito / mitad gemido.

Pete lanzó la mano hacia arriba. Pete le desgarró el tejido de la garganta. Pete le aplastó los huesos del cuello. Pete llegó al paladar y a las muelas.

Guery sufrió un espasmo. Pete le arrancó un brazo. Guery sufrió un espasmo. Pete rodó hacia atrás y empujó con los pies.

Pateó a Guery. Lo pateó con fuerza. Lo hizo rodar por la cubierta. Lo pateó hasta tirarlo al mar.

Pete oyó un chapoteo. Pete oyó un grito. Sorbió aire. Consiguió aire. Se arrastró por el suelo.

Se arrastró valiéndose de un solo brazo. Un ruido atravesó la teca de la cubierta.

Es Stanton. Está bajo la cubierta. Roce de acero contra acero. Está en la bodega. Está cargando escopetas.

Pete sorbió aire. Pete rodó y consiguió arrodillarse. La vejiga no resistió. La respiración le falló. Sorbió aire con fuerza.

Se puso en pie. Caminó. Se tambaleó. Avanzó inclinado hacia un lado. Llegó a las escaleras traseras. Golpeó la puerta con el costado del cuerpo.

Nada. La puerta no cede.

La pateó. Hizo fuerza.

Nada. La puerta no cede.

Una barricada / a prueba de golpes / paso bloqueado a las escaleras traseras.

Pete se arrodilló inclinado hacia un lado. Pete se dejó caer de lado. Pete oyó ecos en la madera de la cubierta. Pete oyó el roce del acero contra el acero.

A un metro de distancia. Unos tres metros por encima. Allí la cubierta está gastada. Es teca rompible.

Pete se incorporó. Respiró con dificultad. Consiguió arrodillarse.

Se arrastró. Avanzó sobre las rodillas. Llegó al cubo del áncora.

Se puso en pie. Invocó a Barb. Se agachó. Tendió el brazo derecho. Agarró la caña del áncora. Se convulsionó y se puso en pie.

Su respiración explotó. Su respiración se paró. El brazo izquierdo le estalló.

Trastabilló. Avanzó un metro hacia estribor. Levantó el ancla casi dos metros y la dejó caer.

Golpeó con fuerza. Rompió la cubierta. Destrozó la madera de teca. Cayó directa a la bodega. Aplastó a John Stanton de pleno.

112

(Memphis, 4/4/68)

La cuenta atrás.

Son las 17.59. Vamos hacia el jaque mate. Un peón contra KING EL ROJO. Estamos cerca. King está fuera. King está en la galería.

Está junto a la barandilla. Hay un negro a su lado. Abajo se congregan más negros. King les habla. En tono jovial. En la calle hay coches parados. Jimmy está en el albergue de borrachos. Fred lo ha dicho. Jimmy disparará. Fred lo ha dicho. Jimmy se largará. Yo dejaré el rifle núm. 3. Fred lo ha dicho.

Wayne vigiló. Los matorrales lo cobijaban. A Bob Relyea otro tanto. El suelo estaba cubierto de insectos. Las hormigas no paraban. El polen escocía.

Bob sostenía el rifle núm. 2. Apuntaba hacia arriba y hacia fuera. Wayne tenía unos binoculares. Wayne enfocó con precisión.

Mantuvo el enfoque en King. En sus ojos. En su piel.

—El negro no va a bajar a la calle —dijo Bob—. Si Jimmy no dispara dentro de un minuto lo haré yo.

Código Rojo / todos los sistemas despejados / todos los sistemas en marcha. No hay guardas de seguridad / no hay policías / ni federales ni coches del Buró. Ellos tenían el coche aparcado en Main Street. Fred O., otro tanto.

Dispara Bob o dispara Jimmy. Entonces Jimmy corre. Ellos corren más deprisa. Corren como una exhalación. Cruzan el mismo pasaje. Son jóvenes y rápidos. Atajan por los laterales del albergue de borrachos.

Montan en el coche. Se largan. Jimmy monta en el suyo. Se larga. Fred O. deja el rifle núm. 3 en un portal, arriba está Canipe Novelty.

Wayne llega al piso franco. Aparece Jimmy. Jimmy se suicida.

La cuenta atrás. Las 18.00 en punto. Peón contra rey.

Wayne ajustó los prismáticos. Vio los ojos de King. Vio su piel.

—Ya lo tengo. Si Jimmy falla o sólo lo hiere, te aviso.

—Quiero que se ponga nervioso. Ya lo sabes.

—Otash asegura que es de fiar.

—Es un bocazas. Siempre lo ha sido.

Wayne miró a King. Wayne viajó en el tiempo. Wayne vio la película de la jodienda. El colchón chirría. King está gordo. Se cae un cenicero.

Wayne se inquietó. Bob se inquietó. Wayne vio cómo sobresalían las venas de su cuello. Oyeron un disparo. Vieron sangre roja sobre la piel negra.

Wayne vio el impacto. Wayne vio el chorro de sangre en el cuello. Wayne vio caer a King.

El piso franco:

Un apartamento de dos habitaciones. Mobiliario barato. A unos cinco kilómetros de Main Sur.

Wayne dejó a Bob por el camino. Wayne fue al piso. Esperó. El maldito Jimmy se había vuelto majara. El maldito Jimmy no se presentaba.

Fred O. le había dicho que fuera al piso. Fred O. le había dicho que allí estaría su amigo. Su amigo le daría la recompensa. Le daría el visado. Le daría un pasaporte de Rodesia.

Wayne se sentó. Wayne esperó. Wayne utilizó el radiotransmisor. Fred O. se puso en contacto con él. Fred O. le contó lo que sabía.

Había abandonado el rifle. Nadie lo había visto. Jimmy había subido a su coche y se había largado.

Llegó la policía. Encontraron el rifle. Lo requisaron.

Hablaron con la gente. Obtuvieron descripciones. Emitieron boletines. Busquen a un blanco. Conduce un Mustang blanco.

Incorrecto. El Mustang de Jimmy era amarillo.

Fred O. siguió hablando. Fred O. estaba preocupado. Se ha largado. Se ha olido algo. Wayne hizo callar a «Raúl». La pasma tiene el arma que hemos dejado. Los federales se harán cargo de la investigación. Los federales la difuminarán.

Balas de punta blanda. Difíciles de identificar. Holocausto balístico. Es una 30.06. Es el arma asesina. Lo sabemos con seguridad.

Confía en el señor Hoover. El señor Hoover sacará conclusiones. El gran Dwight lo dice. Wayne estuvo de acuerdo. Estamos protegidos, dijo Wayne. Ambos lo decimos.

Bob estaba machacado. Bob no había disparado. Bob el klanista con karencias. Bob había reído y había parado un taxi. Bob se había ido a West Memphis, Arkansas.

Wayne siguió sentado. Wayne esperó. Wayne supo que Jimmy no se presentaría.

Quemó la nota de suicidio. Tiró la metanfetamina por el váter. Rompió la hipodérmica. Se puso guantes. Limpió la casa. Puso la radio.

Oyó panegíricos. Oyó actualizaciones de las noticias. Oyó a los negros de la calle privados de su líder. Disturbios en marcha / caos en toda la nación / incendios y saqueos.

Wayne abrió la ventana. Wayne oyó sirenas. Wayne vio llamas y humo.

Wayne pensó: «Yo lo he hecho.»

113

(Washington D.C., 6/4/68)

Noticias actualizadas. En directo por televisión.

Littell veía la NBC. Littell vio disturbios y dolor. Littell vio la televisión todo el día.

Muertos en los disturbios: cuatro en Baltimore / nueve en el D.C.

Disturbios: L.A. / Detroit / St. Louis / Chicago / Nueva York. Indignación / reacción en cadena / grandes cifras de daños.

Littell abrió una ventana. Littell olió a humo. Littell oyó impactos de bala.

Un locutor actualizaba las noticias. Acababa de llegar un teletipo.

Unos negros ven a un blanco. Los negros atacan el coche en que viaja. Los negros matan a dicho blanco. Otros negros miran.

Littell vio la televisión. No durmió. Llevaba más de cuarenta y ocho horas despierto.

Había volado al D.C. Había arreglado asuntos de los Camioneros. Se había enterado de la noticia. Se había encerrado en su apartamento. Vivía delante del televisor.

Estaba apesadumbrado. Vio la televisión. Imaginó escenarios: el señor Hoover / Dwight Holly / CONEJO NEGRO.

El chantaje de Rustin. La frustración consiguiente. La Marcha de los Pobres es una provocación. Líneas temporales / acontecimientos encadenados / pros y contras de las conclusiones. El FBI investiga / pros y contras de las ocultaciones de la verdad / lecciones empíricas de Dallas.

Se encerró. Lloró un poco. Se preguntó:

Las escuchas en El Encanto. La «caja de golosinas» de los Chicos. La suite pinchada de Bobby. Acceso a la campaña de Bobby.

Imaginó escenarios. Los conectó. De King a Bobby. Vio la televisión. Desprestigió escenarios. De King a Bobby. Se quedó en casa. A salvo. Llamó a Janice.

Janice se había enterado hacía ocho días. Los médicos habían dicho que era cáncer.

Cáncer de estómago. Se extiende despacio. Se extiende hacia el bazo. Los calambres enmascaraban los síntomas. Los calambres te han hecho perder tiempo. Los calambres han impedido una detección precoz.

Tal vez sobreviva. Tal vez muera. Mejor operar. Janice dijo que quizá. Que quería pensárselo.

Littell le había dicho: Te gusta el Desert Inn. Vivamos juntos allí. Relájate y juega al golf.

Janice lo hizo. Janice se trasladó. Hablaron. Janice cargó contra Wayne Senior.

Janice lloró un poco. Janice le dijo que había hablado dormido. Él le preguntó qué había dicho. Ella le dijo que había hablado de «Bobby» y de «Jane».

Ella no dijo nada más. Cerró la boca y se mostró esquiva. Él la consoló. La convenció de que se dejara operar.

Janice demostró valor. Janice dijo que sí. Al cabo de una semana, tendría que vérselas con el bisturí.

Lista de enfermos:

Janice estaba gravemente enferma. Pete había estado a punto de morir. Un ataque cardíaco / en su viaje en barco / en alta mar.

Pete había matado a cuatro hombres. Había arrojado los cuerpos al agua. Pete había puesto rumbo al Golfo. Había llamado por radio a la bahía de St. Louis. Había pedido que llamaran a su amigo en el D.C.

Littell recibió el mensaje. Littell llamó a Carlos. Carlos prometió una brigada de limpieza. Pete llegó a puerto. Pete tuvo suerte. Nadie había visto embarcar a cinco hombres.

La brigada de limpieza subió a bordo. La brigada de limpieza lo limpió todo. Los médicos rescataron a Pete. Lo operaron. Le pusieron un parche en el corazón.

Trombosis coronaria. Esta vez de intensidad media. Has estado de suerte.

Pete descansó. Pete llamó a Littell. Pete dijo que se había cargado a cuatro y que no había podido pillar a los otros dos.

Littell llamó a Carlos. Littell le transmitió el mensaje. Carlos dijo mierda. Carlos aplazó lo de los otros dos.

Pete volvió a llamar a Littell. Pete le pidió favores. No se lo cuentes a Barb. No la asustes. Deja que me recupere. Llama a Milt Chargin. Dile que estoy bien. Dile que cuide del gato.

Littell accedió. Al cabo de una hora volvió a llamarlo. Se puso una enfermera. Dijo que Pete se había marchado «contraviniendo los consejos del médico».

Pete había recibido una visita. Dicha visita lo intrigó. Era un tal Carlos no-sé-qué. Eso había ocurrido hacía cuatro horas.

Littell cambió de canal. Littell vio a Bobby. Bobby se mostraba solemne. Bobby condenaba el racismo. Bobby lloraba al reverendo King.

Littell cogió su Rolodex. Littell buscó a Paul Horvitz.

Preparó la cita. Pete dijo que correría el riesgo. Nos encontraremos a las 18.00 horas en el Eddie Chang Kowloon.

Littell evaluó el riesgo que corría.

Las escuchas en el hotel. Las conclusiones potenciales eran exponenciales. Arriésgate. Cuéntaselo a Paul. Haz que avise a Bobby.

Littell se vistió. Se puso el traje de tweed, la barba postiza y salió.

Caminó. Quebrantó el toque de queda. Oyó sirenas. Vio que todo el D.C. estaba cerrado a cal y canto. Vio llamas a unos cuatro kilómetros de distancia. Oyó bocinas que se superponían.

Caminó deprisa. El tweed lo asfixió de calor. La brisa transportó carbonilla. Pasó un coche. Un negro gritó. Littell oyó obscenidades racistas.

Un negro tiró una lata de cerveza. Un negro vació un cenicero. El viento arremolinó las colillas.

Littell llegó a Conn Avenue. Las bocas de riego hicieron erupción.

Los bomberos desplegaron mangueras. Junto a los camiones de bomberos había policías.

El Kowloon estaba abierto. Eddie Chang estaba malhumorado. Su local era frecuentado por los polis.

Littell entró. Littell se sentó en el último reservado. El camarero encendió el televisor.

Transmisión en directo. Negros con cócteles molotov. Coches panza arriba.

Tres hombres miraron la pantalla. Eran tipos falsamente cordiales. Llevaban sombreros de fieltro y tenían tripa de bebedores de cerveza.

—Malditos animales —dijo el primero.

—Les hemos dado sus derechos civiles —dijo el segundo.

—Y mira lo que ha ocurrido —dijo el tercero.

Littell se arrellanó. Littell se camufló. Littell escuchó anécdotas del Sur Profundo.

Entró Paul Horvitz.

Vio a Littell. Se sacudió los pantalones. Se acercó. Se sacudió las mangas de la chaqueta. Cayeron cenizas y carbonilla.

—Hace una hora, un agente del FBI ha hablado con el senador Kennedy. Le ha mostrado la fotografía de un hombre que se parece mucho a usted, sin la barba. Ha dicho que su nombre es Ward Littell y lo ha llamado provocador. Al oír el nombre y ver la foto, el senador casi se vuelve loco.

Littell se puso en pie. Le temblaban las piernas. Golpeó la superficie de la mesa. Intentó hablar. Tartamudeó.

Paul lo agarró por la chaqueta. Paul tiro de él hacia sí. Le arrancó la barba. Lo abofeteó. Le dio un empujón y le tiró las gafas.

Littell cayó hacia atrás. Littell tiró la mesa. Paul se alejó deprisa.

Los de los sombreros se volvieron en sus taburetes. Miraron a Littell y le dedicaron sonrisas de comemierdas.

Uno enseñó una placa del FBI.

—Hola Ward —dijo otro.

—El señor Hoover lo sabe todo —dijo el tercero.

114

(Los Ángeles, 8/4/68)

Un árabe majara. Su nombre y su apellido son iguales.

Wayne lo mencionó. Dijo que lo había presionado para que pagase. El árabe debía pasta al Cavern. El árabe coleccionaba panfletos antisemitas.

Wayne trabajaba interceptando correo racista. Había descubierto una cosa. ¿Sabes qué? El árabe le mandaba cartas a Bobby K.

Una locuuura: «Cerdos judíos» / «RFK debe morir.»

Pete recorrió autopistas. Pete circunvaló L.A. Pete condujo despacio, a velocidad de viejo.

Se sentía débil. Se sentía machacado. Estaba exhausto. Caminaba a paso de enano. Su respiración farfullaba. Llevaba bastón. Medía sus pasos. Eso le daba una leve satisfacción. Cada día respiraba mejor.

Eres joven. Eres fuerte. Los médicos lo han dicho. El próximo te matará. El cirujano lo había dicho.

Te han abierto el pecho. Te han limpiado las tuberías. Te han cosido y te han dado de comer. Te has marchado. Te has comprado unas tijeras quirúrgicas. Tú mismo te has quitado despacio los puntos. Has utilizado whisky como desinfectante. Has utilizado whisky como anestésico. Has utilizado whisky contra el dolor.

Pete recorrió autopistas. Pete llegó al centro de L.A. Pete condujo tan despacio como un viejo.

Carlos se presentó en el hospital. Lo felicitó por el trabajo del barco. Bravo. Carlos mencionó el pequeño favor. Ya sé que lo sabes. Sé que Ward te lo ha dicho.

Pete repuso que sí. Tú obtienes tu favor y yo me retiro.

Carlos le dijo que fuera a L.A. Que le consiguiera un pringado a Fred Otash.

Carlos dijo que Fred le caía bien. Wayne Senior le había dado referencias de él. Wayne Senior también le caía bien. Tiene clase. Carlos había dicho que ocuparía el lugar de Ward. Que Ward se retiraba muy pronto.

Pete se marchó del hospital. Voló a L.A. Vio a Fred O. Fred O. estaba en los huesos. Fred O. le contó por qué.

Había tenido que cambiar de aspecto para un trabajo. Había adiestrado al cabeza de turco de King.

Bob Relyea preparó el trabajo. Dwight Holly hizo de supervisor. Wayne Senior dirigió la operación. Ahora, Wayne Junior está recluido. Wayne Junior había actuado como refuerzo.

Había matado a Wendell Durfee. El DPLA lo había descubierto. Aún tenían preguntas que hacerle. El homicidio olía a venganza / la víctima había matado a su mujer / nos gustaría hablar con usted.

Pete evaluó los detalles. Pete evaluó a Fred O. Pete sacó a relucir el pequeño favor.

Mierda. Los Chicos necesitan un pringado. Es un atentado contra Bobby.

Fred O. lo confirmó. Fred no mencionó nombres. Fred O. confirmó cosas de manera implícita. Pete se acordó del árabe. Fred O. era libanés. O sea, sinergia.

Pete la contó detalles del árabe. Pete le dio detalles parciales. Fred O. babeó. Pete voló a Las Vegas. Pete dijo hola y adiós al gato. Pete revolvió la habitación de Wayne en el Cavern.

Encontró las copias de los correos racistas. Las hojeó. Encontró las notas del árabe.

¡RFK DEBE MORIR! ¡RFK DEBE MORIR! ¡RFK DEBE MORIR!

Llamó a Sonny Liston. Le preguntó dónde habían encontrado al árabe. Sonny le dijo que en el motel Desert Dawn. Sobornó al recepcionista. Comprobó el libro de registros.

Bingo: Sirhan B. Sirhan / Pasadena / California.

Volvió a volar a L.A. Llamó al Departamento de Vehículos a Motor. Obtuvo los datos completos de Sirhan. Llamó a Fred O. Le dijo que lo buscaría y que cuando lo encontrase, le avisaría.

La noche anterior había llamado Carlos. Carlos se había mostrado socarrón. Lo has adivinado. Me lo ha dicho Fred O. No me extraña en absoluto.

Luego Carlos se mostró imperioso. Carlos dijo esto:

Ward aprecia mucho a Bobby. Ya conoces a Ward. Es un mártir liberal. Corta el contacto por ahora. Ward es listo. Ward se huele las cosas. Littell es un conspirador.

Pete dijo que sí. Que lo haría. Ya sabes que lo que quiero es retirarme.

Carlos rió. Pete vio Dallas. La cabeza de Jack explota. Jackie se agacha a recoger los trozos.

Chez Sirhan: un cuchitril pequeño / marcos viejos de madera / cerca del instituto Muir Hi. El coche de Sirhan: con horteradas de negro / tapacubos y cromados / un Ford marrón mapache.

Pete se acercó. Pete aparcó. Pete esperó y mascó Nicorette.

Pensó en Barb. Puso la radio. Oyó melodías de Barb. Oyó las noticias. Fíjate, el asesino de King sigue suelto.

Pensó en Wayne. Wayne el asesino de negros. De negros de mierda como Wendell Durfee. Pensó en el instinto. Hizo apuestas. Wayne Senior había inducido a Wayne en contra de su voluntad. Wayne Senior lo había reclutado. Cosas de padres e hijos.

Hizo girar el dial. Oyó más noticias sobre King. Oyó noticias sobre la campaña de Bobby.

Sirhan salió.

Iba deprisa. Fumaba. Caminaba de manera curiosa. Hojeaba boletos de apuestas.

Golpeó un árbol de refilón. Chocó contra un seto. Pasaron dos chicos. Miraron a Sirhan. Vaya tío raro.

Sirhan caminaba de manera curiosa. Sirhan tenía un aspecto curioso. Sirhan tenía el cabello rebelde y los dientes muy grandes. Se le cayó el cigarrillo. Encendió otro. Tenía los dientes muy amarillos.

Sirhan subió al coche. Arrancó. Se dirigió al sureste.

Pete lo siguió. Sirhan era un loco de los caballos. Tal vez fuese a Santa Anita. Tal vez a la reunión hípica de primavera.

Sirhan conducía de manera curiosa. Hacía señales con la mano. Ocupaba dos carriles a la vez. Pete lo siguió de cerca. A tomar por culo la discreción. Sirhan era un majara que no se enteraba de nada.

Fueron hacia el sureste. Llegaron a Arcadia. Llegaron al hipódromo. Sirhan derrapó. Aparcó de manera errática. Pete aparcó cerca.

Sirhan se apeó. Sirhan sacó una botella de vodka. Dio breves tragos. Pete se apeó. Pete lo siguió. Pete caminó con el bastón por delante.

Sirhan caminaba de manera curiosa. Sirhan caminaba deprisa. Pete caminaba despacio debido al infarto.

Sirhan llegó a las taquillas. Sirhan pagó con monedas. Pidió un asiento de general. Pete compró un asiento barato. Pete resolló. Pete siguió a Sirhan despaaacio.

Sirhan se abrió paso entre la gente. Sirhan daba codazos de manera curiosa. La gente lo miraba boquiabierta. Mira qué payaso, vaya tipo raro.

Sirhan se detuvo. Sirhan sacó su boleto de apuestas. Sirhan se concentró.

Estudió el boleto. Se hurgó la nariz. Se sacudió un moco. Chupó un lápiz. Marcó números de caballos. Se metió el lápiz en la oreja. Sacó cera. La olió. La sacudió.

Caminó. Pete lo siguió despacio con el bastón. Sirhan sacó un fajo de billetes. Sirhan llegó a la ventanilla de dos dólares.

Apostó a seis carreras. Apostó por caballos no favoritos. Dos dólares cada uno. Hablaba de manera curiosa. Hablaba de manera ampulosa. Hablaba deprisa.

El cajero le pasó los boletos sellados. Sirhan se alejó. Pete lo siguió despacio. Sirhan caminaba deprisa. Cada seis pasos sacaba la botella de vodka.

Tomó un trago. Caminó seis pasos. Tomó otro trago. Pete contó los pasos. Pete lo siguió. Pete rió.

Llegaron a las gradas. Sirhan estudió rostros. Sirhan los estudio despaaacio. Miró con atención. Sus ojos volaron. Sus ojos se encendieron y brillaron.

Pete lo entendió.

Busca demonios. Comprueba si hay judío.

Sirhan se quedó inmóvil. Sirhan miró. Vio narices ganchudas. Olió judíos.

Sirhan caminó. Sirhan tomó asiento. Lo hizo junto a unas chicas atractivas. Las chicas lo miraron. Hicieron muecas de asco.

Pete se sentó. Pete se situó una grada más arriba. Pete contempló el panorama: el paddock / la pista / los caballos en la puerta.

Sonó la campana. Los caballos salieron corriendo. Sirhan se volvió loco.

Gritó vamos, vamos, vamos. Se le levantó la camisa. Pete vio una cartuchera. Pete vio una 38 de cañón corto.

Sirhan bebió vodka. Sirhan gritó en árabe. Sirhan se golpeó el pecho con fuerza. Las chicas se apartaron. Los caballos cruzaron la línea de meta. Sirhan rompió uno de los boletos.

Sirhan se enfurruñó. Sirhan caminó de un lado a otro. Sirhan pisó vasos de plástico. Sirhan estudió su libreta. Se hurgó la nariz. Se sacudió pelotillas del dedo.

Unos tipos se sentaron. Marines vestidos de azul. Sirhan se acercó. Dijo tonterías y les ofreció la botella.

Los marines bebieron. Pete escuchó. Pete oyó:

«Los judíos nos roban nuestros chochos.»

«Robert Kennedy les paga.»

«No es mentira, os lo aseguro.»

Los marines rieron. Los marines se burlaron del espástico. Sirhan se cabreó y alargó el brazo para recuperar la botella. Los marines la alzaron por encima de su cabeza y siguieron burlándose de él.

Se pusieron en pie. Lanzaron la botella al aire. Sirhan era bajo. Los marines eran altos. Lo hicieron saltar.

No te metas, *Semper Fi*, ellos son tres.

Volvieron a lanzar la botella. Sirhan saltó. Sirhan se abalanzó y botó. No te metas / patata caliente / tres manos.

La botella pasó de una mano a otra. La botella voló. La botella cayó y se rompió. Sirhan rió estilo Pato Lucas.

Un espectador soltó una carcajada. Era gordo y tenía el cabello rizado. Mira su bonete, mira su medalla judía.

Sirhan lo llamó «lamecoños».

Sirhan lo llamó «vampiro judío».

Pete contempló la carrera. Pete contempló el show de Sirhan Sirhan.

Sirhan comió caramelos. Sirhan se hurgó los dientes. Sirhan perdió apuestas. Sirhan se enfurruñó. Sirhan se hurgó los dedos de los pies. Sirhan molestó a unas rubias y se sacó cera de las orejas. Sirhan despotricó:

Judíos. RFK. Las marionetas del pus sionista. La revuelta árabe.

Sirhan rastreó en busca de judíos. Sirhan se rascó los huevos. Sirhan aireó los pies y luego caminó hasta el paddock. Pete lo siguió de cerca. Sirhan molestó a los jinetes.

Yo he sido jinete. He sido cuidador de caballos. Odio a los cerdos sionistas. Los jinetes se burlaron de él. A tomar por culo, tú eres un jinete de camellos.

Sirhan patrulló en busca de judíos. Sirhan se fijó en las narices grandes. Sirhan fue al lavabo. Pete lo siguió. Sirhan recorrió los urinarios. Sirhan se encerró en un váter. Pete esperó cerca. Sirhan cagó mucho rato y ruidosamente. Salió del váter. Pete entró. Pete vio garabatos en la pared.

¡Cerdos de Sión!

¡Judios chupasangres!

¡RFK debe morir!

Pete llamó a Fred O. Pete dijo: «Tiene buena pinta.» Pete se acercó al centro de la ciudad. Pete llegó al Palacio de Justicia. Pete se acercó al mostrador de la Junta Estatal de Carreras de Caballos.

Mostró una placa de las que vienen de regalo en las cajas de Krispies. Engañó a un empleado. Le pidió que le dejara ver los archivos.

El empleado se los mostró. Pete vio seis ficheros ordenados alfabéticamente. El empleado bostezó. El empleado se largó a tomarse un café.

Pete abrió el cajón de la S. Pasó expedientes. Encontró «Sirhan, Sirhan B.» Dos páginas. Supo que:

Sirhan era cuidador de caballos. Sirhan se había caído varias veces de ellos. Se había golpeado la cabeza. Bebía mucho. Apostaba mucho. Insultaba a los judíos.

Encontró un memorándum. La Junta había enviado a Sirhan a un loquero. Un judío / Dr. G.N. Blumenfeld / en Los Ángeles Oeste.

Pete rió. Pete salió. Pete buscó un teléfono público. Llamó a Fred O.

—Tiene una pinta excelente.

Se cansaba enseguida. Se cansaba mucho. El maldito día lo había machacado. Seguimientos apoyado en un bastón a los 47 años.

Llegó al motel. Tomó la medicación. Tomó las gotas anticoagulantes. Mascó chicle de nicotina. Comió su insípida cena.

Estaba machacado. Estaba hecho polvo. Intentó dormir. Sus circuitos cerebrales desconectaron. La mente en plena libre asociación.

Barb / el barco / la Inmensa Mentira. Wayne / el atentado contra King / Bobby.

Lo de Barb tenía sentido. Lo demás, no. A Barb le gustaba Bobby. Barb lloraría a Bobby. Tal vez lo relacionara con el atentado. Tal vez montara el numerito «nunca más». Tal vez alucinara y se largara. Tal vez lo dejara por Bobby y Jack.

Eso le dio miedo. Las otras cosas, no. Ninguna cólera o indignación por la Causa. Ningún otro miedo aparte de ése.

Estoy demasiado cansado. Estoy disperso y machacado. Estoy hecho polvo.

Consultó las páginas amarillas. Encontró la dirección del loquero. Durmió.

Consiguió dormir seis horas. Revivió. Salió sin bastón. G. N. Blumenfeld / consulta en Pico / Los Ángeles Oeste.

2.30 de la mañana. L.A. dormida.

Condujo hasta Pico. Aparcó junto a la cerca. Miró el edificio. De estuco / de una sola planta / seis puertas en fila.

Cogió la linterna. Cogió una navaja de bolsillo. Cogió su tarjeta de crédito. Se apeó. Caminó inclinado hacia un lado. ¿Dónde está el maldito bastón?

Llegó a la puerta. Iluminó el cerrojo. Dio unos golpes al ojo de la cerradura. Vamos. La navaja / la tarjeta de crédito / una vuelta rápida.

Encontró un punto de apoyo. Hizo fuerza. La puerta se abrió.

Entró inclinado hacia un lado. Hizo una pausa para recobrar el aliento. Iluminó la sala de espera. Vio cuadros de payasos. Vio una mesa y un sofá.

Iluminó una puerta lateral. Vio un caduceo. Leyó G. N. Blumenfeld. Se acercó. Se apoyó contra las paredes. Resolló.

La puerta no estaba cerrada con llave. La abrió. Ahí está la silla del loquero. Ahí está el archivador. Ahí está el diván para el loco.

Respiró con dificultad. Se tumbó en el diván. Soy Sirhan Sirhan, dijo entre risas. ¡Cuidado, RFK!

Recuperó el aliento. Controló la risa. Su pulso se estabilizó.

Iluminó los archivadores: de la A a la L / de la M a la S / de la T a la Z.

Se puso en pie. Abrió el cajón de la M a la S. Espero que estés ahí, joder.

Pasó expedientes. Lo encontró: una carpeta / dos páginas / el informe de tres visitas.

Iluminó las páginas. Las frases saltaron.

«Pérdida de memoria.» «Lagunas mentales.» «Desorientación.»
«Excesiva dependencia de las figuras masculinas sustentadoras.»
Frases exitosas. Fred O. se desmayará. ¡Hola, tú, jinete de ca-
mellos!

DOCUMENTO ANEXO: 11/4/68. Titular y subtitular del *Atlanta Constitution*:

SE AMPLÍA LA BÚSQUEDA DEL ASESINO DE KING.
CACERÍA MASIVA DEL FBI.

DOCUMENTO ANEXO: 12/4/68. Titular y subtitular del *Houston Chronicle*:

UNA MARCA DE LAVANDERÍA, PISTA PARA IDENTIFICAR
AL SOSPECHOSO DEL ASESINATO.
LA BÚSQUEDA SE EXTIENDE A LOS ÁNGELES.

DOCUMENTO ANEXO: 14/4/68. Subtitular del *Miami Herald*:

VALORACIÓN DE LOS DAÑOS POR DISTURBIOS TRAS
EL ASESINATO DE KING.

DOCUMENTO ANEXO: 15/4/68. Titular y subtitular del *Portland Oregonian*:

DESCUBIERTO EN ATLANTA EL COCHE DEL ASESINO.
LA BÚSQUEDA DEL SOSPECHOSO GALT SE AMPLÍA.

DOCUMENTO ANEXO: 19/4/68. Subtitular del *Dallas Morning News*:

LA CAZA DEL ASESINO DE KING, «PRIORIDAD NÚMERO UNO», DICE HOOVER.

DOCUMENTO ANEXO: 20/4/68. Titular y subtitular del *New York Daily News*:

LA COMPROBACIÓN DE LAS HUELLAS DACTILARES DA RESULTADO: «GALT» RESULTA SER UN PRESO FUGADO.

DOCUMENTO ANEXO: 22/4/68. Titular y subtitular del *Chicago Sun-Times*:

EN UN GRAN MITIN EN LAS PRIMARIAS DE INDIANA RFK MENCIONA «EL LEGADO DE LUTHER KING».

DOCUMENTO ANEXO: 23/4/68. Subtitular del *Los Angeles Examiner*:

DURFEE, VÍCTIMA DEL ASESINATO DE SKID ROW, RESULTA SER UN VIOLADOR Y ASESINO BUSCADO DESDE HACÍA TIEMPO.

DOCUMENTO ANEXO: Titular del *New York Times*:

RFK VENCE EN LAS PRIMARIAS DE INDIANA.

DOCUMENTO ANEXO: 14/5/68. Titular del *San Francisco Chronicle*:

RFK GANA LAS PRIMARIAS DE NEBRASKA.

DOCUMENTO ANEXO: 14/5/68. Subtitular del *Los Ángeles Examiner*:

LA BÚSQUEDA DEL ASESINO DE KING SE CENTRA
EN CANADÁ.

DOCUMENTO ANEXO: 15/5/68. Subtitular del *Phoenix Sun*:

RFK EN EL CIERRE DE CAMPAÑA DE OREGÓN
Y CALIFORNIA.

DOCUMENTO ANEXO: 16/5/68. Subtitular del *Chicago Tribune*:

HOOVER AFIRMA QUE EL ASESINATO DE KING
«NO HA SIDO UNA CONSPIRACIÓN».

DOCUMENTO ANEXO: 22/5/68. Titular y subtitular del *Washington Post*:

ESCASA ASISTENCIA A LA MARCHA DE LOS POBRES.
SE ADUCE COMO RAZÓN LA MUERTE DE KING.

DOCUMENTO ANEXO: 26/5/68. Subtitular del *Cleveland Plain Dealer*:

SE AMPLÍA LA CAZA DEL SOSPECHOSO RAY.

DOCUMENTO ANEXO: 26/5/68. Subtitular del *New York Daily News*:

RAY, DESCRITO COMO UN SOLITARIO ADICTO A LA
ANFETAMINA, AFICIONADO A LAS REVISTAS
«DE DESNUDOS».

DOCUMENTO ANEXO: 27/5/68. Subtitular del *Los Ángeles Examiner*:

AMIGOS DE RAY HABLAN DE SU HISTORIAL RACISTA.

DOCUMENTO ANEXO: 28/5/68. Subtitular del *Los Ángeles Examiner*:

SIN PISTAS EN LA CAZA DEL ASESINO DE SKID ROW.
EL DPLA RELACIONA A LA VÍCTIMA CON LOS
ASESINATOS CON VIOLACIÓN DE TRES MUJERES.

DOCUMENTO ANEXO: 28/5/68. Titular y subtitular del *Portland Oregonian*:

RFK PIERDE LAS PRIMARIAS DE OREGÓN.
TRASLADA LA CAMPAÑA A CALIFORNIA PARA
UNA VOTACIÓN CRUCIAL.

DOCUMENTO ANEXO: 29/5/68. Subtitular del *Los Ángeles Times*:

RFK IRRUMPE EN EL ESTADO EN OLOR DE MULTITUDES.

DOCUMENTO ANEXO: 30/5/68. Subtitular del *Los Ángeles Times*:

UNA MULTITUD RÉCORD CELEBRA EL COMPROMISO
DE RFK DE PONER FIN A LA GUERRA.

DOCUMENTO ANEXO: 1/6/68. Subtitular del *San Francisco Chronicle*:

RFK IMPONE UN RITMO VERTIGINOSO A SU
CAMPAÑA EN CALIFORNIA.

115

(Lago Tahoe, 2/6/68)

La madriguera:

La cabaña de Wayne Senior / apartada / cuatro habitaciones. Acceso por carreteras de montaña. Amplias vistas y ríos trucheros.

De momento, su casa. Su casa desde Memphis. Tenía un teléfono con desmodulador. Tenía provisiones. Tenía un televisor. Tenía mucha basura en la que revolver. Tenía tiempo para pensar.

Esperemos. Los federales darán con Jimmy Ray. El DPLA abandonará el caso Durfee.

Bob Relyea tenía su madriguera. Bob tenía una cabaña cerca de Phoenix. Wayne tenía un alojamiento mejor. Wayne hacía llamadas telefónicas. Wayne veía la televisión.

Los federales siguieron la pista de Ray hasta Inglaterra. La búsqueda derivó hacia allí. Lo atraparán. Lo matarán o lo detendrán. Él delatará a «Raúl». Dirán que está loco. Dirán que no hay ningún «Raúl».

La televisión difundió la noticia. Wayne Senior llamó cada día. Wayne Senior le contó habladurías.

Ahora trabajo con Carlos. Carlos dice que tiene ciertas cintas. Se las envió el señor Hoover. Las cintas lo tienen asustado. Bobby K. está dispuesto a jodernos. Matémoslo enseguida.

Wayne Senior habló por los codos. «¿Ves lo que sé?» Wayne Senior fanfarroneó.

Fred O. lo está preparando. Fred O. entrena al nuevo tirador. Pete B. va de refuerzo. Senior se vanaglorió. «Estoy en el ajo.» Wayne Senior fanfarroneó.

Pete mató a varios miembros del kuadro. Pete kortó kabos sueltos en el mar. Carlos me lo contó. Wayne Senior habló por los codos. Wayne Senior fanfarroneó.

El negocio del kuadro era mentira. Los Chicos jodieron a la Causa. Carlos me lo contó. Wayne pensó a fondo en el asunto. Llegó a una conclusión: no me importa.

Vio la televisión. Vio la guerra. Vio política. Wayne Senior se enorgulleció. Bobby es hombre muerto. Pondré a Nixon en contacto con los Chicos. Wayne reflexionó. Le pareció un buen asunto. Wayne disfrutó de los detalles y previó el resultado.

King está muerto. Bobby lo estará pronto. La mierda se desbordará y volverá a su cauce. La Marcha de los Pobres ha sido un fracaso. Los disturbios le robaron la escena. Muchos estúpidos arrojaron sus piedras y volvieron a su cauce. El caos es exigente. Los estúpidos se cansan pronto. La muerte de King les permite desahogarse y volver a su cauce. Bobby desaparecerá. Nixon reinará. El país se desahogará y volverá a su cauce.

El arreglo funcionará. Reinará la paz. Su tipo dirigirá las cosas. Lo vio. Lo presintió. Lo supo.

Y:

Tú ascenderás. Conseguirás tu parte. Lo sabes. Haces llamadas. Escuchas. Piensas.

Llamó a Wayne Senior. Lo dejó hablar. Lo dejó charlar por los codos.

Wayne Senior le dijo esto:

Littell se retirará. Yo ocuparé su lugar. Conectaré a Howard Hughes con los Chicos. Dick Nixon y yo. Dick y los Chicos... ¡carajo!

Wayne escuchó. Wayne preguntó. Wayne dejó caer suaves «cuéntame más».

Wayne Senior dijo:

Yo dirigí a Maynard Moore. Era mi soplón. Yo financié la mayor parte de lo de Dallas. Te envié allí. Te llevé cerca. Te invité a presenciar la historia. Mataste a Moore..., ¿verdad? Viviste la historia.

Wayne eludió la pregunta. Wayne pensó de nuevo en Dallas. Moore y la financiación eran agua pasada. La novedad era el desdén y la arrogancia.

Dallas descarriló tu vida. Dallas mató a tu mujer. Dallas casi te mata a ti. Wendell D. estaba allí. Pasaste un fin de semana con él. Y de allí, a vuestra última cita.

Wayne Senior encontró a Durfee. Dwight Holly colaboró. Lo encontraron y lo vigilaron para ti. Durfee mató a tres mujeres más. Las mató durante ese intervalo, antes de vuestra última cita.

Wayne Senior se vanaglorió. «Ahora, escucha esto.» Wayne Senior fanfarroneó. Pete mató a los hombres del kuadro. Carlos supervisó el trabajo. Dijo que Pete podía «retirarse». Carlos mintió a Pete. Carlos le contó a Wayne Senior por qué.

Pete era impetuoso. Pete era errático. Pete tenía ideales. Pete y Barb se van. Pete y Barb se van después de lo de Bobby. Carlos tiene un tipo. Se llama Chuck *el Torno*. Chuck mata del carajo. Carlos llamará a Chuck después de lo de Bobby.

Engreimiento. Error de cálculo. Puro desdén hacia ti.

Tenía tiempo. Tenía el teléfono. Tenía las frecuencias codificadas. Hizo una llamada. No llamó a Barb. No llamó a Pete.

Llamó a Janice. Él escuchó. Ella habló.

Tenía cáncer. Le habían extirpado un poco. La mayor parte se había extendido. Le daban seis meses como mucho. Se echaba la culpa a sí misma. Sus calambres ocultaban los síntomas. Los calambres eran consecuencia de Wayne Senior.

Janice ocultaba el diagnóstico. No se lo había contado a Ward. Ward era taaan Ward... Ahora, Ward hablaba en sueños. Ward invocaba a «Bobby» y a «Jane».

Ward estudiaba libros de contabilidad. Había dos juegos separados. Ward los tenía guardados en un escondrijo. Ward se mostraba sigiloso. Ward se descuidó. Ella descubrió el botín.

Libros de los Camioneros. Cifras y nombres en clave. Un juego. Libros antimafia. Páginas mecanografiadas con anotaciones a mano. Un juego.

Letra femenina. Probablemente, de puño y letra de «Jane».

Ward fotocopió las páginas de Jane. Ward escribió notas anónimas. Ward llenó sobres. Ward se mostró sigiloso. Ward se descuidó. Ella lo observó. Echó una ojeada y vio.

Hizo el truco del lápiz. Rastreó una hoja del bloc de notas. Puso al descubierto una nota secreta completa. Ward había escrito a «Paul Horvitz». Paul Horvitz pertenecía al equipo de Bobby. Ward suplicaba. Ward se arrastraba. Ward presionaba. Ward decía aquí tienes más basura. Ward decía que no era ningún espía. Decía: «No me odies.»

Era patético. Janice lo dijo.

Volvió a llamarla. Ella cortó cualquier alusión al cáncer. Habló de Ward. Está abatido por la culpa. Está paranoico. Está confuso. Dice bobadas. Dice que los federales andan detrás de mí. Dice que los Chicos quizá vayan a por Bobby.

Pone las cintas de Bobby. Las escucha en plena noche, cuando cree que estoy dormida. No concilia el sueño. Reza por Bobby. Reza por Martin Luther King. Se marchó hace diez días. No ha llamado. Creo que se ha esfumado.

Lo echo de menos. Quizá queme todo lo que tiene guardado. Quizás así recupere un poco de sensatez. Eso podría despertarlo.

Wayne dijo que no lo hiciera. Janice se rió. Repuso que había sido hablar por hablar. Wayne propuso una cita. Dijo que pasaría pronto por Las Vegas. Veámonos en la suite de Ward.

Janice dijo que sí.

La quería. Agonizante o no. Lo sabía. Janice lo hacía pensar. Todo lo hacía pensar.

Tuvo un impulso urgente. Era un viaje en el tiempo. Se remontaba catorce años. Llamó a su madre a Peru, Indiana.

La llamada la sobresaltó. Dejó que se calmara. Rompieron el hielo. Llenaron algunas pausas. Hablaron. Le contó una vida toda mentira. Ella sólo dijo cosas buenas.

Eras un chico tierno. Te gustaban los animales. Liberabas de las trampas a los coyotes. Eras un chico brillante. Aprendiste matemáticas complicadas. Eras excelente en química. No odiabas a nadie. Jugabas con los chicos negros. Querías sinceramente.

Una vez estuve embarazada. Fue en el 32, dos años antes de tenerte a ti. Wayne Senior tuvo un sueño. Vio que el bebé sería niña. Él quería un chico.

Me golpeó en el vientre. Utilizó nudilleras. El bebé murió. Wayne Senior tenía razón. Era una niña. El doctor me lo dijo.

Wayne se despidió. Que Dios te bendiga, dijo su madre.

Wayne reflexionó sobre todo aquello. Wayne llamó a Janice. Wayne fijó la cita.

116

(Long Beach, 3/6/68)

Bobby! ¡Bobby! ¡Bobby!

La gente coreó el nombre. La gente se volvió loca. ¡Habla Bobby habla!

Bobby se encaramó a la plataforma de un camión. Bobby agarró un micrófono. Bobby se subió las mangas.

El Southglen Mall. Tres mil admiradores: ¡Habla Bobby habla! Frenesí en el aparcamiento. Niños a hombros de sus padres. Altavoces sobre soportes.

A los admiradores les encantaba Bobby. Los admiradores se castigaban las cuerdas vocales. Los admiradores chillaban como locos. ¡Mirad la sonrisa de Bobby! ¡Mirad su mata de pelo al mover cabeza! ¡Oídlo hablar!

Pete observó. Fred O., también.

Observaron a Bobby. Observaron a sus guardaespaldas. Observaron la presencia policial.

No era mucha. A Bobby le gustaba el contacto. Bobby despreciaba la seguridad .

Fred observó el movimiento de los agentes, la vigilancia que hacían y su flanco. Fred observó detalles. Fred los memorizó.

Fred se reunió con Shirhan. Se habían «conocido» seis semanas antes, en las carreras. Fred había realizado una representación para él. Fred se había enfrentado con un judío.

Era un tipo grande. Tenía una gran nariz ganchuda. Llevaba un gran casquete. Era un judío muy grande.

Fred le dio una patada en el culo. Sirhan lo vio. Le encantó el espectáculo. Fred se presentó: Soy Bill Habib, yo también soy árabe.

Cortejo / soborno / reclutamiento / adoctrinamiento.

Fred se hizo amigo de Sirhan. Lo invitó a una copa y bramó contra los judíos. Se encontraron cada día. Lo convirtieron en una costumbre. Bramaron contra Bobby K. Se reunieron casi en privado. Fred se mantuvo flaco. Fred se mantuvo camuflado.

Fred tanteó a Sirhan. Lo estudió. Fred descubrió:

Hasta dónde presionarlo. Cuánta bebida servirle. Cuánto odio racial avivar en él. Cómo hacerlo hablar. Cómo conseguir que mascullase: ¡Muerte a RFK!

Aprendió a ponerlo borracho perdido. A hacerlo beber hasta perder la conciencia. A empujarlo a la pérdida de memoria. A hacer que acechara actos públicos. A hacerlo hablar de muerte. A hacerlo hablar de destino. A llevarlo a prácticas de tiro en las montañas... disparando a ficticios Bobby K.

Fred evaluó a Shirhan. Fred se dijo:

Está bebiendo mucho. Bebe cada noche. Bebe conmigo y sin mí. Acude a mítines. Va de mitin en mitin por todo el condado. Siempre lleva su arma. Lo he seguido. Lo he visto. Lo sé.

Odia a Bobby. Su lógica divaga. Está mal dirigida y racionalizada. Odia a los judíos. Odia a Israel. Odia a Bobby, el sionista. Odia a Bobby por ser un maldito Kennedy.

Ahora está aleccionado. Está dispuesto. Es un psicópata. Es propenso a las pérdidas de memoria. Está atrofiado por la bebida.

Fred escogió el lugar. Se lo contó a Sirhan. Lo hizo beber. Sirhan «escogió» el lugar. Lo escogió dos botellas más tarde. Sirhan usurpó la idea. Sirhan cree que la idea es suya. Es su epifanía de borracho.

Mañana por la noche. El hotel Ambassador. La gala de la victoria de Bobby. Bobby, exultante de victoria.

Bobby quedará frito. Bobby quedará encendido y morirá como una exhalación, acumulativamente. La cocina es la vía de salida. Es una vía corta y rápida; pura chiripa. Sirhan está allí. Sirhan está aleccionado con tenacidad.

Fred conocía la cocina. Fred estudió el terreno. Fred sonsacó a unos hombres de la seguridad privada. Dichos hombres le aseguraron esto:

Espacio reducido / guardias armados / alta seguridad. Esto significaba posible combustión / posible confusión. Eso significaba posible locura.

El drama sugerido por Fred / la locura predicha por Fred:

Los hombres sacan las armas. Los hombres disparan a Sirhan. Unas balas rebotan y hieren a Bobby K. Fred dijo que su hombre dispararía. Fred conocía bien al chiflado. Fred / «Raúl» había adiestrado a James Earl Ray.

Pete miró alrededor. La multitud se puso a chillar. La gente se volvió loca. La gente gritó más que Bobby.

Los altavoces respondieron. El eco resonó ampliamente. Bobby habló en un tono grave y engolado. Pete oyó lugares comunes. Pete oyó «terminar la guerra». Pete oyó «el legado de Martin Luther King».

Barb admiraba a Bobby. Barb admiraba aquella bazofia antibélica. Pete no la había llamado. Ella, tampoco a él.

Barb no había vuelto a escribir. Ningún contacto desde Sparta. Ningún contacto después del viaje en barco. Ningún contacto postinfarto.

La multitud gritó. Pete miró alrededor. Pete vio un teléfono público. Estaba junto a la calle. Estaba lejos del ruido. Estaba lejos de Bobby.

Pete se abrió paso. La gente se apartó. La gente vio su bastón. Pete llegó a la cabina. Recuperó el resuello. Echó unas monedas.

Habló con una operadora. Ésta le puso con el Cavern. Contactó con centralita. Recuperó los mensajes para él.

Ninguno de Barb. Uno de Wayne:

Llámame / lago Tahoe / urgente / este número directo.

Pete echó más monedas. Salió una telefonista. Le puso directamente con Tahoe. Pete oyó dos timbres. Escuchó la voz de Wayne:

—¿Diga?

—Soy yo. ¿Dónde coño te...?

—Littell sabe lo del atentado. Tráelo aquí. Y dile a Barb que vaya a un lugar seguro.

117

(San Diego, 3/6/68)

Bobby se enardeció.

Hizo gestos al aire. Se echó la mata de pelo hacia atrás. Alabó al reverendo King. Se apropió de él. Lo superó en palabrería. Transformó en cántico sus alabanzas.

Todo funcionó. Todo contribuyó al canto: el bronceado / el ronco parloteo / las mangas recogidas.

La multitud se enardeció. La multitud rugió. La multitud vitoreó a coro. Dos mil personas / cordones de contención / riadas de coches en el aparcamiento.

Littell observó. Littell le dijo mentalmente a Bobby: «Mírame, por favor.»

Mírame. No me temas. No volveré a hacerte daño. Soy un peregrino. Temo por ti. Mi temor está justificado.

Bobby se subió a un remolque. La plataforma vibró y se hundió ligeramente. Varios colaboradores se colocaron debajo de él. Los colaboradores lo sujetaron.

«Mira aquí. Mira aquí abajo. Mírame.»

Su miedo rebosaba. Había estallado dos semanas antes. Su miedo se estiró y llegó al máximo. Unió líneas de puntos de miedo. Juntó canalizaciones de miedo. Leyó jeroglíficos de miedo.

La foto en el periódico / El Encanto / suite 301. El comentario de Sam: «caja de golosinas». El comentario de Carlos: el «pequeño favor» de Pete. Conexiones de miedo / jeroglíficos / piezas de rompecabezas.

El miedo empeoró. Lo devoró. Le perturbó el sueño. Dejó Las Vegas. Voló al D.C. Llamó a Paul Horvitz.

Paul le colgó. Llamó al señor Hoover. Llamó a Dwight Holly. Los dos le colgaron. Fue en coche hasta el Buró. Los centinelas de la puerta le impidieron entrar.

Voló a Oregón. Se acercó a los organizadores de la campaña. Los guardias de la organización lo retuvieron. Vio su nombre en una lista: todos eran «enemigos conocidos».

Dijo a los guardias: Presiento cosas. Dijo: Por favor, háganme caso. Los guardias se negaron. Lo echaron por la fuerza. Lo expulsaron.

Las fichas encajaban. Presintió cosas. El señor Hoover sabe. Igual que supo lo de Jack.

Voló a Santa Bárbara. Se registró en un hotel. Vigiló El Encanto. Vigiló la habitación 301. Siguió unos cables. Descubrió el puesto de escucha.

Suite 208 / cincuenta metros más allá / custodiado las veinticuatro horas del día.

Lo vigiló. Varió los disfraces. Trabajó seis días y seis noches. Esperó. El puesto siguió custodiado. Todo el día / toda la noche.

Se volvió esquizo. Renunció al sueño: seis días / seis noches. Perdió peso. Vio duendes. Unas manchas le atormentaron los ojos.

El séptimo día llovió. Un agente continuó en el puesto de escucha.

Suerte:

El agente abandona el puesto. El agente visita la suite 63. El agente tiene una prostituta.

Littell se acercó a la 208. Littell hizo saltar la cerradura. Se encerró dentro. Littell lo revolvió. Encontró un registro de transcripciones. Encontró un registro de direcciones de envío. Encontró transcripciones apiladas. Las repasó desde mediados de marzo. Vio:

15/16 de mayo. Dos conversaciones a tres bandas transcritas. Bobby más Paul Horvitz. Un hombre sin identificar. Bobby está charlatán. Bobby está efusivo. Bobby habla contra la mafia.

Estudió por encima el registro de direcciones. Vio la fecha 20/3. Vio envíos de copias de cintas. Las del 15/16 de marzo. Las cintas habían sido enviadas a los Chicos.

A Carlos. A Moe D. A John Rosselli. A Santo y a Sam G.

Habían salido esa mañana. Hacía doce horas.

Estudió el programa de Bobby. Condujo hacia el sur. Llegó a San Diego. Llamó a la oficina del Buró. El jefe de agentes especiales encargado le colgó. Llamó al Departamento de Policía. Contó su historia. Un sargento reventó de cólera.

El sargento le habló a gritos: estás en una lista. El sargento colgó.

Fue en coche al mitin. Llegó temprano. Vio trabajar a los técnicos de sonido. Los interrogó. Interrogó a miembros del personal. Recibió respuestas groseras. Se marchó. Volvió. La multitud lo engulló.

Littell contempló a Bobby. Agitó las manos en alto. *«Mírame, por favor.»* Bobby se enardeció. Bobby saludó. Bobby encantó al público. Bobby trató de extender el contacto a todos.

Littell agitó las manos. Algo lo pinchó: una aguja / un alfiler / un palillo. Se sintió aturdido, —¡buuum!, así de fuerte— y entonces vio a Fred Otash muuuy delgado.

118

(Las Vegas, 4/6/68)

La desenfrenada Janice, ahora frágil.

Más canas. Más cabellos negros eclipsados. Más arrugas y más ojeras.

Wayne entró. Janice cerró la puerta. Wayne la abrazó. Palpó costillas. Notó huecos. Notó flojas sus curvas.

Janice retrocedió un paso. Wayne la tomó de las manos.

—Te veo bastante bien, teniendo en cuenta...

—No quería ponerme más colorete. Todavía no estoy muerta.

—No digas esas cosas.

—Déjame que lo diga. Eres mi primer amante desde que Ward me abandonó.

—Tú fuiste la primera amante de mi vida. —Wayne sonrió.

—¿Te refieres al cotillón de Peru de 1949, o a la única ocasión que lo hicimos? —Janice sonrió.

—Nunca tuvimos una segunda ocasión. —Wayne le apretó las manos.

Janice rió.

—No la buscaste. Sólo fue tu manera de cortar la relación con tu padre.

—Lo lamento. Me refiero a esa parte.

—O sea, que estuvo bien pero lamentas el momento y tus motivos.

—Lamento lo que te costó a ti.

Janice le apretó las manos.

—Tú quieres llegar a alguna cosa...

Wayne se sonrojó. Mierda, todavía me sonrojo.

—Esperaba que hubiese una segunda ocasión.

—No puedes hablar en serio. ¿Conmigo así?

—La primera vez nunca haces las cosas bien.

Fue suave. Fue lento. Fue como él quería. Fue como él había planeado.

El cuerpo de Janice mostraba el dolor. Huesos angulosos bajo la piel. Tonos grises sobre blanco. El aliento tenía un sabor amargo. A él le gustaba el antiguo: Salem mentolado y ginebra.

Se abrazaron. A él se le clavaron los huesos de ella. Se acariciaron y besaron largamente. Janice tenía los pechos caídos. A él le gustó. Antes, se le mantenían firmes.

Conservaba las fuerzas. Lo empujó. Lo agarró y lo apretó. Se abrazaron. Él la saboreó. Ella lo saboreó.

Tenía sabor a enferma. Aquello lo aturdió. El sabor se mantuvo. Saboreó su interior. Besó sus nuevas cicatrices. Su aliento le llegó débil y tembloroso.

Él la atrajo hacia sí. Ella se apartó. Lo guió hacia el interior. Él alargó la mano y encendió la lámpara de la mesilla de noche. El foco se detuvo.

La luz enfocó su rostro, se reflejó en sus cabellos blancos, captó de lleno sus ojos.

Se movieron juntos. Se estrecharon y se abrazaron. Se miraron fijamente a los ojos. Se movieron. Se corrieron muy juntos. Mantuvieron los ojos cerrados.

Janice puso la radio. La KVGS. Música ligera.

Sonaron algunas canciones de Barb. Se rieron y rodaron por la cama. Apartaron las sábanas a patadas. Wayne bajó el volumen. Los Bondsmen tarareaban. Barb cantaba *Twilight Time*.

—Tú la querías. Ward me lo dijo.

—Ya se me ha pasado. Ella maduró y se rió de mi enamoramiento.

Barb pasó a una melodía animada, *Chanson d'Amour*. Janice bajó el sonido. Barb cantaba una nota alta. Los Bondsmen le hacían el coro.

—Me encontré con ella hace un par de años. Tomamos unas copas y hablamos de algunos hombres.

—Me gustaría haber estado allí. —Wayne sonrió.

—Estuviste.

—¿Es todo lo que vas a contarme?

—Sí. —Janice cerró los labios.

Barb entonó una canción romántica: *Secretely*, de Jimmy Rogers.

—Me encanta esa canción —dijo Janice—. Me recuerda al hombre con el que estaba entonces.

—¿Era mi padre?

—No.

—¿Él se enteró?

—Sí.

—¿Y qué hizo?

Janice le tocó los labios.

—Cállate. Déjame escuchar.

Barb cantaba. Su voz sostuvo la nota. Encadenó con otra melodía. Su voz se animó. Una interferencia acabó con el momento.

Wayne apagó la radio. Wayne rodó hacia Janice. La besó. Acarició sus cabellos. Se acercó mucho a sus ojos.

—Si te dijera que podría ayudarte a saldar las únicas cuentas que importan, ¿querrías hacerlo?

Janice respondió que sí.

Janice dormía.

Había tomado analgésicos y el sueño la venció. Wayne le ahuecó los cabellos sobre la almohada. Wayne la cubrió con una colcha.

Consultó el reloj. Eran las 18.10.

Salió y se dirigió hacia el coche. Cogió dos bolsas de lavandería. Cogió un bloc de notas y un bolígrafo. Volvió a la casa. Cerró con pestillo. Recorrió el salón. Palpó las paredes. Dio golpecitos. Pasó los dedos. Ningún hueco / ninguna rendija / ningún panel.

Recorrió el dormitorio. Trabajó junto a Janice. Palpó las paredes. Dio golpecitos. Pasó los dedos. Ningún hueco / ninguna rendija / ningún panel.

Recorrió el estudio de Littell. Apartó un armario. Vio una rendija en la pared. Encontró un pestillo y lo movió. Se abrió un panel.

Vio estantes. Vio una 38 de cañón corto. Vio unos libros de contabilidad apilados. Abrió los azules. Vio la nomenclatura de los Camioneros. Abrió los pardos. Vio anotaciones mecanografiadas y notas de puño y letra. Leyó por encima el contenido.

Arden-Jane acusa a Camioneros. Arden-Jane acusa a mafiosos. Arden-Jane recoge datos contra la mafia.

Libro 2, página 84:

Arden-Jane delata a Chuck *el Torno* Aiuppa. Arden-Jane delata a Carlos M. Escuchó un rumor, lo confirmó y lo transcribió.

Marzo del 59. En las afueras de Nueva Orleans. Carlos da trabajo a Chuck *el Torno*. Un «cajún de mierda» había jodido a Carlos. Carlos le dice que lo mate.

Chuck *el Torno* obedece. Chuck *el Torno* mata al cajún de mierda. Chuck *el Torno* lo entierra.

Frente al Boo's Hot-Links, a diez kilómetros de Fort Polk. Busca allí; encontrarás los huesos.

Wayne arrancó la página 84. Cogió el bloc de notas y escribió:

Señor Marcello,
Mi padre le compró el expediente de Arden Breen-Jane Fentress a ésta antes de que dejara a Ward Littell. Ward no tenía idea de que existiera tal expediente.

Mi padre piensa extorsionarlo con la información que contiene el mismo. ¿Podemos hablar del asunto? Lo llamaré en 24 horas.

Wayne Tedrow Jr.

Wayne buscó en el escritorio de Littell. Encontró un sobre. Introdujo la página y la nota.

Puso un sello al sobre. Escribió la dirección: Carlos Marcello / hotel Tropicana / Las Vegas.

Cogió los libros de contabilidad. Los metió en una bolsa de lavandería. Salió. Apagó las luces del dormitorio. Besó a Janice y le acarició los cabellos.

—Te quiero —le dijo.

119

(Lago Tahoe, 4/6/68)

Flash informativo! ¡Se acabó! ¡Bobby K., ganador!

La televisión muestra cifras. Porcentajes y distritos. Es la gran victoria de Bobby. La decisiva.

Pete lo contempló. Ward lo contempló, semicomatoso. Ward lo contempló, aturdido.

Les llegó el soplo de Wayne. Le saltaron encima. Le pincharon seconal. Pete se lo llevó. Se escondieron en la cabaña de Wayne Senior.

Wayne estaba en Las Vegas. Fred O. estaba en L.A. Fred O. estaba preparando a Sirhan.

Ward durmió como si estuviera en una cripta. Ward durmió dieciséis horas. Ward durmió esposado a la cama. Ward despertó y vio a Pete. Ward supo qué sucedía. Se negó a hablar. No abrió la boca. Pete supo que Ward quería ser espectador.

Pete preparó crepes. Ward no comió ninguna. Pete puso la televisión. Esperaron. Ward siguió las noticias de las elecciones. Pete hizo girar su bastón.

Había llamado a Barb. Ella dijo «que te jodan». No voy a escapar. No voy a esconderme.

Pete mimó a Ward. Háblame, por favor, le dijo. Ward cerró los ojos. Ward negó con la cabeza. Ward se tapó los oídos.

¡Flash informativo! ¡El Ambassador, en vivo! ¡Bobby proclama la victoria!

La cámara tomó primeros planos. Bobby con su mata de pelo desgreñada. Bobby enseñando todos los dientes.

Sonó el teléfono. Pete descolgó.

—¿Sí?

—Soy yo —dijo Wayne.

Pete miró el televisor. La imagen saltó y se estabilizó. El pulso se le alteró. Los bobbyfilos vitorearon a Bobby.

—¿Dónde están...?

—Acabo de hablar con Carlos. Tenía planes para ti y para Barb, pero he conseguido que cambiara de idea. Eres libre de hacer lo que quieras y Ward está retirado desde ahora.

—¡Cielo santo...!

—Dallas y basta, socio. Yo saldo mis deudas.

La imágen saltó y se estabilizó. Pete colgó el auricular. Notó que se le alteraba el pulso.

Bobby abandona el podio. Bobby saluda. Bobby se marcha. La cámara recoge el hueco de una puerta —el adiós de Bobby— y enfoca hacia atrás. La cámara recoge un grupo de bobbyfilos. Un micrófono recoge los disparos. Un micrófono recoge los gritos.

Oh, Dios...

Oh, no.

No, eso no...

El senador Kennedy ha sido...

Pete cogió el mando a distancia. El televisor se apagó.

Ward se tapó los oídos. Ward cerró los ojos. Ward se puso a dar gritos.

120

(Lago Tahoe, 9/6/68)

Reposiciones:

Los panegíricos. La misa solemne. Las escenas del funeral. Escenas dobles: de Bobby y de King.

Miró. Miró día y noche. Miró cuatro días seguidos.

Reposiciones:

El caos de la cocina. La policía con Sirhan. Los federales con James Earl Ray. Capturado en Londres. «Soy un pringado.» Una canción conocida.

Miró la televisión. La miró cuatro días seguidos. Terminaría pronto. Las noticias cambiarían. Los noticiarios pasarían a otras cosas.

Littell pasó canales. Littell encontró Memphis y L.A.

Tenía hambre. La comida se había terminado. Pete había dejado comida para dos días. Pete se había marchado cuatro días antes. Pete había liberado la línea telefónica.

Ve andando a Tahoe, le había dicho Pete. Está a diez kilómetros como mucho. Toma un tren a Las Vegas.

Pete no era tonto. Pete sabía que no lo haría. Pete sabía que Ward se quedaría. Pete comprendía la situación. Se dejó el arma. Le habló sin tapujos.

También mataron a King. Tú tenías que saberlo. Estoy en deuda contigo.

Littell dijo adiós. Una palabra, nada más. Pete le estrechó la mano y se fue.

Littell pasó canales. Salía la Tríada: Jack / King / Bobby. Tres escenas de funerales. Tres cortes habilidosos. Tres viudas enfocadas.

Yo los maté. Es culpa mía. Su sangre cae sobre mí.

Esperó. Contempló la pantalla. Busquemos a los tres juntos. Pasó canales. Encontró uno y dos. Un golpe de suerte y dio con los tres.

Allí... imágenes antiguas. Anteriores al 63.

Están en la Casa Blanca. Jack está en su despacho. King está de pie con Bobby. La imagen se congela. Un fotograma / los tres juntos.

Littell asió el arma. Littell se comió el cañón. El rugido del disparo acalló a los tres juntos.

121

(Sparta, 9/6/68)

El gato siseó. El gato bufó. El gato recorrió la jaula.

El taxi golpeó surcos. Pete botó. La jaula le golpeó las rodillas. Sparta en flor. A los luteranos y los árboles se suman los mosquitos.

Voló sin avisar. Llevó papeles de tregua. Llevó escrituras de vendedor. Vendió el Cavern. Tuvo pérdidas. Vendió Tiger Kab a Milt C.

El gato ronroneó. Pete le rascó las orejas. El taxi dobló hacia el este.

Volvía a respirar bien. Había abandonado su bastón. Todavía se cansaba con facilidad. Estaba fastidiado / fragmentado / *frappeado*. Estaba agotado y era libre.

Intentó lamentarse. Descargó sobre Ward la peor mierda. Repasó sus temores hacia Wayne T. Nada había cuajado consistentemente. Estás fastidiado / fragmentado / *frappeado*. Estás agotado y eres libre.

El gato bufó. El taxi dobló hacia el sur. El chófer leyó las placas con las direcciones. Pisó el freno y el taxi rozó el bordillo.

Pete se apeó. Vio a Barb. Estaba podando unos putos árboles. Barb oyó el taxi. Echo un vistazo. Vio a Pete.

Pete dio un paso. Ella dio dos. Pete saltó y dio tres.

122

(Las Vegas, 9/6/68)

Está en casa.

Las luces están encendidas. Las persianas están levantadas. Hay una ventana totalmente abierta.

Wayne aparcó. Wayne subió.

Wayne abrió la puerta y entró.

Está junto al bar. Es un ritual. Se ha servido la última copa. Tiene el bastón.

Wayne se acercó. Wayne Senior sonrió. Wayne Senior hizo girar el bastón.

—Sabía que vendrías.

—¿Qué te hizo pensarlo?

—Ciertos sucesos, supuestamente sin relación, de los últimos meses y la relación que guardan con esta floreciente sociedad nuestra.

Wayne agarró el bastón. Lo hizo girar y exhibió varios trucos.

—Es un buen punto de partida.

—La semana que viene tendré una reunión con Dick Nixon. —Wayne Senior guiñó un ojo.

—No. Seré yo quien la tenga.

Wayne Senior rió con desdén. Je, je.

—Conocerás a Dick a su debido tiempo. Te conseguiré un asiento de palco en la toma de posesión.

Wayne hizo girar el bastón.

—He hablado con Carlos y con gente del señor Hughes. Hemos llegado a ciertos acuerdos y voy a ocupar el puesto de Ward Littell.

Wayne Senior hizo una mueca. Wayne Senior sonrió a cámara lenta. Wayne Senior se sirvió una copa a cámara lenta.

Tiene una mano agarrada al pasamanos del bar. La otra mano, totalmente libre.

Sus ojos se encontraron. Se miraron fijamente. De sus ojos saltaron chispas.

Wayne sacó las esposas. Abrió una de las manillas. Lo tomó de la muñeca. La manilla se cerró con un chasquido.

Wayne Senior se apartó con una sacudida. Wayne tiro de él con otra sacudida.

Wayne cogió la otra manilla. La abrió y la cerró en torno al pasamanos.

Buenas esposas / del DPLV / Smith & Wesson.

Wayne Senior tiró. La cadena de las esposas resistió. El pasamanos chirrió.

Wayne sacó una navaja. La abrió en un instante y cortó el cable del teléfono del bar.

Wayne Senior tiró de la cadena. Wayne Senior tiró el taburete. Wayne Senior volcó la copa.

—Me he reconvertido. —Wayne hizo girar el bastón—. Al señor Hughes le encantó enterarse de que soy mormón.

Wayne Senior tiró. Las esposas rascaron. El pasamanos resistió. Los eslabones de la cadena chirriaron.

Wayne salió. Se detuvo junto a su coche. Las luces del Strip centelleaban lejos. Wayne vio unos faros que se acercaban.

El coche entró. El coche se detuvo. Janice se apeó. Janice se tambaleó y afirmó los pies.

Hacía girar un palo de golf. Un palo de hierro. Tenía la empuñadura gruesa y la cabeza grande.

Pasó junto a Wayne. Lo miró. Él olió su aliento de cancerosa. Janice entró. Abrió la puerta de par en par.

Wayne se puso de puntillas. Wayne encuadró una imagen. Enfocó la ventana.

La cabeza del palo trazó un arco. Su padre gritó. La sangre salpicó los cristales.